Pigeonnier Entrée Cahors.Nord

Beauregar
Gariotte sur dolmen

Stéphane Ternoise

Les villages doivent disparaître !

Communes nouvelles 2015 ou fin de la ruralité

Jean-Luc Petit éditeur - Collection Politique

Stéphane Ternoise

Le Quercy Blanc
en couleurs

Stéphane Ternoise

Le boomerang
de la trahison

Théâtre   Jean-Luc Petit éditeur

Stéphane Ternoise

Cent chansons
sans chanteur

Stéphane Ternoise

Péripéties lotoises

Montcuq
en Quercy Blanc

EAU NON POTABLE

Lavoir
Mas de Jarlan
(Vidaillac)

Stéphane Ternoise

Six Romans

Sortie : 21 mars 2016

Jean-Luc PETIT Editeur
Collection 25 ans d'édition

Du même auteur

Théâtre - www.dramaturge.fr - recueil "25 ans d'édition" : *Théâtre : 24 pièces*

Neuf femmes et la star (nombreuses distributions à partir de *Quatre femmes attendent la star*)
Les secrets de maître Pierre, notaire de campagne
Ça magouille aux assurances
Chanteur, écrivain : même cirque
Deux sœurs et un contrôle fiscal
Amour, sud et chansons
Pourquoi est-il venu ?
Aventures d'écrivains régionaux
Avant les élections présidentielles
Scènes de campagne, scènes du Quercy
Blaise Pascal serait webmaster
Trois femmes et un Amour
La baguette magique et les philosophes
J'avais 25 ans
« Révélations » sur « les apparitions d'Astaffort » Jacques Brel / Francis Cabrel
Ex-Mannequins
Le petit empereur veut fusionner les villages
Le boomerang de la trahison

Théâtre pour troupes d'enfants

La fille aux 200 doudous
Les filles en profitent
Révélations sur la disparition du père Noël
Le lion l'autruche et le renard
Mertilou prépare l'été
Nous n'irons plus au restaurant

Essais - www.essayiste.net

Les villages doivent disparaître !
Écrivains, réveillez-vous !
Le manifeste de l'auto-édition
Comment devenir écrivain ? Être écrivain !
Le guide de l'auto-édition, papier et numérique

Chansons - www.chansons.info

Un auteur chanté n'est pas forcément entendu ni payé
Cent chansons sans chanteur
La sacem ? une oligarchie !
Chansons vertes et autres textes engagés
Parodies de chansons françaises

Photos - www.france.wf

Le Quercy Blanc, en couleurs
Vitraux lotois
Limogne-en-Quercy cinq monuments historiques cinq dolmens
Montcuq en Quercy Blanc

* extrait du catalogue, voir www.ternoise.net

Six Romans

Le 17 octobre 1991, *Éternelle Tendresse*, recueil poétique, sortait de l'imprimerie centrale de l'Artois... (dépôt légal le 23)

1991-2016. 25 années d'édition. Je n'avais pas "célébré les 20 ans"... Alors pourquoi ?...

Des bilans de ce genre, même dans la lucidité d'une espérance de vie "proche de la moyenne", je ne suis pas certain de pouvoir en réaliser plusieurs...

Six romans. J'aurais sûrement pu en écrire davantage, si ce genre m'avait accaparé... Mais tant de choses à faire... Que la vie est bien insuffisante (oh inconscients captivés par les écrans !... ou l'errance de footballeurs, starlettes... ou "amasser"...) et il faut tellement de forces pour se jeter dans ce périple... Un roman m'épuise ! Six épuisements...

Il ne s'agit même pas de définir s'il s'agit encore du genre majeur de l'époque : durant ces 25 années j'ai essayé de me soucier le moins possible des préjugés.

25 ans plus tard... ce fut d'abord le vingt-cinquième anniversaire de la disparition de Serge Gainsbourg !

Je n'ai "rien oublié"... Naturellement des tas de noms, de péripéties, tristesses, d'enthousiasmes, de pensées, de lectures... sont "sortis" de mon cerveaux (furent engloutis très loin).

Un gros livre... Le nombre de pages dépend certes du nombre de caractères (plus de 263 000 mots selon le traitement de textes) mais également, en papier, du format utilisé.

En "A5 traditionnel", 14.8 * 21 : 1082 ! Avec un interligne "ordinaire".

Ainsi l'inhabituel *Letter US*, 8.5" x 11" (21.59 x 27.94 cm) et un interligne réduit permettent de proposer un tarif attractif... En y ajoutant même soixante-dix photos...

Stéphane Ternoise
Parfois romancier
http://www.romancier.net

La Faute à Souchon ? Un roman d'Amour et de show-bizness, avec les Rencontres d'Astaffort de Francis Cabrel comme premier décor principal. Puis "le Quercy".

Quand les familles sans toit sont entrées dans les maisons fermées, roman social mais également d'Amour.

Ils ne sont pas intervenus (le livre des conséquences), le roman le plus personnel, puisant dans l'enfance les racines de l'écriture.

Viré, viré, viré, même viré du Rmi ! ou l'aventure d'un apprenti auteur confronté aux structures administratives d'une France peu soucieuse de littérature...

Libertés d'avant l'an 2000, le roman de la *Liberté,* un terme dont le sens exact reste vague à 20 ans, un slogan de refus... qui peut conduire à bien des impasses.

Le Roman de la Révolution Numérique, ou la tentative d'englober l'époque, saisir sa grille de lecture.

Ces romans, le plus souvent, furent réédités sous d'autres titres.

100 exemplaires, numérotés, destinés à la vente directe de l'éditeur, furent imprimés.

Peu importe si certain(e)s se reconnaissent dans nos textes, nous en veulent parfois. Le plus souvent, d'ailleurs, ils se trompent, exagèrent leur capacité à nous avoir inspiré à eux seuls un personnage, quand ce n'est pas carrément toute une histoire !

Comme un écrivain indépendant

«N'ayez pas peur» Saint Jean-Paul II

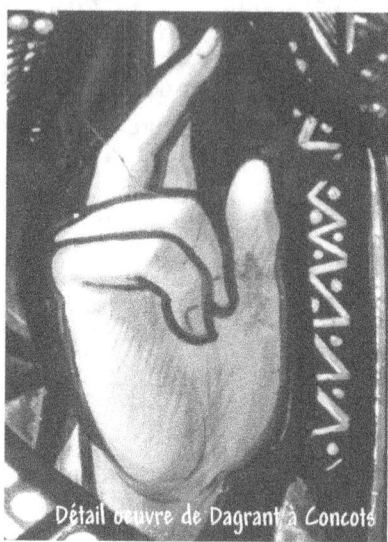
Détail œuvre de Dagrant à Concots

« Si on met les gens vrais dans les livres qu'on écrit, ce n'est pas par méchanceté ou par perversité, c'est pour atteindre une vérité générale. » selon Marcel Proust.

Valhuon

Huclier

Rocamadour, la forêt des singes

Tous droits de traduction, de reproduction, d'utilisation, d'interprétation et d'adaptation réservés pour tous pays, pour toutes planètes, pour tous univers.

Site officiel : http://www.ecrivain.pro

Six romans de Stéphane Ternoise.
© **Jean-Luc PETIT - BP 17 - 46800 Montcuq-en-Quercy-Blanc**

LA FAUTE À SOUCHON ?

Également connu sous le titre *"Le roman du show-biz et de la sagesse (Même les dolmens se brisent)"*

Roman philosophicomusical

A Romane
(Avec les clés du droit moral)

J'ai découvert que tout le malheur des hommes vient d'une seule chose, qui est de ne savoir pas demeurer au repos dans une chambre
Blaise Pascal (1623-1662)

Comme je n'ai pas réussi à rendre les hommes plus raisonnables, j'ai préféré être heureux loin d'eux
Voltaire (1694-1778)

On peut vivre sans philosophie, mais tellement moins bien
Vladimir Jankélévitch (1903-1985)

Tu n'pourras jamais tout quitter, t'en aller
Tais-toi et rame
Alain Souchon (né en 1944)

PREMIERE PARTIE

Vraie Rencontre

1 : l'ombre de Stendhal

- Quand Stendhal raconte la vie d'un certain Henry Brulard, quand Stendhal, né Henri Beyle, livre ainsi son autobiographie, il est catégorique : *« l'amour a toujours été pour moi la plus grande des affaires, ou plutôt la seule »*.

Pourtant, l'œuvre, cette sensation d'effleurer l'art majeur, cette certitude d'enfin transcender une misérable existence ; l'œuvre relativise nos sentences. En marge de *la Chartreuse de Parme*, il notera : *« aimes-tu mieux avoir eu trois femmes ou avoir fait ce roman ? »*.

La troisième exaspération devrait être fatale (la première passant sans la moindre secousse interne, immédiatement absorbée par l'étrange alchimie neuronale observable lors de la découverte d'autrui et la suivante consommant le droit à l'erreur, joker qu'il vaut mieux accorder à toute personne prenant dans notre vie un minimum d'importance). Il faudrait savoir fuir. Ainsi quand Gwenaëlle échoue lamentablement à l'examen de première année Deug Lettres Modernes, un mal-être apparaissant alors disproportionné m'assombrit pour des semaines ; ce sera la même sensation cette nuit-là, quand David hausse les épaules, joue du sarcasme devant mes rapprochements stendhaliens, mon lyrisme d'éméché littéraire ; comme un tremblement de terre, un éboulement de terrain, un fossé irrémédiable s'est creusé à cet instant précis.

- J'comprends pas comment tu peux t'intéresser à des histoires pareilles. C'est même pas marrant, t'es lourd parfois. Tout le monde s'en fout d'un type clamsé y'a des centaines d'années…

J'aurais pu faire demi-tour et… et la pensée « c'aurait été mieux pour tout le monde » me dérange, pour s'être imposée à mes réflexions, *« comme marque d'un individu façonné par une époque où le poids de la culpabilité se doit encore d'écraser toute velléité à vivre le présent indépendamment du passé »* (théorie de Marjorie).

Aux premières heures de ce 1er janvier 2000, de retour de Cahors, j'ai vraiment commencé à focaliser sur l'idée d'un grand canyon quasi infranchissable, grand canyon qui sépare ordinairement les êtres humains… et comme la direction du travail exigeait « du concret », je croyais enfin tenir la piste à creuser, le sujet… j'écris, persuadé d'ainsi débuter un essai socialement révolutionnaire, psychologiquement novateur, médiatiquement porteur, financièrement rentable…

La bouteille de Cointreau vidée, catégorique, j'assénais, en forçant monsieur Séchan (le seul matou du quartier ayant survécu à la demi-saison de chasse) à ouvrir un œil pour mieux entendre : ALAIN SOUCHON EST COUPABLE.

Le jour se levait… David ronflait… Son père offrait aux journalistes lotois *« un fait divers symbolique et cruel »*, et j'essayais de croire en la transmission de pensées, qu'à cette seconde même Marjorie se réveillait, agitée par mon désir.

Lire et écrire. Supprimer toutes distractions pour vraiment lire et écrire. Ce fut ma bonne résolution juste avant que sonne le téléphone.

Vingt. Quelqu'un naturellement se croit fabuleusement drôle, en imitant la diction d'un présentateur télé : « *le compte est bon* ». Les vingt « stagiaires » arrivés, c'est l'ovation quasi générale quand Bernard proclame : ce soir *Voix du Sud* offre l'apéritif et un repas froid… la cession débutant officiellement vendredi : cadeau… et demain midi Francis, oui Francis Cabrel, mange dans cette même pièce, oui, à la même table. Enfin, à l'une des deux tables. Mais pas de précipitation, il sera présent chaque jour… Ce sera LA rencontre ; des yeux brillent, joie, excitation, impatience, anxiété aussi…

- Va falloir être à la hauteur…
- Tu crois qu'il va se laisser photographier ?
- J'espère qu'il nous donnera de bons conseils.
- C'est vrai qu'il va produire le meilleur ?
- J'espère qu'on va passer à la télé.
- J'ai une Fender Télécaster Us.
- Paraît qu'il est super cool.
- Les sixièmes rencontres, ou les septièmes, je me perds tout le temps dans les chiffres, et puis on s'en fout des chiffres, en tout cas c'était hyper mieux, c'était à Nantes, alors Francis forcément rentrait pas le soir chez lui, c'était hyper plus intime quoi, plus sympa, ma copine Nadine y était, une meuf hyper sympa, elle doit venir samedi prochain, elle doit bientôt signer chez Sony, moi aussi sûrement… Pour signer chez Sony on est à la bonne adresse…
- Tout le monde dit que c'est magique.
- Paraît qu'on va avoir un thème imposé.
- Un ancien m'a dit que la sacem maintenant donne une bourse si on a trois textes chantés le samedi.
- Pour moi, depuis un an, c'est extra. D'abord Goldman m'a envoyé un mot super gentil, un super encouragement…
- Quoi !, t'es pas à la sacem, et t'as été sélectionné, c'est bizarre, je croyais que c'était réservé aux sociétaires.
- Je suis sûre qu'ici, on est plusieurs, on va vraiment mettre le feu.
- J'avais envoyé une démo à Franck Jones et il m'a répondu, il m'a conseillé de postuler.
- Tu te rends compte, Jean-Jacques Goldman, Alain Souchon, Charlélie Couture, Jean-Pierre Mader sont déjà venus…
- Qu'un artiste de ce niveau s'engage vraiment dans un tel projet, c'est fabuleux, et en plus être sélectionné, c'est une formidable reconnaissance.

Elle ne participe pas non plus aux commentaires… elle a quelque chose ! un p'tit quelque chose de brouillé dans le regard, un désespoir enchanté sous un sourire inatteignable, j'ai dû lire ça quelque part, ça doit être réminiscence ou l'attraction rend lyrique !, une force et une faiblesse…
Je n'ai retenu aucun prénom, même pas le sien ! Indifférente, ailleurs… Elle fait quoi ici ?
Je fais quoi ici ?
Est-ce qu'une fille comme ça pourrait s'enticher d'un crétin ? Avoir besoin de se sentir protégée par une brute ? S'aliéner un dévoué pour percer ? Avec ce physique… mais pas avec ce regard !…

Astaffort, Lot-et-Garonne, dix kilomètres d'Agen, six cents de Paris…
Deux « ils font quoi là ?» devraient finir par se rapprocher ?… Malgré l'énorme différence ? Comment un mec pourrait ne pas espérer quelques instants d'intimité ?… et pas un quart de seconde d'attendrissement vers moi… La belle et le banal… Une chance sur mille qu'une fille comme ça vive seule…

Approcher. Lui parler. Lui parler de quoi ? Comment aborder une fille comme ça ? Je faisais comment avant ? A force de vivre loin des humains, même ça, aborder quelqu'un, devient un vrai casse-tête !

Demander : tu es auteur, compositrice ou interprète ? La question sûrement la plus posée. Les auteurs, les compositeurs ont besoin de voix… les interprètes sont rois… et je n'ai qu'un stylo bic ! Enfin, si on peut se prétendre auteur avec cinq textes ! Elle est donc chanteuse ?! ou « magnétisme naturel »…

Manger près d'elle en me faufilant ?…

Fallait pas rêver… ils ne l'ont pas lâchée, les connards. Et je me sens à la plus mauvais place : même rangée mais séparé par quatre sièges. Même pas possible de la regarder. Et impossible de l'entendre dans ce brouhaha…

J'essaye, malgré tout, de ne pas paraître trop sauvage, m'intéresse, un peu, à ces gens à première vue enthousiastes d'être là, ces « inconnus peut-être plus pour longtemps » avec qui je vais devoir vivre neuf jours.

Je me revois en short, à douze ans, le foot comme école de vie, me révélait l'essentiel : la vie en groupe est insupportable, tellement elle privilégie la médiocrité. Oui, depuis je n'ai finalement fait que ça : fuir la masse. Je dois pourtant rester : j'ai payé pour être là ! Et même 2500 francs ! Et pour brouter de la merde le premier soir, même servie par le frère d'une vedette de la télé…

Si Cabrel mange avec nous demain, au moins ce sera meilleur… il n'ingurgite quand même pas ça !… Un repas froid !… Charcuterie de supermarché, salami, saucisson, cornichons mous… Comme il faut bien parfois parler… mon commentaire culinaire suscite moues, haussements d'épaules et visages détournés. Quoi !… On a beau être pauvre, on a ses exigences ! Tandis qu'au-dessus du brouhaha survole un : *je serais venue à pied pour voir Francis*. Ah !, normal que je l'entende : la speakerine de presque en face. *La speakerine*, quand on ignore un prénom, après quelques verres, son air de parisienne prétentieuse aurait pu provoquer un repère encore moins littéraire…

Elle est sortie, je m'éternise ; paralysé par la crainte des remarques… cette même crainte les a retenus ? Ou pour eux le plus important se joue dans cette pièce : il faut gagner le premier round, briller, séduire les représentants rue du Plaplier du divin créateur… non elle n'est pas partie aux toilettes, elle serait déjà rentrée… Si je l'avais suivie qu'aurais-je dit ? Je me sens minable, incapable, incapable de trouver les mots justes…

Mon désarroi transparaît ? Mes voisins sont donc des « civilisés », savent discourir, faire rire… m'ignorent… 2500 francs, « l'argent de complément » d'au moins six mois… J'en fais une fixation… J'en veux déjà à Cabrel. Je bois, du mauvais vin, du Donzac, qu'en pensées, naturellement uniquement en pensées, je qualifie déjà d'Appellation Golfech Certifiée, en référence à la centrale nucléaire voisine. Je bois, submergé d'un profond dégoût à mon égard. Pourtant, un sourire, quand Chateaubriand me traverse l'esprit « *J'aurais vendu l'éternité pour une de ses caresses* ». Je bois, en pensant « par ironie ». Il nous reste toujours « l'option poivrot », bousiller les idées jusqu'à transformer la réalité. J'en veux à Cabrel. Sauveur de la chanson ! Tu parles ! Arnaque !… j'écoute et s'impose ce leitmotiv, « arnaque, arnaque, je suis tombé dans une arnaque, je me suis fait couillonner… »

A l'autre table, appliquant sûrement le principe « quand un chanteur rencontre un autre chanteur, ils chantent autant qu'ils picolent », les guitares sont gratouillées et le répertoire local est entrecoupé de textes aussi insipides, créations, fiertés de ces « inconnus ».

« Les rencontres coûtent plus de 350 000 francs, le budget n'est pas encore bouclé, il manque encore une subvention. »

Sauveur de la chanson avec des subventions ! et je l'avais cru mécène !... tout le monde en dehors du milieu doit l'imaginer bienfaiteur d'Astaffort... Achetez du Cabrel, monsieur C., l'homme différent, la star providentielle se consacre aux débutants...

Quelques mots de notre Gallois préféré qui montre le chemin (à qui le tour ?) en démontrant qu'un artiste de renom peut s'intéresser à de jeunes auteurs...

L'éditorial du *Journ'halle*, la note d'information *Voix du Sud*, me revient... ma première réaction avait été : c'est le fils d'immigrés italiens pas gallois, bon ils veulent sûrement dire gaulois en référence à sa moustache... mais j'avais gobé, j'aurais pu réciter cette accroche comme un vulgaire béni-oui-oui, colporter la réussite du coup d'état marketing... « *Trois cent soixante-dix mensonges font une vérité* » a écrit Aldous Huxley dans *le meilleur des mondes* ; ils nous prennent vraiment pour des pions... ; là pour renvoyer l'image d'un Cabrel généreux, humain... tout en évitant de critiquer Didier Barbelivien, son frère étant un fidèle des *rencontres*, et garde du corps du Cabrelissime en tournée – qui a dit ça ? qui l'a répété, je ne sais déjà plus...

Les visages se brouillent, je préfère me taire. Ils doivent me croire bizarre, renfermé, boudeur, perturbé, sans intérêt... peu importe finalement... Me taire, écouter... tout peut servir... je suis dans un endroit « secret », je vais vivre ce qu'auront vécu un nombre restreint de crétins, un nombre infinitésimal de types bien dans ce siècle, donc observer est une qualité rarement vue ici !...

Mes colocataires m'appellent ! Je finis un dernier verre (en pensant : demain les bouteilles seront sûrement comptées... des bouteilles à dix balles... j'arriverai jamais à en vider 250...). Chambre numéro cinq, deux sur-un-nuage... *ça va être les plus beaux jours de notre vie...* (mon cerveau traduit : qui leur a proclamé, ça va être...)

Sur-un-nuage : Christophe est *super super content... tout se passe super super bien*. Je lui balbutie : *tu as des cheveux comme les avait Cabrel à ses débuts*. Cette remarque n'a naturellement aucun rapport avec ses précédents propos. On lui a déjà signalé, et *c'est bon signe, tu trouves pas*...

J'enchaîne :

> J'ai les cheveux longs comme les avait Cabrel
> Au temps où i chantait Chandelle
>
> J'ai le même pantalon
> Comme vous l'voyez beaucoup trop long
>
> I tombe sur mes galoches
> Ça fait nouveau Gavroche
>
> J'ai fait du baloche
> On disait il est pas moche

- Tu devrais dormir...

J'insiste :

> Je le jure sur mes premières fan'connasses
> Vous me verrez jamais cravate grand-père
> Jamais je ne couperai ma tignasse
> Jamais je ne serai adjoint au maire
> Près d'une centrale nucléaire

- T'aurais pas dû forcer sur le pinard. Et pour tes informations, Francis Cabrel il est pas adjoint, il est maire d'Astaffort.

Oui, dormir, demain les choses sérieuses commencent... Pas d'illusion, trop canon, trop diva, trop rêveuse, sûrement trop exigeante, trop bien pour toi qui n'es même pas chanteur... au moins rêver une nuit que si rien n'est certain tout reste possible... le rêve est finalement aussi réel que le souvenir, alors pourquoi s'en priver...

Mais comment dormir ? De plus en ignorant son prénom ! Même pas un prénom à répéter en…
« Quand j'ai le blues je fais le douze » : t'as vraiment rien compris Cabreléon… Le blues ne conduit qu'à la frustration, c'est en cas d'espoir, d'excitation, qu'il est positif de vibrer ainsi…

Cabrel. Penser à Cabrel pour éviter une nuit blanche ? Cabréleporifique…

Gwenaëlle m'avait traîné au concert de son idole. C'était en 1992, à Liévin, je n'avais pas pu m'empêcher de conclure : il bouge autant que Tino Rossi mais avec sa voix, il serait mieux en animateur de supérettes (parfois je me lâchais, le fond devait donc être impertinent même si la cravate nouait aussi les idées)…

Je ne l'avais pas encore vu « en vrai » et déjà je lui en voulais… j'essayais d'en découvrir la véritable cause – quitte à ne pas dormir !

J'avais « longtemps », quelques mois, fredonné une de ses bluettes :
J'ai besoin de toi pour vivre, c'est une question d'équilibre…
Gwenaëlle était alors ravie. A la même époque des milliers de couples devaient jouer cette scène… Conditionnement…

Je lui en veux simplement parce qu'il est « lié » à Gwenaëlle ?

J'avais son visage, pas Gwenaëlle, mais Elle, je ne pouvais la nommer autrement qu'Elle, je ne la nommais d'ailleurs pas, la voyais ; j'avais ses traits dans le cerveau et comprenais toute l'absurdité de cette ritournelle : quand l'autre est « une question d'équilibre » il est une prison ; un tel couple est voué à la séparation quand s'évapore le nuage de l'illusion d'équilibre… ou à l'écrasement du trop piégé. Les Cabrel subissent quelle option ?

La question me semblait la seule réellement intéressante à lui poser… puisque vendredi est un grand jour ! De 14 à 17 heures le maître sera à votre disposition… *bande de petits veinards…*

J'ignorais alors croiser Mariette le « samedi du spectacle de clôture », je l'imaginais dans les années 70, muse inspirant « question d'équilibre » après « je l'aime à mourir », et revoyais son glorieux mari déclarant à la télévision une flamme éternelle… comme tout ça sonne faux… un couple cimenté par quoi ? la réussite sociale ? les enfants ? une rupture serait catastrophique pour l'auréole romantique du gnangnanteux… elle doit le tenir ainsi !…

Je m'en fous de leur vie après tout ! et Cabrel n'est pas le seul à baver de la variété avariée…

Je souriais, mes hémisphères avinés fredonnaient :
La vie ne m'apprend rien… Ça ne change pas un homme… Qu'on me donne l'envie… La vie commence à 60 ans…

Au royaume des médiocres, je serai peut-être le borgne !… et Tu seras mon égérie !

Ton visage, ton regard, ton corps ! il n'y a que cela d'important ! Oh Lorelei !

Même Jean-Paul Sartre a compris les limites de l'existentialisme :
« La patrie, l'honneur, la liberté, il n'y a rien : l'univers tourne autour d'une paire de fesses, c'est tout… »

Comme il est reposant de pouvoir utiliser des citations ! D'avoir ainsi ses pensées légitimées !… Tout se brouillait de plus en plus…

Je suis perturbé mais je me sens bien !… impossible de dormir mais je me sens bien !

Quelqu'un venait de m'émouvoir ! Trente-sept mois avaient donc suffi pour que la vie redevienne « une histoire de rencontres ».

3 : le pouvoir des fleurs

« changer le monde,
changer les choses avec des bouquets de roses… »

Gwenaëlle l'a-t-elle su ? « *Le pouvoir des fleurs* », de Laurent Voulzy, est un texte d'Alain Souchon.

Ça n'avait naturellement aucune importance. Tout le monde s'en fout du nom de l'auteur, du *parolier*...

On s'était simplement promis de ne pas rater la prochaine tournée du p'tit chanteur couleur grenadine, en hommage à « *l'hymne de notre première nuit d'amour* » (la chanson diffusée à la radio quand sur le parking devant chez « *la si belle Gwenaëlle* », chez ses parents, un samedi vers quatre heures du matin, quelque chose d'imprévu mais sûrement indispensable s'était produit... le temps d'un tube).

Et voilà qu'aujourd'hui je fabrique des rimes plus ou moins futiles. Comme c'est facile ! je n'aurais jamais cru ! et j'ai tutoyé son idole !

Je lui offrais des roses. On ne savait pas comment ni pourquoi mais on voulait « changer le monde ». On changeait le nôtre, bien partis pour une promotion sociale digne d'éloges, emblèmes de l'ascenseur social toujours possible « si tu te bouges le cul »...

Ou si la chance... ?

Finalement, son échec en deug Lettres Modernes avait été une véritable aubaine, la détournant d'une anachronique « vocation d'institutrice », la projetant dans la vie active où d'insoupçonnées qualités de graphiste lui assuraient déjà une notoriété régionale, des primes pour objectifs atteints jamais vues à l'agence.

Changer le monde par la publicité !

- On ne change plus le monde avec des guerres mais avec des campagnes publicitaires.

Elle avait lu ça quelque part, le répétait souvent. La théorie de Carl Faberski ou celle de Natacha Char ?

Ecrire une chanson n'étant guère plus compliqué qu'un slogan publicitaire, Gwenaëlle aurait pu devenir une formidable A.C.I., Auteur Compositeur Interprète dans notre jargon sacem, sa mère l'ayant fixée des samedis et des soirs devant un piano et elle se laissait souvent aller à imiter, outre le romantique du sud-ouest, Claude François, et – quelle horreur quand j'y repense ! – Gold.

Ça tient à si peu de choses : elle aurait pu souffler le créneau de Carla Bruni...

« Notre jargon »... bizarre de se projeter ainsi en arrière sans dénicher la moindre trace, aucune étincelle d'une vocation d'écrivaillon de la chanson.

Oui, nos vies tiennent vraiment à presque rien. Rien qu'un simple coup de dés ? La part du hasard est affolante ? Rien ne prédestinait « un gars du nord classique », supporter du RC Lens, toujours hésitant entre la bière et les filles, jurant les deux complémentaires. Comme Gwenaëlle aimait les fringues, la mer et rêvait d'Espagne. Nous aurions pu être des paumés, des paumés classiques, simples stéréotypes, elle en échec scolaire moi avec un diplôme sans intérêt... mais alors qu'en troisième, l'année précédente le professeur principal m'aurait, fataliste, conseillé comptabilité, il m'orientait, enthousiaste, en informatique. Je ne voyais pas la différence ! Pourquoi pas donc !... Puisque je n'étais pas « un littéraire »...

Informatique : pas une question de lucidité, juste de quotas, places disponibles, décision ministérielle... la France doit former des informaticiens avait proclamé x, les y l'avaient répété, les z appliquaient et les « pas mauvais en math » se retrouveraient en « bac H » (comme Informatique quoi !).

« *Changer le monde avec des roses* » : ne pas subir toute une vie, brouillard, verglas, cheminées d'usines et ciel gris, prendre une retraite dans le sud. A quoi d'autre peuvent rêver les gens du nord ? Les gens du nord classiques encore. Stéréotypes toujours. Mais la sensation de n'être qu'un stéréotype est si fréquente !... (et quand on s'élève un peu, en espérant côtoyer un peu plus de profondeur, on se sent vraiment marginal !...)

Donc on se donnait « à fond » pour un jour avoir les moyens d'une retraite au soleil « bien méritée » (entre casinos, crottes de clebs, portes blindées et doubles vitrages, ajoute « légèrement » cynique, ce matin, le chroniqueur de ce passé observé comme une histoire survenue dans « une autre vie »).

4 : s'asseoir par terre

« Tu verras bien qu'un beau matin fatigué
J'irai m'asseoir sur le trottoir d'à côté... »

M'asseoir par terre. Rien qu'une coïncidence. Et ce ne fut même pas sur un trottoir mais dans une chambre, en référence plus consistante à Blaise Pascal, pourrais-je prétendre : *j'ai découvert que tout le malheur des hommes vient d'une seule chose, qui est de ne pas savoir demeurer au repos dans une chambre.*

Mais je n'avais bien sûr pas lu Blaise Pascal (j'étais informaticien dans cette vie-là !), juste ouvert un dictionnaire de citations à la bonne page... ça tient vraiment à peu de choses !...

Je quittais le Nord, vers le Lot, imprégné de cette sagesse alors simple maxime, convaincu d'y vivre paisiblement dans quelques mètres carrés, avec le moins possible de contacts humains...

Avant les explications de Marjorie sur la portée sociologique du phénomène Souchon puis les « jours Duglaner » (du nom de famille de David et Claude, son père) et leur béate adoration, Alain Souchon n'était entré dans ma vie que par l'*enregistrement public 1983*, cadeau de Gwenaëlle (sûrement parce qu'il trônait en tête de gondole), et je fredonnais parfois « *rame* » - *tu pourras jamais tout quitter, t'en aller, tais-toi et rame* – tandis qu'elle préférait *j'appelle*.

Un cadre quoi, déjà formaté, parfois encore rêveur, aux réguliers sursauts de juvéniles bizarreries, comme ce tube « assassiné » (une voix du nord... « classique ») quand les lignes de cobol s'obstinaient en SYNTAX ERROR mais tellement bien dans le petit confort naissant, soirées au restaurant, week-ends à Berck (en rêvant du Touquet bientôt accessible). Puis il y eut l'accident. L'accident fatal de Gwenaëlle. Rien qu'un rendez-vous urgent, « un gros client » à chiper au concurrent, rien qu'un stop grillé route de Cambrai, mais face à un camion.

L'assurance décès soldait le prêt du jeune couple... La « maison du bonheur en quartier résidentiel », dont nous devions verser la dernière traite en 2027, m'appartenait. Pourquoi l'avoir vendue, être parti dans le sud-ouest avec l'intention d'en dénicher une moitié prix et vivre des aides sociales agrémentées du restant de cette cagnotte imméritée ? Le sud parce qu'avec Gwenaëlle c'était un rêve « pour la retraite » ? Mais ce sud-là était Nice, Menton, Cannes... et je crois bien ne pas avoir alors une seule fois prononcé « sud ».

Je ne pouvais plus croire en tout ce qui me motivait la veille, certes. Certes. Mais ça reste classique, « après un tel coup »... et rarement un tel bouleversement suit... surtout à cet âge, le goût de la vie reprend le dessus... avec le temps...

Pourquoi pas ? Simplement, pourquoi pas ! C'est ce que se bafouille un type en retrouvant son chemin après la fermeture du dernier bistrot : pourquoi pas ?

« *D'vant l'miroir d'une salle de bains* », la tête dégoûte les yeux qui la scrutent : je dérive, je dérive... partir, partir et ne plus côtoyer ces gens puisque pas un n'a la bonne réponse...

J'ouvre alors le dictionnaire de rimes de Gwenaëlle (l'outil de travail pour les slogans publicitaires) puis celui des citations, et tombe sur celle de Pascal...

Quelques heures plus tard, devant le même miroir, le mal réveillé baragouine : est-ce possible de vivre dans une chambre ? sans whisky ? Au moins elle se tairait, la sonnerie de ce putain de réveil...

Et parce qu'environ seize heures plus tard, juste avant la fermeture du dernier rendez-vous des trop naufragés pour passer la soirée seuls devant une télé, un pote lui répond « t'es pas cap' », il s'obstine : « tu verras »... Les « tu verras, tu verras » surfent encore dans la tête quand enfin la clé se décide à tourner dans le bon sens, qu'enfin la porte s'ouvre... Renaud est là, clope au bec... verso de la pochette noire...

Le 33 tours est posé face « fleurs ». J'aurais sûrement dû le faire plus tôt : « putain de camion » explose contre le mur ; j'ajoute « putain », quand je prends conscience qu'à dix centimètres près il voltigeait dans la fenêtre. Et j'éclate d'un rire que je préfère qualifier *humour du désespoir,* en imaginant ce vinyle traverser le quartier, tandis que s'élèvent les cris « une soucoupe volante »...

Et tout ça trotte dans la tête. Ou plutôt s'englue et régulièrement ressurgit.

L'aphorisme s'incruste. Je m'y accroche comme à une bouée de sauvetage. La pensée des autres est une bouée de sauvetage...

Face à face décisif dans la salle de bains : *la solitude... la solitude est la seule issue... il me faudra des années pour m'en remettre, une bonne décennie... la vie même... alors pourquoi continuer cette vie de mort vivant calfeutré huit heures par jour dans un bureau ? Ailleurs, ça ne peut pas être pire. Et puis ailleurs, le cimetière sera loin, et puis ailleurs, ta mère, ton père, ta sœur, seront loin.*

Ils se montrèrent « compréhensifs», m'encourageant à un nouveau départ...

Ils me fournirent un « accord transactionnel sur mesure », donnant droit aux Assedics, me laissant « le temps de me retourner »... je les ai remerciés... et je suis sorti comme un autre jour... en l'écrivant naturellement la réalité s'éclaire plus crûment : je leur ai retiré une sacrée épine du service. Comment « gérer » un ex-espoir dont nul ne peut condamner qu'il préfère, le soir, picoler plutôt que de rentrer, un démotivé non remotivable, une charge inconsolable, un dont personne n'oserait sanctionner les excès de whisky au traditionnel pot du vendredi midi, un dont les doigts tremblent, qui ne se rase plus, le plus souvent les cheveux gras, un qu'il vaut mieux laisser sans travail l'après-midi, dont il faut vérifier chaque programme, un que personne n'ose réveiller quand il s'assoupit à peine arrivé, un qui déjeune à la Jenlain pour se sentir capable d'atteindre l'apéritif, un qui balance régulièrement la tête en se projetant aux *Granges, « endroit mal famé »* de Flines-lez-Raches où il retourne les samedis soirs, s'imprégner des riffs sauvages de Led Zeppelin, Patti Smith, Deep Purple, Pat Benatar, AC DC, Kiss, des envoûtantes élucubrations d'un certain Thiéfaine, du Jacques Higelin le plus lunaire, un qu'on observe de moins en moins discrètement s'éloigner à 18 heures, vers sa première escale, le Café de la Poste, un agonisant impossible à revitaliser ni à virer (on a beau être cadre on a été humain), un type qui vient de perdre sa femme enceinte de sept mois.

Moins de trois ans après la disparition de ses parents, « victimes de l'amiante », comme on le chuchotait encore simplement entre pions ou proches de pions de cette « spécialité française » qui méritait bien, au nom de la balance commerciale et de l'emploi, quelques sacrifiés...

5 : on s'cache des choses

Soit je touche le fond soit je touche ailleurs...

L'inconscient nous cache ces choses... et pourtant, j'en suis persuadé : ce fut ça le ressort...

L'instinct de survie. Le faut-il ? Il le faut.

Qui saisit vraiment, à l'instant, le cheminement intérieur de ses décisions fondamentales ?

D'une émotion à l'action, la logique, puisqu'il y a logique, le cerveau ignorant le hasard, la logique est accessible uniquement au prix d'une méditation majeure.

Toucher le fond, s'y engloutir. Ou ailleurs...

Ailleurs peut-être la vie sera autre chose. Même pas plus belle mais déjà autre chose. Est-ce qu'en chacun subsistent de vieux rêves idéalistes, vieilles utopies dont le pouvoir est paralysé par les perturbations, l'éducation et le conditionnement quotidien ?

Avons-nous toujours besoin de déclics pour agir, qu'un séisme désactive les blocages érigés dans nos têtes ?

Trente ans plus tôt, je serais sûrement parti sac au dos, en Asie…
Mon « choix » du Lot est significatif : le département pensé le plus épargné de la folie citadine, le plus propice à l'isolement (idée-reçue sûrement due à la télévision, sinon pourquoi pas l'Ardèche ?).

Trente ans plus tôt, les voyageurs fuyaient sûrement la même chose, « la vie sociale occidentale » : le tourisme ayant tué le voyage, dénicher des « réserves non référencées » frise désormais l'exploit (surtout éviter les « guides spécialisés »… tout chemin balisé étant contaminé par le snobisme des faux fuyards, ces congés payés en quête d'exotisme, de « rêves »).

Voulant dépenser le moins possible, c'est un notaire de Cahors qui m'indiquait « un coin perdu »… cinq ans plus tard il deviendrait aussi inabordable, la riche clientèle anglaise, néerlandaise et américaine se repliant sur le Quercy après avoir « pillé » la Dordogne…
J'avais mon « havre de paix » pour presque rien, moins du tiers de « notre maison en quartier résidentiel »… Les quelques mètres carrés souhaités seraient finalement une centaine, avec même, des dépendances (certes en quasi ruine), un terrain attenant et presque trois hectares de friches ou bois dans des zones accessibles uniquement à pied.

6 : ultra moderne solitude

Les gendarmes passent doucement, des gens bien intentionnés ayant dû signaler un déguenillé à surveiller, « sûrement un relais de trafiquants » … comme le laissent supposer quelques phrases pas loin d'une fenêtre ouverte :
« On dit qu'il y en a de plus en plus qui s'installent dans les campagnes, pour visiter les résidences secondaires, repérer, profiter des maisons isolées… Moi j'ai un fusil chargé dans chaque pièce… Je n'aime pas ces gens-là… De quoi ça vit ? A part de rapine ?»
Après deux-trois mois, la tournée au ralenti des gendarmes délaisse ma « surveillance »… ont-ils obtenu des « renseignements fiables » ? Le notaire ? A qui, finalement, j'avais confié l'héritage et le deuil… face à sa méfiance… « vous avez de l'argent ? »… Eh oui, à 25 ans, sans emploi, se payer une maison est suspect !…

Aucune mauvaise conscience à vivre sans projet ni motivation de « réinsertion », en assisté, parasite, bénéficiaire des aides sociales. Sobre en plus !
Des poules. Des canards. Des lapins décimés par la myxomatose. Des pigeons dévorés par une fouine. Une oie. Deux dindes, un dindon. Achetés au « marché fermier » de Caussade. Des pierres et du calcaire en guise de terre, où poussent quand même les tomates.
Le « Quercy Blanc ».
La vie du mieux qu'elle peut être. Après. Après ça.
Des mois où toute relation humaine se limite aux quelques mots de politesse avec une caissière, une boulangère, une marchande de fruits.
La vie du mieux qu'elle peut être, tout simplement ? Parfois « tout simplement » supplante « après ça ».
Surtout quand les figues font découvrir une saveur au-dessus de toute imagination.
Que faut-il vraiment pour vivre ? J'achetais des cassettes, j'écoute la radio. J'achetais des plats préparés, j'allais au restaurant, je cuisine (et en plus c'est meilleur !)
Que faut-il vraiment pour vivre ? Je me posais pour la première fois la question !
Le marché de Montcuq, le dimanche matin. Pourquoi me refuserais-je de vrais fruits… sensation de manger pour la première fois des fruits. Je comprendrai plus tard la raison : des fruits cueillis à

maturité, et non des trucs colorés passés en chambres froides et balancés aux « portefeuilles sur pâtes»… « *de toute manière incapables de faire la différence entre un poulet et un poulet industriel* » (réflexion saisie au marché).

Pas de télévision : le notaire ayant placé en tête de liste des inconvénients la nécessité d'une parabole pour capter correctement la bonne parole audiovisuelle, le divin écran est resté dans un carton (de toute manière, dans le cadre de la réduction des frais, ne plus payer leur redevance était programmé).

Et des livres. Entré à la bibliothèque de Fumel simplement pour lire la presse, une affiche indiquait : inscription gratuite, emprunt gratuit.

L'idée de lire ne m'avait jamais effleuré ! J'écoutais France-Inter. Simplement. Et aucun des écrivains ne m'avait donné l'envie de vraiment le découvrir.

J'ai oublié le premier livre ! Mais pas le « vrai premier » : tout vient de Maupassant ! *Une vie*. Trois fois sans pouvoir vraiment le refermer.

Lire ainsi quatre fois de suite m'est depuis fréquent mais je n'avais alors jamais entendu personne raconter pareille bizarrerie, pareil exploit.

Subjugué, j'en tremblais, recopiant des dizaines de passages. Comme si le secret de l'existence venait de m'être révélé. Heureusement la bibliothèque possédait aussi *Bel-Ami*. Et des nouvelles. Les nouvelles me déçurent.

Maupassant m'entraînait. J'ai depuis lu quelques livres en les pensant « meilleurs »… mais aucun ne me restituerait la saveur de cette première frénésie. Une de ces expériences qu'on ne peut vivre qu'une fois ? (c'est ainsi qu'on se fabrique de la nostalgie !…)

A cause d'une remarque dans une biographie, j'abordais Balzac. Les biographies furent mes guides de lectures. Mais une crainte des philosophes subsistait. Crainte des philosophes facilement explicable après un cursus scolaire classique ! Il fallut le fréquent retour du nom de Socrate pour me lancer. Qu'avait-il pu dire, pour qu'une époque jugée aussi «civilisée» que la nôtre puisse le condamner à mort simplement pour des conseils ? Ainsi ce Socrate n'avait rien écrit mais son disciple… Ce fut *le banquet*, de Platon donc…

Schopenhauer. Le nom me plaisait ! je touchais plusieurs fois *Le monde comme volonté et comme représentation* avant d'oser l'emprunter. Comme si quelque chose d'irrationnel me signifiait : tu n'es pas prêt.

Ce cheminement doit être fréquent chez tout nouveau lecteur de cet âge : l'impression d'être resté si longtemps loin de l'essentiel. Et une colère contre ces professeurs incapables de montrer le livre sous son véritable jour, ces professeurs qui, par leur absence d'enthousiasme, leur routine, leur voix monotone, l'assimilent à une contrainte.

Lire, lire, lire, relire, relire, relire…

Lire, lire, lire, relire, relire, relire, écrire.

L'envie d'écrire. D'être de ce monde-là. De ces gens qui font réfléchir, aiguillonnent vers plus d'intelligence…

La sensation : c'est mon destin.

La tentation de réécrire le passé : une logique est derrière tout ça ; la faiblesse de croire en sa bonne étoile.

Mais la force, quand même, de décider d'être écrivain. En toute lucidité sur le niveau de l'instant, sur la volonté, le sérieux nécessaires. C'est impossible donc il le faut ! On entre en écrivainerie comme en religion : en y engageant tout son être, toute sa vie.

Sept semaines après ce jour sacré de la décision, j'osais enfin dépasser deux mots aussitôt rayés sur une feuille aussitôt chiffonnée. Et la lucidité de ne pas encadrer les premières phrases.

Grain de poussière se croit plus grand que la terre. Il est en colère quand passent les fonctionnaires.

Peut mieux faire !

L'écriture… une manière d'être repris par l'action !

Ecrire étant l'une des rares possibilités pour un solitaire, les mains en chocolat restreignant le jardinage.

Ce fut le début : peu importe l'âge, l'envie avait germé.

L'envie de faire. Et après ? après : espérer que la vie sera longue, et savoir s'y consacrer.

Savoir se fixer un objectif, et s'y tenir. Indépendamment du reste. Indépendamment des observations, des considérations d'ordre échec ou réussite. Espérer que l'époque permette de vivre ainsi… l'image de ce que doit être un écrivain se façonnait tout doucement en moi, aussi en opposition aux pantins glorifiés sur le papier glacé des *Nouvel Observateur*, *Express* et autres *Lire*. Je trouvais même un article dit littéraire dans *La dépêche du midi* !

L'image de ce que doit être un écrivain : un type asocial, solitaire et misanthrope. Sûrement avais-je besoin, pour supporter la solitude, de la mythifier en un combat contre une société a-culturelle.

7 : ANPE

Mais comment expliquer ça à un agent de l'ANPE ? Surtout ne rien dire ! Lui faire comprendre ? L'inciter à passer rapidement au dossier suivant, sans le supplier d'un « laissez-moi tranquille ! »…

Elle ne comprend pas, avec une telle expérience… oui, je suis tombé en ASS, Allocation de Solidarité Spécifique… non, je ne travaille pas au noir, je vis de peu, je vis surtout des « achats remboursés », elle ne connaît pas, j'explique : vous achetez le produit et vous écrivez pour en obtenir le remboursement… je me crois sauvé, réussis à broder sur le sujet…

-   Et vous êtes vraiment remboursé ?
-   Mais bien sûr, même les frais d'envoi.
-   Mais ça prend du temps, moi je pourrais jamais, je ne trouverais jamais le temps… bref, revenons à votre parcours professionnel…

J'ai naturellement des lettres de candidatures spontanées refusées à présenter… mais oui, c'est vrai, je n'ai jamais sollicité l'ANPE… la réponse classique la laisse perplexe, forcément !, « à chaque fois que je passe vous n'avez rien »…

Demander une formation ? Elle pourrait être accordée !…

Sauvé par Jean-Louis Foulquier !…

France-Inter, pollen, un vendredi soir… avec Francis Cabrel auréolé « sauveur de la chanson Française » ou un truc aussi ronflant, grâce à « Voix du Sud », séminaire, stage, *rencontres* dans la bouche du formateur, destinées aux auteurs isolés, à les mettre en contact avec leurs futurs partenaires professionnels…

-   J'ai envoyé un dossier à la formation professionnelle de Francis Cabrel.
-   Cabrel… le chanteur ?
-   Comme vous le savez je suis auteur de chansons.
-   Ce n'est pas noté à votre dossier.
-   Pourtant je l'avais signalé…
-   Mon collègue a dû trouver que ce n'est pas très sérieux, surtout avec vos diplômes.
-   C'est un point de vue assez subjectif, une idée-reçue… vous savez, le poids économique de l'industrie musicale est en croissance régulière au point de dépasser celui… [j'allais dire de la prostitution, ayant lu une étude relativisant le chiffre d'affaire de l'édition, simplement équivalent à celui de la prostitution…] celui de la production céréalière.

- Vous en êtes certain ?
- Vous n'avez jamais lu les comptes-rendus de la sacem ?
- Vous êtes membre de la sacem ?
- Si je suis retenu par Francis Cabrel, je le serai…
- Et vous le saurez quand ?
- J'attends…

Six mois de répit… mais il me faudrait assumer ce *délire*… Engrenage…

8 : lecture décisive

De Profondis, la lettre à Lord Alfred Douglas, par Oscar Wilde *retenu* dans la geôle de Reading… Phrases recopiées. Et comme les feuilles s'obstinent à s'égarer, feuilles scotchées sur la porte de la chambre.

Un artiste… exige, pour le développement de son art, une communauté d'idée, une atmosphère intellectuelle, le calme, la paix et la solitude…

Nul, grand ou petit, ne peut se perdre que par sa propre faute…

Rien ne me semble avoir la moindre valeur, sauf ce que l'on obtient de soi…

Mais si je vois qu'il n'y a rien de mal dans ce que l'on fait, je vois qu'il y a quelque chose de mal dans ce que l'on devient…

Le vice suprême est la superficialité. Tout ce dont on prend conscience est bien…

Regretter ses épreuves est arrêter son évolution. Renier ses épreuves est mettre un mensonge sur les lèvres de sa vie…

Celui qui est en état de rébellion ne peut être touché par la grâce…

A chaque instant de notre vie, nous sommes ce que nous allons être non moins que ce que nous avons été…

La vie artistique est simplement le développement de notre personnalité…

Il est tragique que si peu de gens « possèdent leur âme » avant de mourir…

La plupart des gens ne sont pas eux-mêmes. Leurs pensées sont les opinions des autres, leur vie une imitation, leurs passions une citation…

Ceux dont l'unique désir est de se réaliser ne savent jamais où ils vont…

Il voyait que les hommes ne doivent pas prendre trop au sérieux les intérêts matériels et quotidiens, que n'avoir pas l'esprit pratique serait une grande chose, et qu'il ne fallait pas trop se préoccuper des choses de ce monde…

Ceux qui veulent un masque doivent le porter…

Je puis être parfaitement heureux tout seul. Avec la liberté, des fleurs, des livres et la lune, qui ne serait pas parfaitement heureux ?…

On disait de moi que j'étais individualiste. Je dois maintenant l'être plus que jamais. Il me faut tirer de moi-même beaucoup plus que jamais et demander au monde moins que jamais.

Quand il me fallut réagir pour ne pas sombrer dans l'océan des « dossiers suivis avec attention par l'ANPE », Francis Cabrel fut la perche la plus proche de la littérature !

9 : France-Inter, pollen

Ambiance décontractée, du show-biz à visage humain.

Jean-Louis Foulquier : *le jour où comme tout le monde il ira faire un tour vers l'au-delà, Astaffort – Lourdes même combat. T'es la Bernadette d'Astaffort.*
Le maire du village (Hubert Delpech) : *ou alors d'ici là peut-être y aura-t-il une apparition...*

Francis Cabrel : *Y'a un double intérêt à ce stage. C'est de les confronter à des gens, j'dis pas inaccessibles mais difficiles d'accès.*

Et la réaction : « lamentable » : quand chante un stagiaire (plus tard son nom me reviendrait, quand Astaffort le présenterait comme « un ancien » de référence, ayant « réussi » : Vincent Baguian).
Si ce type a été sélectionné, je pourrais l'être aussi !... mais la réflexion n'était pas allée plus loin... sûrement l'inconscient s'en était emparée... pour la réactiver au moment propice.
Vincent Baguian n'aura donc pas été complètement inutile dans la chanson !

10 : Astaffort

Minitel :
Francis Cabrel – Astaffort – 47
Il n'y a pas de réponse avec le nom complet
Rechercher sur une partie du nom : SUITE
SUITE
Il n'y a pas de réponse

Voix du scud – Astaffort.
Il n'y a pas de réponse avec le nom complet
Je m'aperçois avoir tapé S C U D.
Voix du sud – Astaffort.
Une réponse : *1 rue du Plaplier*. Téléphone, fax. Sauvé !

Téléphoner... et si je tombe sur Cabrel ? une voix féminine... agréable...
- ...il n'y a personne cette semaine... ils sont à Gourdon, dans le Lot.
- Je suis justement du Lot, c'est loin de Cahors ?
- Je ne sais pas, mais je vous conseille d'y aller, et en plus vous verrez trois anciens des *rencontres*, dont Thibaud Couturier, vous connaissez sûrement...

11 : Gourdon

Gourdon, nord du Lot (cinquante kilomètres de Montcuq).
Installation d'une scène.

- J'écris des textes de chansons, et on m'a dit que c'est chez vous le meilleur moyen de rencontrer des interprètes.
- Tu en as écrit beaucoup ?
- Une trentaine.
- Ah, c'est déjà bien, il te suffit d'en choisir deux, ça c'est toujours difficile, demande à ta copine, avec une lettre de motivation, tiens v'la les documents, et ça a lieu deux fois par ans.
- La prochaine fois, c'est quand ?
- En février ou mars, la date n'est pas encore arrêtée, ça dépendra du grand chef.
- Et c'est difficile d'être sélectionné ?
- On a des centaines de demandes, même parfois des professionnels, certains je leur téléphone pour leur dire, écoute, tu es déjà trop connu, ça s'adresse aux débutants. Si on voulait on pourrait faire

une rencontre par mois mais Francis veut que ça garde un bon niveau… Tiens v'la aussi le journal, comme ça tu sauras tout c'qui faut savoir… Bon je continue d'installer le matos parce que ce soir y'a les stars, tiens, là-bas c'est Claude Turner, le grand black, va donc le voir, il écrit ses textes mais on sait jamais…

Pensées : pourquoi avoir répondu « trente textes » ? comment me débrouiller pour en envoyer deux !… Putain, je suis dans la merde…

12 : devenir auteur de chansons

Envie d'écrire. Mais pas des chansons ! Je n'y connais rien à la musique…
Je leur dirai ne pas avoir reçu de réponse (à l'ANPE)… et alors… je suis dans la merde…

Mais comment écrire une chanson sans connaître le solfège ? A la bibliothèque, un bouquin peut-être…

Bibliothèque de Fumel : j'emporte la « collection SEGHERS », versant chanson :
Julos Beaucarne, Béranger, Julien Clerc, Lény Escudéro, Francis Cabrel, Alain Souchon, Jacques Higelin, Léo Ferré, Maxime Leforestier, Boby Lapointe ; une rapide présentation et des textes.

Quatre jours de lecture continue. Bizarrement… maintenant je pense « bizarrement », un seul extrait recopié :
Je ne chanterai pas à cinquante ans. Parce que c'est triste. Il faut une sacrée trempe ! tout le monde ne peut prétendre être un Ferré ou un Brassens. Moi je ne me vois pas arriver sur scène dans vingt ans, un peu plus voûté, un peu plus tremblant, avec mes chansons souchonnantes…
Alain Souchon.

Des banalités. Quelles banalités ! Comment peut-on écrire quand on n'a rien à dire ! La chanson ce n'est quand même pas ça !… c'est ainsi que je me suis mis à vraiment écouter les textes !…

Quinze jours d'essais : rien ; je suis dans la merde !…
Ayant réussi, malgré « la dégressivité » régulière des Assedics, à mettre presque deux briques de côté depuis mon installation dans le Lot, l'achat de quelques livres me semblait… possible !
Ce sera :
- Georges Brassens, *Les chansons d'abord, Toutes ses chansons* en livre de poche.
- Jacques Brel, œuvre intégrale, chez Robert Laffont.
- Charles Aznavour, textes.
- Léo Ferré, textes.

Je commençais par Georges Brassens. Et recopiais simplement un hymne à ma solitude
Les hommes sont faits, nous dit-on
Pour vivre en bande comme les moutons
Moi, j'vis seul, et c'est pas demain
Que je suivrai leur droit chemin
Je notais en dessous : Montcuq est cité dans *La ballade des gens qui sont nés quelque part.*

Scepticisme, résumé par : comment a-t-il pu percer, devenir même une référence chez les « bien-pensants » avec des textes homophobes ? comme *le gorille*…

Ferré, Aznavour : rien à signaler. Rien. Et Jacques Brel. Jacques Brel qui rachète tout le reste ! Oui, la chanson peut servir à quelque chose. A chaque ligne cette voix raisonnait en moi, cette voix pourtant si peu entendue…

Ecrasé par Jacques Brel, le souffle, la force, la précision, l'intensité, l'énergie, l'exubérance, la puissance. Que peut-on ajouter ? Qu'ai-je à dire ?
Brel inaccessible et Cabrel inutile.

Trois semaines de ratures… ; et enfin quelques rimes… ; mise au propre (immédiatement : brûler ces brouillons, que personne jamais ne sache la sueur, le labeur) ; impression d'ASSEDIC BLUES et PAS BELLE en deux exemplaires, plus une photo collée sur la fiche de candidature (profession ? j'hésite : informaticien ou sans emploi ? j'opte pour la seconde activité), plus les « frais de dossier », un chèque de 150 francs, et il reste à rédiger « une lettre de motivation »…

13 : lettre de motivation

Quand sur *France-Inter,* j'avais appris la création de vos rencontres, je les avais considérées idéales pour mon cas, mais j'ai préféré patienter, ne pas brûler les étapes.
Aujourd'hui, j'ai une trentaine de textes… et je n'ai pas la voix pour les défendre (de plus monter sur scène ne correspond sûrement pas à ma nature), je ne connais pas suffisamment la musique pour la composer.
Ces rencontres me permettront, sûrement !, de croiser celui ou celle qui voudra les compléter de notes ou se les approprier ; d'autre part vous connaissez nettement mieux que moi le milieu des interprètes, peut-être à la lecture de ces textes pourrez-vous me conseiller quelques contacts.
Raison complémentaire : des lacunes à combler (surtout le rapport à la musique)
A Gourdon, le 24 juillet, le jour des spectacles « jeunes talents », le premier contact avec d'anciens stagiaires d'Astaffort fut très positif. Encourageant…

J'ai arrêté l'informatique pour me consacrer à l'écriture. Pour lire et écrire. Des romans (le premier est en phase de correction) et des chansons (en voici deux tirées au hasard parmi trente écrites).
J'attends des rencontres d'Astaffort la possibilité de croiser des compositeurs et des interprètes aussi motivés que moi… et en recherche d'un auteur imprégné des plus grands textes littéraires, imprégné de musique.

[Ça fait court !
Ajouter un truc sur Cabrel ? Flatter son ego]

Mes références littéraires : Marcel Proust [je le barre : ça m'étonnerait que Cabrel l'ait lu, et il a une réputation trop difficile pour un chanteur] Balzac [ça fait référence, Cabrel ne doit pas l'avoir lu non plus mais ça me donnera un petit air « culture générale »… bon je ne vais quand même pas écrire Tintin pour avoir une chance d'une lecture commune…], Emile Zola [oui, comme Balzac], Victor Hugo [oui, Victor Hugo est incontournable], Philippe Djian [ça c'est un nom qui devrait leur plaire… pourtant *37°2 le matin,* comme c'est lamentable], Yves Simon [*la dérive des sentiments,* ça doit être facile d'écrire un roman avec cette structure, oui, c'est ce qu'il faudrait faire, parler de la chanson, d'Astaffort, Francis Cabrel, dans ce style… bon alors, il faut être retenu !…]
Mes références musicales [non, ne pas commencer par Cabrel] : Brel, Brassens, Ferré [non, mettre les trois fait trop classique, il faut en barrer un : Ferré, forcément], Maxime Leforestier [oui ; considéré comme un auteur textuel…], Serge Gainsbourg, Jean-Jacques Goldman et je le note en dernier pour ne pas le citer en premier [je suis content de cette phrase] Francis Cabrel.

14 : protection ?

Et si quelqu'un me piquait mes textes ! Quinze jours après l'envoi du dossier cette réflexion me percute, un jeudi matin, sachet *Intermarché* à la main, en guise de poubelle, juste au cœur de la vallée, sur le pont.
Comment protéger des textes ?
Téléphoner à Astaffort, serait leur avouer : mes textes ne sont pas protégés.
Minitel : sacem – Paris

Je vous envoie la documentation "ADHERER A LA SACEM - POURQUOI ET COMMENT ?" qui répond à la question

Comment protéger vos créations avant votre adhésion à la sacem ?

Pour protéger vos créations avant votre adhésion à la sacem, vous pouvez :

- vous adresser vos œuvres (textes et/ou partitions) à vous même, par pli recommandé et scellé par le feuillet A.R. (et non sous enveloppe), l'oblitération apposée par la poste pouvant constituer un commencement de preuve d'antériorité de l'œuvre, en prenant soin, toutefois, de ne pas ouvrir ce pli lors de sa réception.

- Ou bien déposer vos œuvres auprès :

du SNAC (Syndicat National des Auteurs et Compositeurs) - Syndicat de défense et conseil aux auteurs et compositeurs, dépôt d'œuvres (théâtre, musique, variétés, cinéma, radio, tv, danse, lettres, doublage)
80 rue Taitbout - 75009 Paris
Tél. 01 48 74 96 30
Fax. 01 42 81 40 21

de la SCAM (Société Civile des Auteurs Multimedia)
5 avenue Vélasquez - 75008 Paris
Tél. 01 56 69 58 58

- d'un officier ministériel (huissier, notaire)

Pourquoi engraisser une société ou un syndicat ? Le recommandé donc. Mais le fichier cabrel.doc contient ma lettre de motivation.
J'ouvre l'ensemble des autres fichiers. Aucune trace de *Pas belle*, aucune trace d'*Assedic Blues*.

J'ai écrasé cabrel.doc, le fichier des textes, par cabrel.doc, le fichier lettre de motivation ! Et j'ai un BTS informatique ! Une erreur de débutant. Je me sens médiocre. Et pourtant j'en ris !
La raison : qui pourrait trouver ces textes dignes d'être volés !
[le nom Richard Seff m'était alors totalement inconnu]

15 : Périgueux

- Jean-François est membre du jury de la truffe cette année. Le président ce sera Francis Lalanne. L'année dernière tu sais que c'était Cabrel. En plus cette année, durant la semaine qui précède y'a Albaret qui descend de Paris, Albaret, tu connais pas ?, c'est un ancien de la sacem qui s'est mis dans la formation, et qui obtient des tonnes de subventions de la sacem. Il se fait des couilles en or à rien foutre. Enfin bref, il va organiser des rencontres pour les gens du coin. On sait jamais, tu trouveras peut-être l'interprète que t'as pas trouvé à *Voix du Sud*.
- Tu sais comment on participe à ces rencontres ?
- C'est *Radio France Périgord* qui organise. T'as qu'à téléphoner, tu demandes Jean Bonnefon, c'est le patron, et en plus c'est un pote à Cabrel. Tu lui dis que c'est Cabrel qui t'a parlé de ces rencontres. On sait jamais, ils t'inviteront peut-être aux frais de la princesse !

Je n'ai rien loupé de cette conversation.
Périgueux, c'est où ? Mes notions géographiques du sud-ouest restent vagues...
Mais le 5 septembre je suis à Périgueux, passant par l'office de tourisme pour obtenir un plan, me garer devant *Radio France Périgord*, 23 rue Ernest Guillier.
Respirer un grand coup et se lancer !
- Bonjour, à Gourdon, aux Tréteaux de la Chanson on m'a dit que vous organisiez des rencontres pour les auteurs compositeurs et interprètes.

- Il faut voir Maryse. Attendez, elle va descendre d'ici peu je l'ai vue monter y'a pas dix minutes…
Une semaine… à dormir dans la voiture.

16 : Philippe Albaret, Gilbert Laffaille, Brice Homs…

- Ce soir c'est table ronde sous le chapiteau. Tu peux venir. L'après-midi c'est pour les interprètes, je suis désolé, il fallait être inscrit…
Attendre… que fait-on d'autre… attendre… qu'un auteur meurt, libère une chaise, et se précipiter…

Table ronde… Philippe Albaret présente les invités, et lance « le débat »…

Il répète dix fois son nom, pense ainsi l'incruster dans les mémoires ?, il est là comme représentant de l'ADAMI… explique le fonctionnement de l'ADAMI, le gestionnaire des droits pour les interprètes… oui, Gilbert Laffaille, ça me dit quelque chose… mais impossible de le fredonner !… mais si ! *ICI* !
Il doit vivre à la campagne aussi… Je l'observe… il est chanteur ?… plutôt style représentant d'avant la grande distribution… il a l'air sympa…

Mais qui est ce Pascal Obispo dont les trois fofolles veulent des informations… le directeur Polygram sud-ouest dévoile… le lancement du produit Obispo, le coût marketing, le soutien aux concerts… la grande différence avec les années 70, avant on produisait une trentaine de premiers albums chaque année en espérant que dans le tas quelques-uns perceraient… aujourd'hui, il ne faut pas se tromper, il faut mettre le paquet sur les deux ou trois nouveaux chaque année…

Brice Homs… auteur, pas l'air sympa, ce type !… Ah ! Il écrit pour Michel Fugain. Le nom retient l'attention.

Repas froid. Le directeur Polygram, Brice Homs, Philippe Albaret sont pris d'assaut. Il m'est facile de manger avec Gilbert Laffaille. Jean-Jacques Ratier, l'adjoint chargé de la culture à Périgueux vient nous rejoindre. Il se dit fan. De Gilbert, naturellement. Qui en profite pour régulièrement placer « je n'ai jamais chanté à Périgueux ».
J'écoute. Je n'ai rien à dire !
Oui, un mec bien, ce Gilbert, il me pose quelques questions. Mais non, je ne l'accompagnerai pas dans sa tournée des bistrots. Peut-être qu'une grande complicité y serait née !

Le vendredi matin, une invitation est remise aux auteurs : je pourrai assister aux « victoires Radio-France », apercevoir Jean-Louis Foulquier, grand majordome de la soirée…
Miossec lance quelques vacheries aux bureaucrates sortis de leur petit bocal parce qu'ils ont obtenu une place gratuite pour l'événement de l'année…
Invitation pour « le spectacle » mais en fin de concerts les notables ont un autre ticket, donnant accès au chapiteau, buffet, champagne et sandwichs visibles…
« Je ne peux rien faire, ce n'est pas moi qui s'occupe des invitations… c'est plein… si on vous laisse entrer il n'y en aura pas pour tout le monde… »
Une dizaine d'auteurs choqués. J'observe les gloutons s'empiffrer, en remarquant qu'ils n'ont rien à voir avec l'art. Petit extra électoraliste sur le budget de la culture pour remercier d'avoir tant soutenu Xavier Darcos, monsieur le maire ?

17 : 5 janvier - téléphone

- Bernard, *Voix du Sud*, on s'est vu à Gourdon, j'ai une bonne nouvelle pour toi, tu devines ?
Je serai le « régional de l'étape ». 2500 francs à payer.

« Toutes les informations » suivent… la liste des stagiaires : Toulouse, Paris, Bordeaux, Nancy, Lyon, Beauvais, Reims…

Ce « stage peut être pris en charge»… mais pour le directeur de l'ANPE Cahors, le budget « éléments spéciaux » est trop restreint, impensable d'en consacrer une partie à une telle demande… J'ai ma part de responsabilité dans ce non financement, leur ayant photocopié le «journ'hall N°1», cette note d'information *Voix du Sud*.

Comment peut-on dépenser du fric pour imprimer pareilles inepties et en même temps faire payer notre présence ?

Les dessins furent sûrement assassins : un beatnik, sûrement inspiré par Thibaud Couturier, le joint au bec (justifier du sérieux de la démarche en présentant un fumeur de pétards !…)
Avec une bulle :
Hé ! Brother de Voix du Sud, comment qu'on fait pour avoir du succès ?

A la page précédente, un grand mage à moustache (Cabrel ?) agite sa baguette dans un bocal pour faire de bonnes rencontres…

18 : jour J

Montcuq – Montaigu-de-Quercy – D656 – Saint-Amans-du-Pech – Les Tricheries – Pont-du-Casse - Agen

Arriver le premier pour ne pas devoir passer d'une main à serrer à une autre… tout en se sentant scruté, détaillé de la tête aux pieds… comme un stagiaire du lycée Guy Mollet qui entre dans un bureau Groupama !…

Passage par la Bibliothèque d'Agen.
Une idole des jeunes dans le *Nouvel Observateur* :
J'ai rêvé d'aimer les plus belles filles du monde, de prendre le plus d'argent possible, je n'ai jamais rêvé de faire de la musique…
Tonton David.

Passage par l'hypermarché *Continent Agen* (quitte à bouger, autant en profiter pour chercher des achats remboursés) puis *Géant Boé*.

Layrac – Astaffort

> *Bienvenue à Astaffort*
> *35 commerçants*
> *tous services*
> *parkings*

Premier choc : Astaffort la laide. Où se situe la « rue du Plapier » ? Je quitte la départementale, prends le centre, ne vois aucun plan.

Une femme, la cinquantaine, banale, je demande, elle répond, je remercie le renseignement donné froidement. De l'autre côté de la départementale. Je passe devant la « Music'hall ». Il faudra donc traverser pour rejoindre la salle de concerts ; est-ce qu'une voiture a déjà bousillé « un stagiaire », ivre ou non ?

« Stagiaire », le mot me dérange, un « rencontreux » ? Bof. Je gare ma déjà vieille 205 color line noire poussières devant l'office de tourisme. Mets l'antivol.

Astaffort la campagne ? Vue de Paris ! ça pue. Pouah ! Ils se sentiront à la campagne, les parisiens, nantais, lyonnais et niçois ? ça pue moins que chez eux ? Des voitures : elles ne changent rien à l'odeur.

Si je leur dis : chez moi, quand passe rien qu'une mobylette, durant au moins cinq minutes, ça pue… ils vont crier au martien ?

Cabrel à la campagne, tu parles ! quelle faute de goût. En plus « en banlieue » d'une centrale nucléaire ! Il vit dans un hameau ? En bourgeois d'Astaffort. Fortuné. En Astaffortuné. Le mot me plaît. Je sors le bloc notes spécialement acheté pour cette aventure, griffonne ce néologisme avec un vulgaire bic, arrache la feuille et cache ce terme au fond de mon portefeuille. Surtout ne pas le répéter ! Le déposer avant ! J'hésite à avancer. Je sens les perturbations proches. Vibrations négatives.

Le bâtiment :

« Voix du Sud » – *« Astaffort Arts Martiaux Judo – Ju – Jitsu – Taïso »* - *« Musique et culture – Ecole de musique et de danse »*

De la mauvaise pierre, rejointée à la va-vite. Bon, le cadre des fenêtres, le linteau surtout, quand même…

Un muret d'environ un mètre cinquante entoure le bâtiment.

Une ancienne plaque : *Faubourg Corné.*

Jean-François m'accueille, grand sourire.

Grand sourire mauvais commercial.

Un québécois est là, depuis la veille, agité, disjoncté (naturellement ?). Autoproclamé futur boute-en-train.

Il passe, m'ignore royalement, va prendre un coca dans le frigo.

Je pense : l'humanité se divise en buveurs et non buveurs de Coca. Et, je suis dans la marginalité. Vulgarité aussi dans la démarche.

Je les imagine tous ainsi. Mais partir… mon statut me l'interdit !…

17 heures, un bus dépose la première fournée : cinq, dont quatre mecs.

« Quand la SNCF a arrêté de desservir Astaffort, elle s'est engagée à maintenir une navette en bus, comme ça on peut prendre un ticket Paris – Astaffort, c'est chouette… »

Deux heures plus tard : vingt.

19 : partir

Elle a ouvert « la trousse » toujours à l'intérieur de son sac souvent en bandoulière, est entrée dans l'espace douche, a refermé… s'est installée sous le robinet afin d'apercevoir le jet comme sous une cascade, a écarté les jambes pour éviter tout risque de brûlure par éclaboussure, de la main gauche a tourné le robinet au maximum… l'eau chaude a giclé… illusion du sauna…

Elle se demande si tout cela a encore un sens… s'il ne vaudrait pas mieux arrêter tout de suite, hésite à sortir, tentée de se jeter sous un drap… sans motivation se contracte le vagin, la « technique secrète », qui lubrifie à la seconde, s'introduit le vibromasseur, rapidement vitesse maxi…

- Ça fait de mal à personne et ça me fait tellement de bien…

Comment régulièrement elle répète cette « clef de passe » de Sarah, son initiatrice, elle répète comme si souvent, de manière mécanique, puisqu'elle est partie intégrante du rite, expliquant, resituant ce plaisir dans la perspective d'une vie solitaire. Le visage de « Srah » lui apparaît. Elle pense : « je te l'ai déjà dit, ta remarque manque de lyrisme, de finesse, un macho pourrait tomber aussi bas… », elle sourit…

Une mouche n'aurait pu entendre :

- Ne pas oublier : nous avons aussi un corps. Mais les commentaires sont inutiles ! Le silence.

Mécaniquement elle a tout rangé, sans prendre de douche, s'est allongée nue sur le lit du haut, se concentrant sur son « soutra » :

Marjorie, 27 ans, poétesse, compositrice, chanteuse, Marjorie, 27 ans, poétesse, compositrice, chanteuse…

Soutra régulièrement bousculé par d'insaisissables pensées : Marjorie, tu vas en faire quoi de ta vie ; tu es ici par vanité ; il faut fuir la médiocrité ; le danger est toujours présent…

Quand la porte s'ouvre, qu'entrent ses collègues de chambrée, elle doit se contraindre pour garder les yeux fermés. Mais la mécanique est brisée, elles papotent, papotent, ricanent, détaillent « les mecs », brodent sur leur « carrière », leurs ambitions, leurs attentes, insouciantes du malstrom interne à quelques centimètres…

Sa décision est prise : « demain matin je pars… je pars, je suis encore trop loin, ils réussissent à me perturber… je ne trouverai la paix que dans le silence… ».

Jusqu'au sommeil, comme un soutra : le silence, le silence, le silence… Parfois un visage s'interpose.

20 : tout (re)commence un sale matin

Vendredi 27 février. Ah ! si une place pouvait être libre à ta droite, ou même à ta gauche. Pas en face, en face je n'oserais jamais parler, parler vraiment, mais à côté…

Nain de jardin, puisqu'il faut l'appeler ainsi, écrire NDJ, qu'ainsi le maître l'a surnommé, Bernard donc, a tambouriné aux portes… Douche… douche qui ne peut effacer le manque de sommeil…

Attendre. Attendre installé à la fenêtre comme un stagiaire en quête d'inspiration puisqu'Astaffort inspire, attendre puisqu'il faut traverser la cour pour rentrer dans la salle des repas, attendre jusqu'aux réflexions « et s'il y avait un autre passage », « et si elle était descendue durant ma douche ».

Ce sera un petit-déjeuner d'attente et une visite des locaux par dix-neuf sélectionnés. Pourquoi n'est-elle pas des nôtres ?

Nul ne pose la question. Et *notre guide* n'apporte aucune réponse, ni remarque.

Il sait donc pourquoi ?

Où est-elle ? Que fait-elle ?

Visite et commentaires, sur la cour, qui fut la cour d'école du maître, sur les platanes, le platane coupé, sur les « histoires » des précédentes rencontres…

Mise en évidence du NOTES Janvier 1995. NOTES, « le journal de la sacem », un article dithyrambique signé P.A (Pierre Achard sûrement, l'auteur de l'éditorial), se concluant par un grotesque : *si l'homme de Sète aperçoit celui d'Astaffort du haut de son petit nuage, là-haut sur le rebord du monde, il doit se sentir comme chez lui sur les rives du Gers.*

Les héritiers de Georges Brassens devraient parfois intenter un procès au nom du droit moral !

Tout le monde il est beau, tout le monde il est gentil : huit pages genre publi-reportage.

Stagiaires, vous êtes dans la cour des grands ! Délectez-vous de ce reportage…

Photo : *Trois hommes à Astaffort : Jean-François Laffitte (« Voix du Sud »), Richard Seff, Francis Cabrel, « un pour tous »*…

Photo devant le bistrot AU BON ACCUEIL, trois pingouins assis sur un muret. Je pense pingouins. Et naturellement, continue les trois petits points par « tous pourris »… Je regarde plus précisément la tronche du type au milieu, puisqu'il sera là…

- Y'en a pas pour tout le monde…

J'en prends quand même un exemplaire. Peut-être y apprendrais-je quelque chose d'utile… de quoi gagner six mois d'ANPE…

Elle est installée face au sieur coordinateur. Ne m'y attendant pas, j'arrive parmi les derniers… naturellement leur voisinage est déjà accaparé… je les hais ! Même pas une place d'où son regard serait accessible…

Le maître arrive, serre chaque main droite. Petit air coincé qui pourrait presque le rendre sympa… ils vont me croire as de la manœuvre… en bout de table avec une chaise vide en face où il vient s'asseoir… je n'ai pas de conversation… notre seul point commun ?… Ah non, ses pruniers aussi ont gelé l'année dernière… Bon, et je sais, pour Golfech… il n'a rien fait contre !…

Avant « les choses sérieuses » :

- Les mecs sont priés de me suivre sur le banc, j'ai dit les mecs, les filles peuvent suivre Francis… Comme elles ont de la chance…

- Je voulais dire à certains, peut-être même à tous, de se calmer. Sinon vous ne l'aurez même pas sur la photo de groupe. Y'a des filles qu'il faut pas brusquer. Une en particulier, je cite pas de nom… Mais ce matin, à sept heures, parce qu'on se lève tôt quand on doit veiller sur vous, donc ce matin on l'a croisée avec tout son barda ; elle allait appeler un taxi ; marre d'être considérée comme une meuf à baiser, qu'elle a dit. On l'a calmée, on a promis de tout arranger. Visiblement elle a un problème avec les mecs, bon, on est d'abord ici pour faire de la musique, alors les gars je compte sur votre… votre retenue quoi…

Comme une réponse fuse un « putain, une lesbienne, la garce ».

21 : présentations

Faute d'être à côté, au moins presque en face. Gloire aux tables en V. J'avais bien raison : elle n'est pas une fille pour chanteurs !

Cabrel proclame les magnétos non autorisés.

Richard Seff, *officiellement déclaré RIRI par le maître et Terminator pour les Astagiaires*, est arrivé entre temps, il se présente…

Richard Seff, l'auteur du pitoyable « c'est ma prière » et autres balivernes encore pires que Barbeliviennes, *Terminable,* déshonneur de la chanson française avec ses Gold, Mader, Gérard Lenorman, il énumère, il a même pas honte…

Richard Seff attendu comme le messie ! Homme à séduire, aussi producteur…

Cabrel / Seff, au fond ils doivent se mépriser. Et Cabrel de se délecter : jamais il n'aura la joie de m'entendre chanter une de ses chansons à la con.

Et Seff : il a du succès mais il est incapable d'écrire pour les autres ; ses chansons n'ont pas du succès pour elles-mêmes mais c'est son personnage, il me doit tout, sans moi il vendrait encore des chaussures…

Et chacun se croit supérieur, plus riche. Qui a le plus amassé ? Qui a vendu le plus ?

En nombre de ventes, Seff, ses poulains, ses pouliches, ses ânes ses ânesses plutôt, doit cartonner mais en oseille… et jamais il n'aura sa tronche à la une… sauf s'il devient président de la sacem ! il ne doit rêver qu'à ça !

Ils doivent se mépriser mais continuent ensemble – Cabrel, durant mes réflexions, se raconte, la joue humilité -, savent qu'ils ont plus à perdre d'une mésalliance, peuvent se retrouver sur des projets, comme Isabelle Boulay… pour des raisons assez différentes… si l'autre agité a raison !… Qui le vit le plus mal ?

Cette question m'interpelle naturellement, et non « qui est le plus heureux ?»… C'est Isabelle Boulay la plus à plaindre ! Etre obligée d'en passer par là pour percer ; après avoir repris Jacques Brel, débiter des merdes !…

Ces deux guignols puent la frustration. Une petite voix doit refuser de les laisser en paix : leur réussite est une des hontes de l'époque. Quand des chercheurs et des écrivains quémandent…

Je n'ai rien mais je vais bien… je m'entends penser : « je n'ai rien mais je vais bien ». Je souris, non ce n'est pas à la tentative de se rendre intéressante de Karine… elle rêve souvent du sud, pressentait qu'un jour elle y viendrait, que sa vie en serait métamorphosée… elle a autoproduit un CD, avec son frère, maintenant veut passer au stade supérieur, faire des grandes salles, être invitée à la télévision…

Ni l'un ni l'autre n'arrive à la cheville de Jacques Brel, Oscar Wilde, Honoré de Balzac… et j'ai encore mes chances !…

Nous ne naviguons pas dans les mêmes eaux… Si je leur balançais ça ! Est-ce qu'Elle me regarderait ensuite ?

Si vous voulez savoir pourquoi un mec frise l'excentricité, prêtez attention à la fille en face !

Peur qu'elle suppose « il prend des notes », je me retiens d'écrire cette phrase, me contente de mettre une croix, qui signifie barrer, à côté des noms après leur présentation, plus que trois et TOI… par élimination, Stéphanie, Nathalie, Marjorie ou Céline…

22 : Marjorie Van Maere

- Marjorie Van Maere. Parfois il faut confronter ses intuitions à la réalité, vérifier ses pressentiments… Je voulais savoir si ici c'est mieux ou comme ailleurs… Je suis là simplement pour voir, en voyage…

Le dernier voyage, la dernière tentative, dernier plongeon dans le show-biz… après je pourrai me reposer avec la satisfaction du devoir accompli… vous m'avez classée comme interprète, votre choix m'a surprise. Si je fais encore quelque chose dans la chanson ce sera comme compositrice…

- Mais tu avais envoyé une cassette aussi si je me souviens bien…

- Oui, une cassette d'avant…

- On a dû trouver que tu devrais continuer… peut-être qu'ici on va te redonner l'envie, les gens repartent souvent gonflés à bloc d'Astaffort, on a vu des formidables transformations.

- Je ne crois pas aux métamorphoses. Les choses sont et notre vie doit servir à les comprendre… Ainsi on grandit un peu… On élargit sa voie… En plus je n'ai même plus de nom de scène !…

- Pourquoi ?

- A cause des vedettes de votre région ! Avant j'étais Zelda et depuis que Zebda triomphe…

- On te demande de tomber la chemise… oh regardez-moi pas comme ça, c'est marrant non ?… mais quelle idée de s'appeler Zelda quand on est une… une fille… j'ai le droit de poser des questions ?

(un de ceux qui se croient régulièrement « *marrants* »… en plus à ma gauche… connard !)

- Il était une fois Zelda Fitzgerald, femme de FSF, Francis Scott Fitzgerald…

- A cause d'une amerloque quoi ! la meuf d'un bouffon de président amerloque… enfin, je dis bouffon, si tous pouvaient finir comme lui…

- Je crois avoir terminé ma présentation.

- Tu es quand même heureuse d'être là ?

- Il est difficile de trouver le bonheur en nous et impossible de le trouver ailleurs.

- C'est de toi ?

- Chamfort, *Caractères et anecdotes.*

- Ça fait un bail qu'on n'en entend plus parler de Chamfort. Tu as des nouvelles ?

- Oui… quelques informations… arrêté durant la Terreur, il a tenté de se suicider et il est mort de ses blessures six mois plus tard.

- Qu'est-ce qu'elle raconte ? (un qui parle à son voisin mais suffisamment fort pour être entendu de tous), si Chamfort s'était suicidé y'aurait des best-off.

- Nicolas-Sébastien Roch, dit Chamfort, décédé en 1798, et si vous voulez tout savoir, je suis née le jour de sa mort, quelques années plus tard. Il croyait l'homme irrémédiablement perverti par la société, sur la voie de la décadence.

Forcément l'un des crétins pensa se rendre intéressant avec un « mais l'homme est perverti pour le plaisir des femmes».

Mon tour ! ça va être mon tour…

J'en prends conscience quand le crétin à ma gauche commente ses années Trust, sa découverte de Téléphone, son statut de vedette régionale, soutenu par des « gens importants »…

J'en suis encore à chercher ce que je vais bien pouvoir dire.

Parler de littérature, elle est littéraire, oui parler littérature. Je me vois déjà bafouiller. Non, je ne peux plus la regarder. Rien que d'imaginer qu'elle puisse poser ses yeux sur moi… ils vont me croire intimidé par Cabrel ! Je me lance :

- Je me suis longtemps demandé si Balzac, Stendhal, Zola, Racine, La Fontaine écriraient aujourd'hui des chansons. Maintenant j'en suis persuadé. Et Mozart serait compositeur de variété. Tout créateur est influencé par le genre dominant de son époque. Donc sûrement qu'au 17ème je serais allé chez le roi avec une pièce de théâtre (aux sourires, je réalise : ils m'imaginent élever l'idole du gnangnan sur un trône, tenter de fayoter quoi). Non, je ne veux pas dire qu'il y aura bientôt de la guillotine dans l'air (je souris en pensant au rapprochement avec la Terreur). Donc voilà, j'oscille entre romans et chansons, je sais que les romanciers sont suspectés par les paroliers de ne pas savoir écrire de chansons !

- On a longtemps hésité, pour toi comme pour Valérie, à vous sélectionner, effectivement, parce que ce sont deux genres très différents.

- Qu'a su parfaitement marier Boris Vian ! (je me sens satisfait de lui avoir cloué le bec : Marjorie a dû apprécier…) mais comme je ne chante pas, j'avais donc le choix entre tout laisser dans un tiroir ou envoyer un dossier. En espérant rencontrer une voix, une vraie voix…

Je souris… en regardant ostensiblement… le plafond… et je ne peux m'en empêcher… rien qu'un dixième de seconde… nos regards se croisent… je rougis… Christophe a bien interprété mon silence, oui, rien à ajouter, il commence sa frime…

24 : notes

Prendre des notes. Ne pas oublier de prendre des notes.

Et un jour publier « carnet d'Astaffort ».

Ou un roman au cœur de ces rencontres.

Participer à un stage « auteur de chansons » me semblait encore aussi incongru que l'aurait été une formation de cosmonaute. En une heure j'écris uniquement :

Qu'est-ce qu'il ne faut pas inventer comme projet pour que des bureaucrates vous laissent tranquille !

Avoir lu des centaines de textes, considérés signés par « les plus grands » m'avait découragé : je n'ai rien à faire dans ce milieu. La chanson est un travail de musiciens, les auteurs ajoutent simplement des sonorités vocales ; intellectuellement, la chanson est inutile.

Bien sûr : Jacques Brel mais personne durant sa présentation ne l'a mentionné ! Et quel chanteur aurait voulu du texte « *Ne me quitte pas* », s'il n'avait pu en montrer toute l'essence ?…

Bien sûr : Renaud… il n'a pas écrit que des stupidités genre j'aime l'odeur des pots d'échappement…

Vendredi soir, la tentation d'écrire MARJORIE sur chaque feuille…

25 : premières pages du carnet

Afin qu'ils ne puissent jamais me dénigrer d'un « il a écrit ça pour se venger d'un milieu qui lui a fermé ses portes », un succès serait préférable !… le texte insipide, ce petit jeu sur les rimes « bulles » est assez dans l'ère du kitch pour plaire ?

Si Tu étais partie, la force de rester m'aurait manqué. Ou alors j'aurais été « une âme en peine ». Je t'aurais écrit. Je t'aurais écrit « tu es partie avant que j'ose te parler... ».

Ils ne savent plus à quel saint se vouer. Ils ont tout essayé, envoyé des centaines de lettres, maquettes, sollicité des centaines d'intermédiaires.
Ils ne savent plus à quel saint se vouer.
Et marcassin Cabrel sort du bois !
- Approchez, les enfants...
Ils croient. Ils croient forcément en lui. Lui va regarder ce que je fais. Lui va m'aider, me pistonner...
Cabrel n'a rien à dire, alors il se tait, et ce silence leur en impose, leur apparaît messianique, silence non de sagesse mais d'ignorance. Cabrel du messie, tu parles !
Les médias ont besoin de stars, il est aussi pratique qu'un mort, ce pitre ; le silence en devient assourdissant, le messie d'Astaffort n'a rien dit et tout le monde colporte la bonne parole... Il a souri !... Cabrel a souri, je vous jure...
L'avantage d'être en tête de gondole... mais aurait-il été starifié s'il avait eu quelques idées ?
Les médias, les majors ont besoin de coquilles vides...

Ils donneront tout ce qu'on leur demandera, dès qu'un intermédiaire se réclamera du Dieu vivant. Leur sourire, leur temps, leur joint, leurs économies, leur cul, leur bouche, leur vocation.
Les êtres humains ont besoin d'espérance. Demain les jours meilleurs. Le paradis terrestre. Sectes, communisme, fascisme et cabrélisme.
Oui, la journée fut un enfer : écrire alors que tu étais accaparée par des connards.
Marjorie, j'écris ton nom... Toute l'inutilité de l'écrit. Demain, si je n'arrive pas à t'aborder, je rends l'écrit utile : je t'écris.
Demain, je t'écris, Marjorie.

- Tu fais quoi ?
Fabrice a posé la question.
- Non, je ne cherche pas des rimes faciles... Le début d'une nouvelle. C'est l'histoire de trois mecs dans une chambre d'Astaffort : ils se demandent à quoi ça sert d'être là puisque de toute manière les stagiaires sont sélectionnés uniquement pour servir le plan marketing de Cabrel.
- Pourquoi t'essayes pas plutôt d'écrire une bonne chanson ?
- Bonne chanson... c'est c'qu'on appelle un oxymore... Alors, finalement, les trois mecs dans leur chambre, tu penses qu'ils vont finir par écrire une chanson ?
Christophe intervient :
- En tout cas pas ce soir pour moi, je suis crevé, j'ai super bien bossé aujourd'hui, je crois qu'on tient un vrai tube avec Nathalie et Franck...

26 : lecture NOTE numéro 144

Quelques « aveux » intéressants quand même dans cet article (quand il est lu par un *mauvais esprit* !) :
Francis Cabrel :
- *Si l'on m'avait posé à 20 ans la question qu'on a posé cette fois-ci à nos stagiaires : « dans quelle catégorie voulez-vous vous inscrire, auteur, compositeur ou interprète ? », j'aurais sans hésiter répondu, en ce qui me concerne : « auteur », car je ne me prends pas pour un grand mélodiste, et je demande souvent de l'aide du côté de la composition à d'autres comme Georges Augier de Moussac, Jean-Pierre Buccolo ou Roger Secco...*

Ce Cabrel dont le succès m'était apparu, sans conteste possible !, lié à des mélodies bien ficelées (qui permettent de masquer des textes le plus souvent lamentables) : un simple pantin bien entouré !

Francis Cabrel :

- *Mais dans les situations difficiles j'ai quand même mes « recettes d'écriture ».*

Mais oui, pour ces gens-là, les recettes, techniques, dictionnaires de rimes…

Richard Seff :

- *C'est toute la différence entre un parolier et un auteur : le talent du premier, c'est de faire parler les autres assez bien, en restant sincère et proche de lui-même, comme un dialoguiste, alors que certains « se font parler très bien eux-mêmes » et ce sont les auteurs, comme Francis Cabrel.*

Non ! Le parolier est au service de l'industrie, vise à coller à la musique, à séduire, l'auteur crée, expose un véritable univers, apporte sa pierre à la réflexion.

Si peu d'auteurs dans un pitoyable univers de paroliers.

27 : un samedi soir sur ses terres

Juste un regard. Verre en main. Du floc. Mais pas la force de défoncer les barrages ; comment aborde-t-on une femme comme ça ?…

J'ai, déjà, la réputation du mec aux manières culinaires…

- J'ai fait de mon mieux, j'y ai mis tout mon talent…

Philippe Bonaldi fait son show, me présente chaque plat.

Tout ça à cause d'un « bof » ; quand il fallait glorifier la cuisine. Je n'avais alors d'autres choix que de « m'expliquer », ne pouvant laisser sous-entendre que le frère d'un mythe de *Canal Plus* pouvait être indigne des cuisines d'Astaffort. Ma formule se voulait « diplomatique » : viande de supermarché.

Pour la première fois, une place « pas mauvaise »… pour un spectateur !

Deux chaises me séparent du mec en face. Soit d'abord *nain de jardin* puis à ma gauche Laurent. Je n'entends pas tout mais c'est déjà émerveillement…

Quelques groupes sont retournés « au travail »… le crétin en chef, Pierre, je le sais maintenant, vient auprès de son « adjoint », Franck, en bout de table…

Franck à côté de Christophe ; Christophe, en face de Marjorie (à sa droite Sylvie, auteur dictionnaire de rimes, elle aussi en bout de table donc).

Franck : - Pourquoi *nain de jardin ?*

Il répond ne pas savoir, c'est un surnom de Francis, alors comme *le maître* a dit…

- Il te verrait bien la nuit dans son jardin !

- C'est peut-être l'anagramme qui donne la solution (alors quelques-uns posent les douze lettres et cherchent… Sylvie propose *radin de janina*)…

Personne n'ose balancer « à cause de ta gueule »…

- Et toi Marjo, tu souris et tu dis rien.

- Oui, je pourrais vous dire pourquoi !…

- Marjo va nous dire pourquoi Francis a surnommé Bernard *nain de jardin*…

Pierrot la frime ameute la salle… Marjorie sourit… A-t-elle remarqué mon regard. Se sait-elle ainsi dévorée ?

- Dans son utilisation la plus habituelle, des parents à l'enfant, le surnom est affectif.

- Tu vas pas dire qu'Bernard est le fils caché d'Francis !

- Entre adultes, le surnom met l'autre à distance. Assimiler quelqu'un à un nom d'animal ou d'objet, c'est le chosifier, bien marquer sa supériorité. Dans d'autres contextes, chez une personne immature, surnommer est une manière de masquer ses affects.

Un froid. Je pense : j'ai toujours cru trouver l'intelligence dans la beauté, et c'est enfin arrivé.

- Tu pourrais dire ça en français ?

Crétin veut reprendre la main…

- Et la chanson, pourquoi ils veulent pas produire mon premier album alors qu'il est génial, t'as une explication moins tordue ?

- Mais bien sûr !… Tu veux vraiment entendre ?

- Je peux tout entendre… et tout faire…

- La génération des Cabrel, Souchon, Goldman, a été imposée comme LA chanson française. Et les majors ont assez de figures de proue, ils laissent le système dériver tranquillement puisqu'il leur rapporte un fric sans commune mesure avec la valeur artistique.

Seul le rap a pu exister, parce que c'était un autre monde, et surtout le show-biz n'y a pas cru, sinon ils auraient fabriqué leurs rappeurs. D'ailleurs ça viendra. Quand un marché, un créneau s'ouvre, ils lancent leurs pantins, boys bands, amuseurs pour maternelles…

Cabrel, Souchon, Goldman existent uniquement parce que le show-biz les a fabriqués, le show-biz les a fabriqués car ils répondaient à ses critères : faire du fric et ne pas s'embêter avec le sens. Etre consensuel. Il s'agit de fabriquer du vide pour être un bon produit, un produit tête de gondole.

Souchon est le seul qui semble avoir eu la tentation de penser mais c'est du passé depuis longtemps, il est bien dans le mou-moule !

- Je vois pas le rapport avec moi. Moi c'est complètement original, festif, drôle.

- Alors pourquoi ils ne te produisent pas ? Parce que le show-biz préfère continuer sur sa lancée ; après Louis Chédid tu as son fils, après Souchon, Voulzy, Higelin, tu as un fils aussi. Véronique Sanson aussi. Avec les fils, c'est la certitude d'avoir des gens dont les médias seront friands et surtout qui connaissent et suivent sans état d'âme les lois du milieu.

- Y'a pas que les fils de, qui réussissent quand même !

- Le piston donc, le premier cercle des enfants et les suivants, jusqu'au copinage, et la chance. Tu peux essayer le copinage, mais faut donner des gages… Tu peux essayer d'avoir de la chance. Donc de séduire d'autres intermédiaires.

- T'es vraiment bizarre comme nana, on dirait que tu cherches à te griller.

- Parfois vaut mieux être mal vu qu'en vue…

- Tu s'rais pas une intellectuelle ?

- Et pour toi c'est presque une insulte !

- Finalement c'est mieux quand elle cause pas Marjorie, vous trouvez pas !

Elle m'a regardé ! Rien qu'un dixième de seconde. J'en suis certain ! Tu as voulu voir si moi aussi je condamnais ces propos avec des oreilles-au-maître juste à côté ?…

- Oui, se taire, tu as raison… mais pas à cause du « soit belle et tais-toi », se taire parce que le silence grandit. Même après un peu trop de vin.

Elle s'est levée, est sortie. Et une nouvelle fois je suis resté scotché.

Je m'en veux. Encore !

Est-ce sa manière de mettre une barrière entre elle et les autres, se protéger ?

Comment te dire : tu n'as rien à craindre de moi !

Je m'en veux. Je n'écoute plus, crois ne plus écouter, et pourtant entends :

- Demain soir, je te parie ce que tu veux, mais c'te meuf je la fous dans mon pieu, et si tu veux, je te la donne gratos après.

- T'es sérieux ? Comment tu vas faire, elle a l'air coriace.

- Tu vois, ça. Avec ça, elle va écarter comme une poupée.

- C'est de l'ecstasy ?

- Mieux que ça mon pote, t'as jamais entendu parler de la pilule des violeurs ?

- Si mais… on en trouve pas facilement… et faut faire gaffe…

- Tu parles, tu mets un p'tit cachet dans son verre et après la gonzesse est comme sur un nuage, elle se souviendra même pas qu'on l'aura baisée.

- T'as déjà essayé, t'es sûr qu'y a aucun risque ?

- Y'a des risques pour la bleusaille mais pas pour un chanteur, tu crois qu'un flic va croire une gonzesse qui dit qu'elle a été violée par un chanteur, tout le monde sait que les femelles sont dingues des chanteurs. Alors quand y'en a une qui résiste…

- C'est justement celle qu'on veut !

- T'as tout compris mon pote. Et celle-là, on va bien s'amuser, puisqu'elle joue les saintes-nitouches. J'ai un instantané on prendra même des photos et on balancera ça samedi, pour voir sa gueule à la p'tite intellectuelle de mes deux…

- On va bien s'marrer…

- Qui tu crois qu'on peut mettre dans le bon plan ?, j'ai pas confiance en tout l'monde ici…

Marjorie. Marjorie… je me retiens. Fais celui qui n'a rien entendu…

28 : dimanche matin

Sept heures : le premier debout. Attendre. Et tout t'expliquer…

Un cappuccino vidé en silence. Pierre et Franck toujours pas là non plus. Je me mets à redouter le pire. Qu'Elle soit redescendue prendre un verre, soit tombée sur eux et…

Enfin !… Marjorie tout en jeans traverse la cour, ouvre la porte, avance trois pas en direction de la cafetière, bifurque vers la gauche… s'assied… à ma droite !

- Bonjour.

- Bonjour Marjorie.

Je me sens incapable de parler. Je cherche une phrase. Trente-sept débuts confus se bousculent dans ma tête. Et si elle se levait, allait prendre une tasse et s'asseyait ailleurs ?

Ces premiers mots peuvent tout changer. Une semaine sur quelques syllabes. Inspiration. Inspiration… Impossible de murmurer comme ça : *je t'aime à mourir !*… à plonger dans le Gers avec bouée !…

Impossible, là, comme ça, d'avertir : *fais gaffe, garde toujours une main sur ton verre.*

- J'aimerais bien faire une chanson avec toi.

- Comme ça, dès le matin !

Je me sens ridicule. Vingt-huit ans et incapable d'aborder vraiment une femme !

- Ecrire une chanson avec toi, que puis-je rêver de mieux en débutant une journée ?

Je me sens ridicule. Tant le double sens peut l'effaroucher…

- Une chanson sur quoi ?

- Je dois trouver le thème avant ton accord ?

- Puisque tu veux écrire une chanson, tu dois avoir une petite idée…

Ridicule. Elle se paye ma tête, elle a raison…

- Sur… l'au-delà des apparences…

- Vaste… je ne suis peut-être qu'apparences…

- J'ai toujours cru trouver l'intelligence dans la beauté.

- C'est de ?

- Avec l'âge on en arrive à se citer, tentatives d'introspection qui finissent en aphorismes… Mon côté Chamfort !…

- Et tu crois qu'on peut en faire une chanson.

- On n'a plus le choix, maintenant il faut essayer !

- C'est vague l'au-delà des apparences…

- Et sans être sinistre… qu'ils ont dit !
- Ça reste vague.
- Alors, quel sujet t'intéresse le plus ?
- Le sujet qui m'intéresse le plus… c'est impossible d'en faire une chanson.
- Ça tombe bien, j'ai pas envie qu'on fasse une chanson banale…
- Alors elle ne sera pas chantée samedi !

Je baisse la voix :
- Tu crois vraiment qu'il faut du sous gnangnan pour plaire au vénérable jury !

L'intimité est née, elle aussi chuchote :
- Je l'ai fait hier.
- Donc nous avons au moins un point commun !

Je suis bien. J'enchaîne :
- Alors ce sujet qui va nous faire déborder du cadre imposé ?
- La résilience… tu as le droit de ne pas connaître ce terme !
- Je suis sauvé par ma lecture de *Psychologie* !
- Il doit y avoir plus d'abonnés à France-Football !
- Une nécessité intérieure contraint les résilients à la création, à l'action. Ils doivent donner un sens à leur vie… alors que les autres se satisfont d'être téléspectateurs moyens… ça te va comme définition ?
- Ça me va ! Mais si tu réussis à en faire une chanson…

Je me penche, susurre :
- Tu… m'épouses ?

Je n'ai pas pu résister !

Mais je sens mes joues hors contrôle. Je ne peux voiler leurs tressaillements. Suis-je allé trop loin ? Elle aussi détourne les yeux. Silence. Ai-je tout gâché ? Comment sauver la situation. Je me lève.
- Je t'apporte un café… avant…
- Deux sucres… si tu n'as pas peur que les commentaires fusent à voix plus haute !…
- Pardonne-leur, ils ne savent pas ce qu'ils font. Paraît qu'un type a répondu un truc de ce genre dans une situation encore plus critique.
- Et tu penses être sa réincarnation ?
- C'est ma première fin de millénaire. Mais il faut toujours se servir de l'expérience des anciens. Ça nous évite parfois des conneries.
- Judas, Ponce Pilate, et avant que le joint n'ait tourné trois fois, qui aura trahi ?
- Et après tout ça, la résilience reste possible ?

Mais qui sont ces martiens !, semblent proférer des regards.

29 : au piano

Marjorie s'installe au piano. Je suis emporté.
D'abord il faut que je te dise. Je n'ose pas. J'ai le temps, finalement…
J'aurais aimé apprendre le piano.
Mais non. *Le piano c'est pour les riches et en plus pour les filles. On t'a acheté un ballon pour Noël…*
J'avais dix ans, j'ai donc joué au football…
Je suis emporté, les pensées débordent, je me sens trop sensible, envie de pleurer. Mais je serais incapable d'expliquer pourquoi. Je me sens bien, simplement. Une vie comme ça. Avec Marjorie. Ça doit être ça, le bonheur…

Trouver le bonheur en soi, et un peu plus avec Toi…

Amour. Une chanson au sous-entendu évident : « je t'aime ». Je souris. Je ne serai pas hors sujet : la résilience, c'est aussi de pouvoir vivre vraiment. Malgré tout, pouvoir aimer...

Tu sais, je t'aime.

Oui, elle doit savoir. Elle joue. Ça fait quoi, à une fille comme ça, de se savoir observée, désirée, aimée ?

Croit-elle encore en l'Amour ?

> On parle de l'Amour
> Qui ne serait plus
> Qu'une vulgaire chasse à courre
> Un jeu pratiqué nu

Il faut que j'écrive ça. Marjorie joue. Je la fixe. J'écris « en aveugle »...

> On parle de l'Amour
> Qui ne serait plus
> Qu'une vulgaire chasse à courre
> Un jeu pratiqué nu
> On joue à l'amour

Elle sourit. S'arrête.

- Ça t'inspire ?
- Tu veux bien continuer, Marjorie...

> Mais les rues sont pleines
> De gens qui comme moi
> N'ont dit qu'une fois
> "Tu sais, je t'aime"

Je pose le papier par terre, heureux d'avoir écrit ça.

- Tu me lis ce que tu as écrit.
- Je ne sais pas si je vais oser !
- C'est donc hors sujet ! ...
- La résilience, ça peut être aussi *A la fin on doit commencer à aimer pour ne pas tomber malade.*
- Je ne pensais pas rencontrer un lecteur de Freud ici !

Je regrette déjà cette phrase : je ne peux pas avouer, là, comme ça, n'avoir lu, de Freud, que quelques citations.

Lire pour éviter Sigmund...

> On parle de l'Amour
> Qui ne serait plus
> Qu'une vulgaire chasse à courre
> Un jeu pratiqué nu
> On joue à l'amour
>
> Mais les rues sont pleines
> De gens qui comme moi

Ma voix s'enraye.

> N'ont dit qu'une fois
> "Tu sais, je t'aime"

- C'est cette musique qui t'a inspiré ça ?

Lire fut trop difficile. Je me sens vidé, ne peux même pas répondre « pas que la musique »... Je la regarde, souris, lui tends le papier. Marjorie joue et chante...

- Tu en penses quoi ?

- On a bien mérité une pause.

- Tu préfères pas essayer de terminer le texte ?…

- Tu veux d'autres couplets. Trois couplets un refrain, puisqu'il paraît qu'une chanson ça s'écrit comme ça !… je te l'avoue, je n'y connais pas grand-chose à la chanson ! je préfère les écrivains. Mais se limiter à trois couplets et un refrain bien réguliers, c'est Gilbert Laffaille, je sais pas si tu connais, qui m'a écrit ça…

- Tu as été pistonné par Laffaille ?

- Il vit à Montauban depuis peu. Mais il n'a pas l'air d'être un proche de Cabrel. Je l'ai croisé en septembre à Périgueux. Je lui ai montré trois textes, comme j'aurais sûrement fait avec n'importe quel autre chanteur ! Mais je suis bien tombé. Un jour j'ai reçu une longue lettre. Où il me recadrait. Un peu. De manière très pédagogique, il m'expliquait que mes textes n'étaient pas vraiment de la chanson mais que si je voulais en écrire, j'y arriverai… Et j'ai été sélectionné avec des textes encore pires que cela !

- Tu connaissais quelqu'un ici avant ?

- J'ai essayé de fayoter, quand je suis allé les voir à Gourdon, c'est dans le Lot, pas loin de chez moi, ils m'avaient alors donné un dossier. Je leur avais payé une bière le soir… et j'étais allé à Périgueux parce que j'avais su que Jean-François était dans le jury de la Truffe.

- C'est quoi ça ?

- Un concours de chansons… où on connaît le nom du vainqueur avant… Puisqu'une spectatrice l'avait annoncé… elle vient à chaque fois aux rencontres, on devrait donc la voir samedi. Je l'avais croisée aussi à Gourdon. Elle suit l'équipe comme elle dit… Mais comme j'ai l'habitude d'oublier les prénoms je ne sais plus le sien…

- Moi c'est Marjorie…

- Et tu as été pistonnée ?…

- Comme d'habitude !… je me demande toujours, quand je suis retenue quelque part, si c'est pour mon physique ou ma musique…

- C'est pour ça, que le mot « Amour », te fait… peur ?…

- C'est pas qu'il me fasse peur… c'est un mot intéressant pour les romans, les chansons, le théâtre… mais dans la vie… ce serait plus clair si plutôt que de baratiner « je t'aime » les mecs osaient « j'ai envie de te baiser »… ça te surprend que je puisse aussi parler crûment…

- J'ai longtemps cru, moi aussi, qu'il n'y aurait plus d'amour dans ma vie…

- Et tu as changé d'avis !

Que répondre ! J'étais incapable de répondre. Je souris.

- Et je suis venu à Astaffort… et j'aimerais bien faire un album avec toi !

- Tu as écrit un couplet un peu court, un refrain, et tu penses déjà à un album ! tu as entendu, les chansons, mercredi c'est fini ! c'est la sélection et ensuite, préparation du spectacle !…

- Et mercredi soir les auteurs ne servent plus à rien… et cinq cents kilomètres nous sépareront rapidement… mais je vis seul dans une grande maison et je t'y accueille volontiers ! (je pense : comment ai-je osé dire ça ?)

- Tu as proposé la même chose à Nathalie ?

- Tu poses donc parfois des questions dont tu connais la réponse.

- Les mecs te disent toujours qu'il n'y a que toi qui comptes.

- Et tu crois pas, qu'une fois de temps en temps, ça arrive… je vivais dans le Nord, près d'Arras. J'étais cadre. Je vivais en couple, marié même. Puis elle a eu un accident de voiture. Une page s'est tournée, que je croyais définitive. Au début, c'était sûrement logique, que je les prenne pour des sales types, ceux qui me conseillaient un peu de distraction. Puis j'ai pris ma retraite dans le sud. Pas très loin d'ici, à la campagne. Et ne voir personne me va. J'ai découvert la littérature. Je me croyais devenu sentimentalement insensible. Je sortais quand même un peu. Les caissières parfois sont mignonnes, les bibliothécaires aussi… mais personne qui fasse le poids par rapport à une page de Balzac, je me sentais tellement loin, comme si la littérature m'entraînait chaque jour un peu plus loin des humains… Toi au départ, je t'ai immédiatement trouvée attirante, là je crois ne pas être le seul. Mais c'est ton regard. Ton regard dit d'autres choses…

- Il dit ?

- Que tu es devenue misanthrope à force de côtoyer des crétins !

- Quand deux résilients misanthropes se rencontrent à Astaffort…

Toc. Toc. Toc.

- On vous dérange pas…

- Il nous manque deux couplets pour avoir une chanson.

- On peut entendre…

La tournée Cabrel-Seff.

Ont-ils écouté avant de frapper ? Marjorie chante et cette question me tambourine entre les oreilles. Un quart d'heure. L'envie de les virer. Au bon prétexte qu'avant d'oser distiller des conseils, il convient d'avoir écrit des choses décentes.

Marjorie résumerait ma pensée par la citation d'une interview de William Faulkner : *le bon artiste, c'est celui qui croit que personne n'est assez bon pour pouvoir lui donner un conseil.*

- Tu crois qu'ils ont écouté avant ?

- Franchement… je m'en fous. Et de tous les producteurs de la terre aussi ! Je crois ne pas être faite pour la chanson… Je suis désolée, ce n'est pas avec moi que tu feras un album…

- Qu'est-ce qui se passe ?

- Je suis désolée, je suis comme ça.

- Marjorie ?

- Oui.

- Je peux te poser une question ?

- Mais je ne suis pas obligée de répondre.

- Pourquoi tu ne crois pas en la résilience pour toi ?

- C'est ce qui te semble le plus important ?

- Oui, car c'est ce qui t'empêche de croire en l'avenir.

- C'est quoi, l'avenir ?

- Du présent, plus du présent, plus du présent. Et même du présent intéressant !

- J'avais huit ans quand ma sœur est morte. La mort subite du nourrisson. Après, tu ne vois plus les choses de la même manière.

J'étais assis par terre. Ma tête s'est basculée en arrière. Contre le mur. Des larmes se sont tellement agglutinées sur le bord des paupières, qu'elles ont coulé. Je croyais pourtant avoir « évacué » le passé…

- Ça ne change rien d'essayer de te mettre à ma place.

- Gwenaëlle était enceinte de sept mois quand elle a eu cet accident.

- Et tu peux encore croire en la vie ?

- Et même en l'amour… Tu n'es pas une fille superbe que j'ai envie de… je te sens différente. Comme une affinité spirituelle… peut-être qu'il faut du passé similaire pour avoir une chance…

- Affinité spirituelle… on m'a déjà dit ça aussi…

- Et tu crois que ton présent ne peut être que la répétition de ton passé, que si je te dis des mots que tu as déjà entendus, c'est avec des idées aussi pourries que ceux qui les ont prononcés pour te piéger…

- Ça pourrait te jouer des tours, de te confier comme ça… J'en sais beaucoup sur toi, mine de rien…

et certaines personnes n'hésiteraient pas à utiliser certaines faiblesses que tu montres ainsi…

- La solitude ne me fait pas peur. Je peux vivre seul. Mais au-dessus de la solitude, je croyais qu'il ne pouvait rien y avoir… et… et il y a toi.

- Ça on ne me l'avait jamais dit… excuse-moi, je suis parfois cynique. Mais c'est pour me protéger. Il me faudra sûrement du temps pour…

Trois mètres nous séparaient. Je n'osais pas me lever. Je pensais : là, si nous étions côté à côté, peut-être … mais si ce n'est pas maintenant, ça risque d'être jamais…

- Je crois qu'on ne terminera pas cette chanson ce matin. Tu m'excuses, je vais aller marcher un peu…

- Et si je te propose de t'accompagner ?

- Je crois que tu comprends, j'ai besoin d'être seule.

Marjorie sort. Je reste figé. L'impression « qu'un temps fou » s'écoule. Je cours.

- Marjorie !

Non, seulement quelques secondes… Marjorie quittait juste le couloir. Elle rouvre la porte, sourit. Je m'approche.

- Faut que j'te dise. Garde toujours une main sur ton verre, ou un œil dessus.

- Qu'est-ce que tu dis ?

Je lui raconte.

- J'ai ce réflexe depuis longtemps. Je sais qu'il faut être méfiante… Je ne dis pas cela pour toi… Je pense que je ne me serais pas faite avoir… mais… merci.

Pourquoi, encore, quelques larmes… Trop sensible ? L'idée qu'il pourrait ne rien se passer entre nous, l'idée qu'il peut TOUT arriver ? Sûrement deux causes pour une conséquence.

30

Nous étions à table quand Marjorie est rentrée. Et la place que j'avais cru pouvoir laisser libre à ma gauche, en attendant le dernier moment pour m'asseoir, était occupée par *Nain de Jardin*.

Elle m'a souri. Tout n'est donc pas perdu ! Mais il me faut me retourner pour la voir. Je pense à l'amorce d'une calvitie… que cet emplacement va lui jeter aux yeux. Je ne peux plus me faire la moindre illusion : dans quelques années j'aurai cette tare… dans quelques années je vais basculer de l'autre côté, celui des vieux… ou alors pour « les apparences » je sacrifierai quelques économies ?… merveilleuse époque ! la science offrant en corollaire de ce triomphe des apparences la possibilité de rectifier les dégradations du temps… serai-je retenu par la crainte du bistouri, la radinerie ou le refus de jouer ce jeu ?

Le dessert est à peine terminé… NDJ distribue des tee-shirts… Cabrel les dédicace à la demande… une main sur mon épaule.

- On va la terminer, cette chanson…

Marjorie s'installe au piano. Ne joue pas. Je m'assieds sur une chaise.

- La semaine dernière, je l'ai vécue dans un monastère. J'y ai connu une impression d'immense paix, de douceur, d'accord à la vie. J'ai senti la sérénité possible. Que c'est la vie avec les autres, la vie en société, qui est néfaste. Et dans quelques semaines, j'y retourne pour une retraite.

Le silence. Je suis effondré. Marjorie ajoute :

- Une vraie retraite, trois ans, trois mois et trois jours, en monastère.

Le coup est foudroyant. Je me sens KO.

- Et après ?

- Comment ?

- Et avant ? Et après ?

- Et pendant ? Je ne me vois pas imposer à quelqu'un une telle séparation.

39

- Et... et tu crois vraiment indispensable cette « retraite » ?

- Tu voudrais m'en dissuader ?

- Marjorie... Je sais que prendre la décision de se retirer ainsi du monde est... est un acte majeur... Je sais ta décision... même si j'en ignore toutes les raisons... Il doit être plus facile de t'attendre trois ans, qu'un jour vivre avec quelqu'un qui me reprocherait de l'avoir dissuadée... si tu te demandais si je pouvais t'attendre...

- Non... oui...

Elle s'est levée. Qui a parcouru la plus grande distance ?... Instants hors du temps. Oh Marjorie ! La saveur de ta langue. Et cette sensation qui se diffuse en moi, mon corps tressaille quand la main gauche effleure ton ventre, la droite ton dos... tressaillements surmultipliés quand tes mains...

La porte s'est ouverte...

- On cherche une salle avec piano... vous avez plus besoin du piano ?

- On faisait une pause...

- Et je retourne au piano dans trente secondes... je crois qu'au deuxième il n'y a personne... et le piano est nettement meilleur que celui-ci...

- Bon... bonne après-midi.

- A vous aussi... Voilà, le bruit va courir... je n'étais pas une forteresse imprenable ! et des mecs vont considérer qu'il est de leur devoir d'essayer de prendre ta place ! Attends-toi aux remarques les plus stupides, cinglantes.

- A cause de l'ANPE, je suis obligé de rester... sinon je t'aurais proposé de partir !

- Et... j'aurais accepté.

- Les chansons sont présentées mercredi, je crois que c'est le temps qu'il va nous falloir pour terminer deux couplets !

- Tu mesures bien... trois ans, trois mois et trois jours ?

- Et toi ?

- Moi... je sais pourquoi j'y vais. Mais toi ?... Je sais que tu peux vivre seul... mais ce n'est pas une solitude ordinaire...

- Il nous reste combien... de jours ?

- Je ne sais pas... mais je le sais, c'est nécessaire. Je veux m'imprégner des textes bouddhistes... m'imprégner dans le silence, dans la certitude de ne pas être dérangée par une lettre, un appel, le bruit, un voisin, une agression... tu te sens de quelle religion ?

- De... des pensées de Pascal... enfin pas de toutes, juste celles où il sort la tête de son emprise religieuse.

- J'avais donc raison de te trouver différent le premier jour !

- J'ai bien entendu ?

- Pour qu'il y ait une véritable attirance, il faut, je crois, qu'elle soit réciproque... « *il ne faut pas juger en aimant, mais aimer après avoir jugé* ». Les préceptes de Théophraste ne sont plus guère suivis. Je suis donc une fille qui s'exprime souvent par citations. Ça énerve souvent....

Nous étions bien des misanthropes : avec un insatiable besoin de se raconter, se confier, quand la confiance existe... Tout ce que nous n'avions jamais pu dire sortait. Ou presque...

Pas une note avant l'heure du repas !

31 : la sensation.

Notre arrivée serait la sensation. Nous ne pouvions en douter.

La question devant être : comment vont-ils se comporter ?

- Je le sens : tu me tiens la main pas pour la lâcher en bas ! Je le sens : nous allons entrer dans une arène. Cabrel va pouvoir chanter sa corrida. Mon attitude du premier jour va être considérée comme des manières… Je t'inviterais bien à manger au resto ce soir… mais ils considéreraient ça comme une provocation…

- Je t'inviterais bien… chez moi ce soir… mais soixante-dix kilomètres… ça va faire juste pour être ici demain à huit heures !…
- Ça te choque si je t'invite à l'hôtel ?
- Ça te choque si j'accepte… et en profite pour t'inviter demain soir ?
- Tu n'attends pas la première nuit ?
- Et tu attends la première nuit pour accepter !
- Stéphane… je ne dormirai plus chambre numéro trois.

Quelques heures après s'être vraiment parlé pour la première fois, deux êtres peuvent avoir la sensation de pouvoir tout se dire, peuvent côtoyer des crétins sans vraiment s'en soucier, en sachant qu'il suffit de terminer le repas pour, tout naturellement, aller faire l'amour.

32 : dimanche soir : dîner débat

Les filles sont parfois étranges, c'est celles qu'on croit qu'elles veulent pas, qui demandent que ça…

La fille la plus chaude qu'on ait eue, on l'a retrouvée sous un duvet, en bas, sur la pelouse, le dimanche matin, avec trois gars…

A chaque rencontre il se forme quelques couples. Mais c'est rare que ça dure, ici tout est beau tout est joli mais après faut revenir à la réalité. Y'a des kilomètres qui séparent les tourtereaux…

C'est pas toujours les mêmes au début qu'à la fin. Une fille ça peut changer, ça peut trouver mieux ailleurs…

- *Les mecs qui sont pas partageurs moi j'leur cass'rais bien ma guitare sur la gueule.*
- *Surtout si leur gonzesse est plus que baisable.*

Propos d'apéro. D'avant dîner débat.

Il suffit d'un rien et la véritable personnalité d'un crétin ressort. Alcool à volonté et une image de bonheur inatteignable ! Et elle s'exprime dans toute sa médiocrité…

Dimanche soir, soir des invités.

Philippe Albaret, directeur d'un truc de formation, déjà vu à Périgueux donc, déjà côtoyé par Marjorie aussi (« *lui, s'il approche, tu t'arranges pour avoir quelque chose d'essentiel à me communiquer, pour m'éloigner… On peut parler de tout, mais pas avec n'importe qui !* »), une représentante de chez Sony, la commerciale blonde caricature, un dignitaire sacem locale (Agen) et un de Paris.

- Tiens, Marjorie, je ne pensais pas te voir ici. Ça fait un bail que tu n'es pas venue au Chantier.
- On ne peut pas tout avoir dans la vie.

Marjorie se tourne vers moi, je dois intervenir ! :
- *La motivation est la causalité vue de l'intérieur…* J'ai retrouvé la citation de Schopenhauer.
- Je vais la noter tout de suite, tu m'excuses Philippe mais c'est essentiel, fondamental, c'est pour ma thèse à la Sorbonne.
- Tu es à la Sorbonne maintenant ? Je croyais que tu vivais à Lyon.
- La fille de François Mitterrand m'a obtenu une dérogation… mais je t'ai rien dit…

Marjorie notait donc « ça m'étonnerait qu'il ait compris, je crois qu'il va revenir à la charge ».

Mais l'apéritif était terminé : à table !

Des banalités. Des banalités. Réponses classiques aux questions classiques. Tous frais payés. Des pantins payés à débiter des banalités en tous frais payés.

S'éclipser discrètement était impossible… mais rester plus longtemps…

- Ce genre de baratin, je l'ai déjà entendu quinze fois. Ils ne pourraient pas simplement dire la vérité ?

Le repas s'achevait enfin... les notables étaient à notre disposition... les questions pouvaient durer tant que le souhaiteraient les apprentis...

33 : nuit d'Amour

- Au *Formule 1* d'Agen (puisque j'ai une voiture !) ou « chez Cabrel » ?
- Ça doit être hors de prix. Mais je t'invite dans le grand luxe pour notre première nuit... On essayera quand même de trouver moins cher ensuite !...
- Ça va peut-être te surprendre d'un mec qui vient aux rencontres d'Astaffort mais... je n'ai pas de préservatifs... tu crois qu'il y a un distributeur automatique dans Cabrel-city ?
- Et tu n'aurais pas fait un test VIH ?
- C'était y'a bien longtemps... et il est toujours valable... et toi ?
- C'était y'a pas très très longtemps... et il est toujours valable.
- Alors ?
- Alors, c'est une question de confiance !...
- En plus, vu mon état, vue ma dérive stendhalienne, des préservatifs, ça risque de nous entraîner dans un tel fiasco !
- Je suis sûrement la seule personne à Astaffort qui puisse comprendre cette remarque.
- J'ai l'impression que tout ce que j'ai lu... tu le connais par cœur... tu ne serais pas une bibliothèque vivante ?

Corps aimantés. Totale confiance.
[Est-ce folie, insouciance, inconscience, une totale confiance dans une époque de profond mépris de la parole donnée, de ses engagements ?...
Une époque même fondamentalement injuste envers ceux qui la résument le mieux... ainsi Charles Pasqua sombre dans l'oubli plutôt qu'être considéré comme le philosophe de référence grâce à son *« les promesses n'engagent que ceux qui les écoutent »*.
En amour aussi les promesses ?...]
« Ça va faire une nuit avec peu de sommeil », Philippe Cabrel, le *frère de* donc, en leur remettant les clés, comment aurait-il pu penser quelque chose de fondamentalement différent ?
S'est-il empressé de téléphoner « en face » : deux zigotos découchent... ?
S'il était de bonne humeur et pas fâché avec le frangin, il a vraisemblablement fredonné : *on est tout simplement un dimanche soir sur nos terres.*
Quelque chose en plus qu'une simple nuit de sexe ? Si vous souhaitez qu'on vous reconnaisse ce quelque chose en plus, il vous faut le reconnaître... à toutes les premières fois autres que « simple baise ».
- Non !... nous vivons un vrai début !
Le cynique répliquerait :
- Dans ce cas-là on le croit souvent.
- Peut-être... mais ce sera le cas !
- Ça arrive, parfois... mais le plus souvent, quand les lumières se rallument la magie s'est évaporée... enfin bon, une exception, ce ne serait pas la première fois, même dans cette chambre, enfin, ça je n'en suis pas certain, mais votre histoire manque de romantisme, de rebondissements... et tu crois vraiment qu'elle va durer au-delà des quelques mois traditionnels, les quelques-mois-hors-du-temps de l'Amour, ce qu'on appelle « la passion » ?

L'ombre du doute plonge régulièrement sur « les gens de pensées ». Trop lucides, peut-être. Savoir que souvent ça se plante, qu'il vaudrait mieux ne pas sortir de cette chambre, que dehors surviendront les agressions. L'ombre du doute a plongé, chaque regard l'a dit à l'autre... mais l'envie de dévorer des surfaces privilégiées était alors si forte...

34 : risque ?

- J'ai oublié !... On a parlé risque sida. Mais j'avais oublié !... Non, je n'ai pas eu une transfusion la semaine dernière !... J'ai oublié et on a pris un risque... le risque d'avoir un enfant ! J'avais oublié : je ne prends pas la pilule... je ne peux pas croire qu'elle soit sans effets secondaires pour la femme... la multiplication des cancers des femmes de 40 – 50 ans ne doit pas être qu'une conséquence du stress et des pollutions.
- Et la méthode Ogino, ça donne quoi ?
- Si j'étais enceinte tu penserais quoi ?
- J'y verrais un signe du destin ! comme tu sais...
- Excuse-moi... ce n'est pas que j'avais oublié mais je n'y pensais plus... Tout à l'heure j'irai à la pharmacie... une pilule du lendemain ça ne peut pas être pire que de traverser Lyon sans masque à gaz ... et si malgré tout, oui, ce sera un signe du destin. Pour moi aussi !
- Durant des millénaires les êtres humains ont fait l'amour en sachant que ça pouvait arriver...
- J'aimerais bien quand même décider du jour... enfin, je ne dis plus rien... trop d'idées se bousculent... mais au cas où, ni Francis, ni Mariette !...

Refaire l'Amour en sachant que peut-être... Refaire l'Amour en essayant d'appliquer le tantra (après des mois d'entraînement !), que la jouissance se diffuse dans tout le corps (oh merci lectures)... mais encore une fois, l'émotion serait trop forte pour maîtriser longuement les muscles pubococcygiens.

35 : intervention Auteur (Brice Homs)

Le bruit d'une chasse d'eau. Quelques secondes indispensables pour réaliser, se souvenir de tout. Marjorie aussi ouvrait un œil. Ce ne fut pas un rêve !
Et c'aurait pu durer la journée ainsi. Mais nous étions « chez Cabrel ». Et il était lundi.
- Je vois dans ton regard que la bande de crétins vient de te revenir à l'esprit.
- Dès qu'on est plus de quatre on est une bande de cons...
- Et arrive Brice Homs... tu le connais ?
- Vu à Périgueux, il était là au nom de l'Adami ou de la sacem... je n'ai rien retenu de son baratin...
- Je l'ai croisé quelquefois... le genre de type à l'aise avec l'organisation actuelle de la chanson... tu sais qu'il va être neuf heures dans moins d'un quart d'heure ?
- Aussi lamentable que Seff ce Brice ?
- Plus jeune. Et déjà dans les structures représentatives. Monsieur fait son chemin !... trace son sillon, entre dans la carrière... ses textes puent le dictionnaire de rimes mais rapportent. Un peu moins mauvais que le Seff... mais bon, même Barbelivien pourrait y prétendre. Lui aussi doit rêver de finir président de la sacem.

Etre président de la sacem avant de crever. En croyant ainsi imprimer son nom dans le monde de la musique. Qui se souvient d'un président de la sacem ? qui se souvient d'un prix Goncourt ?
Qui se souviendra de Jacques Demarny ?
Jacques Brel, oui. Balzac, oui. Marcel Proust, oui.
On peut être récompensé et passer à la postérité, la récompense n'est alors qu'une péripétie. Le plus souvent un malentendu...

Regards de désapprobation à notre arrivée...

Brice HOMS se présente. Auteur fier de ses « réussites »... monsieur a des potes en Angleterre... rimes aabb ou abab...

- Il se fout de notre gueule ?

- Mais il ne le fait pas exprès ! ça va être comme ça toute la journée. Et en plus il est payé pour ça !

Alors, on note ?

ANADIPLOSE : reprendre en début de phrase le dernier mot de la précédente phrase.

ANTONOMASE : nom propre pour un nom commun et nom commun pour un nom propre.

PARECHEME : coller deux syllabes identiques, comme dans CACAHUETES.

Certains notent !…

- Je vais te chercher quelque chose.

Non, quand même, les stagiaires peuvent sortir sans lever un doigt !

Marjorie reviendra vingt minutes plus tard avec NOTES titré *LES JOUEURS DE MOTS*… elle ouvre page 33, *Exercice autour d'un style, Serge Gainsbourg, par Brice Homs*.

Maintenant le citron, technique développée par Gainsbourg, permettant d'écrire une chanson sur n'importe quel sujet… bien utile quand tu as l'interprète qui veut son texte pour le soir… ça arrive souvent…

Et l'inspiration, l'insaisissable, mec ? Non ça ne doit pas être le sujet ! Et ce type touche des droits d'auteur !

Tu attends quoi, Jean-Marie Messier, pour délocaliser cette sous-création ? Cette « compétence » doit bien exister quelque part à quelques francs par jour… Tu manques d'imagination J2M ! Une kyrielle de nègres te suffirait pour devenir l'auteur compositeur le mieux payé de France ! Et tu entrerais sous les ovations au Conseil d'Administration de la sacem…

36 : mercredi

La sélection des titres pour le spectacle du samedi, initialement programmée le soir, est avancée en fin d'après-midi, Francis ne pouvant rater un événement… le match de foot à la télé… c'est sacré la coupe d'Europe…

[*Je suis quelqu'un de l'intérieur*… il fallait comprendre : j'aime regarder les footballeurs]

Des « anciens » font la bise à NDJ, entre frime et timidité… viennent voir (enfin : se montrer).

Nathalie interprète « les bulles », Marjorie, le titre de sa première journée puis « qu'une fois ». L'émotion traverse la salle… je me sens auteur !…

A l'apéritif, les Astagiaires… tandis que se joue votre destin…

- Comme tu t'en doutes, j'aimerais chanter notre hymne à l'amour sur scène. Mais j'ai croisé leurs regards. Leur animosité est palpable. Je commence à bien connaître le show-biz, tu sais. Et au lieu de faire autre chose, ce qui aurait été intéressant, ce qui aurait mérité les subventions… ils sont un simple reflet de la médiocrité de ce milieu.

- Tu les crois pourris à ce point ?

- Une déconvenue peut stopper net toute créativité… c'est la loi de la jungle, Gide était réputé pour encenser les « modestes écrivaillons » tout en écartant Proust, c'est un peu le même principe, en glorifiant quelques rimailleurs ils pensent pouvoir prospérer en paix. Leur véritable ambition est de décourager toute velléité d'art majeur…

Maître Cabrel s'éclipse. Se justifiant : dans ces cas-là, il préfère partir. Il sait qu'il y aura des déçus. Le choix a été difficile… mais dès ce soir, il faudra penser uniquement aux titres retenus…

Jean-François, marqueur bleu, note au tableau blanc les seize titres.

Nain de jardin est sûrement le moins professionnel ! Il nous observe de face… il espère lire sur notre visage « sa revanche » ?

- Ne sois pas triste, c'est logique. Nous ne sommes jamais allés fumer des joints dans la salle aux Chorus. Nous n'avons pas joué le jeu de la vie de groupe. Nous n'avons jamais caché notre mépris des tubes à la Seff. Et tout le monde le sait : nous vivons à l'hôtel. Si j'étais Maurice Pialat, je me lèverais et balancerais « vous ne nous aimez pas, mais nous ne vous aimons pas non plus »… mais je les soupçonne d'être encore plus misérables. Demain, à huit heures, l'un de nous ira à la poste, s'envoyer un recommandé… *Qu'une fois* est finalement seulement une bonne chanson de variété, et comme elle ne sera pas chantée, elle ne sera pas sur les formulaires sacem…

- Tu les crois encore plus ripoux que pourris ?

- Fondamentalement, que quelqu'un nous la pique, ce ne serait pas dramatique, maintenant nous savons qu'en écoutant nos émotions nous pouvons faire… mais notre indépendance passe peut-être par un procès !

Comme une nuit d'Amour relativise la médiocrité d'Astaffort !

37 : jeudi …

Sylvie-dictionnaire-de-rimes-trois-textes-retenus (sur six prétendument écrits « *dans ce lieu magique* ») ne se tient plus.

Intervention arrangeur : Gérard Bikialo.

Intervention voix : Christian Alazard.

Répétition du spectacle de clôture : l'auteur peut dévorer des yeux Marjorie quand elle doit le quitter pour exercices.

Le couple s'éloigne de plus en plus.

- C'est jamais bon de se mettre à l'écart.

- Est-ce ainsi que les femmes vivent ?

Répondre à côté. Jean de la Fontaine utilisait ce principe pour éviter d'entrer dans les jeux de son époque. Une manière de se protéger.

Les réflexions de Marjorie laissent présager des « expériences douloureuses »…

Parfois la tentation de dire :

- Un jour tu me raconteras pourquoi et comment tu en es arrivée à regarder ainsi la vie, les autres ?

Mais je me rends compte avoir aussi « des zones d'ombres ». Bien au-delà des confidences déjà échangées.

Football. Tout le monde au stade d'Astaffort, et nous allons jouer au football, même *Nain de jardin*, c'est exceptionnel, c'est exceptionnel paraît-il, *NDJ* sur un terrain… les rouges contre les jaunes.

Oui, jusqu'à 19 ans, j'ai joué. Même dans un état physique déplorable, ma technique les mystifie ! Un p'tit plaisir !

38 : salle sombre

- T'es une hippie ?

- Si tu suis la définition du Robert, personne qui refuse les valeurs sociales et culturelles de la société de consommation, les conventions vestimentaires et le mode de vie, la recherche du prestige social et de l'argent, le développement industriel, alors oui, le terme hippie me convient.

- T'apprends les définitions du dictionnaire par cœur ?

- C'est un bon exercice, tu trouves pas? Vaut mieux avoir un dictionnaire dans sa tête que dans son sac.

- T'es sérieuse ? Tu te drogues à quoi ?

- Je me pique à l'encre. L'encre littéraire.

- Alors, tu en penses quoi de Cabrel ?

- Auparavant, quand j'avais entendu parler un homme, je croyais que sa conduite répondait à sa parole. A présent, quand j'ai entendu parler un homme, j'observe ensuite si ses actions correspondent à ses paroles.

- Tu pourrais pas parler comme tout le monde !

- Naturellement, Confucius ne parlait pas comme tout le monde.

- Quoi !, c'est même pas de toi c'que tu viens d'dire.

- Confucius s'est exprimé d'une manière tellement appropriée, qu'il me faudrait être bien prétentieuse pour espérer plus de justesse.

- C'est nul alors, c'est même pas tes idées.

- La majorité des gens pensent avoir des idées, tout simplement parce qu'ils s'approprient sans s'en rendre compte les idées-reçues d'une télé ou d'un bistrot.

- T'es vraiment une fille bizarre. Qu'est-ce que tu viens faire ici ?

- Conforter mes certitudes sur l'incompatibilité entre la démarche spirituelle et l'état du show-biz !

- Tu peux vraiment pas parler comme tout le monde.

- Je prends ta réflexion pour un compliment.

- Donc t'aimes pas Cabrel ?

- Ornifle des années 90.

- Tu le fais exprès de parler pour que personne te comprenne.

- Bon, je vais vous citer un extrait d'une pièce de Jean Anouilh, *Ornifle* ; *Ornifle* c'est le titre de la pièce.

- Fous-toi pas de notre gueule quand même, alors i dit quoi ton Ornife ?

- *C'est toujours dommage de ne pas avoir de génie. Mais c'est moins grave, en fin de compte, qu'on ne se l'imagine. Il suffit que les autres croient qu'on en a ; ce qui est une affaire de journalisme.*

Marjorie me racontait cette conversation du samedi « travail en groupe », où elle avait tant choqué deux prêts-à-tout-pour-réussir. Nous nous croyions seuls dans la salle obscure. C'était l'heure de l'apéritif. Nous n'étions pas pressés de les rejoindre.

Francis Cabrel s'est levé d'un siège derrière nous. Est passé doit comme un i, sans un mot.

39 : Marjorie conceptualise

Notre présence ici est significative du fonctionnement de la chanson en France, de la confiscation par une nomenklatura a-culturelle des espaces culturels.

Le vide se prétend matière.

Cabrel et ses chansonnettes, ce point zéro culturel, spirituel et philosophique, catapulté bienfaiteur de la chanson française, espoir des créateurs isolés.

Bien sûr il ne draine en majorité que des pantins de son espèce, des « aux-dents-longues ».

J'imagine qu'habituellement au plus un sélectionné est en marge, se dit « mais je n'ai rien à voir avec ces gens-là ».

Notre présence ici défie les lois de la probabilité. Regarde-les, imagine les anciens d'Astaffort comme il faut dire, les futurs aussi, et tu en vois combien avec un peu de consistance, de Lumière ?

Se rencontrer ici, cet événement improbable, finalement, s'est imposé à nous, au-delà de notre volonté. C'est Nadia qui a envoyé un dossier ; je ne l'aurais jamais fait. Et toi, sans les pressions ANPE, la chanson ne t'aurait peut-être jamais attiré…

Peu importe qu'ils nous montrent, plus ou moins insidieusement, l'unique chemin pour « devenir comme eux », peu importe notre mise en quarantaine…

Je réponds :

Dès que le marginal trouve un compagnon de lutte, un mouvement peut éclore. Déboulonner les fausses valeurs, pousser à la retraite les vieux schnocks, les dépeindre sans leur maquillage. L'impertinence est l'unique arme digne de nous.

Marjorie me ramène à plus de retenue :

Entre les mains des marchands, les mots et les idées sont devenus de simples sonorités. Alors que les mots et les idées devraient être au cœur de cet univers, ils sont méprisés. Mais s'occuper des pantins c'est perdre du temps. Notre création serait perdue pour l'art si elle n'avait qu'un but mesquin.

Et leur citadelle n'a pas besoin de nous pour s'effondrer. La chanson est en crise ! Quand le public achète moins la bouillie en tête de gondole, c'est l'hallali : la crise nous menace, baissez la TVA !

La chanson a toujours vécu sur une corde raide. Que Jacques Brel ait eu du succès, c'est l'exception, l'improbable réalisé. De tout temps les Cabreliens ont dominé ce que l'époque appelle ART. Seule la postérité sait donner un grand coup de balai sur ces usurpateurs !

40 : Jacques Brel, Gérard Manset

- L'intégrale de Jacques Brel, l'intégrale de Gérard Manset ne me quittent jamais. La chanson n'est pas condamnée à la médiocrité.

Le vendredi soir, je n'avais plus cette crainte compréhensible d'avouer des lacunes…

- Gérard Manset, je connais uniquement grâce à Alain Poulange, une émission sur France-Inter, une semaine d'émissions d'ailleurs enregistrées. *Finir pêcheur, entrez dans le rêve* m'ont subjugué. Mais je n'avais rien trouvé au *Mammouth* de Cahors. Victime de la tyrannie des têtes de gondoles.

- Quelle chance tu as ! Tu vas découvrir quelqu'un de digne.

41 : journaliste parisienne

Liliane :

- *Je peux vous voir en individuel ?*

Elle interroge tout ce qui parle. Un papier pour *Musique Info Hebdo*. Comme nous n'avions par tourné autour d'elle, nous sommes les derniers qu'elle aborde… Parce qu'une journaliste, surtout de Paris, suscite la même attraction qu'un tournesol dans un terrain vierge pour les abeilles.

Elle est surprise : je la questionne. *Normalement c'est dans l'autre sens !* Son histoire m'intéresse. Elle me trouve différent : les autres veulent réussir, gagner du fric, passer à la télé, prendre un peu de lumière d'Astaffort…

Son article (*Astaffort, le secret des Voix du Sud*) sera d'une banalité et d'une flagornerie affligeantes (*former des artistes en devenir nécessite une équipe animée d'une volonté sans faille…*) ; même pas l'ombre d'un doute sur l'utilité d'un tel lieu subventionné ! (elle espérait entrer dans le staff Cabrel ?)

[depuis : devenue secrétaire de Philippe Val à Charlie-Hebdo]

Le vendredi, c'est aussi le débarquement des *anciens*. Le plus souvent en provenance de Toulouse. Vincent Baguian en est la star. Produit par Francis Cabrel, bientôt en première partie de Patricia Kaas.

Anciens qui peuvent dormir, « pour 50 francs seulement », dans le dortoir du lycée. Et peuvent manger, « pour 50 francs seulement ».

42 : samedi

- Je pourrais profiter de la scène. Achevé le premier couplet, le premier refrain, demander aux musiciens de s'arrêter. Expliquer la situation. Notre chanson censurée. La chanter a cappella. A seize ans je l'aurais fait. Mais la révolte éloigne de nous l'essentiel. Se révolter contre cette sanction serait les considérer dignes de nous avoir sanctionnés. Je chanterai et… et dès que tu le souhaiteras tu pourras me retirer ma tenue de scène. La révolte positive, c'est agir, créer, avancer. La révolte négative se limite à détruire. Même leur spectacle démagogique, je n'y toucherai pas, je n'ai pas à leur pardonner, ils ne sont rien. Ils vivotent leur petite vie inutile dans le brouillard de l'ignorance…

Marjorie passait en sixième position. La septième chanson se terminait que nous quittions déjà la « music-hall ». Nous ne serions pas du « tous les stagiaires sur scène ».

Nous manquerions « le cadeau que vous fait Francis », à savoir : chanter ; le concert de Louis Chédid.

Puis « la fête » qui devait suivre…

43 : SDF

Marjorie ? SDF !, « sans domicile fixe » !, l'errance d'hôtels en amies ayant précédé sa quinzaine en monastère.

Trois valises, c'est trop ? la « blague » du premier jour… Trois valises, deux guitares, c'est TOUT.

Stéphane l'apprit le dimanche matin. Entre leur réveil et midi. Durant trois heures Marjorie raconta « le plus sincèrement possible » son parcours.

Raconter : réinventer, forcément. Marjorie ne ment pas, n'a pas la sensation de transformer. Mais quelques parenthèses restent dans l'ombre. L'occulté reste en profondeur. Et Stéphane ne pose pas les questions qui auraient pu le faire remonter à la surface, il sent toute la confiance nécessaire pour ainsi se confier.

Elle commence par sa mère morte d'une chute, une fracture du crâne, dans la salle de bains. Marjorie avait seize ans. Sa fuite, la nuit suivant l'enterrement, à trois heures du matin, après avoir vidé le coffre-fort de son père, subtilisé les cartes de crédit et « les papiers » (« *le livret de famille, ta carte d'identité, c'est sûrement une trace de la vie de ta grand-mère, mais ils sont bien en ordre dans ton tiroir, si un jour tu dois fuir, ne les oublie pas », m'avait si souvent répété ma mère, avant de s'effondrer en larmes, ajoutant, « non ma fille, le temps de fuir est fini… »*)

Marjorie avait appelé un taxi, pour le centre-ville, où l'absence de connexions entre les banques lui permit de se servir au distributeur du Crédit Lyonnais, de la Caisse d'Epargne, de la BNP, du Crédit Agricole et de Paribas. Une autre compagnie de taxi l'avait déposée au *Formule 1*, le temps d'attendre le premier train, la gare, en coupant par la zone industrielle, n'étant qu'à cinq cents mètres. Elle acheta quinze billets au distributeur automatique, et prit finalement, un tirage au sort en décida, le TGV pour Reims. Où elle recommença à s'approvisionner en liquide.

- *Dans le train pour Metz, j'ai failli tout perdre. Une histoire classique, trois crânes rasés remarquent une fille seule et les occupants du wagon regardent ailleurs. Je les ai eus au bluff. Comme dans un film américain.*

Ils ont rigolé quand j'ai sorti un cran d'arrêt (Marjorie prend dans son sac le cran d'arrêt, ajoute : mon ange gardien). *« Joue pas avec ça gamine, tu vas te blesser ».*

Je me suis entaillée la main gauche, le sang a giclé, ils m'ont crue folle.

« Eh petite, tu te calmes. T'aimes le sang, on va te le faire sortir d'ailleurs ton sang, hein gamine, t'as envie de jouer aux grandes… »

- *T'as envie du sida mec. Allez viens, on va le mélanger notre sang.*

Ils se sont regardés, devaient me croire trop jeune pour bluffer. J'ai senti l'instant où ils ne se méfiaient plus de mes gestes. Et j'ai appuyé le cran d'arrêt sur la jambe de celui qui me semblait le moins sûr de lui.

Les deux autres ont obéi sans discuter ; on arrivait justement en gare : « Vous, vous descendez ici, et j'emmène votre copain en ballade. A moins que l'un de vous deux souhaite prendre sa place… je compte jusque trois ».

A deux ils étaient à la porte. Ils ont fixé leur copain au carreau… On est resté comme ça, mon cran d'arrêt sur sa jambe, sans échanger un mot, jusqu'à la gare suivante. Au bout de cinq minutes les gouttes lui dégoulinaient du front. Là, j'ai vraiment compris : tout n'est que rapport de force dans la vie.

Et ce furent des années à redouter d'être retrouvée. A vivre dans les hôtels les plus pourris. Jamais plus d'un mois dans le même quartier. A ne sortir que pour acheter manger et livres.

- A dix-huit ans, finalement, j'ai osé essayer d'ouvrir un compte en banque. Je n'en pouvais plus de promener ma sacoche. De dormir avec elle aussi. Le banquier n'a pas vérifié si une fille de 18 ans venait de gagner au loto. Là j'ai compris : l'argent n'a pas d'odeur, ce que redoutent les gens, c'est les complications ; pour peu qu'on leur exagère l'improbable ils gobent tout. Le même scénario a fonctionné dans trois autres banques…

Elle s'était alors renseignée pour changer de nom : aucun motif valable. Elle avait ainsi décidé de faire artiste. Pour la possibilité de prendre un pseudonyme.

Les portes s'étaient facilement ouvertes devant « Marjorie Van Maere ». Comme il lui venait de sa grand-mère, elle avait conservé son prénom, et adopté le nom d'une fille croisée à la faculté de Nantes, où quelques semaines elle suivit des cours de psychologie.

- Une fille on dirait bizarre. Elle était amoureuse, un gars qui venait la voir en train, elle m'en parlait des heures mais non, elle voulait rester fidèle à un mec de Strasbourg, simplement à cause de souvenirs. Ils se connaissaient depuis deux ans, elle ne pouvait s'imaginer quitter quelqu'un, même en sachant qu'il la trompait, après deux ans de souvenirs, des vacances. Elle préférait son passé idéalisé à l'amour possible. J'ai compris alors une chose essentielle : les gens sont toujours logiques. Dans leur logique. Ils sont responsables de leur malheur non parce qu'ils agissent parfois de manière déraisonnable mais toujours parce qu'ils agissent d'une manière ridiculement logique. En tout cas, si j'ai eu par la suite une période lesbienne, c'est uniquement avec des filles qui lui ressemblaient. L'image d'une femme idéale, ça existe aussi pour une femme.

Marjorie avait chanté. Devenant un point de mire du milieu lesbien parisien.

Son « premier mec » fut naturellement un producteur, qui ne pouvait pas croire qu'une princesse… et blabla et blabla. Qui naturellement se lassa d'une fille qui cite du Schopenhauer.

Ce fut un autre producteur, d'une major celui-là. Et Marjorie trouva plus simple de vivre « officiellement » avec une fille.

- Mais je sentais ma vie s'étioler. J'ai alors décidé de tenter l'aventure du monastère. Le lendemain de cette décision j'étais retenue aux rencontres d'Astaffort. J'ai failli ne pas venir donc ! Une copine m'y avait inscrite. Je l'ai su quand la fiche de candidature était envoyée… Elle me voyait bien séduire Cabrel, devenir son amante officieuse, entretenue naturellement, avec un super appart, et Richard Seff comme producteur.

C'était selon elle le meilleur moyen pour résoudre nos problèmes de fric. Parce que naturellement, personne n'a su durant ces années…

Nadia est passée à l'hôtel m'apprendre la nouvelle, « la bonne nouvelle ». Naturellement entre temps j'avais fui à l'hôtel. On me disait volage ! Je suis une fille en fuite. Mais je n'avais jamais dit à personne : je suis une fille en fuite…

44 : carnet d'Astaffort

Une semaine après « notre installation », je pensais à compléter le « carnet d'Astaffort », conscient que de tels propos ne tarderaient pas à rejoindre la zone poubelle du cerveau :

Rubrique ENTENDU

Je m'en fous de c'que je chante, je veux que les gens m'admirent, soient en bave devant la scène, devant leur télé. C'est mon rêve ça, passer à la télé.

Si t'es bien vu, t'obtiens des subventions, c'est pas plus difficile que ça. Le reste du temps, faut essayer de trouver des gens assez cons pour te financer. Ça se trouve. Michel, dix briques qu'il a obtenu comme ça. La gonzesse était fan, elle a claqué toutes ses économies, elle a financé son cd sous couvert d'une association, elle pensait que les ventes allaient rapidement lui permettre de récupérer son avance, et lui, bien sûr, il a filé avec les CD. Obtenir la confiance des gens qui ont du fric et ne rien signer, c'est le secret de la débrouille.

Bronzomme, tous les cinq ans, il refait les mêmes chansons… Kriss Padest, elle a pas de voix, elle est nunuche …*

Chaque semaine, j'envoie cinquante lettres, je ne veux pas un jour risquer de m'entendre dire : t'as pas tout fait pour réussir. Faut montrer aux producteurs qu'on est vraiment motivé, qu'on en veut.

J'ai un home-studio et je presse le nombre de CD que je veux, je les vends à la sortie des concerts, ni vu ni connu, ça me fait un fric dingue.

Il suffit que tu me téléphones et je te donne tous les renseignements que t'as besoin. Je suis une vraie banque de données.

Je touche que 6000 par mois mais j'ai des avantages.
- C'est une anarchiste ?
- Elle a un beau cul mais elle fera pas long feu dans la chanson.
- J'ai toujours dit qu'une chanteuse qui commence à penser, faut la virer.
- J'crois qu'elle amuserait quand même, si elle s'allongeait quand on lui demande.
- Avant, les filles comme ça, y'avait toujours quelqu'un pour les remettre à leur place. Une petite aiguille dans le bras et au bout de huit jours, elle était accro, filait au petit doigt et se laissait enfiler mieux qu'une Catherine Millet.
- Mais les majors ont tué tout ça. Entre les Messier sortis des grandes écoles et les truands, j'crois qu'on a perdu au change.
- Y'a plus que le cinéma qui offre un peu de palpitant… c'est pour ça, je préfère la musique de film. En plus y'a un fric dingue à se faire dans le cinéma, la chanson, c'est fini.

Je te donne mon adresse. Comme ça quand tu passes sur Paris, tu viens me voir. Je peux même t'héberger.
- Pourquoi tu fumes pas plutôt un joint ?
- Les joints, ça fait six mois que ça me fait plus rien. La douille, c'est dans l'instant. T'as une vraie décharge dans la tête.

Le stage, le stage tu vois, c'est une semaine pour oublier qui l'on est, pour mieux découvrir ce dont on est capable dans le domaine musical. Si tu réussis ça, tu repars d'ici gonflé à bloc, t'as la sensation de pouvoir déplacer des montagnes.
Comme Saint-Germain-des-Prés a été le centre de la littérature, Astaffort devient le centre de la chanson.
Je me fais héberger gratos et je me fais rembourser des notes de frais en forfait. Y'a pas de petites économies. Mine de rien, ça me fait un treizième mois.

Il a un humour dingue. Mais parfois il faut le suivre. L'autre jour il arrive et me lance « alors, tu as regardé Patricia Bernadette Kaas ». Moi je lui réponds, comme tu l'aurais sûrement fait, « t'es sûr ! la pauvre son deuxième prénom est celui de la Chirac ! ». Et là il sourit. Je me dis y'a anguille sous roche. Il me sort : « t'as jamais entendu parler de Patricia B. Kaas ». Et des comme ça, il en fait bien une par semaine. Je devrais les noter. Il pourrait écrire un livre, je suis sûr il aurait le prix de l'humour. D'ailleurs, je crois qu'il va bientôt publier un roman.

La Municipalité souhaitait transformer l'ancienne halle au blé en salle de spectacle. C'était une salle des fêtes vétuste, plus aux normes, dangereuse.
La nouvelle équipe municipale cherchait un projet, une dynamique socioculturelle et économique.
Dans cette équipe il y avait un certain Francis Cabrel comme conseiller municipal…

Voix du Sud fut créée en juillet 1992. Dans la foulée le concept des "Rencontres" était développé. En octobre 1993 la salle était inaugurée… En juillet 1994 la structure d'accueil ouvrait… Les premières "rencontres" se déroulaient en octobre de la même année. Un record. Du bon boulot. Et depuis, c'est Woodstock à la campagne !

Tu m'connais. Tu sais comme je suis. Quand on veut jouer au plus fin avec moi, on est toujours perdant. Tu sais que j'ai le bras long. Tu sais comme je suis rancunier. Ils ne sauront pas forcément d'où ça viendra mais dans ce milieu mieux vaut pas de réputation qu'une mauvaise réputation. Il faut leur apprendre à ces jeunes cons à respecter les anciens.

Et tu sais, le jour où je s'rais vraiment heureux à en bander, c'est quand je les reverrai en pleine galère. Alors là je leur dirai, tu te souviens que t'espérais telle subvention, que t'espérais écrire pour x ou y. Et là le p'tit con se prend dans la gueule pourquoi on lui a du jour au lendemain fermé une porte. C'est pour ça que je suis craint dans ce milieu. Faut savoir se faire craindre dans la vie.

Les diffuseurs, programmateurs, maisons de disques, ont des logiques que l'artiste perçoit rarement clairement. On est des guides, tu vois. Ça mérite bien quelques extra…

C'est moins cher qu'un séjour au *Club Med*. Et c'est un souvenir pour la vie.

Les rencontres sont la partie émergée de l'iceberg, *Voix du Sud* réalise et participe également à un nombre considérable de choses. Astaffort devient incontournable.

Les stagiaires me surnomment parfois "grand menhir" et même "le gardien de la grotte".

Faire des chansons dans l'urgence en 10 jours et proposer un spectacle arrangé, professionnel, c'est déjà beaucoup. Ça donne une sacrée carte de visite.

* Admirez l'extrême discrétion de l'auteur, comme l'aurait écrit Voltaire. Il n'y eut jusqu'à présent dans le show-biz, ni Bronzomme ni Kriss Padest. Quelle circonspection ! quelle délicatesse de conscience.

Rubrique DIALOGUES

- Son air mafioso me dérange. C'est quoi d'après toi sa motivation ?
- Tu sais, dans ce milieu, la motivation des gens… il nous permet de nous rencontrer, de répéter, c'est le plus important.

- Je préfère la chanson engagée.
- Oh là là, fais gaffe. Jamais de politique dans une chanson.
- T'es un compositeur dégagé !
- La chanson, c'est fait pour distraire. Pas pour se casser la tête. Et puis, avec la politique, tu te mets toujours quelqu'un à dos.
- La chanson morale, contre le Front National par exemple.
- Le Pen, mais Le Pen il est fini. Le Front National, t'as des années de retard, tout a été fait en chanson contre lui.
- Justement non. Les français deviennent de plus en plus racistes.
- Raciste, ça ne veut plus rien dire. Même moi, on m'a traité de raciste quand j'ai dit qu'on entend trop le rap et tous les trucs maghrébins. Pourtant, je suis pas raciste, ma copine elle est d'origine algérienne. Elle est pas typée, elle est de la troisième génération, mais tu vois.

- Pourquoi tu chantes ?
- Pour continuer l'enfance. Les gens sont trop sérieux. Tu m'as l'air trop sérieux toi, par exemple. Il faut vivre comme les enfants, dans l'inconscience, l'amusement.
- Pourtant les enfants rêvent de grandir !
- Parce qu'ils savent pas ce qui les attend. Ils ne savent pas leur chance.

- Je ne crois pas. Les adultes prétendent essayer de continuer leur enfance mais ils en ont oublié les manques, les frustrations.
- Les manques, tu rigoles. J'ai eu une enfance super. Je pouvais tout faire. J'ai eu des vieux vraiment supers, ils m'achetaient tout ce que je voulais, je pouvais tout dire. Dire qu'un tel était moche par exemple.
- Donc ton rêve d'enfance, c'est un rêve de puissance, que tout te soit permis !
- Oh ! Tu m'ennuies... Un enfant qui répondrait comme ça ne choquerait personne. Je suis chanteuse, je vois pas pourquoi je me gênerais...

45 : lettre d'Astaffort

Astaffort le 18 03 98

Voici donc, un joli papier signé de la main du maître lui-même, afin de décorer votre cuisine et de garder un souvenir pour vos petits-enfants.
Vous pourrez leurs dire « j'y était en 98 »

Bisous, bisous

NDJFL

NDJFL : tout le monde doit désormais savoir décoder Nain de Jardin / Jean-François Laffite.

Quand elles dépassent l'erreur d'inattention les fautes d'orthographe sont souvent significatives... quand elles sont comme une marque de médiocrité...

Bonaparte motivait ses grognards avec son « *vous pourrez dire j'y étais.* » Mais il ne s'agit nullement ici de nous motiver, plutôt d'insister sur notre *infériorité*. Voir Cabrel est un événement dans une vie !

Une telle lettre, destinée à Marjorie, a sûrement été ouverte par un voisin indiscret, parce qu'elle traînait depuis quelques jours dans le tas « nom absent sur les boîtes ». La cassette jointe, contenant « LA CORRIDA », fut peut-être offerte en cadeau d'anniversaire collector. Le diplôme s'est peut-être vendu dans un vide-grenier :

Voix du Sud
N° Organisme de formation : 7240037347

Attestation de stage
Je soussigné Francis Cabrel, président de l'association
Voix du Sud
*Atteste que **Marjorie Van Maere** a suivi le stage pour*
Auteurs, Compositeurs Interprètes intitulé :
Rencontres Voix du Sud

Signé Francis Cabrel.

DEUXIEME PARTIE

Fausse absence

1 : buée

Une voiture grise, sur la route départementale. Stéphane la suit vaguement du regard, ressent le besoin de transformer en tableau le carreau d'où l'Absente s'imprégna de la vallée juste avant son départ.

Cinq expirations. De la buée sur une vitre. Il pense : buée / bouée, du majeur droit grave son prénom ; il sent monter des larmes, est tenté de les retenir. Considère cette impulsion de contrôle indécente. Il sourit. Cette souffrance est de l'Amour. Il se rend compte n'avoir jamais éprouvé pareille plénitude. Il est rempli de Marjorie.

A voix basse : l'absence, c'est encore de la présence. Parfois. Quand ce parfois arrive, il ne faut surtout pas vivre dans le passé ; ni dans le futur. Si un jour je parviens à écrire cette émotion… ah !… je serai écrivain !…

Une autre voiture. Verte. Il est presque neuf heures. Il murmure des gens bougent ; la lenteur de la réflexion, de la vie, et la vitesse des actions ; s'ils savaient !… mentalement je vais bien plus loin qu'ils n'iront jamais avec leur essence.

Encore une fois il ne prendra pas de douche, ira immédiatement verser du lait dans une casserole… il se souvient de l'envie d'une douche le matin, après la transpiration de l'Amour… Trois ans, trois mois et trois jours sans douche ? sans me raser ?

Il sourit. S'imagine en « vieil ascète », barbu, chevelu, déguenillé, qu'on peut suivre à l'odeur. Pascale Clark. Le lait bout. Il pense : Pascale Clark… va m'apprendre quelque chose aujourd'hui ? Dire qu'à quelques kilomètres près j'étais privé de *France-Inter*, brouillé par leur *Antenne d'Oc*… qui peut bien écouter ça ?… non, je ne pourrai jamais aller les voir, leur remettre un CD, quémander une émission… Radios libres, tu parles !… radios communautarismes, radios braillages… et le plus crétin crie le plus fort !…

Deux tartines, beurre plus Nutella. Avec un grand bol de lait au chocolat. Du Nestlé Intense, comme depuis l'enfance.

Il sourit. N'a plus envie d'écouter *Tam Tam Etcetera*…

Il s'assied « en presque Lotus », imagine Marjorie ainsi… s'allonge…

Le soir il notera :

> Le cerveau me renvoie par vagues le goût de ta bouche, le goût de ta peau, le goût de ton sexe. Mon corps vivre. Je te ressens en moi. Je n'ai jamais connu cette sensation… Mon corps vivre… Oh le beau lapsus !… et il vibre aussi ! Ai-je « parfois » oublié avoir aussi un corps ? Ai-je trop intellectualisé ?…
>
> Le réveil est chaque matin douloureux : j'ai dormi avec la sensation de ta présence…

2 : le téléphone pleure

Personne à appeler dans un pays de soixante millions de contemporains.

Personne. Et personne n'appelle.

Ai-je besoin de parler ?

Réflexion d'un matin « sur la route des poubelles », les cinq cents mètres, de la maison aux poubelles, une verte pour le recyclable, une grise.

« L'esprit cartésien » ramène à leur juste portée les réflexions : non, il ne peut y avoir quelqu'un à qui confier ce désarroi, et que cette confidence y change quelque chose.

Tu es toujours là et je ne peux te toucher. Te toucher.
Combien de jours sans te toucher Marjorie ?

Retourner à Astaffort, aux nouvelles *rencontres*, revoir où tout a commencé ?
Pèlerinage.
Non, ce serait croiser les…

3 : pourquoi ?

Pourquoi Marjorie est partie ?
Plutôt penser « est sortie » ou « est entrée » ?

Nul besoin de raisonnements mathématiques pour l'accepter. Stéphane s'y amuse pourtant parfois : personne ne se lamente de vivre loin de l'autre pour cause d'années dans un bureau, d'années devant une télé, de mois même à se raser (soixante années à un quart d'heure par jour : plus de six mois !). Et combien d'Amours perdus d'une simple baliverne, d'apparences, d'une conséquence logique d'un passé non assumé ?…

Se souvient :
- Après, je ne sais pas ! Après, je veux un enfant de toi. Je sais : si je ne pars pas maintenant, je ne partirai plus. Si nous continuons ainsi, nous ne pourrons pas nous en empêcher ! Sûrement quelque chose en nous, un gène qui donne l'envie de continuer l'espèce.

Et conclut par :
Oui, au-delà d'une expérience individuelle, la question de la vie ne se pose qu'ainsi : arrêter ou continuer l'espèce.
Trois ans, trois mois et trois jours ailleurs. Avec soi-même. Sûrement l'expérience la plus humaine qui soit. Humaine… Etre avec soi et se sentir vivre.
Trois ans, trois mois et trois jours d'amour platonique.

Trois ans, trois mois et trois jours, je vais en faire quoi de ces jours ?

Je vais en faire quoi des jours de ma vie ? A 20 ans je ne me posais pas cette question… Y'a déjà un progrès !

4 : notes Stéphane

Projet 1

Rêve et réalité. Rêves et réalités. Ces concepts nous sont inculqués pour des raisons sociales. De production.
Alors que tout rêve est réalité.
Et toute réalité n'a pas plus d'avenir qu'un rêve. Toute réalité s'achève à l'instant, comme un rêve au réveil.
Ne pas croire que la réalité continue : c'est autre chose à chaque instant. Et c'est uniquement la conséquence de nos choix, de nos absences de choix, de notre fatalisme, si la nouvelle réalité ressemble à l'ancienne même quand on prétend chercher à la rendre différente.
Le « libre arbitre » est si souvent une simple gesticulation dans « la caverne de Platon ». En croyant, en prétendant exercer son « libre arbitre », la victime laisse des connexions internes non élucidées continuer à la diriger. Elle se réfugie alors dans « le rêve », ne vivant ainsi ni rêve ni réalité. On peut

déchirer l'Amour en affirmant « c'est mon choix »… Pauvres conditionnés… (Marjorie, ton aide est indispensable dans ce projet…)

Ecrire un essai clair, précis et novateur sur le sujet. Opposer le vital besoin de rêves des embrigadés (bureau, crétinerie…) au rêve qui apporte UN PLUS durant la plénitude.

Projet 2 : émission de télévision

Titre :
La parodie ou l'original ?
La parodie ou la version originale ?
L'original ou la parodie ?
Chanson : vous préférez l'originale ou la parodie ?
Chanson : l'originale ou la parodie ?

Principe :
Est d'abord diffusée la chanson originale, dans son enregistrement le plus ancien.
Sur le plateau un artiste vient interpréter une parodie de cette chanson.
Les téléspectateurs votent pour leur préférée (téléphone, minitel, internet…)
Durant le vote, l'auteur de la parodie vient expliquer sa démarche, ses motivations.

L'histoire de la chanson originelle, ses répercussions sociales, médiatiques, sont rappelées.
Peuvent être diffusées les reprises de cette chanson.
Si le créateur accepte de venir sur le plateau, un débat est organisé.

Variante : la chanson parodiée est interprétée sur le plateau par son créateur, une chorale ou un autre artiste.

Ecrire des parodies de chansons. Dont Cabrel.

Projet 3 : une pièce de théâtre : arnaque aux assurances.

Une partie de belote dans la salle non fumeur d'un bistrot.
Un des joueurs sort, le patron est prié d'essayer de trouver un remplaçant dans l'autre salle.
Ainsi entre un inconnu. Il se présentera comme un comptable au chômage.
Au fil des semaines l'inconnu prend l'habitude de remplacer le joueur appelé ailleurs vers 20 heures (sujet d'interrogations, blagues).
Bien orienté par « le nouveau », l'un des joueurs avoue avoir déclaré volée une voiture précédemment revendue en Hongrie. Un autre a maquillé la mort naturelle de sa belle-mère en accident de la route.

Les deux arnaqueurs se retrouvent dans la salle d'attente de leur assureur. Et découvriront que « monsieur Duroi », qui les a convoqués, est en fait leur nouveau partenaire de jeu, qui a enregistré les aveux.
Fin ? Arnaques pour tous ou prison pour deux et ennui de Duroi ?

Projet 4 : récit

La scène, le spectacle : trop beau, trop émouvant, trop magique, pour laisser régner derrière (là où tout se prépare), la mesquinerie, l'hypocrisie, la cupidité.
Et si l'honneur rejaillit à juste titre sur l'artiste quand il transcende la vie, l'opprobre ne doit pas l'éviter quand sous des apparences philanthropiques il applique simplement des recettes marketings.
Sous une longue fable, décrypter le fonctionnement de la chanson : la loi du fric, les fils, les filles à papa, ce qu'ils appellent « les copains d'abord » (pauvre Georges ! être résumé à ça !…), la bonne camaraderie…

Message : trouvez votre propre voie. Réalisez une œuvre. N'essayez pas d'être un pion dans un jeu qui vous dépasse mais jouez à autre chose.

Mais comment en vivre ?

Si je trouve « la chute », le livre s'écrit « tout seul ».

<u>Projet 5 : les chansons… continuer.</u>

Ecrire, encore et toujours des textes. Me servir de ces émotions pour réaliser des variations sur l'absence, sur l'amour impossible, contrarié, éloigné.

Encore une nuit sans Toi

Encore une nuit sans toi
une heure au téléphone
avant de se dire bonsoir
ne lis pas trop tard que tes rêves soient sans cauchemars

Encore une nuit sans toi
t'as parlé d'Amitié
estime intellectuelle
cette absence d'attirance physique comme c'est cruel

Encore une nuit sans toi
l'amour qui te fait peur
je sais bien sûr nos blessures
et mon air pas sûr de blessé qui se rassure

Encore une nuit sans toi
pas un ami y croit
quand j'ose avouer qu'mes nuits
seront avec toi ou les draps resteront froids

Encore une nuit sans toi
Encore une nuit sans toi
Encore une nuit sans toi

<u>Projet 6 : LE LIVRE.</u>

Celui qui dit tout, de la vie, l'amour, la politique, de notre époque.
Les perspectives. Les impasses.
Plusieurs niveaux de lecture.

5 : victoires de la musique… à la radio

Jean-Luc Delarue : - *L'un de ceux qui est nominé. Il est en duplex de son petit village, 2000 habitants (Astaffort précise Michel Drucker) où il vient de donner un concert acoustique pour ses élèves musiciens qu'il a réunis en séminaire.*

En duplex et en direct.

Michel Drucker : - *Tu peux nous dire un p'tit mot de ce séminaire « les voix du sud » que tu as créées il y a dix ans ?*

Francis Cabrel : - *Oui, ce sont des rencontres qu'on organise plusieurs fois par an, et qui, et qui, on sélectionne des gens pour l'instant des gens anonymes mais qui on le souhaite un jour seront un jour sur votre beau plateau.*

Michel Drucker : - *Tu leur apprends comment faire des chansons ?*

Francis Cabrel : - *C'est pour leur transmettre voilà, le peu de choses qu'on sait en fait. On leur transmet ce qui nous anime profondément à tous, l'amour de la chanson tout simplement... y'a Richard Seff qui s'occupe de ça... tout le village est mobilisé.*

Cabrel nominé pronostiquait forcément son couronnement ? Sous les applaudissements des Astagiairiens ?

Car naturellement les *rencontres* furent déplacées pour la circonstance... non, non, c'est une coïncidence !... (répondrait sûrement l'Astaffortuné).

Il a perdu le pauvre chou. Appelez-le parfois l'Astaffortuniais.

Mais personne ne l'a entarté. Oui, l'entarter durant le « en duplex et en direct », durant son *hors-saison* gratouillé à la guitare. Oui... un peu connu, un tel geste m'aurait propulsé quelques degrés plus haut au baromètre de la notoriété. Mais parfaitement inconnu, sans livre ni Cd disponible... à quoi bon !

6 : première sortie – Montauban festival *Alors ! Chante*

Je n'ai donc pas trop vieilli : Gilbert Laffaille me reconnaît (et en plus : réciproque).

Philippe Albaret anime des rencontres. Il est pressé... un homme pressé quoi !

- Toi ça va, je t'ai déjà vu, je sais ce que tu fais.

- Mais je m'en fous de ta gueule. Si je me présente ce n'est pas pour toi. Je sais bien que tu t'en fous de la chanson, ce que tu veux c'est des subventions.

Non... je préfère sourire, ne pas répondre... personne parmi les invités à déclamer curriculum vitae, ambitions et pousser la chansonnette si interprète, ne déroge à la règle, la médiocrité. Et aussi : inutile de s'opposer aux profiteurs d'un système quand on n'est pas de taille à le renverser.

Je participe aux cours de chant. Sous la direction de Julia Pélaez. Non, je ne serai pas chanteur !

Christian Pirot, éditeur à Tours, publie des textes de Gilbert Laffaille, Gilles Vigneault, Georges Moustaki, Bernard Dimey, Lény Escudéro, Brigitte Fontaine... Intervention : il jure que jamais, oh non jamais, Pierre Delanoë n'entrera à son catalogue... Il fait de la qualité, lui ! On ne mélange pas chez monsieur Pirot, on a des valeurs, on a fait mai 68....

Ces livres, simplement des textes, sans partition ni biographie ni anecdote, se vendent ? A la fin des concerts, Gilbert Laffaille me répond en écouler régulièrement... Je pense : donc l'éditeur ne fait pas grand-chose pour les promouvoir mais compte sur les artistes...

Il sert à quoi cet éditeur ? A légitimer le chanteur, fier de proclamer, « j'ai été édité par Christian Pirot » ?

Quelle gloire, le Panthéon de Pirot !

« Le Brigitte Fontaine », c'est un exploit, 1000 exemplaires en 6 mois. Le record de la collection atteignant 6000, pour Bernard Dimey (les interprètes de Bernard Dimey le vendent à la fin de leurs spectacles ?)

Philippe Albaret n'aura pas été totalement inutile à la chanson : le dimanche suivant j'écris :

FORMATIONS ET SUBVENTIONS

Au nom de la création
Ils vivent de subventions
Naturell'ment ils ont
La grosse berline de fonction

Naturell'ment ils reçoivent
Forcément ils déçoivent
Faut leur faire des dossiers
Qui finiront en casiers

Ils font d'la formation
S'engraissent de subventions
Ils font d'la formation
Ont trouvé l'bon filon

De leur vie ils en sont fiers
Se le disent à chaque bière
Descendue sur le dos
Du cochon de populo

On sait qu'c'est des profiteurs
Sangsues des créateurs
Mais on n'est pas nombreux
A leur chanter dans les yeux…

[Quelques mois plus tard, il n'est finalement pas surprenant de lire, dans la *lettre de la sacem*, un article annonçant la publication *Des paroles qui chantent* par le Président d'honneur de la sacem, Pierre Delanoë… aux éditions Christian Pirot… pas encore rebaptisées Editions Pirouettes – Girouettes]

7 : notes Marjorie – mois 3

Stéphane, mon Amour,

J'écris. Simplement quelques notes. Après deux mois en position quasi constante du Lotus durant l'éveil (enfin le non sommeil). Deux mois de prostration, « pour commencer » : fréquent, paraît-il ! J'écris. Donc je t'écris. Même si ces notes sont une forme de carnet de voyage. Faire le point.
Intention d'y fixer quelques avancées, quelques lectures ou souvenirs de lectures propices à l'éveil (ce terme devient une obsession ?). Cet acquis seul tremplin. Cet acquis de nos vies. Peut-être incompréhensible à qui n'a pas fait une partie du chemin (c'est aussi une chance : savoir qu'il est des lumières et qu'en avançant…), cet acquis, d'une certaine manière je l'écris pour Toi. Et pourtant j'en ai besoin. Je suis ce que je sais. Même si un jour « je sais que je ne sais rien » vient titiller mes certitudes, les reléguer à un simple savoir temporel… Je suis ce que je sais… ce que j'ai vécu aussi… l'assumé et le reste…

L'harmonie cachée est supérieure à l'harmonie visible.
(merci Héraclite)
Héraclite : le premier Bouddhiste occidental !
Il n'est pas possible d'entrer deux fois dans le même fleuve.
Pour Héraclite déjà, présocratique, tout est en perpétuel changement…

Parménide continuera à développer cette approche *Bouddhiste*… Bien avant Newton il comprend : tout ce qui est a nécessairement toujours existé.
Et Leucippe décrit la réalité formée d'atomes trop petits pour être perçus, qu'ainsi tout changement dans l'univers n'est qu'une autre combinaison d'atomes…
Ce qui est à notre portée et ce qui est hors de notre portée. *Le Manuel d'Epictète* débute par cette différenciation Bouddhiste dans « le partage des choses ».
L'occident aussi aurait pu développer le Bouddhisme. Mais les monothéismes ont imposé leur conception du monde. Avant eux, les germes Bouddhistes foisonnaient. Et les monothéismes ont tout figé !
L'occident aussi aurait pu faire fructifier le Bouddhisme… Parménide a conçu « une pensée neuve » ?… Ou, inacceptable pour notre occidencentrisme : et si l'Orient avait découvert l'Occident !… J'imagine un bateau hindou accostant sur l'île de Millet… à son bord quelques sages

familiarisés aux paroles du Bouddha… Ainsi la Pensée de Siddharta est confrontée à celle de Thalès…

Ces pensées, donc peut-être venues d'Orient, sont combattues par les croyances qui formeront le Christianisme (les idées du Christianisme, c'est désormais une certitude, précédent notre ère).

Aucun texte ne se réfère à cette *découverte de l'Occident*… mais l'hypothèse est intéressante (et que toute trace ait été détruite ne serait pas surprenant…). Ainsi Schopenhauer aurait simplement fermé la parenthèse des siècles sans Bouddhisme en Occident…

Vais-je pour autant faire l'impasse sur nos plus glorieux philosophes ?

Je ressortirai d'ici savante ?

Est-ce ma motivation ?

Etudier comme on n'étudie plus en France ?

Premières notes. Et je m'étonne encore d'être partie ! d'être ici, loin de Toi. Et vivre sereinement loin de Toi, portée par cette sensation : rien de fondamentalement grave ne peut nous arriver !

Je suis donc partie… pourquoi ? Au-delà du « c'était programmé » : la paix avec mon passé ? Mais avec quelle partie de ce passé ?

8 : notes Marjorie – mois 4

Le Bouddha s'assit sous l'arbre de Bodhi. Jusqu'à l'éveil.

Mon avantage sur le Bouddha : j'ai des textes de son enseignement. Agrémentés des commentaires de maîtres dont l'ombre suffit à la lumière.

Je peux tomber dans la distinction occidentale d'action et méditation. J'ai failli oublier : cette distinction n'est qu'une invention.

Jusqu'à présent les philosophes n'ont fait qu'interpréter le monde, il s'agit de le transformer. Avec cette harangue de *Thèses sur Feuerbach*, Marx fait basculer, en 1845, la philosophie dans une non-philosophie, juste au moment où échapper à la chape Chrétienne devenait possible !

Schopenhauer sera alors « oublié ». Et Nietzsche réduit aux développements dont il ne pouvait mesurer la portée d'une utilisation par une logorrhée folle dans une époque techniquement métamorphosée.

Ecrire uniquement l'essentiel. Je pourrais écrire chaque jour durant des heures. Mais l'écriture serait un frein à l'étude, à la méditation.

Stéphane, tu écris ?

Je ne pouvais savoir : est-ce qu'un sentiment de culpabilité m'envahirait ? C'aurait été le pire des retours !

Non, je me sens sur le chemin de la sérénité. Mon corps te réclame, mes mains simulent ta présence…

9 : notes Marjorie – mois 4 suite - FUIR

Le temps de fuir est passé. Peut revenir. Pouvoir fuir avec quelqu'un est une chance. Elle a passé les frontières seule, elle a emporté, des gens qu'elle connaissait, l'image de leur cadavre souillé ou leurs cris, cris d'effroi, ou leur silence, silence de vaincus, de condamnés, ou l'espoir de les revoir, espoir de ne pas être la seule en fuite. La France était improbable.

Mais s'il n'y avait eu l'idée de la France, où aurait-elle puisé la force ? Force de se contenter d'herbe, de feuilles, marcher la nuit, ne pas se dire « *on verra bien* », ne pas se dire « *qu'ils me prennent et on verra bien* ». La pluie, les blessures, les orages, le froid, les gerçures. Ce n'était rien dans la balance face à l'idée de la France.

La France ou s'abandonner. Une certaine idée de la France. Terre de libertés, d'égalités, de fraternités. De citoyens. Citoyens raisonnables, imprégnés des Lumières.

Cette fuite est dans mes gènes ? Comme tout homme a dans ses gènes des réflexes de chasseur ?
La sérénité est ma France. La sérénité, l'équilibre, pour avancer sans ces réflexes de fuite.

Enfin poser des affaires dans toutes les pièces. Oui, j'ai vécu *chez toi* avec des valises à portée de main. Ce monastère est ma thérapie. Ma véritable thérapie. Je reviendrai *chez nous*. Et les valises iront au grenier, mes affaires aussi seront éparpillées.
Même l'amour ne peut ouvrir les portes de la sérénité. Ouvrir les portes pour que l'amour puisse partout se propager.
Sortir d'ici en sérénité est un rêve ?

La sérénité, ma France ? En France rapidement aussi il lui fallut FUIR. Vers la zone libre. Puis se terrer dans une grotte.

Eloge de la fuite :
On rate toujours une partie de sa vie. A trop en attendre aussi.
Mais le plus souvent en se contentant du chemin tracé par d'autres.
Le drame peut aussi être une chance. Quand il laisse une allée par où s'évader. Il faut avoir fui pour vraiment ressentir la vie ?
Fuir. Qui ne regrettera pas un jour d'être resté, de ne pas avoir eu la force de fuir ? D'avoir autorisé par la passivité, par un besoin de « sécurité », quelqu'un à ajouter régulièrement un barreau aux fenêtres, une maille à la chaîne (et quand « un accident » libère, c'est l'incapacité de vivre la liberté, les vociférations « mon libre arbitre, mon libre arbitre », qui éloignent tout amour, toute sérénité… avant la résilience…).
Fuir les rues grises.

Je sens que tu penses à moi. Je me touche et mon doigt, c'est Toi.

Quelques centimètres.

Quelques centimètres. Ça s'est joué à quelques centimètres.
« Plus d'une fois, tu sais petite ».
Oui, grand-mère, je sais. Je sais : sinon tout s'arrêtait.
Et si je ne raconte pas, ta vie sera oubliée. Et si je n'ai pas d'enfant, tout de toi s'éteindra.
Ce qui pour l'humanité n'a aucune importance, certes.
Et combien d'histoires, « à quelques centimètres à dire » déjà oubliées…
Chacun devrait toujours en avoir conscience : remonter aux poissons, et même simplement aux singes, et même encore plus près, aux premiers humains, c'est se confronter à l'idée d'une présence statistiquement impensable, improbable. De l'ordre d'une chance sur des milliards.
Vertige (en même temps, ce vertige permet de ridiculiser ces « aristocravatés » fiers de se proclamer « bien nés » : votre ridicule particule a barboté dans les mêmes eaux troubles).

Il serait effrayant qu'un scientifique découvre dans les gènes la trace des passages du témoin qui n'ont tenu qu'à un fil.
Le vertige d'être vivant. Malgré tout.
Ai-je des devoirs envers celles qui ont lutté pour finalement s'éteindre après avoir donné vie à l'une, l'un de mes ancêtres ? Combien de pères n'ont pas connu leur enfant ? Combien de viols ?
Le vertige. Comme celui du regard sur un univers en milliards de planètes.
Au nom des générations écrasées, je n'ai pas le droit de perdre le temps qui m'est accordé. Je peux

consacrer ma vie à réfléchir sur la vie, avancer vers la compréhension, vers la spiritualité, l'épanouissement, l'éveil.

Les combats à mener pour conserver ce privilège sont bien minces !

Je ne suis pas simplement ici pour éviter les contrôles du Conseil Général, cet échelon inutile dans le pays, auquel on a confié la gestion du RMI, même pas Revenu Minimum d'Insoumission. Insertion. Insérer sous-entend bien l'objectif de ces oiseaux de proie : serrer dans des griffes, imposer. Mais ! je me mets à la politique ! Ton influence... oui les compétences du département pourraient facilement revenir à une commission disons départementale au sein du Conseil Régional. Ça ferait déjà quelques notables en moins au râtelier des deniers publics.

Oui, dénoncer ces clowns même pas drôles est nécessaire. Leur ajouter un nez rouge sur les affiches électorales...

Mais je n'ai pas la voix d'une chanteuse revendicative !

Créer des espaces de bonté plutôt que de gaspiller son énergie dans les territoires perdus. Nice, Paris, Toulouse, Nantes, Lille, Lyon... quelques quartiers préservés, quant au reste... je ne changerai rien au monde... Oui, la campagne...

11 : notes Marjorie – mois 5 - Aphorisme

La vie est une voie quelque part entre la vie rêvée et la vie redoutée.
Quelque part dans le champ des possibles.

Le combat pour la suppression des cantons ne sera pas le mien... loin de la politique... et Dominique Voynet au moins aura un créneau !... (je fredonne : Une Voynet verte - Qui courrait dans l'herbe - On l'attrape par la mèche - On la montre à ces messieurs - Ces messieurs nous disent – « trempez-la dans l'eau - Trempez-la dans l'vin - ça fera un socialo - Tout beau »... la sérénité n'est pas la tristesse !)

Loin de la politique... sauf si un jour la démocratie était en danger. C'est la démocratie qui garantit le plus large champ des possibles.

Le bien est loin de nous ?
Il suffit qu'on le veuille et voici qu'il est à portée de main.
Confucius.

12 : notes Marjorie – mois 6

Je sais : se poser des questions trop éloignées de notre capacité d'entendement est une perte de temps.

Avant Stéphane, j'attendais de cet isolement une expérience mystique, maintenant je cherche une réponse globale.

Avant, je voulais surtout fuir la souillure ? Chaque contact était une souillure. Pendant, c'est jouir mais après : le dégoût. Ce goût du sexe si doux durant, qui laisse un arrière-goût amer. La souillure : je ne pourrais plus. Stéphane, rien que Toi.

Je peux rester ici, toujours. Mais ce serait m'imposer un châtiment ! Me sacrifier à une idée.
Encore une racine Judéo-Chrétienne ! le bonheur, la plénitude ne sont pas de ce monde...
Il faut éradiquer tout désir ! NON !

Non. Le bonheur, la plénitude doivent être l'ambition en ce monde. Tout sacrifice est une erreur. On ne parvient jamais au bonheur contre soi. Et on ne fait même pas le bonheur des autres contre soi.

Plusieurs lectures de ma présence ici sont possibles. Impossible de simplement me répondre l'avoir décidé AVANT.

Je ne suis pas de ceux chez qui la sagesse est innée. Je ne fais qu'aimer l'enseignement des Anciens et m'appliquer à trouver la sagesse.
Confucius.

13 : mois 6

Avant huit ans.

Marjorie pense : avant huit ans.
Elle se revoit « avec les copines ».
Nostalgie des premières années d'école.
Elle pense : huit ans, c'est là que tout s'est brisé pour moi ; les autres ont pu continuer, ont eu droit à trois quatre années supplémentaires d'insouciance, d'envie de grandir, de découvrir la vie…
Marjorie pleure.

A quinze ans grand-mère, à seize…

Marjorie pleure.

14 : Manset 46

Marjorie avait hésité. Finalement emporté ses cassettes Manset et Brel. Une semaine d'imprégnation avec les copies.

Je réécoute aussi mes enregistrements *En avant la zizique* d'Alain Poulange, sur France-Inter du 27 février au 3 mars 1995.

La vallée de la paix ?
Gérard Manset : - *Un certain côté baume, remède, médecine, qui peut rassurer, faire du bien à certains.*
Si je fais un album comme vallée de la paix, *c'est pour que dans une chambre de bonne, un soir, y'est quelqu'un qui ait le casque sur la tête, qui se sente mieux après l'avoir écouté. Il semblerait qu'aujourd'hui on se sente mieux en écoutant Souchon qu'en écoutant* vallée de la paix…
Je me suis toujours tenu à distance des allumés…
Il semblerait qu'il y ait toutes les machinations possibles pour empêcher, pour briser tous les amours sains et pour ne plus développer que des amours malsains. Tout est gibier qu'on plumera, c'est ça…

Ces propos, réécrits, frisent le banal ? Le « pas besoin d'être considéré comme une référence pour balancer ça » ?… insérés entre les chansons, leur pertinence jaillit.
Ou alors s'imprégner d'abord de l'univers Manset est indispensable ? La compréhension se mérite… un créateur s'adresse toujours à une minorité… la minorité ayant les capacités et la volonté de le comprendre…

15 : Stéphane carnet – mois 3 - écrire

J'écris.
Ecrire. Faute de te parler.
Ecrire, bien avant de te raconter autrement.
Ecrire pour partager cet instant, qu'il revive quand tu le liras. Et : te raconterais-je avoir déjeuné sous le troisième cerisier ce matin ? Ne pas l'écrire c'est l'oublier, laisser submerger cet instant de presque grâce (un seul être s'éloigne et la grâce devient inaccessible) par d'autres similaires ou, pire, d'une banalité effarante. J'avais emporté deux tartines beurrées, sur une petite assiette, une des assiettes avec les roses orange incrustées. Trente-sept cerises. Pensé : c'est de la gourmandise !… mais c'est tellement meilleur sous un arbre… naturellement nos déjeuners sous les cerisiers sont repassés en boucle, nos tendres déjeuners…

Ecrire aussi pour que jamais tu ne puisses en douter ? (que tu m'imprégnais).

Ecrire parce qu'on ne sait jamais ce que sera demain ?

Ecrire parce que tu me manques. Déjà. Encore.

Ecrire parce que l'écrit immortalise. Est définitif. Le vécu s'arrête, immédiatement évacué, remplacé, et l'écrit franchit ce que nous appelons le temps. Je comprends enfin vraiment Marcel Proust. Oui, c'est à chacun de vivre ces émotions pour en percevoir la portée. La lecture permet de découvrir les grâces possibles à vivre.

Durant des générations, c'est à espérer !, chaque jour au moins une personne le fera encore revivre, Marcel Proust, le lira au point de le ressusciter, le susciter de nouveau.

Ecrire parce que je vieillis. Et seul l'écrit retient le temps. Sensation d'immortalité. Pure sensation mais que peut-on espérer de mieux ?

Bien plus que photos, empires et caméscopes... *Le temps qui passe n'est pas forcément perdu.* J'aurais pu l'écrire ! je l'ai recopié en exergue d'un petit livre emprunté à la bibliothèque. Un auteur dit régional. Je pourrais faire « aussi pas terrible »...

Je lis et j'écris. Il manque ta voix et ta guitare après quelques vers. Une pochette « débuts à soumettre à Marjorie » est devenue nécessaire ! Mais je me sens incapable de m'atteler à « un grand projet », un roman quoi !

Je pourrais juste faire du Philippe Delerm. J'ai lu sa « gorgée de bière »...

Drôle d'effet : passer d'une relecture de Proust à Delerm...

16 : Stéphane carnet – mois 4 – ou le non au Prozac

Si j'étais allé chez un docteur, logiquement du Prozac m'aurait été prescrit. Faute de roman, écrire la vie, ma vie : faire le point. C'était le début du prozac. Thérèse en prenait. Thérèse, l'adjointe, qui semblait faire des efforts, enfin qui voulait montrer qu'elle faisait des efforts pour essayer de m'aider, m'aider à « remonter la pente ».

Si j'avais suivi son :

- Vous devriez demander à votre docteur du prozac. Ne le répétez pas, mais j'en prends, depuis la disparition de mon frère.

Oui, elle devait vraiment « vouloir m'aider », pour ainsi avouer sa médicalisation, dans un univers où se montrer viril est la règle, même et surtout pour les femmes, les femmes à responsabilités.

Sûrement n'était-elle pas encore remise de la mort de ce frère, sa seule famille...

Que notre finitude soit une idée constante ! Nous devenons vulgaires robots en occultant notre inacceptable condition. On ne mène pas à la baguette des êtres lucides !

Je pourrais aujourd'hui être, « un homme à hautes responsabilités » : il s'en est remis, a épousé une femme également sans état d'âme, adaptée à la société de compétitions effrénées, couple cimenté au cocktail prozac, amphétamines, sexe (avec d'autres forcément), whisky, vacances en hôtel quatre étoiles.

Alors oui, pour ce couple, Cabrel à la télé, ça doit être relaxant, ça doit renvoyer l'image d'un type « cool », « super », l'image d'un bonheur inatteignable.

Cabrel personnifier le bonheur !

J'aurais pu le croire !

Pour certains l'âne dans sa prairie représente bien d'idéal du bonheur !...

17 : Stéphane carnet – mois 5 – Astaffort

Au-delà de Marjorie, passer par Astaffort me fut profitable !

Parler avec Francis Cabrel. Parler avec Seff. Avec Brice Homs. Avec des « stagiaires de l'artistique ».

Ils sont tellement ridicules, désespérants, caricatures. Ont-ils abandonné, en chemin, la recherche d'une véritable sérénité ?

Ont-ils un jour souhaité autre chose que du fric, un exutoire, un passe-ennui, une drogue licite, un calme-ego, un statut, un sentiment de puissance ?

Certes les trois ont eu la malchance de « réussir rapidement », de n'être plus pour leur entourage comme pour les médias que des vedettes… et pour eux aussi…

Mais la galère ne nourrit pas plus à voir ! la platitude règne. Le mépris de l'intelligence.

Merci Marjorie de m'avoir un samedi soir cité : « *celui qui n'est pas vertueux ne supportera pas longtemps la malchance ni beaucoup de chance* » (Confucius).

« La vie ne m'apprend rien », cette bluette que je classe désormais dans le hit-parade des « chansons à la con », tous pourraient l'entonner…
Est-ce qu'au-delà de l'artistique, « La vie ne m'a rien appris » est le lot commun ?
Et alors, pourquoi suis-je de l'autre côté ?

Est-ce la disparition de Gwenaëlle ? Est-ce l'enfance solitaire ? Une rapide confrontation à la bassesse humaine ?

18 : au Carrefour de Cahors

- T'as pas fait les rencontres d'Astaffort ?
Je feuilletais *Amour – Etat du sentiment et perspectives*, au Carrefour de Cahors…
- C'était y'a bien un siècle !
- En mars 98, non ?
- Comment tu sais ça toi ?
- J'étais dans le public, Thibaud Couturier m'avait dit de venir, tu connais sûrement Thibaud.
- Vaguement…
- Et j'ai fait les rencontres tout juste un an plus tard, celles qui sont passées à la télé, tu les as sûrement vues.
- Parce que Cabrel sortait un album, la télé est venue montrer à la France conquise qu'il est un grand monsieur, s'occupe des amateurs… mais je n'ai pas la télé !
- De toute manière on m'a presque pas vu !…
- Tu es donc le deuxième du Lot ?
- Pas vraiment, mon père habite ici, moi je suis de Toulouse, où j'essaye de percer, mais c'est vachement dur à cause de Zebda, là-bas y'en a plus que pour ces trucs festifs, et pour la bonne chanson française, niet…

Un être humain ! Il me faisait sourire. Je préférais ne pas lui demander ce qu'il entendait par bonne chanson française…
J'étais alors dans une solitude de plus en plus misanthropique… que tout individu cultivé (un minimum quand même !) comprendrait en sachant mon obligation (pour ne pas être rayé de la liste des demandeurs d'emploi… enfin, des bénéficiaires de l'allocation de solidarité spécifique) de côtoyer les plus caricaturaux représentants de l'ANPE, de la direction du travail…

Il est chanteur et « je suis l'aîné » : je souriais à cette réflexion : deux raisons suffisantes pour l'inviter à prendre un verre… une troisième fut sûrement décisive : ce serait bien de pouvoir balancer, comme ça, mine de rien : pour rencontrer un chanteur le Carrefour de Cahors est plus utile que les rencontres d'Astaffort…
- Mais je déteste les cafés. Si tu as le temps, je t'invite chez moi.
Il fut ravi. N'avait rien d'important à faire. « Enfin, rien de plus important »…
- Pourquoi tu détestes les cafés ?

- Les mégots, les ragots, le désespoir non assumé, la médiocrité… et l'idée d'enrichir un patron de bistrot m'est insupportable. C'est quand même des types qui vivent sur le dos des victimes de l'alcool, et les alcoolos sont la première cause d'accidents de la route, et des types qui vendent du cancer en paquet, vendre du « fumer tue » ça les dérange pas, ils en sont même fiers.

[je revoyais les patrons d'Arras, toujours aimables, *je t'en remets un Steph*…]

- C'est la première fois que j'entends un auteur critiquer les bistrots… tu es auteur ou tu veux faire de la politique ?

- Pourquoi, la pensée est interdite aux auteurs de chansons ?

- C'est vachement important d'être bien avec les patrons de bistrots quand t'es dans la chanson, c'est des faiseurs d'opinion comme on dit. Faut faire gaffe, ça va vite d'avoir mauvaise réputation, et on peut pas lutter contre ça, mieux vaut déménager… s'ils prennent pas nos affiches, on va les mettre où ?

- Alors parce qu'ils ont une vitrine, parce qu'il va chez eux des gens qui vont aussi aux concerts, il faudrait fermer les yeux sur leur petit commerce de mort ?

- Tu dis ça pour rire ?

- J'ai aussi des chansons non engagées… Même une inspirée par une caissière de Carrefour… *A quoi pense la caissière ? Qu'est-ce que cache son air d'écolière ? A quoi pense la caissière ? Son sourire en bandoulière*…

- Je vois ça plutôt en fa mineur…

19 : auteur et compositeur / interprète

Cinq jours plus tard, David revenait. Un matin. Avec sa guitare. Je dormais encore. David Duglaner, né le 9 mai 1980.

- Y'a des gens qui dorment encore à dix heures !

- Des gens dorment tard et des gendarmes ont tort.

- Mon père adore Raymond Devos.

Deuxième exaspération.

- Quand je cite quelqu'un, il doit être digne du panthéon, sinon c'est création. Je devrais noter. Puisqu'y a même des gens pour aimer Raymond Devos. Ça fait un peu théâtre de boulevard… un jour peut-être.

Je pensais : il est *gentil* ; il est gentil mais nous ne sommes vraiment pas sur la même longueur d'onde.

« Pas sur la même longueur d'onde », sûrement cette remarque aboutit au concept de grand canyon…

Une journée « de travail ». Il « *adore* » ma manière d'écrire. J'aime sa manière de chanter. Et surtout qu'il ait envie de me chanter…

La musique ? oui, bon, il gratouille sa guitare. Ne me demandez pas la différence entre un do-ré et un fa-do…

20 : flash back

Une conversation me revint ce soir-là.

- Et si… à ton retour il y avait quelqu'un d'autre ici ?…

- Il est inutile de se poser des questions qui dépassent notre entendement. J'ai longtemps tourné en rond à cause du « pourquoi ? ». C'était une erreur. Il faut limiter la réflexion au champ du possible. Je vais vivre trois ans, trois mois et trois jours consciente de ta grandeur : tu m'accordes la plus belle des preuves d'amour… quand je reviendrai, tu sauras si tu es écrivain, tu sauras si tu t'es contenté de recopier la réalité ou si tu l'as réinventée, donc englobée, saisie.

- Ton avis ?

- J'ai une petite préférence mais pas d'avis ! Je n'en sais rien. L'essentiel est que tu saches. Avoir senti une force en toi et que ce ne soit presque rien, ne serait pas dramatique ! Le pire est de ne pas savoir. Tu seras dans de bonnes conditions pour écrire ! aimer et être aimé, tout en n'ayant pas à vivre le quotidien de l'amour, tout romancier doit rêver de cette situation !

- L'amour est un empêcheur d'écrire alors ?

- Tu es peut-être simplement auteur de chansons, prétendre au roman serait alors mettre la barre trop haute. Et moi simplement compositrice de variété. Puisque nous avons surtout fait des chansons… Peut-être qu'il faut de la solitude pour un romancier… Ou alors s'organiser mieux… Si tu es romancier, on s'organisera donc ! On fera des travaux !

- Tu crois ça possible, vivre trois ans, trois mois et trois jours sans se voir ?

- Si tu as des expériences purement sexuelles… ferme les yeux et pense à moi !… même avec des mecs… ma première expérience lesbienne, c'était l'envie de lécher une chatte et je m'étais dit que certains mecs aussi doivent simplement rechercher dans l'homosexualité à réaliser ce qu'ils ne peuvent faire avec leur corps, avoir son pénis en bouche. Muss eis sein ? eis muss sein ! je pars en sachant que je vais revenir. Je ressortirai du monastère !

21 : le portrait de Dorian Gray

David : une incarnation de Dorian Gray !

Et son homosexualité assumée ne fait aucun doute !

Stéphane parle de Marjorie

- Ah, je croyais que c'était fini.

- Tu étais au courant !

- N'oublie pas que j'étais à Astaffort. Votre comportement n'est pas passé inaperçu. Maintenant il est interdit de quitter les locaux la nuit !

- On appelle ça le décret Marjorie !?

- Répète-le pas mais certains disent parce que le frère de Francis est plus gérant de l'hôtel…. Mais les filles c'est toujours des problèmes.

- Donc il faut croire que Marjorie est un être supra humain.

- T'es encore amoureux d'une gonzesse qui préfère aller s'enfermer dans un monastère pendant trois ans ! Elle t'a envoûté ou quoi ?

- La vie n'est pas toujours du quotidien.

Il fut quinze jours sans passer !

22 : notes Marjorie – mois 7

L'absolu. La quintessence.

Il est inhumain de viser plus bas ! Quête de l'essentiel.

La quête de l'absolu a mauvaise réputation, renvoie aux adolescents ; après l'adolescence à une adolescence attardée donc. Quête de l'absolu comme l'adolescent ne peut la poursuivre…

L'adolescent est désarmé face à cette quête quand l'adulte doit s'en être donné les moyens.

L'adolescent tombe dans le premier piège, tendu par une rhétorique enthousiaste, l'adulte sait devoir tout soupeser à l'aune de ses références, de la rationalité.

Le guide de l'adolescent devient facilement gourou, gourou / bourreau, le guide de l'adulte devra être choisi, accepté, pour sa vertu, sa lumière, lumière dans la bonne direction (de nombreux adultes ont des « âmes d'enfants »).

Quête après la confrontation au réel, après la lucidité, l'analyse des naïfs élans…

L'être lucide qui se fixe d'autres quêtes s'éloigne de l'essentiel, s'approche du mur.

Pourquoi avoir écrit ces quelques lignes ? Je les relis : comme elles sont banales !

Banales « dans l'absolu » ou seulement pour moi qui ai intériorisé tout cela.

De plus : le sens d'un mot est tellement différent suivant l'âge, le savoir et les capacités, au point de rendre tout dialogue hypothétique. La polysémie est constante.

23 : notes Marjorie – mois 8

Où que tu ailles, tu emportes l'essentiel.

J'ai apprivoisé la solitude. L'inévitable solitude. Pourquoi ne pas la vivre pleinement ?

Accepter cette condition de matière animée pensante, assemblage : hydrogène, hélium, méthane, oxygène…

Vivre avec les autres est possible, en toute conscience de notre état. Mais si cette conscience n'est pas partagée, à quoi bon !

Je croyais être protégée de l'Amour. Je croyais avoir détruit en moi toute sensibilité à l'amour même.

La froideur à la Foedora ne me protégeait certes pas des crétins, mais le cynisme les rejetait à leur médiocrité.

Et Stéphane. Ai-je voulu voir où finissait ta sincérité ?!

M'aurais-tu d'amour contaminée ? Ou j'attendais cette rencontre, sans la croire vraiment possible, mais en restant, malgré tout, disponible ?

Je peux vivre loin de TOI. Heureusement ! je suis donc encore lucide !

Et c'est presque le plus grave : ce n'est pas de la passion. En toute lucidité je ressens cet Amour (et les 1 500 000 récepteurs de mes 18 000 cm^2 de peau ont la nostalgie de tes caresses, de ta langue). Pourquoi être là alors ?

Pour comprendre ? Comprendre cette chose impossible : être lucide et aimer.

Mais nous vivons tellement dans l'impossible ! Il est impossible, incompréhensible, que la matière ait toujours existé ; comme il est impossible que la matière soit née de rien.

Après cette impossibilité originelle, l'incompréhension du passage de la matière brute à la matière animée est presque dérisoire, en tout cas secondaire. Comme le passage de la matière simplement animée à la matière intelligente.

Alors, cet Amour que je peux ressentir, dont j'avais donc la potentialité, est-ce simplement une caractéristique de l'animé intelligent inexplicable ?

Huit mois. Et comme une gamine je fixe le calendrier : 31 décembre 1999. Je n'ai pas d'autres calendriers mais je sais la suite ! Gamine va !

Je sais aussi : sortir c'est partir. Je peux sortir d'ici quand je le veux mais ni « en pause » ni en vacance.

« Comme une gamine » je voudrais être avec Toi, contre Toi pour cette date magique.

Date magique… elle ne signifie rien, n'est qu'une invention, une convention, un jouet donné aux humains pour calmer leur anxiété du temps, pour leur faire croire que le temps passe, explication pratique, petit arrangement évitant d'aborder l'inconsistance de ce temps.

Mais on ne vit pas totalement en dehors des conditionnements. Moi aussi j'en ressens des frissons. Et un manque. Un manque de Toi encore plus fort.

Pourquoi m'imposer ce manque ? L'ambition de ce séjour est donc nettement plus haute que la satisfaction de l'Amour.

Je ne peux douter de mon Amour pour Toi.

Tu seras aussi transformé dans 31 mois ?

Vais-je te reconnaître ?

Une certaine angoisse m'envahit parfois : que ces mois nous aient éloignés.

Son fils passait à la télé ! Il avait été l'un des quatre interprètes francophones (bien insister sur FRANCOPHONE), retenus par Francis Cabrel, qui plus est le seul interprète masculin.

Depuis qu'il l'avait partout proclamé, tout le monde (les compagnons du PMU, ceux de la place François Mitterrand, ceux du service) le questionnaient. Même *la Dépêche du Midi* avait réalisé un article (avec seulement cinq fautes d'orthographe et trois erreurs). Cette insistance lui plaisait. Mais Claude Duglaner ne pouvait guère ajouter grand-chose à ce que tous avaient vu sur leur petit écran. Certes il brodait, sur Astaffort, sur David, un fils surchargé de demandes, d'ailleurs bientôt au Québec, ayant sympathisé avec Béatrice Lebras, considérée désormais par ce fan club comme une prochaine star, celle appelée à enfin détrôner la Céline Dion…

Naturellement, Claude ignorait « le parcours du combattant » de son fils, refusé à sa première candidature, passé par « un ancien bien vu », lequel avait appuyé la seconde tentative.
Claude l'eût su qu'il aurait immédiatement chantonné : *si j'dis ça j'brise mon image…*

Claude ignorait presque tout de la vie de son fils ! Et comptait sur le 31 décembre pour enfin parler sérieusement de tout cela ! La présence annoncée de Stéphane le contraria d'abord. Mais David y tenait. Alors bon, comme lui aussi connaissait Cabrel, il avait décidé de s'exprimer sans retenue. Et même de raconter pourquoi il avait arrêté la chanson, ce passé intéressant désormais son fils.

25 : un héros

David est un héros !
En cinq jours, du vendredi au mardi, il a écrit cinq chansons : deux paroles et musique, l'une serait chantée par Alexandra, l'autre non retenue ; et trois où il co-signe, l'une le texte avec François, deux la musique, et ces deux-là il les a interprétées sur scène le samedi.

Bien sûr il ne va pas l'avouer à son père : le « on est tellement dans de bonnes conditions », c'est du pur baratin, destiné à en mettre plein la vue au « public » : il n'a véritablement rien écrit rue du Plapier.

C'était un bon conseil – il l'avait bien payé ! - : essayer d'amener le sujet sur des textes préparés ! qui va là-bas avec l'intention de créer, finit en looser le samedi…

David serait surpris que Stéphane n'en ait pas fait de même !
- T'as l'air intelligent, mais y'a des moments t'es pas futé. On dirait que tu comprends rien au monde tel qu'il est, que tu vis sur ton petit nuage. Tu vois, c'était mieux co-signer des textes déjà écrits et finalement en avoir trois sur scène le samedi que de s'emmerder pour en avoir qu'un. Faut être complètement naïf pour avoir gobé un truc pareil.

Niveau mathématique, qui lui donnerait tort ?…

26 : Claude Duglaner

Pourquoi j'ai arrêté la chanson ? Sacré fiston, c'est vingt soirées qu'il nous faudrait pour tout ça ! Et on n'est pas là pour s'emmerder avec mon passé, ce soir c'est la fête… C'est la fête *Rive Gauche… La vie c'est du théâtre et des souvenirs… Mais nous sommes opiniâtres à ne pas mourir… A traîner sur les berges…* Claude s'embrouille encore dans les textes (il l'écoute pourtant en boucle depuis qu'il l'a acheté, « le nouveau Souchon », *au ras des pâquerettes*)… Bon, faut que je te résume ça en trois phrases pliées rangées…
Claude s'embrouille aussi dans ces mots qu'il essaye de préparer ; mais il a promis. Alors…
Il se croise dans la psyché : engraissé, passé par le flou il voit patapouf, comme l'appellent les gamins…

Tu crois que c'est facile ? *Retourner le couteau dans le play…* comme si y avait des raisons qui nous font faire nos conneries. Pourquoi j'ai arrêté la chanson ? Pourquoi je vis à Cahors ? Pourquoi ta mère m'a quitté ? Pourquoi j'ai jamais essayé de te revoir ? Pourquoi j'ai les mains qui tremblent ? Je voudrais bien recommencer en sachant ce que je sais ! ça se résume à ça. Et comme c'est pas possible, qu'au moins je t'évite de faire les mêmes conneries. Voilà, le pourquoi, c'est pourquoi il faut que tu suives mes conseils…

T'as l'âge où on croit que tout est logique ; que la vie c'est noir ou blanc. Mais la vérité… la vérité, comme dit l'autre, on croit qu'elle existe à 20 ans… et un jour on s'aperçoit que tout le monde s'arrange du mieux qu'il peut, alors on fait pareil. Puisqu'il paraît qu'il est philosophe ton Stéphane, faut que je m'entraîne ! on verra s'il a quelque chose à répondre à ça… la vérité est grise… Merde je perds la mémoire… où il a écrit ça ?… ou alors Higelin ?…

Allez, c'est pas le passé qui va venir tout gâcher. Ah oui, brûler… L'an 2000 !

Le premier janvier 2000 sera le plus beau jour de ma vie…Voir l'an 2000 et après on peut défier Satan, on pensait ça ! on était des jeunes… c'était tellement loin, exceptionnel, tu te rends compte, d'un seul coup, passer de trois neufs à trois zéros… Alors vive la fête !… C'est encore plus grand que le coup d'aller sur la lune…

Allez, plus de temps pour la parlote. Faut que je me fasse une beauté. Car comme dit l'autre, la tête que j'ai aujourd'hui, tu l'auras dans trente ans, alors faut pas trop que je t'inquiète. Faut que j'fasse des courses. Puisque Michel Edouard nous a mis le champagne au prix du Ricard. Et les carnets au feu ! Faut que ce jour soit symbolique, merde !, au feu les carnets !

Claude ouvre l'insert et fixe les bûches, s'apprête à jeter les « carnets secrets », tout ce qu'il a écrit depuis qu'il vit seul. Tout ce qu'il a écrit avec l'intention de le léguer à son fils, ce fils inconnu qui grandissait, loin. Mais maintenant qu'ils se sont retrouvés, il se dit qu'il va tout lui raconter.

Pour que ce 31 décembre 1999 soit vraiment une date symbolique, il a décidé, après des semaines de monologues, que c'était vraiment l'acte nécessaire mais il hésite encore. Il le savait : il hésiterait jusqu'à la dernière seconde. Il faut donc tout brûler avant l'arrivée de David. Il ouvre au hasard, lit :

- On a gagné. La vie va changer. On a gagné…

Il sourit. C'était en 1981. Il y avait cru. Il était alors du grand défilé rue Gambetta. Il sourit. David avait un an, il ne le voyait déjà plus. Il revit ce jour de liesse. « On a jamais vu un monde pareil dans les rues de Cahors ».

Des patrons rasaient les murs. J'en ai pas vu. Mais ça se disait.

Qu'est-ce qu'on a déchanté.

Heureusement Arlette…

Claude avait, malgré tout, continué à voter Parti Socialiste. Jusqu'au jour où Souchon chanta Arlette.

Claude fredonne Arlette. Et il jette les carnets.

- C'est ma vie… Non, ma vie c'est toi.

David était donc né à Cahors. Simplement à cause d'une mutation promotion acceptée par Claude, malgré les réticences de « son amie ». Dès novembre : la guerre devant le berceau ; une histoire classique de séparation qui « tourne mal ».

Et du père sans vrai droit, la mère retournant vivre à Douai, ne communiquant pas son adresse… préférant élever seule son fils, en parent isolé, sans pension alimentaire plutôt que…

Isabelle, la mère, qui appelle Claude en 1997. Elle se sait condamnée. Veut lui confier leur enfant…

En août 1997 David a donc découvert la ville où il est né.

« C'est aussi nul qu'Arras, ils devraient jumeler ». Toulouse lui rappela Lille, Claude lui loua une chambre.

Ainsi en un peu plus de deux ans, David passa à peine trois mois à Cahors.

David et Claude Duglaner / Stéphane

- Vous avez écouté le dernier Souchon ?
- A Carrefour.
- Vous en voulez une copie ? J'ai acheté un super graveur CD, c'est génial.
- Une écoute c'est nettement suffisant !
- Quoi, vous avez pas aimé ?
- Cabrel / Souchon, même combat ! 1999 année des cadeaux, Cabrel et Souchon passent au tiroir caisse. C'est gros comme ficelle mais ça fonctionne, des albums qui ne choqueront personne, pourront faire l'unanimité chez les ménagères qui ont un peu trop ménagé leur cerveau !
- J'suis pas d'accord, c'est tendre, planant, nostalgique, romantique, écologique.
- Station balnéaire hors-saison d'un côté, côte d'azur de l'autre, c'est leur vie de fammilliardaires qui s'ennuient et traînent.
Stéphane pense : « la cinquantaine non assumée, où malgré l'échec artistique leur entourage va bêlant *quelle réussite, quelle réussite...* mais préfère ne pas aborder le sujet de l'âge en observant Claude visiblement loin de la sérénité…
- T'es dur mon gars. Allez, on se tutoie. Et on en reprend un, d'apéro ! Allez fiston sert nous. Toi t'aimes toujours j'espère ?
- Un jour je chanterai en duo avec Souchon ! En prime time, devant une audience record.
- Tu devrais quand même viser plus haut ! ça sent trop le show-biz. Et Souchon, en plus y'a son fils. Tout doucement, voilà Pierre Souchon, pour l'héritage, co-signer c'est mieux que l'assurance vie. Et ce Pierre a même un groupe, avec le fils Voulzy naturellement. Et papa Souchon précise bien dans les interviews qu'il ne les aide pas ! Mais heureusement que Julien, Julien Clerc naturellement, les a pris en première partie à Bercy, sinon c'est difficile de trouver des dates ! et quand Didier Varrot lui demande « il vaut mieux être fils de personne », Dusouchon répond « OUI » ; oui, il se fout de notre gueule ; qui aurait signé ses cherche-midi s'ils n'avaient été Souchon - Voulzy juniors ? ; en plus ils prennent le nom d'un éditeur ! qui doit être content lui aussi !
- J'ai jamais écouté son fils… mais si j'avais réussi, je t'aurais pistonné aussi fiston, c'est comme ça, la vie… un banquier aide son fils à rentrer dans sa banque, un chanteur aide son fils à devenir chanteur. Avant ça me révoltait aussi. Mais avec l'âge, tu verras, on comprend que c'est comme ça la vie. Tu verras. Qui vivra verra.
- Alors être artiste c'est comme être banquier. Out la notion de vocation. Tout le monde peut le devenir…
- Bah !, sois pas idéaliste, pas besoin de grand talent pour faire ce qu'ils font. *J'frai c'que vous voudrez…*
- Mais toi qui as essayé d'être chanteur, ça te dérangerait pas que David fasse du sous-Souchon ?
- Une fois qu'il réussit, qu'il a une belle vie. Et quand il aura réussi il pourra faire ce qu'il voudra. Il pourra leur dire merde à tous ces magouilleurs. Si tu vends pas un million tout le monde s'en fout, alors il faut cartonner.
- Donc, quand même, c'est faire semblant !
- Faut vivre avec son époque. Mais tu sais, les magouilles, ça a toujours existé, c'est la jungle et ça l'a toujours été. C'est pas moi qui vais vous dire le contraire. Dalida aurait jamais été connue si son mari n'avait pas été directeur d'Europe 1. Sardou, son père était déjà dans le milieu. Julien Clerc aussi a été pistonné… ou alors faut d'la chance. On n'y changera rien. Il est trop tard pour refaire le monde.
- Pas refaire le monde. Simplement ne pas être façonné par lui, vivre une vraie vie. Etre digne avec soi.

- Mais pour réussir, t'as pas le choix, c'est la chance ou l'piston. La chance ou l'piston ça a toujours été comme ça dans la chanson… A part Brassens, Ferré, Brel, Barbara et notre Souchon national, les autres c'est tous dans le même sac. Ah ! j'aurais pu, oui j'aurais pu, quand j'y repense. Il ne m'a pas manqué grand-chose… juste un p'tit piston ou de la chance… rencontrer les bonnes personnes… mais surtout déposez bien vos textes les enfants… allez fiston, je vais te le dire ce soir, pourquoi j'ai une dent contre Cabrel.

- Oui, ça j'ai pas compris. Parce que Cabrel c'est vraiment un type sympa, et il nous aide vraiment. Moi, il m'a donné des supers conseils, je le cache pas. J'en suis même fier. C'est une super carte de visite.

- Raconte-moi un peu c'que t'as fait depuis Astaffort… J'ai l'air d'un con de ne rien savoir… tu sais qu'on arrête pas de me poser des questions !… Je suis sûr que si tu te présentais aux élections tu serais élu !… Tu devrais prendre au moins ta carte. En plus ça t'aiderait à être vraiment soutenu par *La Dépêche*. Comme tu le sais, ici, c'est *La Dépêche* qui fait les réputations.

28 : études

- Je vais arrêter mes études.

- Dis pas de conneries.

- De toute façon, ça fait deux mois que je vais plus à la fac.

- Et tu m'annonces ça comme ça, ce soir.

- Tu m'as bien dit que j'étais grand, que j'étais libre, quand je suis venu vivre ici.

- Libre. Libre. Libre de t'amuser. Rentrer à l'heure qui te chante. Mais pas d'arrêter tes études comme ça. Sur un coup de tête. Tu vas faire quoi ?

- Chanter.

- Tu devrais pourtant savoir que c'est une chance sur mille.

- Seff va sûrement me produire, il m'a dit que c'est super bien c'que je fais. Et comme tu le sais, j'ai des sous.

- Des sous. Des sous. Dis pas des conneries, trente briques c'est rien du tout.

- A mon âge c'est déjà bien. Et puis je me débrouillerai.

David pensait : j'ai un beau cul ! Et ça peut toujours servir. Surtout à Toulouse. Plutôt faire pute que de vivre dans un bureau.

- Ça veut dire quoi, te débrouiller ? J'espère que c'est pas vendre de la drogue.

- Vivre dans un bureau, de toute façon, c'est pas mon truc. Je pourrai jamais, alors ça sert à rien les études. Faire des études pour finir dans un bureau ou au chômage, ils sont vraiment trop cons à la fac. Ils ont leur nez dans leurs bouquins et ils vivent pas. C'est un peu comme ces cons qui croient être heureux plus tard, quand i s'ront au paradis. Je sais pas comment tu fais, toi, pour tenir dans un bureau ?

- 35 heures. On est déjà aux 35 heures nous. Dont la moitié à glander et l'autre à remettre au lendemain le plus chiant ! c'est pas la mer à boire. Tu ferais mieux d'être fonctionnaire, ça te laisserait du temps pour la musique et t'aurais la gamelle assurée. Ça te ferait même connaître des gens utiles pour les subventions. J'ai bien réfléchi. C'est la meilleure solution. On peut même monter une petite association pour autoproduire ton premier album. Avec mes relations, en jouant sur le fait que tu connais bien Cabrel, on obtiendra facile des sponsors. Ça coûtera pas un rond de carotte et ça te fera connaître. A Cahors je peux t'en vendre des centaines. Mais les études ça passe en premier.

- Cabrel a été viré du lycée Palissy, ça l'a pas empêché de réussir.

- Cabrel, il a eu de la chance. Au début il la ramenait pas large, il faisait même pas les balloches sur Toulouse Agen, c'était Gold, il était obligé d'aller les faire en Dordogne. Et même quand il a commencé à être soutenu par les frères Seff, il faisait les premières parties de Dave, Patrick

Sébastien, Gérard Lenorman, Joe Dassin. Et à la télé, on l'invitait pour qu'il tienne le rôle du paysan mal dégrossi, avec pantalon en velours à grosses côtes, ses grosses galoches. Cabrel, il a beau jouer les coquets aujourd'hui, il reste des photos et des souvenirs.

- Bin dis donc, tu lui en veux vraiment. Je croyais que tu le considérais juste un peu en dessous de Souche.

- Compare jamais Cabrel à Souchon, fiston. Je t'ai dit que Cabrel pouvait t'être utile, je t'ai jamais dit autre chose… et je te dis que le travail, c'est c'qui faut à un homme.

29 : hymne au travail

- Le travail, c'est bon pour la santé, c'est bon pour l'équilibre. Y'en faut pas trop mais rester à rien faire, c'est se mettre devant une télé ou gamberger, et ça c'est pas bon pour un homme… Comme dit l'autre : le travail éloigne de nous trois grands maux, l'ennui, le vice et le besoin.

Claude essayait de convaincre son fils. Stéphane intervint :
- On vient enfin de découvrir ce qu'avait écrit Voltaire sur le manuscrit original de *Candide*.
Un silence.
- Oui, le travail éloigne de nous trois grands maux, l'ennui, le vice et le besoin. Tu citais bien Voltaire.
- Je suis tombé par terre, c'est la faute à Voltaire… *Je suis un peu grognon c'est la faute à Souchon… J'me prends des gamelles c'est la faute à Cabrel…* Qu'est-ce qu'il a écrit ton Voltaire alors ?
- Il avait écrit, avant finalement de le barrer pour quelque chose de politiquement plus correct, comme on ne disait pas encore.
Un silence. Il était certain de son effet. De pouvoir ainsi dévier une conversation devenant de plus en plus pesante à David.
- La masturbation éloigne de nous trois grands maux : le mariage, les prostituées et la redingote d'Angleterre.
- C'est quoi la redingote d'Angleterre ? demande David.
- C'est ainsi qu'on appelait le préservatif.
- C'est nul son truc. Se masturber, c'est un truc de gamins (David).
- C'est encore mieux une femme qu'une main (Claude).

30 : l'histoire musicale de Claude

- Alors, pourquoi t'as arrêté la chanson ?
- A cause d'une sale histoire. Et tu verras qu'il faut que tu continues tes études, que la chanson si on se tape dans le dos, le plus souvent c'est avec des couteaux.
- Alors ?
- C'était l'été 72. 1972. Dans le Lot-et-Garonne. Je jouais dans les bistrots, les campings, ça me faisait pas mal de fric. Ça a duré un mois. Des vacances quoi. Des vacances qui m'ont joué un sale tour.
- Un sale tour ?
Stéphane avait expliqué à David : quand quelqu'un s'arrête lors d'une explication, il suffit souvent pour le relancer de reprendre de manière interrogative ses derniers mots.
- Oui, j'avais écrit une chanson, elle s'appelait *Petite Lydie*. Lydie, c'est la fille avec qui j'étais en vacances, que j'ai connue avant ta mère. Je chantais des standards comme on dit, et puis je plaçais mes quelques chansons persos. *Petite Lydie* c'était celle qui plaisait le plus, on me disait souvent « Claudio, tu tiens un tube avec ça »… J'étais « Claudio du Nord », je sais, j'aurais pu trouver mieux comme nom de scène…
- Et alors ?

- C'est pas longtemps plus tard que Cabrel a chanté *Petite Marie*, c'était pour sa Marie-Antoinette paraît-il, c'était pas tout à fait les mêmes mots que moi mais les mêmes idées, et la même couleur dans la musique, je dis la même couleur parce que je gratouillais de la guitare à l'oreille. Et vous connaissez la suite, Cabrel est devenu une star… alors vous comprenez que quand j'ai entendu ça à la radio, j'étais vert.

David de plus en plus attentif.

- Qu'est-ce t'as fait ?

- Je suis allé à la sacem. Je suis allé en train à la sacem, j'avais pris rendez-vous. Pour leur dire qu'il m'avait copié. Ils m'ont demandé si j'avais des preuves. Je leur ai dit que tout le monde où j'étais passé pourrait témoigner. Ils m'ont donné la date de dépôt de *Petite Marie*, en ajoutant : « avez-vous une date de dépôt antérieure, une preuve d'écriture d'un texte similaire ? ». Je savais plus quoi répondre, ils m'embêtaient avec leur preuve de dépôt. Pour eux, le souvenir des gens, c'est pas une preuve. Des années plus tard, plus personne ne pourrait dire si c'était en 72 ou 73…

- Et t'as demandé aux gens de témoigner ?

- C'était pas une époque à procès comme maintenant. Mais je me suis pas avoué vaincu. Je suis retourné à Agen. Cabrel commençait à devenir une star … pas un patron de bistrot a voulu signer !… Tu vois les gens… Je suis même allé à la *Dépêche du Midi*. Le gars m'a écouté dix minutes et m'a sorti aussi son « vous avez des preuves de ce que vous avancez ?». Alors comme je lui ai dit que ça c'était son boulot, qu'il avait qu'à enquêter, il m'a répondu qu'il n'était pas de la police, et que la famille Baylet n'accepterait jamais que soient publiées des calomnies sur Francis Cabrel, un enfant du pays, un exemple pour la jeunesse, qui démontrait qu'on pouvait réussir sans être né à Paris… et bla et bla…

- Alors ?

- Alors ça m'a dégoûté. Le pire c'est à la sacem, quand je suis sorti, j'ai écouté derrière la porte, y'en a un qui a dit « A chaque fois qu'un p'tit jeune fait un tube, aussitôt tu vois débarquer des p'tits merdeux pour chialer j'avais eu l'idée avant. Le pire c'est qu'on peut même pas les virer à coups de pieds dans l'cul. Mais j'en ai jamais vu un revenir avec une vraie chanson après, de ces p'tits merdeux. C'est vraiment qu'ils ont rêvé d'avoir eu la même idée, sinon ils en auraient d'autres de bonnes idées. Dire qu'on doit perdre notre temps avec des merdeux pareils ».

J'intervenais :

- Et ça t'a pas décidé à écrire d'autres chansons, à leur rentrer dedans…

- J'étais abattu, personne ne me croyait. Même ta mère, fiston. Ta mère et Lydie avaient été copines. Alors forcément, ça lui plaisait pas que j'aie écrit une chanson sur une ancienne alors que j'en écrivais pas sur elle, que j'en écrivais plus, toujours la même histoire avec les femmes, elle trouvait que la chanson c'était pas sérieux, que je ne ferais jamais carrière si on savait que le week-end je chantais, elle me disait que j'avais passé l'âge de faire le fou fou. D'un côté on me disait « m'embête pas avec cette chanson de traînée » et de l'autre j'avais l'impression que c'était un monde de requins.

- T'as arrêté à cause de ça ?

- Eh oui, on est comme ça, nous les hommes, on veut faire des choses et le jour où on se prend une grosse tuile sur le coin de la gueule, on reste K.O… Toi qui es philosophe, tu dois apprécier mon résumé…

- C'est plus de la sociologie que de la philosophie. La philosophie selon Nietzsche t'aurait sauvé à cet instant-là avec « ce qui ne te tue pas te rend plus fort ». Tu aurais pu rebondir comme on dit maintenant. Ou utiliser Platon, en conclure, philosophe, que les auteurs puisent à des sources d'où coule le miel, butinent sur certains jardins et bocages, que les auteurs pareils aux abeilles volent.

- Mais t'es sûr que Cabrel t'a entendu chanter ?

Cette histoire perturbait David !

- Sûr, on n'est jamais sûr de rien… En tout cas je me souviens bien d'une soirée dans une grotte au-dessus d'Astaffort.

- Une grotte au-dessus d'Astaffort ?

- Le samedi après-midi j'avais chanté dans un camping, et là on avait sympathisé avec des gars qui avaient du haschisch. C'est pas bien mais on fumait un peu, on appelait ça encore du haschisch. C'était les années 70. C'était tout nouveau. Mais c'était des produits naturels. Ça venait direct d'Afghanistan. Pas comme maintenant. C'est pour ça, que je te dis de pas y toucher à leur saloperie. C'est à cause de tout c'qui mettent dedans.

- Alors ?

- Alors, ils nous ont invités pour une soirée dans cette grotte.

- Attends, la grotte d'Astaffort… mais ça me dit quelque chose, Jean-François, certains, pour rire, l'appellent le gardien de la grotte… Qu'est-ce qui s'est passé dans cette grotte ?

- On a fumé, on a chanté, on a… on s'est amusé quoi, comme on faisait en ce temps-là… J'ai chanté. Forcément j'ai chanté *Petite Lydie.*

- Et Cabrel était là ?

 - Tu sais, il avait une gueule passe partout… Des mecs avec des longs cheveux, dans son genre baba cool quoi, j'en ai vu des centaines… Même dans les toilettes… c'est pas à toi que j'vais cacher qu'les mecs m'intéressaient déjà au moins autant que les filles… j'avais une super technique, j'ajoutais un p'tit somnifère dans le verre de Lydie et j'étais tranquille.

- Mais si t'étais sûr…

- Ça servirait à quoi, aujourd'hui ?

31 : fin de soirée

- Vous allez pas en boîte ?

- Stéphane, il est trop vieux !

- Et c'est vrai ! Encore, s'il existait des boîtes non fumeurs avec de la musique digne de ce nom. J'ai passé l'âge du temps perdu.

- Temps perdu, temps perdu, mais c'est bien les boîtes !

- Pourquoi tu y vas encore ? (question de David)

- Bin… bin oui quoi…

- Et t'y fais quoi… j'sais bien qu'les filles sont *bies*… sont bizarres mais bon… t'es pas friqué !

- Bin quoi… les gamines parfois aiment les rondeurs…

- Dis pas de conneries… dès qu'un jeune est avec un… un gars de ton âge, c'est qu'il est super riche ou qu'il a des relations… t'y vas pour mater !…

- Regarder sous les jupes, pardi… puisqu'y'a pas un mec en kilt… et y'a des filles qui comprennent la vie plus vite que d'autres ! Y'a des filles qui comprennent que les gars de leur âge, c'est juste bon à frimer avec une canette dans la main et un joint au bec mais qu'après, après deux minutes le loup il vaut plus un clou… tandis qu'avec moi, c'est pas pour me vanter, mais j'ai ma p'tite réputation, elles savent qu'elles iront à l'orgasme… elles savent que pour une soirée, c'est le meilleur plan… tu devrais essayer avec les filles…

- Chacun sa vie…

- Y'a rien de plus doux qu'une fille de dix-neuf ans… ouais, j'te l'dis, la gamine de dix-neuf ans est plus craquante que n'importe quel mec.

- Si tu vivais à Toulouse, tu changerais d'avis… on arrête, on va choquer Stéph, il est un peu religieuse ces jours-ci. Ou c'est la tempête qui l'a déshormoné…

- Alors, mon père, t'en penses quoi ?
- Il a cinquante ans.
- A part ça ?
- Il est comme pas mal de gens à cinquante ans, il s'est échappé de la vie agitée et s'est créé son propre univers, rassurant. On commence par vouloir changer le monde et après on se contente de se créer un petit monde. Petite bourgeoisie des bureaucrates bien payés. C'est pas le paradis bien sûr. Son univers, il est plutôt pauvre. Plus Souchon que Schopenhauer. Maintenant c'est Souchon et toi.
- Quelle responsabilité pour moi, quand même.
- Eh oui, être ce qu'il n'a pas été, faire ce qu'il regrette parfois de ne pas avoir fait, ou trouver ta propre voie, la question va se poser à toi. C'est peut-être ta décision de l'an 2000, vénérable David.

- Et toi, pour l'an 2000, t'as pris une décision importante ? T'as tiré un trait sur le passé ?
- Les décisions importantes, je les ai déjà prises. Maintenant, tant qu'il plaira à la vie de me garder, je continuerai ce chemin pour que les générations futures aient du mal à croire qu'un tel homme ait pu exister.
- Parfois tu t'y crois quand même.
- Ainsi parlait-on de la grande âme, du mahatma Gandhi… cinquante ans… Alain Souchon a cinquante ans.
- C'est difficile de te suivre.
- Les idées volent et les humains vont à pied… j'ai cinquante ans !
- Qu'est-ce tu racontes ?
- Chut !

Souchon, « un peu » d'alcool… l'alcool assemble parfois bien les choses : j'ai dix ans… j'ai cinquante ans !
Je tenais l'idée de ma première parodie !

33 : mec bizarre ?

Sa manière de poser la main gauche sur ma jambe droite me choque, dérange, irrite (euphémismes). Encore une fois je suis faible :
- Je ne peux faire qu'une chose à la fois.
J'ai besoin de continuer :
- C'est la grande différence entre les hommes et les femmes. Les femmes peuvent faire un tas de choses au même instant, sans en perdre le fil… un atavisme… s'occuper des enfants, préparer le repas tout en restant attentive au cas où un prédateur s'approcherait…
- Ouais, ouais… c'est vrai que tu connais bien les femelles… ça t'est pas encore passé…
Je pensais : tu vois Marjorie, j'ausculte le genre homo comme tu as ausculté le genre lesbienne. Il est drôle, mignon, bon chanteur, Dorian de l'an 2000 avec sa tristesse dans le regard proche de la tienne d'Astaffort. Mais ce serait trop me forcer d'aller contre mes hormones. Rien contre l'idée mais aucune envie.
Pas une fibre en moi ne frémissait pour lui…
- T'es froid comme mec… c'est souvent le cas, chez les bis.
- Et tu en penses quoi de Marcel Proust ?
- T'es bizarre comme mec.
Ça voulait sûrement dire, nous ne sommes pas de la même tribu. Je préférais ne pas insister. Je m'en foutais tout simplement. C'était l'idée du grand canyon, l'idée de la parodie, qui m'occupaient. J'allais le décevoir ! Mais inutile de le faire souffrir !
Oui ? il suffira de lui dire : je dois écrire un peu, je te rejoindrai, je lui offrirai même ma chambre pour une nuit, et il s'endormira, persuadé d'être réveillé à la Charlus… et demain : chacun sa vie !

- T'en fais une tête… putain, il fait jour… c'était qui ?… il fait jour et tu m'as pas touché… T'as dormi où ? Putain, tu réponds… Tu devais venir me rejoindre.

- Bien des choses sont au-dessus de tout cela.

- Quoi ! J'suis v'nu chez toi plutôt que d'passer la nuit au Club, j'suis entré dans c'millénaire sans baiser. Et tu crois que j'vais chanter tes, tes trucs alors que tu te fous de ma gueule ?

Si la nouvelle, que je devais lui apprendre, le drame que je ne pouvais éviter de lui annoncer, n'avait été aussi cruel, il m'aurait sûrement fait rire : tout doit vraiment être chimique ! Non impossible d'avoir envie de lui. Même pour voir !

Il continuait :

- Alors, maintenant que j'suis réveillé, on va la commencer au moins c'te nuit qu'tu m'avais promis ?

- Je t'avais promis quelque chose ?

- Qu'est-ce que je fous là alors ?

- Tu dormais… et ton père a eu un accident.

- Quoi ?

- Le téléphone, c'était un flic.

- Il est blessé ?

- Ils ont retrouvé son corps ce matin dans le Lot.

- Quoi ?

- C'est ce qu'il m'a dit.

- Quoi ? attends, c'est pas possible, à part mon père personne savait que j'étais ici.

- Ils ont téléphoné à ton appart de Toulouse. On leur a dit que tu étais sûrement chez moi. Et avec le minitel.

- Ah, Jef sûr'ment… encore un bi… encore un lyonnais aussi… une petite gueule à la Grégory Coupet… Il est ?… Non… il doit y avoir erreur. Qu'est-ce qu'il serait allé faire… il a été assassiné ?…

- C'est pas évident, mais faudrait que tu ailles confirmer l'identité… Habile-toi, je te conduis.

Plus un mot ne fut échangé jusqu'à la morgue.

35 : la faute à Souchon

Aucune trace de violence. La thèse de l'accident est retenue…

- C'est la faute à Souchon !

- La faute à Souchon ? Qu'est-ce que tu racontes ?

- Ton père, c'est la faute à Souchon !

- Dis pas d'conneries pour me consoler, je sais bien au fond, ce qui a dû le perturber, j'ai vu sa tête quand j'ai dit que j'arrêtais la fac. J'dis pas qu'c'est un suicide. Ça devait le perturber et il a tombé.

- Non.

- Dis pas qu'il s'est suicidé parce que Souchon a dit qu'il allait arrêter.

- Non, il a voulu marcher « rive gauche », il a voulu voir sous les jupes des filles, il a glissé, il est tombé, et plouf.

- Et plouf. Arrête, tu serais capable de me convaincre.

- C'est tout à fait le style de ton père. Il l'a même fredonné, *rive gauche*, il l'a même fredonné *sous les jupes des filles*. Alors après notre départ, comme il parvenait pas à s'endormir, il est allé faire un tour. Arrivé sous le pont Valentré, il fredonnait justement encore une fois, *sous les jupes des filles*. Alors il s'est dit, de là on voit quoi ? Et plouf. C'est la faute à Souchon. Ce genre de chanteur cause les pires drames. Cabrel c'est pareil avec son romantisme gnangnan. *Je l'aime à mourir, question d'équilibre*, romantisme gnangnan et anti-spirituel, celui qui croit devenir quelque chose parce qu'il aime quelqu'un...

J'essayais de le distraire, aussi, un peu, en exagérant – si peu finalement ! Ou plus simplement : il m'énervait avec ses deux idoles…

J'écris *les Dupond Dupont de la chanson*. Il fut scandalisé.

Les Dupond Dupont de la chanson

La ménagère de sept à cent-dix ans
Figée devant son écran
Le présentateur lance des fleurs
Les annonceurs font leur beurre

Les Dupond Dupont de la chanson
C'est la variété rêvée
Pour animer
Une sacrée petite soirée

Ils s'ront un peu bougons un peu boudeurs
Mais jamais d'mauvaise humeur
C'est politiquement correct
La vacuité is perfect

D'un côté les bluettes de l'autre l'Arlette
Le chanteur engagé kitch
C'est la fête au ras des pâquerettes
L'adjoint au maire fait son speech

Les Dupond Dupont de la chanson
C'est la variété rêvée
Pour animer
Une sacrée petite soirée

36 : Marjorie – mois 8 - doutes

Marjorie doute. Se soupçonne d'être là par simple caprice. Simplement de l'entêtement.

Simplement pour ne pas un jour regretter.

Simplement par jeu.

Parce qu'après un an, il faut un truc de ce genre pour ne pas sombrer dans la routine, pour « continuer l'Amour fou » ?

Marjorie doute de vraiment avoir besoin d'être là pour lire paisiblement, s'imprégner de textes sacrés.

Marjorie redoute de faire ainsi souffrir Stéphane.

Marjorie écrit : je doute donc je suis.

Et murmure : est-ce simplement ça ? Vouloir être. Ou suis-je schizoïde ?

37 : Marjorie – mois 8 - Maria

Marjorie se souvient de son rêve : sa grand-mère allongée dans un fossé tandis que passe une troupe de soldats sur la route boueuse.

L'un des derniers militaires quitte la file, s'approche, s'arrête juste devant elle. Elle se sait perdue. Elle fixe cette jeune recrue, le trouve beau, pense qu'en d'autres circonstances elle aurait pu l'aimer, cet homme qui va l'arrêter. Elle s'en veut, est persuadée d'avoir fait un bruit. Lui ne baisse pas encore les yeux, son regard vague erre au loin.

Il urine. Maria se retient de rire. Elle reçoit ce jet chaud en plein visage.

Marjorie s'est réveillée à cet instant. Elle connaît la suite ; elle pense : ce rêve ne signifie rien de particulier, ce fut la réalité. Telle que sa grand-mère la racontait parfois à table quand sa petite-fille jouait dans la pièce d'à côté.

Marjorie reprend : ce rêve ne signifie rien en lui-même ; mais le fait de voir ainsi ma grand-mère a un sens. Oui, si ce soldat avait baissé les yeux, une lignée sûrement s'éteignait…

Ou l'a-t-il vue ? L'a-t-il épargnée ?

Comme Maria parfois se le demandait ?

Et alors, je devrais ma vie à un geste humain durant une période inhumaine ?… Est-il toujours vivant cet enrôlé sûrement sans convictions haineuses ?

Quelques semaines, mois ou années plus tard, peut-être massacrait-il sans laisser transparaître le moindre état d'âme ?

38 : notes Marjorie – mois 10 - Amour

Mieux vaut vivre ensemble dès la rencontre. Profiter de cet état de grâce, d'euphorie.
L'amour c'est quelques mois ; et un après.

D'après les livres, j'en étais à cette conclusion. J'ai vérifié ! il faudrait toujours lire avant de vivre.

J'ai vérifié… et non ! ou pas encore.
Ou cette séparation rend l'amour aussi essentiel ?

Un peu : *fuir le bonheur de peur qu'il ne se sauve ?*

Il faudra régulièrement nous octroyer des pauses ?… Il faudra vivre en respect des besoins de l'autre, même quand ces besoins sembleront à première vue nous être contraires… L'autre donne, je ne lui prends rien.

39 : après

Incinération. Formalités. David préfère les distractions à la réflexion. Exige la présence de Stéphane. Certes pas de manière arrogante. Mais par une manière d'entraîner. De dire ON. On va à Toulouse. Il y aura même une virée à Toulouse ! Même quelques beuveries…

> *Je me blâme d'avoir laissé une amitié dont le but essentiel n'était pas la création et la contemplation de belles choses dominer entièrement ma vie.*

Je relis *De Profondis* pour retrouver ce passage dont les termes exacts m'échappaient mais dont le sens me poursuivait.
La littérature permet d'éviter certaines erreurs.
Mon visage s'éclaire : oui, c'est exactement ça ; c'est cet écueil à éviter. Quelques heures pour de nouveau totalement m'imprégner…

> *J'aurais dû te rejeter de ma vie comme on secoue de son vêtement un insecte qui vous a piqué.*

Et David entendra ce que je voulais le plus diplomatique possible :
- Je suppose que tu vas retourner à Toulouse et comme tu as une adresse e-mail, je t'enverrai mes textes. Je vais acheter un nouvel ordinateur, me mettre à internet. Si tu es intéressé, je te laisserai carte blanche pour la musique.
Je sentais monter sa colère, j'ajoutais :
- Je vais me couper totalement du monde. Avec internet comme seul lien.
- Fous-toi pas de ma gueule. Tu sais bien qu'internet c'est de la merde. C'est bien marrant pour la tchatche, pour la drague, mais pour la chanson c'est de la merde. Je te laissais dire tous tes trucs de créer des sites, tu crois pas qu'un producteur va perdre du temps sur tes sites. En plus, comme d'habitude, comme en tout, t'as un train de retard. Tout est déjà fait sur internet. Tous les noms intéressants sont réservés depuis belle lurette. Et t'as pas les moyens de les racheter. Moi, moi si je

voulais… mais compte pas sur moi. Tu crois pas qu'internet attend un pecnot de ton genre, tu pourras même pas te connecter de ton trou. Pour qui tu t'prends, tu crois quand même pas changer la chanson ! changer la chanson de Montcuq ! dis plutôt que tu veux plus m'voir. C'est ça les amis, j'croyais qu'tu m'soutiendrais au moins après c'qui m'est arrivé. Et t'as même pas eu un geste de tendresse.

- Un jour tu comprendras peut-être que ces trente-sept jours furent pour moi un dévouement extrême.

- Pis arrête de baratiner comme ta tarée. A Astaffort ils en ont parlé, de ta fêlée comme ils l'appellent, avec ses grands airs, ta Marjorie. J'crois qu'tu déteins complèt'ment sur elle. C'est une secte ta gonzesse. J'te laisse dans ta secte. Mais crois pas qu'un jour tu m'entendras chanter tes textes de merde. Tu perds plus que moi, parce que des chanteurs comme moi, y'en a pas dix. Des auteurs y'en a plein les rues. Y'en a qui f'raient des centaines de kilomètres pour que j'les chante. Si tu sais pas baiser, t'as rien à foutre dans la musique. Le jour où Richard me produira j'aim'rais bien voir ta gueule…

Et il a claqué la porte. J'ai entendu « t'as raison, c'est sûrement génétique. Un apollon comme moi n'a rien à faire avec un ». Quinze centimètres de ciment sont tombés. Une bande de quinze centimètres sur deux à trois de profondeur. J'ai souri !, pensant : il ne faudrait jamais laisser entrer chez soi quelqu'un susceptible de briser ce que des mains de chômeur ont réussi à faire !

J'ai souri : ouf. Enfin débarrassé de ce type. Enfin seul. Seul avec Toi. Je t'aime Marjorie… Plutôt se masturber tout en communion avec Toi qu'ailleurs me souiller. J'aurai aussi une vie monacale.

Mais ce jour-là, au facteur, il y eut une convocation. Direction du Travail. « Damned, on ne peut jamais être tranquille longtemps ».

40 : le pont Louis Philippe

Son plus grand plaisir. Il dit « mon plus grand plaisir ». Il ajoute parfois : « à part baiser, mais ça tu peux pas comprendre ! ».

Son plus grand plaisir : traverser le pont Louis-Philippe en moins de six secondes, couper le rond-point aux jets d'eau et s'engouffrer sur les berges du Lot, faire un bras d'honneur à l'ANPE…

Le traiter de jeune con ?

Bien sûr, mais inutile, il le prend pour un jeu, avec sa réplique autoproclamée me « clouant le bec » :

- T'es trop vieux pour comprendre.

Que fait la police ?

Elle lui retira son permis mais les gradés, en France, à cette époque, servant encore à permettre aux crétins de mépriser la loi, son père en fut quitte à offrir une bouteille de whisky et payer un repas.

Puis : il a perdu son père, il fait des conneries, ça lui passera…

Je pensais à tout cela, au crématorium. Seul « membre de la famille ».

J'étais pour ainsi dire sa seule famille. La maison dont il avait hérité (les formalités de succession devaient débuter la semaine suivante) serait vendue au profit d'un lointain cousin de sa mère, qui naturellement serait prévenu bien après cette *cérémonie,* et de toute manière ne se serait sûrement pas déplacé, ignorant même avoir une parenté dans le sud-ouest.

Ce soir-là David avait raté le rond-point. Et dans la fontaine s'était encastré. Parfait pour la culpabilisation ! (son itinéraire de 10h45 à 22h30 ?… le test d'alcoolémie, un gramme neuf, le laisse supposer…)

J'avais été prévenu grâce à une coïncidence : l'un des policiers appelés était déjà de « l'affaire du père ».

Sinon je n'aurais peut-être jamais su (c'est avec ce genre d'informations que la *Dépêche du Midi* semble obtenir des réabonnements à son torchon).

Je pensais aussi à cette coïncidence, qu'à presque rien cette crémation se déroulait « sans famille »...

D'autres idées m'assaillaient. L'une, j'y repenserais souvent (sûrement une conséquence des derniers mots entendus de sa voix) : « si l'homosexualité est génétique, elle est vouée à disparaître dans une société libre, sans tabou, permissive ; elle ne doit sa survivance qu'aux interdictions, qu'à la répression !... en réclamant le droit à leur sexualité, les homosexuels se sont perdus... Eh oui, jamais ce gène ne se serait transmis si des homosexuels n'avaient été contraints d'avoir une couverture maritale. Et encore récemment. Ne dit-on pas que pour entrer au gouvernement Mauroy en 1981, il fallut d'abord passer chez monsieur le maire ! combien de générations prendra cette sélection naturelle ? Si un gène... c'est le chant du cygne des homos... »

Il me reste sa guitare sèche. Elle est au grenier. Une cassette maquette avec « la caissière » et « vivre libre ». Encore aujourd'hui, pas la force de l'écouter.

Non seulement la majorité des gens sont incapables de nous offrir quelques grammes de bonheur mais en plus ils laissent un sentiment d'échec, de culpabilité.

41 : notes Marjorie – mois 11 – philosophie

Philosophia, en grec.
Etymologie : amour de la sagesse ; qu'il vaudrait mieux traduire : quête de la sagesse.

Sophia : aussi le savoir.
Un savoir-vivre.
Penser mieux : vivre mieux.

Philosophie : la doctrine et l'exercice de la sagesse (non simple science).
Kant.

Le temps d'apprendre à vivre, il est déjà trop tard...
Merci Aragon pour cette mise en garde.
Sûrement puisée chez Montaigne :
On nous apprend à vivre quand la vie est passée.

Une erreur. Etre dans l'erreur. Ne pas savoir où se situe notre bien. Nous n'avons rien de plus précieux que notre vie, c'est pourquoi il faut philosopher (penser vraiment).

Si notre avancée peut servir à d'autres, tant mieux.
Mais c'est d'abord notre vie qui est en jeu.

Prétendre penser d'abord aux autres n'est qu'une manière de masquer une peur de penser vraiment. Les autres, seul notre exemple peut leur être utile...

Comment vivre ? La question centrale de la philosophie.
Vivre et non espérer vivre. Vivre c'est toujours au présent. L'idéalisme n'est pas de la philosophie. Tout est affaire d'ici et maintenant. Je sauve ma vie à chaque instant en ne la laissant pas dériver. En la sublimant du mieux possible. Et si la vie se résumait à un simple : faire ce que l'on peut faire de mieux.

42 : notes Marjorie – mois 12 – le noyau noir

Qui entend le silence assourdissant des blessés incapables d'assumer leur passé ? Ils croient nécessaire de se projeter dans l'avenir pour exister, n'y arrivent pas, forcément, donc perdent le présent à tanguer ainsi des souvenirs insoutenables au futur bouché.

Suis-je finalement encore dans cette perspective ?

Ai-je plus mal que je le concède, au passé, à l'enfance ?

Et si ma lucidité du « présent essentiel », unique éternel, relevait du simple détournement de concept opéré par intelligence mais inefficace sur l'inconscient ?

Et si j'étais encore malade du passé. En fuite.

Et si tout cela n'était qu'une forme de dégoût ?

Et si je n'étais qu'une fille de Souchon ?

> Une fille de Souchon
> Un peu bougonne
> Une fille de Souchon
> Qui souvent déconne…

Tout porte à croire qu'il existe un certain point de l'esprit où la vie et la mort, le réel et l'imaginaire, le passé et l'avenir, le communicable et l'incommunicable, le haut et le bas, cessent d'être perçus contradictoirement.
André Breton.

Des références à appeler en cas d'urgence !

Un an. Ces pensées j'aurais pu les développer avec Stéphane.

Dois-je t'oublier, raisonner comme si tu n'existais pas, pour ALLER PLUS LOIN QUE L'ETUDE, pour extraire et poser définitivement le NOYAU NOIR de ma vie ?

43 : notes Marjorie – mois 13

J'aurais pu partir autrement.

Rien n'asservit l'homme qui marche confient des pèlerins sur le chemin de Saint-Jacques de Compostelle.

Chaque pas est alors un pas en soi.

Mais sur ce chemin, les mauvaises rencontres sont aussi possibles. Et pas seulement les chiens de ceux qui savent qu'il est aussi de faux marcheurs, indicateurs en repérages pour la petite racaille.

J'ai besoin de sentir une certaine sécurité.

44 : notes Marjorie – mois 13

Qu'y a-t-il de vital ?

Respirer

Penser

Dormir

Boire

Manger

Et…

Ça ne se fait pas dans un monastère ? Encore une idée-reçue !

Pour tout : avancer.

Celui qui n'a plus de force tombe au milieu du chemin. Du moment que tu n'es pas tombée, si tu n'avances plus, c'est que tu dresses sciemment des barrières sur ton chemin.
Confucius adapté par Marjorie.

45 : colère

Ils sont payés pour ça !

Bien vingt bureaux à la Direction Départementale du Travail et de la Formation Professionnelle, DDTEFP.

Dans une ville de 20 000 habitants !

Et cette DDTEFP n'est qu'une des sections du mammouth.

Oui, dégraisser le mammouth. Virer ces parasites !

Tous ces gens payés pour surveiller, agir sur les statistiques, au point de scléroser le pays. Ils seraient mieux au RMI !

Stéphane revient de Cahors. Après un entretien rue Victor Hugo (*Victor Hugo, ils ne doivent même pas savoir qui c'est*), prié de se rapprocher de l'ADDA, Association Département pour le Développement des Arts, émanation du Conseil Général, pour étude de la faisabilité de son projet.

46 : 5990 francs

Celerom Intel 500 MHz
Mémoire 64 Mo SDRAM PC 100
Disque dur 8,4 Go UDMA 66
Lecteur CD-Rom 50X
Modem PCI 56 kbds V90

Le moins cher. Du 22 mars au 1er avril. Spécial micro. E. Leclerc
46 CAHORS PRADINES.

- Avec cet ordinateur, je pourrai utiliser Internet ?

Des articles, *Le Monde*, *Le Nouvel Observateur*, *Le Point*, m'ont convaincu : internet est vraiment notre chance. Internet va révolutionner la musique… et les crétins de l'ANPE, de la Direction du Travail n'y connaissant sûrement rien (ils n'ont pas eu la formation !…), internet devrait me faire gagner un peu de temps…

« Gagner du temps » : jusqu'à la retraite ! Un peu de temps perdu, c'est toujours ça de gagné…

47 : Colère bis

ADDA du Lot.

Combien sont ces sangsues sur le corps de la culture ? six ? sept ?
Et dans chaque département !

Stéphane revient de Cahors. Après un entretien avec le directeur de l'ADDA.
Un pion sur le dos de la bête. Il lui faudrait un dossier… Mais t'es qui toi pour juger, tu as fait quoi ? Tu la dois à qui ta sinécure ?

0,5 ou 1% du budget de l'Etat attribué à la culture. Peu importe : simple mesure d'une mascarade. La culture confisquée par une bureaucratie.

Approche communiste de la culture ? Le dernier bastion du marxiste ? Une culture officielle, surtout des officiels !
Un pays en voie de sous-développement culturel.

Encore un truc à assumer : je vais envoyer un dossier aux Francofolies de La Rochelle, de Jean-Louis Foulquier, là-bas au moins la structure sert à quelque chose ! (il a compris par rapport aux *Rencontres d'Astaffort* mais n'a sûrement pu imaginer être aussi visé…)
- Oui, dans votre cas, c'est sûrement la meilleure chose à faire.

Ils sont médiocres mais ne cherchent pas la petite bête. Des blasés. Faire ça ou peindre la girafe doit être leur expression favorite.

Ce soir-là, je terminais enfin la parodie d'Alain Souchon.

48 : J'ai cinquante ans

Cinquante ans
Ça devait arriver
J'ai cinquante ans
Laissez-moi rêver
Qu'j'ai tout mon temps
Même si c'est surprenant
J'en suis content
J'me sens 'core jeune mais

Si tu m'dis qu'ça s'voit
Je t'appelle l'affreux Judas

Cinquante ans
Les matches de football
P'tit écran
Comme j'en raffole
Le gnangnan
Je trouve ça drôle
Forcément
On m'dit frivole

Si tu m'dis qu'ça s'voit
Je t'appelle l'affreux Judas

C'est chaque jour que j'm' balade
Je suis le roi d'la flémarde
Quand je m'approche des jupes
 des filles mon cœur brille
Et les gars j'en parle pas

Cinquante ans
Je vis dans des sphères
Où les gens
Sont millionnaires
On s'voit souvent
Pour le plan d'carrière des enfants
Faut bien être solidaire

Si tu m'dis qu'ça s'voit
Je t'appelle l'affreux Judas

Cinquante ans
Billets plein les poches
Cinquante ans
Les filles aiment ma Porsche
Cinquante ans
Laissez-moi rêver
Qu'j'ai tout mon temps

Si tu m'dis qu'ça s'voit
Je t'appelle l'affreux Judas

Je m'souviens de ma cabane
Des vacances en caravane
J'me r'vois tout p'tit môme
S'moquant des bedonnants
J'fais du jogging en marchant

Cinquante ans
Ça devait arriver
Cinquante ans
Laissez-moi rêver
Qu'j'ai tout mon temps

Même si c'est surprenant
J'en suis content
J'me sens 'core jeune mais

Si tu m'dis qu'ça s'voit
Je t'appelle l'affreux Judas…

PARODIE
Titre de l'œuvre originale :
J'AI DIX ANS

49 : le Chantier des Francofolies de La Rochelle

Appel de Delphine Lagache : pour la première fois « un auteur » est retenu au *Chantier des Francofolies*. Ma présentation les a convaincus… ce sera une semaine à Cognac.

Les chanteurs défilent. L'auteur n'a qu'à… observer…
L'œil de la voisine : ils sont fiers d'avoir fait des études !… de musicologie… d'enseigner… mais c'est d'une banalité vos trucs !… mieux vaut se taire…
Télécran : eux aussi, fiers de ce qu'ils font ! Bon…

Cécile M : …et elle a « fait Astaffort », continue d'ailleurs à travailler avec une Sandrine bien vue.
Joyce : ils ont trouvé un producteur donc se croient géniaux…

Mes textes ? Tous savent faire !… Bon, oui, si vos textes vous plaisent, on ne va pas avoir grand-chose à se dire…

Demain arrive Souad Massi… vous ne connaissez pas encore ?… la Joan Baez berbère… elle a signé chez Vivendi…

Souad Massi à la guitare. Je « chante » ! J'observe l'Albaret s'impatienter. Je fais durer pour ce petit plaisir !
Cécile M a vu Michel Houellebecq sur scène. Prétend reconnaître une parenté dans le côté « diseur ». Elle aimerait recevoir « un signe » de « l'écrivain sulfureux » (mais médiatique donc recherché !), qu'il écrive pour elle… lui a laissé un CD…
Et moi ? Je ne suis pas assez connu ?… Je ferme ma gueule… La présence d'Albaret m'est de plus en plus insupportable. Ça doit être physique ! (et réciproque ?)
Souad, mes textes ? déjà un *parolier !* et elle préfère chanter en berbère… Seule à la guitare, même à du Cabrel elle donne une âme… mais bon, elle choisit du gnangnan… *il passait sur les ondes en Algérie…* Eh oui, même à l'exportation…

Et ces gens seront catapultés « nouvelle chanson française » s'ils vendent. Des coquilles vides. Vides. Vides. Vides.

50 : Francofolies

Les-présents-parce-qu'ils-ont-participé-au-Chantier sont priés de distribuer des prospectus pour LE CHANTIER.
Le chantier, avec le soutien de : sacem, adami, spedida, FCM, SCPP…
Photos couleurs : personne ne demande pourquoi Emmanuelle Cadoret est photographiée à quatre reprises !
La mascotte, murmurent certains (pour la rime ?)… et si elle autoproduit un album, elle obtiendra sans difficulté une bourse sacem ?
Comme on peut être médisant… par derrière !… bien sûr on ferme sa gueule…

Certains s'empressent. Plaire. Désolé moutons, j'aime pas votre berger. Plutôt assister aux concerts que distribuer ta pub.
T'es pas content ? Désolé mec, je ne te dois rien. Grâce à moi tu obtiens des subventions. Tu ne m'as rien appris. Ton versant du show-biz ne m'intéresse pas. Internet doit être un terme barbare pour toi. Internet, tu feras tout pour décourager les naïfs attentifs à tes conseils ? Internet, ce sera mon domaine, où l'art sera roi et Marjorie sera reine. Ne me regarde pas comme ça ! Ton vieux monde s'écroule.
Oh t'inquiète pas trop, tu leur suceras encore bien du pognon, tu as des relations… tu as encore de belles années d'inutilité parasitaire devant toi.
Je souris. La transmission de pensée ? Que ce type lise dans mes pensées ? non… il lit juste dans mon regard ?… j'ai le mépris non masqué !…

Je m'en fous, je pourrai dire, écrire : premier auteur retenu aux Rencontres d'Astaffort et aux Francofolies de La Rochelle, j'occulterai naturellement le terme *chantier*. Prétendre : c'est une reconnaissance…
Mais non, je ne déprimerai pas parce qu'il « ne va rien se passer ensuite »… Il ne faut rien attendre de vous ! J'ai juste besoin de lignes sur mon CV artistique !

- …est-ce que tu connais l'auteur de ton prochain album ?
- Non.
- Alors peut-être à bientôt !
- OK, on va lire ça.

Certains en seraient enthousiastes ! *Francofolies* de La Rochelle. J'ai LE PASS. Les balèzes des contrôles s'écartent pour me laisser pénétrer dans les *zones artistes*, ont le bonjour aimable… Et je peux aborder Patricia Kaas naturellement…

En première partie Isabelle Boulay suscite la quasi indifférence, jusqu'à l'a cappella d'*Amsterdam*.
Patricia Kaas : une découverte. Une vraie présence sur scène (même un soir de juillet digne de février d'avant les perturbations climatiques).
Mais des textes d'un pitoyable !

Patricia, à quand un répertoire digne de ton charisme ? Il te manque une force essentielle : savoir t'entourer (ce qui passe par quelques NON iconoclastes…) ?

Alors quand ? Après des « reconnaissances » ?

52 : La Rochelle - Sami Rama

Sami Rama, *la Gazelle du Boulgou,* est inconnue en France.

Evoluant dans la chanson moderne, en solo depuis une décennie, SAMI RAMA est auteur, compositrice, interprète et guitariste Burkinabée...

Elle est de l'ethnie Bissa (de l'est du Burkina) mais parle deux autres langues du pays : le Mooré et le Dioula, ce qui lui permet, en plus du Français, d'étaler toute une diversité de styles, mélodies et rythmes...

Premier séjour en France. Hôtel de luxe mais juste invitée… Pour avoir remporté « le prix de la Francophonie ». Elle aborde un type qui sort de la *zone interdite aux badauds…*

[Quelques mois plus tard je figure sur son troisième album, récompensé au Burkina Faso par un Kundé d'Or meilleure interprète de l'année, l'équivalent de nos *victoires de la musique.*
Oui, ça tient à peu de choses… ou : des êtres se rencontrent par ondes ?]

Et tandis que le septième vice-président du Conseil Général, un certain Gérard Amigues du canton de Limogne, achetait pour « le fonds ancien du département » les clichés d'un futur obscur écrivain ayant séjourné dans le Lot, Sami Rama était photographiée dans le Quercy… depuis je suis « le gaou », terme africain difficilement traduisible sans recourir à des exemples, disons « le villageois ».

53 : aol puis wanadoo

Peut-être, quand tu reviendras, serai-je un spécialiste de l'internet ! mais comme il est difficile de vivre à la campagne et se connecter !

Aol. Pourquoi payer plus ?
Mais rarement la connexion dépasse cinq minutes. Déconnecté. *Putain, encore déconnecté,* devient l'expression la plus courante.

Appels chez Aol : c'est la faute de votre ligne – voyez l'opérateur local, France Télécom. Ou c'est la faute de votre modem, voyez votre fournisseur.
Leclerc Cahors, au troisième appel : vous pouvez amener votre unité centrale pour un test [résultat : modem nickel].

France Télécom : la ligne n'y est pour rien, c'est la faute d'Aol, ils sont moins chers mais le service laisse à désirer.

Et le conseil : abonnez-vous à wanadoo et vous n'aurez plus aucun problème.

Wanadoo intégrale 3 heures (3 heures de connexion) : 39 francs par mois.

La promotion en cours : « *pack intégrales* » à 66 francs : deux mois à dix heures, et un bon d'achat de 200 francs sur le site de vente de livres du groupe France Télécom, alapage.com.

Je reçois deux contrats. ternoise@wanadoo.fr et ternoise2@wanadoo.fr !

26 juin : nous avons bien reçu votre demande de résiliation d'abonnement à wanadoo. Conformément à votre souhait votre résiliation prend effet au 31.07.2000

Allô, monsieur Guttierrez (France Télécom Cahors, rédacteur du contrat) :

1) wanadoo se moque de moi ou est le refuge des incompétents de France Télécom ?

2) ma connexion wanadoo fonctionne toujours aussi bien qu'avec Aol : déconnexion rapide ou connexion impossible.

Le réseau a été vérifié… il s'agit de votre modem…

Voyage de l'unité centrale à France Télecom Cahors : aucun problème de connexion – aucune déconnexion !

Un « spécialiste » vient expertiser la ligne : aucun dysfonctionnement…

- Mais votre portable est étudié pour les situations difficiles ?

- Le modem est externe, ça fonctionne mieux avec un modem externe.

- Et quels autres critères ?

- Je ne sais pas… vous savez, on m'a donné un ordinateur, on me dit d'aller chez les clients vérifier leur connexion… le plus souvent je suis sur le terrain, je m'occupe d'installer les câbles…

13 octobre : deux factures en retard de paiement… Car en plus d'oublier les deux mois avec 10 heures inclues dans la promotion, ils ont aussi perdu l'autorisation de prélèvement… et me réclament chaque mois le forfait trois heures… et sept heures de dépassement du forfait !

Allô, monsieur Guttierrez, mais je n'ai rien à payer ! C'est une erreur de wanadoo !…

[finalement, je paye wanadoo et France Télécom me rembourse !]

« Une terre » (un câble défectueux) sur la ligne… au cinquième appel au 10 13, service technique, « le robot » détecte « une terre »…

- C'est normal, ça ne se détecte pas toujours avec les robots… ça dépend d'un tas de choses, des conditions climatiques…

Des techniciens se déplacent… Ne la trouvent pas… bon on fait un dernier essai ! Après deux heures de recherches, « la terre » est localisée… 200 mètres de câbles seront changés dans la vallée…

Résultat : « correct » (sans déconnexion) uniquement le matin avant 8 heures ! Me lever juste pour internet !

Les différentes expertises techniques ne mettent en évidence aucun défaut imputable au réseau.

Un doute subsistant quant au modem, je vous propose le prêt d'un modem jusqu'au 15 novembre, qui vous sera fourni et installé à domicile dès aujourd'hui.

Je vous contacterai personnellement afin de prendre connaissance de l'évolution de votre situation et je reste d'ici là à votre disposition pour toute demande de votre part…

Pas de chance pour *Guy BAVOIS*, directeur, qui signe cette lettre du 17 octobre 2000… des techniciens compétents se sont déplacés !… et ne sont pas étonnés vue l'installation… ils coupent quelques fils… changent « des boîtes »…

[Le monsieur ne répondra pas à une lettre « légèrement » cynique]

Ai-je oublié des péripéties ?

Ça marche. Ce n'est certes pas des réponses à la seconde. Recevoir un fichier musical compressé en MP3 nécessiterait une bonne heure… mais ça marche.

Ecrire. Maîtriser correctement la langue française, savoir être cassant peut donc encore servir !

- France Télécom a reçu mission de l'Etat d'instaurer l'inégalité d'accès aux technologies nouvelles entre les villes et les campagnes ?

- Votre conseiller internet me conseille numéris, soit 169 francs par mois rien que pour la ligne, auxquels s'ajouteront les communications internet. Dans votre jargon, vous appelez cela « la rente campagne » ?

Ça marche… à 28 k… k pour kilo, soit 1024 octets… pour comprendre ce chiffre, le rapprocher des capacités du modem : 56 k ; de la vitesse de la technologie ADSL (uniquement les villes) : 512 k minimum ; 1024 k en offre « classique ».

54 : notes Stéphane

Le monde de la chanson ne m'intéresse plus. Mais la chanson est un espace de création incomparable (ni au roman ni au théâtre ou à l'essai, ni à la poésie traditionnelle).

Combien d'auteurs ont abandonné à cause de cette incompatibilité entre leur aspiration créatrice et le milieu artistique ?

Le grand canyon. Ici aussi.

Je peux être le premier à réaliser le rêve sûrement rêvassé par les auteurs dignes de ce nom, avant de s'enfuir ou d'être engloutis par cette machine à niveler, ce redoutable rouleau compresseur du conformisme, aseptisant, qu'est le marketing allié aux marchands.

Je peux être le premier à réaliser le rêve de créer et « balancer », sans subir la promiscuité des intermédiaires.

INTERNET.

Deux ans donc, pour qu'à ton retour tu puisses devenir « la chanteuse du troisième millénaire » (*je veux bien chanter mais pas dans ces conditions*).

Alors je changerai les conditions. *Pour toi je bâtirai des cathédrales, où l'amour sera roi et toi tu seras reine…*

Mais internet est une autre jungle. Avec la chance que les loups s'entredévorant sur leurs domaines, ils observent le web comme une brebis un TGV. Il est donc encore possible d'innover.

Je n'y connais rien mais je sais la direction et le pourquoi de mon plongeon dans la toile.

Un site pour rencontrer des interprètes…

Comment fédérer des auteurs ?

www.textesdechansons.com : les textes présentés par leur auteur. Mes textes ressortiront forcément ! [je le crois alors]

55 : réflexion Stéphane : grosses mouches et bouddhisme

Les grosses mouches tournent, tournent, tournent et bourdonnent. Les souris grattent dans le grenier. Quant aux moustiques, dès que la lumière sera éteinte, ce sera l'assaut vers la viande fraîche. Je suis du simple sang comestible pour ces bestioles ; je les cherche partout, scrutant les murs, le lambris du plafond, les poutres, les étagères…

Les grosses mouches, les souris et les moustiques : le respect, la dévotion bouddhiste pour toute vie, le refus d'y attenter ne résistent pas à la vie quotidienne à la campagne.

Je peux vivre sans manger de viande mais je deviendrai fou si les mouches bourdonnaient bourdonnaient… et passaient le relais aux moustiques… Je ne serais plus que boursouflures au bout de six nuits, si le soir je souriais à ces satanés moustiques…

C'est une lutte pour la vie. Et d'autres espèces pourraient s'approprier le terrain…

Ne pas manger de viande par respect pour toute vie ?

Y aurait-il encore des fruits si on abandonnait les arbres aux pucerons ?

Y aurait-il des salades, du raisin, si rien n'anéantissait les hordes d'escargots et limaces ?...

56 : réflexion Stéphane : le dégoût

Et si Souchon avait éveillé ma propension au dégoût ? En fredonnant « rame », je dérivais, moisissais, m'embureaucratisais.

Je les comprends ces immobiles de la direction du travail !... mais leur pardonner, jamais ! Quels mauvais exemples pour leurs enfants... Non, la raison est ailleurs : il m'est impossible de leur pardonner... ils sont le reflet de ce que je serais sûrement devenu sans « ce drame ».

Serais-je ainsi ou rapidement « le jeune couple » se serait désuni, séparé, aurait vendu la maison, et « ce mini drame » aurait constitué pareille opportunité ?

Mais même en partant, le plus probable était la Duglanérisation.

Sans cet aphorisme de Pascal, aurais-je cherché un sens à ma vie ?

Sans Marjorie aurais-je résisté à la show-bization ?

Je suis d'une époque souchonnisée. Il n'y peut rien : il était ainsi, ça a plu, il se dit « j'ai une belle vie ». Symbole d'une époque petite-bourgeoise, dans un pays où des privilégiés indignes de leurs privilèges perdent leur temps, ce temps conquis par des générations besogneuses, imaginatives.

Avoir gagné vingt ans d'espérance de vie pour les perdre vautré quatre heures par jour devant une télé. Pays souchonnisé.

A quoi bon travailler seulement 35 heures si c'est pour s'engloutir dans d'autres routines ? Comme des morts anticipées.

Rame, tu pourras jamais tout quitter...

Restez victimes ! Complaisez-vous dans vos petites névroses, vos ridicules petits malheurs si rassurants. Tout plutôt que payer le prix de la Liberté !

57 : notes Marjorie – mois 14

C'est à cause de mon enfance...

Non. Je suis à un âge où la cause n'est plus à l'extérieur mais en soi.

15-20 ans : l'âge de la révolte, du refus le plus souvent sans objet. J'ai brisé les barreaux du mensonge au bon moment. Mais j'ai traîné ce fardeau. Certes ici je l'ai posé.

Ces tonnes, c'est à ma raison de les rendre plus légères qu'un sac de plumes. Il ne s'agit pas d'oublier mais d'assumer. Ne pas vouloir se « libérer du passé » mais l'observer comme du simple passé. Le passé sera toujours en nous !

Changer le statut du passé, de fardeau à simple souvenir. Ce fut ainsi, point. De simples faits.

Pourquoi ne pas avoir TOUT dit à Stéphane ?

Pourquoi avoir évacué de la mémoire consciente les faits ? Pourquoi avoir été dupe de la réorganisation du passé tel qu'il l'a prétendu ?

58 : notes Marjorie – mois 14

Les drames sont d'abord des accélérateurs d'évolution, et non des gouffres. Quand ils nous laissent en état de vivre une vie vivable.

Mon passé. Il va me falloir faire définitivement la paix avec ce passé. L'écrire tel un fait divers. L'écrire. Il n'est qu'un fait divers. Me concernant guère plus que peut m'intéresser une histoire de Georges Simenon.

Je ne suis qu'un personnage de cette vieille histoire. Et les autres existent uniquement dans ma mémoire. Il doit encore vivre. Mais il est comme les autres : un simple personnage. Il agit certes maintenant en me perturbant… mais c'est la fin de sa mainmise ! Qu'il profite de ses dernières minutes !

Je m'appelle Marjorie et je t'emmerde ! (colère ? dérision brelienne plutôt !… monsieur le flamingant !).

59 : notes Marjorie – mois 14 - Freud

Bon : ce qui n'est pas dit ne pouvant être dépassé, il est temps d'écrire le drame. Il a tué. Et je l'ai vu. J'ai tout vu. Il a vu que je voyais. Il a dit « tu n'as rien vu ». Et je n'ai rien dit. J'ai su, senti, qu'il était inutile, dangereux même de parler.

Que dénoncer serait au mieux être traitée de mythomane. Serait être rapidement enfermée, soignée, rééduquée. Il faut te reprogrammer l'esprit. Pour ton bien. Dire, dénoncer, c'était : le lavage de cerveau assuré.

Ce n'était pas en Russie sous Staline mais en France sous François Mitterrand. Les puissants ont encore souvent la possibilité de réécrire l'histoire, d'acheter une mise en scène plausible.

Ils n'ont rien dit. Ils n'ont rien dit alors qu'ils avaient plus de seize ans. Ils n'ont rien dit parce que le mensonge rapportait plus que la vérité. Ils n'ont rien dit comme d'autres ne sont pas intervenus. Comme d'autres corroborent les chutes dans les escaliers. Comme d'autres signent des formulaires. Comme d'autres sont occupés ailleurs. Comme d'autres font simplement « leurs heures »…

60 : notes Marjorie – mois 14 - Dignité

Des fautes. Des erreurs. Et les fautes, les erreurs, les humains ont tellement pris l'habitude d'en facturer les conséquences aux autres, que je suis née dans une famille sous haute tension.

J'ai essayé d'arranger les choses ! Comme tout enfant j'ai cru être responsable de tout le bazar… je ne savais pas, comment aurais-je su ?, que des parents dignes, c'est l'exception – qu'ils s'aiment encore, c'est improbable mais qu'au moins ils soient dignes… il ne faudrait jamais se promettre de s'aimer toujours (puisque nous ne maîtrisons pas ce sentiment… paraît-il) mais se promettre de rester digne, quoi qu'il arrive…

Mais le meurtre. Oui, il y a eu meurtre. J'ai préféré « oublier », occulter, presque nier. Tu as rêvé Marjorie. Tu as rêvé Marjorie. C'est un cauchemar que tu prends pour la réalité. Tu as rêvé Marjorie. En fait, ça s'est passé comme il a dit, comme il est noté sur le certificat de décès, comme *tout le monde* vous le dirait…

Occulter la réalité. Stéphane, même à Toi, j'ai laissé la « vérité réécrite » sortir. La réalité est si souvent réécrite !

C'aurait pu être pire. J'aurais pu naître dans un pays fasciste ou communiste. Où réécrire le passé est dans la Constitution invisible. Je suis marquée mais non embrigadée. Et j'approche de la trentaine, l'âge où l'on ne peut plus se prévaloir de manques pour se justifier. Bientôt : la décennie à ne surtout pas rater.

[deux décennies sous influences – plus ou moins bonnes ; une décennie pour comprendre, dénouer les fils, sortir des embrigadements, névroses, et la quatrième à ne pas rater…]

Ici chacun peut jouer sa vie. Quand son passé est assumé. Oui, on se fait de blessures, on se construit avec tant de matériaux…

Je suis Marjorie, libre de vivre pleinement cet instant.

Stéphane,

Il a tué et maquillé le crime en accident.

Je ne t'ai pas menti, je t'ai dit, comme je l'ai dit à quelques copines : à la mort de ma mère, je n'ai plus supporté mon père et je suis partie.

J'ai vu le corps de ma mère durant ces heures où officiellement le bon docteur Cantat essayait de la sauver. Misérable, il a « refait » le visage, masqué la réalité.
J'ai vu cette tête tabassée, défigurée.

Etre témoin d'un meurtre,
Et comprendre l'inutilité, le danger de le dénoncer.
Le certificat du médecin légiste serait contre moi : accident.
Aujourd'hui, je serais en hôpital psychiatrique !… Plutôt se taire et fuir, se terrer le temps nécessaire…

Je me suis identifiée au peuple Juif. Combien ont cru pouvoir vivre comme avant ? Que rien ne pouvait leur arriver, qu'un voisin ne pouvait les dénoncer ? Qu'un phare de l'Europe, qu'un peuple ayant sécrété des esprits comme Goethe, Kant et Schopenhauer ne pouvait sombrer dans la barbarie ?
Il fallait fuir face à la haine.
Je me suis identifiée à ma grand-mère. A cet instant-là, j'étais ma grand-mère. Née à Varsovie.
Ma grand-mère fuyant d'abord Varsovie. Puis fuyant Paris quelques années plus tard.
Le réflexe de la fuite s'inscrit dans un gène ?

Etre juive ne voulait rien dire.
- Sale juive.
Etait l'insulte la plus fréquente. Ma mère la recevait comme une autre. Ce fut donc pour moi une insulte comme une autre.
J'avais depuis longtemps intériorisé la différence entre mes parents et ceux des copines. Une amie, on l'invite chez soi, je n'avais donc pas d'amie ; je ne pouvais risquer d'entraîner quelqu'un sur ce terrain miné, le théâtre de la guerre, l'enfer.
Fuir. Pourquoi ma mère n'a pas fui ?
« Je ne peux pas vivre en fuite tout le temps comme a vécu ta grand-mère ».
C'était sûrement sa raison, cette confidence d'un soir où l'enfant laisse échapper sa terreur, *maman, il faut se sauver*…
Sensation de répéter l'histoire comme obstination à refuser toute similitude sont les deux faces d'une même incapacité à assumer le passé. Aucune fatalité, simplement des circonstances. Et peu importe le passé, c'est face à chaque circonstance qu'il est nécessaire d'agir.

Mais le drame est plus profond. Le drame de ne pas avoir été désirée, d'avoir été celle pour qui deux êtres inconciliables ont vécu ensemble, se sont pourri l'existence, jusqu'à « sa victoire ».
Il fallait que l'un crève. Comme dans un roman de Zola.
J'ai condamné le genre humain ce jour-là.
Ma mère aurait été incapable de tuer, elle était donc perdue puisqu'elle refusait de fuir… Incapable de tuer peut-être pas physiquement mais mentalement, retenue par la peur d'une « punition divine »…
« Ne riez pas de pareils mariages ! Quel enfant n'aurait pas raison de pleurer sur ses parents ? »
Ainsi parlait Zarathoustra
Dans ce monastère, je fuis encore.

Maintenant tu sais, tu sais tout ce que je sais, tu sais cette plaie où je pose enfin un doigt. Cette plaie qui me rend sûrement un peu inapte à la vie, m'oblige à chercher un sens à la vie. La résilience.

Je te demandais trop : me réconcilier avec le genre humain. Et naturellement sans t'en faire la demande explicite.

J'ai réussi à l'écrire. Je suis bien ; en vie, dans cette vie. Mais je suis loin du genre humain.
D'un signe, qui voudra dire, « aujourd'hui», tu peux interrompre ce séjour.

Eclaire simplement, d'une simple pile électrique, la cloche du presbytère, le 27 à 2h35.

Je t'aime Stéphane, je t'aime.

Marjorie.

Mais comment t'envoyer cette lettre ?

SORTIR C'EST PARTIR !

FAIRE LE MUR ?
Oui, sortir, aller jusqu'au village et revenir est possible ! Mais, c'est tricher. Avec soi, avec son engagement.

Suis-je aspirée par le scénario d'un livre de chevalerie ?

62 : l'Amour (Stéphane carnet)

Mais quelle déconvenue poussa Colette à s'exclamer : *l'amour n'est pas un sentiment honorable.*
L'impression d'aimer encore, malgré tout, après un « mauvais coup » de Willy ?

Et Paul Léautaud avec son *aimer, c'est préférer un autre à soi-même !* Aimer, nécessitant d'abord d'être capable d'aimer, d'exister vraiment, il est indispensable de savoir que TOUT passe par soi…
Je suis le récepteur du monde…

Quelquefois j'ai vu ce que les hommes ont cru voir.
Malheureusement pour Rimbaud, il n'évoquait pas l'amour…
Quelquefois. Avec Toi. Grâce à Toi. Au Tantra aussi.
Que seraient les sentiments sans le physique ?

Comme Stendhal, vais-je finir par noter : *l'amour a toujours été pour moi la plus grande des affaires, ou plutôt la seule ?*
Tout cela, cette « retraite », n'était-ce qu'une manière de me préparer à l'Amour ? Me préparer à rencontrer une Femme d'Amour. Une exception donc. Une Femme non engluée. Si Marjorie avait été une vraie lyonnaise, elle aurait dit « comme c'est beau ici » mais après quelques nuits : ennui, besoin de la drogue des villes, de l'insignifiante agitation, les petites médiocrités sociales, le paraître…
L'Amour est voué à disparaître ?
« L'Amour sain » comme l'entend Manset ?
Et si derrière ma marginalité, il y avait l'Amour ?
Rencontrer Marjorie était improbable. J'aurais pu vivre ici cinq cents ans sans croiser un être d'Amour. Ou les êtres d'Amour s'éloignent tellement du troupeau qu'ils s'aimantent ? Ondes ?

Vivre seul affine la perception ou je deviens fou ? Tu m'envoies des vagues d'Amour ?

63 : Stéphane délire ?

Parfois même l'existence de Marjorie, j'en doute ! J'en arrive même à penser : rêve ou réalité, peu importe fondamentalement ! L'être humain étant condamné à la solitude, quand la vie ne lui fournit pas les épreuves nécessaires à la lucidité, il lui reste la possibilité d'inventer.

91

J'y vois une conséquence de mes réflexions sur la fausse opposition rêve / réalité. Une incapacité à maîtriser le sujet... donc ce méchant sujet me déborde ! Aussi une réaction de protection, un humour, pour supporter cette séparation ? Je peux redouter un dérèglement plus grave !

Rêve ou réalité, peu importe finalement, les deux hypothèses confortent ma théorie de l'Amour : il faut d'abord franchir des barrières, frontières, fossés, de grands canyons, se détacher de tout ce qui fait la médiocrité, la bassesse de nos vies...

Marjorie en était là, elle m'a aspiré dans cet autre univers, aurait pu aimanter quelqu'un d'autre ! qui ne se serait pas laissé aspirer ? !!!... Moi rien qu'un an plus tôt ?...

S'il n'y avait eu ces mois dans cette chambre, aurais-je plongé, J'étais donc sur la voie, ce ne fut pas un hasard, ou alors le hasard qui favorise les esprits préparés...

J'étais préparé et Marjorie l'a saisi d'un regard.

Pourtant, malgré les bonnes résolutions, la futilité rôdait. Si à la place de Marjorie, Isabelle Boulay avait déboulé ? Avec dès le premier quart d'heure un envoûtant « *même dans mes rêves les plus grands, ceux de la Gaspésie, ceux de la gamine devant la mer à perte de vue, même dans ces rêves, jamais je n'aurais pu espérer un auteur digne de ma voix, et qu'en plus nos yeux bleus verts soient comme clonés* ». J'aurais vécu une historiette ? Comme avant. Aventurettes pour éviter la solitude. *Pour pas tout seul dormir.* Pour faire comme les autres, échapper aux pensées métaphysiques. L'inacceptable, l'intolérable condition humaine.

Le dégoût. Ce dégoût. Oui, Souchon miroir de son époque, symbole. Vie enviée parce qu'elle reflète l'époque ?

Il finira par se suicider, comme la société ?

Frères, enfants de Souchon, condamnés au dégoût ?

Si une morale est à tirer de la vie des Duglaner, c'est UNIQUEMENT : voyez comment finissent des vies imprégnées par Souchon ?

Si un jour quelqu'un les cite en exemples, si dans dix ans ils ne sont pas TOTALEMENT oubliés, apparaissent quelque part entre Boris Eltsine, Philippe Vasseur et Alain Gillot-Pétré, ce sera uniquement une conséquence de la pression de bureaucrates a-culturels ! Ecrire leur vie ?

Leur mémoire est entre mes mains ! Et mes mains contraintes à l'action par ces... Puis-je délirer malgré tout ? Oui, n'ayant aucun engagement moral envers eux !

Mais comment les évoquer sans raconter Marjorie ? Sans raconter Cabrel, sa petite affaire Astafforsubventionnée...

Droit moral certes bien moins crucial que celui de Max Brod envers Franz Kafka. Brûler ou offrir au monde un trésor immérité ? En sachant : les plus ignobles un jour se l'approprieront, sans scrupule, avec le raisonnement, prétendu indiscutable, du changement d'époque : aujourd'hui le monde ne passerait plus à côté d'un peintre comme Van Gogh, d'un poète comme Rimbaud... Tu parles, là où triomphent Cabrégnangnan et Amélie Nothomb !

Où Vincent Delerm est proclamé « nouvelle chanson française », comme signe de lucidité d'un public gavé et lassé de stars préfabriquées télé-réalité genre Jenifer...

Ce Delerm fils, simple pendant de la Jenifer, d'un système où « réussir » exige chance ou « bonne » naissance...

Les dynasties de show-bizeurs se multiplient. Chaque installé essaye de placer un de ses rejetons.

Que feront les filles Cabrel ? Et voici un duo lancé comme une marque de savonnettes du sud-ouest, les cabrelettes.

Alors nous ? La chance ou le bon piston ? Marjorie aurait aisément pu l'obtenir... Avoir « une sale gueule », au moins pas vraiment top model, protège déjà de ça ! je n'ai aucun mérite !

Alors ? leur rentrer dedans ? Rien à perdre ! Mais foutre les vieux à la retraite n'est pas dans nos habitudes. Politique et show-biz ! et ce n'est nullement du jeunisme ! Plutôt Claude Lévi-Strauss que Vincent Delerm. Mais quand les vieux ont fauté, qu'on ose les virer ! L'âge n'est jamais une excuse. Je sais bien : le public s'habitue, les « jeunes retraités » au large pouvoir d'achat sont une cible privilégiée, et pour ces gens « Cabrel » est une bonne marque…

Internet. Des fourmillements dans la main gauche. J'y vois le premier signe d'une utilisation trop fréquente de l'ordinateur. Maudit écran. Maudit ronronnement de l'Unité Centrale.

Je passe de Schopenhauer à l'ordinateur. Comme une compensation. Effet balancier. Et je raconte simplement la vie, cette vie, nos vies. Effet thérapeutique !

Internet : l'intelligence au pouvoir ! Bientôt ?

Le défi d'internet est là : l'intelligence contre la toute puissance financière et médiatique.

La philosophie est mon alliée : aucun dogmatisme. Ne pas me contenter d'une orientation.

Ivresses : ivresse philosophique ; ivresse technique. Oui, tout est encore possible sur la toile. Tout reste à inventer. La « bulle spéculative » explose : tant mieux. Exit crétins milliardaires après leurs levées de capitaux ; ces crétins abreuvent encore de tee-shirts, peluches, pour obtenir des visiteurs, achètent des pleines pages de pubs, et ainsi font la une des médias. Que tout ça s'effondre vraiment ! Ivresses.

www.lachansondumois.com : un concours chanson où chaque mois vingt textes sont présentés et les internautes votent pour leur préféré… tout en cliquant sur les pubs, financement du site alors apte à produire le Cd des chansons primées, et d'autres…

www.chansons.org : annuaire de la chanson francophone.

Comment gérer tout ça sans rien y connaître ? Copier le plus possible ! Chercher la solution à chaque problème technique quand il se présente, sur les forums et sites d'informations…

64 : Marjorie – mois 14

Je n'ai pas à remettre ma présence ici entre les mains de Stéphane !

Je ne sors pas du mépris total du genre humain pour déposer ma vie entre la volonté de quelqu'un, même de Stéphane.

Ecrire, c'est encore une manière de ne pas vraiment dire. Dire en face.

La décision n'importe que moi.

Je veux faire quoi de ma vie ?

Si je ne peux pas te le dire en face, c'est qu'il est trop tôt.

Tout dire ou garder une part de mystère ?

Peut-on TOUT dire ? Suis-je certaine de ne pas avoir imposé un rapport de force ?

65 : notes Marjorie – mois 14

Il a tout brisé, sauf l'énergie vitale, cet « effort incessant de chaque organisme pour persévérer dans l'être ». Merci Spinoza.

Cette animalité pensante.

On ne sort pas indemne d'une confrontation à son propre passé. Mais peut-on l'éviter et en même temps espérer vivre autre chose qu'une vie banale où tout est décidé par d'autres ? Peut-on vouloir « être soi » tout en conservant des masques, des zones d'ombres ?

Peut-on susurrer « je t'Aime » et en même temps remâcher des « vieux problèmes » ?

66 : notes Marjorie – mois 14

Il ne faut jamais avoir peur d'aller trop loin car la vérité est au-delà.
Je suis allée trop loin pour retourner parmi les crétins.
Mais la vie, l'amour ?
Elle est peut-être là, l'essence humaine, dans ce besoin pulsionnel de partager.

La solitude est au-dessus de presque tout. Il faut en sortir quand la lumière aimante.
Elle est retrouvée, quoi ? La bonté.
Le passé n'existe plus. Le passé qui n'a jamais existé cesse d'être un poids au présent, il n'est plus qu'un souvenir, donc fondamentalement rien : je suis dans l'éternel présent.
Je suis chaque instant AUTRE.

Je est un autre. Rimbaud l'a écrit sûrement sans le comprendre ainsi (ou alors il ne serait jamais devenu trafiquant d'armes). Je est à chaque instant une reconstruction.

Tout cela a un sens. Jouissance : jouir du sens.

(Ces réflexions, et même en précisant *avec une continuité naturellement, la re-construction ne signifiant nullement métamorphose,* susciteraient le sarcasme des trop englués… je suis de l'autre côté… combien sommes-nous ?)

* extrait d'une lettre de Marcel Proust à Curtius, en 1922.

67 : notes Marjorie – mois 14

Des phrases pour éviter le silence. Ce sont ces phrases-là qu'il ne faut plus entendre.
Des êtres maquillés. Moins aux visages qu'aux sentiments. Ces êtres-là il est indispensable de les éviter.
Etre dans l'erreur. Et persuadé de détenir la vérité.
Durant des centaines de millions d'années les organismes vivants ont cru la terre comme il la voyait. Le chat en est resté là !
Le psaume 93 de la Bible fut alors une évidence : « tu as fixé la Terre, immobile et ferme ».
Copernic, Galilée, Newton ont dû lutter, lutter avec leur vie en jeu, pour contredire cette *évidence.*

D'un point de vue spirituel, nous vivons peut-être aussi comme ont si longtemps vécu les humains dans leur rapport à la nature.

68 : notes Marjorie – mois 15 – la voie

On ne peut pas recevoir la vérité d'autrui, il faut la créer par nous-mêmes…
La lecture est au seuil de la vie spirituelle, elle peut nous y introduire, elle ne la constitue pas…

Marcel Proust, comme un écho au Kâlâma sutta de Siddhârtha :
Ne croyez pas sur la foi des traditions alors même qu'elles sont en honneur depuis de longues générations et en beaucoup d'endroits. Ne croyez pas une chose parce que beaucoup en parlent. Ne croyez pas sur la foi des sages des temps passés. Ne croyez pas ce que vous vous êtes imaginé, pensant qu'un Dieu vous l'a inspiré. Ne croyez rien sur la seule autorité de vos maîtres ou des prêtres. Après examen, croyez ce que vous aurez expérimenté vous-même et reconnu raisonnable, ce qui est conforme à votre bien et à celui des autres…

Et plus loin le Bouddha complète :
Je vous indique la voie de la libération, mais sachez que la libération elle-même dépend de vous.

En tout, l'excès est erreur.
Mes « malheurs » furent positifs. M'ont plongée dans la vie, ont forgé une détermination, ont ouvert une fenêtre intérieure.
L'étude de la philosophie, la réflexion, m'ont transformée. C'est toujours ma vie. Mais une vraie vie, une spiritualité en évolution.
Le Bouddhisme est une voie et non un dogme.
Un homme peut élargir sa voie mais une voie ne peut élargir l'esprit d'un homme.
Confucius.

La compréhension suprême et l'éveil parfait sont sûrement trop loin de moi pour espérer les effleurer dans cette vie.

La réincarnation… y croire ? Ce qui meurt un jour, un jour renaît ? Non pas la réincarnation au sens courant. Mais une modification des éléments par interactions. Et dans ce sens la mort n'est qu'un ouragan sur la matière. Ce qui est devient autre. Ce qui est : les cellules. L'assemblage peut se réaliser autrement. Comme avec des legos. Mais la non matière qu'est la pensée ?

La pensée est « une autre matière » ? (une forme de matière non mesurable, identifiable, reconnaissable, par notre science). Et en toute logique humaine elle connaît la même loi : les éléments en formeront d'autres.

Ainsi comme le corps sera perdu, la pensée sera perdue.

Rien ne disparaît, tout se transforme. Ce qui existe à cet instant sera déjà autre dans une heure.

Chaque jour soixante-dix millions de cellules « meurent » et soixante-dix millions de cellules « naissent » en nous, soixante-dix millions de cellules se transforment, se régénèrent.

La mort biologique est une fin définitive de ce à quoi nous tenons : notre vie, notre possibilité de continuer, de nous recréer.

Mais pourquoi la logique de cette matière (l'esprit) serait humaine !

En toute logique non conditionnée NOUS NE POUVONS RIEN EN SAVOIR AVANT DE SAVOIR.

Tu ne connais encore pas la vie et tu voudrais déjà savoir ce qu'est la mort ?
Merci sage K'ong.

Mais il n'est pas raisonnable de repousser à une autre vie « la compréhension suprême » et « l'éveil ». J'en suis certes « trop loin »… mais le « trop » est déplacé…
Calmer l'agitation mentale continue. Renoncer ?
Renoncer ou viser l'apaisement, la compréhension suprême, l'éveil parfait. Ainsi s'ouvre l'éventail de mes possibilités.

Le dégoût du monde. J'ai trop écouté en boucle « le dégoût ».
Alain Souchon est resté au dégoût.
Sérénité, n'es-tu qu'un leurre ? même ici.

Stéphane, tu me manques. Tout en moi te réclame.

Suis-je une fausse sereine ?

Avant de pouvoir vivre vraiment le présent, comprendre son passé et la notion de passé, comprendre les avenirs réalisables et la notion d'avenir.
C'est donc ça l'éveil : la lucidité ?

Il y aura la mort. Cette certitude, est-ce la raison de ma préférence pour la méditation / action plutôt que pour l'action / oubli ?
Seule la méditation nous change vraiment. Aller plus loin. La méditation après l'étude.
L'action des pressés est forcément limitée par les cinq sens. Et le monde ne se limite pas à ce que l'on peut toucher, voire, entendre, sentir, goûter.
Quel égocentrisme, quelle absurdité même, de croire que la réalité ait pu s'être créée pour les humains ! la réalité existe indépendamment de nous. Et nos dérisoires moyens rationnels.
Les lois scientifiques ne sont que des hypothèses, pour un temps et un lieu donné. Aucune certitude n'est possible.

[la terre possédait les caractéristiques indispensables à notre développement. Après : il a suffi d'un peu de temps ! Et Marjorie est arrivée !...]

Les yeux ne peuvent connaître la nature des choses.
Déjà Lucrèce...

Pourtant intuition et rationalité ne s'opposent pas. Se complètent. L'intuition nécessite une base rationnelle forte. D'abord maîtriser le rationnel avant d'aller plus loin.
L'intuition s'active durant la méditation. S'il y a une solution, c'est dans cette direction.

Une pas assez constante pensée de la mort, n'a donné pas assez de prix au plus petit instant de ta vie.
Merci André Gide.

71 : carnet Stéphane - Ecrire

Ecrire n'a pas de sens.
C'est donc ça la vie : écrire.

L'écriture, symbole de la vie, de son non-sens.
On ne cherche pas un sens.
Accepter, apprivoiser, mettre en perspective le non-sens.
Et même pas pour laisser une trace.
Quelle farce : tout disparaîtra, la terre aussi.

72 : notes Marjorie – mois 17 – le bonheur

Le terme BONHEUR suscite des sourires, sourires fatalistes des écrasés, il peut même provoquer le mépris ou l'insulte « individualiste ».
Par BONHEUR, j'entends la sérénité, accessible après l'absence de souffrance.
Le bonheur résulte du cercle vertueux des actes bienveillants. Et le malheur du cercle maléfique des actes malveillants.
Les exemples de « gens heureux » dans la haine n'en sont pas : ces misérables se prétendent le plus souvent bien plus heureux qu'ils ne le sont devant leur miroir, et pour ceux en phase de jouissance dans *le bonheur de l'ignorance*, l'effet boomerang de leurs actes ne saurait tarder.

73 : notes Marjorie – mois 18 – Travailler ?

Expliquer le bouddhisme en Occident ?
Si je sors, il va bien me falloir faire quelque chose ! Socialement.
Plutôt qu'être chanteuse, expliquer le bouddhisme en Occident ?
Qu'est-ce que le bouddhisme ? Compatible avec l'Occident ? Au-delà du folklore ? Quelle pensée peut nous permettre d'élever notre vie à la hauteur des progrès médicaux, scientifiques ?...

Je sais ?
Des repères dans une spiritualité non théiste (qui n'est pas un athéisme).

Sans divinité. Dans le sens « une volonté génératrice de toute existence et antérieure à toute existence » (Bakounine).

Mon langage est-il encore compatible avec les naufragés imprégnés de culture judéo-chrétienne ? Ou pire : imprégnés d'audiovisuel ?

« Zarathoustra s'est éveillé : que vas-tu faire auprès de ceux qui dorment ? »
Nietzsche.

Le XXIe siècle ? Religieux ? Spirituel ? Harmonieux ? Guerrier ? Atomique ? Génétique ? Viral ? Irrespirable ? Intoxiqué ? Mesquin ?

Je peux faire quoi pour la cause harmonieuse ? (pour ma cause donc !)
Transmettre la connaissance. Montrer l'arc-en-ciel.

Encore apprivoiser les paroles du Bouddha, non par respect ni par endoctrinement mais après les avoir minutieusement examinées, suivant ainsi ses conseils. Et les philosophes vraiment philosophes.

Ainsi transmettre une spiritualité laïque ? Eclairer les trop-éloignés de la lumière pour la recevoir sans un prisme, un relais ?

Quand Saint Luc écrit :
Le royaume de Dieu est en vous-même, il tend une véritable passerelle vers le Bouddhisme… relativise le dogme judéo-chrétien…

Avant d'espérer penser « par soi-même » il est nécessaire d'entraîner l'esprit à la PENSEE. Comme ils vont ricaner les crétins persuadés de tout savoir de manière innée !…
C'est terrible – mais pas plus que les propos de Darwin pour ses contemporains ! - : la pensée est d'abord la pensée des autres. Et pas seulement pour les enfants !
Notre propre pensée se forme en comparant, soupesant, triant…
Je pense vraiment grâce à la pensée d'autres. Je suis leur héritière.
Je ne fais que transmettre ce que j'ai reçu de mes prédécesseurs relativisait déjà Confucius.

74 : notes Marjorie – mois 18 – le Bouddhisme

Le Bouddhisme assumé est une morale de vie.
Quand il fige la vie, renvoie l'Amour à une simple idée, il est une autre prison. Ce qui fait peur, c'est la liberté !

Le Bouddhisme n'a pas besoin de ces murs.
Pourtant je suis là, je suis bien.
Ces murs sont rassurants. Une protection face aux assaillants.
Assaillants sociaux.
Une prison choisie, un isolement des crétins.
Notre vie en marge était menacée ? Dans un monde où les médiocres sont majoritaires, hargneux envers ceux sur les autres chemins, ces murs apparaissent parfois indispensables.

La prison est nécessaire à la liberté ?

Stéphane n'est pas un empêcheur de solitude. Je peux rester seul tout en vivant près de lui.
L'intrusion dans sa vie, c'est ce qu'il faut refuser. L'être humain n'a que sa vie ! Etre libre c'est d'abord refuser les intrusions.
La fusion des romantiques est stupide, concentrationnaire. L'autre, je lui donne, il ne doit rien prendre (Et s'il ne me donne rien, je pars !… pas masochiste quand même…).

75 : notes Marjorie – mois 18 – Individualiste !

M'adresser aux individus.
Non aux masses.
Individualiste sera donc leur insulte.
Mais comment dialoguer avec des perdus dans les tranchées de leur pseudo humanisme (alors qu'en 1850 Victor Hugo voyait déjà dans le communisme un idéal de casernes, d'autoproclamés intellectuels continuent à glorifier le communisme après Staline and Cie et l'Occident cumule la honte des deux extrêmes).
La sagesse est question de citoyens non de masses. Le communisme veut changer les humains, la sagesse leur montre une voie.

La philosophie est une manière de vivre.

La philosophie permet d'assumer sa vie.

La philosophie et la politique n'ont pas à fusionner ! La philosophie se doit de surveiller, guider le politique… quand le politique lui en laisse le droit. J'ai la chance de vivre dans un pays démocratique.

Populariser la philosophie.

En disciple de… Diderot (« *Hâtons-nous de rendre la philosophie populaire* »).

76 : notes Marjorie – mois 18 – des chemins

Suivre le chemin des lettres à Lucilius,
ou suivre le chemin de Confucius,
ou suivre le chemin de Montaigne,
ou suivre le chemin du Bouddha,
ou suivre le chemin de la Recherche…

C'est suivre LE BON CHEMIN.

[tous les chemins mènent à Rome – Au dernier tome… c'était pour la rime…]

Sénèque, Confucius, Montaigne, Bouddha, Proust ne s'opposent nullement. Un noyau commun les unit. C'est ce noyau commun qu'il faut extraire. Le guide. Et la raison s'éclaire.
Les lumières sont en nous. Mais nous les apercevons par leur intermédiaire.

Que tous les bruits du monde s'élèvent à l'extérieur, pourvu qu'en moi aucun tumulte ne se produise.
(merci Sénèque)

Le silence m'est le plus agréable. Mais je peux partir : ils ne peuvent plus me perturber (certitude ou supposition ?).

77 : carnet Stéphane – la mort

N'être plus qu'un nom, un souvenir… je suis presque mort, puisque je suis en vie. Seule la vie m'intéresse. Mais impossible de me mentir : je sais comment ça va finir (et tu es loin ; souffrance ; manque ; sensation de temps perdu).

« *Il n'y a qu'un problème philosophique vraiment sérieux : c'est le suicide. Juger que la vie vaut ou ne vaut pas la peine d'être vécue, c'est répondre à la question fondamentale de la philosophie* » (*Mythe de Sisyphe*, Albert Camus).

Juger que la vie vaut d'être vécue, SAVOIR que rien d'autre ne peut être plus intéressant. Mais refuser la mort sans avoir la possibilité de lui dire droit dans la faux : PAS MOI.

Le problème philosophique majeur : quel sens, quel sens a la vie ; duquel découle : comment vivre. Comment vivre malgré la grande faucheuse ?

« *A l'égard de toutes les autres choses, il est possible de se procurer la sécurité ; mais à cause de la mort, nous, les hommes, habitons tous une cité sans murailles* ».
Je sais Marjorie, ton maître Epicure… mais quelle ironie d'avoir un cerveau qui peut penser la mort sans pouvoir la refuser…

« *Philosopher, c'est apprendre à mourir* ».
(Montaigne mais déjà chez Platon)

Le chat aussi s'interroge sur la mort : Binoche a regardé Lynatte écrasée, elle a fixé ce cadavre. Depuis chaque voiture l'affole, elle fuit, se réfugie dans une étable. Sans philosopher, elle sait aussi qu'elle est mortelle ? Que *ça* peut lui arriver.

Que l'être humain ne soit pas le seul à savoir qu'il va mourir ne changerait rien au problème individuel…
Recopier des citations… et après ?
Rédiger des aphorismes, et après ?

[scène de ciel – forcément rêvée ; un de ces rêves qui vous glacent pour quelques jours]

- Voyez mister Blaise Pascal… non… évitez l'illusion, vous ne passez pas au Purgatoire… voyez ce Ternoise, puisse votre méditation se nourrir, certes je ne peux supporter ceux qui me résistent, m'ignorent, mais parfois, estime, et après trente-sept cyniques commentaires, il aura une green card paradis… No offuscations mon vieux… au contraire de votre apologie de la religion, votre hypocrite pari… comme si l'hypocrisie pouvait nous berner… on ne convainc jamais avec un sophisme… vous auriez fait œuvre sans ce penchant… avouer ses faiblesses vaut toujours mieux que de maquiller son être… il est sincère, essaye de comprendre, fait de son mieux son job man, et quand Marjorie lui rappelle *la mort n'est rien puisque toute vie réside dans la sensation et que la mort est l'éradication de toute sensation*, elle ne peut l'apaiser… mais quelque part, il n'a pas tort, j'aurais pu mieux faire… mais comment gérer la terre si les morts ne libèrent small place… ils n'ont qu'à trouver la formule zéro mort et appliquer le décret zéro naissance !… il m'a compris… Refuser la mort va l'empêcher de vivre pleinement ou lui open the door of plénitude ?… si un samedi Marjorie lui balance « ton refus de la mort est signe d'une angoisse existentielle et je ne veux pas risquer d'être contaminée par ce venin » ; nous ne pourrons éviter little smile… et alors, *enferien* préféré, si à ses explications genre « it's not angoisse, it's résolution. Je dis non à la mort comme aux show-biz-magouilleurs. La mort des autres, je peux comprendre qu'elle soit préférable. Mais la mienne ! » elle réplique *bye*, tu sais ce qu'il se dirait ?… même un être de Lumière, who love you, te désire, a une totale confiance in you, peut un jour être emporté par l'impression qu'un raisonnement différent is a big canyon, peut oublier que chaque humain a une formule chimique différente… Lucide il conclurait : *merci à qui m'abandonne il me rend à moi-même*… Mais qui est lucide sur terre ?

78 : carnet Stéphane – Cabrel

« *J'ai un peu peur d'avoir un peu tout raconté, d'avoir perdu l'envie* ».
Francis Cabrel, octobre 2000, France-Soir…

Mais tu as énormément écrit par rapport à ton niveau, Francis ! Alors en vieillissant les scrupules te titillent ? ça va passer !…

« *Le musicien publie un triple album live intitulé Double Tour* »… oui, ça c'est bien, tu as des fans… c'est pratique le live… ça rapporte… tu vas acheter des bisons ? ou des autruches ?

Il te reste la solution des reprises, un album avec des textes genre LE GORILLE, que tu aimes tant chanter sur tes terres, ou LES PASSANTES…

Ou l'album : *les meilleurs textes écrits durant les rencontres d'Astaffort.*
Sous-titré : Francis Cabrel découvreur de jeunes talents.

Ou un album en occitan… financé par le conseil régional ? couplé avec un album de photos ?

Un mec comme toi peut cartonner un peu partout… tu plais tant, Francis !… Mais oui, l'absence de talent n'est pas un problème… pour un pantin apprécié des médias et des centrales d'achat… il suffit d'être rentable…

79 : notes Marjorie – mois 19 – Chercher un sens ?

Chercher un sens.
Chercher un sens à l'existence.

Dès que quelqu'un s'élève, il cherche un sens à l'existence.

Première étape indispensable après la sortie du moule bureaucrate / téléspectateur / vacancier (ou équivalents).

Mais on tombe si vite dans le piège : croire que l'intelligence doit servir à chercher un sens. Alors que la recherche du sens n'est qu'une étape. Pour se libérer des conditionnements.

Alors qu'il s'agit de saisir pleinement la réalité, sa réalité. Se réaliser.

Malgré l'absence de sens, ou le sens incompréhensible – ce qui est la même chose, vu d'une vie humaine ; mieux vaut éviter les questions inaccessibles.

Ainsi de même l'amour : on veut lui donner un sens. A cette simple attraction, cette incompréhensible, cette inexplicable, cette irremplaçable attraction. Je suis aimantée.

Le sens de la vie : c'est la vie.

TROISIEME PARTIE

La vraie vie ?

1 : Après le duel

Stéphane rentre de Cahors ; après ses vingt-neuf minutes de confrontation aux sept membres de la commission départementale de recours gracieux (rez-de-chaussée, salle n°1, direction du travail), il a chassé les achats remboursés ; *Leclerc*, *Intermarché*, et *Carrefour* ; Au *Leclerc*, comme il manquait la seule promotion l'intéressant dans le catalogue, il a griffonné, pensant pouvoir, sûrement, en faire une chanson :

> Ça s'passe souvent comme ça
> Quand c'est pas cher y'en a pas
> C'est vraiment super hyper
> Les déboires Leclerc

Puis il a « traîné ». Voulant voir, comme il le formula à haute voix (dans sa voiture) : *comment ça vit, ces gens-là, quand ça sort d'un bureau* ; il est retourné en centre-ville, a observé les embouteillages, et « *les gueules* »…

> *J'aime encore mieux être à ma place…*
> *C'est donc ainsi qu'ils s'étiolent et Cabrel est leur idole…*
> *Plutôt être un marginal !...*
> *Putain : j'aurais pu être de leur côté !...*

Et c'est au volant, sur la route du retour, qu'il pense : je dois écrire cet affrontement ; il ralentit, se fait klaxonner, un mec cravaté en grosse Peugeot blanche agite les bras, voulant sûrement mimer un vélo ; Stéphane sourit, à peine dérangé par *il vient de quel bureau ? il va sur TF1 ou M6 ?* ; des phrases se bousculent dans sa tête, il cherche l'accroche, s'arrête à la carrière, juste avant Saint-Pantaléon, note :

> La France est - encore pour combien d'années ? - une République : ces gens-là n'ont qu'un pouvoir administratif : en d'autres époques ou/et lieux, ces bureaucrates se nommaient bourreaux, inquisiteurs ou tortionnaires, m'envoyaient, sans état d'âme ni scrupule, à Auschwitz, au goulag, dans une cave ou autre centre de «rééducation».
>
> Ils sont prêts, rouages zélés, à appliquer n'importe quelle loi ou règlement, avec la bonne conscience de ceux qui savent pouvoir, plus tard, si le vent tourne, prétendre avoir simplement suivi les ordres.
>
> Je leur ai tenu tête : le prétentieux ne saurait tolérer pareille impertinence ! Mais fondamentalement ils ne peuvent rien contre moi : je sais depuis belle lurette qu'un créateur ne peut éviter les coups bas des médiocres. Stendhal me protège.
>
> Stendhal, que tout créateur devrait savoir par cœur : «*Rien n'est odieux aux gens médiocres comme la supériorité de l'esprit : c'est là, dans le monde de nos jours, la source de la haine ; et si nous ne devons pas à ce principe des haines atroces, c'est uniquement que les gens qu'il sépare ne sont pas obligés de vivre ensemble*».
>
> Je me battrai donc ! j'utiliserai leurs mensonges, chaque point litigieux, chaque possible «erreur de procédure». Ils sont tellement médiocres ! Pour continuer. Créer. Donc vivre.
> Crée ou crève, oui.

Mais combien, tombés entre leurs griffes, sont en dépression ? Combien se sont suicidés ?

Qui aura une prime, une promotion, parce que dans le Lot un chômeur de plus est sorti des listes ? La France va mieux !

Il se sait viré de l'Allocation de Solidarité Spécifique, le président de « la commission » se trouvant être, en toute logique administrative !, monsieur le directeur de la Direction Départementale du Travail, celui-là même ayant décidé de l'exclure « définitivement du bénéfice du revenu de remplacement prévu par l'article L351-1 du code du travail » (ce *définitivement* offrant un « recours gracieux » nous le voyons plutôt gadget, le cravaté en chef n'ayant pas pour habitude de se déjuger) ; ce n'est pas un drame, le parachute du RMI, Revenu Minimum d'Insertion, pouvant s'ouvrir. Seulement quelques euros en moins. 360 au lieu de 425. Mais ce sera encore des papiers, encore des pions à côtoyer, des questions...

Il murmure : j'en suis certain : le traitement du chômage revient plus cher que l'indemnisation des chômeurs. Qui fournira le coût des inutiles dans les ANPE, ASSEDIC, préfectures, au ministère du Travail, ces ignobles Directions Départementales du Travail ? Et il doit bien y en avoir encore ailleurs, des petits chefs, des fouineurs, de l'encadrement. Si ces inutiles étaient transférés au RMI, les finances publiques souffleraient un peu.

Il se veut théâtral, proclame : monsieur le Président, pour sauver le budget de la République, bien plus efficace que de mettre la pilule en vente dans les monoprix, transférez les parasites au Rmi.

Il sourit. A l'idée : ce serait un essai choc, impertinent... mais qu'aucun éditeur n'oserait publier. Pourtant, ce serait vite fait ; les chiffres doivent exister. Chaque service est fier de son poids ! Plus quelques aphorismes bien ficelés...

Ou écrire une chanson ? Il redémarre ; tout à cette pensée : je suis peut-être écrivain, finalement ! le quotidien m'intéresse uniquement s'il peut donner quelque chose... oui, seul l'écrit transcende la vie... la vie telle qu'elle est ne serait pas vivable ? Prozac, alcool, cigarettes, drogues, hyperactivité... tout ça parce qu'ils n'ont pas la force de briser leur engrenage.

Une femme «brune banal mais charmante» au volant d'une voiture «sportive» grise immatriculée dans le 69 lui sourit en le doublant. Il déclame : « chère voyageuse, sachez le secret de la vie : l'Art et l'Amour ». En accentuant bien les A. Il pense : a-t-elle un jour croisé Marjorie ? Un signe, ce sourire du Rhône ?

2 : pause au Shopi de Montcuq

FONCTIONNAIRES AU RMI

Pensant que la chanson
Puisse servir la réflexion
Candidat à rien du tout
J'abordais donc sans tabou
Le sujet qu'évitent forcément
Tous les gouvernements
Les zones anti-économiques
Dans la fonction publique

Refrain :
Quitte à payer des gens à rien faire
Plutôt sortir des caisses du pays
Un peu plus de R M I
Que des salaires de fonctionnaires

Les avantages acquis
Sur lesquels ils se replient

Par un pouvoir de nuisance
Qui frise parfois l'indécence
Nous les rend plus qu'antipathiques
Quand par convocation
On affronte la rhétorique
De robots sans raison

Au Refrain

J'entends des « pléonasmes »
Quand j'accuse du marasme
Des fonctionnaires inutiles
Dans des bureaux qui brillent
Mais loin de moi l'idée
D'ainsi tout simplifier
Pour sauver le service public
Soyons énergiques...

Ecrire une chanson ? Etre à l'écoute de ses émotions. Simplement.

3

Le portail est ouvert. Stéphane s'inquiète. Il a rentré la voiture au garage. Se dit : c'était peut-être une erreur ; il avance tout doucement, agite sa lampe de poche dans toutes les directions ; les buis renvoient forcément des ombres... Pas un bruit... Rien...

Binoche arrive. Elle le rassure : en cas de problème, un humain, elle resterait cachée.

Il ouvre d'abord la dépendance de Scott. Il a l'air d'un chien ayant trop aboyé. Quelqu'un doit être venu. Il éclaire de nouveau la porte de la maison. Rien. Elle n'a pas été forcée... Bon : une journée ne peut quand même pas réserver que des merdes.

Il se décide à rentrer, Binoche le précède. Elle a faim, vite, vite, des croquettes...

Il réfléchit « à son cas » : demain, trouver sur internet les possibilités de recours auprès du tribunal administratif de Toulouse.

4

Marjorie se réveille en sursaut : une bête contre sa main. Des poils. *Le chat ! Il avait fui mais m'a reconnue de sa famille !*

Elle entend : la pluie, sur les tuiles, pense qu'elle continue (en fait il y eut une interruption). Nuit noire. Elle se demande combien d'heures elle a dormi, s'il est encore lundi. Marjorie est... dans une étable...

Elle est sortie le matin du monastère. A pris le train jusqu'à Montauban. Puis un taxi ; arrivée à 14h35. Elle a d'abord vu un tas de sable à l'entrée, puis le portail, le portail premier achat de Stéphane propriétaire, le portail qu'il ne savait pas comment installer. Une terrasse aussi ! *Finie l'époque de l'allée en terre si souvent boueuse !...*

Un chat, un autre chat donc (Binoche), s'est enfui. *Monsieur Séchan est mort ?* Les volets fermés. Un chien aboie. *Non, ce n'est pas la voix de Gary.* Marjorie ouvre le portail, frappe à la porte. Personne. La pensée : et si Stéphane n'était plus là ?

L'idée de la boîte aux lettres... Oui, du courrier. Mais peu. Pubs. Attendre. On croit faire l'amour à 14 heures 40 et... on se retrouve à chercher des indices pour savoir si Stéphane est parti pour la journée, la semaine, le mois ou la vie.

Plus de nom sur la boîte aux lettres. Montée d'angoisses. Et si Stéphane avait vendu ? Monsieur Séchan, Gary, remplacés, le jardin envahi de mauvaises herbes... Et bing, la pluie. Marjorie trempée en moins de trois minutes. Marjorie qui manque de lucidité, reste ainsi sous les grosses gouttes. C'est en voyant son sac véritablement mitraillé, déjà traversé, qu'elle réagit. Et l'emmène vers l'étable « de derrière », celle sans serrure. Et toujours sans serrure !

Durant une demi-heure elle admire la pluie s'abattre sur le figuier, s'avoue que sa sérénité n'était pas à l'abri de cette intempérie (l'absence de Stéphane).

Elle se souvient alors de la serviette dans son sac, la sort, la pose par terre, s'allonge dessus, la tête sur le sac... elle sourit à la première idée : nous aurons un enfant ; et après ? ; nous vivrons comme un couple classique, submergé, ou saurons avancer dans la voie spirituelle ? L'autre est l'empêcheur de sérénité ou l'absence de l'autre limite la sérénité à une expérience purement virtuelle ? Le désir. La chute du désir est inévitable chez l'homme quand il vit en couple ? Je suis aussi une calculatrice ? Je gère ton désir ?!... ou nous saurons en parler si... ?... Parlons-nous vraiment de tout ?... est-ce possible la communion ? Ou repliée dans un dédain hautain, ma sérénité est une forme de mur dressé devant l'humanité ? Vais-je frissonner de nouveau quand tes doigts m'effleureront ou me suis-je réfugiée sous une carapace ? Peut-on s'éloigner sans risque du monde ?... Ou tout simplement : tout sera tel que nous le souhaiterons vraiment ?... Elle entend l'oie. *Joséphine est toujours là !... donc tout va bien* ! Et si Stéphane était à l'hôpital ?!... Stéphane va revenir. Marjorie s'endort.

Marjorie serre la chatte contre elle, qui apprécie, ronronne.

- Tu t'appelles comment ? Tu connais Stéphane ?

Elle extrapole : les scientifiques devront satisfaire la pression des consommateurs !... pour que les parents puissent offrir un cadeau de Noël tendance, ils donneront la parole aux chats. Puisqu'une opération suffira, et une modification génétique. Et les poules auront des dents... Et les êtres humains des ailes... et des yeux de chats, pour voir la nuit... Plus besoin de voiture, plus besoin de lumière... l'être humain est perfectible... mentalement mieux vaut que tout reste de son seul ressort mais physiquement... vive la science !... Le pire est redouté mais le meilleur est possible... Quelle économie d'énergie, des humains ailés !...

Combien d'heures passent ainsi ?

Aux premières lueurs, elle sort, frappe à la porte... repense au courrier : si Stéphane est rentré, il est allé au courrier...

Le catalogue carrefour est toujours là. *Je suis stupide ! J'ai été stupide ! il suffit de trouver un bâton et il doit bien y avoir au moins une lettre en dessous...* Elle est persuadée d'approcher de l'instant de vérité. Mais sous le catalogue, il n'y a rien...

5 : l'instant

Stéphane ouvre les volets de la cuisine, crie « Binoche »... Toujours la même inquiétude quand elle ne bondit pas immédiatement en poussant son « wein »... et Marjorie apparaît !

Marjorie avait depuis longtemps intériorisé l'inutilité d'imaginer cet instant. Même si elle bloquait depuis des jours ses pensées tentées par la prévision, elle l'avait plusieurs fois ressenti. Oui, chacun serait différent. Ces mois les auraient inévitablement marqués. L'autre, c'est toujours aussi son passé, ce qu'il a vécu sans nous.

Elle savait tout cela. Ayant tant lu de romans, d'essais...

Il y aurait de la timidité... et effectivement !... Mais naturellement, sous l'effet du désir de toucher, d'embrasser, d'aimer, la barrière de cette retenue s'effondre...

{Amour} {Amour} {Amour}

Combien de parenthèses d'Amour dans une vie ?

[Et pourtant on raconte : certaines personnes préfèrent les parenthèses de sexe, l'Amour leur semble un investissement trop prenant, préjudiciable à la carrière, le compte en banque, le sommeil, l'assiduité télévisuelle, le statut…]

Ah ! ces jours où nous avons pensé uniquement Amour. Les canards ont même failli en mourir. Manque d'eau. Est-ce définitivement du passé ? Déjà ? Ou serait-ce invivable, ingérable ?

L'Amour est-ce autre chose que des parenthèses, quand débute l'Histoire ? Avant n'aura alors été qu'un « entraînement » ?

6 : un choix ?

- Mon retour perturbe ton programme !?…
- Eh oui ! Internet n'est prêt que dans ma tête. Et encore ! Je commence à en comprendre la logique. Des crétins, comme partout, prétendent détenir la vérité. Alors qu'avancer exige de s'adapter chaque jour… se diversifier…
- Faire l'amour ou modifier un programme, telle est la question !
- Réussir à vivre hors des contraintes ou vivre en victimes des pressions administratives !
- Le risque de banalisation de notre vie existe… on pourrait tenir dix ans en épuisant nos économies…

Vivre en dehors du SOCIAL durant dix ans, vivre uniquement sur nos économies, en amoureux intransigeants, nimbés dans une notion de grandeur, créant, en espérant qu'ensuite ces créations seront récompensées par un minimum suffisant ?

Ou composer ?

Utiliser l'obole de l'état providence, en la considérant comme une simple contrepartie d'un viscéral mépris de l'art ?

Intellectuellement, la première solution est plus valorisante… mais il n'y a pas débat !

Personne ne vit totalement en dehors de son époque. Sans fortune, Marcel Proust aurait pu écrire *la recherche* ?

Nombreux osent prétendre qu'en 1940 ils auraient été héros…

Vivre son époque… dans le champ du possible, sans hypothéquer l'avenir avec des notions de libertés qui ne seraient que du cabotinage…

Il n'y a pas débat… mais conscience de cette chance : pouvoir vivre en marge. Malgré tout.

7 : la marge

En sanscrit, chemin se dit MARGA.
La marge est la voie du salut, même en littérature, même en chanson.
Mais la littérature et la chanson ne sont que des moyens d'avancer sur le chemin, se connaître.
Marginal devrait être UN COMPLIMENT.

Nous serons donc des marginaux ?
En lutte pour ne pas être aimantés par la sociabilité ?
(des marginaux exemplaires ! hippies philosophes !)

Si tu veux vivre hors-la-loi, il te faudra être honnête.
Merci Bob Dylan.

Ou magouilleurs amateurs !

> *Quand on regarde le vingt heures*
> *On le voit bien : on est que des magouilleurs amateurs.*

Les difficultés surviendront… L'insoumission s'inscrit dans l'adversité…

(alors qu'ils promettent encore la facilité, le bonheur, ceux qui, comme leurs prédécesseurs, deviendraient dictateurs s'ils accédaient au pouvoir)

Le développement intérieur se réalise à la vitesse des escargots, et quotidiennement. Chacun à son rythme.

Comment deux êtres peuvent vivre ensemble au-delà des mois de la découverte, de la redécouverte ?

Mais rien n'est grave, même pas la mort, Stéphane. Quand sont réunis l'intégrité, la droiture, la sincérité, la soif de connaissance, l'Amour.

9 : créer ?

Marjorie, je doute. De la création. Pourquoi créer ? Peut-on encore créer quelque chose d'original, sans finalement recopier, simplement tourner autrement des réminiscences.

Alors Marjorie écrit :

La création artistique, l'inspiration, le plagiat.

Créer : écrire simplement autrement.

Comme on retient les « fables de La Fontaine » pourtant « simples adaptations » sur les traces d'Esope, lui-même vraisemblablement sur celles de *l'Histoire d'Ahiqar* (vers le VIe siècle avant le plus célèbre des J-C).

Notre avantage : une époque métamorphosée. Quelle aubaine pour les créateurs !

De Thalès à La Fontaine le monde continue sa lente dérive. Aucune de nos références majeures ne reconnaîtrait la planète !

Ecrire simplement. Et sourire aux proclamations des médiocres : ils prétendent protéger leur style des influences, quand ils justifient leur absence de lectures.

Ecrire c'est plagier ! si plagier c'est donner une autre forme !

En 1918 Antoine Pol publie un recueil de poèmes. Il passera inaperçu. En 1960, chez un bouquiniste, Georges Brassens en achète un exemplaire… et fera du texte « les passantes » un standard… en 1973… son auteur est mort.

Je veux dédier ce poème
A toutes les femmes qu'on aime
Pendant quelques instants secrets
A celles qu'on connaît à peine
Qu'un destin différent entraîne
Et qu'on ne retrouve jamais

…Dont les yeux, charmant paysage
Font paraître court le chemin
Qu'on est seul, peut-être, à comprendre
Et qu'on laisse pourtant descendre
Sans avoir effleuré sa main
…Chères images aperçues
…Des épisodes du chemin

…De toutes ces belles passantes
Que l'on n'a pas su retenir…

L'Amour Masqué de Sacha Guitry est représenté pour la première fois au théâtre Edouard VII le 15 février 1923.

> *« Quand tu tressailles je crois voir*
> *toutes les belles inconnues*
> *qui passèrent sur mon chemin*
> *dont je n'ai pu toucher la main*
> *et qu'hélas ! je n'ai jamais eues... »*

Sacha Guitry a lu Antoine Pol ? ou les deux s'inspirèrent d'un troisième ? Peu importe. L'essentiel est dans la manière dont on assemble.

Créer c'est donner une forme.

Montaigne peut être accusé d'avoir plagié Sénèque et Plutarque. Comme Pascal de s'être servi chez lui.

Heureusement Shakespeare, Molière ou Corneille n'ont pas eu de scrupule à s'approprier les idées dont ils souhaitaient fournir une autre version.

Et passera à la postérité la plus originale. Comme pour *un seul être vous manque et la terre est dépeuplée.*

10 : éloge de l'art pour l'art (carnet Marjorie)

Ne pas être pressé, créer.

L'artiste aux réussites médiatiques et financières rapides a tendance à s'entourer de crétins ou sous-pseudos-intellectuels.

En observant cette cour, sa supériorité lui apparaît incontestable. Cette cour d'inféodés devient rapidement indispensable, une petite voix, régulièrement, troublant le sommeil : l'inconscient ne peut être dupe : la réussite repose sur du vent et non sur des critères artistiques.

Il consolide alors ses positions en s'affiliant de vulgaires sbires qui eux aussi profiteront de cette alliance en utilisant ce lien avec l'idole pour asseoir leur petite position, obtenir des avantages. C'est gagnant / gagnant !... socialement et financièrement, ils péroreront « artistiquement » ; artistiquement, dans tout la mesquinerie, la bassesse désormais associées à ce terme.

C'est perdant / perdant niveau art. Ces médiocres au succès rapide se ressembleront durant des décennies... même quand ils prétendront rompre avec leur image... « explorer d'autres univers »...

Ils se servent d'un succès pour paraître et non pour progresser.

Bien sûr cette cour doit être choisie parmi des « ambitieux », des encore plus lamentables mais tellement obsédés par une petite réussite, qu'ils n'hésiteront pas à rendre des services pour franchir rien qu'une marche.

Le show-biz est ainsi formé de quelques clans. Cabrel est une des têtes de pyramides.

Secteur variété kitch, naphtalinée, sclérosée, vide, gnangnante, seffisée, mielleuse, morne.

11 : Marjorie et la difficulté d'écrire

Pascal a commencé à rédiger ses *Pensées* à 35 ans. Ne sois pas déçu de te sentir encore très loin de ce à quoi tu aspires.

35 ans alors, c'est bien 50 maintenant, avec notre éducation édulcorée... en comparaison au savoir que pouvait acquérir un enfant... quand il avait la chance d'être « bien né ».

[l'excellence pour tous pourrait être l'objectif d'une nation aussi prospère]

Prendre en intégralité un auteur, c'est risquer l'étouffement sous son poids. Sauf à considérer Cabrel digne de ce vocable.

Toute la kitchitude de notre époque est résumée par le succès de ces médiocres, et surtout leur prétention à représenter la création ; car avant aussi des pantins suscitaient une forte adhésion mais personne, et surtout pas les médias, n'aurait eu l'idée de les placer plus haut qu'en simples amuseurs. En littérature aussi, le « grand public » a toujours été friand de facilité... Alexandre Jardin et Amélie Nothomb n'ont rien inventé...

Encore une fois, mieux vaut resituer dans un plus large contexte : ils passent leur vie à essayer de plaire, ne soyons pas surpris que certains y parviennent.

Marjorie dit aussi : leur ombre est impressionnante. Mais c'est une chance. La chance, c'est leur œuvre. Pouvoir s'imprégner du meilleur. Ça décourage souvent mais ça construit.

12 : retour sur Stendhal

L'exclamation de Stendhal, en marge de *la Chartreuse de Parme*, « *aimes-tu mieux avoir eu trois femmes ou avoir fait ce roman ?* », renvoie aux *Lettres Persanes* de Montesquieu, une lettre de Rica, débutant par :
« *Je fus hier aux invalides. J'aimerais autant avoir fait cet établissement, si j'étais prince, que d'avoir gagné trois batailles* ».
Nouvel exemple de réutilisation d'un concept mais aussi du besoin de laisser une trace, quand il devient difficile de vivre ce qui, en plus d'être éphémère, sera totalement oublié.
En pourfendant *La Grande Pyramide* de François Mitterrand, ses détracteurs ignoraient sûrement qu'il s'inscrivait, lui aussi, dans cette quête d'éternité.
Comme une revanche face à notre perception de la nature humaine : la dépasser de l'extérieur... Et la dépasser de l'intérieur ?
Je ne critique pas ce besoin d'écrire, de laisser une trace, je l'ai aussi, parfois, mais peut-être est-ce une étape. Le François Mitterrand des dernières années a surpris, quand il confiait : *je crois aux forces de l'esprit...*
Plutôt que « surnaturel », il faudrait employer « surhabituel ». Mais les forces de l'esprit s'arrêtent quand cesse l'esprit... Il ne faut plus tarder pour espérer tirer de notre esprit son formidable potentiel. Après, il est toujours trop tard.

[Comme en Amour ; oui, si j'avais privilégié la dernière étape de ma résilience, et avais cru alors nécessaire de refuser l'Amour, j'aurais creusé un autre gouffre en moi]

13 : fuir les fous

Nul besoin d'un écran de télévision. Imaginer est sûrement plus concret, vrai. Tant les spectateurs doivent être figés par la mise en scène, même involontaire, une prise de vue, un angle, une présence à tel endroit, les témoignages.

Sûrement ai-je déjà vu « les tours jumelles» en photos. Si c'est le cas, je n'y avais alors accordé aucune importance. Aucune attirance pour le gigantisme. Peu importe le nombre d'étages : je suis d'à terre, de la campagne. Les êtres humains pourraient être répartis autrement que dans du béton vertical.
Mais j'imagine. Rien de spectaculaire, juste du dégoût. Après Auschwitz l'horreur est toujours possible. Détruire. Eliminer l'autre. Eliminer. La démocratie aura toujours des ennemis. La chute du nazisme ne fut que la chute d'un visage. La chute du communisme n'était que la chute d'un visage.
Les termes « arrogance américaine », « dictature financière » s'éclipseront simplement le temps de la grande émotion, dans quelques mois certains accorderont des circonstances atténuantes aux terroristes.
Un monde d'insécurités. Ou c'est à chacun d'essayer d'inventer des zones paisibles, où elles restent possibles...
Vous pouvez sourire en lâchant un méprisant « *repli frileux* » ; les solutions collectives sont d'abord

individuelles. C'est seulement quand un être humain est en paix avec lui-même que son exemple peut rejaillir sur l'ensemble. Montrer l'exemple plutôt qu'élaborer de grandes théories.

Et savoir qu'on ne peut rien face aux fous ; et la haine est la pire des folies ; il faut fuir les fous.

Serais-je arrivé à ces pensées sans l'influence de Marjorie ?

Et voter pour un gouvernement apte, lucide… Voter, oui.

14 : mutation (du monde musical) – Stéphane notes

Quel drame ! Les grands manitous des majors en appellent aux pouvoirs publics : baissez la TVA, expédiez les pirates en prison… sinon demain l'exception culturelle française disparaîtra, sinon demain plus personne ne paiera la musique, tout le monde la téléchargera gratuitement et notre économie s'effondrera, les majors, en faillite, devront licencier, les artistes n'auront plus les moyens de créer…

Que Pascal Nègre, président d'*Universal Music France*, fasse du lobbying, certes, il fait son boulot, mais quand les braves petits artistes vont bêlant ces bonnes paroles comme si tout allait pour le mieux dans le meilleur des mondes variétisés, comme si les gros bonnets se souciaient d'autre chose que de rentabilité, ils renvoient à ces naïfs dits intellectuels enthousiastes au nom de Staline, récitant leur « bonheur du peuple »…

Ainsi Maxime Leforestier a trouvé une manière de passer à la postérité de Pascal Nègre, avec sa fable du petit commerçant : si une personne passe et vole une pomme au petit commerçant, ce n'est pas dramatique mais si chaque habitant du quartier lui vole quelque chose, il fermera rapidement boutique ; eh bien avec la musique, c'est kif-kif : si quelqu'un télécharge un MP3 illégalement, ce n'est pas grave mais si tous les internautes le font, plus personne n'achète de cd, c'est la mort assurée de tout un secteur ; adieux artistes que nous aimions tant…

L'histoire des pommes du Maxime peut s'adapter : si j'achète deux kilos de pommes et qu'en rentrant, je constate une véritable arnaque : seulement une misérable moitié d'une seule pomme est consommable sur les douze ou treize, peut-être retournerai-je une deuxième fois chez le commerçant mais si de nouveau la quasi totalité de ses pommes sont sures, véreuses ou pourries, j'arrêterai d'acheter des pommes.

Et si, à la même époque, un slogan publicitaire, à longueur de journée, m'incite à manger de pommes, j'en piquerai une de temps en temps, comme ça, pour la goûter…

Messieurs des majors : votre musique est tellement mauvaise, qu'on veut bien la passer en bruit de fond, gratuitement, mais la payer : FINI.

Vos plans marketings consacrés aux médiocres vous classent en tête des responsables de la disparition de « l'exception culturelle ».

Les créateurs ont tout à gagner d'internet : aujourd'hui les circuits sont organisés au profit d'une kyrielle d'intermédiaires, les créateurs récoltant des miettes, les pépins des pommes de Maxime. Sauf exceptions naturellement : pour que perdure le système il a besoin de figures de proue milliardaires sur lesquelles phantasment les méprisés, persuadés de vivre leur dernière année galère avant le triomphe… [milliardaires ou en donnant l'impression !]

L'artiste n'a rien à craindre d'internet (si certains proposent des musiques sans autorisation, la justice saura intervenir, ce n'est qu'un problème de législation à adapter… au niveau mondial), internet va réduire à sa plus simple expression le chemin de l'artiste au consommateur. Les créateurs toucheront alors la quasi totalité du prix payé par l'internaute. Un prix qu'il n'est pas utopique de prévoir divisé au minimum par cinq.

Le téléchargement gratuit est une conséquence de l'organisation de « la filière musique » où la créativité est méprisée, où triomphe le marketing… le jour où le téléchargement illégal ne sera plus possible, espérons que « le public » ne se laisse, de nouveau, berner par les majors et leur soupe.

Espérons qu'internet aura été utile : le déclic d'une prise de conscience. La musique n'est pas forcément médiocre !

[télécharger gratuitement est intéressant uniquement pour une minorité… les équipés en « haut débit »…]

15 : commentaire de Marjorie

Oui, analyse pertinente. Mais il est inutile de la proposer à un média.

Ces médias vivent en grande partie de l'argent des annonceurs. Et les intermédiaires en danger sont justement les premiers annonceurs !

Médias et intermédiaires de la filière musique se tiennent par la barbichette, feront tout pour s'approprier internet. Ça passe aussi par la censure de telles analyses.

- Que faire alors ?

- Miser uniquement sur internet. Ce texte a plus de chances de circuler via le web que d'être accepté par la presse à grand tirage.

16 : auteur censuré par la sacem

Vous êtes auteur et/ou compositeur, éventuellement interprète. Vous débutez dans la profession, vous êtes à la recherche de collaborateurs, de contacts, d'informations sur le métier.

Dans le cadre de son action professionnelle, la Sacem prépare un numéro spécial de sa revue Notes *consacré au travail d'équipe, aux lieux de rencontre, carrefours de créateurs, « show-cases », stages, etc.*

Elle vous propose à cette occasion d'y publier une annonce gratuite, (une quinzaine de lignes au maximum), qui sera lue par l'ensemble de la profession, soit 20 000 créateurs, éditeurs, producteurs, etc…

Comment se servir d'une censure tellement stupide qu'elle est visible, incontestable ?

Certes, mieux vaut mettre au crédit de la bureaucratie, de la médiocrité, certaines erreurs, comme celles d'adresses e-mails, comme ces « nouveaux créateurs » à la présentation insérée deux fois.

Mais UN SEUL AUTEUR est nommé sans biographie dans ce *Notes* N°155 – 2001 « spécial équipes ». Page 16. Nom, prénom, adresse postale, adresse e-mail (avec erreur).

J'imagine :

- Monsieur Achard, monsieur Achard, vous avez pris une décision au sujet de cet énergumène qui glorifie internet, qui critique le niveau de la chanson et même les Rencontres de monsieur Cabrel…

Et le nom, l'adresse sont restés. S'ils m'avaient totalement écarté, la censure passait sans preuve…

Merci dame médiocrité !

Naturellement ce monsieur est injoignable pour le simple membre. Sa secrétaire est certes charmante, ne manquera pas de transmettre… et monsieur Pierre Achard rappellera… ou alors envoyez un e-mail, il vous répondra… Bien sûr !

Mais comment se servir de cette censure ? Suis-je de taille ?

- Attendre. Il suffit souvent d'attendre. Et l'occasion se présente. Etre disponible et ne pas oublier !

C'est un honneur, c'est une chance d'être ainsi censuré !

> J'suis l'censuré d'la sacem
> Le type dont on dit y'aura des problèmes
> Pas d'place pour les sociétaires
> Qui savent pas plaire

Ils peuvent ignorer tes textes
Ils connaissent le contexte
Ils ont l'carnet du mépris
Dans c'carnet y'a écrit pas vu pas pris
Mes petites rimes qui les condamnent
Ils en ricanent
Paraît qu'c'est les paroliers
Les mieux payés qui peuvent parler

J'fais pas d'tube, j'ai pas d'thunes, alors j'dois m'taire
J'fais pas d'tube, j'ai pas d'thunes, on t'dit d'te taire

Des textes qui sont classes
Des textes qui vous glacent
J'fais pas d'tube, j'ai pas d'thunes, alors j'dois m'taire
J'fais pas d'tube, j'ai pas d'thunes, on t'dit d'te taire
Un petit tube un petit tube
Un petit tube un petit tube…

17 : Arlette Laguiller

Alain Souchon, ce soir, prend conscience du mal fait à la France ?

> *Quand Arlette chante on sent du vrai amour*
> *Quand les autres font de faux discours*

Si quelqu'un de si raisonnable, intelligent, qu'Alain Souchon glorifie Arlette…

La dictature du prolétariat, quel chroniqueur musical, et même politique, a osé « brûler Souchon », le renvoyer dans les cordes de sa médiocrité, de sa mièvrerie ? Pas un.
Souchon a donné patte blanche au trotskisme.
Et bien sûr Lionel Jospin, en ne condamnant pas ses errances dans cette mouvance, n'a pas contredit ce quasi inconscient collectif national : rien à craindre du trotskisme… donc rien à craindre des extrémistes… l'auréole d'Arlette a rejailli sur l'ensemble des ennemis de la démocratie…

Mais non, vous êtes d'indécrottables intellectuels englués dans le passé, puisque même un bourgeois, un friqué, un cador comme Souchon…

Va-t-il se suicider ce soir ?
Au moins comprendre ?

Trop simple, trop facile, de se réfugier derrière la légèreté d'une chansonnette.
Nous avions voté pour le candidat du Parti Socialiste. Sans enthousiasme. Avec même une petite tristesse dans la main. Pauvre P.S.

ALAIN SOUCHON EST COUPABLE (de la débâcle de Lionel Jospin).
La radio reprenait Le Pen pavoisant à la télé et j'écrivais cette phrase en pensant nécessaire, indispensable, qu'un quotidien en fasse sa une du lendemain.
Pas naïf quand même : d'autres titres seraient plus vendeurs.

Stupide ; à la première écoute de cette chanson, stupide, s'imposa, une évidence ; je n'avais naturellement pas alors mesuré les conséquences… si je pense « stupide » tout le monde va le penser !…
Naïf quand même un peu. Ces chanteux ont une audience, un poids, une légitimité médiatique sans commune mesure avec leurs connaissances, compétences…

[Chanteux. J'utilise désormais ce néologisme de Marjorie créé sur le modèle d'auteux, auteur / honteux]

Etait-il « de bonne foi » à l'instant d'écriture ? Ou en recherche d'un sujet porteur, tentative de récupération d'une vague de sympathie pour l'extrême gauche après leur utilisation des « mouvements sociaux » ?

L'extrême gauche a toujours su utiliser la naïveté de ses ennemis (le parti communiste fut même un spécialiste inégalé… Lénine avait une formule pour qualifier les « intellectuels » européens pro-soviétiques : *les idiots utiles*).

Si Souchon avait lu ne serait-ce que quelques textes de *Lutte Ouvrière*, il aurait, quand même ?, compris le grand canyon entre le projet de dictature du prolétariat et l'apparence sympathique, flairé la supercherie ?…

Est-ce qu'Arlette en a beaucoup ri ? rit-on chez ces gens-là ?

18 : Marjorie notes - un autre chemin

Montrez-nous qu'un autre chemin reste possible.

Nous pourrions afficher, page d'accueil du site www.bcommebonheur.com, cet appel. Comme une manière de signifier : nous ne fuyons pas ce que vous êtes mais ce que vous êtes devenus. Votre souchonnerie.

Vos masques, retirez vos masques. Et affrontez le gouffre de vos années vides. Alors peut-être…
Même Souchon peut encore ?

Cabrel ? L'avoir rencontré, c'est en douter ! d'aucuns évoqueraient alors un miracle !

La pauvreté ici n'est quand même pas un prix si élevé ! n'en déplaise aux parangons du seuil de pauvreté ! Manger une cerise sous l'arbre, un radis tout juste déraciné, une tomate cueillie à la rosée, une fraise non pesticidée, la qualité de vie n'a pas de prix !

Vivre en dehors du mouvement d'abrutissement est donc encore possible. Ici et maintenant. Et pas uniquement quelques minutes par jour.

J'étais malheureux de n'avoir pas de souliers, alors j'ai rencontré un homme qui n'avait pas de pieds et je me suis trouvé content de mon sort.
Mong-Tseu.

19 : stratégie

- Indépendamment de notre vie : il faut tricher. Ton « gagner du temps ».
- Raffarin veut des chiffres en baisse… et le RMI risque de devenir RMA, d'activité… tu vois qu'ils m'obligeraient à me lever pour être utilisé vingt heures par semaine par un patron !
- Mais tu es écrivain ! il te suffit de réclamer un statut d'écrivain maudit !
- Moi l'écrivain maudit n'ayant jamais publié et toi la chanteuse qui ne chante plus !
- Internet donc. On y revient.
- Avec 750 francs gagnés en trois mois et qui ne seront peut-être jamais payés !
- C'est un bon début ! ne sois pas négatif ! pour toi, l'idéal serait d'obtenir une bourse du *Centre Régional des Lettres*… ça ne doit pas être compliqué… quand on voit la liste des pisseurs de lignes récompensés…
- Mais ils ont peut-être leur carte du P.S., ou font des piges pour *la Dépêche du Midi*, ou savent sourire, ou sont de Figeac, ou ont des amis...
- Alain Bénéteau. Président du *Centre Régional des Lettres*, aussi, attends, j'énumère, Commission permanente - Environnement et développement durable - Industrie (PME-PMI, grands groupes et services à l'industrie) - Recherche, transferts de technologies et enseignement supérieur.
- Où tu as trouvé tout ça ?

- Google.fr - Alain Bénéteau

- Mais je suppose qu'il faut au moins avoir écrit quelque chose.

- Tu es chanté. Tu as même obtenu une victoire de la musique au Burkina Faso.

- Même *la Dépêche du Midi* n'en a pas parlé !

- Jean-Michel Baylet... Eh oui, c'est à cause de ce type que Martin Malvy peut mépriser la culture. Il sait que leur dépêche n'ira jamais y mettre son museau... comment des électeurs peuvent voter pour un défenseur de Golfech... mais bon, il te suffit de publier un livre !

- Marjorie nègre ?

- Tes papiers. Tes notes. Il suffit d'assembler et le tour est joué. De toute manière tu ne crois quand même pas qu'ils lisent... Le mec dont je t'ai dit, il est de par Figeac, les gnangnanteries homos, l'affecté banalité... il a eu sa bourse...

- Il l'a peut-être demandée gentiment.

- Ces gens-là ont besoin de distinguer quelques énergumènes du coin. C'est peut-être simplement pour cela. C'est tombé sur lui. Parfois les gens ne fayotent même pas, ils ont simplement le bon profil pour que des politiques puissent prétendre soutenir la culture.

- Eh oui ! Nous devons peut-être à Martin Malvy... notre rencontre !

- Là, je n'ai pas suivi.

- Peut-être qu'Astaffort souhaitait plaire au président du Conseil Régional en sélectionnant un auteur du Lot. Et mon dossier est arrivé à ce moment-là !

- Donc Martin Malvy n'aurait pas été totalement inutile à la culture !... Et ton dossier serait très présentable... avec un gros livre... au moins 400 pages.

- J'y arriverai jamais.

- Si tu n'as pas assez, tu recopies quelques paragraphes de Schopenhauer par exemple ! Là, certain, pas un politique ne viendra t'accuser de plagiat. Tu joins un CD avec le bandeau KUNDE D'OR, quand même traduit *Victoire de la musique*. Plus bio avec *rencontres d'Astaffort, Francofolies...*

- Et toi ?

- Peut-être un album ! Créneau Manset du web ! Ou « profession libérale » activité conseillère en mieux-vivre, philosophe indépendante, cogniticienne... et tout ça peut servir tes notes !

- Mes notes... ce n'est pas un roman ! C'est notre vie. Des confidences. Des réflexions.

- Notre vie ! Notre vie c'est maintenant. Le passé n'est guère plus réel que l'imagination.

- Mais il manque des cases.

- Des cases ça se remplit ! Ou alors ça se laisse pour que le lecteur les remplisse. Il te suffira de répondre ça, si un jour un journaliste t'interroge. Mais comme les journalistes ne lisent pas non plus, il suffira de bien travailler le communiqué de presse. Dans ce genre de business le communiqué de presse est la partie la plus importante. J'ai eu une copine attachée de presse pour un grand éditeur. Avec la couverture quand même.

- Je t'embauche comme assistante... et la quatrième de couverture relève de tes attributions !

- Mêlant éléments autobiographiques et fiction, Stéphane Ternoise brosse le portrait non autorisé du show-biz à la française, tout en remuant la question fondamentale « que faire de sa vie ?»... ça te va ?

- Bof !

- Je sais, mêler éléments autobiographiques et fiction, c'est la définition de tout livre !... Mais là, il s'agit d'insister pour titiller le badaud avec la perspective de choses vues, entendues.

- Et le titre ?

- *Cabrel l'arnaqueur ?*... non, quand même pas ! Il ne peut pas être le centre du livre. Il n'est qu'une grenouille hyper-trophiée...

- J'arriverai jamais à me prétendre romancier avec un tel bouquin !

- Et Justine Lévy, alors ?

- Justine Lévy ?

- La fille de sa sainteté Bernard Henri.

- Elle écrit ?

- Son deuxième roman, « *rien de grave* », l'histoire de ses déboires. Son mari l'a plaquée. Et en plus pour Carla Bruni !

- Carla Bruni de *quelqu'un m'a dit ?*

- Carla Bruni Top Model reconvertie potiche guitare-voix sous-souchonne.

- Et l'autre a raconté ça, et c'est publié ?

- Chez Stock.

- Donc tu crois que le mélange Cabrel Souchon Malvy Bénéton… c'est dans l'air du temps.

- Même notre voie Bouddhiste est dans l'air du temps !

- Alors j'ai écrit un roman sans en avoir l'air !

- Amélie Nothomb a connu la gloire après avoir raconté manger des bananes avariées. Elle vend ses 300 000 annuels.

- Alors la littérature est un cirque aussi grand que la chanson !

- Si tu n'oublies pas que tout ça c'est juste à cause des crétins de la direction du travail… peut-être qu'un jour tu prendras place dans l'art du roman… mais c'est un vrai travail… c'est même toute une vie… et quand on touche à l'art majeur, souvent on a largement dépassé l'âge de courir le cent mètres même sans haies…

- Et toi donc ?

- La voie de Marjorie !… Oui, enseigner… par internet ! Enseigner la voie de la sagesse… oui, ça m'intéresse plus qu'être chanteuse… nous trouverons bien des interprètes sur internet, des interprètes intéressés par des chansons « clés en main ».

- Ils vont te poser la même question : « est-ce rentable ? »

- Poser cette question dénote un manque flagrant de sagesse…

- Mais avec un tel livre, les portes fermées à tout créateur digne de ce nom seront en plus surveillées par une horde d'encanaillés entraînés à lâcher les pitbulls sur tout signe d'intelligence !

- *Si je m'étais le moins du monde soucié de l'approbation de mes contemporains, j'aurais supprimé vingt passages de mes écrits qui heurtent de front toutes les idées-reçues, et même ont parfois quelques chose de blessant…* ainsi s'exprimait Schopenhauer dans la préface de la deuxième édition du *monde comme volonté et comme représentation*.

- Tu m'as convaincu… je vais vraiment lire Schopenhauer.

20 : la sacem (précisions de Marjorie)

Il ne faut rien attendre de la sacem. J'avais une copine là-bas ! La situation est figée. La sacem n'est pas une société d'auteurs au service de la chanson mais une société au pouvoir confisqué par une minorité, l'oligarchie.

« *Dans toute oligarchie se dissimule un constant appétit de tyrannie* » (Nietzsche)

Le Conseil d'Administration n'est pas élu par les membres mais par les « membres professionnels ». Et pour devenir membre professionnel, la barrière des revenus est placée suffisamment haute, et durant trois années consécutives en plus, afin que puissent le devenir uniquement les auteurs et compositeurs inféodés aux majors.

Les vrais patrons de la sacem : les majors ! Ce n'est pas pour leur talent si quelques auteux et compositeux sont aujourd'hui millionnaires mais parce qu'ils furent de la bonne écurie.

Dans cinquante ans les sommités de la sacem ne signifieront plus rien dans la culture française. Mais ce sont des notables, certains ont même pour cette unique raison la légion d'honneur, au moins « le mérite »…

Internet est la chance de la chanson. Mais il faudra retenir la parabole du Souchon : ne pas s'embourgeoiser, ne pas s'affadir en échange de quelques bienveillances et honneurs.

Envoyer des maquettes aux producteurs, c'est comme prendre un billet de loto. C'est attendre quelque chose du show-biz.

N'attendre rien. Faire, monter et ne rien attendre. Si nos chansons sont bonnes elles finiront pas être remarquées.

Avant, la solution c'était la scène.

Aujourd'hui, c'est internet. Je suis convertie !

Mais pouvons-nous TOUT dire ?

Si l'honnêteté règne dans le pays, un homme peut être audacieux dans ses actes et dans ses paroles mais si l'honnêteté n'existe plus, on sera audacieux dans les actes mais prudent dans les paroles (Confucius).

21 : infos sur la sacem

La sacem : 105 000 membres, dont 90 000 auteurs et compositeurs vivants.

Pour la première fois, la lettre des sociétaires me parvient, sa diffusion passant de 15 000 à 35000. J'entre dans les critères !

> *...à peine plus d'un tiers des auteurs et compositeurs vivants (34 000) reçoivent un feuillet de répartition, les autres ne génèrent aucun droit, leurs œuvres n'étant pas interprétées dans le cadre de manifestations assujetties au droit d'auteur (...)*
> *Et parmi ceux qui reçoivent des droits, seuls 8,1 % touchent plus que le smic.*

Ma calculatrice est formelle : 2754.

2754 en vivent.

- Et si l'on retire les *industriels*, monsieur Laurent Petitgirard, nouveau président du conseil d'administration sacem, ça fait combien de créateurs dignes de ce nom ?

(et pour fonctionner la sacem « *emploie plus de 1500 personnes* »)

Grâce à Pierre Galliez, je suis des 34 000 mais pour la deuxième fois consécutive, j'ai droit sous

PAIEMENT PAR VIREMENT BANCAIRE

Sous le décompte, à :

SOLDE NON REGLE – S'AJOUTERA A VOTRE PROCHAINE REPARTITION.

Il m'avait pourtant été précisé qu'à la sacem, après le « droit d'admission de 665 francs » (en février 2000), je n'aurais plus rien à payer... Oui, ce n'est pas à payer : à chaque répartition « COTISATION SACEM » vient en déduction.

Le solde reste alors inférieur « au seuil de déclenchement du paiement » (comme ils doivent s'exprimer).

Qui a décidé de prélever une cotisation sacem à tout membre générant une répartition ?... Une cotisation permettant à la sacem de ne rien verser aux « faibles répartitions »...

Pour obtenir la même somme en cotisation, pourquoi pas plutôt un pourcentage appliqué sur l'ensemble des droits ? Qui décide ? Le conseil d'administration, donc les membres professionnels... Et il leur semble plus juste de ponctionner les « amateurs »...

L'idée même de cotisation sacem est indécente... une baisse des frais généraux serait préférable... et la suppression de certaines subventions...

[charges nettes de la gestion sacem: 128 millions d'euros]

22 : le chat botté

Internet ? Notre chat !

Une adaptation du conte de Perrault, *le maître chat ou le chat botté.*

L'industrie et le savoir-faire
Valent mieux que des biens acquis

Avec habileté, ingéniosité, savoir-faire, tout est possible.

Rien n'est jamais définitivement perdu à ceux qui n'ont rien mais possèdent l'ingéniosité.

Mais attention : ne nous créons pas de faux problèmes en visant d'inutiles objectifs.

23 : internet : vive le gratuit

Jules Ferry et nous contre l'évêque d'Angers et Philippe Val.

Jules Ferry : l'école gratuite, laïque et obligatoire.
Mais il trouva sur son chemin l'évêque d'Angers, proclamant à l'Assemblée :
Vous allez dévaluer l'école. Comment voulez-vous qu'on accorde considération à quelque chose qui ne coûte rien ?

Plus de cent ans sont passés. Et le gratuit fait toujours débat. On croit parfois entendre la réincarnation de l'évêque d'Angers :
Le jour où toute la presse sera gratuite, la corruption et la collusion avec le pouvoir politique seront multipliés par cent...
Philippe Val, *France-Inter* (radio du service public, donc gratuite).

Alors quand le gratuit est couplé à internet !...
Qui est prêt à dépenser de l'argent à fonds perdus pour avoir son petit site personnel ? Des tarés, des maniaques, des fanatiques, des mégalomanes, des paranoïaques, des nazis, des délateurs qui trouvent là un moyen de diffuser mondialement leurs délires, ou leur haine, ou leurs obsessions.
Philippe Val, Charlie Hebdo, 17 janvier 2001.

Et non ! aveugle ! internet : la chance des créateurs. Dans un pays où les médias méprisent la création. Ton torchon ne faisant pas exception.
Alors nous serons un média : www.lewebzinegratuit.com : notre bonne parole ! Des informations. Des interviews. Chanson. Littérature. Actualité.

24 : CHORUS

Montauban, septembre 2002, médiathèque municipale Antonin Perbosc : *CHORUS (les cahiers de la chanson)* en évidence dans la salle musique.
Un liseré jaune agressif et « quatre guignols » en couverture pour ce NUMÉRO SPECIAL DIXIEME ANNIVERSAIRE.
Non, ce ne sont pas les effigies en latex réalisées spécialement pour la cause par les guignols de l'info ! Il faut considérer cette photo de groupe comme un hommage aux cadors de la chanson française selon CHORUS.
Au premier plan, assis, Alain Souchon rabougri, veste ou manteau noir, à la droite d'un Cabrel le devançant d'une épaule, offrant un effet d'optique plutôt cocasse...
Derrière les dupond dupont de la chanson, Yves Simon et Jean-Jacques Goldman, debout, légèrement courbés, ainsi au même plan que Souchon, rendant la tête de l'Astaffortuné digne d'un... nain de jardin !...

Lecture en diagonale, banalités, banalités et...
Chorus : *Vous avez cité Arlette Laguiller qui doit certainement un surcroît de popularité à la chanson qu'Alain lui a consacré...*
Alain Souchon : *Arlette Laguiller c'est un personnage infiniment sympathique si elle fait 2,5%, c'est folklorique, étonnant, mais là...*
Jean-Jacques Goldman : *« infiniment sympathique » ? Tu as vu sa position au second tour ?*

Alain Souchon : *Mais oui, justement, ce n'est pas possible. Alors, c'est fini, cette chanson-là, je ne la chanterai plus. C'est dommage, car ce côté folklorique me plaisait beaucoup, mais aujourd'hui Arlette est devenue quelqu'un de dure, de terrible, ça ne va pas du tout…*

Le lectorat de Chorus a-t-il le potentiel intellectuel de décoder l'étendue de la médiocrité ainsi avouée, l'absence d'analyse politique, la stupidité même ?… Les journalistes Chorus semblent du niveau de leurs idoles…

Ne plus chanter cet hymne… mais quand même pas reverser les droits aux héritiers des victimes du communisme, sous sa forme trotskiste ou autre…

Plus loin :

Alain Souchon : … *Des bains de sang, voilà ce qu'elle veut. C'est triste.*

Triste, il a gros chagrin Souchonnet… T'as dix ans oui, dix ans de conscience politique…

1992-2002. Si *Chorus* avait souhaité distinguer la qualité et non simplement encenser ses soutiens les plus connus, qui aurait été à la une ?

Gérard Manset et Renaud ?

Titre : *Les plus grands. Malheureusement.*

[Ce titre, un journaliste de Chorus pourrait-il y déceler un écho au Gide commentant Victor Hugo, plus grand poète français, malheureusement ?]

Et l'ombre de Jacques Brel sortant de scène.

Un doigt dressé de Gainsbourg ?

Dossier : deux artistes francophones vivants pourraient réaliser un album best-off de titres ayant une chance de résister à l'usure des modes et à l'essoufflement de la promotion. Art populaire trop souvent populiste. Art majeur ? Comme tout art, il recèle une possibilité d'atteindre au grandiose et au majeur. La partie majeure d'un art est toujours l'exception, la marge.

Pour ces journaleux-là, nul doute, Vincent Delerm sera « un digne héritier » !…

Vincent Delerm pas moi

Pas besoin de tendre la main
Quand on est l'fils d'un écrivain
Qui a des relations et tout ça
Vincent Delerm pas moi

J'imagine leurs soirées d'rupins
Avec les commentaires crétins
« Je suis un jeune indépendant
Comme les gens sont charmants »

Y'en a pas fait d'bouquin mon père
De ses dernières gorgées de bières
Ça fait une sacrée différence
Du piston à l'indifférence

Moi j'essaye de prendre ma revanche
Alors que t'es dans les bonnes manches
Tu fais clin d'œil à tes parents
C'est piteux mais ça se comprend

J'vais pas jouer au mec envieux
J'fais juste dans l'irrévérencieux

Y'en a pas fait d'bouquin mon père
De ses dernières gorgées de bières
Ça fait une sacrée différence
Du piston à l'indifférence

Moi j'essaye de prendre ma revanche
Alors que t'es dans les bonnes manches
Tu fais clin d'œil à tes parents
C'est piteux mais ça se comprend

Pas besoin de tendre la main
Quand on est l'fils d'un écrivain
Qui a des relations et tout ça
Vincent Delerm pas moi

Vincent Delerm pas moi
Vincent Delerm pas moi
Vincent Delerm pas moi…

Comme devraient l'être les médias
Mais faut plaire au papa

Ai-je pu changer votre regard
Sur ce milieu de loups d' renards
Les gosses de stars ont toutes leurs chances
Evidemment, ils font d'l'audience

Y'en a pas fait d'bouquin mon père
De ses dernières gorgées de bières
Ça fait une sacrée différence
Du piston à l'indifférence

Moi j'essaye de prendre ma revanche
Alors que t'es dans les bonnes manches
Tu fais clin d'œil à tes parents
C'est piteux mais ça se comprend

PARODIE
Titre de l'œuvre originale :
Fanny Ardant et moi
(Vincent Delerm)

25 : Renaud

Renaud, l'exemple d'une réussite sans concession ?
Et si Coluche n'avait pas poussé le bouchon de l'amitié jusqu'à marteler sur Radio Monte-Carlo : *le p'tit Renaud, c'est bien…* ?

Renaud eut les leçons de piano, comme ses frères et sœurs.

Renaud Séchan, né en 1952, est issu de la petite-bourgeoisie parisienne et protestante. Son père, professeur et traducteur d'allemand, a également connu son heure de gloire en qualité de romancier…
Germinal, l'aventure d'un film, Pierre Assouline.

Notre père, Olivier Séchan, fut l'un des meilleurs écrivains de sa génération, et son œuvre fut récompensée par le prix des Deux-Margots *(les corps ont soif, 1942) par* le prix Cazes *(les chemins de nulle part, 1946) et par* le grand prix du roman d'aventures *(vous qui n'avez jamais été tués, 1951).*
Renaud bouquin d'enfer, Thierry Séchan.

Un oncle aussi, Edmond Séchan, chef opérateur et réalisateur de courts-métrages (un oscar à Hollywood).

Et l'histoire Mitterrand. Augurant bien plus que le « *Tonton laisse pas béton* » publié dans *Le Matin* fin 1987 : Madeleine Séchan, tante de Renaud, médecin, héberge régulièrement les amants François Mitterrand et madame Pingeot… elle met au monde Mazarine en Avignon.
Thierry Séchan, le frère donc, se targue d'avoir été condisciple et ami de Gilbert Mitterrand, fils légitime, au lycée Louis-le-Grand, de 1965 à 1967.

Renaud, quand même, sans concession ? pourquoi dans son premier album « *monsieur Franco* » s'est liquéfié en « *petite fille des sombres rues* »… out le refrain : *monsieur Franco, j'le crie bien haut, t'es un salaud ?* Demande de la production.

Quand même ? Renaud doit beaucoup à Brassens… comme Brassens devait tant à Félix Leclerc… héritier donc, oui… ce qui est tout naturel, logique… mais il convient de dépasser ses maîtres… choisis parmi les plus grands… sinon l'histoire est sans scrupule…

Quand même oui : *Morgane de Toi, Pierrot, En cloque, Hexagone*…

Alors ne nous gonflez pas avec vos « vous voyez… ». Et nos maîtres sont philosophes, littéraires. Et même plus guides que maîtres…

Commentaires Marjorie :

> Oui, n'hésite pas : sois parfois fondamentalement injuste !
> Comme avec Léo Ferré !
> *C'est à trop voir les êtres sous leur vraie lumière qu'un jour ou l'autre nous prend l'envie de les larguer* résume quand même bien nos vies !
> Et « *la vie d'artiste* », tu ne peux pas le passer à la trappe.
> Et « *la musique se vend comme du savon à barbe* » de *La préface* ?
> Parfois, il nous faut aussi être injuste ? Face aux piranhas c'est inévitable ?

26 : Gainsbourg

Crier au génie de Gainsbourg, quelle offense pour Bach, Balzac, Léonard de Vinci… Dire qu'en plus l'adulation atteint son sommet pour sa période « art zéro »…

Des blessures que la gloire et l'Amour n'ont pu cicatriser… Résilience inachevée. Gainsbourg n'a pas été le peintre ni le compositeur rêvé… il a pris une revanche sur la vie, le mépris… mais comme il devait souffrir les derniers mois, quand le nuage se dissipait…

Gainsbourg : le Van Gogh de la musique ! Crétins.

Gainsbourg est devenu Gainsbarre et a joué des citrons. Les paroles des chansons ne méritent sûrement guère mieux.

S'il a un côté Van Gogh, c'est celui du suicidé de la société :

Je serai Courbet ou je ne serai rien. Oui Lucien, tu aurais dû essayer, bien plus, d'atteindre ce niveau…

La peinture m'a marqué. J'avais trouvé là un art majeur qui m'équilibrait intellectuellement. La chanson et la gloire m'ont déséquilibré. J'étais heureux quand je peignais, je m'en veux tant d'avoir eu la lâcheté d'abandonner…

Saurait-on tirer notre révérence si quelques succès ?…

Charles Trénet et Balthus sont morts le même jour. Mais l'un des plus grands peintres du XXᵉ siècle s'envola dans l'indifférence. L'intérêt de nos contemporains… heureusement… on s'en fout !…

Fernando Pessoa, Franz Kafka n'ont rien reçu de leurs contemporains…

Uniquement : pouvoir avancer vers la plénitude.

Les textes de Gainsbourg, c'est du haut niveau
Souchon, 2002, sur France-Inter.
(pour toi, Souchonnet)

27 : philosophie (selon Marjorie)

On ne s'adresse jamais aux sages.

Le sage a dépassé nos réflexions… mais quelques marcheurs lucides sur le chemin, le chemin du perfectionnement, peuvent puiser dans une analyse actuelle le déclic vers des œuvres majeures…

Etre passeur vers les œuvres majeures. S'il faut un rôle social !

La philosophie est une thérapie de la raison, de l'intelligence.

Seule une vie soumise à l'examen est digne d'être vécue.
Epictète se plaçait dans la lignée de Socrate.

De cette lignée ?

Mais que veut dire « être philosophe » quand pour « en vivre », il faut soit en enseigner une version édulcorée dans un cadre rigide, soit fréquenter les plateaux télés et produire à la chaîne…

Sur l'échelle de Schopenhauer
Les premiers échelons font peur
Mais pour l'air de la liberté
Il est nécessaire de monter
Sur l'échelle de Schopenhauer
Se connaître un peu mieux
Avant d'être vieux
Se connaître un peu
Que peut-on rêver de mieux ?

28 : abandonner ? (tentation)

« Jeter l'éponge ?». Même dans ce simple récit. Encore plus dans « l'ambition folle » de bouleverser le monde musical grâce à internet ! (possibilité et non utopie ; même par inadvertance !... l'innovateur a rarement pleine conscience des forces déclenchées).

Ou se contenter d'échouer, jouer au « looser lunaire », trop intègre pour un milieu de requins ?...

Se contenter d'échouer ? Ces tentations sont de l'aventure ! On peut faire semblant vis-à-vis d'institutions, faire semblant d'affronter les règles en vigueur, faire semblant d'un face à face, d'un combat pour réussir...

Mais l'art : c'est la vie. Nous sommes ce que nous pensons. Ce que nous créons.

Le reste... s'amuser un peu quand même!

29 : définir le projet (exigence RMI)

A la demande des CLI, l'ADDA est chargée d'examiner les projets portés par les artistes et artisans d'art dans le cadre de leur contrat d'insertion.

CLI ? Que peut bien signifier CLI, une société de sigles dont la signification n'est plus précisée.

DOSSIER DE PRESENTATION DU PROJET ARTISTIQUE

Formation initiale, Formations professionnelles, parcours professionnels...

Formations professionnelles [sourire... je vais les choquer ces gens-là !] :
Stendhal, Tolstoï, Oscar Wilde, Sigmund Freud, Balzac, Marcel Proust, Arthur Schopenhauer, Platon, Siddharta, Epicure, Sénèque, Jacques Brel, Lao Tseu...

PRESENTATION DE LA DEMARCHE ARTISTIQUE

Vous pouvez également fournir tout document présentant vos réalisations (photos, cassettes, partitions, écrits...) :
CHANSON (récompense au Burkina Faso, rencontres d'Astaffort, Francofolies de La Rochelle)
ROMAN (sortie 2004)
THEATRE (sortie 2006)
ESSAIS (sorties 2005, 2007)
INTERNET (créer un nouveau média)

Votre vénérable directeur doit me renvoyer, depuis des années, le CD de SAMI RAMA – Afriquii Bii (l'histoire retiendra : l'artiste phare du Burkina Faso aurait pu effectuer sa première scène française à Cahors, aux « rencontres percutantes » mais un bureaucrate incompétent a privé la ville de cette opportunité).

PRESENTATION DU PROJET D'INSERTION PROFESSIONNELLE.

Vivre de mes créations. Edition livres, production CD, internet.

Malgré une époque, un pays, où LA CULTURE est méprisée, où le budget dit culturel est phagocyté par des installés, des intermédiaires, des requins, des copains, des coquins, des bureaucrates et « du social » (le tout est culture qui permet d'étouffer la culture).

DEMARCHES EFFECTUEES A CE JOUR

Avez-vous eu l'occasion de présenter vos réalisations au public ?

France-Inter, France-Culture, concerts (par interprètes interposés).

Internet : internet est l'avenir de la création (mais internet est subventionné uniquement pour les installés, créant ainsi une intolérable distorsion de concurrence).

Avez-vous déjà essayé d'obtenir un statut ?

Si oui, avez-vous rencontré des problèmes ?

Travailleur indépendant. Puisque pour la CGT, le Médef, le gouvernement, l'opposition, le statut d'intermittent est inaccessible à l'auteur (pour ces sommités le spectacle n'a pas besoin d'auteurs !... il y a suffisamment de morts pour ne pas se coltiner des créateurs !... ainsi la France est en voie de sous-développement culturel).

Avez-vous déjà essayé de rencontrer d'autres artistes, des professionnels... pour avoir des conseils, des informations, échanger sur les réalités de votre pratique artistique... ?

Si oui, qu'en avez-vous retiré sur les réalités de votre pratique ?

Cette question fleure bon le pays communiste ! Et à la sortie monsieur Gérard Amigues remet la liste des sujets « conseillés » ?

Comme, par exemple Claude Lévi-Strauss, je crois préférable de côtoyer les œuvres aux créateurs. Quant aux intermédiaires, aux conseilleurs : ils sont les parasites de la culture.

Milan Kundera l'a écrit : il faut fuir les agélastes (et je l'ai constaté en côtoyant ce qu'on appelle des sommités).

Sur le sujet, étudiez aussi Sacha Guitry.

Rappel : ma première participation à un CD fut récompensée par une victoire de la musique au Burkina Faso. Côtoyer des bureaucrates incompétents est comme regarder la télé : une perte de temps...

BESOINS IDENTIFIES A CE JOUR :

Qu'est-ce qui, selon vous, favoriserait le développement de votre projet artistique ?

Cases à cocher :

Aide à la formalisation du projet

Aide à la réalisation du projet (3000 € Edition ; 4500 € Musique ; 3000 € communication)

Aide à la recherche d'informations

Aide à la recherche de contacts

Aide à la recherche de financements (naturellement !)

Aide à la recherche de lieux d'exposition

Aide à la protection des œuvres

Aide à l'acquisition d'un statut professionnel adéquat

Aide à la création d'activité

Aide à la création d'une association

Aide à l'acquisition de matériel

Pour réaliser votre projet, pensez-vous avoir besoin d'une formation complémentaire ?

La formation artistique est continue, par la confrontation aux œuvres. Une citation d'André Malraux résume cette idée (mais André Malraux ne doit pas être au programme de votre formation... un scoop pour certains : Jack Lang n'a pas inventé la culture).

Souhaitez-vous bénéficier d'un accompagnement spécifique de l'ADDA pour réaliser votre projet artistique ?

Artistique et accompagnement sont antinomiques. Je vous conseille de poser autrement la question, genre :

Souhaitez-vous le remplacement de l'ADDA par un fonds de soutien artistique ? (mais géré par qui ? le créateur n'a pas le choix : il doit vivre de peu… et attendre un malentendu ; la rencontre d'un public pour un véritable créateur est toujours un malentendu).

30 : commentaires

Un p'tit plaisir d'impertinence.

Qui fondamentalement ne change rien à la France.

Si Souchon utilisait son audience au service du bon sens… Mais Alain Souchon n'est pas l'Abbé Pierre ! Avec Souchon, l'Abbé Pierre réduirait en poussières bien des barrières. Mais Souchon souchonne. Et quel intérêt de leur balancer mes réflexions ? Des doutes. Ce livre pourrait apparaître comme une forme de combat. Et m'aspirer, m'engloutir. Il n'est pourtant qu'un constat. Rien. Rien ne changera.

L'ADDA demain sera encore l'ADDA. Ses parasites. Leurs notes de frais. Sangsues de la Culture d'une époque lancée droit dans le mur. Ecrire pour l'Histoire : je n'étais pas dupe ?

- Alors, ça s'est passé comment ?

- Elle s'est énervée ! « Vous ne pourriez pas répondre simplement aux questions. Je n'ai pas à lire vos commentaires ». Elle n'aime pas ce qu'elle appelle mon humour ! elle considère mes réparties comme des agressions. Lui conseiller de lire Schopenhauer et Sénèque, ça frise l'insulte pour cette pauvre fille.

Pour pousser le bouchon un peu plus loin, je lui ai cité du Houellebecq. Ça la scandalise, ces gens qui écrivent que dans les bureaux on ne fait rien. Car elle, si sur son contrat il est bien noté 35 heures, elle ne s'arrête pas parce qu'il est 5 heures ! elle a failli exploser à mon « parce que vous êtes nouvelle » !

Elle transmettra le dossier à une commission susceptible de me convoquer, avant de décider si mon projet est vivable ou si je dois être basculé au RMA. Elle n'a pas apprécié mon : « je ne vois pas qui à l'ADDA pourrait avoir la compétence, la légitimité de décider si mon activité est vivable ».

Naturellement, il vaut mieux rencontrer une nouvelle, motivée mais incapable de comprendre l'engrenage de sa fonction, finalement « pas méchante », qu'une vielle pie d'abord là pour faire du chiffre, suppôt d'un gouvernement en quête de statistiques électoralement présentables.

31 : réaction Marjorie

Oui, nous ne sommes pas du même monde. Oui : rien, rien ne changera. Mais il serait fou de vouloir changer leur monde ! Nos mondes sont inconciliables, irréconciliables même. Des êtres peuvent passer d'un monde à l'autre mais sans rien changer au monde à l'agonie.

Même là, même contraints, c'est pour de faux, c'est du semblant. Ces bureaucrates ont du pouvoir mais n'ont aucun pouvoir sur des réfractaires comme nous !

Dans les pays communistes, les un-minimum-lucides-et-dignes, devaient vivre chaque seconde ainsi.

Une partie de la France répond à la structure communiste, bureaucratique. Ah, si ces gens-là étaient soutenus par un régime totalitaire !

Toute revendication est une acceptation du pouvoir. L'art est hors pouvoir. On peut s'engager comme citoyen mais surtout pas dans un syndicat artistique ! Il n'y a pas d'artistes syndiqués, juste des syndicalistes dans un créneau médiatique. S'engager comme citoyen fut un temps indispensable. Aujourd'hui nous pouvons vivre autrement. Nous pouvons dire NON sans pancarte ni slogan. Sans réclamer à l'autre monde son consentement.

Encore aujourd'hui, en Chine, n'importe qui peut se retrouver quatre ans en rééducation par le travail sur simple décision administrative.

30% d'extrémistes aujourd'hui : dramatique. Mais la France vit depuis longtemps sur la corde raide.

Le Parti Communiste fut à 30%.

Heureusement : nous avons eu François Mitterrand !

[la gauche remporte les élections régionales et cantonales... et décide, dans son opposition au gouvernement, que les départements par elle détenus... n'appliqueront pas le RMA]

32 : être et faire (notes Marjorie)

Vouloir avoir est l'erreur... impardonnable... tout citoyen de réflexion en conviendrait (peut-être) mais ETRE et FAIRE sont-ils incompatibles, complémentaires, liés, imbriqués ?

Faire des choses.

Composer. Ecrire.

Le dilemme n'est pas entre ETRE et AVOIR.

Mais

ETRE ou / et FAIRE.

Ne rien attendre des autres. ETRE et FAIRE nécessitent des états solitaires.

Etre. Faire. Donner. Créer.

Seul ou à deux, si.

Sérénité + Amour : Sérénamour.

Faire + Etre = Fêtre

Etre + Faire + Sérénité + Amour...

Sérénité + Faire + Etre + Amour : séréfêtramour.

La séréfêtramour : comme un code !

VIVRE, être libre.

Seul ou à deux, si.

Indépendance, clairvoyance...

Sans la sérénité tout sera inévitablement qu'ersatz.

(au sens administratif : je ne fais rien, je ne suis rien ; situation d'échec ; drame d'une scolarité arrêtée en seconde ; reste vague sur les raisons ; propos parfois incohérents ou déconnectés de la réalité ; refuse l'assistance d'un suivi social ; refuse de se confier, de rencontrer un psychologue ; dans le cadre de la protection des assurés en situation précaire, une enquête est diligentée afin d'établir si la bénéficiaire n'est pas sous l'emprise d'une secte)

33 : vigilance nécessaire (Marjorie notes)

Une vie en dehors de l'époque.

Une vie comme aurait pu la vivre chaque habitant de cette maison. Si un peu de notre prospérité, la prospérité de notre époque, lui était tombée du ciel.

Une vie loin du progrès. Mais avec la possibilité de se servir au bon râtelier.

1796. L'assemblage de ces pierres a deux siècles. Huit générations seulement, finalement.

Où vivaient les humains avant ces maisons en pierres ?

Combien ont vécu dans « la grotte » ?

Combien sont morts d'une infection consécutive à une simple écharde ? Combien de la tuberculose ?

Prendre le meilleur du progrès : la médecine, les conserves (combien ont eu faim ici ?), internet (pouvoir vivre le monde sans s'y engluer), les bibliothèques, la poste, l'électricité.

Notre mode de vie nous protège.

Oui, en payer le modeste prix de cette liberté, et la partager.

Tout ce qui peut désormais nous arriver était inespéré par la môme de seize ans partant sac au dos, par le cadre de 25 ans.

Mais tellement ont gâché l'inespéré : restons vigilants !… La vie est si souvent une mort anticipée après un tel gâchis (une aventure significative : une voisine : elle fréquentait un de ces types friqués de la « bonne bourgeoisie » ; il voulait la voir avec une « femme magnifique » ; c'était pour son érection… elle m'a raconté après, quand il s'est endormi, l'acte décisif de sa vie, quand « la raison a pris le dessus sur l'amour »… elle voulait alors changer d'activité professionnelle… elle a ainsi brisé un amour harmonie / communion… depuis trois fois par an elle s'octroyait une parenthèse de sexe… je suis partie… sans même lui expliquer l'absurdité d'opposer cœur et raison… inutile de briser ses petites certitudes béquilles… c'est toujours la raison… même non raisonnable… il faut alors en payer le prix, anxiété, angoisses, nervosité, irritabilité, dégoût…)

34 : spiritualité et littérature (Stéphane notes)

Spiritualité et littérature, et non spiritualité contre littérature.

Marjorie élargit sa voie de la sérénité, je crois en la littérature. Et la sérénité de Marjorie est contagieuse. Mes « célèbres angoisses métaphysiques » s'estompent. Les stoïciens me font du bien ! Voies similaires ?… quand l'art est développement de notre propre personnalité, la littérature a besoin de méditations.

Comme les notes de Marjorie en témoignent : la méditation connaît ses phases d'écriture.

J'écris pour l'œuvre, Marjorie pour fixer des réflexions. Est-ce si différent ?

Spiritualité et littérature sont compatibles à long terme ? vont fusionner ?… Marjorisérénité penchée sur ce récit.

Après ce récit, saurais-je effleurer la vraie littérature ?

Un simple livre pour de mauvaises raisons. Et ensuite ?

Ou alors : par ce témoignage, toucher à l'essentiel. Comme le suggère Marjorisérénité ?

Il était encore possible de vivre ainsi à l'orée du troisième millénaire… Aucune statistique ne répertoriait vraiment ces individus. Englobés dans les « nouveaux pauvres ».

Aucun « travailleur social » n'avait su les « isoler ».

Il est vrai que même France-Inter continue à donner la parole à Francis Cabrel ! (mai 2004, sortie album)

Je suis toujours aussi motivé par ça [les chansons]

Cabrel, « naturellement », fan de Delerm :

Vincent Delerm, qui m'étonne et qui m'éblouit, qui a vraiment son petit monde dans lequel je me sens très bien...

A part ça ? le rugby.

C'est un peu brutal c'est vrai, je je le concède. Mais bon, c'est comme, c'est comme le moyen âge quoi. Chacun défend son territoire, essaye d'envahir celui de, de l'opposant, c'est un peu archaïque comme truc. Mais moi, j'aime bien, c'est simple.

35 : un enfant

Je pose les mains sur le ventre de Marjorie. Un enfant y vit. Une fille.

- Vous n'allez quand même pas endoctriner cet enfant !

- Eh oui, notre fille subira notre influence. Pire ou mieux que celle de bureaucrates ? Des bien-payés auraient la prétention d'être catégoriques !

Sur un îlot protégé mais non épargné. Nous ne pouvons éviter que nous parviennent les rejets de Golfech, les émanations des villes ! Maudit vent ! Les ruisseaux sont perdus pour la vie.

Un monde disparaît. Sa disparition passe quasi inaperçue. Les véritables enjeux sont camouflés par le brouhaha. L'irréversible se commet tandis que pinaillent des téléspectateurs. Démocratie d'émotions.

Les auxiliaires du grand saccage ont imposé leurs produits en conservant les noms tomates, pommes, oranges, fraises, veau, cochon, poulet, poissons…

Tu vas grandir dans ce monde-là. Mais nous ne pouvons être complices du saccage.

Alors vos accusations, votre condamnation de nos petites magouilles…

Désolé moutons
J'aime pas vos bergers

Nous savons aussi qu'un défi plus personnel nous attend : avancer ensemble.

36

Dans vingt ans nos remarques seront rangées dans le tiroir des stéréotypes début troisième millénaire : ils cherchaient une spiritualité personnelle, une spiritualité rationnelle, une transcendance faite de références mais débarrassée des endoctrinements où s'étaient engouffrées et perdues des générations persuadées de saisir ainsi l'essentiel (comme dans la caverne chère à Platon).

Ils vivaient donc en marge.

Dédaignés comme « membres d'une secte » par des groupes installés – une secte à deux !… -, « hérétiques » pour la majorité des mouvances religieuses, pire encore chez les fondamentalistes. Quant aux show-bizeurs ils préféraient ne pas aborder le sujet, internet ayant transformé ces marginaux en symboles de l'indépendance.

Alain Souchon et Francis Cabrel ? un conseiller en communication leur aurait vendu la merveilleuse idée d'un album en duo… malheureusement, voulant briller, il aurait conclu son exposé d'un « je n'ai d'estime que pour ceux qui me résistent mais je ne peux pas les supporter… De Gaulle ».

Selon une source habituellement bien informée, le premier aurait répondu « non fini, c'est fini, j'ai compris, imaginez qu'il se présente aux prochaines élections, et je passe pour un con », son comparse :

« Seep Maier et Fabien Barthez sont les plus grands ».

Seront entendus : individualistes ; réactionnaires ; illuminés ; dangereux ; du « Houellebecq au petit monastère »…

- Et ça vous mène où tout ça ?

- Le chemin est le but du chemin. Comme le sens de la vie est la vie ; la forêt pousse mais le téléspectateur signe un chèque pour que l'arbre mort ne soit pas abattu.

Ou alors cette *Recherche* sera intolérable et ce livre aura été englué, le site www.bcommebonheur.com aura été récupéré par un groupe pharmaceutique.

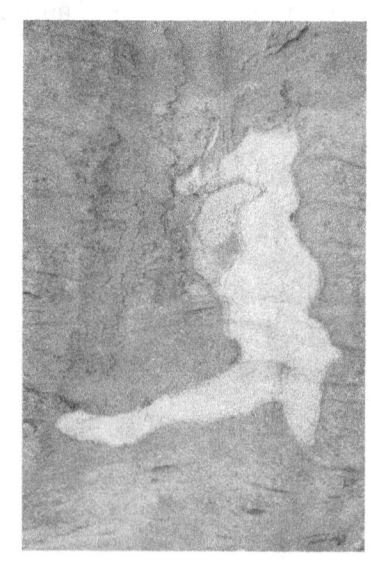

Quand les familles sans toit
sont entrées
dans les maisons fermées

Roman

(trop court ?)

1

Quatre ans déjà : Séverine et Stéphane, je les ai vus pour la première fois un matin de juin : je déjeunais sous un cerisier, le Napoléon ; ils montaient vers Pech-romane, s'étaient arrêtés à hauteur du figuier, m'avaient crié en cœur et tout sourire « bon appétit » ; quelques banalités plus tard, je les invitais à participer à ma cueillette matinale ; il passe si peu de monde par ici, début juin… enfin… si Séverine ne m'avait pas instantanément captivé, aimanté, subjugué, bouleversé, ils auraient pu continuer leur ballade…

Ils se présentaient naturellement (trop naturellement ?), m'apprenaient venir de Toulouse, s'être arrêtés la veille par hasard, avoir traversé la colline, découvert une cazelle, s'y installant pour la nuit en camping sauvage, être tenté d'y rester quelques jours.

Elle connaissait le terme cazelle ! Et même son quasi-synonyme gariotte ! Le plus souvent les vacanciers demandent « ça s'appelle comment, les petits abris en pierres, ronds, à l'abandon, avec une petite ouverture sur le devant ?… »

Cinq minutes et quelque chose me semble bizarre dans ce « couple » : la flamme dans les yeux de cette princesse quand il la regarde, immédiatement éteinte dès qu'il cesse de l'observer ; pourquoi joue-t-elle des sentiments non éprouvés ?

Le soir, je me raisonnai : « non, tu cherches la petite bête, tu t'accroches à la moindre petite faille, tu ferais mieux de vivre simplement la réalité, telle que tu l'as voulue, acceptée, au lieu de rêver : elle est apparue, elle t'a envoûté mais elle a continué son chemin, elle en aime un autre, elle va disparaître dans le brouillard de tes mirages d'amour et tu vas revivre comme avant. »

Je me parlais déjà souvent et des observateurs m'auraient sûrement décrit « dérangé » ou « victime de sa solitude. » Pourtant je considérais déjà cette manière de vivre plus digne… que bien d'autres.

2

Depuis des années, marcher restait mon unique activité sportive. Même le vélo, je l'avais abandonné, trop de montées. Je n'ai jamais autant fréquenté les sentiers de la colline que cet été-là. Ils s'y trouvaient le plus souvent, près de la cazelle. Elle lisait, il la photographiait. Ils passaient aussi régulièrement. Nos relations pouvaient être qualifiées de cordiales, du bon voisinage, une forme « d'amitié naissante. » Ils ne posaient aucune question indiscrète et je respectais aussi cette frontière. Ils savaient pouvoir se servir aux arbres…

Je n'ai jamais réussi à la voir seule. Et trois mois plus tard, ils emménageaient « chez l'anglais de Pech-romane », Stevenson. Les commentaires au village furent plutôt favorables : au moins une maison qui ne sera plus fermée onze mois par an. Certes, l'absence d'emploi connu des locataires éveillait la curiosité et de nombreuses hypothèses circulaient, les plus pessimistes redoutaient une nouvelle vague de cambriolages. Comme à mon arrivée !

Ici, c'est le Quercy blanc, un des nouveaux pays de résidences secondaires ; après une razzia sur la Dordogne, les friqués ont découvert nos pierres et les prix ont flambé. Depuis, même une grange, un smicard, aucune banque ne lui prêtera suffisamment pour qu'il puisse l'acheter. Je suis arrivé avant, juste avant, quand les maisons se vendaient une bouchée de pain. Ils sont nombreux à regretter de ne pas l'avoir acquise, cette propriété. En ce temps-là, ils la considéraient trop délabrée. Le notaire surtout ne se le pardonne toujours pas ! *J'ai manqué de flair !* En moins de cinq ans, il aurait multiplié le prix par dix.

L'artisan du village m'a même proposé de rafistoler gratuitement le toit d'une dépendance… « Gratuitement »… c'est-à-dire contre une autre dépendance… Pardi, avec quelques travaux, il pourrait en obtenir un sacré magot !

Mais rien n'est à vendre. Un jour, peut-être, je « rénoverai » ; de toute manière, payer ce genre d'arnaqueur, jamais : embaucher directement quelques ouvriers compétents serait préférable mais ils sont sûrement difficiles à dénicher dans un pays où l'état favorise le salariat au détriment du travail indépendant ; peut-être dans une autre phase de ma vie, je chercherai ; je suis venu ici pour vivre une décennie de « formation », de lectures, une forme d'adolescence studieuse… et solitaire.

Les gens d'ici se demandent encore pourquoi je me suis ainsi isolé. Ça ne se fait pas ! Ce n'est pas normal… ça doit cacher quelque chose…

Séverine et Stéphane sont les premières personnes avec qui j'ai dépassé les banalités de simple politesse. Un vieux couple de presque voisins m'avait bien invité à prendre l'apéritif cinq semaines après mon arrivée mais c'était l'occasion, pour lui, de balancer en me fixant droit dans les yeux « j'ai un fusil chargé dans chaque pièce, le premier qui s'approche sans être attendu, il peut faire ses prières. » La surprise dissipée, une « bonne » répartie m'était venue : « je vous conseille de faire votre prière chaque soir avant de vous endormir… Imaginez qu'une souris égarée appuie sur la gâchette… » Depuis, il s'est calmé, au cimetière.

En règle générale, échanger trois banalités, c'est récolter la question :

- *Et vous faites quoi dans la vie ?*

La première fois mon explication s'est limitée à un simple sourire et la répartie pensée idéale m'est venue le soir :

- *J'essaye de vivre, vivre dignement. Et c'est nettement plus compliqué que le pensent les personnes dont la vie s'égrène sans réfléchir à cette possibilité de ne pas gâcher le peu de jours autorisés sur Terre.*

Mais simplement sourire fut ma réponse aussi les fois suivantes, réponse préférable : ils ont depuis le premier jour leur idée sur moi et on ne renverse pas un tel préjugé avec une réplique trop compliquée pour leur cerveau.

3

Aucune question, mais dans le silence les idées galopent et l'esprit cherche le pourquoi. Quelle est leur motivation ? Ils ne sont pas des pauvres classiques qui auraient eu la lucidité de fuir la ville ; cultivés, ils s'expriment posément. Je m'inventais des scénarios. Aucun ne résistait à la réflexion.

4

Onze mois plus tard, Séverine Laere, 22 ans, et Stéphane Senez, 31, retournaient sur la colline pour rapidement regagner leur logis.

Depuis qu'ils avaient acheté, c'était une tradition, miss et mister Stevenson séjournaient en août dans le Quercy, après juillet dans le Jura, puis, le coffre regorgeant de foie gras et vin de Cahors, retraversaient la Manche où les gens bien informés les prétendaient à la tête de nombreuses affaires, usines et immobilier.

Je pensais encore souvent à cette princesse. Mais n'essayais plus de la voir, ne me promenais plus au Pech-romane ni vers la colline. J'attendais un miracle. Attente si fréquente dans ma vie !

A part la liste des livres lus, scrupuleusement notés, sur des feuilles vertes 21 x 29.7, piquées à Groupama l'année de mes 25 ans, l'année de mon licenciement, rangées dans un classeur bleu de même origine, aucun souvenir précis de ces mois-là ne me revient.

5

L'année suivante, c'était inattendu, surprenant, et même incompréhensible : les Stevenson sont arrivés en juillet. Et ainsi tout s'est su : ils n'avaient jamais loué leur propriété.

6

Séverine et Stéphane, parfaitement anglophones, s'étaient facilement liés d'*amitié* avec des propriétaires allergiques au vieux dialecte pratiqué dans notre pays (*If you don't speak english, goodbye ;* je comprenais suffisamment l'anglais pour traduire leur « *si vous ne parlez pas anglais, au revoir* », mais avais préféré mimer l'incompréhension lors de notre unique *dialogue ;* il en était ainsi avec tout le monde : ces sujets de la reine considéraient nécessaire, surtout pour les affaires, une langue mondiale unique). Et sans effraction « les jeunes » étaient devenus *locataires* : un midi, alors que les couples discutaient au bord de la piscine, Séverine avait prétexté un besoin urgent pour se faire montrer la salle de bains, où elle n'était pas restée, le talkie-walkie de son compagnon l'informant du retour de madame sur sa confortable chaise longue : les clés se trouvaient, comme ils l'avaient plusieurs fois remarqué, sur la porte et quelques secondes lui suffirent pour relever les empreintes dans de la simple pâte à modeler.

7

Et les Stevenson ne s'étaient aperçus de rien l'année précédente ?!

Leur facture d'électricité avait certes augmenté. Mais qui se soucie de pareille bagatelle !

Ils avaient d'ailleurs trouvé, à leur arrivée, la lumière de la cave allumée… ce qui les fit, durant des mois, s'extasier lors de nombreux lunchs sur la qualité des ampoules *made in France* : un an et elle fonctionnait toujours !…

- Tu te souviens, John, l'année dernière, je l'avais constaté : la maison ne sentait pas le renfermé.

In english, naturellement.

John ne se souvenait naturellement pas. Margaret non plus, sûrement : miss adore tellement les « saillies. »

Séverine et Stéphane prirent cet imprévu avec le sourire et invitèrent les propriétaires à partager leur repas.

Miss Stevenson fut charmée : comme il est agréable de poser ses pieds sous une table fleurie, dans une maison aérée.

Mister Stevenson en parla à ses relations. Il avait naturellement de nombreux *amis* dans le Quercy, des anglais, hollandais et américains. Fortunés forcément. Et c'était d'ailleurs la raison de leur présence près de Montcuq en juillet : le Jura manquait affreusement de condisciples à la hauteur ; ils n'y poseraient qu'une semaine fin août (« *juste pour s'oxygéner avant de retrouver notre légendaire brouillard* »). Un repas en présence de la reine du Danemark était même prévu. Quel bonheur ! Une vraie reine, et si distinguée, si humaine…

8

Quelques-uns de ces gens de la haute, comme on les appelle ici, daignent converser en français (ils effectuent des « parties de chasse » avec des petits notables et utilisent souvent des voisins pour l'entretien de leur parc). Ainsi les premières informations nous sont parvenues.
Et ce fut la panique : le notaire s'exclama au conseil municipal (selon le compte rendu officiel) « *il faut défendre le droit de propriété* » ; Séverine et Stéphane, retournés sur la colline, furent arrêtés par la gendarmerie pour camping sauvage, mise en danger de l'écosystème…
Mais naturellement, au grand dam des bonnes paroissiennes, ils ne furent pas emprisonnés : ils revinrent même camper… sur une terre des Stevenson !
« Ils sont fous ces anglais » : ici, nombreux présageaient la suite. « Nous sommes foutus, nous allons être envahis. » Aux élections, à nous le pompon « vote Front National » de la région Midi-Pyrénées. Certains prirent même leur carte, exhibée comme une protection contre « les envahisseurs. »

9

Stéphane partait régulièrement (une seule route, venant au Bourg, pour atteindre la départementale) mais le couple protégeait son intimité et la maison des Stevenson accueillit certes quelques relations de passage mais jamais plus de quelques jours.
« Faites comme nous » était leur réplique aux « *rémoras.* »
Le rémora étant un poisson connu pour se coller à ses congénères plus gros et aux navires, s'incruster quoi. Séverine m'avait expliqué. Ses connaissances aussi me subjuguaient.
Ainsi, en quelques mois, quinze propriétés du canton furent ouvertes. Naturellement, faute de temps d'approche, avec moins de délicatesse. Et tous n'avaient pas pour l'habitat le même respect que « nos » squatters.

10

A cinquante mètres de chez moi, la maison des hollandais fut ainsi revitalisée. Deux frères avec deux sœurs. Je n'ai pas vraiment connu ces « locataires » : le vent m'amenait régulièrement une forte odeur de joint.
J'ai beau savoir cette pratique quasi généralisée, elle reste un critère fondamental : côtoyer de tels individus me serait insupportable ; qui se bousille le cerveau s'exclut de l'humanité, mon humanité.
Naturellement, je n'expose jamais ainsi cette conception, préférant passer pour un misanthrope, un type bizarre, solitaire, renfermé, dérangé et même un peu fou selon certains.
A 20 ans, forcément, j'en fréquentais, des « fumeurs. » Ils se croyaient tellement, terriblement, drôles, intellectuels, cool, prétendaient vouloir changer le monde. Mais ne rataient jamais une occasion d'essayer de t'en vendre, de leur merde… J'avais plus de tolérance envers les poivrots, toujours prêts à te payer un verre, toujours prêts à se confier sans masque. Ça n'a pas duré ! Je les

range désormais dans le même sac et m'en tiens éloigné. Le cerveau est notre plus grand bien, l'endommager relève du crime contre notre avenir.

Les « fumeurs » de « simples cigarettes » se prétendaient encore au-dessus de tout soupçon (c'était avant la loi Evin). Je bougeais plus que dansais dans des boîtes enfumées, je travaillais dans un bureau en face du chef de projets, cigarette au bec. Tous me cataloguaient, déjà, « un peu bizarre » : ouvrir la fenêtre et s'enfoncer un bonnet sur la tête était certes nouveau chez eux mais je n'avais aucun autre moyen de pression ; j'en voulais encore plus « aux autres » de « comprendre », soutenir, leur chef, de craindre davantage un coup de froid que les conséquences du tabagisme passif (comme il tenait à mes compétences informatiques, le chef avait fini par s'attribuer un bureau de chef et tout aurait dû être pour le mieux dans le meilleur des mondes).

11

Dans d'autres régions, Séverine et Stéphane auraient immédiatement fait *la une*. Porte-parole d'un mouvement social. Mais ici, le seul quotidien s'appelle *la dépêche du midi*. Journal « historique » de la famille Baylet, dont la pointe se prénomme Jean-Michel, aussi président du Conseil Général du Tarn-et-Garonne et président du PRG, Parti Radical de Gauche dont le président pour le Lot occupe la mairie de Montcuq, soutenu aux cantonales par les maires de treize des villages du canton, seuls Fargues et Montlauzun empêchant « une belle unanimité. »

Nul ne sait si les journalistes avaient reçu des ordres… mais dans un tel environnement, l'intervention, la convocation d'un rédacteur, ne sont plus nécessaires, l'autocensure est intégrée au mode de fonctionnement et sont exclus tous faits pensés susceptibles de déplaire. La situation devient caricaturale dans le secteur artistique où le clientélisme balaie tout critère culturel quand il s'agit de subventions ou médiatisation. C'était sûrement inévitable après la déferlante du « tout est culture »…

Il ne faut surtout pas donner de mauvaises idées aux gens : le canton ne va quand même pas devenir un résidu de squatters ! A mon arrivée dans le Quercy, après quelques visites d'expositions et contacts, j'avais noté dans un agenda : « Là où le communisme a échoué, les baronnies pensent réussir. Mais comme dans les régimes communistes, quelques créateurs réussiront à s'exprimer malgré pressions et censures. Ces petits barons doivent quand même regretter de ne pouvoir envoyer dans un ghetto les récalcitrants. C'est peut-être ma voie : être celui qui saura passer entre les mailles du gigantesque filet kitch. »

12

Quelques clashs lors d'arrivées de propriétaires. J'ai depuis découvert le point commun aux interventions de la gendarmerie : là où l'artisan (un belge, au village depuis 1980, d'abord marié à une vieille rombière dont il hérita rapidement de « quelques biens » avant d'épouser une jeune fille « de bonne famille » et s'afficher artisan) réalise les travaux. Tout le monde le sait, et il ne se prive pas de s'en vanter, travaux payés en liquide, redoutant néanmoins d'être placé sur table d'écoute par le fisc mais ajoutant « tout s'achète » et paradant avec un lac, des autruches, des chevaux, le 4 x 4, la Mercedes…

Il y eut même un coup de fusil. Tiré en l'air, certes, mais ici, ce fut un événement. Et la réalité s'est finalement ébruitée. Via internet d'abord. Puis un correspondant de *Marianne* est descendu. Six pages.

Durant quelques mois les journalistes rivalisèrent en jeux de mots plus ou moins faciles et de bon goût sur Montcuq.

En août, j'acceptai même de commenter ce « phénomène de société. » C'était ma première

« interview » et, au lieu de la réaliser immédiatement, le journaliste, après m'avoir croisé au lavoir, m'avait donné rendez-vous au même endroit à quatorze heures. Entre-temps, quelques bières avaient noyé mon escalope de dinde et mes petits pois carottes. Résultat : en souvenir de quelques lectures mal digérées, j'étais parti dans une analyse historique, avais balancé « il serait bon parfois de s'intéresser à l'origine de certains héritages, la fortune s'est parfois réalisée au marché noir ou la Collaboration puis il y eut des trafics. La France regorge d'anciens délinquants notabilisés. Robert Hersant n'est pas un cas unique. »

Me suis-je vraiment exprimé ainsi ? C'est ce qui fut imprimé. Et si c'est écrit, tout le monde, ici, vous dira que *le marginal* est du côté *des sauvages* ! La Ligue Communiste Révolutionnaire dut y croire aussi puisque je continue à recevoir une invitation à chacun de ses congrès !

13

Ce fut la première manifestation digne de ce nom dans les rues de Montcuq. Olivier Besancenot et José Bové en furent les vedettes. Mais à 17 heures, un meeting les attendait à Millau… quelques pas sur l'esplanade Nino Ferrer, en tête du cortège filmé, une conférence de presse, peu d'autographes… et vite vite…

Jean-Pierre Pernaut en fit un événement national et la France s'étonna de banderoles comme « Les maisons sans famille aux familles sans maison », « certains ont six maisons, d'autres vivent sous les ponts », « une porte ouverte, c'est un peu de justice gagnée » et celle considérée « énigmatique » par le présentateur « ne laissons plus seules les araignées onze mois par an. »

Le maire de Montcuq dut naturellement s'exprimer devant La Tour ; il comprenait le désarroi des familles à la rue et comprenait l'inquiétude des propriétaires ; la situation exigeait une ambitieuse politique de construction, malheureusement le gouvernement restait sourd, ne donnait pas les moyens aux petites villes de développer un parc immobilier social…

Si on écoute bien cette interview, on entend, derrière, l'exclamation « *on veut pas des cabanes à lapins, on veut les belles pierres.* » Et quelques secondes plus tard « *des sous y'en a, suffit de supprimer les emplois fictifs en politique, comme les conseillers généraux.* »

14

Je suis resté chez moi, ce jour-là. Mais ce fut le sujet de conversation si longtemps que j'ai l'impression de tout avoir vu. Surtout la présence de nombreux chiens, la « demande », exigence, de « quelques euros » par leur maître, les commerces rapidement barricadés… « *une véritable faune agressive déferlait sur la bourgade.* » Comme l'écrira *le Figaro*, dans un facile exercice de caricature. De l'autre côté de l'échiquier politique, l'*Humanité* dégotait une famille exemplaire : ouvriers licenciés depuis trois ans, à la rue depuis mars, avec deux enfants. Mais ils n'osaient pas entrer dans les maisons de ces golden boys, avaient peur qu'on leur prenne leurs enfants. « On garde espoir, on sait qu'il y a pire que nous. Dans la rue, certains n'ont pas de papiers, d'autres sont malades. Alors on tend la main et on dépense le moins possible, on vit dehors en été pour avoir les moyens de se payer l'hôtel cet hiver. »

De leur correspondante à Toulouse. Page tellement significative : en dessous de l'article s'étale un appel aux dons « pour que vive le pluralisme. » La cause des « nouveaux robins des bois » m'apparaissait perdue d'avance avec ce seul soutien médiatique, m'apparaissait perdue d'avance, entre les griffes d'autoproclamés « anarchistes libertaires. »

Finalement, malgré la différence d'âge, de passé et de vie, je partageais de plus en plus l'opinion des anciens : « ça va mal finir. »

Aucune sympathie pour les riches propriétaires, aucune pour les squatters. Cette semaine-là j'ai vraiment pris conscience de mon inévitable marginalité : ni à droite, ni à gauche, ni aux extrêmes. Sûrement au centre gauche si les centristes n'existaient pas. J'ai alors qualifié de spirituelle, philosophique, ma vie. J'avais déjà lu Arnaud Desjardin mais l'idée de rejoindre une communauté me semblait aussi déplacée que celle d'adhérer à un parti politique. Un solitaire, sûrement trop lucide même pour partager une bière avec le premier venu. Plus j'observais la situation « avec détachement », plus mon cas m'apparaissait devoir se généraliser, seule issue à tout être de réflexion assez courageux pour ne pas tricher, ne pas abdiquer ni subir faute de mieux. En même temps, je savais les « êtres de réflexions » condamnés à être liquidés lors des soubresauts politiques. Je savais, rien qu'au village, radicalement déplaire aux pires crétins qui ne manqueraient pas de tenter leur chance en servant avec le zèle sanglant suggéré, n'importe quel extrême au pouvoir. Mais bon, pour ma vie, aucune autre issue ne m'apparaissait possible : la rupture avec le salariat était définitive et même si la situation politico-sociale l'exigeait, tout travail forcé serait réalisé sans implication. Et de toute manière, il était parfaitement possible qu'elle perdure encore quelques années en France, la démocratie bancale garante de mes « libertés fondamentales. » Et je ne voyais aucun pays où résidaient plus de certitudes. Donc inutile d'apprendre une autre langue !

Ce raisonnement mettait fin à mes interrogations vaguement sociales. J'abandonnais même rapidement l'idée d'une prochaine contagion de ma démarche : les gens des villes tiennent trop à leur petit confort et ceux des campagnes ont encore plus rarement les capacités d'analyse nécessaires ; ma démarche continuera donc à être marginale, tellement marginale qu'aucune connexion ne reliera ses adeptes persuadés de défricher un mode de vie. Et c'est peut-être bien ainsi que nous serons un jour répertoriés !

Sur internet, je ne trouvais rien. Les termes « démarche spirituelle », « vivre mieux » ou « zen » renvoyaient déjà sur des sites sûrement sectaires. A vrai dire, j'étais sûrement déjà « de l'autre côté. »

15

Stéphane participa à cette manifestation, Séverine non. La semaine suivante je montai au Pech-romane, les aperçus dans le jardin... j'arborai le sourire de l'ami désireux de connaître leurs impressions (j'espérais pouvoir glisser « J'aimerais bien te voir seule » à une oreille).

- Pour que le mouvement devienne populaire, il faudrait qu'il ne s'oppose plus à la population locale avec des gestes ostensiblement agressifs, des chiens en pagaille, des canettes de bière jetées partout, des joints...

Séverine : - Que tous se comportent comme nous, tu veux dire ?

- Oui, en respectant l'habitat et l'environnement (je sais, à cet instant, j'avais les plus grandes difficultés à contrôler un léger tremblement des joues, à masquer mes sentiments, à ne pas la manger des yeux)

Stéphane : - Je vais te dire, on veut faire de moi un leader, mais j'en ai rien à foutre, chacun sa merde, c'était juste pour rire la première fois quand j'ai dit « tu n'as qu'à faire comme moi » à un connard qui voulait squatter ici... tu veux me demander mon avis pour le raconter à un journaleux de merde ?... vous m'emmerdez.

Il s'est levé, est allé s'asseoir sur une chaise en teck, tout en me fixant de plus en plus agressivement.

C'était évident : Séverine n'osait et n'oserait pas reprendre la conversation, aurait voulu être ailleurs... Je suis donc parti.

16

J'étais prêt à vivre vraiment seul, en achetant ici. Il aurait fallu être fou d'espérer y rencontrer une femme compatible, désirée et en plus agitée de sentiments similaires.

Quant à la possibilité de rencontrer une femme plus loin, à Cahors, Fumel, Montauban ou Agen, ça ne pouvait être qu'une rencontre éphémère, sexuelle ou passionnée ; je savais ne plus jamais rouler régulièrement des heures simplement pour un contact physique. Même cela ne m'intéressait plus.

J'avais la conviction d'avoir tiré un trait sur une activité dérisoire, l'ersatz d'amour, mes années d'errances après « les trois déesses. » Pensant à Marjorie, Christine et Anna comme des exceptions sur Terre, je me considérais même vraiment sans la moindre raison de me plaindre : j'avais au moins vécu cela, plusieurs vies ; même si je n'arrivais toujours pas à comprendre comment ces trois histoires avaient pu aussi rapidement foirer. Rien compris, mais quel bonheur ! Un raisonnement m'était venu et me convenait : quand on a vraiment aimé, imaginer c'est nettement suffisant.

17

A travers bois, trois cents mètres séparaient nos maisons. Par la route, deux kilomètres. Intenable. Mes raisonnements de petit intellectuel prenaient l'eau, trop difficile de constater : c'est bien « la sensation d'amour », sensation dont j'ai pris conscience après la rupture avec Anna, pour distinguer l'Amour et son ersatz.

Une fois par quinzaine environ, Stéphane partait le matin en voiture et systématiquement revenait tard le soir. Pour gagner la route départementale, il devait aussi passer devant chez moi. J'avais installé un fauteuil devant la fenêtre de ma chambre, et chaque jour restais là, à lire, relevant la tête au moindre bruit de moteur (c'était donc rare).

18

Mi-septembre, j'ai osé : je me suis précipité au figuier, remplissant le plus vite possible un sachet de congélateur et filant à travers bois.
- Je crois que tu aimes les figues.
- Tu tombes mal, Stéphane est absent.
- C'est peut-être enfin l'occasion de se connaître.
Elle a souri, s'est reculée d'un pas pour me laisser entrer, a refermé la porte.
Quand elle s'est retournée, je l'ai fixée dans les yeux. Elle a de nouveau souri, sans les baisser. Je me souviens avoir pensé « elle ne triche pas. » Nous devons être restés ainsi au moins une minute ; je sentais mes mains trembler, devenir moites, ma bouche pâteuse, mes jambes flageller. J'ai avancé d'un pas… elle aussi. La fraîcheur de sa langue. La pointe des seins, la douceur de son sexe… après, le vide, la plénitude, débarrassé de toute pensée.
Et notre prochain dialogue serait… après avoir fait l'amour, par terre, sur les dalles centenaires.

19

- Il faut que tu partes, vite, si Stéphane te voit ici, vite, il nous tuera… vite… vite…
- Mais tu viendras ?
- C'est impossible… je n'ai pas le droit… vite, vite, dépêche-toi, pardonne-moi, entre nous ce n'est pas possible…
- Pourquoi ?
- Vite… vite… sauve-toi, pardonne-moi…

20

J'étais dehors, abasourdi. Une angoisse montait : j'aurais refusé pareil scénario en pleine conscience ; c'était rationnellement inacceptable : une « amante » sans préservatif ; j'avais, cinq ans plus tôt, effectué un test HIV et m'étais juré de ne jamais plus prendre le moindre risque…
Je me suis effondré sur la première souche de la forêt, et j'ai chialé. Prenant conscience de la position de ma main gauche, sur une partie en décomposition, la pensée « il ne reste rien de l'arbre, il ne restera rien de moi » et je me suis juré de vivre comme un moine si une nouvelle fois la chance m'épargnait.

21

Trois mois hors vie. Pas la force d'aller chez le docteur pour un traitement « au cas où. » Maudite réforme du médecin traitant. Sinon, peut-être, serais-je allé à Cahors…
Je laissais *France-Inter* vingt-quatre heures sur vingt-quatre. Indispensable bruit de fond. Certains jours je ne sortais même pas. Donc les bêtes restaient dans l'étable, sans eau ni grain. La bière m'était très profitable, m'évitait de penser. Comme avant je n'en avais bu qu'épisodiquement, trois par jour suffisaient. La première remplaça le lait du petit-déjeuner.

22

Technique Elisa AXSYM
Recherche Ac HIV 1 et HIV 2 : négatif

Technique Elisa Centaur
Recherche Ac HIV 1 et HIV 2 : négatif

23

J'éteins la radio. Puis décide de prendre une douche. Dans la salle de bains, je réalise : c'est la première depuis… oui depuis. Je me vois dans la glace : je comprends pourquoi dans les rues de Montcuq et au *Shopi*, « les gens » se retournaient ! Et pourquoi le docteur semblait soucieux. La gueule du clochard.
Avant je les croyais prédestinés. Au moins, quand même, responsables de leur sort. Si j'avais été locataire, aurais-je su éviter d'être viré ?
Je me souris : « tu es responsable et coupable. » Je peux encore sourire !

24

Finalement, malgré tout, je suis retourné au fauteuil. Et, au deuxième passage de la 205 noire immatriculée dans le 31, j'ai téléphoné « chez Stevenson. »
Ma promesse s'était commuée en « Séverine ou personne. »

- Bonjour Séverine… avec un peu de chance tu attendais mon appel.
- Il serait peut-être préférable que tu raccroches.
- Si on raccroche pour traverser la forêt en courant.
- Tu sais bien.
- Non… je ne comprends pas.
- T'expliquer ne servirait à rien… c'est ainsi, on n'y peut rien.

- Il y a peut-être une solution.
- Il n'y a aucune solution.
- Tu pourrais vivre ailleurs.
- C'est ici ou nulle part.
- Tu n'es quand même pas prisonnière ?

Alors elle m'a raconté : la plus brillante étudiante de Kharkov, en Ukraine, croit au discours d'un notable : il lui promet de poursuivre ses études à l'université du Mirail, à Toulouse, puis d'entrer à l'aérospatiale. Le billet d'avion. Et les viols à l'arrivée, le parcage au vingt-cinquième étage d'une tour, la confiscation des papiers, la violence. La mise à la disposition de clients. Et un client, le fils d'un industriel, Stéphane, à qui elle ose se confier. Mais un deal : l'obligation de vivre avec lui.

Vivre cachée, toujours, certes sans barreaux aux fenêtres, à cent kilomètres de Toulouse. La mafia Ukrainienne acceptant difficilement les désertions. « Partir, c'est mourir. On vous retrouve toujours et on ramène votre tête à vos compagnes pour servir d'exemple. »

J'avais entendu parler de nouvelles lois, la possibilité d'obtenir une protection policière contre la dénonciation de réseaux…

« Le père de Stéphane connaît de nombreux préfets et des commissaires, tous sont formels ; la justice et la police n'ont pas les moyens d'accorder une véritable protection. Ce sont de beaux principes, mais si on dénonce, peut-être deux ou trois membres de la bande feront trois ans de prison, mais ils seront immédiatement remplacés par des cousins… »

J'essayais de la convaincre, elle me racontait. Elle éclairait son « passé » à ma soif de « présent. »

25

Elle sonnait et je la rappelais. Plus besoin de surveiller les passages de la 205. Mais elle refusait que l'on se voie. Je croyais avoir le temps : j'étais persuadé qu'avec le temps notre amour triompherait. Je me référais aux pièces du théâtre classique où l'interdiction scelle définitivement l'amour.

Elle aussi, souhaitait une vie tranquille.

> [En fermant les yeux, j'entends encore, comme si tu étais dans la salle de bains et me répétais « 'la tranquillité est une belle chose', ainsi pensait déjà Périandre, mort en 587 avant la version officielle de votre Jésus Christ »]

26

Fin décembre, une vague de froid et le calme plat dans l'actualité internationale, même en Palestine : les médias s'intéressaient de nouveau à notre canton.

Même *La Dépêche Du Midi* participa à ce grand bal. Avec une photo de Séverine et Stéphane, photo, c'était évident, prise sans consentement. Sûrement par un voisin…

Légende : « C'est ici que tout a commencé. »

27

Un enfant s'est élevé sur la pointe des pieds, a regardé au carreau de la cuisine. Il avait été attiré par l'odeur. Pestilentielle.

Ainsi les corps furent découverts, massacrés, mutilés. Les têtes manquaient.

28

Ils ont donc sûrement exhibé la tête de Séverine aux autres filles. Un exemple. Comme elle en avait vu une, deux mois après son atterrissage en France.

29

Le maire, je le croise rarement. Ce ne fut donc pas un hasard.
- Au-delà du caractère horrible de cette histoire, il reste le problème du corps de la fille, personne ne l'a réclamé, je crois qu'il vaut mieux qu'il soit incinéré. Mais je vais réunir le Conseil Municipal en urgence.
Je me suis entendu répondre :
- Incinérer, détruire, c'est fermer la porte à toute découverte scientifique qui permettrait de... de faire avancer l'enquête. Le mieux serait qu'elle soit enterrée ici. Je paierai la sépulture et le reste.

Après « qui permettrait de... », j'avais réussi à masquer ma pensée, avec une idée plus recevable par un conseil municipal. Oui, je pensais « qui permettrait de la réincarner, de la cloner. »

30

Les gendarmes sont venus. Mon initiative me rendait « témoin », je comprenais « suspect. »
J'ai commencé par expliquer mon geste par l'amour. Mais la jalousie devenait « un mobile possible du double meurtre. » Je lisais dans leurs yeux « la mise en examen »... je leur ai alors presque tout déballé.
Je n'ai jamais eu la moindre information. « Trop d'enjeux ? »

31

Parfois j'enregistrais sa voix. Il me reste ce « document » :

« Notre seul espoir, c'est qu'il [Stéphane] se lasse, je fais tout pour. Mais maintenant, je suis devenue rentable. Il n'aurait même plus besoin de retourner à Toulouse pour trafiquer sa drogue. (silence) Cet été il m'a obligée à me prostituer pour Stevenson et sa bande de vieux dégénérés. Ils m'ont donné assez pour vivre jusqu'à la prochaine fois. J'ai même dû donner du plaisir à cette vieille harpie de Miss Magie. (silence) Stevenson m'a proposé de m'emmener en Angleterre, j'y serais la reine de leurs soirées qu'il m'a promis. (silence) Parfois je me dis que ce serait la meilleure des solutions... Partir, jouer leur jeu quelques semaines et revenir chez toi... mais je crois que non, je crois qu'ils ne me laisseront jamais m'échapper... Comme je parle l'arabe, j'ai compris lors d'une soirée, que ce serait bien de me vendre à un prince... me faire venir en Angleterre, en profiter quelques jours et me vendre comme du bétail... Tu te rends comptes ! Et nous sommes au vingt-et-unième siècle ! »

32

La brigade criminelle a naturellement écouté ces confidences.

33

Le seul mort digne d'intérêt, pour les médias, fut « le fils de l'industriel. »

« Cette fille venue d'Ukraine, en situation irrégulière, lui avait tourné la tête. »

J'apprenais ainsi que ce qu'elle croyait être une autorisation de séjour de dix ans, était « du travail précis », des « faux papiers. » Stéphane le savait-il ?

34

Rumeur : un mouvement de défense de la propriété les a massacrés, « pour l'exemple. »

35

Le jeudi suivant, les hebdomadaires s'intéressaient aux prix de l'immobilier. C'était désormais indéniable, la France se ghettoïsait : les prix continuaient leur folle, exponentielle chevauchée dans les zones sécurisées et la chute s'amplifiait dans les quartiers où régulièrement des voitures flambaient, où toute sortie à pied nécessitait une protection, au point que certains périmètres étaient assimilés, dans un langage boursier, à des « fonds pourris », réservés aux achats spéculatifs.

L'un de ces spéculateurs, détenant 2 % de son portefeuille immobilier (l'immobilier représentait 30% de ses actifs) dans ce « compartiment », expliquait : « *Il ne faut pas exclure un effondrement total de ces quartiers, une fuite de ses habitants pauvres mais honnêtes, quelques mois de guérilla entre gangs et finalement la possibilité de raser et reconstruire des complexes haut de gamme.* »

Le département du Lot, où habituellement uniquement Cahors était parfois référencé, occupait une large place dans l'analyse du marché des résidences secondaires et villas de standing. Avec une page consacrée à ce drame sous le titre « après les émeutes de Montcuq. »

On le sait depuis : l'interview de « l'anarchiste libertaire » était une invention.

Cette « révélation », quelques mois plus tard, a naturellement enflammé uniquement des blogs peu visités, a naturellement surpris uniquement les naïfs, tout le monde comprenant qu'il est plus simple, efficace, rentable, d'effectuer un reportage en visionnant quelques documents télévisés et imaginant. Et qui plus est nettement moins dangereux : tabasser les journalistes étant déjà un défoulement fréquent.

« L'anarchiste libertaire » : « *ce n'est qu'un début, aujourd'hui on s'attaque aux résidences secondaires des étrangers, mais quand il n'y en aura plus, on virera les friqués de leur château ou de leur grande bâtisse. Et comme on est humaniste, nous, on les autorisera à vivre dans les étables. Y'en a marre que ce soient toujours les mêmes qui vivent dans la pauvreté pendant que d'autres ont vingt-cinq pièces, des jacuzzis et se la coulent douce. Il faut se réapproprier les maisons mais aussi les terres, que chacun puisse tranquillement cultiver ses patates, son pavot et ses tomates... Nos amis sont tombés, un jour ils seront considérés comme des Saints, on fera tomber les statues des militaires et on les remplacera par celles de Stéphane. Pour lui, on se doit de continuer la lutte, tous ensemble.* »

36

En quelques semaines, les résidences secondaires occupées furent désertées. Une seule brûlée.

37

Même si les journalistes avaient connu les motivations de ce double meurtre, j'en suis persuadé : l'information n'aurait pas été publiée. Les leaders de gauche s'étaient exprimés : « Tout est rentré dans l'ordre, le droit des propriétaires est de nouveau respecté... » Chacun se souvenait du temps où *La Dépêche du Midi* s'était acharnée, quand elle avait cru pouvoir enterrer un adversaire politique, Dominique Baudis.

Cette gauche avait une nouvelle analyse : « *Il ne faudrait pas, si près d'une échéance majeure, que le pays sombre de nouveau dans des psychoses et que la violence et l'immigration soient, de nouveau, les sujets de la campagne.* »

Néanmoins, elle essayait de restreindre l'audience des autoproclamés *altermondialistes* ou *humanistes*, toujours sur le créneau d'une certaine légitimité de la violence face à l'oppression ultralibérale.

38

J'avais 21 ans quand le mur de Berlin est tombé et je n'ai rien vraiment vu. Je suis sorti quelques mois plus tard du « bonheur Marjorie » et le communisme s'était désagrégé. J'étais « à côté » et avais pourtant raté un « rendez-vous historique. » Comme la lutte des « citoyens en quête de dignité » m'est passée complètement au-dessus de la tête, même si un historien pourrait m'attribuer pour quelques mots un rôle ! Mots sûrement jamais prononcés !

J'aurais pu participer, peut-être devenir une figure emblématique, un « José Bové du droit à un toit »...

Je suis passé à côté et pourtant je suis le seul à connaître la véritable histoire des « héros. »

Rendre publiques ces notes est alors un devoir ? Ou un inutile exercice de vérité ?

Même ce terme « vérité » pourrait m'être contesté. Aucune preuve. Et une « enquête complémentaire », d'investigation, serait nécessaire. Sur « Séverine », Stéphane, son père, les Stevenson, la prostitution à Toulouse, le torchon du midi et quelques petits notables locaux dont il conviendrait d'accentuer le rôle. Et n'oubliez pas alors d'écrire la scène de sexe.

Votre propos repose uniquement sur le témoignage d'une *prostituée* !

39

Troisième visite du notaire. Il a reçu « d'excellentes propositions » pour ma « propriété. »

- Je vous l'ai déjà dit, je ne suis pas vendeur.

- Vous devriez y réfléchir. C'est pour vous l'occasion de réaliser une superbe affaire. Vous seriez riche.

Il faut comprendre, c'était la troisième fois... :

- Devenir riche comme vous, pour en faire quoi ? Vous en faites quoi de votre fric ? Vous croyez qu'on vous dressera un cercueil en or ?

Je ne suis pas venu ici pour réaliser une « excellente affaire » ; devenir riche ne m'a jamais titillé. Je suis venu ici pour vivre tranquille.

Vivre tranquille ! Simplement vivre ! Est-ce si difficile à comprendre ? Est-ce inacceptable ? Est-ce trop souhaiter ?

Il « sollicite » d'autres propriétaires, dans une course effrénée à la commission, ou suis-je visé ? Je sentais, même avant ce « clash », dans de nombreux regards, l'hostilité à ma présence. Il faut les comprendre, je ne suis même pas chasseur et ne vais jamais à leurs soirées paella...

40

Mon homosexualité fut sérieusement envisagée. Elle expliquerait ainsi l'absence de compagne. Mais l'homosexualité ne se cache plus à ce point et leurs yeux scrutent : ni femme ni homme.

Alors ? Aux dernières nouvelles (les bonnes paroissiennes causent souvent devant des fenêtres ouvertes) je fréquenterais des prostituées. « Il part sûrement la nuit. »

Naturellement, contredire leurs élucubrations n'est pas dans mes intentions ! Pauvres dévotes !

Si elles savaient ! Même bien avant de connaître le calvaire de « Séverine », je n'arrivais pas à comprendre comment un homme pouvait en arriver à payer pour obtenir une parodie de sexualité. Le sentiment d'humiliation devrait rendre impossible toute érection.

Ou alors l'absence « d'amour » les a amenés à considérer ainsi les relations humaines, une forme de combat ?

41

Avec la hausse des prix, c'est quasi inéluctable : les « propriétés en pierres » passeront sous le contrôle des friqués, deviendront des résidences secondaires. La majorité des familles n'ont qu'une maison et plusieurs enfants ; un partage équitable nécessitera la vente. Même les enfants uniques auront des difficultés à payer les droits de succession. Bientôt, nous serons tous assujettis à l'I.S.F ! Qui pourra le payer ? Un rmi permet de payer l'impôt sur la grande fortune ?

Les municipalités devront revoir leur « plan d'occupation des sols », rendre constructibles de nombreuses zones.

Les « gens d'ici », ceux qui y vivront vraiment, vivront entre des parpaings et regarderont de loin les belles pierres interdites d'approche. Un petit air XVIIIe siècle.

42

Si l'enquête avait été correctement menée, je suppose qu'au moins une trace d'ADN aurait été retrouvée. Ou alors, elle l'a été, saisie dans l'ordinateur central qui crachera un jour, peut-être dans cinq ou dix ans, le nom du coupable… arrêté pour « une banale affaire de proxénétisme. » Mais même ainsi, la thèse du contrat local pourrait corroborer la version officieuse si agréable dans le canton.

La version officieuse assure la paix cantonale et une légère crainte aux « délinquants », et cela, ici comme ailleurs, est naturellement plus important que la vérité.

43

Objectivement, c'est un échec : les sociétés de gardiennage et les voisins cupides sont les grands bénéficiaires, les « riches étrangers » exhibent de nouveau leurs décapotables en été. Enviés et méprisés, arnaqués et volés à la moindre occasion.

Pourtant, c'est peut-être le point de départ, la première étincelle. Raconter, au-delà du « cas Séverine », pour l'Histoire. La portée de ce témoignage sera naturellement limitée… faute d'être estampillé « consensus », ce livre numérique restera inconnu des citoyens qui pourraient se l'approprier… pourtant, lancé sur la web mer, il circulera. Il suffit d'un internaute de temps en temps…

44

Des touristes viennent photographier « la maison », toujours propriété des Stevenson qui ont acquis une résidence « plus spacieuse et plus confortable », de l'autre côté de Montcuq. A quinze kilomètres d'ici.

Miss Magie Stevenson a souvent déclaré en août (et en anglais naturellement) : « *Il me serait impossible de trouver le juste sommeil en sachant ce qui est arrivé à ces pauvres enfants. Cette Séverine, si douce, si délicieuse.* » Si l'on en croit les traducteurs. Pour moi qui sais, ces termes semblent choisis…

45

Dans ma situation, sûrement, chez certains monterait l'envie de massacrer ces gens-là. Ils doivent chercher des corps aussi appétissants. Un effort m'est indispensable pour penser à eux. Oui, je les ignore, naturellement, tout simplement. C'est sûrement peu réjouissant pour « la nature humaine » mais nous pouvons vivre à quelques centaines de mètres comme deux espèces différentes. C'est sûrement la voie de la sagesse : ignorer plutôt qu'envier.

46

Je ne me sens pas la force de partir en Ukraine, essayer de sauver ta sœur. Il est peut-être préférable qu'elle phantasme sur ta réussite en Europe, ton retour triomphal proche. Naturellement, elle n'est pas à l'abri du même réseau.
Le même notable pourrait lui présenter une invitation signée de sa sœur…
Mais je ne me sens pas la force de lui raconter.
Et pourquoi aurait-elle confiance en moi ?
La situation d'une rencontre me semble invivable.
Je chercherais à te retrouver en elle ? Deux hypothèses alors : elle me rejette ou non.
Pourrais-je alors encore raconter ? Et comment vivre avec ce secret entre nous ?
Un jour j'en aurai peut-être la force. J'en doute.
Ecrire quelques paragraphes, c'est sûrement le maximum dont je sois capable. Mais sans te décrire.
Chaque parcelle de ton corps… je sais que ces souvenirs tactiles vont s'évanouir, qu'il restera une seule photo, celle du torchon du midi. Les photos prises par Stéphane existent-elles ?
J'ai donc fait graver le nom et le prénom que t'avaient attribué les « notables. » J'aurais été le seul, en France, à t'appeler par ton véritable prénom. C'est dérisoire. Et pourtant, c'est un peu le seul lien propre, jamais souillé par ces gens. Une consolation ? Je reviendrai ce soir…

47

Je vais donc vieillir ici, « heureux propriétaire » entre gîtes ruraux et résidences secondaires. Tranquille l'hiver, encerclé l'été. Rmiste malade dès qu'une convocation arrive. Je sais maintenant qu'il me suffit de jeûner trois jours pour apeurer le docteur et obtenir tranquillisants et surtout certificat médical. Un jour ils m'accorderont peut-être une pension. Quelques centaines d'euros me suffisent. Et en respect de toi, toute compromission avec ces gens-là, avant improbable, est désormais impossible.

48

Le notaire se frotte les mains : les prix repartent à la hausse.
Je suis loin de partager son enthousiasme.
J'écoute les informations et j'ai la sensation d'être le seul à comprendre le monde. La vie de Séverine devient symbolique du monde.
Sûrement l'unique activité pouvant m'éviter la dépression ou la folie.
Je me sens de plus en plus étranger à ce canton, cette région, ce pays. Je n'ai aucune illusion sur l'existence d'un paradis loin d'ici. Aucune nostalgie d'un « paradis perdu » non plus. L'époque permet, malgré tout, de vivre en dehors des « obligations sociales. » Il suffit d'en payer le prix. Je sais désormais tailler les vignes : j'aurai du raisin. Et le manger constituera sûrement mon plus grand plaisir de l'année.

Ailleurs, des vignes sont arrachées. Pour maintenir des prix élevés au raisin, au vin. Cruelle erreur : quand l'eau buvable deviendra aussi rare que le pétrole, le raisin sera une alternative. Mais bon : après avoir obtenu des primes pour transformer en jachères leurs terres vinicoles, ils en obtiendront pour replanter ! Après le biocarburant viendra le raisin.

Comment participer activement à une telle société ?

49

De toute manière, je suis entré dans l'ère du silence. Les souvenirs sont trompeurs. Forcément. Surtout d'amour contrarié, impossible, interdit. Idéalisation. Pourtant un jour le souvenir de Séverine fusionnera avec celui de Marjorie, celui de Christine, celui d'Anna, deux blondes, deux brunes. Je sais même que si je vieillis vraiment, longtemps, je ne vieillirai peut-être pas constamment seul. J'ai suffisamment lu pour savoir qu'on peut vivre autre chose, même l'amour, après de tels amours, même dans une campagne aussi déféminisée. Mais je le sais aussi : sauf « miracle », ce ne serait qu'une autre parenthèse dans une solitude fondamentale. Improbable néanmoins : peut-on encore vraiment rencontrer quelqu'un, lui déclarer « J'ai effectué un test VIH et si tu n'as eu aucune relation depuis trois mois, tu seras bien aimable d'effectuer ce même test, sinon nous patienterons de manière platonique durant cette période de latence avant d'envisager la suite » ? Presque risible, totalement indicible et pourtant indispensable ! Triste époque où certains ont d'autres soucis : comme trouver un toit ce soir. D'autres imaginent des scénarios pour séduire de jeunes corps et les transformer en bétail quand ils seront tombés dans le piège. Sûrement pas par misanthropie, juste pour le fric. Trafic moins pénalisé que celui de la drogue ! D'autres veulent du pouvoir, d'autres, d'autres…

Quant à l'amitié, je n'y ai jamais cru.

143

Ils ne sont pas intervenus

(le livre des conséquences)

À *Romane, née en 1999*
Anne (1974-1995)
T, née en 1978
Jacques Brel (1929-1978)

Première partie

L'ensemble des causes d'un phénomène est inaccessible à l'intelligence humaine, mais le besoin de rechercher des causes est inscrit dans l'âme de l'homme.
Tolstoï, *Guerre et Paix*

La fois suivante, je me suis caché derrière le chêne. J'avais retenu la leçon : je n'irai plus chez monsieur le maire, je ne le réveillerai plus en pleine nuit, ne lui bafouillerai plus d'appeler les gendarmes, qu'*il* veut nous tuer, qu'il faut faire vite ; j'attendrai, tremblotant, fixant la fenêtre de la cuisine, la cour, l'étable, la route, la ruelle, les ronces ou la maison d'en face, retenant mes larmes, serrant ma lampe de poche bleue en réfrénant l'envie de l'allumer (ce serait trahir ma cachette), priant leur Dieu sans y croire ; j'attendrai, tout simplement, sagement, derrière le chêne, qu'*il* se rendorme, qu'*il* se rendorme ou les massacre et me cherche...

*

Je cours, m'arrête, me retourne. *Il* ne me suit pas. Ma main gauche contrôle la veine droite de mon cou. Peur supplémentaire : je me souviens « *si tu fonces comme un cheval fou tu vas attraper une crise cardiaque.* » Mais il faut courir : la place, l'abribus. Nouvel arrêt : une autre peur : la lune donne un air de monstre à la bâtisse du puits, là où « Marie Groette » happe les enfants imprudents, les entraîne au fond de la terre (légende locale, traumatisante, manière grossière d'inculquer les dangers), et après viendra la terrible rue ; les rues n'ont pas de plaque, s'appellent donc « principale », « de l'église » et « de monsieur le maire » car il habite la dernière maison, l'immense ferme, à gauche ; même éclairée par la lune, c'est impossible, mes jambes tremblent, je n'y parviendrai jamais ; mais ma mère me l'a crié : « *va chez Lucien, qu'il appelle les gendarmes, dis-lui qu'il veut nous tuer.* »
La mémoire exagère le temps et la distance. Il me reste l'impression d'avoir parcouru des kilomètres. Je sais pourtant avec certitude : sept cents mètres et des poussières.
Il était trois heures, trois heures du matin, j'avais dix ans. Il gelait. C'était en 1978, dans un village du Pas-de-Calais : Huclier, vingt et une maisons, soixante-sept habitants, pas un diplômé, des agriculteurs.
Presque trente ans plus tard, ce qui me choque le plus, c'est qu'il ne m'ait pas raccompagné, monsieur le maire. J'avais frappé à sa porte, l'ouvrier avait ouvert quand j'hésitais entre continuer ou repartir ; avant toute parole, il fixa sa lampe sur mon visage et comme un automate j'articulais

145

mon nom et mon prénom ; je ne sais plus comment je lui ai expliqué la situation mais il bougonna et deux mots furent compréhensibles « *chercher patron* » ; il referma ; l'attente dura de nouveau une éternité puis notre divin édile est apparu, me laissa dehors, me rassura, oui oui il allait téléphoner aux gendarmes, je pouvais rentrer chez moi... quelques secondes et la clé tournait dans la serrure... Je restais là, figé, ne me sentant plus la force de marcher... le froid m'a sorti de cette torpeur et j'ai couru sans m'arrêter jusqu'au chêne.

*

Ce soir-là, vers dix heures, *il* s'était relevé. *Il :* mon père. Très jeune, j'ai peut-être articulé « papa. » Sûrement pas. Dans ma mémoire aucun souvenir, ni même qu'il me l'ait demandé. C'était IL. Il avait arraché la prise de la télévision en passant, était descendu à la cave, remonté avec deux bouteilles de vin rouge, vidées « dans l'autre pièce », vidées de manière classique : verre après verre, avec juste la pause nécessaire pour le remplir.
Ce fut comme s'il retournait se coucher ; la télévision, je l'avais rebranchée, un film avec Louis de Funès et Yves Montand, mais la prise vola de nouveau ; pas même le temps de le maudire qu'il avait sorti la serpe de sous sa chemise, et la table en chêne subissait un énième outrage. Tout en baragouinant il regagna la cuisine ; nous l'avions entendu ouvrir son fusil, y charger trois cartouches. Quelques secondes plus tard, nous avions compris : « *le premier qui fait un pas en haut, il va voir ce que c'est qu'un coup de fusil dans la gueule et si j'entends encore cette télé, je redescends vous zigouiller.* »
Je traduis : le patois était sa seule langue dans ces cas-là. Le patois de là-bas, une variante du ch'timi popularisé.

*

Nous n'avions pas osé tenter le diable, nous nous étions endormis assis sur des chaises, les bras repliés sur la table. Ce n'était pas la première fois.
C'est donc vers trois heures qu'il est réapparu, fusil en mains. Il a gueulé qu'il allait nous zigouiller. Nous nous sommes sauvés dehors...

*

Trois heures du matin, il gelait, j'avais dix ans, j'étais en pantoufles et monsieur le maire ne m'a même pas ramené. Un brave homme, ils prétendaient, ce Lucien, et malin : quand « l'équipement » avait regoudronné les routes, il en avait profité pour faire vider quelques camions chez lui, ainsi réaliser gratuitement la cour la plus propre du village.
J'ai perdu la sensation du froid de cette nuit-là, il me reste juste de la peur, qui peut remonter ; là, trois décennies plus tard, j'ai dix ans. Je n'ai plus peur mais je peux revivre cette peur. Je peux comprendre d'autres peurs.

*

Ma mère me cherchait. *Où t'étais parti ?* Il s'était rendormi. Elle fut catastrophée. Qu'avais-je fait ! Elle m'avait pourtant crié « *va chez Lucien, qu'il appelle...* » Idiot que j'étais, c'était pour l'apeurer, qu'il retourne se coucher. Qu'allait dire monsieur le maire ?! Tout le monde allait savoir ! Les gendarmes n'arrivaient pas... nous avons osé monter les escaliers, ma mère finirait la nuit avec ma sœur.

*

Une cuisine salle du manger ordinaire et « de l'autre côté », salle de réception, avec, depuis 1976, une télévision (noire et blanc). Une cloison sur trois mètres a dessiné un couloir se ponctuant d'un

146

côté par la porte d'entrée (jamais fermée à clé durant la journée, quand, du lundi au samedi, le boulanger entre et dépose un pain sur la table), de l'autre par un rideau. Avant ce rideau, sur la gauche, une porte, vers une petite pièce remplie des vieilles affaires de ma grand-mère, quasi débarras à traverser pour accéder à l'escalier, ses douze marches, son couloir ; sur la droite les trois chambres, d'abord la mienne, minuscule, celle de ma sœur et celle, au bout, des parents.

J'y ai dormi dans cet antre du monstre et sa soumise ; jusqu'à 5-6 ans ; j'avais un lit à barreaux juste à côté de ma mère ; aucun autre souvenir ; ma sœur occupait la chambrette devenue la mienne tandis que celle du milieu était fermée, « *réservée lors de l'arrangement* » par ma grand-mère.

*

La salle « de réception » : toujours propre. S'il passe avec ses bottes imbibées de litière ou boue, ma mère s'empresse de nettoyer. Au cas où quelqu'un viendrait ! Surtout que « les gens » ne puissent pas colporter qu'elle n'entretient pas correctement son intérieur. Une femme doit savoir tenir sa maison, repasser le linge, préparer des gâteaux, des tartes, servir de bons plats…

*

Bien avant de pouvoir l'exprimer, la fragilité de l'existence m'était évidente. M'est-elle apparue trop tôt ? Je ne sais pas, finalement. J'avais peur de mourir. Même de maladie, à cause des « *tu vas crever…* », de tuberculose, d'asthme, du cancer. Mais aussi d'une chute de tuile, d'un oreiller écrasé sur la tronche, d'un coup de couteau, d'un accident de voiture, d'une roue de tracteur…

*

Les gendarmes sont venus. Le lendemain. Un peu après midi. J'étais tout juste rentré de l'école. Je croyais qu'ils allaient enfin nous en débarrasser mais ils ont bu l'apéritif avec lui. Ma mère les a servis.

Oui, il avait bu un verre de trop la veille mais ça arrive à tout le monde, n'est-ce pas ? C'est la vie ! Il ne comprend pas quelle mouche m'a piqué d'ainsi réveiller monsieur le maire ; j'ai dû faire un mauvais cauchemar ; ça m'apprendra à regarder la télé ; décidément les gens vont encore dire qu'il n'a pas de chance avec un fils pareil, un fainéant qui ne l'aide même pas à la ferme ; il n'est plus maître de moi ; si ça continue il va devoir m'envoyer en maison de correction…

Et ces deux pandores le croient ! Reprennent un Ricard, sourient. Je fixe la bouteille, envie de la briser.

Je me tais, pensant « au moins je ne verrai plus ta gueule. » Mais au même moment me revient une habituelle menace : « *un jour quand tu rentreras de l'école, ta mère sera pendue au bout de la fourche.* » (traduction)

La fourche : une grande fourche rouge à quatre dents, devant le tracteur, qui permettait de transporter des ballots de paille ou d'effectuer une fois par an la litière des veaux. Ma mère transpercée, sanguinolente au bout de la fourche rouge : c'était l'un de mes cauchemars.

J'avais dix ans, ça durait depuis des années, cette vie d'enfant d'alcoolique, avec pour seules issues notre mort ou la sienne.

*

Notre honorable Lucien a-t-il appelé les gendarmes durant la nuit ou le matin ? Je ne m'étais jamais posé la question.

J'ai longtemps accusé, maudi, ces crétins à képi. Aujourd'hui j'hésite : monsieur le maire a sûrement jugé préférable de ne pas les déranger à une heure indue. Mais alors, si le monstre nous avait assassinés ?

*

Quand les rideaux sont tirés, un agriculteur fait ce qu'il veut chez lui. Le seul maître après Dieu (bien pratique leur Dieu ! Si Dieu ne le voulait pas, il interviendrait, s'il n'intervient pas c'est qu'il le veut !... Donc nous devons nous incliner).

Une femme n'a aucun droit, me répète ma mère.

Si l'agriculteur tue sa femme, ses enfants, il sera condamné. Mais personne, avant, n'interviendra. La limite, c'est donc de ne pas tuer. Ou alors, maquiller le meurtre en accident. Le reste, c'est une affaire de famille. « *Dans toutes les maisons, il y a des histoires de famille.* »

« Harcèlement moral » et « menaces de mort » n'existaient pas.

*

Son odeur : mélange de fumier, tabac *caporal coupe fine*, vin rouge, sueur et faisandé. Il se rasait chaque matin mais je ne l'ai jamais vu se laver. Après avoir mis ses habits du dimanche, il s'aspergeait d'eau de Cologne.

*

Je sais bien : ils sont nés à une époque où, en France, il fallait encore lutter pour manger à sa faim. Travailler dur pour récolter du blé, de l'orge et des betteraves ; ainsi pouvoir nourrir les vaches et vendre le lait. Alors personne ne se souciait vraiment des voisins. Les villes inquiétaient, repaires des ouvriers, ces gens sans terre, qui n'avaient qu'à se débrouiller.

Ils n'ont jamais pris le temps de se penser. Même dans une ferme, ils l'auraient trouvé, le temps. Même en trayant les vaches, réfléchir aurait été possible. Mais « ça ne rapporte rien. » Le certificat d'étude signifiait la fin de l'enfance, fini le bon temps, tu dois gagner ton pain, être utile, productif. Fini d'apprendre, on n'apprend pas toute une vie ! De toute manière, il arrive un âge où le cerveau ne peut plus ingurgiter !

Et si l'enfant étudie trop, il attrape une méningite !

Encore aujourd'hui, ma mère ressort parfois ces vieilles croyances.

*

Partir. Je voulais qu'on parte. À trois. Ma mère, ma sœur et moi. Mais où ? *Où veux-tu qu'on parte, où veux-tu qu'on aille ?*

Nous sommes partis, une fois, j'avais sept ou huit ans : trois jours, trois jours chez un cousin de ma mère, trois jours seulement car il avait deviné, était venu en tracteur, avait promis de ne plus « exagérer. »

En rentrant : « *la prochaine fois, c'est avec le fusil que vous me verrez arriver et je vous zigouille tous, ton cousin, ta cousine aussi.* »

Ma mère avait pleuré : il n'avait pas trait les vaches, elles avaient attrapé des matons, le lait s'était caillé dans les pis, ne pourrait pas être vendu durant au moins une semaine…

*

Partir loin. Très loin. Pas possible !... Sinon il gardera la ferme, tout sera à lui. Une femme n'a aucun droit. Ma mère m'explique régulièrement : si une femme part, elle n'a plus droit à rien ; la maison vient de ses parents, à elle, elle ne peut quand même pas la lui donner. Il serait bien trop heureux ! Pour vivre où ? Sous les ponts ? Traîner la misère ? Mourir de froid ? Mourir de faim ?

Et de toute manière, il nous retrouverait.

Oui, je suis assez grand pour comprendre. Assez grand pour ne pas être d'accord. Je n'ai pas les mots pour l'expliquer, je me tais, pas les mots pour répondre : « notre vie vaut plus que tout ça. » Parfois je crie « *c'est pas juste.* »

Il faut prier ! Prier pour qu'il s'en aille. Mon Dieu ayez pitié de nous !

*

La loi écrite n'était naturellement pas ainsi. Mais comment aurait-elle pu la connaître ?

Il braillait « *va-t-en et tout, tout ici est à moi, abandon de domicile, tu n'as plus droit à rien.* » (traduction)

Et elle le croyait. Je le croyais aussi. Il le croyait sûrement aussi.

*

Résignation. Religion plus éducation de la nation : le droit de vote lui fut accordé à sa majorité, à 21 ans, en 1950, droit de vote autorisé aux femmes uniquement après la seconde guerre mondiale, droit de vote naturellement absent de la déclaration dont nous sommes tant fiers, *la Déclaration des Droits de l'Homme.*

Mais la campagne tarderait à reconnaître, valider, le changement de statut de la femme, qui vote encore le plus souvent « comme son mari » : il était trop tard, sûrement, pour ma mère, elle avait grandi dans l'idée de l'inégalité, de l'Homme tout puissant.

*

Femmes et hommes parviendront un jour à vivre un vrai partage ?

Forcément tu y crois quand Mayline t'écrit « *la bonne personne, un peu de bon sens, le respect de l'autre et un réel engagement dans le nous.* » J'ignorais qu'elle avait été violée à 7 ans, violée à 17 ans, qu'elle n'avait pas osé en parler et depuis tombait systématiquement sous le charme d'hommes sûrement en quête de femmes psychologiquement fragiles ; son avocate lui donna le qualificatif de « *pervers psychotiques* » au sujet du père de son fils et du père de sa fille, celui avec qui la procédure de divorce n'était pas encore lancée quand je l'ai connue, tandis qu'avec le premier le combat pour la garde de l'enfant continuait ; elle voulait autre chose, elle voulait notre Amour mais le poids du passé non assumé la persuada que ce n'était pas possible, qu'elle devait souffrir... mon Amour son Amour mes analyses psychologiques n'y changeraient rien, elle se sentait perdue... Elle a réussi à s'extraire des griffes du dernier de la liste, trouver un appartement, déclencher la procédure de divorce mais en y laissant toutes ses forces, son énergie. Elle tenait avec des pilules... Neuf de tension.

Je voulais tant la sortir du naufrage... que je n'ai pas encore le recul suffisant pour bien comprendre mes maladresses.

*

Ma mère me répète souvent : « *il faut que tu apprennes bien à l'école.* » Pour avoir un métier, pouvoir travailler ailleurs...

J'écoute du mieux possible madame Mercier, mademoiselle Turpin puis monsieur Mercier. À l'école de Valhuon. Apprendre, apprendre, tout retenir, et un jour trouver la solution.

*

J'ai récemment étudié les chansons de leur jeunesse. Les mecs balançaient des torgnoles aux petites garces. Situation nullement dénoncée : constatée, même appréciée. Et les ayants droit de ces auteurs perçoivent encore un peu de monnaie de la sacem pour de pareils textes !

La radio fut sa première ouverture sur le monde. Et qu'y entendait-elle ! Les femmes battues, c'est un peu notre folklore. « Il faut respecter les traditions » ! Les hommes picolent, elle l'avait toujours vu au village et la T.S.F. l'informait de l'universalité de cette pratique. Il descendait juste un peu plus. « *Mais les ouvriers et les mineurs sont encore pires.* » Et il n'avait pas le vin joyeux. Les gars se soûlent et les épouses dérouillent, c'est ainsi depuis la nuit des temps. Les joies du mariage. À la loterie sentimentale, elle était simplement tombée sur un mauvais numéro. Comme chez Zola. Et pourtant les femmes pleurent quand la guerre emmène « leur mari. »

*

Leur Dieu. Ce n'est pas le mien ! Je n'y crois pas à sa magie, à sa transformation de l'eau en vin, je n'y crois pas aux morts heureux au ciel : les morts furent vivants et de sales types, des assassins, des voleurs, des menteurs, des qui laisseraient assassiner un enfant, sa sœur et leur mère, sans même téléphoner aux gendarmes. Ces gens-là n'ont pas mérité de vivre après leur mort, qu'ils pourrissent. Et pourquoi aurait-il transformé l'eau en vin, leur messie ? Pour plaire aux alcooliques ?

*

Unique décoration : une scène du Christ portant sa croix, sculptée dans du bois, avec la légende « *donnez-nous notre pain quotidien* », environ 20 sur 40 centimètres. Vers 10 ans je la lisais déjà autrement : « *donnez-nous notre enfer quotidien.* » Porter sa croix, souffrir, en baver. Chacun doit porter sa croix ici-bas. J'ignore le terme « fatalisme » mais leur fatalisme me dégoûte.

*

La fille du maire, le matin, me demande « *ça va ?* » À l'abribus. Dans son regard je comprends. Unique allusion extérieure à cette nuit-là.

*

Sept ans de différence, un grand canyon ? Nous vivions dans la même terreur mais je n'en parlais jamais à « ma grande sœur. » Elle a eu « une autre enfance » : élevée les premières années par notre grand-mère, avec vacances à la mer, chez une de ses sœurs et ses neveux, dans la Somme. Selon le sermon officiel, « la vieille » était partie à ma naissance. Elle aurait déclaré « *quand on veut des gosses, on les élève soi-même.* » Sa version, je l'ignore.
Elle était partie à Auchel, « *soigner la belle-mère d'une petite cousine* », parentes que j'apercevais parfois. Elles restaient dans leur voiture tandis que ma grand-mère venait quelques minutes dans sa pièce. C'était une forme de rituel, deux ou trois fois par an : elle nous apportait des chocolats, des *rochers Éléphants chocolat au lait*, me demandait si je travaillais bien à l'école. À ma sœur, parfois « *votre père, toujours pareil ?* », toujours suivi d'un simple « *oui.* » Longtemps je n'ai pas compris le sous-entendu. J'ignorais que ce ne n'était pas normal, un tel monstre. Puis elle repartait, parfois nous glissait un billet. Elle croisait rarement sa fille. J'ai mis du temps à comprendre qui elle était vraiment…

*

J'avais dix-neuf ans quand j'ai vu la mer pour la première fois. Un dimanche à Berck. Seul. Fabienne, « ma première blonde », m'avait quitté après m'avoir reproché de ne jamais l'avoir emmenée à la mer.

*

J'avais neuf ans quand ma sœur, après son brevet des collèges, a arrêté l'école. À seize ans donc. La scolarité n'était plus obligatoire. Ce n'était pas une exception. Elle devenait « aide familiale. » Dans le schéma classique, elle aurait dû trouver un brave mari pour reprendre la ferme, puisque son frère semblait allergique à l'agriculture. Comment vivait-elle cette situation ? Je n'en sais rien ! J'ai l'impression de ne jamais l'avoir connue.

*

Je me suis rêvé footballeur, coureur du deux cents mètres aux jeux olympiques, tennisman à Rolland Garros, puis écrivain transformant le monde, le réécrivant, Mesrine en jeans blouson noir, chanteur, acteur, agent secret...
Peu importait : le rêve c'était changer la réalité.
Libre, liberté. *La vraie vie est ailleurs.* C'est devenu mon slogan vers 17 ans. Un slogan, certes. Mais ce slogan m'aida à tenir debout.

*

La fois suivante est arrivée rapidement. Ma mère hurlait « *au secours, à l'assassin.* » Pas trop fort quand même ! Juste pour le persuader que les voisins pouvaient entendre mais assez bas pour qu'ils ne le puissent pas ! Elle avait aussi crié « *va chez Lucien, qu'il appelle les gendarmes.* » Mais j'avais retenu la leçon : je reste là, derrière le chêne, qu'il me pense reparti chez monsieur le maire, s'inquiète, retourne se coucher. Ma mère me l'avait répété plusieurs soirs (ça recommencerait, on le savait bien) : il faut lui faire croire que les gendarmes vont venir, vont l'embarquer s'ils le trouvent saoul…

Je tremblote donc derrière le chêne, fixant parfois aussi les fenêtres des voisins. Pas une lumière ne s'allume. Jamais une lumière ne s'est allumée. « *Ils doivent pourtant entendre* » pense l'enfant. Mais aussi : « *Ils ont peur de lui, ils n'oseront jamais nous aider.* »

*

Comme elle l'avait promis ma mère vient me rechercher. Une éternité plus tard. Je peux rentrer, il cuve ; vite au lit, le bus passe dans quelques heures…

Ma mère, comme régulièrement, va se coucher avec ma sœur et bien qu'il soit deux heures trente-sept, bien que dehors le zéro degré soit proche, non, je ne fermerai pas ma fenêtre ; il est sûrement endormi pour « sa nuit » mais je ne peux pas prendre ce risque, je suis tellement fatigué, « je vais dormir comme un plomb », ma mère, ma sœur aussi sûrement ; non, je ne peux pas prendre le risque, je ne veux pas mourir : il suffirait d'une fois, le gaz, « *le gaz ne pardonne pas* »…

*

C'était sa dernière « trouvaille. » Un vendredi, dans « *l'abeille* », hebdomadaire des notables et chiens écrasés locaux, il avait lu qu'une famille de Frévent avait été retrouvée morte à cause d'une fuite de gaz, et depuis il dévissait la bouteille de la gazinière, la portait en bas de l'escalier… et retournait dans la cuisine boire, tout en fermant les portes intermédiaires, ouvrant celle vers le débarras puis l'extérieure, se protégeant ainsi d'une dispersion inattendue.

Alors je dors avec la fenêtre de ma chambre ouverte, et des pulls sur la tête.

*

Ma mère descendait, fermait la bouteille bleue et les cris redoublaient. Parfois je restais dans ma chambre, le plus souvent je me levais. J'aurais voulu avoir la force de le tuer. Grandir. Grandir. J'espérais vivre assez longtemps pour un jour être grand. Pour le tuer. Il le fallait : car personne ne nous en débarrasserait.

*

Je dors avec quatre couvertures, un couvre-lit, un pull enroulé autour de la tête, un autre au-dessus. Pas de chauffage dans la chambre. Un radiateur dans le couloir, rarement allumé, ne fonctionnant plus vraiment, valsant si souvent par la fenêtre… le lendemain matin, il va le rechercher… lui aussi, par souci du qu'en-dira-t-on… ma mère ne réussissant pas à le porter.

J'avais dix ans aussi quand, après des semaines de tentation, j'ai enfin osé subtiliser deux couteaux pointus dans le tiroir. Et chaque soir je les plaçais sous mon oreiller, le matin les cachais. C'avait été un mini drame ! Un de plus. Ma mère l'accusait de les avoir donnés « chez Leboc », le cafetier, pour payer ses dettes, les opinels avec lesquels elle saignait les poulets. Pour une fois, il avait raison ! Mais régulièrement des choses disparaissaient et il reconnaissait plus tard avoir réglé ainsi son ardoise.

Chaque soir je fermais donc à clé la porte de ma chambre et j'étais persuadé d'être assez vif pour saisir l'un de ces couteaux s'il la défonçait. Je m'entraînais souvent, certain qu'il voudrait m'étouffer. Un soir, à la télé, dans un film, un homme assassina sa femme avec un oreiller et il m'avait balancé « *tu vois p'tit merdeux, trente secondes et t'es mort.* » Comme il ignorait mes armes, oui, je pouvais, malgré mon âge, lui en planter un dans le ventre ; alors il me lâcherait et le second, il faudrait lui enfoncer dans le cou. Puis couper, couper comme ma mère un poulet. Comme le cochon. Le cochon tué chaque année. Ils l'attachaient, le basculaient sur un côté, mon père lui tenait les pattes et Léon, le tueur du village, l'égorgeait, l'animal hurlait. Ma mère avec un bassin récupérait le sang pour le boudin.

Mes couteaux sont minuscules comparés à celui du vieux Léon mais proportionnellement au cou du cochon, je dois réussir.

*

Quand j'ai lu qu'en « ex-Yougoslavie », des hommes s'étaient entraînés sur des cochons avant de partir à l'assaut de villages entiers, cette scène annuelle m'était revenue. Et mes réflexions d'alors.

*

Les mots d'alors m'assaillent : le patois végète quelque part en moi. À dix ans je pensais encore en patois et traduisais en français. J'étais encore un étranger. Quatre ans seulement d'apprentissage.

À six ans, mon entrée à l'école, j'étais un « véritable étranger », incapable de m'exprimer en français. Je comprenais presque tout mais répondais systématiquement en patois. J'avais peur aussi : aucune raison de ne pas y retrouver la même lutte pour la survie. Et « des grands » bousculaient « parfois » les petits. À nous de les éviter. Monsieur Mercier n'avait pas des yeux dans le dos ! Ils le savaient, ces « grands. »

*

Début 2008, j'ai donc rencontré Mayline sur le site acommeamour.com. Jours merveilleux : des mails (dont celui sur « *l'engagement dans le nous* »), des heures au téléphone, une première rencontre à Bruniquel, le lendemain la nuit ici… Et elle a commencé à me raconter son passé. Nous avions surtout abordé le présent et l'avenir. « *Il me faut du temps...* » 22 jours après Bruniquel, elle me mettait en *pause*. Je lui répondais *play*. Elle se fâchait, colères, les nerfs à vifs. *Eject* ou Amour : tu ne peux pas exiger ma présence près de toi pire qu'un chien, sans même pouvoir t'effleurer les pieds.

Même mes mails, mes sms, mes appels, l'irritaient. J'aurais dû simplement l'aider à déménager, garder sa fille le samedi matin, sans « *présence amoureuse.* »

Victime d'une autre oppression donc. Et je ne voyais pas comment l'aider. Je lui conseillais de sortir elle aussi de sa période 2. Je me croyais le plus malheureux des hommes. Je sentais la fissure grandir en moi, comprenais qu'elle pouvait me décomposer, dissoudre toute l'énergie vitale, même jusqu'à la mort. J'ai même découvert la joie des psychotropes ! Pour finalement la refuser : je n'ai pas fait tout ça pour me cacher la réalité. Alors j'ai repris ce manuscrit, avec l'idée peut-être un peu folle qu'en le lisant un déclic se produirait en elle. Toi aussi, ton passé n'existe plus et tu peux souffler dessus…

*

Ma période 2 a débuté peu après mes 20 ans, pour s'achever en 2007.

*

Ce père est dans la cour, charge des betteraves dans un bac attelé au tracteur, je retiens mes larmes, marmonnant « *faut que tu écrives mon prénom sur mon cahier, madame Mercier a dit que si je sais pas écrire mon prénom sur mon cahier, elle me met en maternelle.* » (traduction aussi, forcément !)
- Tu n'as qu'à te débrouiller tout seul, tu n'as qu'à demander à ta mère. (traduction toujours ; même si je ne le précise pas à chaque fois, « rares » étaient leurs propos en français)
Ma mère aussi refusa d'inscrire mon prénom sur mon cahier. Ils sont d'accord, ne comprennent pas cette exigence de savoir écrire. C'est à madame Mercier de m'apprendre. Elle est payée pour ça. Et

puis, qu'elle me mette en maternelle si elle veut ! En maternelle ils ont quatre ans. Je veux rester avec les autres. Je pleure.

*

Un enfant attardé. À quatre ans, suivant les récits depuis souvent entendus, je ne « parlais pas. » Durant des années cette histoire se ponctuait toujours par « *et maintenant on n'arrive plus à le faire taire.* »
- Je ne parlais pas, et ça ne t'inquiétait pas ?
- Tu parlais pas mais tu n'étais pas muet.
- Mais est-ce que tu me parlais ?
- Je n'allais pas te parler alors que tu ne parlais pas, tu bredouillais, tu criais.
L'idée de parler à un bébé puis à un enfant n'est donc jamais venue à ma mère. Je devais vociférer pour essayer d'attirer l'attention, baragouiner en reproduisant désespérément leurs sons.
Mais je fus « *propre rapidement.* » La méthode disons campagnarde : « *une bonne fessée* » et rapidement dressé.

*

« *Dors, il s'est rendormi. J'ai éteint la bouteille de gaz. J'ai rentré Mickette. Je vais dormir avec ta sœur. Ferme ta fenêtre, éteins ta lumière...* »
Ma mère sort, je referme ma porte à clé puis agite la fenêtre, tout en la laissant ouverte...

*

Mickette, je l'ai eue en 1975. Ma confidente. La chienne de ma vie ! Fille de Zézette, « le chien de chasse », qui vivait attachée dehors. Mickette, toute petite, je l'apportais dans la maison et elle y est restée. Parfois, je la prenais dans ma chambre pour la nuit. Elle bondissait sous les couvertures, passait la nuit à mes pieds, me tenait chaud. Je me demandais toujours comment elle parvenait à respirer là-dessous. J'étais un peu plus rassuré avec elle, persuadé qu'elle me réveillerait dès qu'il commencerait à forcer la porte. Et au moins, j'avais chaud aux pieds.

*

Madame Mercier a dû m'apprendre à parler, à écrire. Même mon prénom donc. Personne ne s'en était soucié avant l'école obligatoire. Personne ne m'a expliqué la vie. Personne ne m'a commenté des photos. Personne n'avait le temps de jouer. Dénoncer l'absence d'initiation aux arts serait une coquetterie ! C'étaient des cris, des insultes, des menaces, des larmes.
Qu'est-ce qu'ils ont raté ! Comme c'est agréable, le soir, de préparer les oreillers, s'installer pour lire une histoire. Après, faire un câlin et hop, même un grand bébé de vingt-cinq kilos, le porter au lit, après naturellement avoir « caché » un doudou obstiné, se sauvant chaque soir... même si, à force, on connaît ses cachettes !...

*

Combien d'enfants grandissent avec papa et maman vraiment à leur côté ? Qu'ils vivent ensemble n'est pas suffisant. Je suis encore sidéré quand j'entends le comportement de certains pères, qui plus est prompts à se prétendre exemplaires. Avoir un enfant dans des conditions « idéales », en sachant qu'il grandira dans l'harmonie... est-ce trop demander à la vie ? Avec Mayline, même si notre osmose fut brève, nous y avons cru... nous utilisions déjà l'expression « nos enfants » pour notre famille en voie de recomposition...

*

Les plus nombreux ressemblent, finalement, après quelques velléités d'opposition, à leurs parents.

D'autres se construisent en opposition radicale à ce qu'ils ont vécu. Mon idéal de très grand Bonheur, d'harmonie, je le dois aussi à cette enfance désastreuse.

*

« *Il faut que tu travailles bien à l'école pour avoir un métier plus tard... il faut que tu écoutes bien madame Mercier...* »
Ma mère signait naturellement les relevés de notes mais n'a jamais ouvert un seul de mes cahiers.

*

Il n'existe qu'une seule photo de moi bébé. Je devais avoir six-huit mois. Je suis assis sur ma sœur, dehors, devant la grande fenêtre.
Pourquoi, quand même, malgré tout, une photo ? Qui l'a prise ?
La photo suivante, c'est une photo de classe. J'ai sept ou huit ans.

*

À six ans, j'ai découvert le village. L'arrêt du bus se situait alors dans la cour de l'ancienne école. À six cents mètres. Monsieur Datuche nous prenait le matin, ramenait le midi, venait nous rechercher après le repas et en fin de journée nous redéposait. Aucun chahut dans son bus blanc. Nous n'avons jamais été plus de dix. Les enfants du village et ceux de Conteville, situé trois kilomètres plus loin.
J'étais le seul né en 1968. Vincent et Guy, nés en 1966 et 1965 sont frères. Leur cousin, Pascal, est né en 1970. Les trois habitaient près de cette ancienne école, l'un derrière, rue de Valhuon, les autres devant. Leurs mères sont sœurs. Et la fille du maire, Lucie, née en 1966.
Au village, quelques plus grands, Patrick sûrement né en 63 ou 64 et son frère Auguste, du même âge que ma sœur, de 61 donc. Et Louis, un an en plus ou en moins, je n'ai jamais vraiment su, « fils des riches », la ferme aux deux ouvriers.

*

Durant « la pause » j'ai résumé à Mayline : « *j'ai poussé comme un petit sauvage isolé, connaissant uniquement du monde ce père, cette mère, ma sœur. J'apercevais bien d'autres personnes et devais lancer des SOS mais jamais personne ne s'est approché avec bonté.* » Elle avait répondu « *alors qu'à cet âge j'étais la plus joyeuse des fillettes.* »

*

Dans le bus, je restais avec Agnès, de Conteville, née en 1969, ayant débuté l'école le même jour. À cinq ans donc. Moi six. Même six et sept mois, étant de février. Cette année-là, le bus, paraît-il, pouvait prendre pour la première fois des enfants de cinq ans. Je ne l'ai jamais vraiment cru. À six, l'école devenait obligatoire donc il leur avait bien fallu me scolariser ! C'était une corvée : me préparer !
Agnès : ma référence, mon modèle, je l'admirais : elle savait écrire son prénom ! Et même lire !
CP, CE1, CE2, CM1, CM2 : elle a toujours obtenu une meilleure moyenne que moi.

*

Comme tout enfant de là-bas, à sept ans j'ai « fait ma première communion. » Et suis devenu enfant de chœur. Joie d'avoir été demandé par « monsieur le curé. » Quelqu'un s'intéresse à moi. J'apprenais des prières. Les récitais même puisque ça semblait le ravir ! Sans y croire donc.
Un adulte humain ! Mais occupé par ses églises, ses messes, son Dieu (qui naturellement n'existait toujours pas pour moi malgré la rencontre de son prétendu représentant sur terre).

J'avais déjà compris : personne n'interviendra. Si le curé m'avait manipulé, aurait-il pu me transformer en mécanique bien huilée au service d'une cause ?

La messe du dimanche était un plaisir ! J'étais une marche au dessus et pouvais les observer ; leur air bien sage dans la file d'attente de l'hostie hebdomadaire me surprenait.

*

Finalement, étaient-ils plus heureux que moi, les autres enfants du village ? Rares étaient les rires. Chez les adultes aussi. Tous cheveux courts. Même les femmes !

Le village vivait déconnecté des possibilités du monde. Seules les mauvaises nouvelles leur parvenaient. Naturellement déformées. Personne, jamais, n'était parti découvrir le monde. Et je serai le premier à obtenir le bac puis un BTS.

*

En 1975, ils ont fait bâtir une grande étable pour trente vaches et une salle de traite hyper moderne, derrière la maison. Avant, ils louaient « *en bas du village* », à trois cents mètres environ. Ainsi ma première année d'école, ma mère remontait me réveiller, me préparer et je partais prendre le bus. Il fallait se dépêcher. Les bidons de lait devaient être sortis avant le passage du laitier. Ma sœur était en pension, à Saint-Pol, dans une école religieuse, Sainte-Anne. Elle y est restée sa sixième et sa cinquième puis est allée au collège de Pernes, en redoublant sa cinquième. Je ne sais absolument rien de ses six saisons d'internat. Comme sur le reste !

En 1975, les propriétaires de la vieille ferme délabrée ont décidé de la reprendre, pour la vendre avec la maison attenante, inoccupée, aussi vétuste. Pourquoi ma mère a accepté de s'endetter ainsi, donc de se contraindre à continuer ? « *Je n'avais pas le choix.* »

*

Il me menaçait souvent. « *Si tu me frappes, monsieur le curé et madame Mercier le verront et je leur dirai.* »

Il répondait « *si tu crois que tu comptes pour eux* » (traduction) mais ne cognait pas. Ma mère n'aurait jamais pu ainsi le neutraliser : il savait qu'elle n'aurait pas osé « s'humilier. »

Dire la vérité, dans leur logique, c'était s'humilier. La victime avait forcément tort et devait cacher sa honte. Des femmes battues, des fillettes violées.

Je me souviens d'un œil au beurre noir. Elle prétendait, même à moi, être tombée dans la salle de traite.

Mayline, à 7 ans, à 17 ans, n'a pas parlé. C'est donc qu'elle a été persuadée, par son environnement, qu'elle ne devait pas dénoncer le coupable. Le père de sa fille fut le premier informé, le père de son fils ignore tout. Elle m'a raconté car nous en étions certains : pour la vie ; et je suis le seul à savoir qu'avec Alexandra, sa « *meilleure amie* », leurs relations furent parfois sexuelles (elle avait lu mon « théâtre complet », donc la pièce où je me mets en scène avec deux sœurs ; nous a-t-elle imaginés ainsi à trois, quand la graphiste reviendrait de son exil londonien ?)

*

Mon monde se limitait à Huclier et Valhuon. Conteville existait, je savais, sans jamais y être même passé. Madame Mercier, mademoiselle Turpin, monsieur Mercier : des extra-terrestres. Bien habillés, sans mauvaise odeur et parlant correctement. Des êtres différents existent ! J'ai envie d'obtenir des bonnes notes. J'écoute tout. Mais c'est difficile. Je sens qu'Agnès comprend toujours avant moi. Il m'a fallu des années avant d'avoir un mot et la réflexion pour qualifier mon monde : médiocrité. Je ne leur ai jamais connu une seule vraie pensée. Encore aujourd'hui, quand ma mère parle, je sais qu'elle reformule des choses entendues.

*

Je découvre « un oncle », « une tante », « des cousins. » J'ai sept ou huit ans. Je ne comprends pas vraiment pourquoi désormais on les voit régulièrement. Les deux frères se sont réconciliés. Ils s'étaient fâchés à cause d'une moissonneuse batteuse… Je n'ai jamais su exactement…

Ma mère s'était rendue chez eux ; elle répéta souvent : pour que nous connaissions nos cousins. Elle espérait sûrement nettement plus.

*

Un peu plus tard, je découvre un autre oncle, l'oncle aîné, célibataire resté chez ses parents. Je découvre donc un grand-père et une grand-mère, qu'il faut embrasser quand on arrive, puis s'asseoir et se taire. Une éternité plus tard, on se lève, on fait le tour de la table pour les embrasser de nouveau et on repart. Aucun souvenir de cadeau, juste des étrennes en janvier. Et dans la voiture, il demande : « *elle t'a donné combien ?* »

*

Quand ses parents, son frère aîné, son frère cadet et sa famille viennent manger, la veille il boit presque modérément. Et au repas parlera sans hurler. Mais sa tête est celle d'un alcoolique. Même moi je vois qu'elle a un truc totalement différent. Des rougeurs et le nez ! Devant « sa famille », il veut poser en homme bien, parle même de moi comme d'un futur bachelier.

*

Je l'ai accompagné à la chasse. Parce que le fils d'un chasseur doit suivre son père à la chasse. Jusqu'au jour où j'ai compris qu'il pourrait facilement me buter et prétendre à l'accident. J'ai alors refusé de me lever ces matins-là.

*

Sept, huit, neuf, dix, onze ans : pas l'impression d'être malheureux ! Je ne sais pas ce qu'est « le malheur. » J'ignore de même « le bonheur. » Je crois que c'est ça la vie. « *La vie c'est une lutte* », il répète souvent, quand ses frères sont là. Et ils ne le contredisent jamais.

Sûrement sauf quand on a la chance de naître madame Mercier, monsieur Mercier, mademoiselle Turpin ou monsieur le curé. Je crois ma vie totalement normale. Je ne sais rien de la vie des autres enfants chez eux. Je ne parle pas de ma vie, ils ne parlent pas de la leur.

La vie de madame Mercier, monsieur Mercier et mademoiselle Turpin devient ma vie rêvée. J'aurai toujours une tendresse particulière pour les instits. Mayline est instit. « *La vie d'un auteur de chansons et celle d'une instit un peu tarée, tu crois que c'est compatible ?* » (l'un de ses premiers mails)

… *une lutte*… dans les mots, il n'avait pas tort… mais il se trompait complètement de combat… le sens du combat… le combat du sens… apprendre la vie… tomber mais se redresser… apprendre à vivre la vie, en se détachant des illusions (donc du passé), sur la voie de l'Essentiel…

… et même ce terme « Essentiel », combien de fois par mail, par téléphone, l'Essentiel semble touché… et tels des navires à la dérive nous repartirons chacun de notre côté… dans notre solitude fondamentale…

*

Dans la classe, avec madame Mercier (CP), mademoiselle Turpin (CE1 – CE2), monsieur Mercier (CM1 – CM2), je me sentais bien. Il m'a fallu atteindre le CM2 pour me sentir bien aussi dans la cour de récréation. Avant « les grands » représentaient toujours un danger. Sortir en récréation n'était pas un plaisir. Mais dans la classe, j'étais protégé, rien ne pouvait m'arriver.

Être en sécurité, sentiment d'insécurité, vivre au bord de l'abîme, personne n'utilisait ces expressions. J'ai compris vers trente ans. Avant, j'ai continué à porter mon sempiternel mal de ventre, une anxiété, une angoisse permanente, un rien me faisait tressaillir.

*

156

Comment vit-on à Tel-Aviv ? À Jérusalem ? À Bagdad ? Avec des attentats quasi quotidiens ? Vivre comme « en état de paix » et pourtant à chaque seconde un bus peut exploser, un kamikaze entrer. Pas besoin d'images ni récits pour comprendre leur drame.

*

Je suis né dans les choux. Je l'ai cru. « Né dans les choux. » C'était logique : en hiver, ils se rendaient plusieurs fois par semaine « aux choux », des choux pour nourrir les vaches.
Pourquoi aurais-je douté de cette « version officielle » ?
Impossible de me rappeler quand « j'ai su. » Je n'ai jamais pu imaginer qu'ils puissent avoir « fait l'Amour. » Ils se sont simplement reproduis.
Quand, vers dix-sept ans, avoir un tel père m'a vraiment perturbé, je ne l'ai jamais considéré comme un être duquel je venais, même en ayant oublié cette « histoire de choux » ; j'aurais préféré le statut d'un enfant perdu, un « sauvage de l'Aveyron » uniquement recueilli par des Thénardier pour la prime du gouvernement aux vieux suffisamment cupides pour se prétendre parents.

*

Vers dix-huit ans, j'ai cru devenir « une forme de Rimbaud » ; un des textes dont je me souvienne débutait par :

Avant qu'au collège des enfants
Racontent la vie chez leurs parents
Je croyais grandir normalement

Croyant que chez tous les parents
Le père essaye de tuer l'enfant
Tandis que la mère le défend

Je me souviens aussi de :

Il se croyait comme
Les autres mômes
Il croyait qu'sur terre
C'était partout la guerre

Entre les enfants et le père
S'interposait la mère
Mais un jour le père
Gagnerait la guerre

À moins qu'il ait un cancer
Ou qu'il crève dans sa bière

*

Ils ont fabriqué des buts et la place est devenue « terrain de foot. » Patrick, Auguste, Louis, Thomas (le père de Vincent et Guy), Bernard.
Ils jouent, toujours rejoints par quelques-uns de leur âge des villages voisins. Nous les regardons. Et quand un ballon est disponible et qu'ils n'utilisent qu'un côté du terrain nous occupons l'autre, chacun son tour dans les buts. Vincent, Guy et moi.
Il arrive toujours un moment, quand je suis gardien, Patrick s'approche avec son air de crapule et shoote dans le ballon. Pas pour simplement marquer mais en me visant. Une frappe la plus sèche possible. Thomas, parfois « *laisse-le tranquille, il ne t'a rien fait* » alors il répond « *c'est plus fort que moi, quand je le vois j'ai envie de le mettre en morceaux, ce p'tit merdeux, ce morveux.* » J'étais alors très vif. Il ne m'a jamais touché.

*

Deux mois à Saint-Venant, en « cure de désintoxication. »

Pourquoi a-t-il accepté ? Et ma mère va le voir. Un mercredi m'y emmène. Elle me montre une rivière, une péniche. Je suis émerveillé !… De lui : je retiens ses pantoufles propres, son pyjama rayé, et il parle posément. Ce n'était plus le même ! J'ignorais les effets des médicaments… Simplement abattu par un cocktail spécial alcooliques.

Plus tard j'ai croisé chez les défoncés le même regard. Ils ne comprenaient pas : je refusais leur joint tendu…

*

Il se prétend heureux, passerait bien sa vie là : dans des bouteilles de jus de fruit, des infirmières apportent du vin.

Et surtout ma mère ne s'en sort pas ! Un homme, c'est indispensable dans une ferme ! Il reviendra pour la moisson. Sera quelques mois sans toucher à l'alcool et ça recommencera.

*

Ma mère m'explique : si elle porte plainte, une assistante sociale va venir et on nous (ma sœur et moi) mettra à l'assistance publique, à la DASS… Tu ne sais pas ce que c'est la vie… les assistantes sociales… Tout serait mieux que ça. Je n'ose pas répondre. Je sais qu'elle pleurerait.

*

J'ai souvent regretté de ne pas avoir été abandonné à la naissance. J'ai même répondu, vers 25 ans, à un copain me confiant son « *drame* », cet abandon : « *ils n'étaient pas dignes d'être tes parents, tout simplement ! Z'ont eu la lucidité de le comprendre, tu devrais plutôt être heureux, considérer ce destin comme une chance, ça t'a permis de grandir avec des parents qui voulaient vraiment de toi, qui se sont occupés de toi.* Alors il était reparti « *mais ce n'étaient pas mes vrais parents…* »

Je sais : à sa place j'aurais sûrement réagi de la même manière !… C'est seulement quand on a eu un père comme le mien qu'on pouvait envier son sort…

*

Ma mère aurait-elle pu trouver l'aide intellectuelle et légale pour s'en sortir, comprendre qu'elle n'était pas condamnée à subir un tel mari ?

*

« *Tu ne sais pas ce que c'est que la DASS, y'a des gens qui en profitent.* » Elle n'en disait pas plus. Ça signifiait sûrement que même elle, savait : les pauvres mômes pouvaient facilement être tabassés, violés, parqués et personne n'intervenait.

*

Avant moi, elle a perdu des jumeaux. Je n'en sais pas plus. À combien de mois ?… Ma naissance fut difficile : elle est restée couchée trois mois. En plus de la peur du mari, celle de me perdre donc. Elle ignorait naturellement les deux intimement liés !

Au fond d'elle, deux forces devaient s'opposer : inutile d'avoir encore un enfant avec un pareil homme et ce bébé sauvera peut-être mon couple. Un jour j'ai entendu « *il avait dit que s'il avait un garçon il arrêterait de boire.* » Je ne sais plus à qui elle parlait. Comment une femme peut gober une aussi grossière absurdité ?

*

La serpe sous l'oreiller… sûrement un souvenir de l'Algérie ! Là-bas, je suppose, mieux valait toujours garder une arme à portée de main. Les fellaghas pouvaient surgir. Comment ma mère a pu accepter de vivre ainsi ? Comment pouvait-elle s'endormir ?

*

Pourquoi ne m'a-t-il jamais violé ? J'ai commencé à me poser la question peu après vingt ans. J'avais la trentaine quand une émission à la radio, sur un autre conflit, m'apporta une réponse cohérente. Ça me semblait bizarre : il aurait pu pousser la barbarie jusque là.

De cette émission, je n'ai retenu qu'un passage dont les mots exacts ont volé en éclat face à la révélation : les hommes ayant torturé, quand ils n'ont pas de soutiens psychologiques à leur retour, quelques années plus tard, ils violent leurs enfants. Par la négative, j'en ai conclu qu'il n'a jamais torturé en Algérie. A-t-il tué ?

*

Manger est obligatoire. Mange ! Finis ton assiette ! Finis ton assiette avant que ce soit froid ! Mange plus vite. Mange pas aussi vite.

Me transmettre le plaisir de manger leur aurait été impossible. Manger n'était pas un plaisir : il était là. Ou pouvait surgir.

La table est l'endroit où l'ensemble des combattants sont presque invariablement réunis. Parfois il est au café. Plus rarement aux champs. Les repas sont idéals pour les insultes.

*

Cinq ou six fois, pas plus, nous avons passé la nuit chez son frère cadet. On arrivait à l'improviste. Ils étaient déjà couchés. Ma mère et ma sœur dormaient dans le canapé et je montais l'escalier, entrais dans une grande chambre, juste éclairée par la lampe de poche de ma tante, retirais les affaires enfilées au-dessus de mon pyjama en partant et prenais place au milieu des cousins dans un gigantesque lit. Ils étaient déjà quatre. Ils se poussaient machinalement. Il faisait chaud. J'étais bien. Je m'endormais immédiatement. Quand ma mère venait me réveiller le matin, j'étais seul.

Mon père n'a jamais su où nous allions. Nous avions « *découché.* » Il voulait savoir où. Il gueulait « *la putain a découché.* » Mais durant plusieurs jours restait calme. Il ne pouvait nous imaginer chez son frère, que son frère savait, nous soutenait même. L'hypothèse d'un « autre homme » devait le tourmenter. C'était malheureusement faux. « *Qui voudrait d'une femme avec deux gosses ?* » il vociférait.

Que pensait cet oncle du comportement de son frère ?

Même enfant, je le sentais bien : ma tante avait l'air sincèrement peinée, aurait sûrement voulu agir. Mais, elle aussi, avait intériorisé son statut de femme de ces années-là ! Son droit à la parole sans autorisation du divin mari semblait limité : le temps, le jardin... Elle se contentait sûrement de ne pas être tombée sur le pire des trois frères. Ce pire prétendait qu'elle n'avait pas le droit de signer les chèques. Le dimanche suivant, comme par hasard, ils venaient. Jamais personne, même le cousin de mon âge, n'a eu ne serait-ce qu'une allusion. Ils devaient recevoir des instructions avant de partir !

*

Ma mère m'a acheté un filet de billes à l'épicier. Ainsi je peux jouer avec Lucie en attendant le bus. Deux arrêts désormais au village, le premier toujours à l'ancienne école, l'autre sur la place. Un matin Patrick déboule, nous regarde trente secondes et prend la bille de Lucie quand vient son tour de viser. Il la lance immédiatement sur la mienne, l'empoche, rend la sienne à la fille du maire. Il la ressort et me commande : « *allez, mets-en une autre, celle-là je l'ai gagnée à la régulière.* » Je refuse mais je n'ai pas le temps de reculer qu'il m'en a subtilisées deux dans la main gauche. Il en jette une par terre, se recule de trois pas, la vise, la touche, la ramasse. Idem avec la suivante. Il m'a volé trois billes. Le bus arrive. Il sourit en prévenant « *je reviendrai demain pour la revanche.* » Je ne réponds rien, retiens mes larmes.

*

Le cerisier est gigantesque. M'apparaissait ainsi. Il l'était vraiment, culminait sûrement à plus de vingt mètres. Ma mère a insisté et finalement il a placé le tapis roulant contre le tronc, tapis roulant qui permettait de monter automatiquement les ballots de paille dans la grange. En juin 1976 je reste donc des heures sur le tapis rouge, avec Mickette, la moisson ne débutant jamais avant le 14 juillet. Mickette aussi adore les cerises.

En mars 1977 il a abattu le cerisier, avec une bonne raison officielle : il gênait pour passer avec le tracteur. C'était naturellement faux. Il savait que je savais.

*

Leboc, le cafetier de Valhuon, aussi « coiffeur pour hommes » : deux fois par an ce père m'y emmenait. Une porte presque toujours ouverte séparait le bistrot enfumé du « salon de coiffure. » Ses coupes ne cherchaient aucune originalité : tous pareils. En prévision du temps qu'il resterait sous les ciseaux, ma mère m'avait donné quelques pièces pour jouer au flipper. La femme Leboc trônait derrière le comptoir. Je la détestais encore plus que lui : grosse et grasse, sa peau luisait. Lui avait toujours un mot gentil, même si j'ai rapidement compris pourquoi : mon père était un excellent client. Combien de types se sont tués, ont tué, en sortant de son bistrot ? Depuis je suis toujours entré avec réticence dans un café. Et je suis resté des années éloigné des coiffeurs. On m'a appelé l'indien…

Ils ne fumaient pas, les époux Leboc. Sont-ils clamsés d'un modeste cancer du tabagisme passif ?

*

Le soir, quand il est là et les yeux ouverts, il regarde les informations. Je hais donc les informations. Mais ce soir-là, je ne traverse pas la pièce enfumée le plus rapidement possible, je reste dans le couloir, fixe l'écran : un homme sur une civière. Je retiens son nom : Jacques Brel. Quelques « images d'archives » suivent : Jacques Brel sur scène, chanteur. Sa voix me bouleverse (avec les mots d'aujourd'hui !).

C'était son ultime retour à Orly.

Mon ressenti d'alors, comment le traduire en mots ? C'est Lui, l'Homme le plus important de ma vie, mon vrai père, père dans le sens de celui qui apporte la Lumière. Naturellement, aucun de ses disques à la maison. Ma sœur est fan amoureuse de Michel Sardou, elle achète des magazines et découpe sa photo. Elle a un tourne-disque. Moi je n'ai rien. Maintenant j'ai un nom : Jacques Brel.

*

Quelques secondes. Ses grandes mains. Comme si elles me touchaient, m'emportaient. Sa voix m'électrise. Il faut supprimer ce déchet indigne accoudé à la table et la vie sera possible. Quels mots pouvais-je employer pour de pareilles idées ? Aucun, oui aucun : des sensations, des colères, un espoir.

*

J'observe le déchet assis derrière la table, son mégot au coin gauche de lèvres bleues, ses dents jaunes et c'est évident : il n'a vraiment rien à voir avec moi, je mérite un vrai père, lui, l'homme aux grands bras, aux grandes dents. J'attends Jacques Brel. Mais il ne réapparaît pas sur l'écran.

J'ai depuis écouté tout ce qu'il a chanté, décortiqué ses textes, bu ses interviews, dévoré ses biographies… Comme il était parfois… trop ! Trop, oui, l'Homme qui m'a transmis le courage de me surpasser pour m'extraire de la médiocrité à laquelle je semblais condamné. Alors parfois, moi aussi, j'en fais trop !

J'ai trop de sites sur internet, j'écris trop de chansons… sans prendre le temps de gérer vraiment ces sites, de chercher des interprètes pour les textes…

Elle m'a écrit « *tu es trop* »… après m'avoir mis en *pause* ; quand j'ai continué à lui donner de

l'Amour, comme quand elle croyait au partage, à l'osmose intellectuelle et à la fusion physique.
Je lui ai envoyé une enveloppe vide où tout se situait dans le timbre : une vache s'exclamant « *Ne meuuh quitte pas...* » Aucun commentaire. Grand Jacques, tu l'as reconnu : « *je n'y comprends rien aux femmes.* » Vais-je le répéter ?

*

« *Si j'avais été beau je n'aurais rien fait de ma vie.* » L'exclamation de Jacques Brel, au micro de Jacques Chancel, je la replace souvent. Surtout depuis ma dégradation physique ! Je suis conscient du décalage entre l'attente suscitée par mes textes, mes photos choisies sur les sites et ma réalité. Voltaire écrivait « *je pars en détails* » quand il commença à perdre ses dents.
Je sais maintenant avec certitude, que sauf exception, même les femmes autoproclamées en quête d'Essentiel congédient l'homme idéalisé quand elles rencontrent dans la vraie vie un quadra déjà détérioré. Mes « si beaux yeux », elles les adorent, et si elles me laissent le temps de les caresser, elles adorent. Mais elles sont déçues : mes yeux et mes mains ne suffisent pas. Alors ces soirs-là j'écoute Jacques Brel et je me rappelle d'où je viens. Ça n'empêche pas les larmes de couler mais ça te botte les fesses, t'essayes d'en faire une chanson ou de terminer un paragraphe. J'ai quarante ans et, enfant, j'ai si souvent redouté de vivre mes dernières heures, que tout cela, finalement, c'est du temps en rab.

*

Pas un bruit, il est assis à table, son verre vide, aucune bouteille. Ma mère prépare le repas. Silence inhabituel ! « *Ton grand-père est mort* », il prononce en français, comme s'il récitait un speech mûrement préparé. Son père donc. Ajoutant « *d'une crise cardiaque.* » Il devait avoir dans les soixante-dix ans. J'avais onze ans. Les bêtes étaient déjà rentrées, nous allions manger et partir à Frévin. Ma sœur enfilait ses habits du dimanche. Le jour de l'enterrement ma grand-mère semblait comme je l'avais toujours connue, « effacée » avec les mots d'aujourd'hui. Mais elle n'est pas venue à l'église ni au cimetière. La grande conversation, c'était qu'il était mort un vendredi, ce qui signifiait, selon eux, qu'avant six semaines quelqu'un de la famille le suivrait. Ma grand-mère était catégorique : ce serait elle. Mon père répondait qu'en repartant il allait peut-être se tuer en voiture, qu'un accident c'est si vite arrivé, qu'encore vendredi il y en avait je ne sais plus combien dans l'*abeille*, les deux autres frères se regardaient de travers, devaient penser pourvu que ce soit lui ; depuis des années ils ne se parlaient plus. J'étais persuadé qu'il en profiterait pour nous zigouiller.

*

Quelques jours plus tard, ma grand-mère ne s'est plus levée. « Un cancer de la gorge. » On m'interdisait d'entrer dans sa chambre. Elle suffoquait, râlait, s'étouffait. Je restais dans la pièce principale. J'entendais tout. C'était sûrement encore pire. Et elle s'est bien étouffée moins de six semaines après son mari. Mais pas un vendredi. Sinon ça recommençait ?
Les trois fils semblaient satisfaits du scénario : une femme doit suivre son époux, même dans la tombe. Une femme sans son maître n'existe plus.

*

Je n'ai eu aucun chagrin. Je n'avais avec ces gens-là aucun lien. Je n'avais d'ailleurs jamais compris pourquoi nous devions parfois « aller les voir. » Mais c'était ainsi. Je devais « *suivre.* » Toute idée de « famille » au sens noble du terme m'était étrangère. Seule ma mère comptait, parce qu'elle essayait de me protéger. Et ma sœur parce qu'elle vivait dans la même situation que moi, avec le même ennemi.

*

« *Le mariage, c'est comme le service militaire, faut obéir aux ordres.* »

Comment ma mère peut avoir décidé de se marier avec un type pareil ? J'ai onze ans, je n'y comprends rien.

*

Aujourd'hui encore des femmes découvrent très tard (après mariage ou/et naissance d'un enfant) la véritable personnalité de leur « mari pour la vie. » Elles croient souvent qu'il a changé. Il s'est simplement, durant les premiers mois, détourné de son seul centre d'intérêt, son petit ego, ses blessures non assumées (qui n'a pas de blessures à assumer !). Les mois d'enthousiasme ! Du changement dans une vie vide, où l'autre, par sa seule présence, sa beauté, son corps, son originalité, occulte le reste. Entrer en union avec un être plombé de troubles psychologiques, c'est en subir les conséquences rapidement. Ce fut le cas pour mon « Amour Asiatique. »
Naturellement, ce n'est pas un hasard si durant des années elle a cru être aimée par des hommes qui rapidement la réifiaient : elle cherchait inconsciemment ces relations, persuadée de devoir rester éternellement victime des mâles. Elle « rejouait le scénario » des prédateurs : l'action sincère débute après la mise en confiance pour s'isoler avec elle, au fond du jardin puis dans un appart (pour y jouer au monopoly !) ; le couple est l'isolement des adultes, le baratin et la séduction leur arme.

*

Je ne veux plus monter dans son tracteur. Avant, ça m'embêtait, j'avais peur, mais je n'osais pas refuser. J'avais peur qu'il me projette sous une roue. Même ma mère me conjure d'y aller, pour rester à la barrière, sinon il va laisser sauver les veaux. Les veaux sont plus importants que ma vie ? Je me retiens de lui hurler ma colère. Parfois j'ai l'impression qu'elle oublie ses menaces, qu'elle m'envoie à la mort. Chaque semaine il fallait leur conduire un tonneau d'eau. Alors j'y vais en vélo, même quand il pleut, et ne le laisse jamais m'approcher de moins de cinq mètres, gardant mon guidon à la main, bondissant dessus dès que possible et fuyant, me cachant à l'entrée du bois en attendant qu'il soit repassé pour repartir tranquillement.

*

Une fois par an, quand même !, j'allais quelque part avec lui sans déplaisir : à la fête de l'école. À Valhuon donc. Je ne l'ai jamais vu saoul ces soirs-là. Il rapportait toujours quatre ou cinq bouteilles. Du Cognac le plus souvent.
Comme durant l'année il participait à une dizaine de concours de cartes, un rapide calcul permet d'obtenir le nombre de litres ingurgités, en plus du vin, de la bière, du Ricard…
Je jouais alors dans la cour, dans le couloir, durant quelques heures.
Où disparaissait l'argent gagné par l'école durant cette soirée ? Je ne me posais pas la question. Deux classes remplies de joueurs. Ils servaient aussi des boissons, des sandwichs. Le bénéfice annuel devait amplement dépasser le prix d'une table de ping-pong. Naturellement, aucun voyage n'était organisé… pour les élèves. La dernière année, un bus nous emmenait à la piscine d'Auchel. Sûrement, cette année-là, une partie de l'argent a servi à le payer.

*

Quand j'ai entendu parler de l'apartheid en Afrique du Sud, le nom de monsieur Mercier m'est revenu immédiatement. C'était donc lui, notre homme de l'apartheid, celui qui interdisait à certains la salle de la table de ping-pong.

*

À 12 ans ma mère fut retirée de l'école. C'était la guerre. 1941. Son père prisonnier en Allemagne. Je ne l'ai jamais connu, il est mort peu après sa libération. Je n'ai vu qu'une photo, un vieux tout ratatiné.
Elle avait connu l'époque où des gens mourraient vraiment de faim et une assiette pleine pour ses

enfants fut sûrement sa préoccupation majeure. Même si pour cela il fallait « se sacrifier », supporter un mari « traumatisé par l'Algérie. »

Personne ne lui a expliqué les machinations d'un bourreau, prompt à inventer n'importe quelle faute pour crier, injurier, humilier, exiger, asservir, justifier colères et beuveries. Et en cas de résistance, de réponse, l'accuser de folie, hystérie, méchanceté, incapacité. Ainsi débute l'ère des disputes continuelles. Il est si simple d'inventer une faute ou de transformer le moindre retard, la moindre erreur, en drame.

*

Elle avait trente ans, lui vingt-six, à leur mariage. En 1959. J'ai appris par bribes son passé : sa mère avait refusé son union avec un homme coupable d'absence de situation (agriculteur exigé !). Elle restera toujours LA cause de son malheur.

Vers 17-18 ans je lui ai demandé « *mais pourquoi tu l'as écoutée ?* », elle avait répondu « *en ce temps-là, les enfants n'étaient pas comme aujourd'hui, fallait obéir.* »

Désaccord forcément, j'invoquais même Simone de Beauvoir ! Elle ne connaissait pas ce nom ! J'aurais dû m'en douter ! Et cette Simone n'était pas née à Huclier, alors !…

Encore aujourd'hui, si je l'interrogeais sur sa mère, elle me ressortirait forcément, invariablement, les mêmes récriminations. J'ai essayé, en 1994, depuis je sais : rien à espérer ; elle a simplement vieilli un peu plus. Je lui ai plusieurs fois balancé « *tu aurais alors dû apprendre à te mêler de ce qui te regarde.* » Mais ce n'est jamais la même chose : je suis coupable. J'ai été cadre et ne le suis plus. J'ai eu des amours qui ne lui convenaient pas. Je ne vis plus avec la mère de ma fille. « *Tu vas me faire mourir... mon cœur s'emballe...* » Et si maintenant elle n'a plus ces exigences de diriger ma vie, c'est uniquement car je suis « *une tête de mule.* » Et je vis loin. Mais elle n'en pense pas moins !

Ce n'est pas pareil ! Pardi, elle sait forcément ce qui est bien pour moi !

*

En juin 1980, je termine mon CM2 et monsieur Mercier, le directeur de l'école de Valhuon, crée une équipe de football « benjamins » en septembre. Il me demande si je veux y jouer. Je peux y jouer un an avant de passer « minime. » Je ne sais pas vraiment jouer ! J'ai simplement tapé dans un ballon dans la cour. Mais j'ai envie, oh oui, de jouer. Mon père se rase de près, met ses habits du dimanche, s'asperge d'eau de Cologne et zou chez monsieur Mercier. Il ne peut pas refuser. L'instituteur reste une figure emblématique. Il essaye d'être « digne », parler correctement, en français, il est même timide, doit ressentir toute la différence entre le bouseux et l'homme instruit.

*

Il ressentait, dans ces circonstances, la différence entre le bouseux et l'homme instruit. Comme je maudis parfois encore le fossé entre moi et les femmes auréolées d'une « bonne éducation. » Avec les hommes, naturellement, je peux tricher, les relations restent superficielles. Mais face à face… au-delà du bleu de mes yeux… je me sens parfois un balourd. J'ai aimé une femme espagnole, d'une « grande famille », la petite fille d'un ministre de la deuxième République, d'avant la dictature, déjà rencontrée sur acommeamour.com. Elle m'a aimé follement aussi, quand nous échangions des mails, avec son français approximatif. « *Tu es dans ma tête...* » Elle m'a aimé follement aussi à Moissac, notre premier jour. Notre premier soir. Nous avions atteint la communion par ressenti même quand des centaines de kilomètres nous séparaient, comme je l'ai connue pour la première fois avec Karine. Elle était distinguée, gracieuse. Pas moi. « *Je ne suis pas une femme pour toi* » elle a conclu par mail… Euphémisme correct pour « *tu n'es pas un homme pour moi.* » Je sais qu'elle cherchera toute sa vie, chez « les distingués », ce quelque chose de différent trouvé en moi, mais qui ne fut pas suffisant. Quand elle atteindra… un certain âge… et

163

qu'elle regardera sa vie de femme lumineuse… il se pourrait bien qu'elle divinise notre Amour. Ce n'est pas une consolation. Nos semaines sont notre secret.

Même si j'en suis mentalement sorti, mon enfance a laissé des traces, stigmates imperceptibles prétendraient certains qui me connaissent « bien »… sauf pour la Femme qui t'Aime et a la délicatesse de partir sur la pointe des pieds, même si elle pleure aussi durant des semaines et qu'un lien perdure alors. Elle sait qu'il lui suffit d'un mot mais elle ne peut pas le prononcer. Un blocage en elle. Alors nous nous éloignons. Cet Amour m'a naturellement changé… Elle ignorait ma grande capacité de transformation… j'ai gardé un peu de sa grâce… j'ai « toujours » su qu'il me faut rester attentif aux critiques et réactions pour progresser vraiment… en tout… Nous sommes aussi la somme de nos influences… « princesse » tu m'as élevé… tu aurais pu faire nettement plus… et surtout vivre ce Bonheur souhaité…

Fanny m'écrit alors : « *tu accordes trop d'importance au couple, à l'amour, au coup de foudre. Tu es trop romantique. Tu n'es pas réaliste…* » C'est sûrement une conséquence fut ma première réaction… mais j'ai tenu à lui préciser : ce n'était pas un coup de foudre. Mais une osmose intellectuelle avec une très grande estime réciproque pour le travail et la voie spirituelle. Nous étions dans une démarche de PARTAGE, de sérénité partagée. Mais il arrive un moment où intervient une dimension physique. Nous sommes aussi matière. Et comme l'a chanté Jacques Brel : *elle est belle et je ne suis pas beau.* Je crois en l'Amour, au couple. Les gens se mettent en situation de ne plus pouvoir PARTAGER. Elle a quitté Madrid à cause de cette vitesse. Et elle m'a quitté, simplement. Bien sûr j'étais aussi amoureux de son apparence et je comprends l'importance qu'elle accorda à la mienne. Même si la dimension spirituelle fut la base de notre union. Elle n'était donc pas LA Femme avec qui la sérénité pourra être partagée. Toi aussi, tu es belle, Fanny… et j'ai vieilli… le temps semble l'avoir épargnée…

*

Je sais : j'accorde une importance énorme à ce qui n'en a peut-être plus vraiment : les propos tenus. Dire n'est pas mentir.

*

J'avais souffert. Naturellement. Mais je parviens toujours (enfin presque toujours) à me détacher de la douleur pour m'observer. J'avais noté :

Ça passe si vite une vie. On n'effleure qu'une infime partie des possibilités. Quant aux réalisées…

Vivre avec quelqu'un devrait être une décision majeure. On peut si facilement perdre des années dans un couple destructeur. Et pourtant le plus souvent les couples reposent sur des bases dérisoires. Simples attirances. Illusions.

Quitter quelqu'un aussi…

Elle m'a quitté malgré nos bases Essentielles. Pour une raison pensée fondamentale. Un jour un doute la surprendra puis elle pensera de plus en plus souvent à NOUS. Mais il sera sûrement trop tard. Le pire pour moi serait de l'attendre, stopper mon évolution pour elle…

*

Vincent et Guy sont déjà au collège, à Pernes. Je vais prendre le grand bus avec eux. Huclier, Conteville, Hestrus, Tangry, Sachin et Pernes. Je suis paralysé par le monde.

Quand la sonnerie retentit, les nouveaux, les sixièmes, sont priés de patienter dans la cour. Je suis encore plus inquiet. Je reste avec Agnès. À l'appel de son nom, elle part, elle est en 6ᵉ B. À la fin, il ne reste qu'un nouveau non affecté, moi. Je n'ai pas entendu mon nom. Des rires fusent. Les profs sourient, me le demandent, j'arrive à l'articuler. 6ᵉ D. Je ne connais personne.

*

Je me sens de nouveau bien en classe. Rédaction, histoire géographie, sciences physiques : premier. Deuxième en math.

*

Être une victime à la maison prédispose sûrement à l'être aussi ailleurs, ton air craintif attire les petites brutes bêtes et méchantes et ils comprennent que personne ne viendra te défendre.

À l'intérieur du collège, les CPPN, les inaptes à la quatrième, CPPN, je n'ai jamais connu la signification de ces initiales, on les appelait CPPN.

À l'extérieur, derrière les grilles, des *anciens*, une dizaine suffisaient. Pernes en Artois n'était pas « une cité. » 1500 habitants à cette époque-là selon Karine. Dès que le nom « racaille » me fut connu, il me servit pour ces ennemis.

Des années plus tard, Nicolas Sarkozy a choqué la gauche prétendue bien pensante avec ce terme, mettant ainsi en exergue le décalage entre ces politiques élevés avec une cuillère en argent dans la bouche et celui parti de rien, lancé pour arriver nul part.

*

Dès le premier trimestre de la sixième, les profs ont commencé à nous barber avec une certaine Karine. L'élève exemplaire. Durant les quatre années de collège nous ne fûmes jamais dans la même classe. Je lui ai dit *je t'Aime* pour la première fois en 2007. Elle m'a dit *je t'Aime* pour la première fois en 2007. Elle a même commencé à lancer le processus d'un bébé. Elle fut fascinée par ces sensations dans le bas du ventre, souvenir des mêmes quatorze ans plus tôt. Nous avons hésité. Elle est allée l'acheter à la pharmacie de Montcuq. Nous nous sommes assis face à face, là où nous avions fait l'amour. Et très tendrement, symboliquement, je lui ai donné la « pilule du lendemain », Norlevo 1,5 mg Lévonorgestrel.

Nous avons vécu ce qui, avant, selon nous, n'existait pas : un lien incompréhensible, une transmission de pensées, d'essence à essence. Elle me ressentait en elle, je la ressentais en moi. Elle nous prétendait « âmes sœurs » (au sens noble et quasi divin du terme). J'avais déjà eu des ressentis avec d'autres, sans jamais en parler… et de moindre intensité...

Ce récit, commencé en 1988, corrigé et abandonné régulièrement, écrit avec détachement et quasi sérénité dans les grandes lignes en 2006, où Karine n'apparaissait que furtivement, je l'ai repris grâce à elle, survalorisant son rôle, voulant tout expliquer avec elle ; je l'ai finalement terminé pour Mayline. Avant une ultime relecture, près du figuier et des tournesols…

*

Un drame. Les deux frères sont d'accord : Mitterrand président, c'est la guerre sous peu.

Qu'elle commence vite ! Et elle sera finie quand j'aurai dix-huit ans.

J'espère la guerre : je pourrai trouver une arme et le tuer incognito.

*

Nous n'avons jamais parlé. Aucune conversation comme « un père » et « un fils. » Rien.

*

J'ai été baptisé Jean-Luc Petit. De manière logique, dès que je l'ai pu, j'ai changé de prénom et surtout de nom. Actuellement, presque plus personne ne m'appelle ainsi. Stéphane Ternoise s'est naturellement imposé. Sauf pour Karine. Pour elle je suis resté Jean-Luc et l'utilisation de ce prénom, certes rapidement remplacé par « *mon Amour* », m'apparaît essentiel, niveau symbolique : elle venait d'une autre époque et notre histoire ne fut qu'une tentative pour réécrire notre vie, masquer nos échecs.

*

En rentrant du collège, ma Mickette, ma chienne adorée, n'était plus là. Il était parti en voiture avec elle, revenu sans. Pourquoi ? Elle s'est sauvée, comme unique réponse. Ma mère me raconte. Je sens bien qu'elle n'y croit pas. Quand il arrive à table, je prends mon assiette et pars dans l'autre pièce. À la porte, je me retourne, l'envie de tout lui balancer sur la tronche. Je crie « salaud. » Il ne bouge pas, ne répond même pas. Je comprends : c'est un aveu, il a tué ma Mickette.

*

Un troisième souvenir concret de ce Patrick. C'est l'hiver 1981. Je suis donc en cinquième. Le bus nous a ramenés au ralenti. Il neige. Nous posons nos sacs et commençons une bataille de boules de neige. Il arrive tranquillement, il habite une cinquantaine de mètres plus bas. Il joue aussi en riant. Il réussit souvent à nous toucher. Plus grand plus précis. Après quelques minutes, il lance uniquement sur moi. J'en suis réduit à essayer d'éviter ses véritables tirs. Lucie me prévient « fais attention, il met des cailloux dans sa neige. » Je reprends mon sac et m'en sers comme bouclier. À reculons je repars, il me suit, m'insultant : « espèce de dégonflé, de trouillard, de poule mouillée, tu mériterais que je te fasse bouffer ta merde, p'tit con, p'tit merdeux… »

*

À la ferme, la mort, c'est du concret : le cochon est tué chaque année. Les poules, les poulets et lapins finissent régulièrement sur la table. Mais l'idée de mourir me terrorise. Encore plus avec cette histoire d'enfer. J'ai beau ne pas croire en leur Dieu, le néant ou l'enfer, c'est pas le Paradis. Pas d'enfer, pas de paradis : rien ; si je meurs je ne serai plus rien ; je me pose des questions existentielles, sans connaissances, sans même une existence digne de ce nom. Avec ma résolution de le tuer, je sais, dans leur logique, dans leur conditionnement, je pèche « en pensées. » Mais non : tout ça, c'est de l'histoire inventée par les bourreaux pour maintenir leurs ignominies. J'ai le droit de me défendre. Je dois le tuer.

*

Le repas de Noël, c'est toujours chez l'oncle. L'oncle cadet. Après quatre fils, une fille est née, un 24 décembre. Donc le réveillon se déroule chez eux ! C'était bien. Nous étions une bonne trentaine, « des gens » vus uniquement ce soir-là, la famille de ma tante. Les enfants, ce soir-là, ne sont pas obligés de rester à table. Le plus souvent ma mère chante en fin de soirée. C'aurait été mieux si j'avais pu oublier qu'il faudrait repartir, qu'il conduirait, fumerait. Dès la grille franchie, il commencerait déjà à gueuler, parce qu'une phrase de ma mère ou autre chose l'aurait dérangé. Il aurait bu, oui, trop bu, mais pas plus qu'un autre. Un repas de famille bien arrosé. En rentrant il descendrait à la cave… Joyeux Noël !

*

Le football devient ma grande passion. Enfin j'existe ! Je sais bien : je suis là uniquement pour mettre en valeur la vedette programmée : le fils de monsieur Mercier. Trois ans son aîné mais incontestablement, il est le meilleur… au début de saison. De semaine en semaine je progresse ! Jouer c'est progresser. Arrière droit, je marque même presque aussi souvent que lui, avant-centre. À 15-20 mètres, ma frappe déménage, je vais même jusqu'à « scorer » cinq fois dans le même match. Seul Laurent l'avait réussi quelques semaines plus tôt. Je suis considéré, félicité…

*

Ça n'avait pourtant pas très bien débuté ! Nous avions remporté le premier tournoi auquel nous avions participé. Et reçu une coupe. Et chaque joueur une petite mascotte de footballeur en plâtre. L'un des grands frères de Laurent, je n'ai jamais su les différencier, observa nos récompenses et jugea celle du héros moins belle que d'autres. Cette différence de couleur dû lui sembler insupportable, intolérable, inexcusable, il me prit la mienne des mains et réalisa l'échange. Je n'ai pas répondu, soulagé… il m'en a quand même donné une autre…

Envie de pleurer. « Tout le monde » l'a vu et personne pour lui poser la main sur l'épaule, lui balancer quelque chose même de moins agressif qu'un « eh grand con, tu vas laisser ce môme tranquille, il a mérité autant que ton frère son trophée. » Personne n'est intervenu.

*

Les grands frères de Laurent, d'aussi loin que je me souvienne, je les détestais. Au moins depuis le CM1, mon entrée dans la classe de Monsieur Mercier, toujours prompt à glorifier ses deux « têtes », ses deux « champions de ping-pong. »
Dans la salle sous le préau : une table verte ; je l'apercevais quand la porte était ouverte mais je n'avais pas le droit d'y entrer. J'aurais voulu jouer au ping-pong. Mais interdiction : la table était réservée aux élèves de Valhuon, elle avait été payée par la municipalité. Elle semblait surtout réservée aux Mercier et à leurs sparring-partners.
« Si elle est pour les élèves de Valhuon, pourquoi les fils Mercier y jouent ! » pense l'enfant humilié.
« Des têtes »… C'est simplement que depuis leur naissance, ces fils d'instituteurs ont des parents pour s'occuper d'eux, les gaver de savoirs… je suis certain qu'ils ne sont pas plus intelligents que moi ! Ils savent juste plus de choses.
Chaque fois qu'ils passent près de nous, je sens un regard de mépris. Seul leur petit frère existe. Je n'ai jamais su les distinguer, l'un à lunettes, l'autre sans, affirmaient certains. Mais même les prénoms, je les oubliais et aujourd'hui je suis bien incapable de les retrouver.
Ils avaient des cheveux bruns, courts naturellement, Laurent était blond.
Avec lui, sur un terrain, ce fut toujours l'entente parfaite. Il est arrivé à Pernes quand j'étais en quatrième et cette année de foot avait créé un lien même si nous nous parlions rarement.

En termes actuels : c'est alors qu'est née ma prise de conscience des injustices sociales liées à la naissance, au conditionnement. Maudit déterminisme familial et social. Et aussi : les plus prompts à s'indigner « des injustices » en sont souvent les piliers : monsieur Mercier, par petites touches, nous inculquait son socialisme, présentant ainsi le maire de Lille, Pierre Mauroy, comme un futur président de la République (nous grandissions en Giscardie).
L'un des deux fiérots poursuivait sa divine route au lycée Carnot à Arras durant mon année de seconde. En BTS sûrement. Je l'ai parfois aperçu, je sentais toujours le mépris dans son regard. J'avais 16 ans, des cheveux de plus en plus longs, un sac aux inscriptions « société tu m'auras pas ; antisocial ; peace and love, marche ou crève… » ; j'imaginais ses pensées du genre « il tourne mal ce moins que rien. » Rebelle mais le meilleur élève de la classe, dans les matières « générales », les autres, atelier, électricité, oui électricité ou électronique peut-être, dessin industriel… non, ce n'était pas mon truc !… Mais j'avais appris à la rentrée qu'informatique était possible uniquement à partir de la première… et sur dossier… Nous avions pourtant rencontré un « conseiller d'orientation. »

*

La soif de revanche fut mon essence. Et même le moteur. Chaque humiliation, amorti le choc me renvoyant au « déterminisme social », m'a toujours convaincu de viser plus haut. Au point d'en faire trop dans de nombreux domaines. Comme dans la provocation. Un procès pour diffamation est toujours entre les mains du Tribunal de Grande Instance, 17eme chambre, Paris, celle de la presse. Mais je ne me suis pas couché. J'en ai même rajouté !

*

Monsieur et madame Mercier, mademoiselle Turpin : je sais que si j'ai pu écrire six cents textes pour la chanson, dix pièces de théâtre, c'est un peu, aussi, grâce à eux. Ils auraient pu me laisser végéter dans un coin, ils m'ont sorti du néant. Avec le recul je sais qu'ils auraient pu intervenir, faire plus... mais ils auraient pu en faire nettement moins. Ils n'étaient pas parfaits mais leur humanité m'a donné confiance en une partie de l'Humanité.

*

Je ne me souviens plus vraiment de ma communion (un repas au *Lion d'Or* à St Pol) ni de ma confirmation (une gifle d'un supérieur du curé). Mais un instant religieux m'a marqué : la « retraite avant la confirmation. » Trois jours à Pernes. Le matin du troisième jour, j'attendais, avec Jean-Philippe, appuyé contre un muret, quand Karine est arrivée. Au lieu de son habituel regard hautain, elle souriait et vint directement vers moi. Naturellement, il ne me reste rien de ce dialogue sûrement d'une banalité de notre âge. Quelque chose jaillissait d'elle... une lumière recherchée ensuite en vain au collège où elle reprit sa froideur.

Ce quelque chose, je l'ai sacralisé en lisant Boris Cyrulnik. Ce regard de Karine, j'en suis encore persuadé, fut essentiel dans ma résilience. Naturellement Karine ne s'en souvient plus (mais elle a de moi des tas de souvenirs du collège, évaporés de mon cerveau). Pour cela je lui ai dit merci, quand elle a voulu savoir pour quel motif « *exact* » je la recontactais en 2007. « *Je n'ai pas tout bien compris de ta résilience mais j'accepte ton merci. Il me va droit au cœur.* » Je crois qu'elle découvrait le terme résilience. Je n'excluais pas « *autre chose* », du présent, et pour la première fois figura entre nous le terme « adieu », au cas où elle jugerait inutile de continuer nos échanges. Elle répondit : « *je suis accro à tes mails.* » Et tout s'accéléra. Trop vite peut-être ! En quelques jours elle trouvait un appartement, quittait l'homme avec qui elle vivait « *une relation pas très heureuse mais stabilisée* », prenait une avocate pour gérer leur copropriété... et réalisait un test HIV pour notre première vraie rencontre.

*

Au collège de Pernes, je suis une cible. Mes bonnes notes semblent même les déranger ! Les « grands » : frimeurs derrière les grilles. 17-18 ans, anciens désormais en « BEP » ou « CAP », à St Pol ou Auchel, viennent exhiber leurs muscles, essayent d'emballer des gamines. Je suis leur tête de turc. Et de leurs copains encore de l'autre côté des grilles.

En quatrième, je n'aurai même plus le droit de jouer au football le midi. Interdit de terrain a décrété un grand con !

Menaces. « *On va te casser la gueule.* » Quelques mètres entre le collège et le bus. Facile de bousculer. Le samedi, il faut l'attendre, le bus. Durant une heure. Ils savent que je n'ai pas de grand frère pour me défendre. Savent-ils que je suis un gosse d'alcoolique ? C'est sûrement normal pour le directeur, les profs, les surveillants, cette présence d'anciens à la sortie, leurs gestes. Ils ne sont pas intervenus.

Eux aussi, j'ai eu envie de les butter. J'en avais marre de ce monde. Je veux partir loin de ce monde. Trouver mon paradis, loin des fous, des violents, des tarés...

*

Il gueule. Encore plus fort que d'habitude. Ma mère a enfin osé un acte de refus. Elle a porté son fusil à Heuchin, à la gendarmerie. Il était temps ! Son doigt titillait de plus en plus régulièrement la gâchette après un « *vous zigouiller.* »

- De toute manière, je m'en fous... J'irai en racheter un autre... Tu ne crois quand même pas que je vais rester sans chasser (traduction toujours).

En septembre, il n'a pas repris sa carte de chasse et n'a jamais racheté de fusil. J'en suis persuadé : si ma mère avait su lui fixer des limites, il se serait conduit différemment. Inutile de me demander s'il aurait entamé une thérapie, l'époque, à la campagne, n'était pas aux psys... Il aurait peut-être pu rester un borderline tolérable... Mais, plus ou moins consciemment, cette possibilité d'après

168

traumatisme, il s'était mis en situation de la rendre quasi impossible, en épousant une femme psychologiquement faible.

*

Je tousse.
- Tu vas crever, tuberculeux, asthmatique…

*

Vivre un jour une vraie vie. Quel miracle peut transformer ma vie ? Sa mort.
Lui vivant, impossible de vivre.

*

Le temps est notre bien le plus précieux. Sénèque déjà l'avait remarqué. Aujourd'hui, perdre une semaine, une journée, et même une heure me dégoûte. Alors je suis souvent impatient. « *La patience est notre grande vertu* », j'écris régulièrement en citant Léo Ferré ; je sais qu'il faut du temps pour bien faire les choses mais je sais aussi le temps perdu de l'attente. Comment tenir en *pause* ? Mayline m'envoyait pourtant, deux jours avant le jour J de Bruniquel : « *qui a dit que la patience est notre vertu ??? mmmmhh ??? Quelqu'un qui n'attendait pas probablement !!* »
J'ai perdu tellement de temps.
Finalement, finalement, Mayline m'a envoyé un simple SMS « *oublie-moi. Fin de l'aventure.* » Une heure plus tôt j'avais laissé sur son répondeur : « *si tu continues tu vas me perdre. La pause a trop duré. La pause est inhumaine…* » J'ai ressenti une forme de soulagement : c'était clair. Soit elle sortirait de son cercle vicieux soit je finirais bien par assumer cette énième déconvenue… J'avais, avec ce récit, l'occupation nécessaire… Je perdais même parfois l'idée d'un travail « pour Mayline » et me sentais bien, serein. Et si vraiment Marcel Proust avait raison : « *La vraie vie, la vie enfin découverte et éclaircie, la seule vie par conséquent réellement vécue, c'est la littérature.* »

*

Cinquième. À part en mathématiques, mes notent plongent partout au troisième trimestre.
En français : « *c'est faible. De gros efforts seraient nécessaires, mais…* »

*

Presque chaque soir je suis sur la place, pour nos minis matchs. Quand Patrick vient, me méfier est impératif : ne jamais le laisser derrière moi ; de face j'évite systématiquement ses tacles. Je suis le meilleur joueur sur le terrain. Quand ses crampons sont presque inévitables et que je les esquive pourtant, je repars. Mes partenaires refusent alors de continuer. Me rappellent. Mais je sais : il ne faut pas revenir. Ainsi il s'est presque calmé.
Je me demandais souvent pourquoi il s'acharnait contre moi. Je ne comprenais pas. J'étais simplement une victime idéale ! Sans défenseur. Pourquoi avait-il besoin d'une cible ?
Aujourd'hui je le compare à ce père : comme lui, il aurait suffi qu'un adulte respectable s'interpose, lui envoie même une simple claque à la Bayrou ! J'ignore ce qu'il est devenu. Je m'en fous.

*

Durant les vacances je me casse le bras droit. Sur le terrain de football de Valhuon. 7 août 1982. Gardien, je tombe, et crac. Hôpital. Plâtre. Le dimanche, je vais voir les autres jouer. Matchs d'entraînement d'avant saison. Et c'est au bord d'un terrain que je croise Betty. Nous nous parlons naturellement. Comme aimantés. Ses copines, j'en connais quelques-unes mais rien à leur dire ! Nous nous éloignons d'elles. En septembre elle ira au collège. Le soir, ma sœur, qui m'avait conduit, me demande si je la connaissais avant. Pourquoi ? Vous aviez l'air de bien vous entendre.

*

Il faut le tuer.

- Ne dis pas ça… Si ce n'était que pour moi, je le ferais mais le malheur retomberait aussi sur vous.

- Lui veut bien nous tuer.

- Mais lui, c'est la guerre d'Algérie qui l'a rendu comme ça. Tu ne sais pas ce que c'est la guerre.

- On n'est pas obligé d'en subir les conséquences. Quand il est allongé par terre, complètement bourré, il faudrait taper dessus avec la masse.

- Dieu nous verrait et il nous punirait.

- Il n'existe pas ton Dieu.

- Ne dis pas des choses comme ça, un jour il va intervenir et nous en débarrasser.

Et elle pleure.

*

Je passe de la constipation à la diarrhée. J'ignorais qu'il s'agit d'un syndrome classique de l'anxiété.

*

Avoir les cheveux longs, claquer les portes, ne plus parler, un regard froid, crier « *j'en ai marre !* »…

Je n'ai rien trouvé d'autre pour lutter…

Ma mère répond : « *c'est comme ça, tu ne peux rien y changer… certains ont tout à la naissance, d'autres doivent trimer toute leur vie (…) C'est comme le temps, on ne le choisit pas…* »

*

Le prof d'anglais n'aime pas les cheveux longs. Envie de lui balancer : j'aime pas les humains, les humains comme toi, qui restent dans leur coin et bavent contre mes longs crins alors que moi le soir je rentre en enfer… Je vis en colère.

Naturellement, si j'avais osé me défendre, je l'aurais vouvoyé et aucun mot aussi vindicatif ne serait sorti. J'intériorisais…

*

« *J'aurais voulu être couturière, ta grand-mère n'a pas voulu… Avec un métier comme ça, j'aurais été heureuse… Apprends un métier…* »

*

Quatrième. Je sombre sous les 12 de moyenne générale au premier trimestre. Puis sous les 11. Même en math, je suis relégué à la septième place.

*

Betty est donc en sixième. Nous prenons le même bus. Ses copines nous observent continuellement. Difficile de se parler. De plus en plus difficile même. Des regards mais une gêne. Nous n'osons plus. Son regard s'enflamme quand on se croise (les mots d'aujourd'hui) ; à cette époque, je lui trouvais simplement un regard différent des autres filles ; j'avais sûrement, sans m'en rendre compte, le même symptôme ! Ce fut, pour elle comme pour moi, « la première passion. » Nous ne nous sommes jamais embrassés ni même serrés.

Après j'ai connu d'autres œillades aussi intenses, et je les ai vécues ces passions. Je sais bien : notre histoire n'aurait pas survécu au temps. Comme je sais bien : si j'avais contacté Karine en 1989, elle aurait refusé ma démarche littéraire et ses années (décennies ?) de vie en marge pour atteindre un niveau vivable. Elle aurait refusé : nous en avons parlé en 2007.

Tout simplement : je n'étais pas en état de vivre des amourettes au collège. Cette année de quatrième fut la plus sombre : idées de suicide.

*

Le 14 juillet : ducasse au village. Le chapiteau Lanie, *Sono 2000*. Ma mère prépare une dizaine de tartes. L'oncle et les cousins viennent manger. Nous allons au bal…

À 14 ans je commence « à sortir », ma sœur m'emmène aux ducasses les plus proches. Parfois elle prend Vincent, Guy et Lucie.

À 15 ans je sors presque chaque samedi soir. L'après-midi j'ai joué au football, avec Troisvaux, village à une dizaine de kilomètres m'ayant « recruté » après l'année en benjamins à Valhuon… pour jouer avant-centre des minimes… mais finalement l'équipe minime ne se constituant pas, « surclassement » en cadet, avec des joueurs trois ou quatre ans plus âgés.

Le sport m'intéresse de moins en moins. Je me sens mieux en compagnie des filles.

À la ducasse de Troisvaux, j'embrasse pour la première fois une Valérie.

*

Le soir, quand il est couché, je reste devant la télé le plus tard possible. Jusqu'à la fin des programmes, l'écran de neige. Et je m'entraîne devant la glace à prendre les attitudes des brutes et des truands. J'ai compris : face à ce regard-là, il se tait, baisse même les yeux. Ça devient un masque. La racaille autour du collège me laisse même tranquille. Mes notes proches du passable en quatrième deviennent presque excellentes. 19 en math ! Je porte ce masque à vie ?

En 1989 Fanny donnera un nom à cette arme d'autodéfense : quelque chose d'inquiétant.

*

Karine n'aime pas quelque chose en moi. Je le sens. Et je n'aime pas quelque chose en elle.

Peut-être étais-je tout simplement jaloux face à une privilégiée ? Injuste, qu'elle puisse se consacrer aux études et pas moi. Je sentais bien : sa suprématie n'était pas une question d'intelligence mais de circonstances. Ai-je aussi cherché, en 2007, la confirmation de cette lointaine impression pour laquelle je n'avais alors pas de mots ?

Ça lui a fait mal, quelque part, du côté de l'ego, qu'un « élève moyen » (même si je terminais la troisième en tête de ma classe, j'étais resté « moyen » pour elle ; et c'était exact, le niveau des troisièmes B étant nettement moins élevé), ait pu réussir à manier la langue française au point d'écrire des chansons, du théâtre, et qu'elle, l'excellentissime, n'ait, fondamentalement, rien fait.

*

« *Il ne s'en sortira pas.* » Je me sens bien : il est à l'hôpital. Et j'ai entendu : « *Il ne s'en sortira pas.* »

Inflammation du pancréas. Trop bu.

Je l'ai cru, ce voisin ! J'étais heureux ! Il ne parlait pas en connaissances médicales, seulement par l'appât de terres à louer.

Maintenant je connais les statistiques : moins de cinq pour cent des pancréatites sont mortelles. Il s'en est sorti. Mais il fut « convalescent » quelques mois, sans une goutte d'alcool. Puis tout a recommencé, comme s'il sentait que même une rechute ne serait pas grave ou comme s'il savait préférable pour lui de vivre avec l'alcool et le risque que sans son liquide anesthésiant, euphorisant, abrutissant…

*

Comment ont-ils compris ma métamorphose ? La dégradation continue me vouait à la déconfiture en troisième puis au BEP-CAP. Mais j'étais bien à l'école ! Je me retrouvais un peu comme au CM2 ; sans « grands » à redouter. La cour était redevenue un espace de tranquillité. Je rejouais au foot. Pierre Laigle était l'incontestable meilleur, ça n'empêchait pas mon plaisir.

Dès le premier trimestre, ma moyenne générale remontait à 12,4 puis 13 et 13,8. Premier en français, math, histoire-géo, biologie, sciences physiques.

« *Ensemble satisfaisant. Essayez de vous exprimer correctement* » note quand même monsieur Nonchez au troisième trimestre, le prof de français. Le patois est toujours en moi, l'absence de bases solides se remarque parfois. On ne sort pas totalement indemne d'un cerveau en friche jusqu'à six ans… ni d'un tel environnement.

*

Au sujet du tabac, je suis seul contre tous. « *Les hommes ont toujours fumé.* » Oui, ça la dérange aussi mais elle « *fait avec.* » Traditions ! Ma sœur ne dit jamais rien non plus.

Ça me dérange et je sais : c'est mauvais pour moi : je dois sûrement pressentir l'existence d'un « tabagisme passif » et suis trop peu civilisé, cultivé, pour balancer « *on meurt à quel âge du cancer quand on grandit enfumé ?* » Alors je pars dans l'autre pièce ou dans ma chambre. J'ouvre les fenêtres. Même lors des « repas de famille. »

*

En 1992, enfin, une loi a reconnu des droits aux non-fumeurs. J'étais alors un bureaucrate, un petit cadre en informatique, à Reims, et le patron fumait. Dès la première réunion après le décret d'application, je l'ai prié d'éteindre sa cigarette. Malaise autour de la table, d'autres sortaient déjà leur paquet. Car tous connaissaient la date fatale mais attendaient le signal du patron, la première du patron, pour reléguer cette loi aux oubliettes des beaux principes sur lesquels peuvent s'asseoir les notables. Il sourit « *Si on ouvre la fenêtre, je crois que la fumée ne gênera personne.* »

J'avais encore très peu de confiance en moi mais je réussis à enchaîner « *l'État protège enfin les non-fumeurs, le tabagisme passif cause autant de cancers que le tabagisme actif, je crois qu'il doit exister un local où les fumeurs peuvent aller développer leur cancer.* » De toute manière, je souhaitais être licencié.

Aujourd'hui, j'aurais le verbe plus fort : « *monsieur le directeur, mesdames messieurs les clopeuses clopeurs, vous avez assassiné impunément durant des décennies, et vos crimes resteront impunis, on vous interdit enfin de ne plus nous empoisonner mais sur le passé ils font table rase. Mais nous n'oublierons pas : vous nous avez méprisé car la loi était de votre côté alors aujourd'hui ayez au moins la décence de ne pas l'enfreindre…* » Je ne pourrai vraiment plus côtoyer des gens pareils…

*

Personne n'a eu la réaction nécessaire. Le « il aurait fallu » n'a aucun sens. Nous n'avons pas su gérer le cas difficile auquel nous étions confrontés.

Il n'a pas su gérer son retour d'Algérie et tout s'est enchaîné. Ma mère n'a pas su gérer les premières paroles, les premiers gestes inacceptables. Engrenage.

Engrenage de tout temps. Comment Karine a pu accepter de laisser un crétin souiller son essence à partir de l'an 2000, la transformer en amante puis la réifier quand elle a cru tenir son bonheur en devenant « officielle », l'entraîner dans une relation de confrontations ?

Même « les hautes études », une culture, ne protègent pas contre un tel piège. Qu'ont d'attirant ces hommes dangereux pour réussir à emprisonner ? Par quoi sont aveuglées les femmes ? Elles pensent « il a changé » et il va redevenir « comme avant. » Quand il frappe : « il a pété un plomb » et elles pardonnent. Non ! Il n'a pas changé : c'est toi qui n'as pas vu l'Essentiel. Mayline, si souvent victime de pervers psychotiques. Mayline déboussolée par le naufrage de son couple (après six mois de mariage) chercha même en moi toutes les maladies psychiques imaginaires pour justifier ma mise en *pause* ! Puisque eux aussi l'avaient prétendue merveilleuse avant de… Comment dire *je t'Aime* à une femme qui fut violée ?

*

Ah Mayline ! J'ai été le premier homme à me comporter en père avec ses enfants ! C'était naturel

172

pour moi. Trop beau pour être vrai pour elle ! Simplement : leur donner à manger, participer au bain. Pour ses psychotiques c'était son rôle et basta. Et l'homme suprême devait être servi avant les enfants, il avait travaillé, lui ! Ça n'a duré que quelques jours. Quand deviendra-t-elle nostalgique de cette harmonie-là comme elle l'est de son enfance ?… son enfance africaine…

*

Dimanche de repas. Je dois toujours me taire. Comme les cousins. Il faut se taire, laisser parler « les hommes. »

J'écoute et je comprends : nous n'avons aucun lien, des étrangers ; vous n'êtes pas ma famille ; je n'ai pas de famille. Je rêve d'autre chose. Mais quoi ? Comment pourrait-il y avoir autre chose ? Un miracle ? Leur Dieu ?

Je pars dans ma chambre écouter Renaud « Société tu m'auras pas. » J'apprends par cœur « Hexagone. »

*

Même la racaille derrière les grilles le sait : j'ai découvert le classement dans l'ordre du *onze d'or 1982*. Rossi, Giresse, Falcao. Je suis l'un des onze gagnants du mensuel *Onze* et assisterai à la finale de la coupe d'Europe des clubs champions en Grèce, à Athènes.

Ma mère souhaite m'en empêcher : l'avion va exploser, je vais me perdre, être kidnappé, assassiné...

Hambourg contre Juventus. Je veux y aller ! J'irai ! Viva Platini !

Le prof de sport regrette de ne pas m'avoir demandé conseil ! Lui aussi me regarde autrement : il me recrute même pour jouer au club local, nettement plus huppé que Troisvaux. J'y resterai un an. Ils veulent tous savoir comment j'ai fait.

Être le meilleur pour exister ! J'ai simplement réfléchi, lu le numéro qui présentait le concours, avec une extrême attention aux commentaires des journalistes sur chaque joueur.

Réfléchir. Réfléchir. Toujours réfléchir avant d'agir…

*

Je me sens encore mal à l'aise avec une foule : je sais qu'à l'intérieur rôdent forcément quelques types comme lui. Je sais aussi comment une foule se manipule et pourrait se jeter sur un être différent. Je reste « un être différent. » C'est à vie, ça. On peut guérir de cette enfance mais la route nous éloigne alors définitivement des humains à la dérive. J'ai cherché ma voie. C'est peut-être une chance, quand on l'assume, quand on évite ensuite de prendre une lanterne pour le Soleil.

*

Monsieur Bouley, le prof de math, m'a, d'office, inscrit à l'initiation informatique du midi, le mardi et le vendredi. Son meilleur élève en mathématiques de 3ème B. Même presque au niveau de Karine, l'indétrônable de l'autre classe et ses 20 sur 20.

Le collège venait de recevoir un ordinateur et il était le seul à oser essayer de l'utiliser. « *L'informatique c'est l'avenir. Un jour tout se fera avec un ordinateur.* » Il avait sûrement lu cet argument dans une revue ! Monsieur Bouley lisait des revues informatiques ! Il n'a jamais réussi à nous transmettre son enthousiasme, même pas à nous faire comprendre à quoi pourrait vraiment servir cet écran associé à une machine à écrire (avec lequel on ne pouvait même pas capter *Canal+*). Son plus bel exposé, si je me souviens bien, se référa à un merveilleux programme, où il suffisait de rentrer dans la bête des textes d'Arthur Rimbaud puis d'autres de Charles Baudelaire et l'imprimante crachait un charabia inédit, remplaçant les verbes de l'un par les verbes de l'autre, idem pour les adjectifs et les adverbes. Il s'était enflammé comme s'il avait découvert, au moins, le théorème de Pythagore…

*

173

Troisième. « Le choix de l'orientation. »

- Fais un BEP comme tout le monde, au moins t'auras un métier.

Ma mère m'aurait bien vu boulanger ou pâtissier. Faire ses heures et recevoir son salaire à la fin du mois, quelle belle vie ce serait… Pardi, le BEP, toutes et tous ne l'obtenaient pas au village. C'était le BEP ou les études agricoles pour reprendre la ferme.

Quelle horreur, un BEP ! Ou un CAP. Je n'ai jamais cherché à connaître la différence. Certains font l'un puis l'autre. Si j'avais suivi ma dérive scolaire, c'était mon destin ! C'aurait été retrouver les plus médiocres de la classe. Les meilleurs iront au lycée Châtelet à St Pol ou au lycée Lavoisier d'Auchel. Je suis désormais parmi les meilleurs. « *Le bac, c'est difficile, tout le monde le dit.* » Ma mère doit m'avoir répondu une banalité aussi utile. « Faire des études » se limitait donc à obtenir un diplôme pour devenir ouvrier ! J'avais décidé. J'avais déjà compris : il me faut décider seul, je ne peux rien espérer des autres.

Mais St Pol, le lycée Châtelet, ce serait prendre le bus. Et dans le bus, côtoyer la racaille BEP CAP, les petites terreurs de la grille…

En second choix, je notais « bac informatique », en premier « centre de formation du RC Lens. » L'informatique c'est Arras. Oui, Lens ou Arras, ce serait enfin autre chose, loin, loin.

Karine ira au lycée Châtelet. L'idée ne me vient même pas de choisir en fonction d'elle. Il aurait sûrement été très romantique d'avoir pensé « *Karine, je ne t'oublierai pas, un jour, un jour… Mais là où je dois passer personne ne peut m'accompagner… Si j'en sors vivant je serai écrivain… et alors peu importe où tu sois… nous serons heureux…* »

Je parle de moins en moins. Ils prétendent « *il se renferme* »… La conscience de ce que je dois faire s'incruste en moi : je sais que je suis le seul à pouvoir mettre fin à l'oppression. Arras ou Reims je trouverai la solution…

*

La secrétaire du mensuel *Onze*, venue m'attendre à la gare du Nord (je suis le seul lauréat mineur), s'exclame en souriant « *ta mère n'est pas commode, elle voulait qu'on vienne te chercher en taxi !* » Je me sens bien avec elle. Ah son sourire ! Sûrement déjà aussi beau que le sourire d'une princesse espagnole !

Elle m'emmène au bureau de *Onze*… Quel était son âge ? 25-30 sûrement… quand nous sommes descendus du taxi, l'immeuble ressemblait tellement à une tour habitable qu'une pensée m'assaillit : pourvu qu'elle m'emmène chez elle… et me fasse découvrir l'amour… Mais c'est le bureau de *Onze* et elle me présente le directeur… il sera du voyage, elle non. J'aurais voulu rester des heures avec elle ! Comme elle est classe !

Mes oreilles bourdonnent dans l'avion. Comme le monde est grand. Comme c'est beau vu d'en haut ! Nous sommes au dessus des nuages ! Au travers du hublot je vois ces nuages, la mer, la terre. Une vie comme ça, ce serait bien.

J'ignore tout de Socrate, Platon, Aristote, je vois « des ruines. »

À ce jour mon unique voyage en avion.

*

Ai-je survalorisé mon ressenti pour Karine en revoyant mes années-collège ?

Oui, je ressentais « quelque chose » ; je n'avais pas de mots alors ; avec ceux d'aujourd'hui : attirance spirituelle, sensorielle. Attirance née d'une admiration pour ses bonnes notes. Elle représentait LE SAVOIR. Même avant la sixième, Agnès et Nadège, à l'école de Valhuon, exerçaient une attraction sur moi. Je les enviais.

C'est maintenant une certitude : je ne pourrai plus Aimer une Femme sans union spirituelle. J'ai si longtemps cherché le savoir dans la beauté et souffert du vide intérieur, de cette solitude à deux…

*

Ai-je vraiment eu la sensation que ce lien supplantait l'attirance pour Betty ?

Plus objectivement : Karine et Betty furent deux faces de mon incapacité à vivre. J'avais honte d'un tel père. J'ignorais qu'il ne faut jamais avoir honte de ce dont nous ne sommes pas responsables. J'ignorais que si je leur avais simplement raconté la vérité, elles n'auraient pas forcément fui. J'ignorais que si nous avions vécu un amour de jeunesse, elles ne se seraient pas souciées de cet individu. J'ignorais que cet amour de jeunesse n'aurait peut-être pas été l'amour de toute une vie et s'il l'avait été, la Femme de ma vie aurait vraiment été avec moi, même « contre le monde entier. » J'étais un enfant auquel les parents ont réussi à transmettre une seule valeur : la peur.

*

Karine a vu en 2007 mon reflet de 1983. Idiote va ! Comme si en 1983 j'aurais pu accorder une telle confiance à quelqu'un, même en Toi ! Chaque être était potentiellement dangereux.

En me renvoyant à 1983, Karine a surtout avoué son échec. 1988-2007, où j'ai tout fait pour progresser, elle l'a vécu comme la suite de l'enfance, mais sans les parents pour la protéger, avec une naïveté effarante, au point de n'être qu'un objet sous les griffes d'un commercial, tout en se prétendant féministe… car indépendante via son salaire d'ingérieure. Ingénieu-nieuse-niaise va ! Ingénue même !

Une grande compassion pour son échec est montée en moi : en me trahissant, en me méprisant, en ne dénonçant même pas celui qui en son nom m'avait menacé de mort, elle tomba plus bas que les droguées de mes désillusions.

Lui en vouloir ? Oh non ! J'ai eu besoin de vivre cette aventure. Quelque chose en moi n'y croyait pas. Et je l'ai vraiment compris en l'attendant gare d'Agen. Avec Karine, je n'aurais jamais tout partagé.

*

Ma sœur me conduit à Lens. Mon dossier scolaire me permettant de participer à la journée de sélection du RC Lens.

« Si tu deviens footballeur, je serai comme le père de Johnny Hallyday, je n'aurai plus à travailler, tu me donneras des sous et je pourrai boire tant que je voudrai. » Une semaine avant la date fatidique, il fut calme ! Mais ça ne changeait rien, je dormais avec la fenêtre ouverte. Je n'avais pas compris, qu'en réalité, sa bave d'un midi, il y croyait, son plan devait lui sembler très cohérent : maintenir la mère et la sœur sous son emprise et ainsi le footballeur l'aurait entretenu. La cohérence du bourreau. J'étais certain d'échouer, lucide sur mon niveau, surtout ma condition physique.

- T'es vraiment qu'un bon à rien.

- Si j'avais une famille normale, j'aurais été retenu.

- T'es vraiment qu'un bon à rien.

- Mais tu n'as pas encore compris que tu emmerdes tout le monde, que tu empêches tout le monde de vivre. Crève !

*

Arras. Lycée Carnot. « Seconde de détermination à option technologique. » Plus de place à l'internat. Train gratuit. Mais la maison du malheur est à neuf kilomètres de la gare de Saint Pol. Chaque matin, neuf kilomètres de voiture, avec lui ; rapidement : peur de mourir.

Surtout rester vigilant, la main gauche sur la fermeture de la ceinture de sécurité, le sac d'école avec une plaque de fer (subtilisée en atelier, derrière le dos de monsieur Monborgne) dans un classeur, posé au niveau du cœur, le cran d'arrêt (armurerie d'Arras) dans la poche du sac la plus rapidement accessible par la main droite, main prête à tout, à parer le moindre geste.

Le geste : le meurtre, par exemple un coup sur la nuque pour ensuite simuler une mort par coup du lapin lors d'un accident ; scénario probable de la maison à la départementale, route communale où l'on croise si rarement quelqu'un. 1,2 kilomètre.

L'accident, probablement sur la départementale. Deux virages consécutifs : il suffit de catapulter le côté droit dans la première maison. Au troisième virage, un arbre : je suis à « la place du mort. » Pour être certain de m'assassiner, j'en suis persuadé, il tenterait de retirer ma ceinture de sécurité.

L'entrée dans Saint Pol est presque un apaisement. Quand même : juste avant la gare, la nationale 39 à couper. Il prendrait le risque de traverser quand un camion déboule de Frévent ? Là, aucune parade. S'il est prêt à mourir avec moi, je suis perdu. Mais non, il veut pouvoir savourer sa réussite, jouer au père meurtri (jusqu'à se mettre dans la peau du père de son ami égorgé dans le maquis algérien ?), recevoir les « sincères » condoléances, héros debout devant le cercueil de son fils mort au nom de l'automobile divine. Et ensuite pouvoir balancer à ma mère et à ma sœur : « je l'ai tué, ce vaurien. »

J'avais 16 ans. J'avais 17 ans. J'avais 18 ans. Chaque matin l'estomac noué. Le soir ma sœur venait me rechercher.

*

Je n'ai jamais eu peur dans les rues ni dans les lycées d'Arras. Dès le premier jour j'avais un masque. Et tous m'ont cru ainsi : un peu bizarre, un peu inquiétant. Je souriais rarement. Sauf avec Christine. Je parlais très peu. Sauf avec Christine.

*

Leur dentier dans un verre, le soir. L'un de mes dégoûts. Quand j'ai mal aux dents « *ça t'apprendra à vivre* » et aussi « *arrache tout* » - il sortait alors son haut de dentier et ricanait ; « *tu seras comme ça aussi.* »

Aucun dentifrice à la maison.

J'ai souffert chez le dentiste. Nombreuses caries. Je prenais rendez-vous après le retour du train et ma sœur venait me rechercher sur la place des impôts. Ça servait à rien d'aller chez le dentiste ! Les dents sont faites pour tomber, sinon on ne fabriquerait pas de dentiers. Je faisais perdre du temps à ma sœur. En sortant toujours plus tard que l'heure prévue. Mais si j'aimais souffrir ! C'était gratuit alors ils ne m'ont pas empêché. D'Arras j'ai ramené brosse à dents et dentifrice.

Ma sœur a un appareil depuis longtemps. Un jour elle a bien dû passer à l'arrachage. Mes dents sont une forme de fierté. Une victoire. J'ai lutté pour elles.

*

Il m'a forcément fallu des tonnes d'illusions avec le poids puis les souvenirs de cette enfance. Naturellement les désillusions m'ont fermé des portes, m'ont entraîné dans l'anxiété, la déprime. Mais je m'étais juré de m'en sortir, transformer ma vie, la transcender. Et encore aujourd'hui, au fond du gouffre Maylinien, confronté à cette inacceptable incompréhensible indigne *pause*, je me tourne vers cet engagement pour apercevoir une lueur, faute de lumière.

Je sais bien : je me fais un peu de cinéma : je pourrais sourire et laisser Mayline à ses psychotiques, psychopathes, psychorigides… J'ai peut-être besoin de ces grandes trahisons pour trouver la force d'assumer mon physique dégradé et mon ambition littéraire intacte.

Ces jours-ci, je pense souvent à une phrase de Céline, dans *Voyage au bout de la nuit* : « *C'est peut-être ça qu'on cherche à travers la vie, le plus grand chagrin pour devenir soi-même avant de mourir.* »

Mayline a tellement de problèmes à résoudre avant de pouvoir vivre l'Amour sereinement…

Mayline est une nouvelle illusion, m'affirme souvent ma lucidité mais naturellement quelque chose en moi refuse cette voix. Parfois je fredonne « *Mayline est folle* » sur un air de William Sheller. Plus possible de chanter « *un homme heureux.* »

*

« *T'as mangé ton pain blanc avant ton pain bis* » (dois-je encore préciser qu'il s'agit toujours d'une traduction ? Depuis le film ch'ti je pourrais même écrire comme j'entendais mais je me sens appartenir à la langue française…).
Il prétendait que j'avais une belle vie !
Les autres enfants de mon âge aidaient leur père… Et ma mère aussi, parfois, abondait dans ce sens : j'exagérais ! Car quand même, elle me donnait de l'argent… alors que les autres, les autres, leur mère le gardait pour elle, l'argent, pour s'acheter de beaux habits… alors qu'elle, elle préférait se priver…
J'ignorais, naturellement, tout de la réalité psychique des prétentions au sacrifice, et régulièrement me sentais ainsi vaguement coupable. Mais quelque chose en moi me poussait à résister face à cette culpabilisation. Elle aussi souffrait d'une maladie psychique : se complaire dans l'idée du sacrifice. Nous avons certes tous nos petites affections mentales, infections, mais celle-là est très judéo-chrétienne…

*

J'avais 17 ans quand ma grand-mère est revenue. La cousine, à la retraite, n'avait plus besoin d'elle. Il a gueulé qu'il ne voulait pas la voir chez lui. Sans élever la voix, elle lui a rappelé les termes de l'arrangement, sa jouissance d'une pièce au rez-de-chaussée et d'une à l'étage, celle devenue la chambre de ma sœur. Elle n'avait pas besoin de son accord pour vivre chez elle, la maison lui appartenait et si elle n'avait pas signé, il n'aurait même pas pu bâtir son étable ! Qu'il n'oublie pas qu'elle est toujours propriétaire des terres et qu'il ne paye aucun fermage depuis des années !
Il continua à vociférer. Mais plus devant elle. Elle sépara en deux sa pièce avec un rideau, cuisine et chambre.

*

Pour la première fois quelqu'un jouait avec moi. Aux dames surtout. Elle croyait que je trichais… elle n'a jamais gagné !
Parfois elle laissait échapper un « *c'est bien malheureux d'avoir un père pareil.* »

*

Je prenais mon assiette et mangeais avec ma grand-mère. On ne pardonne pas à un tueur de chien. Ma mère affirma régulièrement que j'en faisais trop, me demandait de rester les jours où « *il est normal.* » Parfois normal un tel type !?

*

Elle me donnait parfois un billet. Elle ignorait ceux de ma mère. « *Tu ne le diras à personne.* » Rarement. Aujourd'hui je crois bien qu'elle se privait pour ce cadeau. Il me semblait dérisoire et je remerciais à la hauteur de ce dérisoire. Personne ne m'a appris à dire merci. Comme à manger la bouche fermée. Elle ne se plaignait jamais mais sa pension devait friser les trois fois rien.

*

Ma mère me filait un tas de billets. J'en portais régulièrement à la *Caisse d'Épargne*. Je dépensais le moins possible. Je savais les millions de découverts à la banque.
« *Un jour il faudra tout vendre* » (la conscience de cet inéluctable relativise sa prétention à rester au motif d'une ferme transmise par ses parents… simplement, partir, « *ça ne se fait pas* » !)

Il dépensait des sommes de plus en plus faramineuses dans les bistrots, surtout chez son Leboc.
Rien que la vente du lait rapportait chaque mois au moins cinq ou six smics de l'époque.
Derrière mes posters, s'accumulaient les cachettes de rectangles de cent francs. Ma mère retirait chaque mois la même somme que lui. Ma sœur en recevait en qualité d'aide familiale, il le savait, et « un peu » à moi.

*

Je me pensais « un Karine » : le meilleur de ma classe. Certes, avec une restriction : une moyenne limitée à 13-15.
Naturellement, j'ignorais qu'elle subissait une pente descendante, certes en restant toujours « *une bonne élève* » et perdrait même le leadership dans son école d'ingénieur (« *dans les dix premiers quand même* »).
Et ce que j'avais pressenti vers 18 ans, l'une des dernières fois de ma période 1 où j'avais pensé à elle, s'avérait exact : elle bûchait, bûchait, bûchait, pour obtenir de tels résultats. « *Tout le monde croyait que c'était facile pour moi, alors que j'apprenais, j'apprenais, j'apprenais, j'y passais ma vie.* » Elle apprenait et je comprenais. C'est venu naturellement, réflexe d'enfant pas en état d'apprendre mais conscient de devoir « suivre. »
Maintenant je sais : c'était la meilleure des voies, comprendre plutôt qu'apprendre « par cœur » : il faudrait l'expliquer aux mômes. Elle a ingurgité du savoir, elle a presque tout oublié mais elle dispose du sacro-saint diplôme d'ingénieur. J'ai intériorisé la compréhension. Elle s'est robotisée.
Et malgré sa prétention de « femme de cœur » j'ai retrouvé, connu, une femme froide, persuadée d'avoir tout compris quand elle sait, assez similaire à son « ex-mari » : binaire, de cette dichotomie qu'elle lui reprochait, victime de la même formation, même si parfois la Karine sensible, originelle, se bottait le cœur et les méninges, alors elle tombait en nostalgie, rêva des heures à voix haute au téléphone et susurra « *je t'aime* » à un être si différent d'elle en apparence et en profondeur : moi.

*

Des tribunes, j'entends « *si tu marques je te tue.* » Je pose le ballon sur le point blanc, essaye de faire le vide, l'arbitre siffle, une pensée de ce maudit père me traverse, d'une feinte je prends le gardien à contre-pied mais le ballon passe vingt centimètres à la gauche du poteau droit. Pour la première fois je rate un penalty. Nous perdons le match. Ils m'en veulent. Je me retiens de répondre « *tu n'avais qu'à aller casser la gueule du mec qui m'a menacé.* » Je sais bien, ça les aurait fait rire. C'est le rôle des supporters de mettre la pression sur l'adversaire. *Tu n'es quand même pas con au point d'avoir eu peur.* Je sais, il aurait eu raison celui qui m'aurait ainsi rabroué. Mais oui, malgré mes cheveux longs, j'ai eu peur.

*

J'aurais pu réussir dans le football. Si j'avais eu le soutien d'une famille équilibrée et un entraîneur digne de ce nom. Ni l'un ni l'autre. Le plus souvent, avant le match, je prenais un médicament contre la migraine et luttais contre la fatigue.
À 19 ans j'ai tout arrêté. Le fils du président présidait sur le terrain, un type venu de St Pol se prétendait entraîneur. Je n'étais pas de leur clan. De toute manière, je m'en foutais : j'avais découvert la littérature et j'avais compris qu'elle seule pouvait me sauver… pas seulement me guérir mais donner un sens à ma vie.

*

« *Tu l'auras jamais ton permis, tu n'es qu'un bon à rien.* »
Je tremble au volant de l'auto-école. Je tremble même aux leçons de code. Je connais le livret presque par cœur et pourtant deux fois j'échoue, trois fois j'échoue à la conduite. J'ai appris par cœur, oui ! J'avais tellement peur d'échouer.

Pourquoi personne ne s'est soucié de mon état ? Partout, je me sentais en danger. Avec Christine, j'étais bien.

*

Vincent raconte au moins pour la dixième fois son aventure : l'orage alors qu'il rentrait les vaches et une boule de feu ; il s'est jeté par terre et elle est passée au-dessus de lui.

Je ne partage pas l'admiration ni les frémissements. Je pense « *C'est chaque jour qu'une boule de feu est au-dessus de ma tête. Mais ça vous vous en foutez. De toute manière, on ne va pas rechercher les vaches pendant l'orage. À ma place, tu serais mort depuis longtemps...* »

Selon eux, j'ai changé depuis mon départ à Arras ! Je suis bizarre, oui. Le Patrick, s'il me voit, ne tente même plus un geste agressif. Ma froideur, mes cheveux longs, une ceinture cloutée, mes jeans aux inscriptions nihilistes... Dès que Guy a eu son permis, je suis parti avec lui, les samedis et dimanches, puis Vincent a eu le sien et finalement moi. Quelques mois la rotation d'une fois sur trois fonctionna. Puis chacun a pris systématiquement sa voiture. Une fille à aller chercher ou à raccompagner (et même si c'est pas certain c'est toujours possible)...

J'ai de « *mauvaises fréquentations.* » Forcément : « *tout le monde le dit* » !

Je sors même avec une fille-mère, cousine du délinquant le plus redouté de la région. Une Valérie. Ma mère l'apprend au marché de Saint Pol... Drame ! Premières relations sexuelles... sans vrai plaisir...

*

Il appréciait les orages. Je ne comprenais pas. S'il était à table, il se levait tranquillement, gagnait la remise, ouvrait la porte extérieure et regardait l'orage. Il revenait « différent », maintenant je dirais « apaisé », pas souriant quand même mais sans agressivité. Il ne buvait pas. Je suis désormais persuadé qu'en Algérie, l'orage c'était bon signe, la quasi certitude de ne pas tomber dans une embuscade ou être attaqué par les fellaghas.

*

Pourquoi ai-je des parents aussi nuls ? Un père poivrot et une mère incapable de le butter ? Colères. Rêves. Colères. Rêves. Il faut qu'il crève.

*

« *Tout le monde a un ange gardien qui le protège.* » Foutaise je pense, « *t'es sûre ?* », je réponds en souriant. À Christine. Christine ignorait tout de ma vraie vie « au village. » C'était mon secret, ma honte. Et je ne faisais rien pour basculer de l'amitié à l'amour. Après la seconde de détermination, j'avais rempli un dossier pour le bac H, H comme Informatique, au lycée Guy Mollet. Huit cents candidats pour vingt-quatre places. D'abord un écrémage puis une épreuve écrite de sélection. Des tests de logique. Assis, face à cette feuille, je n'ai pas tremblé. Je suis retenu. J'apprendrai plus tard avoir terminé en deuxième position.

Le lycée Guy Mollet : « derrière la gare. » Un kilomètre à pied. Christine était en comptabilité. Nos regards se sont croisés des mois avant que Laetitia nous présente. Aimantés. Laetitia était en bac H et j'ignorais qu'elle vivait près de chez Christine.

*

Tant qu'il vivra, l'amour me sera interdit. Je savais qu'il me serait impossible de « présenter une fille. » J'étais vraiment encore idiot ! J'avais gobé cette baliverne du « *présenter la fille* », j'avais même cru les filles vouées à penser « tel père tel fils » si elles l'apercevaient. Pauvre idiot : leurs âneries s'étaient incrustées en moi. Leurs : mon père, ma mère, mes oncles. Les cousins plus âgés avaient ramené une fille, rapidement épousée. Je n'avais pas encore réalisé qu'ils jacassaient sur leur minuscule monde, sans la moindre connaissance, resservaient traditions et balivernes. Ils

179

n'avaient jamais été formés à réfléchir. Je raisonnais sur d'autres sujets mais n'avais pas encore capté l'urgence de rénover toutes mes fondations, nettoyer mon esprit de leurs poisons. Alors j'avais « des copines », j'en parlais même à Christine, des filles du samedi soir, pour quelques soirées, au mieux mois, elle était « la confidente » ; à part ce père, je n'avais pour elle aucun secret.

Comme elle devait souffrir de ma « retenue » ! Je n'ai jamais osé. Le samedi soir, c'était facile : la musique, le noir… inviter une fille à danser, lui sourire, lui parler est presque inutile, l'effleurer, la serrer, attendre une réponse physique identique… c'était facile… Mais en pleine lumière, je perdais tout moyen. Oui, avant 31 ans, je les ai toutes connues dans le bruit, les filles d'amour.

J'en suis désormais persuadé : Christine en conclut que j'éprouvais « uniquement de l'amitié. » Je me sentais bien ; je croyais, près de ma brune aux yeux couleur noisette, ne plus penser à ce père ignoble mais pourtant il était toujours là. Sinon j'aurais osé. On s'est raté. Je l'ai recontactée quand je vivais 22 rue des trois visages à Arras, après le départ d'Angélique. Une petite lettre chez ses parents. Elle m'avait immédiatement répondu, elle avait un enfant.

Durant quelques mois on se téléphonait le soir. Quand son mari, une semaine sur deux, travaillait. Je l'avais invitée dans mon deux pièces. Elle avait envie de venir… Elle était venue jusqu'à la porte sans oser sonner. Je préparais mon départ pour Reims. Elle n'est donc jamais venue. Nous ne nous sommes jamais revus. Elle a sûrement eu raison : être amants quelques mois aurait servi à quoi ?

Elle n'avait peut-être pas la profondeur de Karine mais une véritable vie spirituelle. Elle avait parfois dans le regard une flamme. Fut-elle la fusion de Karine et Betty que j'ai cru n'avoir jamais rencontrée ?

En 1991 elle n'aimait déjà plus sa vie, son HLM, se croyait condamnée à ça, le faible salaire de son mari, ses difficultés à décrocher un job fixe… Elle a sûrement compris durant ces mois-là que je l'aimais depuis nos premiers regards. Elle ne s'imaginait pourtant pas quitter son insipide foyer : ils avaient grandi dans la même rue, leurs parents étaient amis. Elle ne pouvait pas faire cela. Un autre « ça ne se fait pas. » Putain ! Mais nous n'avons qu'une vie !… Il faudra combien de générations ?… J'étais perturbé par ma rupture avec Angélique mais aujourd'hui, j'imagine sa douleur en prononçant ces phrases. Et je l'imagine bien dans une tour, la télé allumée, nostalgique de *notre lycée Guy Mollet*, définitivement écrasée, dégoûtée. Et je sais que ce naufrage j'y ai participé, qu'*il* y a participé. Victime collatérale. Comme je suis une victime collatérale des viols subis par Mayline. Putains d'engrenages. Maudites conséquences. On comprend toujours trop tard ? Maudite ignorance de l'Essentiel.

Karine, Betty, Christine : je n'ai « rien » vécu avec vous. Et vous n'avez rien su de mon drame au moment où cette confidence aurait pu tout changer. Qui m'aurait répondu : « je m'en fous, je t'Aime » ? Christine sûrement. Betty sûrement. Karine m'a toujours semblé préoccupée des apparences (et elle me l'a confirmé en 2007).

Nous n'avons pas eu la possibilité de savoir si nous étions associables ! La récente aventure avec Karine n'étant qu'une illusion de quasi quadras lucides sur leur échec sentimental et tentant un coup de poker.

*

Si j'avais vraiment eu de « mauvaises fréquentations », il s'en serait bien trouvé une pour me persuader de virer délinquant… m'entraîner dans les premières conneries, cramer une voiture juste par colère, casser une vitrine… Mais je me méfiais des gens, donc des délinquants aussi… c'est sûrement cette méfiance qui m'a permis de ne pas sombrer dans une autre impasse… Mais ça s'est joué à peu…

*

Les gens du village furent naturellement scolarisés ! C'était obligatoire ! Sacré Charlemagne ! (Jules Ferry, ils ne connaissaient pas) Mais je suis le premier à avoir décroché le bac. La « modernité » les avait rattrapés, par la télévision. Mais, fondamentalement, trop tard pour eux : ils vivaient comme avaient pu vivre leurs ancêtres cent ou deux cents ans plus tôt, simplement plus confortablement, pas plus heureux, ils reproduisaient le vécu de leur enfance, avaient revêtu le costume des parents, comme ce fut le cas durant des millénaires. Des haines duraient depuis des générations.

Lire des livres, c'était « s'empoisonner la caboche. »

Le village caracole toujours en tête dans les classements du département au pourcentage du vote Le Pen. Ignorance plus télévision… et si ce bled n'était qu'un laboratoire de la France du XXIeme siècle ? Certes la culture est en ligne mais les internautes recherchent d'abord une photo de Clara Morgane nue ou l'inaccessible sein désiré de Sophie Marceau.

*

Il bave : *tu ne feras jamais rien.*

Je vomis : *va te faire foutre, crève.*

J'ai dix-huit ans, ça ne pourra plus durer longtemps. J'ai obtenu le bac. Je continue en BTS, toujours au lycée Guy Mollet.

*

Le samedi matin, le plus souvent je sèche les cours, devenu le roi de l'absentéisme toléré au motif d'excellentes notes et je pars vers treize heures, reviens le lendemain matin. Je me lève le plus tôt possible… jamais avant midi, mange peu, et repars à Auchel, voir Fabienne. Le plus souvent, quand il fait clair, nous nous embrassons langoureusement et passionnément dans la voiture, sur une place peu passagère du centre. Puis nous partons à *Sono 2000*, discothèque où nous nous sommes connus, y restons quelques heures et rejoignons notre endroit tranquille où nous aimer, notre repaire discret, un minuscule chemin de terre après une petite route, entre Bours et Valhuon.

Après six mois, elle me reproche « *c'est tout le temps la même chose.* » Je suis bien, avec Fabienne. Ça me suffit ce bonheur simple d'être ensemble, s'embrasser, se parler très peu.

Je comprends qu'elle se soit lassée ! Depuis le début, elle me considérait « très renfermé. » J'aimais l'écouter, la dévorer des yeux, la caresser. Son regard m'envoûtait. Quel regard avais-je ? Sûrement proche du sien, celui de la passion ! Elle s'était arrêtée de fumer « pour moi. » Je voyais ses parents quand j'allais la chercher, elle n'a jamais vu les miens. Naturellement, jamais je ne lui ai parlé du monstre. Elle croisait ma sœur le samedi soir, leurs relations se limitaient néanmoins à quatre bises.

Depuis j'ai compris : elle m'a vraiment donné beaucoup d'amour, elle m'aimait passionnément pour supporter une telle routine mais j'étais incapable de vivre vraiment. L'innommable me paralysait.

Je n'ai pas eu la force de lui dire, ni lui écrire, que c'était de l'inconnu pour moi, vacances, camping, mer…

Quelques années plus tard, j'ai su qu'elle avait un enfant. J'en suis persuadé : durant ces mois elle a rêvé de ce bonheur ensemble. Sensuellement, tu m'as éveillé, Fabienne.

*

J'avoue ne jamais alors penser à Karine. N'avoir donc jamais essayé de la revoir. Je « tombais facilement » amoureux. Enthousiasmes. Et si j'avais comparé ces filles à Karine, je les aurais décrites nettement mieux physiquement mais sans le petit quelque chose de fort à l'intérieur. Je dirais maintenant : sans son potentiel de profondeur spirituelle. Mais qu'en fera-t-elle de ce potentiel ?

*

Triste de la décision de Fabienne mais fataliste : je savais bien que ce n'était pas possible, avec un père comme le mien. Forcément, tout était provisoire, du bon temps gagné contre la fatalité, même pas du bonheur. Ces relations « duraient » au maximum quelques semaines (quelques samedis donc). Pour d'autres, la première soirée devait se terminer nus dans une voiture. Je gardais précieusement en moi tout ce vécu avec Fabienne, je devais sentir que cet amour m'avait éveillé à l'Amour. Karine n'a jamais connu cet « apprentissage. » Sûrement trop tard à quarante ans ! Trop conditionnée par des êtres indignes ! Les mâles qui l'ont prise n'ont sûrement jamais eu leur Fabienne.

Quant à Mayline « *jamais personne ne m'a caressé comme ça.* » Mais nous n'avions pas fait l'Amour ce soir-là. Seul mon majeur droit avait pénétré son vagin enflammé tandis que nous nous embrassions éperdument ; je n'avais pas retiré sa culotte ; je sentais bien qu'elle me désirait mais ne m'aurait pas déshabillé ; je la voulais active, totalement dans notre fusion ; je ne lui ai pas demandé si elle avait effectué le test HIV ; nous en avions parlé au téléphone et elle avait considéré logique cette étape médicale ; si nous avions fait l'Amour ce soir-là, m'aurait-elle mis *en pause* quelques jours plus tard ?

Elle a eu sa Fabienne : Alexandra. Toujours sa meilleure amie. Amitié avec parfois un peu de sexualité. Expérience lesbienne par opposition aux hommes oppresseurs.

Ou alors c'est hormonal et j'étais prédestiné à la douceur ? Ou l'hormonal varie suivant la vie ? En me persécutant sans franchir la limite de la violence physique, il m'a obligé à plonger en moi. Certes il n'a pas fait mon bonheur malgré lui ! Il m'a aussi balafré de tares qui m'ont empêché de vivre vraiment cette sensibilité durant des années.

*

Pour ceux du lycée croisés le samedi soir, je suis « polygame. » Pour tous, même s'ils ne nous voient jamais main dans la main, Christine et moi sommes ensemble.

*

Il peut m'attendre dans « la laiterie » et se précipiter sur moi quand j'ouvre la porte. Il peut m'attendre derrière le rideau. Il peut m'attendre dans un coin de la maison.

Je gare ma voiture devant la fenêtre : cinq mètres à parcourir avant l'entrée puis dix pour parvenir au bouton de la lumière. C'est encore pire quand Vincent ou Guy me dépose au bord de la route : trente mètres dans la hantise.

Je bois très peu le samedi soir : je dois conserver toute ma lucidité, ma vigilance, pour la terrible rentrée dans l'antre du monstre.

Durant quelques mois je trouve une bonne solution : finir la soirée là, avec Hervé, à se raconter nos aventures. Quand Hervé est là, il ne la ramène pas. Une tête de plus que lui et une carrure.

Je l'ai prévenu : « *d'un coup de boule, il te met K.O, vieux con.* »

*

Christine aussi a obtenu son bac mais elle n'est pas retenue en BTS au lycée Guy Mollet. Elle va donc travailler !… Nous étions pourtant certains de continuer, chaque midi, à manger ensemble un sandwich dans le couloir du bâtiment informatique… Nous promettons de nous écrire. Et nous tiendrons cette promesse. J'ai naturellement conservé ses lettres… elles sont ici… mais où ?…

*

Il n'a jamais compris avoir été un simple pion, chargé de maintenir les derniers privilèges d'un hexagone colonial. Il a juste compris avoir été un pion, un homme normal.

*

Fatigue. Mes mots d'aujourd'hui la considèrent chronique. Migraines de même. Le docteur Lamoril me délivrait ma dose régulière de médicaments. Sans s'interroger, du moins ouvertement, sur les causes. Un coup de froid. Un enfant fragile. Toujours des coups de froid. Oui, la nuit, dans ma chambre.

*

Si je retournais là-bas, la majorité des adultes de cette époque, je pourrais lire leur nom au cimetière. Une ligne à très haute tension passe à moins d'un kilomètre mais les officiels affirment encore avoir tout prévu pour la sécurité des populations.
Aucune manifestation quand l'EDF l'a décrétée, cette ligne. Juste des réunions pour savoir qui aurait la chance d'avoir des piquets sur ses terres, donc d'empocher les primes.

*

Le renvoyer à Saint–Venant ? « *Ça ne servirait à rien, il n'a pas de volonté !* »
Un psychiatre de Saint-Venant lui avait rapporté ses confidences : il buvait à cause des cauchemars, cauchemars où il revoyait ses copains égorgés.
Pour ma mère, c'était « *du cinéma.* » Elle ne croyait pas à ces cauchemars, juste qu'il aimait boire et n'avait pas la volonté d'arrêter.
J'ai compris longtemps plus tard pourquoi elle ne comprenait pas : quand elle m'a téléphoné complètement déboussolée : la nuit précédente elle avait rêvé ! Ça ne lui était jamais arrivé ! Je venais de me séparer de la mère de ma fille et elle avait rêvé de sa petite-fille. Selon elle, son premier rêve. À plus de soixante-dix ans ! Même ma sœur n'en revenait pas… mais préférait en rire. Je lui avais expliqué les mécanismes du rêve, phénomène classique du sommeil mais le plus souvent « oublié » au réveil. Elle n'en démordra jamais : elle, la nuit, elle dormait ! Elle n'avait pas de temps à perdre avec les rêves ! Elle avait toujours travaillé alors quand elle se couchait c'était pour dormir, pas pour rêver ! Je devais arrêter mes bêtises… Je détraquais son cerveau, elle allait mourir…

*

Une bouche à nourrir. Il a sûrement toujours parlé de moi ainsi, devant moi. Plus tard, me sont revenus des propos qu'il aurait tenus au bistrot, sur sa fierté de mes études, que j'allais obtenir un BTS, devenir ingénieur… Je n'avais pas été surpris de cette posture. J'avais alors un peu compris…

*

« *La guerre en a fait quelqu'un d'autre.* » Personne ne me l'a affirmé. Était-il déjà un sale type avant ? Possible.
Ses frères ont évité l'Algérie. La famille possédait « des relations. » Lui est parti, à cause d'une bagarre avec un gradé durant son service. D'après ce que j'ai compris lors des repas du dimanche. Sûrement un simple engrenage. La vie se résume si souvent à un engrenage dont on ne voit absolument rien avant d'y être englué. Des victimes le restent toute leur vie, même quand leur bourreau ne peut plus nuire. Les victimes de pédophiles forcément. Des victimes pourtant s'en sortent : après un long travail psychique ou une rencontre Essentielle. L'Amour, l'Amour confiance respect peut réaliser « des miracles. » Je crois qu'il n'a jamais Aimé, n'a jamais été Aimé. Une femme avait besoin d'un homme pour la ferme, un fils d'agriculteur avait besoin d'une fille unique d'agriculteur. Pas de temps à perdre. Mayline fut Aimée. Mais il faut aussi la force de ne pas se complaire dans son malheur, de ne pas jeter aux orties ses sentiments.

*

J'Aimais Mayline avant de connaître son drame. Je l'ai Aimée dès la première seconde à Bruniquel. Elle était pourtant différente des photos. Au point de ne pas la reconnaître. Sensation étrange, inédite : aimanté au-delà du physique. Peut-être, sûrement l'étais-je déjà avant, lors de nos mails, nos longues conversations téléphoniques. Et l'enivrante certitude de la réciprocité, du *for ever.*

*

183

De sa guerre d'Algérie, je ne connais presque rien. Juste l'histoire des trois colonnes. Des militaires au bord d'un maquis, à la recherche de fellaghas. Les supérieurs ont décrété une traversée en trois voies. Celle du milieu semble la moins sujette à une embuscade. Il a été placé là mais l'un de ses copains (était-ce le meilleur ?) lui demande d'échanger leur place, au motif qu'il est marié, a des enfants, alors que mon futur père était célibataire. Et « *tête brûlée* » il accepte. Une colonne fut massacrée, celle où il aurait dû être. Et les copains vont récupérer les égorgés.

*

Ses frères en savent peut-être bien plus que moi sur sa guerre d'Algérie. De ses compagnons de compagnie, certains sont sûrement encore en vie.
Mais quelle valeur pourrais-je accorder aux souvenirs de ces vieux hommes ? Et finalement, ce qui s'est vraiment passé ne me concerne pas. Sa vie s'explique certes en grande partie par ses quinze mois d'Algérie, mais les souvenirs relèveraient d'anecdotes et réécriture. Même mes oncles, je ne leur ai jamais posé de question. Depuis vingt ans, nos rencontres furent rares !…

*

Je peux ressentir ce qu'il a pu ressentir quand il a réalisé qu'il serait mort s'il était resté dans la colonne centrale. J'ai moi aussi connu des expériences extrêmes.
Connaître une expérience extrême, quand elle est assimilée, permet de se projeter dans d'autres. Ce n'est certes pas « la même chose » mais il suffit de se laisser aller, se reprojeter derrière le vieux chêne, dans l'attente du résultat d'un test HIV, un matin enneigé, puis de dériver vers une autre oppression.
Karine peut comprendre aussi, elle dont le cordon ombilical a failli l'étouffer à la naissance. Adolescente elle revivait en cauchemars cette proximité de la mort, montant un escalier, apercevant la lumière en haut, sans parvenir à l'atteindre. Karine a commencé à fréquenter les psys à cause de ce cauchemar.

*

Le tuer. Comment le tuer sans que ça se sache. Il m'a gâché mon enfance, il va me gâcher le reste.

*

« *L'ingérence humanitaire* »… c'est ce qu'il me faudrait ! Je lis tout ce que je trouve sur ou de Bernard Kouchner.

*

Le peuple irakien maudit l'Amérique ! Les terroristes, les preneurs d'otages, il convient de les qualifier « résistants » ! Et les États-Unis, « puissance occupante » !
Vous assistez à une mascarade d'élections, manipulées par l'Amérique, le peuple ne tombera pas dans ce piège et de toute manière les *résistants*, par leurs attentats, sauront dissuader les éventuels collaborateurs…
Le peuple Irakien fait un bras d'honneur à cette vision des « bien-pensants » occidentaux, se rend massivement aux urnes, malgré les menaces.
Mais les lâches refusent tout mea-culpa : non, non, ce n'est pas une victoire pour Georges Bush, son intervention a violé les lois du monde civilisé…
Les lâches continuent à pérorer.
Peuple irakien, oui, sans l'Amérique, quand auriez-vous pu vous débarrasser de Saddam Hussein ?
Combien d'entre vous seraient morts sous l'oppression ? Le tyran avait des fils pour lui succéder.
Il vous aurait fallu attendre en silence ? Comme j'ai courbé le dos en espérant fatale son inflammation du pancréas.

Aussi détestable, médiocre, retors, que soit George Bush, il est intervenu et personne, dans ma vie, n'a tenu le rôle de l'Amérique.

*

Sans le Crédit Agricole, il n'aurait jamais pu boire autant. La banque « verte » autorisait les découverts, prêtait sans problème. Certains ont ainsi acquis des centaines d'hectares, lui distillait !

*

Troisième millénaire : Jacques Chirac encensé, acclamé. Même la gauche sauve de ses mandats « *son engagement pour la paix.* » Jacques Chirac se réveille-t-il parfois en sueur, en premier Daladier du XXIe siècle ? Daladier aussi fut acclamé quand il signa « pour la paix. » La France a rapidement récolté la honte et la guerre.

En acculant les États-Unis et quelques alliés à intervenir sans l'unanimité occidentale, Jacques Chirac a tendu une perche aux extrémistes, qui s'en sont emparée pour compliquer encore plus la situation éminemment complexe du Moyen-Orient. Saddam Hussein s'est auréolé du titre *martyr de la liberté* ! Alors qu'une opération unanime l'aurait simplement renversé.

Inévitable effet boomerang : la France, pour les extrémistes, a montré sa faiblesse, alors qu'elle croit bénéficier de l'estime du juste, du droit international.

Non assistance à Irakiens en danger, monsieur Jacques Chirac. Une réminiscence de votre vieille amitié avec le dictateur de Bagdad ? Peu importe, le droit d'ingérence ne fut pas appliqué, Bernard Kouchner fut caricaturé en va-t-en guerre. Lui le savait : la victime a besoin d'une intervention extérieure pour se débarrasser d'un tyran.

George Bush, ensuite, montra ce qu'il est. Mais il incombait aux grandes puissances occidentales de ne pas le laisser avec la tentation de dépasser la mission initiale, de ne pas lui imposer l'obligation de fournir d'autres raisons que le renversement du dictateur (et le grand benêt s'est pris les pieds dans la fabrication de fausses preuves d'armes de destruction massive), de ne pas lui laisser la tentation d'une croisade politico-financière-religieuse, d'une petite vengeance familiale après l'humiliation du père Bush lors de l'Irak I. Devoir moral oublié.

*

Un suivi psychologique attendait les militaires à leur retour d'Irak I. À son arrivée à Marseille, il fut démobilisé, renvoyé chez ses parents et sa vie n'avait qu'à reprendre là où elle avait été stoppée nette. Sa guerre d'Algérie a donc continué. Comme tant d'autres. Comme tant de guerres du Vietnam. Sa guerre d'Algérie s'est arrêtée le 26 février 1988.

*

« *N'essayez pas de changer le monde : changez de monde.* » Maintenant je sais : aphorisme de Saint François d'Assise. Ça ne m'aurait alors servi à rien : j'ignorais tout de ce Saint. Mais je suis resté des jours, le soir, à la répéter, cette phrase entendue à la radio en revenant de Saint Pol, au volant de ma Citroën AXEL blanche et neuve. Ma mère avait voulu que j'aie une voiture neuve. Ils avaient obtenu un prêt de plus. Alors qu'il aurait suffi de fermer le robinet du bistrot.

*

Le tuer ou devenir très riche. Riche au point de pouvoir partir vivre au Canada ou à San Francisco. Je joue au loto.

*

Accident. À St Pol. Devant le lycée Châtelet. Je suis pressé ! Je ne suis pas en retard, non, je veux passer par la place des impôts vérifier si le bal de *Sono 2000* s'installe… Pour prévenir Patricia…
Des voitures arrêtées au passage piéton : j'en emboutis une, qui percute celle devant elle.

*

185

Le midi il pleure ! L'assurance va augmenter à cause de cet accident et c'est la faillite !

J'en reste sans voix ! Alors qu'il dépense une fortune dans les bistrots !

*

J'essaye de retrouver d'autres traces d'humanité. Mais je le revois un mégot au bec. Alors je partais dans l'autre pièce…

Une trace d'humanité ? Je l'ai cru… Mais toujours avec un doute… Je m'attendais à des insultes mais vraiment pas à ça. Je ne peux m'empêcher de rire. « *Et ça le fait rire, il ne se rend pas compte.* » Oh si, je me rendais compte : quelque chose clochait : comme si l'augmentation de 25% de la cotisation de mon assurance pouvait se comparer aux millions claqués chaque année en alcool. « *T'as qu'à arrêter de boire.* » Et je pars dans ma chambre. Je pense à Patricia. Envie de la déshabiller. De toute manière, au cas où, mon Livret A peut facilement payer cette assurance. La voiture est à mon nom, c'est l'essentiel. Le plus embêtant : Patricia va m'attendre ce midi au Maryland.

Aujourd'hui j'en suis persuadé : il cherchait à me culpabiliser. Peut-être avait-il commencé ainsi avec ma mère : dramatiser une erreur pour se prétendre victime.

Je n'avais pas compris mais je ne suis pas tombé dans le piège. Jouer la victime pour ensuite justifier ses colères. Classique. Karine a connu cela avec son commercial. Mayline avec ses psychotiques. Je m'entraînais au lancer de cran d'arrêt sur une planche. Il devait le sentir : pour le planter un jour. Il devait sentir que je m'échappais de son emprise.

Maintenant je fais remonter cette capacité de résistance à la troisième, le regard des truands des films puis mon voyage en Grèce.

*

Le lendemain, j'ai pris leur GS bleue.

« *Au moins, pendant ce temps-là, tu ne pourras pas aller au bistrot avec.* »

Il s'en foutait : depuis un moment, chez Leboc, il s'y rendait en tracteur. Ainsi, il picolait peinard : les gendarmes contrôlaient de plus en plus souvent les voitures mais saluaient les agriculteurs, naturellement au travail. Il se prétendait « malin. » D'autres l'imitèrent. La place de Valhuon devint celle aux tracteurs des poivrots.

*

Le samedi Patricia fit la tête, malibu et vodka. J'étais venu à St Pol avec ma sœur (Vincent et Guy se rendaient à un mariage). C'était embêtant ! Et le mardi me largua : j'allais rester quatre semaines sans voiture. C'était intolérable ! Deux jours avant l'accident, à Arras, à la sortie du Maryland où nous nous retrouvions chaque midi, elle m'avait susurré, les seins pressés contre ma poitrine « *vivement samedi : j'ai envie de faire l'amour avec toi.* » C'était réciproque. Nous nous étions connus le samedi précédent et j'avais bien senti qu'après trois slows et quelques minutes sur une banquette, elle m'aurait sans difficulté suivi dehors. Je n'avais pas osé.

Durant cette soirée arrosée, une bonne heure je ne l'ai pas vue. J'étais un peu éméché aussi. Forcément. Avec le recul c'est évident : une éclipse baise.

Nous avions continué à nous croiser régulièrement : jamais plus de trois semaines avec le même mec. Puis elle avait disparu.

C'était en 1987. Naturellement personne n'utilisait de préservatif. Ai-je par cet accident évité le sida ? J'ai commencé à le croire en 1993, quand, à l'issue d'une brève vie en couple, j'ai réalisé pour la première fois le test HIV. Je vivais à Reims. Le matin du résultat, il neigeait. Je voulais savoir avant de quitter définitivement le rôle du petit cadre déjà plus dynamique. J'avais eu l'impression d'être passé entre les balles. Je m'étais alors juré de ne plus exposer ma vie à la chance…

*

186

Nous appelons de plus en plus souvent le docteur Lamoril. Pour ma grand-mère. Au début, j'en riais, quand en ouvrant sa porte elle m'accueillait d'un « *il vient encore de me parler, celui-là, je lui dis de me laisser tranquille mais toujours il vient me parler.* » Il s'agissait de l'animateur, du présentateur, de sa télévision. Rapidement l'excentricité devint petite folie : elle s'assied par terre devant sa télé, ne veut plus manger, se lever, nous reconnaissant difficilement, nous confondant avec ses visiteurs télévisuels.

« *Retourne là-haut !* » Là-haut, c'est dans l'écran. Une présence à plein temps lui est nécessaire. Elle est placée dans une famille d'accueil. Je ne la reverrai plus. Ma mère y va parfois. Elle me dit que ça ne sert à rien, qu'elle ne reconnaît plus personne…

J'ai ma guerre à mener. Je n'insiste pas. Ça faisait trop mal de la voir assise par terre. Tout fait trop mal, ici. Quel lien entre cette maladie et la souffrance somatisée du beau-fils tyran ? Sa sœur aura bientôt cent ans. Et toujours lucide selon ma mère.

*

Si je le tue, j'irai en prison ? Je serai condamné à combien ? 10 ans, 20 ans ? Mais si je ne le tue pas ?… Même si j'ai un boulot, je tremblerai… Ce n'est pas avec 7000 même 8000 francs par mois que je pourrai réaliser des miracles.

Il me faudrait combien ?

Et il y aura toujours la peur. Arras, pour un fou comme lui, ce n'est pas impossible qu'il nous retrouve.

Le tuer et ne pas être condamné… en « légitime défense » donc… le défenestrer… quand il est bourré, qu'il pisse sur les fleurs, je devrais bien réussir à le faire basculer.

« Je croyais qu'il dormait, je suis allé dans sa chambre pour prendre la serpe sous son oreiller ; il s'est levé, il s'est jeté sur moi, m'a poussé vers la fenêtre… et là je me suis baissé… et quand je me suis redressé, il était passé par la fenêtre, il avait basculé au-dessus de moi... »

Mais je ne peux pas avoir confiance en elles. Interrogées, si elles savent, elles vont craquer, avouer.

Je n'ai qu'une solution : me cacher dans l'armoire, attendre qu'il urine sur les fleurs et d'un coup de pied dans le cul, mettre fin à cette guerre. Après, me cogner la tête contre un mur, me couper au bras…

*

Le monde ne m'intéressait pas vraiment. Certains se passionnaient pour la politique. J'étais contre Chirac et Pasqua, ça s'arrêtait là. Survivre. Trouver le moyen de le supprimer sans laisser de trace.

*

Parfois : *ils font quoi tes parents ?*

Ça ne va pas plus loin. Personne n'en demande plus. Nul ne semble souhaiter s'appesantir.

La guerre d'Algérie n'a pas frappé qu'à un endroit ? Qui vit comme moi ?

Pourquoi les autres n'en parlent pas de leurs parents ?

Ont-ils tous quelque chose à leur reprocher ?

*

- Tu devrais lire « *comment se faire des amis.* »

Mon faux cuir l'attire et en même temps ma froideur l'inquiète. Je pense : si je t'expliquais tu prendrais tes seins à ton cou. Je souris, satisfait de ma lucidité.

Elle aussi me quittera. Dès le samedi suivant. Je regarde mon successeur ; « plus tard il sera ouvrier et je m'en sortirai. » M'en sortir. Je vais m'en sortir. Je vais le tuer.

« *J'm'en sortirai, j'te le promets, et s'il le faut j'emploierai des moyens légaux.* » Finalement, Jean-Jacques Goldman m'était aussi salutaire que Renaud et Bernie Bonvoisin. Et si les moyens sont illégaux, que je sois le seul à le savoir.

*

J'ai 20 ans, je vais obtenir mon BTS informatique, travailler, avoir un salaire…

J'ai dans la poche un flingue, certes un « pistolet d'alarme » acheté à *la Redoute*, avec des bombes lacrymogènes, mais bientôt j'en trouverai un vrai. Et l'utiliserai, oui. Oui, après les examens.

Aujourd'hui, il est trop tôt : si je te butte, adieu diplôme.

Mais après, après j'oserai. Les salauds voudront me condamner. Crime avec préméditation. Mais je leur proclamerai « légitime défense. » Il a pris son couteau et s'est levé…

Je n'ai pas le choix. Tu ne me laisseras jamais vivre.

- Mais pourquoi aviez-vous acheté une arme ?

- J'avais peur. Vous savez ce que c'est quand depuis l'enfance on te dit qu'on va t'attendre derrière la porte du hangar et te planter un couteau dans le dos ? Vous savez ce que c'est la peur ?

Le flinguer ou le défenestrer ? Essayer de le planter c'est trop risqué. Mes mains risquent de trembler.

*

Ma mère et ma sœur aussi, ne quittent plus leur bombe lacrymogène.

*

2006. Romane est chez sa mère, la vallée resplendit, c'est le printemps. Oui, je dois raconter. *Demain* j'aurai déjà quarante ans. J'écris : ils ne sont pas intervenus. J'ai enfin le titre !

Derrière la non intervention d'un village, de l'État, dans une famille où la femme et les enfants ne peuvent s'extraire de l'emprise de l'homme diabolique alcoolique (un traumatisé de la guerre d'Algérie), se faufile une autre dimension : parabole politique.

Le droit d'ingérence sera de plus en plus au cœur de la politique internationale, soutenu ou refusé par les opinions publiques.

Où commence le droit, le devoir d'ingérence ?

Un enfant peut-il, seul, se libérer d'un bourreau ?

La France, seule, aurait-elle pu se libérer du nazisme ?

La Pologne, seule, aurait-elle pu renverser son oppresseur ?

L'Irak, seule, aurait-elle pu se libérer de Saddam Hussein ?

Le Tibet disparaît.

*

J'ouvre des tas de cartons. Relis « les notes. » Et en quelques jours ajoute une cinquantaine de pages. Très elliptiques. Trop sûrement pour être comprises. Puis le doute, le pourquoi. Et finalement, la décision d'y consacrer quelques mois. Puis l'insatisfaction du résultat. Non ! Ce fut bien ainsi mais il manque quelque chose.

*

Il y manquait Karine, Betty, Christine, Fabienne. Elles expliquent autant ma vie que l'épisode de l'enfant traversant le village la nuit. Et mon passage en période 3. La période 3 de ma vie… la plus longue ? Ce serait bien !… Mais ça…

*

Je n'ai vu qu'une partie de leur histoire. Je n'en sais presque rien. Même de ce qui me concerna. Parlaient-ils parfois, malgré tout, de moi ? Autrement qu'en insultes ? Je dois me limiter à écrire avec ce qu'il me reste de cette époque-là. J'ai peut-être même « oublié » des instants qui l'éclaireraient plus précisément ou autrement. Ces faits ont existé. Rien de plus. Ils ne me concernent plus. Ils ne concernent plus personne. Du passé. Ce passé peut juste nous aider à ne pas répéter les mêmes erreurs. J'en garde néanmoins une « certaine sensibilité. »

Ainsi je m'effondre quand un lundi matin Mayline, devant sa porte, me lâche « *tu m'oppresses* », car je l'ai embrassée et des voisins auraient pu l'apercevoir alors que son divorce n'est pas prononcé. Je réagis d'un sourire crispé, qu'elle interprétera naturellement comme un simple sourire et bredouille « *si jamais personne ne t'oppresse plus que cela ce sera le Bonheur.* » Quelques jours plus tard je devais revenir. Elle m'a mis en pause. Ajoutant même par mail : « *Il faut vraiment que tu me laisses une respiration* » et ne répondant plus à mes appels.

*

La peur de le rater. Mais que lui ne me rate pas.

Même quand il était allongé dans le couloir, ronflant dans son vomi, il m'apeurait. Hantise de l'enjamber, opération nécessaire pour atteindre l'escalier, crainte qu'il se retourne et avec ses grandes pattes me fasse valdinguer. Toujours la tête contre cette porte d'entrée, je ne l'ai jamais vu dans l'autre sens, comme si elle lui assurait une ventilation. Ou alors pressentait-il mes pensées « s'il était dans l'autre sens, je pourrais lui enfoncer un couteau dans la gorge et le saigner comme un cochon » ?

Un réflexe de l'époque algérienne ?

De toute manière, je n'aurais pas osé, j'en suis persuadé : ma main tremblait rien qu'à prendre un couteau ; j'étais un enfant traumatisé.

*

Je me souviens : sur *France-Inter*, la mère de « *l'assassin présumé* » racontait avoir demandé de l'aide au commissariat, à SOS médecins, à l'hôpital psychiatrique…

Personne ne pouvait intervenir.

Tous connaissaient la schizophrénie de son fils mais aucun de ses petits délits ne suffisait pour intervenir. Il fallait le laisser s'enfoncer un peu plus pour le rattraper ensuite.

Désormais, ils peuvent ! La mère est éplorée, dégoûtée aussi, et s'en veut de ne pas avoir pu éviter le pire. Son fils est « *l'assassin présumé* » d'une infirmière et d'une aide soignante. Décapitées. La non assistance a toujours de bonnes raisons pour regarder ailleurs. Il existe des numéros verts mais depuis vingt, trente ans, fondamentalement, rien n'a changé. La protection préventive. Comprenez : la protection préventive.

*

Je me souviens : la sœur de la victime en est persuadée : dans la cité certains savaient ; le « *gang des barbares* » y régnait ; certains savaient qui avait kidnappé un jeune homme pour demander une rançon ; personne n'a dénoncé ; ils ont tué son frère.

*

Je me souviens des soldats de la force internationale chargés de protéger les populations. Des fanatiques assoiffés de sang ont déferlé mais la force internationale avait reçu l'autorisation de tirer uniquement en état de légitime défense, donc ils n'avaient pas le droit de tirer les premiers. Même quand les populations furent massacrées, exterminées.

*

Début décembre 2005, Karen Montet-Toutain, enseignante de 27 ans, avait envoyé un mail à son inspectrice académique.

« *Je ne me sens plus en sécurité. Cela va même jusqu'à des menaces, à mon encontre ou vis-à-vis de ma famille, j'ai essayé toutes sortes d'activités et d'attitudes avec ces classes et rien ne semble pouvoir améliorer le comportement de ces élèves.* »

Le 16 décembre 2005 elle est agressée, dans la salle 109 du lycée professionnel Louis-Blériot à Étampes (Essonne), par un élève BEP-vente, à coups de couteau.

189

Elle hurlera sa colère contre l'Éducation Nationale, estimant le proviseur du lycée responsable de son agression, et l'institution coupable de ne pas l'avoir protégée dans l'exercice de ses fonctions. Elle porta plainte contre X, pour « non-assistance à personne en danger. »

*

Je me souviens : certains savaient le sang contaminé. Et pourtant les stocks devaient être vendus. Logique économique.

Je me souviens l'hormone de croissance. Je me souviens l'amiante. Je sais les ondes qui nous inondent et les bénéfices pharaoniques des opérateurs téléphoniques. Et le salaire de Karine, petit rouage informatique de leurs facturations internationales.

*

Après lui avoir infligé l'inhumaine mission algérienne, l'État s'est déshonoré une deuxième fois en le laissant dériver. Ils ne sont pas intervenus. Pouvaient-ils ignorer qu'un cerveau confronté à l'horreur se détraque ? Ce *ils* impersonnel… mais la faute d'État existe.

*

Ils ne sont pas intervenus. Elle me répond « *personne n'aurait pu intervenir.* » Elle avait sept ans. Il l'a « abusée. » Il est toujours vivant. Elle le croise encore parfois. Ça c'est passé à Montauban. Durant les vacances d'été chez ses grands-parents. Elle m'a caché son nom. Un cousin je suppose. Uniquement le père de sa fille et moi savons. Je sais car elle m'a pensé « *l'Homme de ma vie.* » Et pourtant, elle m'a jeté. Jeté oui.

Je lui écris : il faut dénoncer. Même 25 ans plus tard. Et si ta fille subit le même sort ? Dénoncer pour que d'autres fillettes ne subissent pas le même outrage. C'est lui le coupable, pas toi. La victime a souvent peur de quitter le rôle assigné : si tu parles tu seras mise à l'index ! C'est difficile mais les conséquences du silence sont si néfastes…

Je suis déjà *en pause* quand je lui envoie ce mail. Resté sans réponse. Comme elle n'a pas réagi au texte de chanson inspiré de son drame.

Je l'ai connue 20 ans plus tard

Je l'ai connue
20 ans plus tard
Elle a voulu
Sortir de son cafard
Elle n'a même pas pu
Me dire je t'Aime
Elle est restée
Dans ses problèmes

Elle avait 7 ans
Elle a cru qu'c'était un jeu
Comme il voulait elle a fermé les yeux
Il lui a dit je t'aime
Il l'a déshabillée
Elle a eu mal
Mais elle a pas crié

Elle n'a rien dit
Elle avait peur
Elle a grandi

En refermant son cœur
Elle dit qu'dans sa vie
Toujours il neige
Elle est tombée
Dans des pièges

Elle avait 7 ans
Elle a cru qu'c'était un jeu
Comme il voulait elle a fermé les yeux
Il lui a dit je t'aime
Il l'a déshabillée
Elle a eu mal
Mais elle a pas crié

Je l'ai connue
20 ans plus tard
Elle n'a pas pu
Jouir sans cauchemar
Et je n'ai pas su
Guérir ses scènes
Elle m'a jeté
Pourtant elle m'Aime

Elle avait 7 ans
Elle a cru qu'c'était un jeu
Comme il voulait elle a fermé les yeux
Il lui a dit je t'aime
Il l'a déshabillée
Elle a eu mal
Mais elle a pas crié

*

Elle répondait rarement. Juste au sujet de ce récit. *Il est hors de question que mon nom y figure !* Elle lisait pourtant rapidement. Elle l'ouvrait au moins, donc pour le lire. J'en avais la preuve : j'ajoutais à chaque envoi un « lien image », concrètement un appel à un programme chargé de m'indiquer l'heure à laquelle le mail avait été ouvert dans sa boîte virtuelle sur laposte.fr. Elle avait aussi une messagerie sur yahoo qu'elle consultait moins mais régulièrement quand même. À ma connaissance (mes essais !), seul google, avec gmail, désactive ces images espionnes (il suffit de vérifier : si présence d'une image le format du fichier doit être un format image).
Quand ma princesse espagnole m'a quitté, elle n'a plus lu un seul de mes messages.

*

J'écoute Renaud. *Société tu m'auras pas.* J'écoute Trust. *Antisocial. Mesrine.* Le plus fort possible, la fenêtre de ma chambre grande ouverte.
- Arrête, ils vont dire que décidément, c'est toujours le marché aux fromages, ici.
- Ils peuvent baver ce qu'ils veulent, je les emmerde. Ils faisaient quoi quand j'étais dehors, en pleine nuit ?

*

Claude Lévi-Strauss, au micro de Jacques Chancel, *Radioscopie* (un enregistrement de 1988) :
« *J'ai une mémoire détestable…*

Je suis tout à fait perdu quand j'essaye de reconstituer mon passé, des pans entiers m'échappent, je me trompe de date.
Si j'écrivais mes mémoires j'aurais le sentiment de dire faux tout le temps. »

*

« *Il ne peut exister d'autobiographies exactes et l'homme ment toujours quand il parle de lui.* »
Heinrich Heine.
1988-2006 : j'essayais d'écrire la réalité et finalement inventais d'autres choses. J'ai désormais la sensation d'avoir, avec mes dix pièces de théâtre, six cents chansons et quatre ébauches de roman, formé ma plume pour devenir capable de raconter.

*

« *On ne peut jamais se connaître mais seulement se raconter.* »
Simone de Beauvoir.

*

« *Si on met les gens vrais dans les livres qu'on écrit, ce n'est pas par méchanceté ou par perversité, c'est pour atteindre une vérité générale.* »
Marcel Proust.

*

T'as raison Marcel ! On peut même ajouter : toute ressemblance avec des personnes existantes ou ayant existé serait totalement involontaire… Mais on le sait bien, on le sait bien Marcel : la littérature ne se fait pas uniquement avec de bons sentiments, on doit puiser tout au fond de soi, même dans les zones qui nous déçoivent ; un personnage avec des orientations bouddhistes devrait, dans l'idéal, n'avoir pour Mayline qu'une immense compassion… Marcel, nos écrits, nos écrits resteront, notre version ; elle nous a humilié, menti, trahi, insulté, elle se complaisait dans son petit malheur, mordait la main qui la caressa, elle restera une femme indigne, qui chercha à retrouver ces sensations, jusqu'au désespoir, la nostalgie d'un Amour perdu, l'amertume dans le cœur, les entrailles. Elle peut corriger chaque soir les cahiers de ses élèves pour obtenir une observation dithyrambique de l'inspecteur d'académie, elle passera à la postérité dans son plus mauvais rôle. Miss indignité.

*

« *La seule raison que nous ayons d'écrire, c'est pour dire quelque chose. Qu'importent les conséquences.* »
Marcel Aymé, répondait ainsi à Henri Jeanson, un ami le mettant en garde sur le risque d'écrire un article contraire à l'idéologie triomphante. C'était en 1940.

*

Des bribes reviennent encore. Rien de ce que nous vivons ne disparaît du cerveau, ça s'égare souvent et il faut d'étonnants aiguillages pour retrouver une pièce du puzzle.

*

Mayline est persuadée d'avoir grandi en oubliant Montauban 1983. Puis à 17 ans, à Orléans, chez un copain, où elle était simplement venue pour un Monopoly, il l'a violée. Et alors tout a ressurgi. Une nouvelle fois elle n'a rien dit ; elle a grossi pour ne plus être désirable. Jusqu'au jour où elle a voulu redevenir belle. Comment dire je t'Aime à une femme qui a été violée ?

*

Elle m'a raconté puis elle m'a trahi. Elle nous a trahis. Elle m'a confié le plus intime puis elle m'a jeté. Elle savait ma souffrance. Elle l'observait même sans déplaisir. Comme si la souffrance d'un homme pouvait équilibrer, un peu, sa balance de guerre. Elle savait que je raconterais. Elle a besoin que j'ose pour elle ?

*

26 février 1988.
- La semaine prochaine, *c'est* les premières épreuves. Si j't'entends une seule fois dans les escaliers d'ici là, y'en a un qui passera par la fenêtre. T'as compris, connard !
Je prends sa bouteille de vin et la vide dans l'évier. Il ne bronche pas ! Je pense « *lève-toi et je te mets mon flingue sous l'bout du nez.* » Il ne se lève plus : il doit voir dans mes yeux qu'il ne me fait plus peur ; j'ai encore peur mais tu ne le verras plus. Il bredouille :
- J'm'en fous j'iro ein r'quère eine aute. Ché toudis cha qu'auro pas.
Je sors, je claque la porte. Je pars à Arras pour une demi-journée « administrative. »

*

Quand j'ai découvert l'utilisation de mines antipersonnelles lors de guerres, j'ai pensé avoir vécu mon enfance dans un tel pays, où il avait disposé des pièges susceptibles à tout instant de nous réduire en bouilli.

*

Si ma mère connaissait le sujet principal de mes journées, elle répondrait un truc du genre « ça va te servir à quoi de remuer la merde ? » Tout peut servir à faire œuvre. L'angle de prise de vue est essentiel. Je pourrais effectivement écrire sur bien d'autres sujets. Il est enterré depuis presque vingt ans et je vais en avoir quarante. C'est sûrement le bon moment pour raconter. Avant Alzheimer. Quatre accidents de voiture, plusieurs peurs d'avoir rencontré VIH, un passage au travers d'un plafond. Et la mise en pause « incompréhensible. » Je suis peut-être au milieu de ma vie mais peut-être pas. La vie est fragile. Je le sais depuis l'enfance.

*

Dès 1945, des survivants des camps d'extermination ont parlé. Personne ne les écoutait. Nul ne voulait entendre. Tout le monde avait souffert !
Les survivants aussi, pensaient « *ils ne sont pas intervenus* » ? Ils ont laissé les trains partir, ils ont vécu comme s'ils ne savaient pas ?
Chaque survivant qui racontait, simplement raconter, c'était inacceptable pour ceux qui ne sont pas intervenus. Oui, tout le monde avait souffert de la guerre. Comme aujourd'hui, tout le monde a souffert durant son enfance. Raconter, simplement raconter, sans même pointer du doigt X ou Y, c'est toujours inacceptable quand les bonnes consciences ne veulent surtout pas compromettre leur petit équilibre étayé sur bien des mensonges, bien des silences.
Pourquoi raconter ? Pour moi. Pour Karine. Pour Mayline. Pour Romane. Pour vous mettre le nez dans votre merde aussi, dans votre bonne conscience de biens nourris, d'occidentaux confortablement installés. Des privilégiés obnubilés par des banalités. Oui, vos banalités. Vous comprenez pourquoi elles me semblent ridicules. Oh je n'ai pas félicité monsieur le maire quand il a reçu une médaille ! Chez ces gens-là, des décennies de fatuités se récompensent !…

*

Si nous avions été tués, l'État ne serait pas venu les accuser. Bah, c'était un ancien d'Algérie ! Ils sont tous revenus un peu détraqués. La vie est assez difficile comme ça. Il aurait fallu être fou pour s'occuper de ce qui se passait derrière leurs murs. Pour prendre une balle dans la tête ?…

*

193

Suivant les statistiques, la société française fut longtemps un véritable petit paradis. Ce n'était pas comme maintenant ! Rendez-vous compte, ces viols, ces incestes, même de la pédophilie chez des prêtres ! Et la violence même à la sortie des écoles ! Les enfants ne sont plus en sécurité.

Alors qu'avant, les statistiques sont formelles, paradisiaques : tout cela n'existait pas ! Décadence ! Tout était parfait : le silence régnait. Même les accidents de voiture, les médias les occultaient. Même la corruption des politiques, avant, n'existait pas ! Un enfant victime de ses « camarades » n'avait qu'à savoir se défendre, une fille violée avait récolté ce qu'elle cherchait, elle n'avait qu'à pas traîner. L'amiante était une merveilleuse découverte. Tout était pour le mieux dans le meilleur des mondes gaullistes, giscardiens, mitterrandiens.

*

J'aurais voulu une autre enfance ! Je souris. C'est en souriant qu'aujourd'hui je l'écris. Mais cette pensée m'a obnubilé. Et je sais désormais qu'avec une telle obsession ma vie se cognait inexorablement dans un labyrinthe. Assumer. Nous devons tous assumer notre passé. La seule manière de vivre vraiment, pleinement, le présent. Karine ne l'a toujours pas compris. Mayline ne l'a toujours pas compris. Elles ont la nostalgie des « *belles choses* » de leur enfance et des blessures « *inguérissables.* » Les deux faces d'une même erreur. Comme si nous avions le temps de ratiociner ! Ne vous moquez pas de moi : je sais n'être pas totalement exempt de ratiocinations… mais je m'en sers comme terreau… oui, je n'en suis pas arrivé par hasard à passer des mois à ra… turer…

*

Les gendarmes m'arrêtent. PV. Éclairage déréglé. Soudain monte en moi l'envie de leur cracher « il est plus facile de racketter au bord des routes que de se lever à trois heures du matin pour sauver un enfant. » Je me retiens.

*

J'ai toujours entendu louer son intelligence ! Je le considérais stupide. Pourquoi cette légende ? Même chez ma mère. Avoir été premier de son école au certificat d'étude avait suffi ?

Répéter une chose, c'est parfois suffisant pour convaincre son entourage… Je l'ai depuis souvent constaté. Gratter un peu le verni, la patine, permet de discerner la véritable nature.

*

On regarde presque exclusivement les gens « comme ils sont. » Sans observer leur voie, ce qu'ils deviendront. Et l'on se réveille quelques mois ou années plus tard au côté de mutants, étrangers ou pire, ennemis.

J'ai regardé Mayline en occultant ses « problèmes », je l'ai vue comme elle pouvait, voulait devenir. Je ne le regrette pas. Même si je suis le seul à l'avoir vue ainsi, je n'ai pas rêvé. Même si elle devient comme les autres la voient. Le dossier à charge envoyé au tribunal, par le père de leur fils, l'indignait. « *Comment ose-t-il me décrire ainsi ?* »

*

Reproduire son drame. Mais en dénichant des victimes pour le rôle qu'on lui a imposé, le rôle du pauvre bougre sorti de son village, jeté dans une guerre incompréhensible. Il y apprend la peur, la grande frousse, de tomber dans une embuscade, s'y faire égorger. Il n'était jamais sorti de son canton. Il n'a pas la capacité de comprendre. Politiquement. Socialement. Humainement. Historiquement. Son rôle, dès qu'il en est revenu, apparemment indemne, sera double : celui qui sait (endossant la tunique des hautes autorités militaires dont il suppose l'infaillibilité, l'omniscience, incapable de se dégager de la situation et les observer en simples marionnettes emportées par le vent de l'Histoire) et celui qui peut tuer à tout instant (les fellaghas).

Mais pour que le jeu puisse durer, la victime doit être trop faible pour déjouer la manipulation. Il la trouve facilement : l'époque n'est pas aux femmes de caractère, surtout à la campagne. Avoir des enfants, c'est normal pour un couple. Ils formeront de nouvelles recrues.

Naturellement, il n'a jamais conceptualisé son rôle de série B et les conséquences de sa dérive. S'il se regardait dans une glace il devait s'effrayer : les photos de mariage attestent qu'il fut physiquement plus avantagé que la moyenne. Pour devenir ça ! La gueule du poivrot de base !

Il m'a bien fallu une dizaine d'années de réflexions avant cette ébauche de cohérence historique. Tout concorde. Une vie ratée. Complètement ratée.

Même sur la voie de la sérénité, on rate si facilement sa vie, on passe si souvent à côté de l'Essentiel. Alors sans ! Qu'ai-je fait de ma vie ? La revisiter ainsi c'est aussi constater mes propres embrigadements, les petites satisfactions dérisoires après lesquelles j'ai couru. Courir pour ne pas affronter de face l'échec niveau Essentiel. Regarder quotidiennement l'échec de face est sûrement une épreuve surhumaine.

*

Qui est vraiment satisfait de son enfance ? Pas durant, où fort heureusement l'insouciance prime le plus souvent, mais plus tard, quand les difficultés peuvent amener à chercher des causes anciennes. Même les privilégiés veulent vite grandir. Même Karine a trouvé une logique pour souffrir de son enfance et une psychologue providentielle pour lui servir l'expression propice « *amour conditionnel* », au sujet de ses parents coupables d'avoir exigé des bonnes notes en contrepartie de l'attention, l'amour. Ses parents n'étaient naturellement pas parfaits. Comment auraient-ils pu l'être ? Mais ils ont privilégié l'éducation de leur fille, qu'elle ait un bagage et des valeurs. Karine n'a même pas compris leur blessure quand, incapable de rompre une relation évidemment à rompre, elle s'est vautrée dans l'adultère, acceptant les oripeaux de l'amante d'un commercial dépressif, en quête d'un corps pour pimenter son existence vide. Elle aurait pu au moins ne pas le proclamer ! On fait parfois des conneries qui ne regardent que soi. Ils sont intervenus et elle a uniquement retenu des mots certes déplacés. Et pour leur prouver qu'elle n'avait pas été qu'une vulgaire amante, elle a voulu maintenir cette relation, lui octroyer un statut honorable… quand même pas au point de croire que cet individu puisse devenir le père d'un enfant qu'elle porterait… Alors elle a voulu un enfant de moi – et le pire c'est que c'aurait pu arriver.

*

On ne naît pas alcoolique, on le devient. L'alcoolisme n'est pas génétique ! (comme pour tout on peut discerner des « prédispositions »)

Dans son cas, répondre « la guerre d'Algérie » c'est évidemment répertorier au moins une des causes. La cause unique ? Sans arme psychologique pour lutter contre les éléments, il a saisi la bouée la plus accessible. Ailleurs ou à une autre époque, la drogue l'aurait sûrement « délivré de ses fantômes. » Ses causes, au fond, je m'en fous. Ses conséquences furent mes causes. Réfléchir m'a permis d'éviter bien des erreurs, de sortir de bien des impasses. Si souvent borderline.

Mayline borderline. Karine borderline. Aline borderline… Ce n'est naturellement pas un hasard si j'ai flashé si souvent pour des Femmes borderlines. Nos failles nous ont aimantés… Quant au Bonheur à chaque fois envisagé… elles l'ont saccagé… je ne l'ai sûrement pas assez protégé…

*

Le monde a sûrement changé trop vite pour eux. Dans les années 30, cette campagne ressemblait encore grandement à ce qu'elle fut au moyen âge. Ils ont grandi comme des enfants nés pour continuer la longue chaîne des agriculteurs. Même avec un penchant « naturel » pour l'alcool, une vie classique l'aurait recadré : durant des générations les agriculteurs n'ont pas eu les moyens de dépenser des fortunes au bistrot ni de se faire livrer des caisses et des caisses de vin, par Leleu, de

Pernes, son camion rouge ponctuel, un jeudi sur deux. Durant des générations, les jeunes appelés à la guerre, le plus souvent n'en revenaient pas et si la chance les avait épargnés, ils rentraient au moins assez estropiés pour ne pas se croire les rois du monde et se contentaient de reprendre une petite place bien discrète. Les difficultés quotidiennes se chargeaient de leur rappeler les piliers de la vie : travailler, manger, dormir.

*

S'en sortir est parfois difficile à assumer. De nombreux Juifs revenus des camps de la mort se sont suicidés par incapacité à vivre. Primo Levi. Pourquoi m'en suis-je sorti et pas eux ? Il s'est sûrement posé la question.
Je me la suis posée aussi.
Certains sont morts sur la route, d'autres du sida. D'autres… Il arrive un âge où l'on peut raisonnablement se considérer survivant.

*

- Pourquoi personne n'a fait dérailler les trains ? Vous saviez pourtant qu'aucun Juif ne revenait !
- Dès qu'il y avait du sabotage, les boches prenaient au hasard dans un village et zigouillaient sur la place.
Ma mère est née en 1929. Je ne lui en ai jamais voulu de ne pas avoir été résistante. Même quand vers 18 ans je me suis identifié au peuple Juif. Mais je n'ai jamais entendu parler d'actes de résistance dans notre village. Du marché noir, oui. Des familles devenues riches ainsi, et toujours fortunées.
« On » sait comment elles ont pu acheter leurs terres mais « on » les respecte. Ce n'est naturellement pas du respect. Mais il faut « *les respecter* », bien leur dire bonjour, admettre leur supériorité.
« *On sait ce qui arrive à celui qui la ramène.* » Encore aujourd'hui, ma mère voudrait bien pouvoir m'empêcher d'écrire sur Nicolas Sarkozy, Maurice Papon, l'héritier Hersant ou les avocats. Les fleurs et l'amour, comme ça ferait de belles chansons ! Retourner à Groupama serait quand même préférable !
Je lui ai parfois répondu « *on sait ce qui arrive à ceux qui s'écrasent.* » Naturellement, elle ne pouvait pas comprendre le sens exact de cette réplique, même quand quelques arguments suivaient.

*

J'avais plus de vingt ans quand j'ai découvert la naissance de Jacques Brel en 1929 aussi. Je lui en avais parlé. Plus tard de Milan Kundera.
Mais ils ne sont pas nés à Huclier !

*

J'essaye de retrouver des instants de plénitude à Huclier. Je me souviens d'avoir marché avec ma sœur, monté la grande côte « des prêles » pour porter un repas à nos parents dans les champs (ils plaçaient des betteraves) ; j'avais 6 ou 7 ans. Je me souviens, alors que j'en avais une dizaine, d'une grande virée jusqu'au monastère de Belval avec les autres enfants du catéchisme et monsieur le curé, je me souviens des œufs de Pâques cherchés dans les buis devant la maison, je me souviens très vaguement d'avoir été malade vers quatre ans, mon lit était alors « en bas », près du feu et j'avais eu « bichette », je me souviens des cerises, du tapis roulant et ma Mickette.

*

« *J'avais 20 ans. Je ne laisserai personne dire que c'est le plus bel âge de la vie.* »
Paul Nizan.

*

Tu rêves ! Je me tais : je n'ai pas la chance de pouvoir rêver. Du concret, rien que du concret. Sa mort ou devenir très riche. Sa mort : totale délivrance. Devenir très riche : il ne pourra plus rien contre moi et s'il s'approche je dénicherai facilement un professionnel pour l'éliminer sans trace ; puisque les riches réagissent ainsi ! J'achète le *journal financier :* la bourse est sûrement le meilleur moyen de devenir riche rapidement et légalement…

*

J'ai désormais compris : ma grand-mère l'avait cerné. Je crois qu'elle avait parfois aidé dans un café durant sa jeunesse et l'un de ses neveux, dans la Somme, devait lui aussi « accueillir des alcooliques. » Sans analyse ni philosophie mais d'expérience. Je l'entends encore « *quand vous ne serez plus saoul, vous pourrez parler* » ou « *osez me toucher et c'est en prison que vous irez cuver.* » Il traversait alors sa pièce en vitesse et venait dans la cuisine gueuler, injurier ma mère, l'accuser d'avoir accepté qu'elle revienne, qu'elle était là pour foutre la merde, ma mère devait la jeter dehors.

Oui, il suffisait que ma grand-mère le renvoie à sa condition d'alcoolique, ne s'énerve jamais, pour ne pas être harcelée. Inconsciemment, j'ai sûrement suivi son exemple en lui masquant ma peur. Si elle avait su l'expliquer, elle nous aurait transmis sa compréhension. Mais elle aussi, elle a vécu loin des livres. Sa chance est d'être un jour partie…

*

« *Ce qui ne te tue pas te rend plus fort.* » Dès la découverte de cet aphorisme de Nietzsche, je répondais souvent ainsi. Souvent de manière déplacée. J'avais aussi sûrement des difficultés à le croire. J'étais vivant mais me sentais si vulnérable. Il ne me tue pas mais ce combat me détruit.

*

J'avais un magnétophone. J'ai essayé de l'enregistrer. A chaque fois la bande était inaudible. Il fallait parler à quelques centimètres du micro.

Aujourd'hui, avec un caméscope placé discrètement sur un meuble, il serait possible de prouver les menaces, le « harcèlement. » Comment alors prouver à un juge qu'il devait nous en débarrasser ?

Tu n'as même pas été violé. Tu n'as même pas été tabassé. Tu n'as même pas été séquestré. Tu n'as même pas été affamé.

Je sais. J'ai juste grandi avec la hantise d'être assassiné. Je sais : même pas à quelques mètres d'une chambre à gaz. Je sais, je n'ai jamais respiré l'odeur d'êtres humains brûlés ni vu des proches décapités à la hachette. Autre époque, autre lieu. Époque et lieu dits civilisés, où non, oh non, personne n'aurait laissé un enfant grandir ainsi. Écrire pour corriger l'histoire officielle et sa prétention du « c'était mieux avant », ses statistiques sur la croissance exponentielle de femmes battues, de pédophiles, d'enfants martyrisés, d'incestes. Alors qu'enfin les victimes peuvent parler. Dans la France giscardienne et mitterrandienne, prompt à se proclamer exemplaire, l'homme était maître chez lui. Madame Giscard comme madame Mitterrand, même si je les suppose jamais martyrisées, furent priées de rester pour les photos officielles. Un président ne divorçait pas ! La femme, même trompée, se taisait. Et l'homme naturellement pouvait semer fils ou fille ailleurs, mener double vie. Même dans ce milieu-là, la supériorité de l'homme était évidente. Alors à la campagne ! (sur ce sujet-là, Nicolas Sarkozy peut se prévaloir de mettre en pratique son leitmotiv de campagne : « *la rupture* »)

C'aurait pu être pire : j'aurais pu être assassiné. L'*abeille* aurait titré « drame de l'alcoolisme à H » ?

Ou l'assassinat aurait été maquillé en accident ?

*

C'est normal que je boive, avec une femme et des gosses pareils (traduction forcément !).

*

Dans les yeux de ma mère, j'ai appris la peur. J'en fus imprégné. D'aussi loin que je me souvienne. Et je n'ai pas de raison de croire qu'avant ce fut mieux. Quand l'enfant a besoin d'apprendre l'amour, la sécurité, de regards heureux. Je ne savais pas vraiment sourire. En quelques heures, ma « *princesse espagnole* » m'a aussi donné cela, le sourire. Ah son sourire !… et la douceur de sa peau…

*

Que vont dire les gens s'ils voient les gendarmes ici ! Que vont dire les gens si…
Ma mère n'a jamais cru pouvoir recevoir la moindre aide de la société ; l'État acoquiné aux riches, les impôts à payer, les gendarmes verbalisent les braves gens pour tout et n'importe quoi (et il faut leur offrir un cadeau, ou au député, pour faire sauter le PV), la justice alliée des puissants. Elle n'avait pas tout à fait tort mais elle avait tort de l'accepter.

*

En 1999, je suis retourné là-bas. Et j'ai fait « le tour. » Oui ! Oncles, cousins et voisins. Pas tous quand même !
Ils n'avaient jamais hurlé « *je ne veux plus te voir* » mais avaient prononcé un peu bas « *quand tu voudras.* »
Ils avaient préféré « *ne pas chercher à comprendre.* » J'y suis retourné avec la pensée « adieu. » J'avais même bu du café. Depuis je n'ai revu personne. Il se peut qu'un jour je croise quelqu'un. Je n'ai, finalement, rien à leur reprocher ! Catapulté à leur place, je n'aurais sûrement guère fait mieux. Ce qui fut une tare, une tache, est devenu une force. Quantité de créateurs sont passés par une expérience extrême. J'ai suivi, finalement, un chemin depuis longtemps répertorié ! La plupart n'en guérissent pas vraiment et la création reste une béquille, un exutoire. J'ai soif de sérénité, plénitude, harmonie. Il m'a presque fallu vingt ans pour me reconstruire. J'ai vingt ans !
Au village, de mon retour, ils ont retenu : il n'est même pas allé sur la tombe de son père.

*

Durant la canicule 2003, nul n'a réclamé le corps de personnes âgées mortes à Paris. La nation s'est recueillie, a offert des sépultures, Jacques Chirac tenait l'occasion de revêtir le costume du pépé du peuple.
Mais ces morts, « *ces morts scandaleusement oubliés par leur famille* », étaient-ils dignes du respect de leurs enfants ? (parmi eux, certains n'avaient d'ailleurs, sûrement, aucune famille)

*

Quel phénomène neurologique me permet de redécouvrir ce passé apparemment sorti de ma mémoire depuis des années ? La psychanalyse nous a apporté des réponses sur notre fonctionnement mais j'en suis persuadé : les études neurologiques représentent le plus vaste champ disponible à notre investigation. Parfois j'arrive même à faire ressurgir des minis films. Je le revois à table alors que je vide sa bouteille de vin dans l'évier. Le sourire de Christine s'affiche en surimpression. Du pied gauche je marque un but pour la première fois dans un vrai match. D'un tir croisé, c'est à Valhuon, j'ai douze ans. De vingt mètres, j'expédie le ballon presque en pleine lucarne. C'est à Troisvaux, mon dernier but, mon dernier match officiel. Toujours du pied gauche. Je suis droitier. Le football s'efface, surgissent Angélique, Fanny, Betty, Fabienne… et le sud…

*

Janvier 2006. Je lis « *Ce qui rend délicates les questions sur l'autobiographie, c'est qu'en fait je ne me souviens plus très bien de mon passé. Je suis habitué à mentir constamment sur ma propre vie, ce qui m'oblige à avoir des doutes. »* Michel Houellebecq, en 1998, à la sortie du roman *les particules élémentaires*, où Bruno né en 1956 et Michel en 1958, demi-frères, constatent leur échec et celui de la société. MH alors officiellement né en 1958. Quelques années plus tard seulement son arrangement avec le calendrier sera découvert, la naissance de Michel Thomas deux ans avant la date partout notée. Je suis né en 1968, donc il serait dommage d'en changer. Ma princesse espagnole écrivait « *les nés dans l'année 68, toujours, nous pensons en la France et sa révolution, c'est bon, être attaché à ce mot.* »

*

Si j'en étais encore à maudire cette enfance, je n'aurais rien fait de ces vingt années. J'ai pu obtenir la capacité de raisonner, découvrir la littérature. Pas eux. Plus que l'école, la littérature m'a sauvé. L'école m'a permis de sortir les pieds du merdier, la littérature le reste. Les instits et les écrivains sont sacrés.

*

Un traumatisme peut sévir durant des décennies quand il n'est pas soigné. C'est l'impasse la plus fréquente. Dans la majeure partie des cas, les conséquences, bénignes, sont acceptées par l'entourage simplement désolé du « mauvais caractère. » Un silence pesant, souvent. Ou des colères, jamais saines.

*

Prétendre raconter le passé tel qu'il fut, c'est naturellement se tromper soi-même avant d'emmener les autres sur ce chemin ? Avec l'excuse de la bonne foi ?
Des souvenirs, un tri et une reconstruction. Je ne suis plus l'enfant derrière le chêne ni celui mystérieusement attiré par Karine. Je suis le type *en pause*, qui se demande ce que sera demain. J'ai replongé mais avec l'expérience, le vécu. Vu d'ici et maintenant, ce fut ainsi. Je me méfie toujours du « *histoire vécue* » sur la couverture d'un livre.
Les faits furent ainsi. Quant au pourquoi, toute réponse serait discutable.
Je conçois parfaitement que des passants de mon passé puissent prétendre « je n'ai jamais rien vu de ça… il invente pour se rendre intéressant », que Karine soit en colère. Elle a voulu être ma muse, elle fut heureuse de l'être. Je n'ai personne à convaincre. J'ai 40 ans. Je vis à neuf cents kilomètres de ce village, un peu moins de Karine mais suffisamment pour ne pas se croiser au marché.

*

Y repenser, à tout, est une grande leçon d'humilité : tant d'années me furent nécessaires pour comprendre ! Pris dans la tourmente des événements, je réagissais en animal traqué, essayant de sauver ma peau.
Même à dix ans, j'aurais pu ouvrir l'annuaire, chercher le numéro des gendarmes et les appeler. Je téléphonais bien chez le vétérinaire, pour demander l'inséminateur, et fournissais d'une voix bien distincte, les renseignements nécessaires, le nom du taureau, la date…
Mais leur petite morale du qu'en-dira-t-on me figeait.

*

Je n'étais pas assez attentif pour comprendre ce qu'ils savaient de ma vie, notre drame. Qui s'en réjouissait ? Je ne pensais qu'à sauver ma peau. Notre peau. Je n'aurais pas pu partir, fuguer. Si je pars il les tuera. Il avait réussi à m'en persuader.

*

Groupama, l'assureur des agriculteurs. Le directeur est un très lointain cousin de ma mère. Elle croise régulièrement sa sœur au marché de St Pol. Elles ont des souvenirs d'enfance. Ma mère a téléphoné à ce lointain cousin… et il est intervenu : je suis retenu pour le stage à la Sicorfé, la plus grande société de services informatiques d'Arras, celle où presque tout le monde a postulé ; la Sicorfé gère l'informatique de Groupama. Je suis « *le pistonné* » pour ceux qui savent ; les autres s'étonnent qu'ils aient retenu un tel hippy.

*

Je n'ai jamais eu la tentation de croire en Dieu. Je n'ai jamais cru aux êtres humains. La dialectique communiste m'est naturellement tombée dessus. J'ai immédiatement été anticommuniste, leurs mensonges m'apparaissaient évidents. Ils sont comme lui ! Ils oppriment. Le communisme n'est qu'une adaptation à la société de mon enfance. Tout le monde doit trembler, redouter le dictat. Tous ensemble ! Chantez donc votre « tous ensemble », grisez-vous de « solidarité. » Pour mieux détourner les yeux des réalités. Votre Staline pouvait déporter, assassiner sans opposition : il glorifiait le peuple. Promettre un avenir radieux n'est qu'une arnaque : le bonheur est à prendre immédiatement, personne ne viendra le donner. Et personne ne peut l'imposer. On ne fait pas le bonheur des autres contre leur volonté. Je le sais, Mayline !

*

« *L'homme n'a pas une seule et même vie, il en a plusieurs mises bout à bout.* » Chateaubriand ajoutait « *et c'est sa misère.* » Plusieurs vies, oui, dont une vraie après des brouillons, des époques confisquées, des impasses. Mayline aussi doit passer en époque 3. Son époque 2 ayant débuté à 7 ans. Plusieurs vies, dont celle débarrassée des embrigadements, des parasites. La plupart des gens ne la connaissent jamais cette vie voulue. Il faut la vouloir vraiment pour la vivre et alors ce n'est même pas certain.

*

26 février 1988. Sylvie me dépose à la gare de Saint Pol où le matin j'avais laissé ma voiture. Retour une heure avant l'arrivée du premier train.
De l'église j'aperçois le fourgon des pompiers, celui des gendarmes, l'attroupement. Je tremble. Il les a tuées. Cinq cents mètres, j'accélère.

Ils ne sont pas intervenus

(le livre des conséquences)

Deuxième partie

*J'avais 20 ans. Je ne laisserai personne dire
que c'est le plus bel âge de la vie.*
Paul Nizan.

26 février 1988. Sylvie me dépose à la gare de Saint Pol où le matin j'avais laissé ma voiture. Retour une heure avant l'arrivée du premier train.
De l'église j'aperçois le fourgon des pompiers, celui des gendarmes, l'attroupement. Je tremble. Il les a tuées. Cinq cents mètres, j'accélère.
Je dois être blanc en descendant de voiture.
Paul remarque sûrement ma frayeur :
- Va à la maison, ta mère te racontera.
Plus tard je penserai qu'il a sûrement eu l'impression de prononcer la meilleure phrase possible mais sur l'instant j'imagine qu'*il* a tué ma sœur.
- Il s'est pendu.
Soulagement.
- Dans l'hangar.

*

Et n'allez pas proclamer « Dieu est intervenu. » Personne ne l'a forcé à se lever, sortir, prendre une bonne longe, l'attacher à un bastaing, s'y pendre.

*

26 février 1988. Nous avons tous, sûrement, à un instant de notre vie, la tentation de croire en l'impossible. Le plus souvent malheureusement il suffit de quelques orages pour l'oublier. Minutes d'euphories : je me suis juré de faire de ma vie un très grand Bonheur, de trouver l'Harmonie, vivre l'Amour, vivre loin de ce village de la grisaille.

*

26 février 1988. Il s'est pendu vers onze heures. Avec une simple longe si utile dans une ferme. Après mon départ, il était sorti nettoyer un côté de l'étable à vaches. Il lui suffisait de reculer le tracteur et le bac attelé à l'arrière, y pousser avec une pelle les déjections. Puis il était retourné se coucher. Comme presque chaque jour. Il s'était relevé vers onze heures. Ma mère était dans la cuisine, préparait le repas. Il n'a pas terminé les litières.
Ma sœur est rentrée de St Pol vers onze heures trente, avec le pain, des courses. Comme d'habitude, elle a garé sa voiture « à sa place », côté gauche du premier hangar, juste avant la stabulation. Elle l'a aperçu contre un poteau. Ses pieds touchaient le sol mais il avait l'air mort. Elle ne s'est pas approchée. Elle est allée chercher notre mère.

*

201

Elles ont découvert un fait : il s'est pendu. Moi, durant sûrement moins de deux minutes, j'ai eu la sensation du drame survenu : il avait tué.

Ces secondes, personne ne s'en est jamais soucié. Pas d'aide psychologique !

Qui a imaginé, compris, ce que j'ai vécu ?

J'ignore combien de secondes les monstres sont restés à l'intérieur de Mayline. Mais pour elle aussi, je crois, ce sera toujours « une éternité. »

*

26 février 1988. Auraient-ils été en pleurs, les voisins, s'il avait tué ma mère et ma sœur ? À leur visage, je n'ai pas compris ce qui s'était passé. Il y avait une animation dans le village, donc ils étaient là. Comme ils l'auraient été pour le passage de la caravane publicitaire du Tour de France. Un autre scénario n'y aurait rien changé : petit spectacle.

*

Ils savaient. Mais jamais leur savoir ne les a poussés à intervenir. Un savoir malsain, pour médire, prédire « ça finira mal », un sujet de conversation. Eux n'auraient jamais accepté un fils comme moi, avec des cheveux longs, une dégaine de drogué... Tous arboraient la coupe « propre », comme insistait ma mère, jeunes comme vieux.

*

J'ai espéré avoir tenu un rôle dans sa décision d'en finir. Plutôt qu'un « acte de folie. » Aujourd'hui, je m'en fous. Des faits. Je suis ainsi devenu plus sensible, émotif que la moyenne, et j'en ai fait mon métier, et surtout j'ai cherché l'humanité au plus profond de moi, cette quête d'Essentiel m'a éloigné de la majorité de mes chers concitoyens ; pauvre Karine : elle a vu de la misanthropie dans mon refus de frayer avec les crétins ! Certains êtres humains sont sortis de l'humanité, les violeurs, les pervers psychotiques par exemple.

*

Je ne le touche pas. Je ne me souviens pas de l'avoir touché un jour. Je le regarde et sa raideur me surprend. Il est sur une table froide. Dans la salle de la télé. Son visage a un peu perdu de sa rougeur d'alcoolique. Un peu. Voilà. C'est fini. Enfin fini. Je peux commencer à vivre. Enfin commencer.

*

Même son suicide n'est pas une circonstance atténuante, une demande de pardon. Il s'est suicidé en pensant ainsi nous marquer d'une tache indélébile : nous serions ceux qui l'ont poussé au suicide, ignobles enfants, ignoble épouse. Et nous devrions porter ce fardeau, être la honte du pays. Je comprends comment il en est arrivé là, je ne lui pardonne pas. Enfin, maintenant je m'en fous. Certains prétendent qu'il faut « pardonner aux morts. » Les morts n'existent pas plus que s'ils n'avaient jamais existé ! Comme je n'ai pas à pardonner à Karine, à Mayline. On ne pardonne qu'aux vivants qui demandent pardon, le demandent avec plus que des mots, en s'impliquant, en déposant au ruisseau les oripeaux de leur passé qui les fit se comporter ainsi, en « changeant d'époque. »

Certes, je ne serais pas là s'il avait été égorgé en Algérie... mais je ne serais pas là non plus si un seul des maillons de la longue chaîne des générations était mort avant de donner la vie. Mon ADN comporte une trace de chacun, chacune. Combien parmi mes ancêtres ont ignoré le visage de leur père ? De leur mère ? Vu de l'antiquité, chaque présence sur terre est improbable, presque impossible. Combien de famines, pestes, massacres ?... Pourquoi devrais-je accorder plus d'importance à ce père indigne qu'aux autres ? J'en suis persuadé : tout le monde a au moins un ancêtre assassin. Finalement, heureusement !, personne ne le sait. C'aurait pu être pire : j'aurais pu être le fils de Maurice Papon ou Robert Hersant !

*

202

Comment rattraper le temps perdu ? Comment vivre à deux cents à l'heure ?

Si je vis deux fois plus vite que les autres, à quarante ans j'aurai rattrapé le temps perdu…
(j'ignorais que le temps perdu ne se rattrape jamais ; on peut juste essayer de ne pas y ajouter la perte du temps présent)

Il faut vivre vite, la mort vient tôt (ça je l'avais lu).

*

J'ai ouvert le frigo, pris la bouteille d'eau et bu deux grands verres.

*

« *Il ne t'a manqué de rien.* » Chaque repas était un vrai repas, suivant les considérations alimentaires. J'ai même dévoré un nombre considérable de gâteaux *Napolitains*, paquets achetés chaque vendredi lors du passage de l'épicier, donc à un prix exorbitant. Et chaque lundi, du marché de St Pol, ma mère ramenait une cargaison de fruits. De vrais fruits, cueillis à maturité. C'était du temps d'avant les chambres froides et du transport de masse. J'ai même mangé des pamplemousses, depuis remplacés par des pomelos. Il ne m'a manqué de rien et pourtant je mangeais sans plaisir ; toujours une peur dans les entrailles ; j'ignorais l'existence de la pauvreté, comme j'ignorais l'existence de familles harmonieuses où les enfants apprenaient les savoirs, les bonnes manières, le goût de la vie. J'ai appris un versant de la vie : à ne pas forcément croire les belles paroles, à me méfier des gens. À six ans, je ne savais même pas écrire mon prénom ni tenir un crayon ! Envoyé à l'école de Valhuon uniquement car l'école était obligatoire. *Sacré Charlemagne ! Pour ce qu'ils leur apprennent !*

« *Il ne t'a manqué de rien. J'ai tout fait pour qu'il ne te manque de rien.* » Tentative de justifier l'injustifiable, l'inacceptable. Jamais depuis ma mère n'a même marmonné « *j'ai eu tort.* »

*

« *Oublie. Il faut oublier.* » Ma mère sait d'où me viennent mes colères.

Heureusement, je n'ai jamais essayé d'oublier. J'ai essayé de comprendre. J'espérais « un jour assumer. » Je pensais « assumer » sans trop savoir qu'y mettre derrière. Il m'a donc fallu des années pour assimiler que tout cela, pour moi, n'avait, à chaque instant présent, aucune importance. Pschitt !

*

Encore récemment :

- Pourquoi tu ne m'as pas appris à écrire, même pas mon prénom ?

- Tu crois que j'avais le temps, avec un père comme le tien. Les instituteurs sont payés pour ça.

*

26 février 1988.

- Ne dis pas aux gendarmes qu'il avait parlé de se suicider, sinon on aura des problèmes.

Ils m'interrogent, en dernier. Pour ma mère puis ma sœur, dans la cuisine, en présence uniquement de monsieur le maire. Pour moi, ma mère reste.

Je suis un enfant dont il faut surveiller les propos ?

Les gendarmes n'exigent pas sa sortie, approuvent donc, l'un questionne, l'autre note. Je fixe son stylo bic noir et son carnet. Envie de lui demander ce qu'il va en faire de ses informations ; après combien de temps tu les brûles tes carnets ? Tu les remets à ta hiérarchie ? Ou tu les garderas pour tes vieux jours, te donner l'impression d'avoir servi à quelque chose ?

Je n'ai rien à raconter, allez vous faire foutre. Je vous méprise. Ma mère prépare le repas. La bonne excuse. Elle me fixe régulièrement. Signification : ne te fais pas remarquer, il faut bien parler ! Envie de rire, chanter. Je suis aussi en colère contre elle : sa présence – ça, ça ne se fait pas ! Cette indiscrétion m'énerve, m'indigne. Le jeune flic note. Je réponds Vladimir Jankélévitch (je sens son hésitation ; j'ajoute « *comme ça se prononce* » ; il ne rétorque rien). Stoïciens. Sénèque. Chacun est libre de sortir de la vie quand il le désire. Sa mort ne me concerne pas. Je suis soulagé. Ouf ! Ouf ! Sauvé ! À part ça ? Ça ne me fait rien ! Il n'était rien pour moi, il n'est rien, rien, absolument rien. Oui, rien (si je vous répondais que ça me rend heureux, je vous choquerais ? Pauvres keufs, je vous méprise ; si ce n'est vous c'est donc deux des vôtres, qui buvaient l'apéritif avec lui). Il n'avait jamais parlé de suicide ? Il parlait de nous massacrer mais ça vous vous en foutez, c'est hors sujet ? Lucien fixe l'évier, envie de balancer « vas-y, regarde-le, et souviens-toi de moi en 1978, souviens-toi de mes pantoufles quand je suis allé frapper à ta porte à trois heures du matin » ; ils en ont assez dans leur petit carnet. Après tout, ce n'est qu'une enquête inutile, ils ont sûrement un apéritif à prendre ailleurs.

*

Des problèmes ! Eh oui : non assistance à personne psychologiquement fragile ! J'aurais dû l'aider, moi, moi qu'il menaçait de tuer, il aurait fallu le sauver, le bourreau ! Il aurait fallu l'empêcher de « commettre l'irréparable »… qu'ils se suicident, tous, les bourreaux ! S'ils sont incapables de laisser les autres vivre tranquillement. Suicidez-vous !
Son suicide est une délivrance.
- Si j'pars d'ichi cha s'ra les pieds d'vant, et tout l'honte r'tomb'ro su vous. Té peux m'raviser, in dira qu'ché dé t'faute, et pu eine fille voudra d'ti…
Selon lui, un suicide dans la famille marquait au fer rouge.
- T'es même pas capable de t'foutre en l'air, t'es juste bon qu'à nous emmerder.
Je doutais de l'efficacité de ma réplique. Comme de certains de mes boniments : je vais aller voir un avocat pour te faire interner en hôpital psychiatrique ; on sera trois à témoigner des menaces de mort, les juges vont t'envoyer en prison ; t'es qu'un taré, un alcoolique, une loque, un poivrot, une larve, un insecte, un vieux con. Finalement, il suffisait de lui résister ! J'ignorais posséder une arme redoutable : les mots. Puisés dans Trust, Téléphone, Renaud et des livres rarement compris. Comment aurais-je pu assimiler Vladimir Jankélévitch ! Mais j'aimais bien prononcer ce nom et tenir en main un gros livre intitulé « *la mort* » les impressionnait.

*

Pourquoi ? Pourquoi ?
Mais ils n'attendent pas de réponse.
Ajoutent « *on ne sait jamais pourquoi, c'est un mystère.* »

*

Pourquoi ? Parce qu'il fut incapable de vivre dignement. Et basta !

*

J'aurai mon BTS. Et je ferai tout pour que le stage se transforme en contrat. Je travaillerai. Parce qu'il le faut, tout sera sûrement vendu ici : il s'est suicidé aussi à cause des dettes et vendre la maison sera peut-être nécessaire. Oui, je travaillerai. Mais en trichant : employé modèle uniquement en apparence, serviable, aimable, dévoué. Un jour je partirai. Loin. Ça doit être beau, le sud, Toulouse, oh Toulouse, et pas un monstre pour tout gâcher. Aussi beau que la Grèce.
Il est froid sur une table froide. Je suis fatigué mais ne dors pas, je rêvasse : et si la vie, finalement, pouvait être autre chose. Je repense aussi aux mots venus en moi quelques heures plus tôt, comme si pour la première fois j'avais pu lui parler, avant de monter « tu n'aurais pas pu plutôt être un vrai père. » C'est quoi, un vrai père ? Je ferme ma fenêtre mais conserve les pulls sur la tête.

*

Personne n'en a parlé. Personne n'osa en parler le premier ? Tout le monde y pensait ?

26 février 1988. Vendredi 26 février 1988.

Il a vu sa femme pour la dernière fois soixante-dix mètres avant son bastaing final et il est raisonnable de suggérer qu'il pensait « tout le monde t'accusera de m'avoir poussé au suicide et dans six semaines tu me rejoindras au cimetière. » Et ses enfants, ses maudits enfants, n'auraient plus qu'à porter la croix de cette double disparition dont ils seraient partout considérés responsables. Il s'est suicidé un vendredi, persuadé qu'une mort le vendredi était suivie d'une autre dans la famille, sous six semaines.

26 février 1988, 8 avril 1988. Dans ma tête, ce n'était pas forcément ma mère la victime.

*

27 février 1988. Ma mère leur sert une raison « propre » : il croyait avoir un cancer ; « *depuis des mois il maigrissait.* » Aux oncles elle ajoute quand même « *faut dire, il ne se nourrissait presque qu'avec du vin et de la bière.* »

*

Je dois arrêter « l'école » !… Et reprendre la ferme ! Continuer la longue lignée d'agriculteurs. Maintenant il intervient ! Il se prend pour qui, pour le « chef de famille », cet oncle ? Je pense « il est trop tard, vieux con, pour l'ouvrir. »

Ma mère répond : « *il est grand maintenant, il fera ce qu'il voudra.* » Enfin une parole censée ! Car ce n'est pas à moi qu'il s'adressait, je ne suis qu'un simple enfant. Un enfant doit rester aux ordres tant qu'il vit sous le toit familial !

L'oncle est fâché ! Et en plus j'ose conclure : « *mercredi matin, je passe l'épreuve de comptabilité et dans quatorze jours je débute mon stage à la Sicorfé.* »

Je m'aperçois de la froideur de ma voix, cette voix ne tolère aucune contestation, la voix qui depuis quelques mois l'écrasait. Je pense « tout est donc question d'intonation… ils m'emmerdent. » Je monte dans ma chambre. J'ai vingt ans et je vous emmerde. Vous avez laissé faire et maintenant vous voudriez me guider ! Laissez-moi vivre !

*

Qu'est-ce que j'vais faire… merde alors !?

Elle a peut-être raison : je ressemble à Jean-Louis Aubert (pour d'autres c'est Goldman ou Renaud).

Je souris et reprends « merde alors ! »

J'écris :

 avoir mon BTS

 être embauché à la Sicorfé

 l'amour

 à 25 ans quitter Sicorfé, partir dans le sud ; cinq ans pour amasser assez et acheter une maison, aimer, lire et écrire.

*

Passer d'une enfance volée à une vie d'adulte !

*

Crétin de « petit cousin », accouru présenter ses « sincères condoléances », se réconcilier avec sa « cousine. » Pardi, il espérait obtenir les terres pour son fils !

*

Se suicider, c'est croire la situation désespérée. Heureusement, il ignorait qu'il n'existe aucune situation désespérée mais toujours des êtres qui désespèrent de leur situation.

Même condamné, l'Homme a tort de se suicider : Socrate a eu tort de boire la Ciguë, Sénèque de se poignarder. Ils auraient dû placer les assassins devant leur acte, qu'ils tuent, les notables athéniens, le Néron.

*

29 février 1988. Église. Ma mère pleure. Je pense « arrête ton cinéma. » Je la regarde et j'ai envie de sourire, lui crier : « mais tu devrais rire, chanter, danser. » Ça ne se fait pas. Ce qui se fait c'est pleurer la mort du mari, à côté du cercueil, entourée du village recueilli. Leur petite gueule d'hypocrites et leurs habits du dimanche. Tu n'as donc vraiment rien compris, tu ne leur dois rien, tu ne leur dois surtout pas le rôle de la veuve du suicidé. Première dans la rangée de gauche comme je le suis dans celle de droite. Derrière moi, ses frères. Comme si le prêche de l'abbé Décobert pouvait te toucher ! Hé alors, ils discutaient parfois, quand notre brave monsieur le curé se promenait avec son chien près du château d'eau. Hé alors ! Tu ne vas pas, quand même, prétendre que cet instant sans violence, ainsi balancé, te rappelle les quelques mois de bonheur peut-être connus avec ce malade ?

Du cinéma à cause du qu'en-dira-t-on ! Ils m'observent. Doivent préparer leurs commérages : il ne pleure même pas, il ne pleure même pas avec ses longs crins, il restera le fils du suicidé.

Allez vous faire foutre ! Ma vie n'est pas ici. Bientôt je partirai. Je ne suis pas d'ici. Vous n'êtes rien, vous avez laissé faire. Réécrivez ma vie comme vous voulez, entre vous, entre médiocres, entre perdus, entre vieillards, vieillards de naissance. Vous êtes la racaille, continuez vos petites méchancetés quotidiennes. Et vous osez entrer dans une église, allez-y, communiez, communiez comme des innocents, laissez fondre l'hostie en vous, comme si vous ne saviez pas…

*

« *Il s'est pendu.* » J'ai cru les mots de ma mère. Les autres aussi. C'est la version officielle. Matériellement indéniable. Mais non : il a voulu être égorgé ; il a voulu reprendre sa place dans l'allée centrale, marcher dans le maquis algérien.

Le rapprochement entre la pendaison et l'égorgement m'est rapidement apparu : il a sûrement pensé qu'il allait, enfin !, ressentir ce que ses copains égorgés ont ressenti.

Personne n'en est ressorti, du maquis, de cette colonne. Un tiers de la garnison égorgé. Le cou tranché. La pendaison est l'expérience la plus proche qu'il ait trouvé. Il a repris sa place : mort pour la France coloniale. Stupide vu du chroniqueur indifférent. Cohérent par analyse psychologique.

*

Un seul « copain » est là. Il me dit simplement « *je ne savais pas.* » Les autres, ceux du village, au téléphone, lui avaient raconté ce qu'était ce père. Les autres ne sont pas venus. Déjà salarié, il a pris sa journée.

Je l'invite au café, là où « la famille » se retrouve après le cimetière, pour prendre un verre, manger des biscuits. Je me mets dans un coin avec lui.

Naturellement, plus tard, la vie nous éloigna aussi. Et même si lors de notre dernière rencontre (je suis passé aussi chez lui en 1999) j'ai senti certaines de ses réflexions plutôt estampillées Front National, je lui garde une sympathie particulière. Tout en espérant m'être trompé. Tu es de ma famille. Éloignée !

*

En 1999, après ce tour d'adieu, une étrange expérience : à St Pol, plutôt que de prendre la direction Pernes pour retourner à Huclier, j'ai conscience dix kilomètres plus loin de rouler sur la route de la côte. Et « naturellement » j'arrive à Berck. Plage quasi déserte. Une jeune femme promène un bouledogue. Elle ne me voit pas. Quand elle se baisse pour ramasser un morceau de bois avant de le relancer à son chien, j'aperçois au bas de son dos un tatouage, sans parvenir à identifier la représentation. Envie de l'aborder. Mais elle passe à une quinzaine de mètres et je n'ose pas. Une inconnue, une passante.

Mayline a un soleil tatoué presque au même endroit.

Les femmes avec un tatouage dans le bas du dos sont systématiquement plus draguées sur une plage, selon une récente étude (on réalise vraiment de drôles d'études... émission sur *France-Inter*, 2008).

La dernière fois que je l'ai vu ce tatouage... Mayline ramassait une petite cuillère... sa culotte bleue dépassait de son pantalon noir serrant... je ne pouvais plus vivre cette situation d'exigence de non-Amour... il m'a été difficile de retenir des larmes en pensant « un jour un type te verra ainsi et tu subiras un troisième viol »... je suis parti dans la cuisine...l'impasse de sa vie m'a assommé... Mayline, mon Amour, ton Amour, sont donc insuffisants !... sa fille voulait venir dans mes bras... son sourire m'a redonné espoir...

*

Le samedi soir, direction Bours, le *Providence*, la discothèque, nouveau nom de *Sono 2000*. Le patron ne parvient pas à masquer sa surprise, je le sens gêné... il part dans une explication, s'excuse... de son absence à l'enterrement... il s'est trompé de jour, est venu le lendemain... son baratin m'indiffère... la pensée « ce type est un mort vivant » me fait sourire, j'abrège « *ce n'est pas grave.* » Je ne crois pas en son histoire : il croyait simplement ne pas me revoir avant des mois ! Le fils d'un suicidé devrait au moins respecter une période de deuil, devrait se cacher, longer les murs, s'excuser de la tache indélébile dans son dos, sur son visage...

Bande d'idiots. Il m'a volé mon enfance et vous voudriez que maintenant je m'inflige d'autres années vides. J'existe. Enfin. Et je ne vais pas me soucier de votre opinion. Je ne suis rien pour vous, vous n'êtes rien pour moi, alors basta. On se croise, on se dit bonjour par politesse mais je n'ai plus de temps à perdre, gardez vos invitations au bal des hypocrites pour... pour qui les voudra...

Je me fous du passé. J'ai une vie à vivre. Je ferai des erreurs parce qu'on ne m'a rien appris et qu'il me faudra me cogner à la réalité pour la connaître. Je ne sais rien, j'ai tout à apprendre ! La vraie vie n'est pas ici. J'ai la vie devant moi ! Je n'ai qu'une vie : je la vivrai ailleurs. Je trouverai la solution. Ça tourne dans ma tête. Parfois jusqu'à l'incohérence. Je note quelques bribes dans un carnet avec la liste des filles embrassées et aimées. Oh non, je ne vais pas raser les murs ! La honte, si quelqu'un doit l'éprouver, c'est toi, toi, toi, toi, vous tous... 8 avril, 8 avril, fixation sur cette date...

*

Ma mère aurait voulu que j'observe au moins six semaines de deuil. Que vont dire les gens ?... Six semaines... Six terribles semaines...

*

J'ai pris la bouteille d'eau dans le frigo... et j'ai bu... des sueurs froides me glacent. Si avant de se pendre il avait empoisonné cette bouteille ? ...

Sa mère a « suivi » son père dans les six semaines ; il est passé devant le frigo en pensant inutile d'aider le drame...

*

Il revient nous assassiner. Des nuits. Des nuits. Des années. Cauchemars.

Peuple irakien, Saddam Hussein doit vous hanter de même. L'avoir vu mort n'est pas suffisant.

*

Je m'en fous de ce qu'ils bavent, de ce qu'ils pensent : ils ne sont pas intervenus. Ils ne sont rien, rien, absolument rien. Je ne suis rien : je suis libre, je ne dois rien à personne.

*

Sicorfé. Me taire et travailler. Je suis sous la responsabilité d'Alain, « *un type bizarre* », sûrement très doué « *mais du Front National.* » Il m'apprend la programmation structurée. Comme c'est simple, quand c'est bien expliqué ! J'écris en quelques semaines l'ensemble des programmes du nouveau Contrat d'Assurance Vie de Groupama. Je ne comprends pas tout mais il me donne chaque matin un algorithme et tel un petit robot j'exécute…
Et les programmes fonctionnent ! Alain les lit, les teste, parfois les corrige avant de les transmettre au chef, Xavier. Correction toujours suivie d'explications… Un vrai pédagogue. En quatre années d'études, je ne connaissais quasiment rien de l'informatique réelle… j'en connaissais sûrement autant que nos profs… l'éducation nationale, avec ses salaires trois ou quatre fois moindres qu'une SSI, société de services informatiques, attirait difficilement les compétences… Leur niveau peut se comparer à celui de nos vendeurs d'ordinateurs à *Conforama* ou *But*, ils récitaient déjà des notices.

*

Dans ma chambre, parfois, je ne peux pas croire qu'il est vraiment mort. Je vais l'entendre gueuler ! Alors je mets Trust à fond, je reprends « *antisocial.* » Oui : antisocial. Anti, contre cette société d'hypocrisie où les cheveux longs sont vilipendés par des piliers d'église complices des bourreaux. Vous devriez plutôt prier pour qu'il n'existe pas votre Dieu ! S'il existe, s'il est juste, vous irez tous en enfer. Damnation !

*

Partir d'ici. Je dois partir. Certitude. Je me lève pour vérifier si la bouteille de gaz est en bas de l'escalier. La maison du malheur. Ma mère me demande ce que je fais : « *j'ai soif.* »

*

« *Il faut de l'argent pour vivre.* » Leitmotiv de ma mère. Je sais, je n'irai pas en master. Pourtant, au lycée Guy Mollet les profs me le conseillaient. J'en ai les capacités, oui. Oui mais…

*

Groupama recrute Xavier pour créer en interne son département informatique. Groupama, Sicorfé, Crédit Mutuel : sociétés du groupe Carnot, édifié par Paul Baulier, dont le salaire mensuel dépasse 300 000 francs prétendent des salariés chargés de la paye et naturellement tenus au secret professionnel. J'essaye de me repérer dans ce labyrinthe.

*

Saddam Hussein est mort de la même manière. Sans le vouloir, lui, certes. Mais…

*

Sa mort n'est pas le Bonheur. Pas d'abracadabra ! Il m'a bouffé 20 ans de ma vie et je n'arriverai jamais à les rattraper. Même en vivant à 200 à l'heure. Je n'ai pas eu d'enfance.

*

Je lui ai écrit : « *Je comprends ce que tu as vécu, ton enfance confisquée. Tu as perdu un paradis. C'était le paradis, tes premières années. Et les autres sont devenus « à se méfier. » Je me suis méfié longtemps. Mais je n'ai aucune nostalgie d'un paradis d'avant. Aujourd'hui j'ai confiance en Toi, totalement. Si j'ai tort je le paierai cash mais j'ai en Toi une confiance absolue. En plus de faire la paix avec ton passé, il te faut sortir de la nostalgie. Elle est aussi du passé. Et notre Amour a besoin de présent. »*

J'étais déjà *en pause*. Derniers jours de la *pause* officielle avant son « *oublie-moi.* »

*

Quelques mois devant un écran ont suffi : myopie. Pour l'ophtalmo la relation de cause à effet est évidente : des yeux programmés pour une myopie vers quarante ans, l'écran a tout accéléré.

Profitant de sa présence un vendredi midi, au traditionnel whisky, utilisant l'humour, j'évoque au directeur informatique (monsieur n'est jamais devant un écran, il a des réunions et des dossiers ; son adjointe aussi a des réunions et des dossiers ; l'écran commence au niveau du chef de projet, Xavier) une pension d'invalidité. Il rétorque sèchement : toutes les jurisprudences sont formelles, la myopie n'est jamais considérée comme une maladie professionnelle.

Maintenant je sais que j'aurais pu lui répondre : l'amiante non plus, mon général !

*

Le *Providence* sombre disco and coe, exit hard rock, même léger, exit pop. Je vais de plus en plus souvent « loin », près de Douai, à Flines-lez-Raches. Avec Hervé. L'une de mes déjà anciennes « *mauvaises fréquentations.* »

- Je suis dégoûté, c'est vraiment toi qu'elle regarde ! Tu vas pas me dire qu'elle te plaît pas ?

- Qui ?

Je suis vraiment myope !

- Si une fille comme ça me regardait comme elle te regarde, j'arrête même de boire !

Et c'est grâce à Hervé que je ne suis pas resté indifférent à Fanny. Elle est allée sur la piste de danse. *The wall*. Pink Floyd. Nous avons brisé le mur…

*

Mes rêveries : je ne veux, vraiment, qu'une seule chose : la tranquillité. Et alors avoir un enfant, être papa dans un petit cœur, vivre une tendre relation papa-maman-bout-de-chou. Un enfant avec Toi, Fanny…

*

Fanny, étudiante en psychologie. À la fac de Lille. Je prends le premier train ou j'y vais en voiture. Elle m'attend à la cafétéria de la gare. Je suis paumé dans Lille !

*

Je n'aurais jamais quitté Fanny. Fanny ne m'aurait jamais quitté. Se dire OUI, faire l'Amour, c'est pour la vie. Nous le savons.

Et nous n'aurions pas été malheureux, juste la sensation de passer à côté de quelque chose d'Essentiel.

Depuis 1983 Fanny médite régulièrement et depuis 1979 je sens mon destin d'écrivain.

Envie de s'aimer dans sa chambre d'étudiante. Ses copines respectent notre intimité, ont toujours quelque chose d'urgent « ailleurs. » Quand l'envie devient trop forte de s'aimer, elle prend sa guitare, chante n'importe quoi, même « *Petite Marie* » de Cabrel.

*

Dans un film de Bertrand Blier, *Merci la vie*, je crois, Charlotte Gainsbourg balance « *là où je vais, tu ne peux pas me suivre.* »

J'ai pensé à Christine et Fanny, la première fois que j'ai entendu cette réplique. Pas à Karine ni Betty.

*

209

Nous sentions nos vies lancées dans des directions inconciliables. Nous sentions qu'il s'agissait d'un simple croisement.

Au carrefour de nos recherches, nous avons parlé et ces dialogues ont eu sur nos vies des effets positifs. Nous nous étions promis de vivre dignement.

(où ai-je égaré ta lettre avec « *je ne croyais pas possible qu'un mec et une fille puissent se parler comme nous le faisons, sans tabou, en toute sincérité... tu me manques... j'ai envie de me serrer contre Toi et que le temps s'arrête...* »)

*

Nous sommes ruinés. La vente des vaches et du matériel permet de rembourser le Crédit Agricole. Il reste la maison, les hangars et huit hectares de terre. Tout ça pour ça !

*

Je les ai invités pour fêter « *mon BTS.* » Les trois « copains du village » et les voisins, ceux qui squattent littéralement la maison « depuis », toujours serviables. Ils veulent les terres ! Ce ne sont que quelques hectares mais chez ces gens-là, la terre, c'est sacré.

BTS obtenu avec les meilleures notes du lycée. Fierté. Sentiment peu honorable que ce besoin de se mettre ainsi en valeur ? Certes compréhensible après tant d'humiliations. J'existe ! Je ne suis pas « le fils de l'alcoolique suicidé », je suis MOI. Et je n'abdiquerai pas : *j'irai au bout de mes rêves.* Je me doutais bien que ce ne serait pas évident... mais le pire aurait été de ne pas essayer. Essayer même quand les possibilités de passer sont infimes : oser, essayer, si tu sens au fond de Toi que là réside ton Essentiel. Tant pis si ça finit en fiasco, on se remet des fiascos, on y perd moins de temps qu'à idéaliser ce qui aurait pu être si on avait osé.

*

J'achète une 205 XS neuve, noire.

*

Le Grand Amour était un rêve. Forcément je l'ai rencontré. Forcément je croyais qu'il allait transformer ma vie. Presque deux ans en presque bonheur. Une inquiétude, toujours : pourvu qu'elle ne me quitte pas. Une certitude dérangeante et incompréhensible au fond de moi : il faut qu'elle me quitte.

Angélique, ma bouée de sauvetage après l'impossible Amour Fanny. Une forme de prison, aussi. Ma mère ne l'aime pas : « *trop princesse.* » Une fille sur laquelle « tout le monde » se retourne, complexée par cette aura. « *Trop belle pour toi* » balance un soir Guy légèrement ivre. Le seul à l'avoir bavé en face. Avec elle, je ne pouvais réaliser l'indispensable travail de régénération. J'étais encore traumatisé. J'étais donc invivable. Nous avons vécu ensemble, 22 rue des trois visages, 62 000 Arras. Sûrement trop vite. Je voulais « tout et tout de suite. » Sa mère et la mienne s'accordaient sur un point : nous devions nous marier car ça ne se faisait pas de vivre ainsi « sans les liens du mariage. »

*

- Il ne va même pas sur la tombe de son père...

Angélique me raconte les médisances. Une des voisines, chez sa mère, est la nièce d'un vieux couple sans enfant à Huclier, dont elle espère l'héritage.

Alors je me confie, un peu. Faire l'amour est nettement plus intéressant !

*

22 ans. Rattrapé par le sursis du service militaire. Service militaire obligatoire ! Oh non ! Pas ça ! Xavier connaît très bien un député. Grâce à lui, il se moque complètement des radars. Presque un

ami : lui payer un bon repas de temps en temps est suffisant. Pour moi ce serait une petite enveloppe. Pas envie de leurs arrangements de notables. Je vais chez le docteur Lamoril, lui demande s'il n'y aurait pas une solution pour être réformé par le célèbre P4. Il m'indique un psy conciliant… après ce sera à moi de m'arranger avec lui. « *Le suicide de mon père doit pouvoir me servir…* » Il a une moue. J'ignore si elle était de désapprobation pour cette forme de cynisme.

Tout paniqué, je vais donc à Bruay… il m'écoute… et me demande finalement si je me considère vraiment inapte, psychiquement fragile ? J'hésite…

J'ai une sorte d'intuition de sourire en déclarant : je crois que vous rencontrez des cas nettement plus graves que moi. Mais je veux tout faire pour ne pas perdre un an. J'en ai perdues suffisamment des années…

Silence puis : je vous remercie de votre sincérité, si vous aviez voulu me berner je vous renvoyais chez vous sans rien ! Je suis favorable au service militaire mais quand j'avais votre âge ce n'était pas le cas. Alors, une fois de temps en temps, en passant, je veux bien rendre service.

Il rédige en silence une lettre en me souhaitant bonne chance, m'offre même un cadeau en me déclarant : une case est importante dans leur questionnaire, c'est votre réponse à la question « *avez-vous déjà effectué une tentative de suicide ?* » Toutes les personnes qui répondent OUI sont systématiquement exemptées.

Finalement le passé peut me servir. J'irai à Cambrai pieds nus, en février (avec quand même de vieilles sandales). Une barbe de quinze jours (elle énerve Xavier « *tu coupes ça dès que c'est passé* », Angélique aime bien), un regard de zombi, refusant naturellement de manger et boire (malgré le plateau posé dans les mains).

*

Faire une psychanalyse ?

Si un être humain détient la réponse, ça ne peut pas être un psychanalyste pris au hasard dans les pages jaunes ou alors, si le premier psychanalyste venu a cette clé, c'est qu'elle est, finalement, simple, donc je la découvrirai ailleurs.

Si la solution dort dans un bouquin, je le lirai. Si elle est en moi, j'arriverai à l'extraire.

Un psychanalyste n'est qu'un marchand. Comme un libraire. Il vend un savoir. Je préfère encore passer à la caisse d'une librairie après un simple échange de bonjour. Les psychanalystes comme les libraires, aucun ne serait intervenu.

*

Gainsbourg meurt. J'achète le numéro spécial de *Libération*. Mais ce ne fut pas pour moi l'événement le plus important de ce mois de mars 1991. Nous ne retournons pas dans les Alpes. Malgré la réservation. Angélique me quitte. Je vivrai quelques semaines grâce à la carte bancaire, au décalage d'un mois entre le paiement et le prélèvement sur le compte.

Livret A vidé. Angélique, étudiante, vivait naturellement sur mon salaire et pour « devenir riche rapidement » je n'avais toujours rien trouvé d'autre que la bourse. Détourner des sommes à Groupama semblant quand même compliqué pour un informaticien de base. Et les braquages risqués ! Les deux impossibles : je ne peux pas prendre le risque de perdre des années en prison ; même pour gagner mon indépendance. Mission impossible, alors ? Tout ce qui était placé en bourse est perdu. Lors de nos précédentes vacances, à Antibes, Saddam Hussein avait envahi le Koweït et mon capital avait déjà bien fondu.

Déjà 23 ans : seul et plus un centime ! L'impression de n'avoir rien fait durant ces trois années. Les économies de ma période 1 disparues. Ma période 2 ayant naturellement débuté avec sa mort. C'est aussi un soulagement de ne plus rien posséder des sommes presque détournées à mon profit par ma mère, durant son grand naufrage. Je repars de zéro. Un travail, un appart et des rêves. Impossible de vouloir vraiment vivre une vraie vie ? Je ne serai qu'un cadre aisé ? Juste un bon exemple de la « promotion sociale » !

*

Enterrement de ma grand-mère. Ma mère me le montre, de loin ; aurait-il pu être une branche à laquelle je me serais rattrapé ? Mais je ne l'ai jamais connu. Histoires de famille. Ma mère l'invite au café après la cérémonie.
- C'est ton parrain… va lui dire bonjour.
- Qu'il aille se faire foutre !

Ma marraine, je devais, chaque année, en janvier, lui envoyer des vœux : « chère marraine blabla blabla. » J'étais alors enfant de chœur, elle venait, le dimanche suivant, à la messe, m'attendait sur la place du cimetière, me remettait un billet. Jusqu'à mes douze ans. Elle aussi est là. Qu'elle aille se faire foutre aussi. Trop tard. J'ai ma vie à vivre…

*

Sublimer mon passé en écrivant ? Faire œuvre de ça ? Non. C'est trop difficile. Pourquoi moi ? J'essaye d'écrire. Les paragraphes débutent systématiquement par « il. » Angélique adorait mes poèmes.

*

- Pourquoi vous ne vous coupez pas les cheveux ?
- Pourquoi vous ne laissez pas les vôtres pousser tranquillement ?
- Ma question était sérieuse. Vous avez tort de la prendre à la légère. Je vous rappelle que vous vous êtes engagé à les couper quand nous avons signé votre CDI, Xavier pourrait en témoigner.
- Xavier témoignera de tout ce que vous lui demanderez ! Et même la main sur le cœur !
- C'est la vérité.
- Et même ailleurs ! Vous pensez qu'un être humain normalement constitué aurait dû accepter un tel chantage ?
- Je vous ai laissé le choix. Dans quelques années des informaticiens belges viendront travailler pour nettement moins que vous.
- Il viendra peut-être même des directeurs informatiques !
- Nous parlions de votre contrat.
- Il n'est pas écrit dans notre vénérable convention collective qu'un informaticien doive avoir une coupe de militaire.
- Bien. Vous avez la sincérité de me répondre enfin franchement mais je pense que vous reviendrez sur votre entêtement, que vous comprendrez ne rien avoir à y gagner. Nous avons, de part notre salaire, certaines obligations.
- Quel beau dimanche pour la saison.
- Thérèse m'a raconté, vous écrivez parfois de la poésie, à chacun son hobby. J'en conclus donc, votre dernière remarque était hors sujet.
- Pas tant que vous le croyez. Il faut bien trouver la rime à obligations quand on n'a pas le salaire d'un membre du conseil d'administration !
- Malgré votre entêtement, vous pourrez constater que je suis un homme juste. Je sais que c'est grâce à vous si la nouvelle version du contrat automobile est opérationnelle à la date souhaitée. Nous avons marqué des points auprès du centre régional. Et j'avais décidé avant notre entretien de vous augmenter.
- Je préfère être augmenté pour mes compétences que pour avoir enrichi une coiffeuse. Les coiffeuses je les préfère nues, donc sans ciseaux.
Depuis qu'ils avaient vu Angélique, durant les mois où elle me déposait le matin, avant de partir à

la fac de lettres, ils me considéraient comme un Don Juan et ce genre de réplique leur plaisait. J'aimais jouer au petit con de bas étage. Jouer est préférable ! Mais à trop jouer on peut le devenir. Je ne devais pas rester là trop longtemps : on prend rapidement le cœur de la fonction.

*

J'accepte la mutation géographique, à Reims. Pour la prime, 60 000 francs. Je magouille au maximum lors de la migration informatique. Sur les notes de frais. Parti à Reims, je reste indispensable à Arras, service confronté à « des difficultés techniques »… je n'hésitais pas à utiliser un aimant pour rendre illisibles les bandes magnétiques. Xavier a beau battre des records de vitesse sur la A21 ! Ce fut parfois juste : en responsable consciencieux il va chercher la bande à la Sicorfé… mais, pauvre Xavier !, ton passage aux toilettes m'a suffi !, quelques secondes pour agir, entrer dans ton bureau et bling, une semaine encore de gagnée ! Aucun état d'âme.

*

- Une vie comme ça, ce serait une vie de merde. Rester à Groupama, c'est accepter de n'être qu'un mort vivant.
- Qu'est-ce que je vais encore voir. Tu crois que j'en ai pas vu assez avec un homme comme ton père.
- Fallait en choisir un autre ! Et si tu voulais travailler à Groupama, tu n'avais qu'à postuler. Tu n'avais qu'à vivre ta vie, tu ne serais peut-être pas aujourd'hui à vouloir m'empêcher de vivre la mienne, à vouloir que je fasse ce que tu n'as pas eu le courage de faire.
- Tu crois que j'ai eu le choix.
- On a toujours le choix. Le vrai courage c'est résister.
- Tu ne sais pas ce que c'est d'être une femme.
Dialogue impossible. Éternellement impossible. Je sais aujourd'hui : il y a entre nous bien plus que les trente-neuf ans officiels…

*

Le qu'en-dira-t-on ! Que vont penser, que vont dire… Oser quitter Groupama, c'est comme si je lui avais arraché les cheveux ! Tu me fais honte… Je n'ose plus parler de toi à personne…
J'ai toujours connu ma mère soucieuse des apparences. Euphémisme !
Pour être bien vue ? Comme si elle pouvait s'illusionner sur les « pensées » de ces gens-là ! Mais ça ne se fait pas ! Il faut savoir rester à sa place.
Certitude : il savait qu'elle ne demanderait jamais le divorce. Qu'auraient bavé les gens ! La donne aurait été fondamentalement transformée si elle avait eu la capacité de refuser les premiers actes et propos inacceptables.
Ça se joue à si peu de choses un couple.

*

« J'ai eu le courage de rester… de mon temps au moins on ne divorçait pas… » ou *« il nous aurait retrouvés si on était partis et il aurait bu toute la ferme et vous n'auriez plus rien… »*
Ma mère ne comprend toujours pas qu'il était malade, psychiquement malade, ne comprend toujours pas l'enfance qu'elle m'a imposé par sa soumission au fatalisme.
Je me jure de ne plus en parler… ça ne sert à rien… et pourtant j'y reviens… ou elle… Elle est scandalisée par ma décision de chercher un licenciement. Comme elle le fut par Angélique. Par Valérie (une autre Valérie). Par Marie. Vivre ensemble sans être mariés ! Et recommencer avec une autre ! Il va y en avoir combien ?… J'ai 25 ans. Je m'étais juré de ne pas rester dans un bureau plus de cinq ans.
« Après tout ce que j'ai fait pour toi. » Souvent elle commence ainsi. Même pas une posture : elle

213

en est persuadée. Je devrais passer trente-sept ans et six mois à Groupama car elle a eu le courage de me laisser à la merci d'un taré ! Elle est dans sa logique ! Si je conclus « *cesse ton sophisme* », ce sera « *tu ne peux pas parler comme tout le monde.* » J'écris. J'essaye d'écrire. Je me souviens de cet instant précieux, à onze ans, quand monsieur Mercier s'étonna de mon excellente copie en rédaction ; il m'avait trouvé un style… malgré les nombreuses fautes d'orthographe… ; ma pensée naturellement tue : « c'est normal je serai écrivain. » Puis ce mot écrivain incrusté en moi. Raconter ma vie, raconter d'autres vies, proclamer de nombreux « j'accuse », écrire une nouvelle recherche du temps perdu, un nouveau Germinal, un autre livre des illusions… Cette lumière, naturellement je n'en ai jamais parlé avant le début, même insignifiant, de sa réalisation. « *Il est fou. Qu'est-ce que je vais encore voir…* » aurait sûrement gémi ma mère. Encore aujourd'hui : « *c'est pas un métier… tu ne gagnes pas d'argent…* » J'ai quarante ans. Avec mon passif, je considère logique de ne pas encore être vraiment écrivain. Mais je suis sur la voie et en prévision sont déjà en ligne www.ecrivain.tv www.ecrivain.pro www.ecrivain.me www.romancier.org www.romancier.info www.romancier.pro www.romancier.tv… l'écrivain romancier du web !

*

En voulait-il « à la terre entière » ? De lui avoir gâché la vie ou ne raisonnait-il même pas ?

*

Durant quelques secondes, quand il était trop tard, a-t-il pensé « non » ou « pardon » ? A-t-il pensé ? A-t-il revu son passé ? A-t-il voulu d'une autre vie ?…
« *Le suicidé part avec ses secrets.* » Mais il n'y a aucun secret à chercher, rien à essayer de comprendre. Tout cela ne me concerne pas. Il est né, il a vécu, il est mort. Pourtant les cauchemars me suivent… Satané passé !… Mayline, où en es-tu avec les cauchemars ?…

*

Finalement, ce n'était qu'un type stupide : il s'est laissé dériver dans son traumatisme plutôt que de croire en la vie. Quand on est malade, soit on lutte contre la maladie, soit on l'accepte. On n'est jamais sûr de guérir. Se complaire dans son malheur est un droit… et s'il n'avait emmerdé personne, il n'aurait pas été blâmable. Se complaire dans son malheur par manque de volonté d'en sortir. Durant quelques années, l'excuse du traumatisme est recevable mais pas des décennies…
Se complaire dans son petit malheur, avec toujours la belle excuse « à cause de ce que j'ai vécu. » Oui, le plus grand des courages, c'est de vouloir le Bonheur, le vouloir éperdument. Et la lucidité de saisir la chance quand elle se présente. Souffrir même pour cette chance. Être patient tout en étant impatient.
J'écris : « *S'il n'y avait eu tes mails puis tes paroles de Bonheur, d'engagement dans le NOUS, je n'aurais naturellement jamais plongé avec Toi. Mayline, si tu voulais te complaire dans le malheur, pourquoi tant de projets ?… Tu as craqué… mais il est temps de sortir de ton impasse, retrouver notre soleil…* »
Un mail évidemment resté sans réponse. Seul ce récit semblait pouvoir la faire réagir…

*

Comment notre guerre se serait terminée s'il ne s'était pas suicidé ? Je sais l'inutilité d'une telle interrogation. Mais je me la pose. Je veux une réponse. Personne ne serait intervenu, ça c'est certain. Jusqu'à 31 ans je me suis tracassé les méninges ainsi. Aujourd'hui je sortirais peut-être de prison. Ou je ne serais qu'un tas d'os. Ou la maladie l'aurait eu. Ou l'enfer aurait continué ; je serais parti, vivant ailleurs avec toujours en tête la possibilité d'un drame, là-bas. Ou… Ou… Ou…

*

À 25 ans, j'ai choisi ma route. Personne ne m'a encouragé ! Il fallait « être fou » pour quitter un poste de cadre à Groupama. En observant ce que sont devenus « les autres », j'ai la simple satisfaction du chemin accompli ; ils ont avancé dans la ruelle de leurs parents ou/et la société. Une promotion sociale. Je n'ai plus aucun contact avec eux. Long is the road.

Pourtant une lucidité : j'ai raté l'Essentiel durant ma période 2. Je n'ai pas vécu l'Amour, Amour union spirituelle et fusion physique. Oui, à ce beau programme, a répété maintes fois Mayline. Puis son mari a refusé le divorce par consentement mutuel, a cassé les jouets de son fils, ses créations de sculpteur sortie avec mention des Beaux-Arts…

Ou alors, l'Essentiel est la sérénité… cette sérénité permettant le véritable Amour, « la sérénamour », amour serein, il serait quand même dommage de ne pas le vivre…

*

Les conséquences ! Ma mère veut me faire la morale !

« *Les conséquences ! Quand on se met à redouter ces conséquences-là, mieux vaut passer un concours pour devenir fonctionnaire, se faire tout petit, raser les murs, prendre un appartement près de son lieu d'inutilité et s'endormir pour quatre décennies avant que la lumière de la retraite soit trop forte et te foudroie pour enfin te délivrer de vivre, pour enfin te permettre d'aller dormir au cimetière.* »

Elle n'interrompt pas mon lyrisme mais après le dernier mot croit placer la bonne conclusion « *on n'a jamais rien pu te dire, tu n'en as toujours fait qu'à ta caboche.* »

Comme si un jour elle s'était souciée d'être un exemple, d'avoir la compétence pour me guider ! Je me réfugie dans les livres, m'abonne au *Monde* et au *Nouvel Observateur*, écoute France-Culture.

*

Avant de vraiment partir « dans le sud », je suis retourné vivre à Huclier. J'avais obtenu « un accord transactionnel », me permettant de toucher les Assedics. Et j'ai continué à fréquenter assidûment le cabinet de la doctoresse qui m'octroyait les congés maladie sans questionner sur le véritable motif, en devant quand même se douter de la destination des antidépresseurs !

Désormais, c'était pour des migraines. Et je les prenais, ses cachets, efficaces quelques heures. Mais le lendemain soir, la tête me bourdonnait de nouveau. Un soir elle explosa. J'étais dans la chambre de mon enfance. Ma mère et ma sœur, en bas, regardaient leur divine télé. Pas la force de crier. M'auraient-elles entendu ? Pas la force de descendre l'escalier. Je vomissais. Vertiges. Vue brouillée. Je me suis traîné dans le couloir, où fort heureusement un téléphone était installé. J'ai appelé le samu. Après difficiles explications, ils m'ont prié de raccrocher et ont rappelé, afin que ma mère ou ma sœur décroche. Elles sont montées. Et plus aucune nouvelle du samu ! Ils avaient délégué !?

- Tu n'as qu'à dormir, ça te passera.

Ma mère, tout en ramenant un bassin pour que je cesse de salir, trouva la bonne solution ! Il était neuf heures, elle n'allait quand même pas déranger un docteur ! Ça ne se fait pas.

J'insistais. Elle descendit finalement pour joindre ma doctoresse préférée. Résumé de ma mère : « *il n'a qu'à prendre un cachet contre les migraines, il se plaint depuis des semaines de migraines, je ne peux rien donner de plus.* » Et toujours sa propre solution : « *Tu n'as qu'à dormir, ça te passera.* » J'étais incapable de boire. Je me sentais mourir. « *Donne-moi le numéro de Lamoril, je vais l'appeler.* » Lamoril, c'est mon docteur d'enfance. À lui, je n'aurais jamais osé demander des certificats de malade imaginaire. Alors, finalement, elle lui a téléphoné. Je sentais qu'elle espérait une réponse identique. Mais il est venu, rapidement. Il a immédiatement ouvert les fenêtres. Je me suis immédiatement senti moins mal.

Le feu « *dans la pièce de grand-mère.* » Moi qui vivais quasi continuellement dans cette chambre, j'avais été la victime idéale du monoxyde de carbone qui, depuis des semaines, me détruisait à doses supportables.

Lamoril a appelé les pompiers puis une ambulance. Masque à oxygène. Urgences de Lille. 24 heures sous respiration assistée.

C'est fragile, une vie. Je sais que je la dois aussi au docteur Lamoril. Alors je refuserai toujours de la gâcher. Et ferai tout pour connaître le merveilleux vivable.

*

Quelques semaines plus tard, je suis retourné chez la doctoresse. Je me suis installé posément, l'ai regardée dans les yeux, j'ai sûrement eu un sourire de dégoût et mépris, et j'ai lâché la phrase préparée :

- Si un autre docteur n'était pas venu quand vous avez refusé de vous déplacer, aujourd'hui je serais mort.

Elle s'avoua bouleversée. Une leçon. Toujours croire. Toujours chercher à savoir pourquoi.

Mettre les gens en face des conséquences de leurs actes. C'est encore plus facile de ne pas intervenir quand on sait que jamais personne ne vous mettra le nez dans votre inhumanité.

*

Je fréquentais Anne quand j'ai enfin obtenu un « accord transactionnel. » Un lien très fort. La plus belle fille du *relayer*. Mais junkie. Déjà junkie à 19 ans. Et pour sa dose obéissait à un type riche. Sa dose contre la baise. J'ai essayé, et elle aurait voulu s'en sortir. Elle promettait et ajoutait « *il ne faut jamais croire une droguée.* » Ma mère aimait bien sa voix, au téléphone. Puis j'ai connu quelqu'un d'autre, sans problème de drogue, sans addiction mais sans lien spirituel, sans cette sensation « si je commence c'est pour la vie. » Alors j'en ai parlé avec Anne, elle m'a conseillé le raisonnable, « *un amour poubelle c'est mieux que rien, tu sais bien que je m'en sortirai jamais.* » Elle partait en Irlande avec un autre pourvoyeur. Je lui ai proposé un voyage ensemble, à la montagne, rien qu'à deux, sans dealer dans les parages, sans dose dans son sac. « *Tu le sais bien : on s'est connu trop tard.* »

Là j'ai vraiment compris : parfois il est trop tard pour intervenir. Et on peut mourir sans avoir vécu le Grand Amour. Mais c'est Mayline qui doit le comprendre. Ton passé, Mayline, n'est quand même pas une accoutumance au malheur plus difficile à guérir !

*

Avec l'argent de l'accord transactionnel, j'ai acheté une maison dans le sud. « *L'amour poubelle* » m'a suivi. J'avais du mal à me défaire de ce qualificatif. Nous avons eu un enfant. J'ai mis fin au naufrage. Ce n'était pas invivable, surtout en comparant au vécu de Mayline avec ses psychotiques. Mais continuer aurait été trahir l'engagement d'essayer de vivre une vraie vie, pleine et épanouissante. Quitte à être jugé parfois TROP !

*

Je vise peut-être trop haut, avec mon obstination à vivre ainsi, en marge. À viser trop haut dans l'échelle du Bonheur, on reste seul ? Ce ne serait pas dramatique ! Déjà vieux rêve d'harmonie, dans la sérénité partagée. Je tombe souvent mais me redresse en souriant. C'est du bonus tout cela ! C'est beau la vie ! Ne comptez pas sur moi pour croire votre baratin. Je ne serai jamais le gendre idéal des familles à la con. Mais je resterai attentif aux graines de Lumières.

*

De nombreux textes bouddhistes me conviennent. Néanmoins je bloque sur le karma, la « transmigration des âmes. » J'ai payé ma dette karmique ?

216

Et le soir, quand, enfin, je le déniche, ce satané moustique, avant de l'écraser avec un livre, j'ai parfois la pensée, « la réincarnation d'un crétin », et mon bras droit ne tremble pas.

*

Quel sens donner à tout cela ? La vie n'est qu'une suite de faits ? Ou : il suffit de trouver le bon regard pour inscrire l'ensemble dans un destin ?

*

En lisant *Psychologie Magazine* puis Boris Cyrulnik, j'ai enfin eu un mot pour expliquer mon parcours : résilience. J'ai alors cherché qui m'avait permis cette résilience. Fabienne, Christine, Fanny, Angélique s'imposent à mes pensées. Elles ne l'ont pas fait exprès, elles m'ont aimé. Et avant elles, Karine, pour son regard lors de la Confirmation, en 1981.
À Karine, je l'ai expliqué. Elle m'avoua « *ne pas avoir tout compris.* » Aux cinq, je pourrais fredonner « *simplement te dire que ton visage et ton sourire, resteront là, près de moi...* » J'ai oublié Betty !

*

J'essayais d'englober ma vie dans un destin. J'ai ainsi commencé à penser régulièrement à Karine comme au fil rouge.
Et je m'étonnais le matin d'être imprégné d'elle ! Je pensais à elle le jour, donc mes rêves la reprenaient, et plus mes rêves la reprenaient, plus j'y pensais la journée, et plus ma solitude tournait autour d'elle. Engrenage ! J'en oubliais même comment cela avait commencé, retenant « chaque matin je me réveille imprégné de Karine. »

*

Dès ma découverte des moteurs de recherche sur internet, d'abord Yahoo puis Google, j'ai saisi quelques noms. Fanny, Christine, Angélique, Marjorie (irlandaise croisée à Douai juste avant de partir dans le Lot, sans parvenir à plonger). C'est ainsi qu'en 2002 j'ai retrouvé Fanny. Elle vivait en Espagne « *naturellement je me souviens de toi.* » Nos échanges de mails dépassent rarement les dix par an. Nous avons revisité avec détachement et sourires notre non-histoire.

*

En novembre 2003, j'avais lu *Amour, Prozac et autres curiosités* de Lucia Etxebarria. Relu en mars 2004.
Karine soudain me sembla devoir, forcément, naturellement, avoir dérivé dans l'un des personnages de la romancière espagnole. Rosa ou Ana. Rosa la bizness woman et Ana la bobonne. Après de hautes études, épousant un autre ingénieur, « sacrifiant sa carrière » à leurs enfants, à leur intérieur, ou être montée dans le grand ascenseur social pour siéger à un conseil d'administration. Dans les deux cas, une souffrance spirituelle. Plus je pensais à elle, plus je lui octroyais une valeur morale et une orientation artistique censurées. Plus les quelques minutes de la Confirmation me semblaient une évidence : j'avais vu la véritable Karine et le reste n'était qu'obligations scolaires.
Quant à Christina, la narratrice principale, c'était moi ! Comme elle j'ai refusé de rester bureaucrate. Elle refuse avec un but : lire, se cultiver, avoir du temps à elle. J'ai trouvé un autre moyen qu'être serveuse à Madrid ! Évitant ainsi les cures de désintoxication. Christina, même dans la drogue, reste plus lucide que ses sœurs, moins victime qu'elles. Insérée dans un bureau elle part : « *plutôt devenir pute.* » Plutôt faire la pute que se décérébrer en rouage d'affaires déshumanisées.

*

Dans ses nuits madrilènes, ma toulousaine princesse espagnole, croisait régulièrement Lucia

217

Etxebarria, « *une copine.* » Elle me l'a confié avec une certaine réticence... regrettant aussitôt ses mots, passant à un autre sujet...

« *Tu es un grand écrivain* » elle m'avait susurré aux premiers instants, quand nous lisions dans nos essences... nos ressentis... mais à ce moment-là, quelque chose s'était déjà brisé, le décalage, ce maudit décalage entre l'essence et l'apparence, la décevait. Je n'étais pas à la hauteur de ce qu'elle attendait de moi... J'écris peut-être aussi pour lui prouver le contraire ?

*

À cause de ce père indigne, je suis passé à côté de Karine durant 27 ans. Mais 108 trimestres après la sixième du collège du Bellimont à Pernes en Artois, dans le Pas-de-Calais, nous nous retrouvons et vivons des décennies d'Amour près de Cahors, dans le Lot. Je l'ai cru possible. Ce serait une belle histoire. Je l'ai vécu en rêveries. J'ai naturellement cherché Karine sur le web.

*

Je l'ai donc trouvée. Le bonheur dont je rêvassais dans ma solitude quercynoise, était un bonheur auquel elle n'osait même plus songer.

*

Je n'ai pas eu d'enfance. C'est presque une chance ! La nostalgie les ronge. Ils s'inscrivent sur « *copains d'avant* » pour renouer des contacts, partager la même sale nostalgie. Ils pensaient la vie si simple qu'ils se sont laissés porter par le vent. Karine se délecte dans la narration de sa nostalgie, nostalgie de sa balançoire. Comme c'était bien, la balançoire, pour évacuer l'obligation d'obtenir de bonnes notes... comme ce serait bien si une balançoire suffisait pour sortir du marasme moral d'un quotidien vide...

Pas étonnant qu'une des radios les plus écoutées en France porte ce nom de *nostalgie* et serve à longueur de journée du sirupeux, du gnangnan... mes collègues sacem les moins appréciés !...

La nostalgie, cette souffrance de ne pas pouvoir revivre du passé idéalisé.

*

Provocateur. Oui, parfaitement ! Je ne suis pas dupe de vous : vous ne seriez pas intervenus. Je ne serai jamais à genoux devant vous. Je ne serai jamais de votre clan. J'aime pas les clans. Je suis un solitaire. Je crois en l'Amour. Je ne vous dois rien. Je peux vivre de peu et je vous emmerde.

*

Karine a repris rendez-vous chez sa voyante, la voyante conseillée par sa psychologue quelques années plus tôt, voyante lui ayant alors pronostiqué la sortie du déjà vieux marasme, la rencontre d'un homme bien, leur grand bonheur, la naissance d'enfants...

Sa voyante est une parfaite lectrice de pensées : elle lui avait servi en destin son désir le plus profond. Et comme à force de désirer vraiment les choses on se met en situation de les vivre, la voyance peut s'enorgueillir de belles « prédictions. »

Karine a des réticences à croire que c'est vraiment moi ! Son cœur le lui affirme et pourtant une force la retient. Comment a-t-elle pu m'ignorer si longtemps ? Comment est-ce possible ! La voyante lit parfaitement : une grande maison dans le sud, un CD qu'elle va même jusqu'à déclarer succès imminent (je n'ai aucun doute : Karine souhaitait le triomphe de l'album *Savoirs* ; j'espère ne pas connaître de bide encore plus retentissant !), un enfant très très rapidement...

Au téléphone Karine s'excuse d'avoir eu besoin de cette... confirmation, « *mais c'est la dernière fois, promis.* » Elle transforme tellement sa vie : une avocate gère la récupération de sa part dans la copropriété, elle déniche un appartement « *super classe* », déménage durant les deux jours d'absence de son commercial...

J'ai côtoyé durant quelques années une voyante. De manière totalement amicale. Sans jamais lui demander la moindre indication. Elle respectait mon approche. Nous parlions parfois des flashs et de la captation des désirs les plus profonds des personnes en consultation. Je ne suis donc pas dupe des réponses de la voyante de Karine. Mais ça me convient. Oui, je suis partant pour cette grande aventure. Je n'ai donc pas le cynisme de lui balancer : « la seule chose dont tu puisses être certaine c'est que tu as donné cent euros et qu'elle a lu en toi, le reste dépend uniquement de nous. »

*

J'ai voulu donner un sens à cette enfance. J'aurais voulu que cet enfer m'ait rendu sensible au point de parvenir à saisir, à 12 ans, la présence, dans la classe voisine, de « mon âme sœur », une personne avec laquelle un lien sensoriel existait, d'âme à âme, d'essence à essence.
En 2007 Karine survivait dans le marasme des désillusions, rassurée par une forme de compromis sentimental avec son commercial. Je suis arrivé au bon moment. Elle espérait rencontrer un être « *sensible à son essence* », avec lequel un lien sensoriel existerait. Nous l'avons voulu. Ce lien a donc existé ! « *C'est merveilleux, je te ressens en moi…* » (Karine)

*

J'y ai cru. Malgré la réalité, le passage de Karine petite adolescente immergée dans ses livres à la quasi quadra plongée dans les exigences de la réussite professionnelle à Paris, donc insensible au réel, quoique parfois réveillée par ses vieux rêves. Quand t'es-tu vraiment confrontée au monde, Karine ? Tu t'es confrontée à des crétins mais le monde, la douleur ? Tu as voyagé bien plus que moi. Mais des voyages de touriste.

*

Aucun sens caché. Aucune faute. J'ai eu une enfance difficile. Le plus difficile, ensuite, fut donc d'en sortir vraiment, d'accepter que tout simplement : ils ne sont pas intervenus et la vie doit continuer, il doit bien exister une femme sur terre avec qui vivre en harmonie.
Trouver le Bonheur en soi et un peu plus avec Toi… J'avais pondu cet aphorisme en 2003, pensant avoir compris l'essentiel ; j'avais même édité une carte postale pour le promouvoir ; depuis Mayline je sais m'être trompé : on trouve la sérénité en soi et le Bonheur arrive dans le partage, l'implication totale dans le Nous. La sérénité est douce quand elle se vit sans la douleur d'un Amour décrété impossible par l'autre. Malgré des sentiments d'Amour aussi purs.

*

Karine m'écrit « *racines* », pour « *notre Pas-de-Calais.* » Elle y retourne régulièrement, chez son frère cadet. Elle ne voit plus ses parents, coupables du terme « *pute* » lors de sa dérive.
Je n'ai pas d'endroit à revoir, Karine, je suis bien ici, ici et maintenant. Je suis d'ici et maintenant. Dans le présent. Je n'ai pas tout compris au passé et je peux vivre sans penser aux zones d'ombres. Je n'ai sûrement pas tout compris à l'amour mais je veux essayer, essayer de le vivre vraiment…
Elle n'a pas saisi l'importance de mes répliques sur la nostalgie et l'ici et maintenant.

*

Sa vie n'est que routine depuis 20 ans, avec des compensations, un intérieur impeccable, des vacances, une fille aux désirs comblés immédiatement par la carte bancaire de maman.

*

Il avait 44 ans quand Jacques Brel est mort. J'en aurai 40. Comme lui je reste englué dans le passé ?
J'ai perdu suffisamment d'années : je n'ai plus le droit de laisser des illusions m'entraîner dans un cercle vicieux. Et les rêves me sont précieux :
Je laisse le passé diriger ma vie : je le comprends au réveil : j'étais à l'arrière de ma Mazda 3,

conduite par Vincent, avec son frère à sa droite. Ils riaient, j'angoissais. Peur de l'accident mais aussi d'un radar. Vincent dépassait le 100 et accélérait encore, tout en ricanant de mon inquiétude. Je suis à l'arrière et toujours conduit par le passé. Je lui demande de ralentir en posant doucement ma main droite sur son appui-tête : ils ricanent de plus belle. Je frappe de la même main, d'un coup sec sur son siège, et prononce d'une voix métallique, sans appel : « *bon maintenant tu ralentis, tu t'arrêtes et je prends le volant.* » Il s'est figé, a ralenti. Je me suis réveillé.

Malgré ma nouvelle voiture je suis conduit par le passé. Je n'ai changé qu'en apparences. Je dois vraiment trouver en moi la force d'une vive réaction.

C'est à moi de réagir. Ne plus laisser ce passé m'emmener à la dérive. Certes mes chansons, certes mon recul par rapport à tout cela. Mais Karine, c'est du passé ! Karine du passé ?

*

Le passé n'est pas changé mais j'ai changé mon regard sur lui et il n'est plus que du passé, un simple sujet de réflexions.

Je ne saurai jamais vraiment comment ce drame a débuté. Questionner serait inutile, encore pire qu'imaginer. Il est mort depuis vingt ans, ma mère l'a connu alors qu'elle avait trente ans… finalement, même s'il s'agissait d'années qui auraient pu être douces, tendres, insouciantes, constructrices, joyeuses, de trente à cinquante-neuf ans, il n'aura été présent dans sa vie que vingt-neuf ans, pour l'instant encore un peu plus d'un tiers. Et leur histoire n'est pas la mienne.

*

Karine a cru qu'elle m'aimait déjà au collège, sans pouvoir le comprendre, sans depuis se l'être avoué. Elle se souvenait de tellement de choses de moi ! Et rien des autres ! Elle en concluait « *nous sommes l'un pour l'autre le premier et le dernier Amour…* » Je laissais passer un blanc, elle le croyait d'approbation. Pas envie de lui confier : *dès la sixième je t'ai regardée mais dans ma classe il y avait Martine qui me faisait nettement plus d'effet que toi. Je pensais à toi quand je te voyais, comme à un inatteignable but scolaire, je pensais à elle dans la classe, ses magnifiques cheveux longs frisés me subjuguaient. Mais la première à qui j'ai pensé vraiment, presque nuit et jour, je la voyais uniquement le mercredi, au catéchisme. Je n'ai jamais su où elle allait à l'école. Elle avait un ou deux ans de plus que moi. Et à cet âge c'est… énorme… malheureusement… Michèle était tellement draguée par « les grands »…*
Nous réécrivons si souvent notre passé… alors oui, Karine… mythifions-nous !

*

De la gare d'Agen je l'appelle, envie de lui susurrer : « *je suis là, presque sur le quai, je t'attends…* » Mais la première cabine ne fonctionne pas : je l'entends mais pas elle. Sa voix ne me choque même pas, comme s'il était logique que ça arrive « *je n'entends rien, hrra, je n'entends rien.* » Genre grande dame exaspérée par un interlocuteur inopportun. Elle sait pourtant que c'est moi, j'en suis persuadé. Elle me le confirma quelques heures plus tard, le numéro d'appel débutant par 05.
Je change de cabine. Sa voix est moins froide. Elle s'est reprise, s'exprime « un peu tendrement. » Elle arrive après une journée de cadre parisienne. Je sais la fatigue et la pression subie depuis des semaines. Mais je sens autre chose. Mauvais pressentiment.

*

Elle est descendue du train. Je ne l'aurais pas reconnue si je ne l'avais pas attendue au bon emplacement. Malgré la photo. Comme elle était belle sur la photo avec sa fille. J'aurais hésité si une autre blonde s'était approchée. Son visage m'apparut « bouffi. » Médicaments pour tenir ! Elle m'a dévisagé de haut. J'ai senti son regard hautain : elle retrouvait sa supériorité du collège. Il ne m'a pas blessé ; il était risible. Je n'étais plus l'auteur de chansons, le créateur de sites internet, j'étais redevenu Jean-Luc, collégien sans intérêt, fils d'agriculteur. J'ai lutté contre cette sensation mais j'étais abattu : elle n'avait pas vraiment changé. Je ne lui en imposais pas. Je n'avais pas voulu « lui en imposer », mettre mon masque show-biz. J'avais cru en son Amour mais son amour ne résistait pas à la réalité : elle revoyait un inférieur, ce qu'elle voyait en 1983, elle revoyait l'enfant apeuré. La tristesse m'assaillit et cet état pouvait lui renvoyer ma vieille condition. On s'est embrassés sur la bouche. Serrés avec réticence.

J'aurais pu quelques jours l'épater… mais pas une vie. Nous avions rêvé. Tellement sincèrement que je captais ses pensées à 600 kilomètres. Elle voulait que nous ayons deux enfants, elle voulait le mariage…

Malgré les apparences, nos échecs se ressemblaient. Nous avons le même âge. Nous sommes, malgré tout, d'une même génération. Et à quarante ans nous avons raté l'Essentiel. Nous pouvons nous consoler « par rapport aux autres », par rapport au naufrage encore plus flagrant de tant d'autres. Mais s'il existe une possibilité, un radeau, nous ferons tout, ou presque tout, pour y croire.

*

Sur le quai de la gare, ce fut évident. Mais je ne veux pas l'admettre. Je ne peux pas simplement la baiser ni simuler l'amour. J'ai des réticences à lui présenter « ma vallée »… surtout la maison encore à rénover ! Je sais qu'elle sera choquée… J'aurais pu le deviner avant ?… Comme peux-tu vivre dans un tel taudis ?… Cinq jours ça doit durer. Fiasco. Tout s'effondre. Je sens qu'en elle aussi tout s'effondre. Nos mots deviennent dérisoires. Les mêmes mots n'ont plus la même signification. J'observe son choc à l'entrée… Elle me dit qu'elle ne pourra pas vivre ici, sa fille encore moins… elle est enthousiaste quand je lui réponds : nous pouvons vendre. Cette réponse dépasse nettement ma pensée ! Mais je sentais que c'était la seule possible. Nous imaginons « notre maison. » Notre couple a de grands moyens, surtout pour une maison de maçons dans le sud-ouest. J'ai bénéficié de la hausse de l'immobilier et de l'intérêt des anglais hollandais pour nos vieilles pierres blanches. Elle a bénéficié d'un boom aussi spectaculaire en banlieue cossue parisienne. Elle notera même le nombre de pièces nécessaires, les mètres carrés. À Montauban nous observerons attentivement les vitrines des agences immobilières. Mais elle soulève une autre contrariété… Finalement elle aussi veut y croire. En éteignant nous faisons l'amour.

Nous reprenons notre thème préféré du téléphone : bébé ; et mariage suit.

Elle a une belle réponse : « *Mon essence le veut mais je ne peux pas te répondre oui ce soir.* »

*

Le matin, elle exhale une joie inattendue ! Son vagin s'inonde quand je l'effleure. Nous faisons l'amour. Elle insiste pour que je prenne une douche en premier. Je reviens, l'embrasse, elle va dans la salle de bains et me susurre d'ouvrir le livre qu'elle m'a offert : elle m'y a écrit « quelque chose. »

*

Sur *la prophétie des Andes*, de James Redfield (son livre préféré) :
À Jean-Luc,
mon âme sœur,
à qui je dis oui,
oui je veux être ta femme,
oui je veux t'épouser,
oui je veux un bébé,
oui nous l'appellerons Manon ou Christopher * PETIT,
oui je veux vivre avec Toi,
oui nous allons choisir notre maison.

221

Enfin OUI au bonheur à deux !
Ton âme sœur Karine.
Oui à Tout !

*

Je retourne dans la salle de bains. Je lui susurre « *tu veux bien m'épouser ?* » - « *Oui.* » Son sourire, son regard avaient répondu avant que je pose la question, l'appelaient presque pour son plaisir de prononcer cette syllabe. Nous nous embrassons. Elle pose la main droite sur mon sexe pour constater mon érection. Elle sait que j'ai vraiment envie d'elle. Pour la première fois, nous faisons l'Amour, l'Amour en pleine lumière. Comme nous en avions parlé avant, durant la phase « l'amour au téléphone. »
J'aimais bien l'entendre jouir au téléphone. Elle n'avait jamais connu cela. Pour ne pas lui mentir, je répondais « *comme ça non.* » Tout était dans le « *comme ça.* » Pas envie de lui infliger la vérité sur cette quasi traditionnelle pratique d'amoureux séparés par des kilomètres.

*

Elle n'est pas douce. Douce Karine est une création de nos mails, nos conversations téléphoniques.
« *La première fois que j'ai embrassé, j'avais 20 ans, et c'était mon futur mari.* » Un futur ingénieur, froid, binaire, qu'elle a cru pouvoir changer mais il l'a changée. Ou finalement : ils se convenaient. Elle m'explique : la seule douceur qu'elle en recevait, c'était avant l'acte sexuel et elle a rapidement compris qu'il pensait ce préliminaire nécessaire à sa partenaire, lui donnait comme s'il satisfaisait la lubie d'un enfant capricieux. Seul comptait pour lui l'acte. Ils ont eu un enfant. Elle a refusé « le deuxième. » Elle ne le supportait plus. Alors elle a pris un amant. Le premier croisé : un voisin dépressif. Elle a cru avoir enfin rencontré l'Amour. Il la baisait dans un garage à l'arrière de sa voiture de fonction. Elle avait 32 ans. Il voulait une amante, elle voulait sauver sa vie. Elle a divorcé, est devenue son officielle. Mais il est retourné avec sa femme. Durant un an, elle l'a aimé « *en silence* », en multipliant « *les conneries.* » « *J'ai rattrapé les conneries que je n'avais pas faites durant ma jeunesse.* » Mais pour les mecs, c'était au cul le premier soir. Pauvre Karine, tu n'as rien rattrapé, tu t'es juste encore un peu plus enfoncée. Ce que j'ai connu à 18 ans avec Fabienne, sur la place d'Auchel, dans le chemin boisé de Bours, cette découverte de la douceur amoureuse, c'est ce qu'il te manque encore. L'amour de Fabienne a peut-être plus accéléré ma résilience que ton regard à la Confirmation. Les deux furent essentiels. Aucun de ces types de banlieue pour lesquels tu n'étais qu'un objet de plaisir ne pouvait t'apporter ce que tu attendais. Finalement son commercial dépressif est revenu. Ils ont acheté un appartement. Copropriété pour couple désillusionné. « *On vit comme ça par habitude, et surtout parce que c'est pratique de palier la solitude en buvant à la même barrique.* » (Hubert-Félix Thiéfaine)
Encore en 2007, elle ne comprenait toujours pas « *comment un homme aussi romantique* » pouvait parfois n'être qu'un animal en rut, la voulant « *pour se vider les couilles.* » Elle me répète l'expression à laquelle elle a dû s'habituer. « *Parfois je refusais, je suis sûre qu'il allait se masturber devant la télé.* » Il est sacré, son commercial : « *J'ai vécu une passion avec Séb.* » Pauvre Karine. Comment une fille intelligente et perspicace peut devenir une femme aussi conne ! Et c'est avec une telle Karine que j'ai essayé de donner un sens à mon Histoire, à ma vie ! Assez significatif sur l'état de mes « relations humaines » !... Comme des personnages sortis de chez Houellebecq. Qu'elle n'a jamais lu, dont elle n'avait même jamais entendu parler (comme Paul Auster, Philip Roth et Lucia Etxebarria).
Son panthéon littéraire, elle me l'avait noté dès nos premiers mails : Dan Brown (*Déception Point, Da Vinci Code, Anges et Démons*) et Marc Lévy (tous ses bouquins).
Elle a lu *Amour, prozac et autres curiosités*, dans le métro et les scènes disons hard l'ont choquée. Elle cachait la couverture, redoutant l'éventuel regard de passagers qui connaîtraient ce roman.

Une femme qui vous barbe avec son passé, ses enthousiasmes et ses bassesses, incapable de vivre le présent. L'instant le plus risible, caricatural, fut quand elle prit mon sexe dans sa bouche : à cette douceur elle crut indispensable d'ajouter la main droite pour l'agiter frénétiquement, cet objet dénué d'âme. Comme si elle cherchait à vider le plus vite possible un commercial. Douce Karine n'existait vraiment pas. Jamais une femme ne s'était comportée ainsi. « *Doucement.* » Pas une seule fois, elle n'a ressenti la possibilité d'une main douce, de me caresser. Quand elle s'arrêtait enfin d'agiter, c'était pour la maintenir serrée sur l'objet, se prémunir contre l'éjaculation qu'elle ne voulait absolument pas dans la bouche. « *Je n'aime pas, c'est mon droit.* » Elle avait donc fixé des limites à ses mâles en rut. Leur agiter frénétiquement la queue mais ils ne se videraient pas dans sa bouche. Ce n'était qu'un détail pour eux : ils voulaient se vider. Leur sperme dans sa bouche aurait été une humiliation supplémentaire. À 40 ans, elle n'a donc jamais fait l'Amour, l'Amour total don de soi. Même aux premières heures, quand nous avons joui ensemble. À cet instant-là, nous en prenions la voie. Je nous ai crus sauvés. J'ai cru avoir balayé son conditionnement. J'ai cru qu'elle avait franchi le grand canyon. En Karine, la magie de la vie s'est activée. Nous savions. Elle venait sans contraception (« *je n'ai jamais pris la pilule* ») et depuis la décision de la date de ce grand voyage, son corps avait réussi à décaler ses règles (les devancer de dix jours) afin de réaliser une ovulation exactement durant sa présence dans le Quercy. Oh oui, elle voulait un bébé ! Ses hommes, son mari puis son Séb, avaient appris l'exigence d'éjaculer en dehors d'elle. Comme cette sexualité éclaire sa vie !

*

Là-bas je reste le fils de l'alcoolique. Seul un énorme succès pourrait les époustoufler. Le reste, vivre dignement, tranquillement, de la chanson et d'internet, c'est « *traîner la misère.* » Ça doit encore être leur expression.

*

Pour lui, elle n'est qu'une « *belle femme un peu chiante, capricieuse, une emmerdeuse.* » Mais il y tient. Il aime sa gueule et son cul. Elle est présentable, ses collègues l'envient, d'une officielle comme ça. Avoir un enfant avec serait classe. Comme ses parents seraient fiers de lui. Il sait comment la reconquérir. Il l'a déjà réussi une fois. Il connaît ses faiblesses. Il ira l'attendre quand elle récupérera sa fille, rejouera son grand numéro de séducteur, avec retour du collier aux perles qu'elle aime tant, romantisme, gnangnan, restaurant, blabla. Il la connaît, c'est sa plus grande fierté. C'est une femme comme ça qu'il lui fallait. La grosse voiture et la blonde à côté. Le bonheur de l'homme moderne ! Bien sûr, elle refuse qu'il éjacule dans sa bouche, qu'il la sodomise. Mais pour ça, il a deux jours par semaine. Même s'il doit payer pour. Mais l'argent n'est pas un problème ha ha ha ! Quelle belle vie !

Quelques jours de silence et un sms « *tu me manques.* » Et elle a cru merveilleux de recevoir ce sms quand elle présentait à son écrivain les photos de leur voyage en Égypte. Son gnome, ce terme me vient quand je l'aperçois, ce personnage sorti jusqu'à la caricature d'un roman de Houellebecq, bedonnant, vide, crade dans sa tête. Quel beau couple ils ont fait ! J'observe Karine. Et la pensée s'impose : quel beau couple ils feront !…

Michel Houellebecq s'est acheté une grosse berline avant d'écrire « *la tentation d'une île* », pour voir ce que peuvent ressentir ces gens-là. La grosse voiture, le foot à la télé, la queue, le tourisme, toute leur vie. Et ces naufragés font rêver des paumés encore en dessous (leur seule vraie différence : le compte en banque). Comme je voudrais la grosse voiture et la blonde à côté ! Alors, quand ils tiennent leur réussite, ils sont fiers comme s'ils observaient leur clone dans l'armoire, là pour réparer les dysfonctionnements.

À ce moment-là, elle a déjà oublié que j'ai écrit « *petite main* » et « *la douleur s'évapore.* » Elle s'avoue : finalement, son Sébastien, c'est mieux que rien. J'ai l'impression de suivre ses pensées.

Elle a des douleurs au ventre. Il ne se passe plus rien, sexuellement. Elle doit reprendre le TGV à 6h59, à Bordeaux, pour récupérer sa fille à 13 heures.

*

Si un attentat l'avait déchiquetée dans son TGV, j'aurais eu la certitude de perdre la femme de ma vie ! Heureusement les terroristes l'ont épargnée ! Et elle a bavé un ADIEU deux jours plus tard. Avec la voix de la femme désespérée, dans un brouillard de douleurs depuis 48 heures.

*

J'ai voulu sauver Karine. Intervenir. Je sais : on ne fait pas le bonheur des gens malgré eux. Pourtant je veux croire qu'en son essence, Karine est douce, intègre, intelligente, joyeuse, respectable, en quête d'harmonie. C'est la vie, les mâles indignes, qui l'ont ainsi délabrée. Mais il arrive un moment où « les autres » ne sont plus une excuse. C'est à chacun d'assumer. J'aurais pu être le déclic. J'aurais dû être celui qui lui redonnait confiance en l'humanité.
Elle répondait à mes mails comme un grand patron jette une pièce par pitié au clochard assis à côté du feu rouge… le soir de Noël…
Elle n'a même pas capté que c'était pour elle, ce que j'écrivais. Effet d'une consommation effrénée de petites pilules légales ? Et je cherchais une chute à ce récit. Dès nos premiers mails, elle avait accepté « *la règle du jeu* » : elle était un personnage crucial du texte que je ne parvenais pas à terminer. Ce rôle de « *muse* » l'avait enchantée.

*

Et j'ai reçu des appels téléphoniques. Des menaces de mort. Naturellement, quand Karine m'appelait, je décrochais, ressentant par notre lien que c'était elle, sinon le répondeur prenait les messages, le plus souvent des propositions commerciales sûrement inévitables avec ma présence voyante sur internet et l'obligation de laisser un tel contact dans les bases de données.
Il m'a injurié, menacé, jusqu'à saturation du répondeur *France Télécom*. Il me savait derrière l'appareil : mon message d'accueil est différent quand je suis absent ou en ligne. Et j'étais en ligne quand j'écoutais ses premières invectives ou téléphonais à la gendarmerie pour les en informer.
Je ne devais plus avoir aucun contact avec Karine et devais décrocher « *ce putain de téléphone avant 16h30.* » Je n'avais aucun doute : c'était son Séb. « *Petit merdeux… sans couille…* » Ses expressions correspondaient au portrait dressé par sa concubine. Pourquoi lui avoir communiqué mes coordonnées ? Il téléphonait en masquant son numéro d'appel… mais elle savait, de part son travail, que même masqué il n'est jamais anonyme, serait retrouvé par le procureur de la République en cas de plainte. Nous en avions même parlé, car elle redoutait sa violence (un couple où la femme avait déposé des « mains courantes » pour menaces et coups…) et savait qu'en le laissant la menacer, l'insulter sur son répondeur, la justice interviendrait.
Mon cerveau restait lucide : elle lui a donc refilé afin que je porte plainte ? Par mail je lui demandais une explication. Elle n'a pas répondu. Redoutait-elle une mise sous séquestre de nos échanges ? Il a donc réussi à la piéger et elle n'a pas trouvé d'autre solution pour s'en sortir ?
La procédure judiciaire fut donc lancée. Elle ne me concerne pas ! La justice est longue dans ce pays ! J'ai fait pour elle ce que je pouvais.
Je ne saurai sûrement jamais ce qu'elle a voulu.

*

26 février 2008. Je repense à Karine ! Ce soir, c'est la date limite, Karine : si tu me téléphones, je vais replonger ! Sinon, vraiment, il n'y aura aucun sens : ils ne sont pas intervenus et tu n'as été qu'une rencontre permise par les nouvelles technologies, une ombre, et mon cinéma est fini. Mon cinéma est enfin fini : je vais pouvoir terminer ce récit sans… coup de théâtre…

*

Je me suis tranquillement endormi vers 23h30 et le téléphone ne m'a pas réveillé. Ouf !

*

La guerre est vraiment finie ! Ma guerre. Je peux narrer mon enfance, sourire en repensant à des passages même pénibles, donc ma guerre est bien finie.

Il a fini la sienne autour d'une corde, je finis la mienne en la considérant comme un objet à disséquer. J'ai vécu cela. Hé alors ! Je regrette qu'elle ait été aussi longue !

Même sa présence dans des rêves est comprise : il personnifie le danger, le mal. Pour décoder le rêve il suffit d'identifier la personne dangereuse au quotidien. Tout simplement. Une image codée classique.

Comme la voiture représente ma vie : tant de rêves, durant des années, où au volant de la 205 je n'arrive plus à la maîtriser, ou elle ne veut plus démarrer, ou elle a été volée, saccagée.

*

Si je l'avais tué, la société m'aurait condamné. La justice aussi. J'aurais été incapable de me défendre, j'aurais balbutié devant un juge au cerveau paralysé par son code de procédure. Mon acte aurait été qualifié de monstrueux, ignoble, sûrement satanique.

Mes cheveux longs auraient plaidé contre moi.

Ses frères, les voisins, tous auraient témoigné que j'avais un père idéal.

Ma mère aurait-elle osé raconter sa vie ? On ne lave pas son linge sale en public.

*

« *Le paradis perdu de l'enfance.* » Un sourire, désormais, devant cette récurrente nostalgie : nous ne sommes pas du même monde. Mayline aussi s'est inscrite sur le site de retrouvailles des « copains »…

C'est finalement peut-être pas pire d'avoir vécu en sursis l'enfance que d'en être nostalgique. L'idéal serait sûrement de vivre pleinement l'enfance puis l'âge adulte… Ah ! l'idéal…

*

Karine n'existe plus. Elle m'a encore écrit « *mon âme sœur* » après m'avoir balancé « *adieu* » mais j'en ai souri. Tant de gens passent à côté de leur vie. Elle s'est mise en situation de ne pas avoir le temps de vraiment réfléchir aux conséquences de ses actes. Banlieue, métro, informatique. Elle est désormais une proie idéale pour les sectes : persuadée de ne pas pouvoir vivre notre amour dans cette vie mais si nous sommes faits l'un pour l'autre, ce sera dans une prochaine… Elle utilise même des préceptes sortis du Bouddhisme, sans avoir assimilé l'*ici et maintenant*, l'absence d'*ego*…

Je garde au fond de moi le trésor sacré du lien qui nous a unis quelques mois. Je sais que c'est possible. Je l'avais pressenti avec Lisa et Nathalie. Ce qu'elle a fait de sa vie est une tragédie. Elle était ma dernière illusion. Depuis je ressens régulièrement les bonnes ondes… et les mauvaises de Mayline…

*

Si j'en avais écouté une seule, un seul, de ces gens raisonnables prompts à prétendre *tu dois faire ça*, parce que eux savaient !, oui ils connaissent le bon chemin !, je serais mort aujourd'hui.

Comment peut-on prétendre « *tu dois faire ça* » sans même l'humilité de l'échec de sa propre vie ?

J'aurais dû me limiter au BEP de cuisinier, j'aurais dû reprendre la ferme, j'aurais dû rester à Groupama, j'aurais dû partir à Paris, j'aurais dû, j'aurais dû…

Oui, et j'en serais mort. Sûrement même dans un cercueil, le cœur et les artères n'auraient pas résisté à un tel fossé entre ma vérité profonde et la réalité imposée. Ou alors je tiendrais : la médecine abonde de remèdes au mal de vivre. Un peu comme Karine dont la glande thyroïde a lâché. Mais elle a balayé cette première immense alerte avec le fatalisme de la parisienne coquette.

*

Comment font-ils pour accepter leur échec ? Des petits malheurs providentiels leur permettent de ne pas penser à l'essentiel. La maladie, les contrariétés, les obligations professionnelles, familiales… Ah comme, finalement, elle y tient, à son métro ! Comme elle y tient à son commercial. Elle le sait : elle souffrira encore bien des nuits, à l'imaginer se vider dans une autre. Elle le sait : elle serrera encore sa fille dans ses bras en lui murmurant « *il n'y a que toi qui comptes.* » Elle le sait : elles partiront encore se réfugier chez « *une amie* », même pas une vraie amie, tellement la confrontation aura dégénéré. Pas tout de suite, car il le sait : pour la garder il doit « *satisfaire ses caprices* », la persuader que oui, il a changé le monsieur. Elle sait : si elle se laisse engrosser par ce gnome, il sera naturellement incapable de lui permettre de vivre neuf mois de bonheur, cette félicité dont elle avait rêvé à haute voix au téléphone en me proclamant l'Homme de sa vie. Mais maintenant, elle n'y croit plus en sa voyante ! « *Une arnaque.* » Triste Karine : tu ne crois plus en ta vérité profonde, ta soif d'harmonie ; alors plutôt que rien, ce sera ce Sébastien ; puis il y aura la vieillesse, la terrible vieillesse à côté de cet individu…
Cette femme-là, cette femme fataliste, cette femme vaincue, convaincue, brisée, piégée, détruite, saccagée, déchiquetée, elle ne peut pas m'Aimer, je ne peux pas l'Aimer. Il l'a emmenée là où il voulait, dans son marasme moral. Comment accepte-t-il son marasme moral ? Il ne le voit peut-être vraiment pas (comme elle le pensait).
Et moi, j'écris. Parce que je suis vivant, et je refuserai toujours l'autre camp. Je la vivrai debout cette vie, debout. Je te l'ai promis, grand Jacques. J'écris, parfois j'en pleure, parfois j'en ris. Sensibilité et dérision.

*

À partir de quel moment, de quel signal, doit-on intervenir ? Je n'ai pas de réponse. Ni avec mon vécu ni avec ce que j'ai vu, entendu, lu.
Mais il arrive un moment où ne pas intervenir est une faute. Ça je voudrais au moins que tout le monde le sache.

*

J'en ai souffert de notre échec. Forcément. Je ne suis naturellement plus tout à fait le même depuis, forcément : ce qui est écrit est assumé, dépassé ; j'ai vécu la douleur sans me protéger de psychotropes ni illusions, elle n'a pas eu le temps de s'infiltrer en moi ; tant de gens meurent en essayant d'oublier un drame ou leur trahison, blessure assez sournoise pour réapparaître en maladie létale.
Notre échec… finalement… lequel ? Karine ? Mayline ? Angélique ? Fanny ? Séverine ? La princesse espagnole ?…

*

J'ai voulu un sens au passé, un happy end. Un formidable pied de nez ? Mais à qui, ce pied de nez ? À des gens qui m'indiffèrent ? Non, pas un pied de nez, du sens. Donner du sens au passé. C'était une erreur.

*

Même si je peux me scandaliser des causes, maudire le laisser faire, leur non-intervention, en pensant ce passé je me suis en partie protégé des serpents contemporains. Je n'ai pourtant pas l'orgueil de recouvrir l'échec avec mes petites réussites. La sérénité, une certaine sérénité, acquise par la lecture des stoïciens et bouddhistes, leur résonance en moi, me permet de disséquer cet échec

226

sans m'y complaire. Mais sans la certitude de pouvoir y remédier. C'est sûrement une forme de sagesse. Dois-je m'y résoudre ?

*

J'ai essayé d'intervenir. Anne, Karine, Mayline, je n'ai sauvé personne. Comme si elles dévalaient d'une montagne, voyaient l'abri bonheur, me souriaient mais fonçaient inexorablement tout droit, avec juste quelques écarts. Ma mère, peut-être, quelqu'un aussi a essayé de la sauver. C'est finalement possible ! Elle a raté sa vie en se croyant condamnée à rester avec un être indigne. Elle avait au moins l'excuse de l'ignorance. Anne, Karine, Mayline tenaient à leur malheur ? Ou je n'étais pas suffisamment BIEN pour les emmener sur mon cheval blanc ?

*

T. découvre et s'exclame « *elles t'ont aimé.* » Oui… elles m'ont aimé. Elles m'ont aimé, auraient voulu m'Aimer for ever. Mais n'en étaient pas en état.
Aimé vraiment, finalement ? Amours ou simples attachements compulsionnels ?
Peuvent-elles guérir ? Sont-elles définitivement perdues ? Trop tard ? Je suis intervenu trop tard ? Elles s'étaient déjà laissées dériver jusqu'au point de non-retour ? Comme Anne ? Comme ce père ? Leurs forces vitales étaient déjà trop atteintes ? Qu'est-ce qui pourrait les sauver ? Même pas leurs enfants ! Même pas l'Amour ! Elles. Elles si elles le voulaient vraiment. Je voudrais leur transmettre un peu d'énergie… J'essaye encore parfois…

*

Sans Karine, ce récit serait sûrement resté inachevé. Je l'ai aussi recontactée par nécessité littéraire. Des songes (ou plutôt : pensées persistantes !) me l'intimaient, d'autres ont ensuite dessiné un TGB, Très Grand Bonheur. Elle n'y apparaissait pas et j'ai cru sa présence évidente… au point de les lui raconter comme si cela la concernait. Elle y a cru aussi. Nous aurions pu rester ensemble et c'aurait été une triste fin de vie.
Comprendre le passé est aussi une grande leçon d'humilité : tout ceci fut vécu car Anne m'a aimé au-delà de l'Amour, en préférant sacrifier son grand rêve de nos nuits d'Amour pour ne pas me transmettre le sida dont elle se savait ou sentait atteinte.
Serrée contre moi, son « *je voudrais au moins faire vraiment l'Amour avant de mourir* » aurait pu n'être que romantisme gnangnan… Si tu savais Anne, ce que sont devenues les filles que tu enviais, celles qui ont eu des parents au moins respectables pour suivre leurs études, les protéger des conneries et des dealers. Elles écoutent Vincent Delerm ! Et s'inscrivent sur les sites internet pour se complaire dans la ratiocination de leur naufrage avec de vieilles connaissances aussi paumées et à peine reconnaissables…
Tu savais qu'il me faudrait des années avant d'écrire vraiment. « *Ton rêve d'écrivain est plus grand que mon rêve d'Amour* » ; maintenant je comprends toute la portée de cette phrase ; je ressentais alors surtout la pointe si significative de ton désir, la pointe de tes seins si fermes contre ma poitrine ; ah ton tee-shirt et ma chemise que nous ne pouvions quand même pas retirer sur cette piste de danse où ton bourreau n'était jamais loin ; j'ai essayé de te sortir de la drogue mais tu avais raison, « *on s'est connu trop tard.* » Il est parfois trop tard. J'avais 25 ans, toi 19. Je suis devenu celui qui raconte. En 1999, je m'en doutais bien mais il me manquait « la preuve » ; je l'ai cherchée ; ta tombe ; personne ne sait : j'ai pleuré dans un cimetière, pas celui où certaines surveillaient mon improbable passage. Je m'en suis sorti grâce à mes prédécesseurs, maintenant c'est mon tour : j'écris aussi pour celles et ceux qui chercheront une bouée faute de famille digne. Moi aussi on m'a conseillé de jeter mes rêves à la poubelle, être né du mauvais côté condamnait à vie, être mal parti c'est toujours s'engluer… Mais mon savoir, mon expérience, sont inutiles face à un mur, comme le mur de Mayline.

227

Mayline n'a pas souhaité lire ce récit. À ce mail elle a répondu ! Sans elle, il serait sûrement aussi resté inachevé. Version définitive qui ne l'était donc pas totalement…

Ils ne sont pas intervenus

(le livre des conséquences)

Troisième partie

Le temps est notre bien le plus précieux (...)
La majeure partie de l'existence se passe à mal faire, une
grande part à ne rien faire et la totalité à faire tout autre chose
que ce qu'il faudrait.
Sénèque

Version quasi définitive « longtemps » restée au fond d'un tiroir ; document en papier, dans une chemise rouge, et en numérique, sur un CD. Parfois j'y pensais, en souriant : tout cela a vraiment existé ? l'ai-je vraiment vécu ? j'en doute parfois ! l'enfant derrière le chêne n'aurait jamais pu imaginer courir aussi loin. Cette version était déjà dédiée à une Femme...

*

Un soir j'ai exhumé ce manuscrit : la nuit précédente je m'étais réveillé après un cauchemar ou un flash. Comme un appel de Karine. « *Pardon, mon Amour, j'ai tout raté.* » Et plutôt que de s'arrêter au réveil, la vision avait défilé : Karine m'expliquait la rechute de sa glande thyroïde, la perte de l'enfant qu'elle portait « *j'en voulais et je n'en voulais pas* » mais aussi un résumé de son parcours dans une logorrhée à la James Redfield « *Séb appartient au groupe d'âmes démoniaques et dans chacune de mes venues sur terre, il a réussi à me détourner de l'Essentiel, à me détourner de Toi ; la fusion est le but de notre histoire pour atteindre une vision claire de la création et du futur...* » et elle ponctua par « *je sais que dans notre prochaine vie, toi et moi ça se réalisera.* » Je me suis alors glacé à l'intérieur ; aucune douleur ; au contraire : la sensation d'emprises sur mon cerveau qui se débloquaient.
Le matin j'ai téléphoné à Paris, son bureau...
J'ai éprouvé le besoin du silence, de marcher seul dans la vallée... puis de parler à Mayline. Je croyais indispensable qu'elle sache, qu'elle en tire la conclusion qu'il est parfois trop tard. Le numéro de son portable était resté incrusté dans ma mémoire mais une voix m'indiqua : « *le numéro que vous avez demandé n'est plus en service actuellement...* » et sur le site des « copains d'avant » sa page n'était plus actualisée depuis des mois. C'est sur celle d'Alexandra que j'ai appris l'accident, son accident de voiture. Certes, bien que myope au même niveau que moi, elle refusait de porter des lunettes mais je n'ai pas cru au scénario d'un maudit hasard. J'ai pleuré. Et même si l'aveu à T. fut difficile il était indispensable : une illusion tenace survivait en moi.

Saint Benoît Labre, représenté à Toulouse.

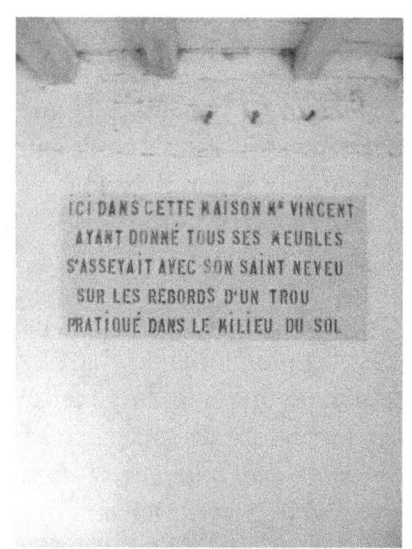

ICI DANS CETTE MAISON M° VINCENT
AYANT DONNÉ TOUS SES MEUBLES
S'ASSEYAIT AVEC SON SAINT NEVEU
SUR LES REBORDS D'UN TROU
PRATIQUÉ DANS LE MILIEU DU SOL

Saint Benoît Labre a vécu à Conteville...

Viré, viré, viré,
même viré du Rmi !

Roman

(encore trop court et trop personnel*?)

_____

---> *sur les documents officiels présentés, le nom exact du destinataire a été remplacé... mais pas celui de l'expéditeur.

A

Il cite Marcel Proust, Stendhal, Milan Kundera, Emile Zola mais aucune référence précise ne lui vient quand il repense à l'instant crucial, au jour où il fut persuadé d'avoir compris l'essentiel : « *pour atteindre mon objectif, je devrai tricher encore un peu mais surtout comprendre avant les autres un bouleversement ; tricher et magouiller, au stade amateur, sera rapidement insuffisant ; l'autre alternative étant de me professionnaliser, prendre trop de risques, tenter un de ces coups de poker le plus souvent synonyme de case prison... et ça non ! »*
Son objectif : « vivre libre. » Classique. Vivre libre avec la littérature et la nature. Lire, planter des arbres, manger de vrais fruits, jardiner, et pourquoi pas même un jour écrire, raconter. Moins Classique.
A la librairie de Reims, il avait acheté des biographies d'écrivains et son premier mois de chômeur s'est déroulé avec ces livres, dans sa chambre d'enfant, chez sa mère, où il est retourné après « l'accord transactionnel », conclusion voulue définitive d'une expérience de salarié.

Il a 25 ans, s'abonne au quotidien « *le Monde* », à l'hebdomadaire « *le Nouvel Observateur*. » Il se donne deux ans ainsi, pas plus, plus « *ce ne serait pas tenable*. »
Il a conscience d'un décalage avec « les jeunes de sa génération » : 25 ans est devenu l'âge de la véritable entrée dans la vie active pour un diplômé. Alors il ne côtoiera presque personne durant ces mois. Hormis la coupure du samedi soir, mais il sortira en Belgique ou dans l'Aisne, si loin qu'il n'y croisera jamais personne de son canton.
C'était une transgression des lois de son époque : être cadre, à 25 ans, et ne pas tout faire pour le rester, pour progresser dans « la hiérarchie », accroître son pouvoir d'achat. C'était en 1993.

1

Dire qu'à 25 ans j'étais cadre ! Cadre en informatique même. L'informatique déjà incontournable, début de carrière prometteur, une voie royale, promesse d'une vie aisée, belle voiture, belle maison, vacances, résidence secondaire. Puis ce fut la dégringolade. Déchéance sociale. Viré du grand groupe, la grande famille où l'on entrait normalement pour la vie. Quelques années d'Assedic tranquille et viré de l'ANPE sur ordre de la Direction Départementale du Travail et de la Formation Professionnelle. La deuxième chambre du tribunal administratif de Toulouse n'avait pas encore délibéré de mon appel contre cette radiation, que je perdais mon RMI.

Que se serait-il passé si J.P. Julliere, président, et M.Torelli, F. Perrin, conseillers, avaient, deux ans, quatre mois et dix-neuf jours après l'enregistrement de ma requête, décidé de me réintégrer dans mes droits à l'ANPE donc à l'Allocation de Solidarité Spécifique ?

Et si mon indemnisation avait été vitale, ma radiation dramatique ? Deux ans, monsieur, veuillez patienter. Votre référé n'a pas été jugé recevable, votre dossier n'est donc pas urgent, veuillez patienter et répondre aux questions adressées par voie postale.

Oser me virer du Rmi ! Quelle honte ! Un Conseil Général de gauche en plus ! La machine à exclure est en roue libre…

Viré de quelques histoires d'amour, aussi, forcément : les sentiments résistent rarement à un tel parcours…

Je peux tenir ainsi quelques minutes, broder sur le « grand capital », les conséquences de la mondialisation, l'urgence d'un retour aux préoccupations sociales, la nécessité de produire des statistiques véritables preuves du bien-fondé des mesures gouvernementales…

Parfois je m'invente des contemporains avec lesquels des relations humaines seraient agréables. Et cette modeste présentation déclencherait un fou rire ou un sourire de connivence. Parfois. Mais le plus souvent je préfère sourire vraiment seul. Et vider une bière à la santé des salariés, des ministres, des syndicalistes ; parfois même du Conseil Général ; qui serait peut-être compatissant si j'invoquais un funeste destin de victime en remontant à ma première expulsion d'un mouvement organisé : le club de football de Troisvaux-Belval, dans le Pas-de-Calais, où le fils du président présidait sur le terrain. Monsieur le Conseiller Général, « ancienne gloire cantonale du ballon rond », me procurerait sûrement un emploi communal si j'évoquais, presque larmoyant, « ma détresse », quémandais contre la promesse d'une totale dévotion, de quelques rimes thuriféraires.

Mais ce serait trop difficile, un véritable jeu de scène, intenable, d'entretenir des « relations humaines » au-delà du strict nécessaire. Même avec des êtres exponentiellement plus cultivés. Il est sûrement trop tard : être encore et de nouveau viré ne m'intéresse plus. Le goût n'y est plus : à 25, même 30 ans, je correspondais encore à l'idée que je me faisais de l'insoumission. Oui, il est sûrement trop tard. Même pour l'amour. J'ai 36 ans. Et trop de cheveux m'ont abandonné.

Avec ma mère, au téléphone, un soir, j'ai bien testé ce pathétique speech. Comme c'était tellement prévisible, elle a embrayé sur son invariable couplet refrain « tu vas vivre de quoi ? tu regretteras Groupama. » Même pas un alexandrin ! Parce qu'à Groupama donc, j'étais cadre, le premier enfant du village à décrocher un BTS avait été embauché chez l'assureur des agriculteurs. Voie royale, oui, oui. Ça rabaissait un peu leur clapet aux épouses de conseillers municipaux dont les fils rivalisaient de BEP agricole en CAP mécanique et les filles de CAP commercial en BEP coiffure.

Dans mon dictionnaire de rimes, avec Groupama y'a que migraine. J'ai souri en retenant au bord des lèvres cette vieille réplique. Inutile de la balancer… ou bien pour voir ? Voir si elle va enchaîner de nouveau « c'est pas des rimes qui vont remplir ton assiette. »

L'assiette : mes arguments culinaires lui semblent loufoques : incompréhensible, cette critique des restaurants alors justement « qu'aller au restaurant » est un signe de réussite. Folie, l'expression « *de la merde bien présentée* » ! Aujourd'hui, dans mon assiette, la viande provient de ma cour, les légumes du jardin et les fruits des quelques arbres (sûrement mes meilleurs amis après les poules, les pintades, les dindes et les pigeons). Un rmiste peut désormais se nourrir mieux que les princes. Pauvre Premier ministre obligé de croquer une cuisse de poulet industriel pour soutenir la filière aviaire, pauvres politiques condamnés à partager les gargouilles festives pour récolter quelques voix. Ceci est mon message !

Ma sœur avait placé son traditionnel « il retombe toujours sur ses pattes » et raconté sa passionnante journée au service d'une PME familiale où la secrétaire est une forme de bonne, une boniche quoi.

Bien sûr, c'était « pour changer de sujet » : si elle croyait vraiment qu'on finit toujours par s'en sortir, elle aussi, elle changerait de région, de vie, d'alimentation, d'écharpe, de chien.

Mais quand le compteur de son téléphone atteignit 57 minutes, la vieille (j'appelle ainsi ma mère) n'a pu éviter de revenir à la charge « Alors, ils ne te donnent plus rien ? » Plus un centime, tout part dans les notes de frais du Conseil Général !

« Bon, on raccroche, sinon ça va nous coûter cher » (ma sœur). Gloire à l'opérateur portugais Uvtel : une heure de communication, c'est dix centimes d'euro. Avec France-Telecom, en 1995, une minute, trois francs ; et ils vantaient ce tarif ! J'ai ainsi chaque semaine une heure de dialogue familial, le reste du temps le téléphone est sur répondeur. Avec deux minutes d'une voix la plus monocorde possible, chargée de décourager tout contact en renvoyant vers un site internet dont l'adresse n'est naturellement pas communiquée.

Finalement, avec ma mère aussi, je préfère imaginer sa réaction. Fils indigne, parti dans le sud-ouest pour vivre la misère, contemporain infréquentable. Trop imprégné de Pascal. Pascal, *les pensées* de Blaise Pascal, dont une seule m'est restée. Mais elle a métamorphosé ma vie :
Tout le malheur des hommes vient d'une seule chose, qui est de ne savoir pas demeurer en repos, dans une chambre.
Ma justification philosophique ! Je suis même parti dans le Lot avec ces ailes.

Faut être malade de gâcher sa carrière et sa vie, à cause d'un type pareil ! J'ai dû l'entendre cette remarque. Hypothèse préférable : je l'ai inventée. Ou alors, c'est Aurélie, dernière compagne longue durée, en claquant la porte lors d'une de ses menaces de rupture enfin, un jour, mise à exécution. Je n'ai jamais su larguer, j'ai toujours préféré être viré. Etre viré présente de nombreux avantages. En amour aussi.

2

Leur regard est expressif : « c'est un bon à rien. » Dans certains quartiers, le terme « looser » servirait, ici, à la campagne, les vieilles expressions subsistent. J'ai grandi ici, leurs regards, je sais les transformer en paroles :
Ça lui apprendra de s'être cru important, avec sa 205 XS noire et sa princesse. Elle a compris, elle l'a largué. Un bon à rien, je l'ai toujours dit. A Groupama ils s'en sont bien aperçus. C'est un lointain cousin de sa mère qui l'avait fait entrer, maintenant tout le monde le sait. Maintenant plus personne l'embauchera, même à la conserverie ils n'en voudraient pas. Avec ses longs crins ! Il est revenu manger le peu qu'il reste chez sa mère. Je vous dis que ça finira mal, cette histoire. Ça m'étonnerait pas qu'il finisse truand... il finira en prison, je te le dis...

Sentiment de satisfaction au village. Gâché par ma mère, tenant à son honneur d'avoir un fils cadre et colportant la grande nouvelle familiale : « *il n'est pas parti sans rien... et ce qu'il touche des assedic, ils sont pas nombreux à le gagner en travaillant... alors il n'est pas pressé...* ». Pan sur leur bec.

Je ne m'en mêle pas : je ne suis pas là pour rester. Et si la vie est logique, vous serez au cimetière quand je raconterai. Encore aujourd'hui, quand je me les représente, je vois des cadavres. Les imaginer morts, c'était alors mon arme d'autodéfense ; je ne pouvais concevoir que la vie s'attarde bien longtemps dans des êtres tellement nuisibles.
Quelques mois plus tôt, Angélique m'avait raconté des ragots, elle en souriait, elle savait leurs intentions et je savais qu'un jour ça arriverait, alors je souriais aussi. Je savais qu'elle me quitterait.
Mais pour une autre raison : cette rupture était indispensable : elle ne serait jamais partie loin de là, elle était de là, et je me sentais d'ailleurs. Elle serait partie à une centaine de kilomètres pour raisons

233

professionnelles mais pas pour des raisons essentielles, existentielles. Alors je vivais pleinement cette aventure qu'elle prétendait croire « éternelle. » Alors je prétendais aussi la croire « éternelle. » C'était indispensable : il aurait été absurde de gâcher par excès de lucidité les quelques mois qui nous restaient.

3

- Si t'es pas content de ton sort, tu démissionnes mais tu ne nous emmerdes pas !

Au moins c'est clair ! Groupama n'est pas connu pour licencier !
Heureusement… Paul Beaulier voit ses rêves de grandeur contrariés, le Crédit Mutuel national et Groupama national reprennent le pouvoir dans le Pas-de-Calais, finie l'union « contre nature » entre les deux entités, ailleurs concurrentes.

Groupama se régionalise… j'accepte une « mutation géographique » à Reims, au Centre Informatique Inter Régional de la Mutualité Agricole, récompensée d'une prime de « mobilité / installation » de 60 000 francs… mais Arras peine tellement à réussir sa migration informatique qu'il m'est demandé d'y rester quelques jours par semaine… Période faste où les frais de déplacement sont payés par Groupama Reims de manière automatique… chaque semaine les kilomètres augmentent…

Je trouve le meilleur moyen de faire durer le plaisir : un aimant. Simplement le passer sur la bande magnétique destinée au futur centre régional. Le chef va même une fois en personne la conduire à Reims : elle est illisible : quelques secondes m'avaient suffi, celles de son crochet aux toilettes. Si cette bande n'avait pas été posée quelques minutes sur son bureau, je perdais sûrement six semaines de bon temps : il fallut redéfinir « les protocoles ». Réunion au sommet !
Je répète : mais si, on va s'en sortir. Je demanderai finalement une prime pour contrat rempli, grand investissement dans ce défi ! Obtenue. C'est déjà ça.

4

- Continuer, c'est impossible ! Je me lève le matin à heure fixe et je suis déjà pressé.
- Comme moi.
- Je n'ai même pas le temps de profiter des réflexions de Philippe Meyer.
- Il ne sait que critiquer !
- Je passe les journées dans des dossiers ou des programmes.
- Presque comme moi.
- Je rentre le soir crevé.
- Comme moi.
- J'ai juste la force de regarder la télé en mangeant une boîte.
- Comme moi. Et en plus, moi, je dois l'ouvrir la boîte et nous la faire chauffer.
- Et dans dix ans, la seule différence ce sera une maison individuelle en quartier résidentiel plutôt que cet appartement ?
- Ce serait déjà pas mal.
- Une vie comme ça, c'est une mort anticipée.
- T'es vraiment difficile, parfois. T'as pourtant un super salaire.
- T'es vraiment conne.
Ce sera la dernière dispute. Je l'ai bien cherchée ! Ouf ! Elle me vire. Enfin, elle part, l'appartement étant à mon nom.
Quelques soirs plus tôt, j'avais écrit : Je sens qu'on s'enlise / Avant de remplir mes valises / Je te surnomme Lise / Oh ma lise, on s'enlise.

5

Qu'il est difficile, en France, de sortir du bureau une dernière fois, avec un chèque de 174 950, 54 francs.

Dont 134 000 francs en « indemnité transactionnelle. » Dérisoire certes, comparé aux chiffres susurrés quand Paul Beaulier est débarqué de Groupama / Crédit Mutuel. Mais il avait la soixantaine et moi vingt-cinq ans.

Avec aussi le droit d'entrer aux Assedic.

A part un beau voyage, tu peux rien faire avec ça !

Impossible d'acheter un appartement à Reims. Sans regret : vivre dans cette ville serait impossible.
[- Mais tu y as vécu presque deux ans, à Reims !
 - Je ne vivais pas, j'hibernais, en tenant grâce à la perspective de la retraite à 25 ans.]
Peut-être subsiste-t-il encore, en France, un coin paumé où les maisons se vendent une bouchée de pain « parce qu'il n'y a pas d'usine. » Intuition.

6

Persuader une direction qu'il y va de son intérêt, de proposer une séparation à l'amiable. Les renseignements venus d'Arras sont pourtant formels : le CDI, contrat à durée indéterminée, fut signé après vérification des compétences. Durant ses deux CDD, contrats à durée déterminée, le jeune diplômé s'était tellement bien comporté… « il doit s'être passé quelque chose. »
Il leur faut un raisonnement logique. L'informatique a besoin de logique, même dans la gestion des ressources humaines. Alors je lâche quelques « confidences. » Et ainsi tout s'explique : il n'a pas supporté la séparation d'avec sa fiancée ; il faut qu'il se ressaisisse, sinon ça va mal se terminer ; on ne peut quand même pas le conserver à ne rien faire, en plus il perturbe le service, tous savent qu'il est le mieux payé du plateau…

Surtout ne pas céder : ne pas se contenter d'un placard doré ; payé à rien faire, c'est tentant, mais c'est encore être présent, quand même, malgré tout, 39 heures par semaine.

7

Le troisième docteur est le bon. Une doctoresse. Jamais d'attente. Très faible clientèle. J'irai à la pharmacie et je balancerai le paquet sous mon lit, sans même l'ouvrir. Des antidépresseurs, elle a dit. Et surtout : deux semaines d'arrêt de travail.
Je deviens un « client régulier ». Je n'en rajoute pas. Pas trop. Je sais qu'elle sait : je ne suis pas plus atteint que la majorité des bureaucrates.
Mais elle sait : si elle refuse de me signer un arrêt, demain j'irai ailleurs.

Même financièrement, je n'y perds rien. La convention collective nous garantit un salaire sans retenue en cas de maladie.

C'est évident : un jour l'état trouvera une parade, obligera les « patients » à toujours consulter le même docteur, enrobera cette « grande réforme » sous des principes de « bonne médecine », « meilleur suivi », sans avouer la véritable motivation.
Je « profite du système. » Aucune mauvaise conscience : je suis en résistance : je veux vivre dignement dans une époque indigne.
Personne n'entend cette phrase notée sur l'agenda Groupama. Elle serait jugée « trop facile » : la vie ce n'est pas ça.

Je sais, si j'étais né en 1800 ou même aussi en 1968 mais au Bangladesh, mes exigences de privilégié auraient été matées. Je n'aurais sûrement même pas eu la capacité de les formuler. Je sais mais ce n'est pas une raison pour me sacrifier. Il faudrait être fou d'avoir la chance de naître en France, à une époque prospère, et de perdre sa vie dans un bureau avec des collègues qui rêvent de gagner au loto, de rencontrer Patrick Sabatier, Johnny Hallyday, France Gall ou Isabelle Adjani.

8

Vont-ils enfin comprendre le véritable sens de mes absences ? Messieurs, je ne plaisante pas, je ne traverse pas « une crise », je ne serai jamais plus un employé modèle, pas même acceptable.

9

PROTOCOLE D'ACCORD TRANSACTIONNEL

Entre les soussignés,

Le CENTRE INFORMATIQUE INTER-REGIONAL DE LA MUTUALITE AGRICOLE (CIIRMA), 24, boulevard Louis Roederer à REIMS, représentée par :

Monsieur Philippe DESWAERTE en sa qualité de Directeur

Et,

Monsieur Stéphane TERNOISE.

IL EST PREALABLEMENT EXPOSE CE QUI SUIT :

Monsieur Stéphane TERNOISE, a été engagé au C.I.I.R.M.A le 1er Juillet 1992 et affecté à la même date au service « ETUDES » en qualité de programmeur en Informatique.

Cette affection fait suite à une mobilité professionnelle proposée et acceptée par Monsieur Stéphane TERNOISE, qui a conduit l'intéressé à quitter le poste de programmeur qu'il occupait précédemment au sein de l'Etablissement GROUPAMA du PAS DE CALAIS.

Après divers entretiens et échanges de correspondances portant sur le bilan d'activité au terme d'une première année de fonctionnement,

et dans le but de favoriser une meilleure réciprocité fonctionnelle dans le cadre de la relation contractuelle, le transfert au sein de la cellule « Projet-Méthodes et Métrologie » du C.I.I.R.M.A a été décidé ; décision acceptée par Monsieur Stéphane TERNOISE.

Au terme d'un mois de cette nouvelle relation, les parties constatent que les objectifs auxquelles elles sont respectivement attachées ne semblent pas converger vers une communauté d'intérêts conciliable avec une relation contractuelle professionnelle.

C'est dans ces conditions que les parties se sont rencontrées pour examiner leur position respective et parvenir à une solution satisfaisante pour chacune.

En définitive, ayant abouti à des concessions réciproques, le C.I.I.R.M.A. propose de mettre fin à leur relation par la conclusion du présent protocole d'accord transactionnel, proposition acceptée par Monsieur Stéphane TERNOISE.

ACCORD TRANSACTIONNEL (en application des articles 1134 et 2044 du Code Civil)

Les parties conviennent de mettre un terme au contrat de travail liant Monsieur Stéphane TERNOISE au C.I.I.R.M.A., étant précisé, que la date de cessation dudit contrat a été fixée d'un commun accord au 30 Novembre 1993.

Le C.I.I.R.M.A procédera au versement, à titre d'indemnité transactionnelle, au bénéfice de Monsieur Stéphane TERNOISE, d'un montant forfaitaire de 134.000,00 Francs (CENT TRENTE QUATRE MILLE FRANCS).

Le versement de cette somme aura lieu le jour de la cessation du contrat de travail, simultanément avec le versement correspondant au solde de tout compte et liquidera définitivement les comptes entre les parties du fait des liens contractuels ayant existé entre elles.

Les deux parties signataires de la présente transaction s'interdisent mutuellement tout recours contentieux de quelque nature que ce soit et quels qu'en puissent être les motifs.

Les deux parties s'engagent entre elles au respect de la confidentialité sur les termes contenus dans la présente transaction.

Fait à REIMS, le 24 Novembre 1993

Bon pour transaction

Bon pour transaction et désistement d'action

Philippe DESWAERTE

Stéphane TERNOISE

10

Paragraphe essentiel :
« le C.I.I.R.M.A. propose de mettre fin à leur relation par la conclusion du présent protocole d'accord transactionnel, proposition acceptée par Monsieur Stéphane TERNOISE. »

La première version stipulait une séparation d'un commun accord… cette expression excluait le salarié d'une indemnisation aux Assedic alors qu'une proposition de l'employeur acceptée par le salarié ouvre les portes du « salaire de substitution ».

Visite essentielle aux Assedic de Reims avant la signature. Visite cinéma d'un employé modèle victime d'une mutation géographique piégée, victime d'un véritable « harcèlement moral » (l'expression venait d'être lancée).

11

A LA SUITE DE VOTRE INSCRIPTION COMME DEMANDEUR D'EMPLOI LE 07/12/93, VOUS AVEZ DEPOSE UNE DEMANDE D'ALLOCATION RECUE PAR NOS SERVICES LE 17/12/93.

AU VU DES INFORMATIONS CONTENUES DANS VOTRE DEMANDE, ET DES PIECES JUSTIFICATIVES JOINTES, VOUS ETES ADMIS, EN L'ETAT ACTUEL DES TEXTES EN VIGUEUR, AU BENEFICE DE L'ALLOCATION UNIQUE DEGRESSIVE.

CES ALLOCATIONS, PAYABLES MENSUELLEMENT , VOUS SONT NOTIFIEES POUR UNE DUREE DE 912 JOURS, DONT 274 JOURS AU TAUX PLEIN JOURNALIER DE 273,64 F. CE MONTANT SERA ENSUITE DIMINUE DE 17 % PAR PERIODES SUCCESSIVES DE 122 JOURS.

VOS PRESTATIONS SERONT VERSEES PAR VIREMENT SUR LA DOMICILIATION BANCAIRE : 16275 00200 XXXXXXXXXX/81 C.E PAS DE CALAIS.

SOUS RESERVE DE LA JUSTIFICATION DU MAINTIEN DE VOTRE SITUATION DE DEMANDEUR D'EMPLOI AUPRES DES SERVICES DE L'ANPE.

TOUTEFOIS, ELLES VOUS SONT ATTRIBUEES POUR UNE PERIODE DE 122 JOURS. CETTE PERIODE SERA RENOUVELEE, SOUS RESERVE QUE VOUS CONTINUIEZ A REMPLIR LES CONDITIONS DU MAINTIEN DU VERSEMENT DES ALLOCATIONS, EN PARTICULIER CELLES RELATIVES A LA RECHERCHE D'EMPLOI : VOUS DEVEZ EN EFFET, POUR BENEFICIER DES ALLOCATIONS, ETRE A LA RECHERCHE EFFECTIVE ET PERMANENTE D'UN EMPLOI (ART. 28.B DU REGLEMENT)

LES SERVICES DE L'ASSEDIC PROCEDERONT, EN CONSEQUENCE, DANS 3 MOIS, A L'EXAMEN DE VOTRE SITUATION POUR VERIFIER QUE VOUS CONTINUEZ A REMPLIR LES CONDITIONS D'ATTRIBUTION DES ALLOCATIONS.

C'EST POURQUOI NOUS VOUS CONSEILLONS DE CONSERVER TOUTES LES PIECES VOUS PERMETTANT DE JUSTIFIER DE VOS RECHERCHES.

VOTRE ADMISSION PREND EFFET LE 31/03/94.
LE POINT DE DEPART DE VOTRE INDEMNISATION EST CALCULE EN FONCTION :
- D'UN DELAI DE CARENCE NON PAYABLE RESULTANT DE VOS INDEMNITES COMPENSATRICES DE CONGES PAYES DE 30 JOURS.
- D'UN DELAI DE CARENCE NON PAYABLE RESULTANT DE VOS INDEMNITES DE LICENCIMENT SUPRA-LEGALES DE 68 JOURS.
- D'UN DIFFERE D'INDEMNISATION DE 8 JOURS QUI COURT A COMPTER DU TERME DE CE DELAI.

NOUS VOUS PRIONS D'AGREER, MONSIEUR, NOS SALUTATIONS DISTINGUEES.

LE DIRECTEUR,

12

Il suffit d'écrire des exigences farfelues pour obtenir une lettre-type de refus. C'est simple. Ça ne coûte qu'un timbre.

13

Des « vacances »… avec l'intention d'observer… « le marché immobilier »
 - Y'a que dans le Lot où vous trouverez une maison habitable avec si peu. Mais faut y vivre ! si vous aimez la solitude ! Parce que le Lot, c'est beau l'été mais l'hiver il faut y vivre !

Un notaire n'est pas toujours un escroc qui tente de soutirer une commission « sans facture »… il peut sauver la vie !

Merci cher bon maître !

14

Obtenir un prêt serait préférable. Et le rembourser via l'aide au logement idéal. Ma banque « historique », c'est la Caissse d'Epargne. Elle doit bien savoir qu'elle ne perdra rien dans cette affaire. Et ma demande de prêt est minime, 20 000 francs ne peuvent m'être refusés, ils proviennent d'un Compte Epargne Logement. Je demande seulement 50 000 supplémentaires, je les ai mais préfère les garder « en cas de coup dur ». Je joue cartes sur table :

- Vous connaissez mon salaire précédent, il était viré chez vous. Vous avez vu ma capacité d'épargne en quelques années. Vous connaissez le montant de mes allocations assedic. Elles sont virées chez vous. Vous savez que même avec ces seules allocations j'ai les moyens de vous rembourser. Soit dans le Lot, je retrouve une situation comparable à la précédente, soit je vis quelques années des assedic et vous savez qu'en même temps que leur baisse, mes droits à l'aide au logement augmenteront.

- Mais si les partenaires sociaux décidaient de les supprimer ou de les restreindre ; un banquier se doit d'envisager toutes les hypothèses et retenir la plus défavorable avant de se prononcer.

- Vous envisagez même une dissolution des Caisses d'Epargne et la mise au chômage sans indemnité ni droits de ses employés ?

- Je ne vais pas jusque-là.

- Et le cas échéant ma maison vaudra toujours plus de 70 000 francs.

- Je ne l'ai vue qu'en photo.

- Demandez à votre direction, elle vous offrira peut-être le voyage ou poussez le professionnalisme jusqu'à le réaliser sur vos propres deniers !

15

Avoir un toit, au calme. C'était sûrement ma seule ambition. Etre viré avec suffisamment pour acheter une maison où la tranquillité soit possible. « Après, on se débrouille toujours. »
C'était en suspension dans ma tête, mais j'aurais bien été incapable de résumer ainsi mon départ. Je l'ai compris après avoir lu Confucius, me sentant ainsi confusément confucéen.
« *L'avantage d'une résidence c'est le bien qu'on y trouve. Celui qui a la liberté de choisir mais ne choisit pas un endroit convenable, peut-on le considérer sage ?* »

16

« *Les mécanismes de solidarité sociale (allocation chômage, etc) devront être utilisés à plein, ainsi que le soutien d'amis plus aisés. Ne développez pas de culpabilité excessive à cet égard. Le poète est un parasite sacré.* »
Merci Jérôme Garcin, dans son habit d'animateur du *Masque et la plume*, d'avoir présenté Michel Houellebecq d'une manière me persuadant d'y dénicher les mots qu'il me fallait.
Rester vivant (et autres textes), 10 francs en *Librio*, devient ma référence. Enfin, les onze premières pages, une « justification littéraire. »
Si je suis d'accord pour profiter pleinement de solidarités sociales, avoir des amis, même pour les plumer, exige trop d'engagement. Pourquoi pas poète !
« *Dites-vous bien qu'en règle générale il n'y a pas de bonne solution au problème de la survie matérielle ; mais il y en a de très mauvaises.* »
Vivre de peu, profiter au maximum des achats remboursés (plusieurs Rib, donc certains falsifiés) et surtout apparaître plus pauvre que l'on est, ne pas effectuer de dépenses avant qu'elles ne soient indispensables. Si le toit d'une dépendance cède ne surtout pas donner au couvreur du coin le petit pécule peut-être un jour vital. Seul est sacré le toit de la maison.

17

Ce jour-là, je décide d'ouvrir « un cahier. » « Ce jour-là », car, contrairement à la « tradition », aucune date. J'en avais tellement subtilisés à Groupama, des cahiers, qu'un carton débordait.

J'y note d'abord ma référence Pascalienne, *Tout le malheur des hommes vient d'une seule chose, qui est de ne savoir pas demeurer en repos, dans une chambre.*

Puis un aphorisme de Chamfort, le 276 :

« *On est plus heureux dans la solitude que dans le monde, cela ne viendrait-il pas de ce que dans la solitude on pense aux choses, et que dans le monde on est forcé de penser aux hommes.* »

Je lis à Aurélie cette initiative. Puis l'aphorisme qui me semble devoir suivre. Elle casse une assiette en hurlant « *tu veux dire que je t'emmerde* » à cause de « *Est-il bien sûr qu'un homme qui aurait une raison parfaitement droite, un sens moral parfaitement exquis, pût vivre avec quelqu'un ? Par vivre, je n'entends pas se trouver ensemble sans se battre ; j'entends se plaire ensemble, s'aimer, commercer avec plaisir.* »

C'est peut-être une mauvaise idée, ce cahier. Mais un jour, il me servira ! Un jour il faudra que je raconte… quand je saurai écrire ! Quand mes phrases seront moins difficiles à sortir, mieux construites, avec moins de verbe « être » et « avoir ». Ce cahier est donc plus qu'un confident : un cahier de brouillon.

18

T'es qu'un pauvre type. Je ne veux plus jamais entendre parler de toi…

La rupture idéale. En plus : insister un peu, « s'humilier ».

« S'humilier » : montrer (faire croire) qu'on aime encore, qu'on veut continuer cette histoire, qu'elle est vitale, qu'on y tient vraiment à l'autre.

La rupture étant nécessaire, indispensable (l'autre a si peu de chance d'être compatible à long terme), quelques semaines de cinéma arrangent tout le monde.

Tout le monde : l'autre (qui n'est pas dans une démarche philosophique donc fonctionne par attraction – répulsion – orgueil – gagnant – perdant), soi (la tranquillité est proche) et « les autres » (celles et ceux qui s'en mêleront, dont « la famille » et les « amis » - pour soutenir suivant « leur camp », donc se donner l'impression de « compter »).

Ne pas hésiter à balbutier aux « bonnes âmes si généreuses », prêtes à soutenir, écouter, distraire : « c'est trop difficile. » Ecarter les importuns sans s'attirer leur rancœur, leur vindicte, leur haine, qu'ils pensent : il est trop triste, trop chiant pour nous… Viré d'amours et d'amitiés. Enfin seul.

19

MONSIEUR ,

PAR DECISION DE LA DIRECTION DEPARTEMENTALE DU TRAVAIL ET DE L'EMPLOI, VOUS ETES ADMIS(E) AU BENEFICE DE :

- L'ALLOCATION DE SOLIDARITE SPECIFIQUE 84
- A COMPTER DU 28/09/96
- POUR UN MONTANT JOURNALIER DE 74,01 FRS

CE MONTANT PEUT ETRE REDUIT SUIVANT L'EVOLUTION DE VOS RESSOURCES.

CETTE ALLOCATION VOUS EST ATTRIBUEE POUR UNE PREMIERE PERIODE DE 6 MOIS SOUS RESERVE QUE VOUS CONTINUIEZ A REMPLIR LES CONDITIONS D'ATTRIBUTION ET NOTAMMENT DE RECHERCHE D'EMPLOI.

A L'EXPIRATION DE CETTE PERIODE, LE RENOUVELLEMENT NE POURRA INTERVENIR QUE SI L'EXAMEN DE VOTRE SITUATION, AUQUEL IL SERA ALORS PROCEDE, NE CONCLUT PAS A L'INSUFFISANCE DE VOS EFFORTS DE REINSERTION.

NE SONT PAS ASSUJETTIS A LA CONTRIBUTION SOCIALE GENERALISEE INSTITUEE PAR LA LOI N 90-1168 DU 29/12/1990 , LES ALLOCATAIRES "NON IMPOSABLES". SI TEL EST VOTRE CAS, VEUILLEZ NOUS FOURNIR VOTRE AVIS DE NON IMPOSITION.

LE PAIEMENT DE VOS ALLOCATIONS SERA EFFECTUE MENSUELLEMENT A TERME ECHU SELON LE MODE CI-APRES : VIREMENT BANCAIRE
COMPTE N 04890XXXXXX 81
CE P DE CALAIS ARRAS

VEUILLEZ AGREER , MONSIEUR , NOS SALUTATIONS DISTINGUEES.

L'ASSEDIC MIDI PYRENES.

20

Après les allocations dégressives : fin de droits. Et allocations de *Solidarité Spécifique 84*. C'est la loi. A vie ? Tant que vous chercherez un emploi…
J'en profite pour changer le descriptif de l'emploi recherché. Désormais « auteur de chansons » et «chroniqueur ».

21

Michel Houellebecq m'avait fait découvrir Chamfort qui me conduit à Sénèque : je suis ainsi définitivement perdu pour la vie sociale !

J'emmène désormais systématiquement « mon petit Houellebecq » chez les bureaucrates.

22

OBJET : NOTIFICATION DE NON RENOUVELLEMENT

MONSIEUR ,
VOUS ETES BENEFICIAIRE D'UNE ALLOCATION DE SOLIDARITE.

PAR LETTRE DU 16/04/02, NOUS VOUS INFORMIONS QUE, SANS RECEPTION DE VOTRE DECLARATION DE RESSOURCES DANS LES 15 JOURS, NOUS SERIONS DANS L'OBLIGATION D'EN INFORMER LA DIRECTION DEPARTEMENTALE DU TRAVAIL, DE L'EMPLOI ET DE LA FORMATION PROFESSIONNELLE.

VOUS N'AVEZ PAS RETOURNE VOTRE DECLARATION DANS LES DELAIS.

LA DIRECTION DEPARTEMENTALE DU TRAVAIL, DE L'EMPLOI ET DE LA FORMATION PROFESSIONNELLE A PRIS LA DECISION DE NE PAS RENOUVELER LE VERSEMENT DE VOTRE ALLOCATION.

DANS LES DEUX MOIS SUIVANT CETTE NOTIFICATION, VOUS POUVEZ CONTESTER CETTE DECISION EN EXERCANT :

* SOIT UN RECOURS ADMINISTRATIF (RECOURS GRACIEUX AUPRES DU DIRECTEUR DEPARTEMENTAL DU TRAVAIL, DE L'EMPLOI ET DE LA FORMATION PROFESSIONNELLE OU RECOURS HIERARCHIQUE AUPRES DU MINISTRE DU TRAVAIL)
* SOIT UN RECOURS CONTENTIEUX DANS LE DELAI DE DEUX MOIS DEVANT LE TRIBUNAL ADMINISTRATIF COMPETENT.

RESTANT A VOTRE DISPOSITION,
NOUS VOUS PRIONS D'AGREER, MONSIEUR   , NOS SALUTATIONS DISTINGUEES.

LE DIRECTEUR DE L'ASSEDIC
PAR DELEGATION DU DIRECTEUR DEPARTEMENTALE DU TRAVAIL, DE L'EMPLOI ET DE LA FORMATION PROFESSIONNELLE

23

En France, parfois, le courrier se perd… Un appel suffira. Je ne suis pas viré !

24

Quand Lionel Jospin deviendra un sujet d'étude, il apparaîtra comme le Premier ministre sous lequel le chômeur fut le plus tranquille. Le dernier Premier ministre sous lequel le chômeur fut tranquille ?
Certes, quand approcha l'élection présidentielle, les ministères, associations et autres organismes agréés ne parvenaient plus à absorber les rejets de l'économie classique, la bonne vieille méthode « d'épuration des fichiers » fut alors décrétée. Madame Chaignet, de la DDTEFP, s'en excusait et me dictait une lettre nécessaire et suffisante pour ranger mon dossier. Je l'écrivais, la signais et pouvais continuer. Passé près !
Mais Lionel Jospin laissa sa place à Jean-Pierre Raffarin et madame Chaignet la sienne à madame Dragon.
Jean-Pierre Raffarin ne décrocha sûrement pas son téléphone pour exiger du directeur de la DDTEFP le remplacement d'une personne trop sensible par une tueuse.
Rapidement la commission convoqua le mauvais chômeur. Fallait que ça cesse. Je n'étais pas le seul.

25

Pour justifier ma démarche « artistique », je publiai un livre « *Assedic Blues, Bureaucrate ou Quelques centaines de francs par mois.* » Un « pamphlet ». C'était urgent : pas le temps de démarcher un éditeur. A force de prendre des notes, j'avais matière à 192 pages mises au format souhaité par un imprimeur parisien.
Aucun risque financier grâce à l'imprimerie numérique : deux cents livres fabriqués. En vendre soixante suffisant pour « atteindre le seuil de rentabilité ».
Et découverte des salons du livre. Cazals, Mercues, Laramière, Figeac, Gaillac.

26

Je sais me présenter au téléphone. Mais ne suis pas « l'écrivain attendu ». Un peu le petit jeune sympathique accepté par humanisme.

Alors le petit jeune devrait savoir tenir son rôle. Aucune des bonnes manières exigées. Je vends néanmoins quelques livres. Les premières fois, c'est « intéressant ». Mais rapidement, convaincre devient « comme au bureau ».

Croisant Georges Coulonges, je repense aux textes en format chansons. Peut-être les gens sont plus intéressants, dans ce milieu. Suffisant pour être sélectionné aux rencontres d'Astaffort de Francis Cabrel puis au Francofolies de La Rochelle. Les gens n'y sont pas plus intéressants.

27

Viré des salons du livre, viré des festivals. Sans effraction ni esclandre, simplement « plus invité ». Un seul domaine m'intéresse vraiment : internet. Découverte. Montrer sans devoir se montrer. L'idéal.

28

Le soir j'écris :

Stéphane Ternoise ne sera plus cadre.

Stéphane Ternoise ne deviendra pas un auteur modèle de chansons modernes.

Essayer de séduite des interprètes et des intermédiaires ne l'intéresse pas. Stéphane Ternoise ne sollicitera aucune subvention.

Il se rend aux convocations des administrations comme Zola pouvait visiter une mine.

Un jour il racontera.

J'étais face à madame Dragon et la répartie m'est venue : « plutôt faire pute. » Naturellement, je l'ai retenue. Elle est trop précieuse : elle résume une décennie de ma vie.

29

En relisant *Amour, prozac et autres curiosités* de Lucia Etxebarria, la genèse de mon aphorisme devient évidente :

« Maintenant, je suis serveuse.

Au bar, je gagne plus que ce que je gagnais dans ce bureau, et j'ai les matinées pour moi, pour moi seule, et pour moi le temps libre vaut plus que le meilleur salaire du monde. Je ne regrette absolument pas ma décision, et jamais, au grand jamais, je ne retournerais travailler dans une multinationale.

Plutôt devenir pute. »

« Devenir » et « faire » divergent. Faire n'étant pas être pour de vrai. Mais le « devenir » de Lucia Etxebarria me semble plus proche de mon faire, que du réel devenir. Subtilité ignorée lors de la traduction ?

J'ajoute Lucia Etxebarria dans mes essentiels. Mais sa date de naissance me renvoie à mon vieillissement. Née seulement deux ans avant moi et je n'ai encore rien fait de ma vie. Je sais, j'ai des circonstances atténuantes mais il arrive un jour où le besoin de rattraper l'enfance n'est plus qu'un prétexte facile pour ne rien faire… Après la formation, l'action : ajouter sa pierre.

30

Date : 9 Avril 2003
Affaire suivie par : Mme DRAGON Isabelle
Identifiant : 2975771 J

Lette recommandée avec accusé de réception.

Monsieur,

En date du 1ᵉʳ avril 2003 vous avez été reçu par un agent du service du contrôle de la recherche d'emploi afin d'examiner votre situation au regard de vos recherches d'emploi.

Les opérations de contrôle auxquelles il a été procédé ont permis de conclure que :

- vous êtes déclaré en qualité de travailleur indépendant,
- le développement de vos diverses activités tant en auto-édition, écrivain, qu'en création de sites internet (environ 40) occupe l'intégralité de votre temps et entraîne de fait une absence de recherche effective d'emploi.

En outre, vous avez été dans l'impossibilité de justifier une quelconque démarche de recherche d'emploi complémentaire à ladite activité de travailleur indépendant.

J'envisage pour ces motifs, en application de l'article R351-28 du Code du travail, de prendre à votre égard une décision d'exclusion du versement des allocations spécifiques de solidarité dont vous bénéficiez et vous invite à fournir dans un délai de quinze jours vos observations écrites.

Je vous prie d'agréer, Monsieur, l'expression de ma considération distinguée.

> P/Le Préfet
> P/Le Directeur Départemental,
> Par délégation,
> Le Directeur Adjoint
>
> Alain MIQUEL

31

Dialogue à l'ANPE : ne vous inquiétez pas, dans votre cas le mieux c'est le Rmi, là au moins ils ne vous chercheront pas de noises. Il a vraiment l'air de croire ce que je lui dis ! Finalement, tous sont prêts à croire…

32

Monsieur,

Vous êtes travailleur indépendant depuis le 01/07/2003
Le Conseil général a évalué vos ressources à 349 € par mois de par votre activité.

La CAF , qui n'est qu'organisme payeur , doit donc verser la différence entre le montant fixé et le montant RMI.

Dans votre cas le montant de vos droits mensuels s'élève à 18.73 €

Je reste à votre disposition,

VOTRE CAISSE D'ALLOCATIONS FAMILIALES

Le technicien Conseil
Maryse PEUCH

33

Le conseil général n'avait aucun élément pour évaluer de telles ressources, je suis toujours au « seuil de rentabilité », sans bénéfice quoi… je suis le seul à savoir que des virements arriveront dans quelques mois !

Ainsi, je peux me permettre de répondre à l'Adda du Lot : « vous n'avez aucune compétence pour juger de la faisabilité de mon projet » et boycotter leur convocation. Etre viré du Rmi, ce serait bien, non ?

34

REVENU MINIMUM D'INSERTION – FIN DE DROIT

Le 29 septembre 2005

Monsieur,

Vous êtes dans le dispositif du revenu minimum d'insertion (RMI).

Selon la réglementation*, le bénéficiaire du Rmi doit s'engager à établir et à respecter son contrat d'insertion. Or vous n'êtes pas dans cette situation.

C'est pourquoi vous ne pouvez plus recevoir cette allocation.

Toutefois, si votre situation change, vous pouvez présenter une nouvelle demande.

Vous avez la possibilité de contester la décision prise sur le Rmi par deux voies distinctes :

- un recours administratif exercé dans le délai de deux mois à compter de la réception de cette lettre auprès du Président du Conseil Général – à adresser à votre caisse d'Allocations familiales.

- un recours contentieux exercé dans le délai de deux mois à compter de la réception de cette lettre ou de la décision rejetant votre recours administratif, auprès de la commission départementale d'aide sociale (Cdas) -

    304 R VICTOR HUGO

    46000 CAHORS

Merci de joindre une copie de cette lettre à votre recours.

Nous restons à votre disposition, Monsieur, pour tout renseignement complémentaire.

                Pour le Président du Conseil Général,
                votre caisse d'Allocations familiales.

* Article L 262-23, L262-19 et L262-21 du code de l'action sociale et des familles

35

Gérard Miquel, président du Conseil Général et Alain Miquel, directeur adjoint de la DDTEFP partagent parfois des repas ? Sûrement au moins des cocktails. Merci les Miquel de m'avoir viré.

En référence à Gaston Flosse, longtemps présenté comme un petit dictateur de Polynésie Française, une fois sur deux j'écris :

Monsieur Gaston Miquel, président du Conseil Général. Une manière de faire comme si j'avais uniquement retenu l'initiale et le nom. Gaston Miquelle m'arrive aussi. Il est aussi sénateur (du Sénat à Paris).

B

Une distance s'est naturellement installée entre lui et les autres. Il sait : il a franchi une frontière. Il est de l'autre côté. Personne d'avant ne pouvait l'accompagner. De son enfance, de son adolescence, plus un seul « ami ». Même pas un « copain ».

La même frontière s'est imposée entre celui régulièrement viré et « le travailleur indépendant. »

Il sait : il a franchi clandestinement des frontières. Aujourd'hui il pourrait raconter. Nombreux souriraient, prétendraient :

- C'est du cinéma, les allemands de l'Est risquaient leur vie pour passer à l'Ouest.

Il répondrait peut-être :

- Tu crois peut-être que je n'ai pas risqué la mienne.

Inutile de revenir sur l'enfance, le risque physique, l'essentiel est dans le risque moral, spirituel, vital, l'âge auquel on ne peut plus se dédouaner sur les autres, où il faut avancer, faire, essayer - ou, et ce n'est guère plus réjouissant, assumer la petite compagne nommée dépression latente !

36

Il existe une vie après la virétude.

Certes, vivant en « démocratie tolérante », je pourrais présenter un nouveau dossier au Conseil Général pour recevoir une bouée mensuelle.

Mais il me faudrait recôtoyer ces gens, faire semblant…

Et ces quelques centaines d'euros, il est plus simple de les gagner !

Je suis donc « travailleur indépendant », webmaster.

Naturellement, l'urssaf m'envoie la documentation « allégement de charges » pour l'emploi d'un premier salarié. Je suis considéré comme un créateur d'entreprise ! Mais je n'ai pas passé des années à fuir les embrigadements pour retomber dans le même schéma, même inversé, ni petit chef ni patron. C'est naturellement le plus souvent le cas, comme en politique, où les plus farouches opposants d'une dictature deviennent les plus cruels dictateurs quand ils ont renversé le régime en place.

Un employé, même très rentable, c'est non !

37

M'annoncer « profession libérale » surprend le plus souvent. Libéral semble être un péché en France. Avocats, huissiers, notaires méritent, certes, la méfiance suscitée.

Libéral s'apparente à liberté, dans ma perspective. L'état préfère financer les salariés, abreuver de subventions des emplois dépassés, inutiles, condamnés, ou instaurer une véritable « concurrence déloyale » entre des sociétés ou « associations » dont les salaires sont allégés et le travailleur indépendant. Car des salariés, quand c'est viré, normalement ça hurle et vote contre le gouvernement aux élections suivantes.

38

Même dans cette solitude, des rencontres surviennent. Mais préparées, souhaitées, quand un travail en commun a permis une véritable connaissance. Quelques mois de contacts virtuels permettent un premier tri. Finalement, ce n'était pas de la misanthropie. Juste une lucidité. Lucidité fréquente mais la réponse classique consiste à remplacer les autres par des formes de clones, sans s'être vraiment questionné sur les causes et les conséquences. Internet ouvrant le champ des possibles, il est peut-être possible de dialoguer, œuvrer ensemble. Peut-être. Et plus si affinités.

39

Je serai peut-être encore viré. De la sacem, par exemple, si je continue à dénoncer les pratiques de l'oligarchie au pouvoir. D'une histoire d'amour si…

C

Il sourit, quand il pense à son enfance. Il sait : sa soif d'indépendance provient de cette enfance confisquée, sans enfance.

Il sourit, quand il pense aux cinq années dans des bureaux. Il sait bien : il ne vivait pas encore pour de vrai, il négociait la période de transition, gagnait l'argent indispensable à son véritable projet.

« Cocteau, poète français né à 20 ans » : la découverte de cette présentation l'a enthousiasmé : rarement il avouait « je suis né à 25 ans. »

Cocteau a vécu de 1889 à 1909, comme lui de 1968 à 1993, naturellement. Naître à soi. « Tu joues avec les mots » lui répondait Aurélie.

Cocteau « avait » 20 ans, quand il publia « *les enfants terribles* », en 1929 donc. Il espère « avoir » 20 ans en 2013. Il sait qu'à force de lire il cédera sûrement à la tentation de raconter ou romancer sa vie. Il sait avoir vécu « autrement », d'une manière « impossible ».

Il sourit quand il pense à Aurélie et son « arrête de rêver ».

Il sourit, il pense à ces dix années de combat, combat pour une formation digne de ce nom, une autoformation spirituelle, humaine, littéraire. Une « autre vie » débute, il a changé de voiture et restaure une dépendance.

40

Mon cœur s'arrêtera. Et ce sera fini. Tout sera fini. Regrettable mais inévitable.

Et je ne le saurai même pas. J'aurai été viré de la vie et je ne le saurai même pas ! L'information la plus importante du jour, du mois, de l'année, du siècle, du millénaire, plus importante même que ma naissance.

Ou alors je le saurai, j'aurai conscience quelques secondes d'être un mort, quelques secondes plus froides que tout, plus chaudes que tout, et je ne pourrai même pas crier mon refus d'être ainsi viré.

Hypothèse qui ne change rien à l'essentiel. Ce sera fini. Tout sera fini. Et vous voudriez qu'être viré de vos petites combines me dérange, vous me voudriez acteur de vos mascarades ?

J'ai parfois pensé « merci à qui me vire, il me redonne un peu de la liberté que j'avais eu la faiblesse de lui abandonner ». Mais je souriais, expliquer aurait été trop long. Et inutile.

Libertés d'avant l'an 2000

Roman

Aucun texte n'est définitif tant que l'auteur est vivant : *Liberté, j'ignorais tant de Toi* 1998 est devenu en 2011 un nouveau roman, *Libertés d'avant l'an 2000*.

En 1998, j'ai publié un premier roman intitulé *Liberté, j'ignorais tant de Toi*. Je l'ai repris en 2011. Peu de modifications, finalement. Mais c'est, malgré tout, un autre livre.
J'aime cette idée de retravailler un roman. Aucun texte n'est définitif tant que l'auteur est vivant. Naturellement, ces différentes versions pourraient susciter des études... si l'une d'elles rencontrait un large lectorat...

Libertés d'avant l'an 2000 : une époque où seuls les installés pouvaient agir mais ne le souhaitaient pas, préféraient profiter des avantages en essayant de les transmettre à leurs enfants.
Génération dont la décennie cruciale, de vingt à trente ans, s'est déroulée bien autrement des vagues prédictions de l'instituteur du CM2 prétendant : "*vous êtes la génération de la paix, et vous connaîtrez le temps béni où tous les êtres humains seront heureux. Ne vous inquiétez jamais pour l'avenir.*"
Une jeunesse élevée au mythe d'une ère enchantée débarrassée de la barbarie par la morale et de la maladie par la médecine, catapultée dans la réalité des années 1990. Déjà une génération dupée.

Liberté, j'ignorais tant de Toi était ainsi présenté :

Liberté, j'ignorais tant de Toi, quatrième livre publié par Stéphane Ternoise, premier roman, roman de formation du héros, roman qui ne se contente pas de raconter une histoire, conscient de la grandeur de cet art vers lequel convergent tous les genres, conte, nouvelle, essai, poésie, théâtre...

Cadre dynamique, régulièrement accompagné, tout, apparemment, "pour être heureux." Pourtant, à vingt-cinq ans, retrouver Mathieu, l'ami d'adolescence, bouleverse cet équilibre, Jel croit encore pouvoir prendre ses rêves pour la réalité, il veut devenir riche, très riche, et rapidement. La vie des Hommes se joue souvent sur quelques décisions cruciales, après qui peut, qui sait encore s'arrêter, ne pas se laisser emporter par les vents ?...

La promotion sociale, le grand Amour, l'Amitié, la Littérature, l'argent, l'alcool, la flemmardise, la délinquance, le vedettariat, la tendresse des filles, le pouvoir, le paraître et la gloire, la paternité... Derrière chaque objectif l'envie d'exister, *être quelqu'un*, ne pas végéter dans la routine, atteindre **la Liberté**. Mais qu'est-ce que la Liberté ? Notre héros, avec régulièrement à la bouche ces trois syllabes, le sait-il lui-même ?

Qu'est devenue la génération glorifiée *morale* en 1986 ? Rattrapée engloutie par la sinistrose le sida la télévision et la crise économique, se plaît-on à conclure facilement, cette génération aborde la trentaine, Stéphane Ternoise a trente ans, et une œuvre cohérente loin du monde de l'édition mondaine parisienne prend forme.

Première Partie

I

L'euphorie de sentir proche l'instant idéal pour placer le speech mûrement élaboré et jugé génial, réveille chez Jel le sourire déclaré carnassier par ses collègues, quand gravir la hiérarchie le démangeait, il savoure d'avance le nécessaire "c'est d'accord" d'un Mathieu rallié à sa démesure, presque déraison, alors ils s'enlaceront et cette accolade scellera leurs retrouvailles, leur, son triomphe ; il jubile, certain de son fait, et cela vaut bien quelques risques, quelques arrangements avec la légalité : voici le temps de la Liberté.

- Comment peux-tu te satisfaire de cette petite vie galère, entre télévision, stress, horaires, embouteillages et traites à honorer ? A vingt ans on rêvait d'autre chose...

Bien sûr qu'à vingt ans les inséparables rêvaient. Du pays de cocagne ! Pourtant, BTS en poche, Jel signa chez *Groupama*, la prospère compagnie d'assurance Arrageoise ; contrat à durée déterminée, huit mois, renouvelable pour une même période en cas d'entente, programme avant l'armée puis retour pour le vrai grand bail (plan de carrière déjà défini). Sa mère rayonnait : son fils avait *"une belle place"* ; une fiche de paye qui impressionna Mathieu au point de lui faire regretter son entêtement passé à préférer les bistrots aux cours. Néanmoins sa situation apparaissait correcte : commercial d'une chaîne d'approvisionnement asiatique, chargé de fourguer des nanars aux grandes surfaces ; pas une sinécure mais la possibilité d'obtenir un salaire décent en cas d'objectifs atteints. Malgré quelques conneries, *"de jeunesse"*, ils étaient "sauvés", sur le droit chemin.

A l'époque de cette théâtrale déclamation, pour justifier excuser ses *"saisons en enfer"*, ses années petit bureaucrate méticuleux, notre cher jeune homme accusait le conditionnement mercantile, cynique, frileux, décadent, les années Tapie. Fric et esbroufe triomphaient, éblouissaient, alléchaient, les *eighties* s'achevaient, exhibaient valeurs-pacotille et réussites rapides, les notables péroraient sur la conjoncture économique : c'était déjà la crise, conséquence regrettable, quoiqu'inévitable, de la mondialisation (des échanges), providentielle crise alibi. Ainsi les derniers arrivés, diplômés sans expérience, devaient réviser à la baisse leurs prétentions ou s'investir à fond. L'idéal conservateurs, une société figée, s'installait : les bons sujets révéraient les patrons, messies sans miracle des mégalopoles en mal d'emplois. Et le conformisme ambiant conseillait, naturellement pour le bien des néo-pions, de remiser au rayon distractions juvéniles les apparats d'un autre âge, cheveux longs et barbe gainsbardique. Il convenait d'intégrer les règles et impondérables, ce qui, finalement, présentait des avantages, prétendaient des quadras bedonnants et cravatés, vieux de la vieille *"désabusés"*, toujours partants, durant les pauses-café ou apéritifs du vendredi, pour ressasser gaiement leur fantaisiste mai soixante-huit, régulièrement catalogué leçon de l'histoire, mythe collectif dont le contrecoup gaulliste réussit à convaincre une génération, puis ses suivantes, que toute velléité révolutionnaire est inutile, à l'échec condamnée.

II

Leur amitié, évidemment, était vouée à s'étioler : le cercle d'accointances du cadre appelé à viser l'estampille "supérieur" et celui d'un simple V.R.P. privé de perspectives ne sauraient se concilier longuement. Chacun sa vie, chacun son chemin, résumaient, *par expérience,* ses collègues, volontiers condescendants envers *le petit dernier.* Logiquement, *plus tard,* ils auraient toujours été ravis de se revoir mais à intervalles régulièrement plus espacés puis sans le provoquer et en comblant l'amenuisement croissant des sujets de conversation par la nostalgie du bon vieux temps et les vannes avariées. Oiseaux de mauvais augure !

Ils se prétendaient pourtant inséparables, potes jusqu'au dernier whisky. Preuve supplémentaire, signe du destin, ils avaient signé leur contrat le même jour, puis traîné les troquets, entonnant *société tu m'auras pas* dès l'ivresse. Chaque soirée de leur première quinzaine dériva invariablement ainsi. Ils juraient de ne jamais changer, ne jamais se laisser récupérer, endoctriner, ni risible petit chef ni fayot frustré. Croix de bois, croix de fer, si j'embourgeoise j'vais en enfer. Mais le lundi suivant Jel découvrait la spécialité maison, servie par Thérèse, la directrice informatique : le savon ; menaçant d'abréger sa période d'essai elle exigeait *"des yeux dessillés et un cerveau opérationnel dès huit heures" ;* s'affirmant humaine et tolérante Sa Sainteté daignait accorder un sursis, tout en le prévenant du *"caractère potentiellement préjudiciable de certaines fréquentations."* Ce style l'impressionna ! Enfin quelqu'un qui s'exprime en bon français. Pas suffisant pour le convaincre, l'envie de claquer la porte montait, *elle se prend pour qui la bovine.*

- Je vous glisse amicalement cela pour votre bien, car je vous crois suffisamment intelligent pour le comprendre.

Son visage reflétait la sincérité, la gentillesse, l'écoute, le bien de l'humanité ; *si c'était une femme elle me trouble.*

La crainte de ne pas retrouver ailleurs d'aussi avantageuses conditions financières, l'impression d'avoir réellement exagéré et la peur de devoir rentrer et annoncer ce drame achevaient de le calmer : terminées les virées en semaine.

- Non, j'suis pas un lâcheur, ça m'fatigue trop, et mon foie commence à me jouer des tours, et j'vais t'dire frère, j'ai réfléchi, ce job c'est ma chance. Ouais j'suis sérieux, j'ai compté, si j'dépense pas trop et que j'place le reste en bourse, si ça flambe comme maintenant, jackpot. J'bosse quelques années et ensuite j'peux vivre de mes rentes. J'ai trouvé le bon filon ! Génial mon plan ! Tu sais on changera pas le système alors mieux vaut en profiter. Même Renaud s'est rangé, alors. Mais on change pas, nous sommes les extraterrestres d'une planète poubelle, on fait juste semblant, pour l'oseille. C'est le grand secret frère : faire semblant pour niquer ceux qui veulent nous baiser.

Et la sacro-sainte réunion informelle du lundi matin, occasion à remarques, l'assagissait encore un peu plus : dimanche rimerait dès lors avec repos, décompression, batteries à recharger.

Et sa paye rapidement lui sembla dérisoire, celle de Thérèse, même s'il ne la connaissait pas exactement, lui donnait l'eau à la bouche. Et comme pour être augmenté un travail correct ne suffit pas, il s'investit à fond (et fayota).

Moins vivace, sur la pente descendante ?, leur complicité s'interrompait plus rapidement que "prévu", n'apparaissait plus suffisamment importante pour hypothéquer ce qu'il pensa être l'amour de sa vie, l'incarnation de ses espérances d'être enfin quelqu'un (si elle m'aime c'est que je suis quelqu'un de bien). Assise à l'indienne sur une baffle, congédiant d'un sourire divin les dragueurs, elle resplendissait, l'hypnotisait, son visage, ses yeux, sa silhouette, rappelaient tellement Isabelle, la vaporeuse sylphide rencontrée le samedi après la *trahison* de son premier amour, la déesse qui ne fut qu'un mirage, une série de slows collés, baisers goulus, découverte de l'utilité des banquettes d'une voiture, et l'aveu final :

- On ne se reverra pas, je suis en vacances au château d'Equirre, je repars demain chez moi, où m'attend le fils unique d'une très riche famille, pour moi et les miens c'est inespéré, ce soir j'enterrais ma vie de jeune fille, j'étais vraiment à toi, je t'ai donné ce qu'il n'a jamais eu, je ne t'oublierai jamais, c'est vrai, et un jour je l'empoisonnerai et quand tu ne penseras plus à moi, tel le phénix, je renaîtrai.

Elle s'était enfuie et ses jambes coupées n'ont pas repoussé suffisamment vite pour lui permettre de la rattraper.

Son imagination, déjà échauffée par quatre doubles cocktails, s'enflamma, en quête d'une phrase magique sésame du cœur forcément supérieur.
- Tu préfères danser un slow ou prendre un verre ?
Rien d'original n'avait jailli de cette cervelle en ébullition, néanmoins ce qu'il redoutait improbable arriva : elle se leva, le suivit au bar, et ce fut *"le rêve éveillé"*... et cette princesse, Michèle, méprisa Mathieu, *"ce loubard"*, son *"indigence culturelle"*, ses *"airs rustres"* et *"plaisanteries de soudard."*

"Tu ne voudrais quand même pas gâcher notre amour" : du ton amadouant mais péremptoire d'une donzelle à qui l'on ne doit rien refuser sous prétexte qu'elle mélangera régulièrement son corps au vôtre, elle entraînait son élégant galant dans une discothèque *"plus convenable"* et s'appropriait les plages vacantes de son emploi du temps. Elle savait sa beauté, durant ses lumineuses années, suffisante pour façonner l'immature à la patine de culture qui l'attira, qu'elle s'appropriait, conquise par ses invitations au restaurant et d'innombrables cadeaux, officiellement sous le charme d'un *"humour fantastique"* et de *"poèmes Rimbaldiens."*
C'était l'éloignement, la rupture avec l'itinéraire en zigzagues à renier, la fin de l'errance dont Jel s'efforça méticuleusement d'abréger le récit par des pirouettes, quand elle désira la connaître, sournoise manière (curiosité ingénue puis poses en bigote effarouchée par ses *"bêtises"*) de le contraindre à une gymnastique de l'affabulation lui offrant matière à réécrire, à sa convenance, un passé désormais incompatible avec sa situation, la moralité, l'avenir, les officielles fiançailles célébrées au Grizaldy. C'était la condamnation à mort, décrétée au nom d'un amour intolérant, d'un bon septennat d'Amitié : treize ans, la cinquième D du collège Marcel Dollet, le solitaire repéré par les bandes de "grands" qui exhibaient fièrement trois poils au menton derrière la grille grise, molestaient et délestaient de leur monnaie les mômes, se rapproche du plus baraqué de la classe. Certes, simple recherche de protection. Mais affinités. Puis les rêves, les espoirs, les secrets partagés. Et l'entrée en fratrie, le vœu de fidélité lors du mélange du sang après une petite entaille au poignet. La rencontre du malabar et de la svelte Patricia, un premier Amour qui durera, n'entravant nullement cette harmonie.
L'Education Nationale, en adjugeant la noble filière à un Jel incapable de formuler le moindre désir d'orientation, seconde à option technologique, antichambre de l'informatique (l'avenir selon le professeur principal et de mathématique), les envoyant en BEP, testait ces liens : déposés dans la même "grande ville", déjà théâtre des tentations, ils adoptaient leurs horaires afin d'effectuer ensemble les dix-sept kilomètres de train biquotidien et, malgré sa réprobation, Patricia accompagna leur dérive vers la petite délinquance, le vol dans les magasins puis des autoradios, palpitante pratique résolvant de prétendues carences en fric mais surtout façon de s'extraire du troupeau, frimer, "exister", inspirer le "respect." Ils exercèrent impunément presque trois ans. La chute fatale fut pourtant frôlée, lorsque, quittant une voiture vidée de son contenu monnayable, deux flics à rouflaquettes, visiblement (et à l'odeur) avinés, souriaient, le flingue sorti : dix minutes de supplices d'abord bredouillées puis argumentées et Jel leur obtenait une "liberté conditionnelle."
"Espèces de fripouilles, vous avez du bol que nous sommes payés des clopinettes" : que de fois ont-ils répété cet épilogue !
La chute fatale fut pourtant frôlée...", ainsi s'exprima Jel quand il me raconta ces aventures. Qui sait si cette chute n'aurait pas été préférable ? J'aurais dû prendre des notes… Je ne m'en sortirai jamais !

Sommés d'acquitter rapidement cette "dette" ils passaient au stade supérieur : les appartements. Mais trois visites, pourtant sans problème, leur décrassaient les méninges, les décidaient à délaisser ce sport finalement peu rentable : à quoi bon multiplier les risques pour engraisser un receleur. Cruelle révélation et enseignement profitable : même dans la délinquance l'exploitation prévaut.

Durant ces entrefaites, Catherine, son premier Amour, le métamorphosait. "Craquante" aux yeux couleur noisette, au regard tendre et polisson, elle lui offre, sur le quai, où chaque soir elle le raccompagne, *une vie*, signé Guy de Maupassant, l'engage à le "*lire attentivement.*" Sans cette insistance, assimilé à un original cadeau décoratif, il serait atterri sur une étagère. Elle lui inocule le virus littéraire. Emporté par un élan alors incompréhensible, mystérieux, il découvre l'insoupçonné plaisir des mots, furetant dans le dictionnaire à la poursuite de sens, étymologies et trésors. Abrogeant le règne des idées reçues qui réduisaient la lecture à un pis-aller de grabataires, vieillards, malades et ménagères coquettes, il réalise la médiocrité du cul-de-sac où d'incultes parents l'avaient expédié. Selon eux, mais comment leur en vouloir, eux simples maillons d'une chaîne de paysans forgée depuis la nuit des temps et qu'ils croyaient encore éternelle, apprendre signifiait vénérer les professeurs, retenir *par cœur* des récitations puis des formules, ingurgiter d'indigestes "connaissances utiles." Cette vision astreignante ne pouvait concevoir de "*perdre son temps avec des imaginations*", "*ces bouquins qui ne racontent que des imbécillités.*" Ainsi, dès le départ, l'école représenta une corvée, "*sacré Charlemagne, bourrer le crâne des gosses alors qu'ils seraient si utiles aux champs*", et il s'y ennuya, en timide sans éclat au relevé de notes regorgeant de "peut mieux faire", veillant seulement à dépasser légèrement la moyenne afin d'épargner chagrin et pleurs à sa mère.

Comme tout nouveau converti il dévora jusqu'à la boulimie. Enfin il accédait aux mots de ses colères et constatait que, contrairement aux sentences de professeurs surtout préoccupés par leur tranquillité et les dates des vacances, le dégoût de la société telle qu'elle les aspirait ne relevait ni de l'insignifiant cas isolé ni d'une sotte pulsion juvénile ; il entrouvrait la porte d'un monde parallèle, un monde où des gens biens estiment le langage encore destiné à élever les âmes, titiller l'ordre établi, un monde fortement et forcément marginalisé. Zola, Flaubert, Baudelaire et bien sûr Arthur Rimbaud (mais aussi Léon Schwartzenberg, Alexandre Jardin, Bernard Tapie, Guy des Cars, Jean-Jacques Servan-Schreiber et le dictionnaire des citations célèbres, "*c'était plus facile à lire*") devinrent ses mentors en rébellion, insolence, romantisme, nonchalance, insouciance.

Mathieu et Patricia raillaient cette "*lubie*" et le mettaient en garde. Ils craignaient que les livres l'ensorcellent et refusaient d'y toucher. Ils redoutaient l'habileté des beaux parleurs. Ils voulaient conserver *leurs idées*. Jel riait de cette frilosité, heureux, il se déclarait heureux, restait le plus longtemps possible loin de chez ses parents, voulait penser que la vie n'est pas forcément une accumulation de cris, pleurs, insultes, coups, assiettes brisées, literons de rouge renversés, sommeils entrecoupés de cauchemars où explosent les bouteilles de gaz, planent les serpes, vrombissent les tronçonneuses. Il entrevoyait une vraie vie, simple, même dans un appartement d'une pièce pour commencer, mais à deux, rien qu'à deux, amoureux, follement et pour toujours follement amoureux.

"*Malheureusement*", après six mois d'euphorie Catherine rêva d'un grand mariage, d'enfants. Pour dès la fin des études en plus ! Et vilipenda son opposition catégorique à toute descendance. Il ne se sentait pas la force d'avouer la vérité (nous avons souvent honte des choses qui nous furent imposées, contre lesquelles nous ne pouvions rien). Assimilant cette fuite à un manque de confiance, une insuffisance d'Amour, une inhumanité, elle suivit les conseils de papa maman et, comme aux siècles de l'assujettissement féminin, se fiança à un voisin.

Lors de terribles et inutiles colères il la voue aux gémonies, lui prédisant "*un avenir au corridor tout noir*", en Emma Bovary condamnée à la désillusion, aux platitudes, à vieillir en versant des larmes sur le bonheur enfui. Mais elle jure préférer le droit chemin d'un forcené du boulot à l'aléatoire des coups foireux, au danger d'opinions l'affublant du sobriquet "anarchiste." Et remet la littérature à *sa* place : "*les futilités de l'adolescence.*"

253

Seule l'Amitié de Mathieu et Patricia adoucit le sombre trou sans fond de sa déprime. Ils comprenaient, accueillaient avec joie le cynisme du consommateur, cette période où, découvrant les possibilités sexuelles, l'inconsolable multiplia les expériences, rabaissant les filles, femelles dans la bouche du chasseur, à un simple corps à prendre, posséder.

Pourtant, un soir de pleine lune, dans sa minuscule chambre, lambeaux du volet remontés, fenêtre ouverte, allongé sur son lit une personne, bras croisés sous la nuque (attitude voulue poétique), sûrement choisi par la grâce, le frappa la stupidité de cette folle course à la vengeance derrière l'insaisissable fée ne le rêvant plus en prince charmant sur leur ronronnante Harley : décidé, je serai un jeune loup solitaire (métamorphose voulue poétique) ; il espérait puiser la force, les raisons d'oublier cette déconvenue chez les mythes présentés par l'encyclopédie des grands mouvements littéraires acquise le mois précédent. Don Juan, Werther, Faust et Alceste l'accompagnaient ainsi quelques mois, lui passaient le temps, quelques mois durant lesquels il n'acheva que le Misanthrope, l'envie d'aller faire un tour, écouter Trust Téléphone ou regarder la télévision le prenant toujours après quelques pages.

III

Les livres le maintenaient en mélancolie, lui évitaient la dépression, sa scolarité s'acheva en roue libre, en *"branleur doué"* aux facilités soudainement dévoilées : le matin des devoirs, consulter le cahier propre de Lydie, discrète condisciple effectuant en leur compagnie le trajet ferroviaire, suffisait pour obtenir une note honnête. Il en tirait une fierté illimitée, un sentiment de supériorité, et ne saisit que plus tard la logique de cette réussite : ses lectures, même superficielles, se révélaient plus profitables que n'aurait pu l'être, que ne l'était précédemment, une présence assidue mais distraite en classe ; les associations de parents d'élèves sages, la confédération des énarques et le ministre de la Normalisation Internationale décréteront alors absurde, dangereuse et anarchique cette révélation aussitôt traduite en conseil aux jeunes durant ses années médiatiques : *"vous pouvez sécher les cours... à condition de consacrer ce temps gagné aux arts majeurs."*

Cette passion le marginalisa : *"le français"* ne pouvait concerner un informaticien bon teint qui se doit de semer au minimum une faute par ligne, façon d'entériner la supériorité de sa haute technologie ésotérique sur les misérables mots du commun des mortels. Ce français, la remarque vaut aussi pour son pendant *"listoire"*, était inutile, dédain étayé par son insignifiant coefficient à l'examen ; les futurs cadres (tous escomptaient ce statut) pouvaient toiser sans crainte les professeurs en évoquant les salaires d'embauche au moins équivalents à celui de ces fonctionnaires malgré leur culture avec un grand Q, comme il convenait de s'exprimer dans le bâtiment central, réservé aux génies des ordinateurs, inauguré par le président de la République en personne ; fierté de l'établissement. Et, naturellement, indifférent aux préoccupations des accros aux écrans placés à sa proximité, fatigué par leurs engouements et obsessions hardware / software, inconsolable du comportement de Catherine-*Célimène*, Jel s'identifia à la légendaire figure du Misanthrope, pensant, à son instar, réussir sa dérobade en s'exclamant :

> *Trahi de toutes parts, accablé d'injustices,*
> *Je vais sortir d'un gouffre où triomphent les vices.*
> *Et chercher sur terre un endroit écarté*
> *Où d'être homme d'honneur on ait la liberté.*

Les professeurs, d'abord choqués par ses "excentricités", se scandalisèrent puis l'ignorèrent, les réduisant au besoin d'un bon élève de se faire remarquer ; lorsqu'elles dépassaient des bornes dont chacun fixait la limite, la colère s'exprimait généralement par une phrase style : "*ici vous pouvez faire le mariole, on en a vu d'autres, et on n'en a plus pour longtemps à vous supporter mais vous avez intérêt à vous calmer quand vous travaillerez, sinon ce sera la porte.*"

Embauché, il suivit ce conseil. Et quelques semaines oscilla entre deux faces fondamentalement irréconciliables : au bureau, *le jeune cadre dynamique* s'adonne aux mœurs locales, fayotage, hypocrisie et apparente droiture ; les week-ends, *le mutant*, tendance délires liqueurs moqueur, là mais ailleurs. Embobiné par ses envolées systématiques, du genre, "*nous sommes seuls ici*", son esprit ne voyait plus qu'au travers d'un prisme : malgré les rythmes saccadés en guise de musique, malgré les gloussements d'un disc-jockey fils à papa-patron, malgré l'agitation, il ne dénombrait nul contemporain à bord autres que Mathieu-*Philinte,* surtout pintes, Patricia-*Eliante* et quelques copains. Parfois, interpellant des ombres, "*crois-tu à la pureté ?*" ou "*je suis Dieu, sois mon apôtre*", sa charpente chaloupante fuyait au moindre mâchonnement.

Et cette Michèle, autoproclamée "*fille de ta vie*" glosait sur le romantisme, invoquait l'Amour éternel ; et il déifia ses platitudes, ses certitudes, ses principes ! Préservée pour "*l'homme de ma vie*" elle offrait sa virginité. Et le grand benêt s'enthousiasma, c'était l'âge ! disons plutôt, hypnotisé par sa beauté, le cœur en mal de sentiments partagés, de stabilité, de miroir, s'abandonna sous son ombrelle de petite Lorolei élevée aux contes de Perrault et surprotégée par une mère veuve trois mois avant sa naissance. Elle lui inculqua, comme à un enfant de quatre ans, sa vision du mari modèle, melting-pot composé par son oncle et les beaux cœurs de romans galants, l'encourageant à s'impliquer professionnellement toujours davantage, être affable avec tous, sourire régulièrement, flatter la directrice informatique, s'inquiéter de la rhino du dernier braillard dans la smala principale secrétaire du directeur, l'entraînant à poser le timbre de sa voix, soutenir une conversation sur la météo, n'affichant aucune mauvaise humeur quand, après leur mise en ménage, huit mois seulement après leur rencontre, il rentrait rarement à dix-sept heures en pleine forme mais couramment à vingt, crevé, ingurgitant, faute de forces, le breuvage cathodique et la délaissant. Il avait besoin d'un mentor en belle chair, quelqu'un qui le guide quotidiennement, ce cher jeune homme à la confiance en lui encore très limitée ! Tombé en quenouille.

Vingt et un ans : le cheveu régulièrement taillé, toujours rasé au plus près, courtisan des membres du comité de direction au départ nommé la confédération des vieux schnoques, et casé ! Le dessin de cette attentive compagne - une propriété à la campagne avec balançoires sur la pelouse, légumes dans le jardin et, traversant le verger, une petite rivière où se perdaient trois traits, des truites, et bien sûr, j'allais oublier ! puisqu'elle adorait cela, qu'il ne devait surtout jamais rester une semaine sans lui en offrir, des fleurs, des fleurs partout, même sur les ridicules poissons -, punaisé au seuil de leur "appartement de tourtereaux", le fidélisait chez "le banquier du groupe", intarissable sur les avantages du prêt longue durée. L'avenir familial déjà balisé aussi : son Deug d'Histoire obtenu elle entrerait à l'Ecole Normale et, lors d'un fastueux mariage, ils uniraient les Plans d'Epargne Logement. Ils se projetaient tendrement vingt-cinq ans plus tard, heureux propriétaires sans dette : elle institutrice, lui directeur informatique.

Mathieu et Patricia, dont le concubinage débutait à la même période, lui étaient radicalement sortis des méninges. Dans la classification sociale il pointait aux *adultes*, débarrassé des juvéniles vestiges. Ainsi ses nouvelles références, édulcorées au bienveillant filtre du penser correct afin de ne pas heurter les préjugés lors des discussions "à bâtons rompus" entre collègues, avaient réduit la révolte à une cruelle illusion incapable d'atteindre son lyrique objectif d'un monde meilleur. Changer le monde : un créneau de politicards vicelards ! et pour quoi en faire ? Ses arguments se prétendaient incontestables - ses arguments se sont longtemps prétendus incontestables, voilà au moins un point sur lequel nous pouvons parler de constance - : les lendemains de révolutions, d'euphorie, virent aux cauchemars, goulags, ghettos, ayatollahs et intolérance ; ni les mots ni les morts n'enjolivent la terre ; les mots leurrent avant la mort. Il s'enorgueillissait d'une réflexion estampillée trouvaille digne d'édifier les troupeaux utopistes : "*la révolte est, au mieux, un sujet romanesque prompt à enivrer les naïves idéalistes âmes ou les adolescents attardés.*" Il assassinait d'un cinglant "*débile*" le graffiti, "*Ne travaillez jamais*", de Guy Debord, "*un excentrique.*" Même à la chute du Mur de Berlin, comme Sainte Thérèse et finalement l'ensemble du service il resterait sceptique, méfiant, cynique, pronostiquant le rapide désenchantement des insouciants, des bains de sang. Il avait changé, rayonnait en cadre à l'ego hypertrophié, la semaine partagée entre "*mon travail*" et "*ma femme.*" On soulignait sa pondération, sa maturité, "à son âge, c'est exceptionnel ; quel avenir !" Naturel mon cher Watson : la suite logique de la contestation, comme nous l'enseignent les soixante-huitards, mène, à condition de troquer le blouson noir contre le costume-cravate, aux rutilantes situations, résidence secondaire et chalet à la montagne. Perfection du système d'embrigadement : on met le masque de circonstance en se jurant qu'il n'est qu'une apparence mais rapidement on se retrouve avec le visage, et le cœur, de l'emploi ; on se moule dans la masse. Comme *les bourgeois* de Jacques Brel à vingt ans on veut tout casser, tout changer, on se prend pour Voltaire, Casanova ou soi, et on finit middle class aisée indigné par l'outrecuidance des jeunes peigne-culs. A vingt et un ans ils étaient déjà loin "mes vingt ans", l'hôtel des "Trois Faisans" le comblant au point de limiter ses lectures aux rubriques financières des journaux, ne plus ouvrir le moindre roman.

Oubliée aussi l'identification au héros de Germinal (développée à une Lydie secrètement amoureuse) : Etienne Lantier s'est découvert à la mine, s'est formé au contact d'hommes grossiers, c'est là [au bureau] mon initiation, et quand les blés germeront moi aussi je partirai. A Paris. J'entrerai par la grande porte dans le monde. Je serai l'homme libre par excellence de la fin du millénaire. Et qui sait, un jour peut-être, à l'Elysée.

Oublié novembre 1986, sa prétention à représenter le prototype de la moralité d'une génération proclamée exemplaire, lucide, allergique aux matraques et aux magouilles.

Oublié aussi le chevelu schlass du Café de la Poste, au temps du CGA, Catherine Grand Amour, dont un soir il avait retranscrit les réflexions à un autre disjoncté plus jeune, vingt-deux-vingt-trois contre la bonne trentaine, et cravaté :
- T'es naïf, c'est normal à ton âge, t'es dans le tourbillon. Adolescent on veut un monde sans pouvoir puis on grandit, on vieillit quoi, et on se contenterait que ce maudit pouvoir ne nous écrase pas, et finalement on est pris dans les rapports de force, le *tourbicons*, et alors soit on philosophe ou on se dit qu'il vaut mieux être écraseur qu'écrasé, et petit rouage bien propre sur soi, sur seulement, on participe activement à la pérennité du pouvoir au départ abhorré, abhorré comme on abhorre quand on prend conscience d'avoir été mené en radeau de la Méduse. C'est le cycle classique. La vraie liberté, c'est sortir de ce cycle.

Jel avait noté ces propos désabusés dans l'agenda *Groupama* de l'année précédente.
Que sont devenus ces braves gens ? Sûrement éliminés.

IV

Phobie des piqûres, qui plus est dans le dos, dégoût du culte de l'uniforme entretenu par l'antienne populaire *on n'est pas un homme tant qu'on n'a pas fait l'armée* : la convocation au centre de sélection du service militaire le surprenait en pleine léthargie. Electrochoc. *Trop tard pour faire un enfant mon chaton.* Colère. Non ! Discipline, bières, brutalités, humiliations, crânes rasés, concours de pets, rots, lits au carré, bêtise des ratés gradés (son père et ses frères, avec leurs souvenirs du régiment, lui avaient, par ricochet, imprimé cette vision de la répugnante "vénérable institution") :

l'idée de perdre un an le répugnait ; il était prêt à tout tenter pour leur échapper. Objecteur de conscience ? Perdre deux ans ! Il croyait ne pas perdre son temps dans un bureau enfumé...

Jean-François, son responsable, l'adjoint de la directrice informatique, attaché à son habitude de le soulager du volet technique des projets, ne jurant que par le piston, avait la « *solution parfaite* » : déposer un dossier en dispense "soutien de famille"... soutenu par le beau-frère de son oncle, député et ami du Ministre de la défense... médiatiquement *en guerre* contre les exemptions !...

Cette petite magouille ne nécessitait qu'un minime sacrifice pour Jel : un moi de salaire, en liquide naturellement, dans une enveloppe, « *tu sais bien, ça fait des frais... l'amitié, il faut l'entretenir...* »

La légèreté du couple dans l'ignorance des lois avait permis pareille démarche : afin que sa mère conserve intégralement ses aides (veuve avec enfants : six ans après Michèle la joyeuse eut des jumelles... père inconnu), sa chère compagne avait préféré retarder l'officialisation de leur concubinage et, craignant un contrôle, ils n'avaient pas déclaré leur location d'appartement (à posteriori cela semble absurde : personne ne serait venu vérifier son célibat et, un an plus tard, un rappel de taxe d'habitation le démasquait). Administrativement il demeurait donc chez sa mère, l'unique revenu du foyer : dès le décès du mari, un mois avant les examens BTS de Jel, les banquiers, naguère prompts à ajouter des lignes de crédit au "brave homme", rappliquèrent, la contraignirent à vendre son cheptel de laitières ; de connivence les maquignons lui raflèrent l'ensemble à un prix dérisoire ; ruinée et sans ressources elle vivait de peu (prudente, viscérale paysanne, elle s'était constituée, par la vente de volailles et œufs au noir et à l'insu du monstre, un petit magot en liquide). Le bureau du service national, compréhensif, humain, aurait accordé... un report supplémentaire d'incorporation, le versement d'une maigre retraite devant la retirer de sa charge moins d'un an plus tard. *"Un coup de piston, et hop, t'es exempté p'tit."* Tomber à la merci de ces gens qui légifèrent et violent la loi l'angoissa, il craignait de devoir un jour renvoyer l'ascenseur, devoir frayer avec des politiques, les soutenir publiquement (il se faisait un film, les maîtres chanteurs en possession d'un document compromettant). Il refusa poliment. Il voulait autre chose.

Je est un autre : ce souvenir d'Arthur Rimbaud l'émerveilla. Convaincu, il exposa ce joyeux dessein au médecin de famille, réticent, forcément réticent, qui lui recommanda un psychiatre conciliant duquel il obtint aisément, plus aisément qu'espéré (il avait emporté dix mille francs en liquide, disposé à les abandonner sur la table si cela aidait), un accablant rapport de personnalité appelé, selon les lois Hernu qu'il avait lues, à demeurer secret. Deux semaines avant la date fatidique, posant en congés, Jel répétait son premier grand rôle, visionnant en boucle le *vol au-dessus d'un nid de coucou* de Milos Forman afin d'adopter bégaiement et troubles de Billy, et restreignant au maximum son alimentation : amaigri et vibrionnant, un matin de février, l'autre au corps aux normes de la déviance, sans sommeil depuis vingt heures, gavé d'amphétamines, yeux hagards, démarche chaloupante, pieds nus, chemise débraillée, jean crade, cheveux gras et barbe, se présenta aux examinateurs flairant une simulation et résolus à le piéger.

Le duel : une administration "castratrice d'identité" face à un "rêveur" (termes du "héros"). Enfin il m'appartient mon destin ; aucune tutelle ni restriction, enfin un instant sans inhibitrice, loin the mère (elle aurait préféré le piston mais le soutenait *"pour garder ta place"*) apeurée par le qu'en-dira-t-on, révérante devant les puissants, loin the mimiche (elle aurait préféré le piston mais le soutenait : *"sinon nous ne pourrons pas garder l'appartement"*) et ses bonnes manières.

De brefs tremblements : ils s'interrogent sur sa prétention bredouillée de ne pas toucher à la drogue. Même le cannabis ! Il ne leur joue pas la totale et réussit partiellement les tests, passant même ceux de l'école des officiers ! Donc ils entrent dans son jeu et la liberté se gagnera chez le psy : il faudra rendre plausible un poste à responsabilités et cette *déchéance*.

- C'est quand la princesse m'a quitté que tout a foiré.
- La princesse ?
- Mon soleil, ma meuf, ma copine si vous préférez.
- Il faut se reprendre, la vie ne va pas s'arrêter pour une femme.
-
- Vous en trouverez une autre. Un peu de nerf !
-
- Votre avenir, vous le voyez comment ?
- La troisième sera peut-être la bonne.

Les bons samaritains préconisaient la bonne vieille méthode de la vessie ruisselante souillant les draps... La tentative de suicide, sujet tabou, exigeant plus d'aplomb, s'avère infaillible ! Statutairement tenu d'éviter le moindre risque, malgré son scepticisme, l'officier orienteur l'incorpora au stock des exemptions sociales, populairement appelées P4.

Dernier piège ? À la gare, un jeune coupe souris verte, s'approche :
- Bravo mec, bien joué.
Regard de déterré.
- Allez, tu peux le dire maintenant, tu les as bien baisés.
Re-regard de Lazare. Il lui tape sur l'épaule. Jel se recroqueville tel Billy face à la surveillante le menaçant de rapporter à sa mère son égarement. Le supposé sycophante, en hommage à Jean de La Fontaine, s'éloigne. L'armée ne pouvant accueillir l'intégralité des classes d'âge, les plus audacieux se sont toujours faufilés entre les mailles de la conscription. Ah ! quel palpitant et sain défi ! Un lien invisible entre les rétifs, souvent longs tifs. Des histoires à se raconter. Des histoires à ne surtout pas oublier. A publier !
Simuler, un acte répréhensible ? Sollers a pourtant simulé la schizophrénie en mille neuf cent soixante-deux pour ne pas être expédié en Algérie. Et qui ose critiquer le Joyaux Bordelais ?

V

Titularisé et augmenté au retour de cette escapade (il affirma avoir été exempté comme soutien de famille, la vérité étant choquante, source plausible d'ennuis, railleries, entrave à la progression hiérarchique et financière programmée), son avenir s'enferrait inexorablement : cadre, fiancé à une "*femme fascinante*", éloigné des "*mauvaises fréquentations*", "*le bon créneau et le bon parti.*"
Heureusement, profitant de leurs vacances à Antibes, dans une villa louée "à prix d'ami" (et en liquide naturellement) par un "cadre encadrant", Saddam Hussein et sa horde sauvage ont envahi le Koweït ! Et l'ambitieux a tout perdu ! Alléché par les gains faciles et rapides présentés sur les exponentielles courbes des magazines, encouragé par quelques succès, suivant les incitations des intermédiaires qui s'engraissent sur les commissions et se contentent d'une couverture limitée à 10% de la somme investie, Jel usait au maximum des possibilités du règlement mensuel de la place parisienne et achetait, chaque début de mois, des actions à crédit, misant sur une hausse pour encaisser les substantiels bénéfices d'une revente à un cours plus élevé trois ou quatre semaines plus tard : ne pouvant honorer ses engagements il dut vendre, engloutir d'un seul plongeon ses économies, même son Plan d'Epargne Logement, et seul un prêt, contracté dans l'urgence à un taux exorbitant, combla le gouffre du krach ! Plumé ! Ruiné ! La Michèle simili-intellectuelle ne l'a pas supporté. Impensable de galérer avec un loser, endetté : elle appela l'énarque connu à la faculté où chaque mardi il dispensait trois heures de cours magistraux ; aux anges (il multipliait depuis des mois les avances) il s'empressait de la déménager chez sa mère, l'inviter au restaurant.

Larmes, déprime. Et isolement : mademoiselle et son aversion des "*ploucs*" ayant rebuté un à un ses potes, personne ne se précipitait pour le prendre par les épaules, l'exhorter à une fiévreuse errance vulnéraire, alcool, décibels, sexe et cætera. Et la proximité du choc lui masquait sa chance : ce départ aura été la plus profitable tuile tombée sur cette petite tête ! Car pour elle, l'argent de son confort, son paraître, ses belles tenues, il aurait accepté les contraintes professionnelles jusqu'à la retraite. De plus, "incarnation de la beauté terrestre", "créature de rêve" - expressions couramment employées à son égard -, sa fascination virait à la jalousie. Parfois à en crever, jusqu'à lui imaginer aventures voluptueuses et pires méfaits. Cette situation ne pouvait qu'empirer : son aura la prédisposait à subir l'assaut continu des hommes, les collectionneurs, les profs pervers évidemment, mais aussi les timides, solitaires, qui l'idéaliseraient et consacreraient leur inexistence à la séduire, accentueraient son enfer. Inconsciemment il la sentait incapable d'une fidélité absolue : elle n'aimait pas suffisamment sa vie, manquait de la maturité indispensable pour ne pas, parfois, céder, devenir, comme Mathieu le prétendra des années plus tard, une pute de luxe. L'éternelle supputation sur la nature des actes reste permise : cause ou conséquence ? ; est-elle devenue ainsi après leur échec ou l'était-elle viscéralement ?

Jel ne pouvait raisonnablement pas comprendre l'implacable logique de cette rupture - dans le monde de la vitesse, quand il s'agit de notre propre cas, on comprend généralement trop tard - aiguillé par un subconscient persuadé qu'elle n'était qu'un succédané et qu'on ne fait pas sa vie sur un "faute de mieux" - on ne fait pas sa vie sur un "faute de mieux" *à vingt ans* - il l'avait désirée, la précipitant par insuffisance d'attention, excès de colères et remarques désobligeantes.

Signe de cette dérive, dès leurs premières disputes, au sujet de broutilles bien sûr (une émission télé, l'heure du repas, une parole, un verre cassé, un chanteur, un regard...), soit seulement après une idyllique période d'environ trois mois - le survol en apesanteur de la réalité (cet aveuglement classique à la découverte de la vie conjugale) - un rêve s'installa dans ses nuits, le réveillant toujours vers quatre heures du matin :

Aux pas cadencés du rythme d'*Another Brick in the wall*, défilent en silence des filles nues, le visage paisible, sur trois tapis rouges suspendus à une dizaine de mètres du sol et les emmenant au-dessus d'une immense cuve blanche où elles tombent ; c'est un sacrifice : les corps sont broyés (nul cri ne perturbe la sereine ambiance Pink Floyd), le sang gicle de minuscules milliers de trous situés au bas de la cuve blanche et irrigue le sol ; ses pieds baignent dans ce tiède liquide éosine, sensation agréable ; relié à ce charnier géant par d'impressionnants tuyaux lui rappelant ceux du centre Georges Pompidou visité avec le lycée Guy Mollet, un hachoir (de forme identique à celui avec lequel sa mère tournait le pâté de porc mais de la taille d'une girafe) déverse un mélange de chair et d'os, une onctueuse bouillie dont se délectent d'immenses colombes qui s'envolent un morceau en bec (comme si elles partaient nourrir leurs petits), des lapins angora, une girafe et un éléphant ; l'idée de proposer un pacte, la délivrance contre l'éternelle soumission, aux plus ravissantes et appétissantes l'enivre, mais, comme si ses pensées étaient connues, une voix mécanique et stridente l'avertit "*vous n'avez le pouvoir de sauver qu'une seule future petite bourgeoise*" ; sa compagne le regarde et sourit, puis passe de la surprise à l'effroi, se décompose carrément : il ne se précipite pas vers elle, mais court, il court, il court comme un dératé, il cherche Catherine ; ne la trouvant pas il se résout à libérer la plus resplendissante volontaire à la soumission.

Il se réveille en sueur, épuisé, à l'instant où sa main, à l'ultime seconde, saisit celle de la blonde platine endormie à sa gauche.

Ils habitaient un appartement en centre ville, une ancienne mansarde coquettement aménagée, et la mezzanine tenait lieu de chambre, d'où un vasistas, malgré maints subterfuges, laissait filtrer le petit jour, les lumières électriques : profitant de cette lueur habituellement maudite - l'un de leurs sujets brûlants où les bricoleurs du dimanche soir se renvoyaient la responsabilité de l'incapacité à obtenir le noir absolu sans condamner cette lucarne - il la contemple, parfois plus d'une heure, outré du grotesque d'un tel *cauchemar :* il élève son amour au rang d'inaltérable.

Il ignorait alors que, selon Freud, le rêve est l'accomplissement d'un désir inavouable, inacceptable par la conscience. Néanmoins, décoder le message principal n'exige aucune connaissance particulière du mécanisme onirique : faute d'un idéal de polygamie sans entrave (un harem, toutes les femmes désirées), faute de Catherine (il la cherchait sans attention au physique des autres), il lui fallait la plus belle, celle dont le regard des autres le mettrait le plus en valeur.

Le quotidien aussi distillait des signes probants (négligés naturellement) : peu après l'apparition de ce rêve, son masque Mona Lisa durant l'accouplement l'énerva, l'incitant à la prendre par derrière ou à fermer les yeux (grands ouverts au début ils scintillaient traduisaient "quelle chance tu as d'avoir rencontré pareille amazone", alors dégradé en "baiser ce canon, quel pied"). Les dernières nuits, s'imaginer en Catherine ou Juliette Binoche abrégeait régulièrement l'acte devenu un devoir (ou une violence) conjugal(e). A l'intérieur mais ailleurs ! Cette dérive ne l'inquiétait nullement, apparaissait logique, liée à l'usure, nécessité de transformer la passion en cohabitation raisonnable : au bureau, ses collègues du plateau insistaient sur leurs besoins en maîtresses et déploraient la rigidité, accusaient l'assurée frigidité des secrétaires. Leur adage : le vrai mâle en vadrouille, nique et bobonne aux wassingues astique. Ils l'encourageaient à profiter pleinement, sous peine de le regretter à leur âge, d'un physique véritable aimant à jouvencelles. S'étant fixé l'objectif de ne pas céder à l'adultère avant le premier anniversaire de leur mise en ménage, Jel s'estimait héroïque mais pressentait qu'ensuite, les régulières formations en banlieue parisienne s'égayeraient de fornication sans mauvaise conscience. Eh oui, maladivement jaloux, dans une colère noire au moindre de ses regards supposé sur un mec, il avait programmé sa cocufication ! Un petit con ! Un jaloux classique, qui bouffe l'autre mais se considère autorisé à butiner gaiement.

La pauvre petite fille trop belle ignore sûrement encore la portée du naufrage qui engloutissait son compagnon, et leur concubinage avec : elle pensait découvrir sa face cachée et en souffrait, espérant, en de larmoyantes crises, qu'il *"redevienne comme avant."* Ils n'étaient plus heureux mais faible, "comme tous les hommes", jamais il ne l'aurait quittée sans certitude plus envoûtante. Selon sa compréhension actuelle de cette période, l'épisode financier fut l'excuse officielle, la raison palpable excluant une énième franche discussion (prémisse depuis la première à une factice réconciliation sous couette), où, fatiguée de son invivable humeur, elle puisa la force de partir en lui épargnant le coup de poignard du laconique : "Je ne t'aime plus." Elle savait que l'être jeté "sans raison" s'en fabrique une, se culpabilise, se méprise : en un dernier acte d'Amour (elle n'aimait plus le parano mais ne voulait surtout pas blesser son premier Amour), persuadée que la vie commune trop rapide, par elle désirée, presque exigée, était la cause fondamentale de cet échec, elle s'appropria les fautes en singeant une dame détestable (attirée par le fric et le clinquant).

Ainsi il étouffait et a tout fait pour la dégoûter, a limé ses barreaux et elle le laissa seul dans une prison où il ne savait pas aimer, une froide cellule où ce rêve, modifié en sa phase finale dès la semaine de son départ, le poursuivrait (il s'arrêta durant l'aventure avec Laurence et disparaîtra définitivement après la nuit de Rennes) : il se réveille en ayant raté sa main, traumatisé par la certitude qu'aucune ne peut l'égaler, répugné des laiderons restant à sauver. Il se réveille hanté par la voix mécanique et stridente : *"dépêchez-vous de choisir, sinon il n'y aura plus personne"*, et il pleure, sans savoir si ses larmes noient son Absence, celle de Catherine ou sa propre vie partie dans une direction si éloignée des rêves éveillés d'avant la vie active. Il pleure, il a besoin de passion, un contrepoids à ce quotidien figé de bureaucrate, alors même une passion malheureuse, c'est mieux que rien, il se veut le Martyr de l'Amour, il se cogne la tête contre ce mur où il l'a tant serrée, il maudit le Beffroi et son tigre, ce tigre visible par le vasistas, ce tigre si souvent appelé *notre témoin*, il maudit la terre entière, il maudit comme tous nous maudissons lors des premières grandes déconvenues.

C'est l'enfer ! C'est l'enfer, jeune et en bonne santé on grogne facilement ainsi. A cet âge, nous prétendons toutes et tous, au moins une fois, souffrir comme jamais personne n'a souffert sur cette terre.

Sa vie s'effondrait, de nouveau : la déprime... *ce mal normal d'un siècle qui s'emballe*, quelle aubaine, quelle volupté ! Rétrospectivement bien sûr. Car c'était "l'enfer", songes et larmes.

Que vais-je devenir ? Je t'aime et je te déteste, comment te le dire pour que tu trouves cela naturel, pour que tu reviennes. Trop de souvenirs, de bons moments nous unissent, on ne peut pas arrêter comme ça.

Les réflexions classiques, quoi.

Que faire ? Déjà jeudi, bientôt lundi et le retour. A cause des maudites disputes il a même oublié d'envoyer une carte. Quel drame ! Qu'est-ce qu'ils vont dire ? M'absenter ? Certes c'est la trêve, aucun dossier urgent mais quand même, qu'est-ce qu'ils vont penser, et dire ? S'absenter après un mois de vacances, ça ne se fait pas. Jours larmes, désespoirs. Annoncer la nouvelle à la mère, d'une voix la plus mécanique et froide possible, pour éviter de pleurer :

- Elle et moi, on a décidé de ne plus se voir pendant quelques temps ; nous ne viendrons donc pas manger dimanche, et moi non plus.

Lundi matin, sept heures, putain de réveil, je me sens pas en état, va pour des congés maladie, un chaud et froid sûrement, à bientôt Thérèse. Poésie apocalyptique d'Hubert-Félix Thiéfaine. Invoquer une charge exceptionnelle de travail pour éviter les questions maternelles et ne voir, de la semaine, qu'un docteur, un docteur pris au hasard des pages jaunes, un brave homme compatissant sur vos malheurs, peintre à ses heures pas perdues, volontiers historien philosophe de l'exacerbation concurrentielle du monde :

- De mon temps, après les études, même pendant, on pouvait s'octroyer une année sabbatique, partir à Katmandou, aux Amériques, sacoche en bandoulière, révolte à la boutonnière, revenir avec cette force de ceux qui ont vécu autre chose, on était certain qu'au retour, le moindre diplôme, ou du courage, permettait de vivre normalement, s'insérer on dirait aujourd'hui. C'est cela le plus dommageable : vous les jeunes, vous n'avez plus de temps pour les gestes gratuits, on ne vous pardonne plus la moindre erreur.

Ah ! Voyager ! Enfant, ses parents lui répondaient : quand tu seras grand. Mais les promesses des grandes personnes ne sont jamais tenues. Plus tard la liberté fut reportée à la majorité. Puis il fallut travailler. La peur de la pauvreté, du chômage, succède à celle du croque-mitaine et sa copine Marie Groette. L'adolescent a rêvé (souvent à la suite d'émissions télé) Jamaïque, tropiques, Grand Canyon, Everest, étendues sableuses martiniquaises, trésors du triangle d'or, Singapour, ailleurs Baudelairiens, l'adolescent s'est vu "le corps fou dansant sur la colline", chef indien seigneur des plaines, enchanteur des scènes ludiques, petit prince héros des cinq continents... et l'adulte arbore son titre, numéro trois du service informatique, sorti de la masse depuis deux mois, avec bureau personnel et appellation officieuse d'adjoint de l'adjoint. Pitoyable constat : l'adulte ne croit plus à ses rêves d'enfant, l'adulte ne verra jamais autrement que par photos ou écrans interposés, ou avec des yeux de touriste, les terres qui agitent son imaginaire les soirs sans stress.

Et ce fut une véritable déprime, celle du fiancé délaissé masquant celle, plus profonde mais alors inconsciente, d'un jeune dans les rets du conformisme, rebaptisé consensus. Mais incapable de renoncer aux petits avantages procurés par les geôliers capitalistes, donc embrigadé, à la dérive.

Trois ans plus tard, lors d'oisifs après-midi avec Mathieu, il prétendra expliquer politiquement ce vague sentiment diffus d'immense vide. Didactique, il prétendra déjà tout comprendre :

- Depuis la chute du mur de Berlin, les arrivistes arrivés exigent que soit jeté "le mirage de Karl

Marx" avec son utilisation stalinienne. En un coup de baguette tragique, fi des luttes de classes, place à l'ordre mondial décrété immuable ; tout récalcitrant subit la vindicte générale, fiché vilain perturbateur, anachronique fanatique écervelé. Ce qui apparaissait comme une joyeuse ambition durant les seventies n'est déjà plus d'actualité.

La chute du mur de Berlin a dévoilé la cynique utilisation du dernier rêve commun de l'humanité : la jeunesse se mobilisait pour l'avènement d'une démocratie sans frontière, s'enthousiasmait à l'idée du grand soir de la fraternité planétaire, et les dirigeants occidentaux souhaitaient se débarrasser du communisme, alternative officielle du capitalisme. La jeunesse et le pouvoir ont uni leurs forces mais le pouvoir jouait un double jeu et, plutôt que de se précipiter protéger des nauséabondes résurgences les peuples libérés, les dirigeants occidentaux ont claironné leur victoire, méprisé la jeunesse : "ne rêvez plus d'autre chose, le capitalisme est l'unique manière d'organiser la société." Tant pis pour les millions perdus au bord du chemin en France, les milliards de par le monde…

Après une courte pause champagne :
- Les conservateurs ont spolié le rêve de la jeunesse, notre rêve de mille neuf cent quatre-vingt-six, d'une véritable éthique, d'une politique au service de chaque citoyen du monde, d'un monde sans les frontières ni le racisme, et ils ont sorti leurs slogans de frileux recroquevillés sur leur fric : "le monde est trop complexe ; restez à votre place ; ailleurs = dangers ; vive l'individualisme." Pour la première fois le progrès permettrait la dignité planétaire mais les points stratégiques sont bloqués. C'est la désillusion fondamentale, l'impression que toute action est inutile. C'est pour cela qu'il est plus difficile d'être jeune aujourd'hui. L'être humain a besoin d'un projet qui le dépasse.
- T'as sûrement raison.
- Mais que faire à notre petite échelle ? Le piège s'est refermé. Poussée dans la caverne de Platon la jeunesse déifie des ombres, des marchands d'orviétan, gobe les mensonges officiels et s'enfonce toujours plus loin au creux des cavités troglodytes.
- Trop... ?
- Troglodytes, pour la énième fois, sous terre.
- Ah ouais ! Encore un de tes mots fétiches.
- Mais comment s'en sortir ? Et aussitôt la question matérielle : comment vivre sans fric ? Travailler c'est trop dur et pas rentable mais voler, c'est risqué. Simplement dénoncer ? Dénoncer c'est être exclu, moqué, ignoré. La quadrature du cercle : seuls les installés pourraient agir mais ils ne le souhaiteront jamais ! Ils tiennent à leur place ! Et la bonne société s'étonne qu'un nombre croissant fuient cette vie de cons dans la drogue.

Mathieu acquiesçait, souvent en reprenant une bière ; naïf Jel pensait il médite mes démonstrations. Mais essayer de s'élever, d'atteindre une vision d'ensemble lui semblait "*une coquetterie d'intellectuel.*" Une coquetterie d'intellectuel, version polie du "cause toujours, tu m'intéresses."

La drogue : à cet instant de déprime, si un "copain" lui en avait proposé, aurait-il su refuser ? Sillonner cette petite ville provinciale ne confrontait pas encore systématiquement à un dealer enthousiaste envers les bienfaits du paradis artificiel et les cadres supérieurs hésitaient à chasser le stress par le snif.

Le suicide ? Est-ce la peur de mourir incrustée très jeune en lui, lorsque son père, quelques minutes avant le coma éthylique, brandissait son fusil de chasse en hurlant son intention de zigouiller tout le monde, mais jamais cette solution finale ne le séduit. Au mieux un mot-moyen-de-pression, sérum des sentiments.

Quelques citations apprises par cœur et les copains l'avaient persuadé qu'il faut laisser du temps à la personne qui rompt, surtout ne pas la harceler. Elle le jugeait foncièrement impulsif, *"un chaton qui a besoin d'être tenu en bride"*, le silence devait donc la surprendre. Comme geignaient les marionnettes des reality shows ("spectacle" alors suivi assidûment par sa mère), six jours furent une éternité. Une vaine attente.

Est-ce qu'elle pense à moi au moins ? Est-ce qu'elle se pose les mêmes questions que moi ? Est-ce qu'elle regrette déjà ? Puis il espéra raccommoder les fils effilochés.

D'abord les lettres, des phrases toujours du même genre : sans Toi je n'existe pas, je t'Aime ; loin de Toi il n'est pas de bonheur, nous étions si heureux, reviens nous le serons encore... Puis des suppliques au téléphone, la promesse de changer, redevenir comme au début, une tentative de suicide, simulée bien sûr, des cadeaux et des fleurs déposés chez sa mère. Et Francis Cabrel poursuivait l'ex-amoureux inconscient de l'effritement de ses sentiments : *elle te fera changer la course des étoiles / balayer tes projets, vieillir bien avant l'âge...*

Plus tard, les rêveries, en la réduisant à une ruelle illuminée qui l'aurait irrémédiablement éloigné du soleil, lui révéleraient la voie à creuser pour ne plus crever de mélancolie, pour vaincre l'envoûtement, accélérer le travail du deuil.

Trente minutes après l'illusoire réconciliation par orgasme, le couple parfait retrouve sa table préférée au restaurant et le gargantuesque repas, savamment arrosé, agrémenté de projets et regards biaisés, frise le rendez-vous édénique, abrégé par le seul besoin d'un nouvel accouplement renouvelé jusqu'au petit matin. A peine le temps de sommeiller et il faut partir, toujours enivré d'humeurs joyeuses, ventres vides car petit déjeuner sacrifié à la tendresse, elle à la fac, lui au bureau. Le soir, les partenaires fatigués échangent un simple bisou... et le train-train les rattrape : elle bûche ses examens, il marne ; les disputes reprennent, des vases et de la vaisselle se brisent mais le sexe les recolle puis le non-dit diminue les réactions physiques violentes ; ils se marient, s'assurent une descendance, s'attendrissent devant les berceaux, reprennent la monotonie, s'épargnent les tête-à-tête ; des façades appréciées aux dîners en ville et cocktails mondains : une vie où les apparences sont sauves, les belles-mères ravies, mais où chacun cherche ailleurs des émotions ou souffre en silence, s'implique professionnellement ou associativement.

Ils interprètent : le couple "moderne" ; l'enfer peuplé de bonnes intentions ; le déprimé et l'indifférente ; les insomniaques ; la cohabitation pacifique (la guerre froide) ; les névrotiques ; le chien et la chatte ; le malade imaginaire et l'infirmière débonnaire ; la chienne et le matou ; la femme fatale et le play boy... ; et atterrissent quand leurs enfants, élevés en marmots de parents pressés et souvent absents, matérialisent leur manque d'affection : échec scolaire, fugue, alcool, drogue, automutilation, dépression, tentative de suicide... Mais aux yeux de leurs adolescents de chiards, ils ne sont déjà plus que d'irrécupérables "vieux cons" qui s'essoufflent derrière du vent durant la semaine et médisent, "en famille" ou "entre amis", les week-ends.

Admettent-ils alors la bêtise de l'entêtement à rester ensemble quand Cupidon a déserté le foyer ? Font-ils bloc contre leurs progénitures, ces monstres d'ingratitude ? Aurait-il réactualisé l'antienne maternelle : "avec tout ce que j'ai fait pour toi" ?

Mais en ces tristes heures, incapable d'autodérision, il retournait, pantin blessé, au bureau, embrumer, de nouveau, le cerveau d'informations cruciales au bon fonctionnement du service, sourire aux "ça va ?" auxquels répondre autrement que par *"très bien, et toi ?"* serait indécent, cacher sa détresse, surtout ne pas montrer cette faiblesse, s'enfermer aux toilettes et prendre un demi tranxène quand cogne trop sauvagement aux paupières le désespoir, attendre le soir pour enfin pouvoir craquer, psalmodier *"tu fais fausse route mon gars, ta vie c'est de la merde..."* et presque succomber par arrêt cardiaque à la première sonnerie du téléphone (c'est toujours une erreur dans ces cas-là, ou la mère).

Craquer vraiment ? Profiter de cet accident pour tout remettre en cause ? Apparaître fou, puisqu'au fou on pardonne ce qu'on ne tolérera jamais du cadre. Essayer par tous les moyens de la reconquérir ? Bien sûr il y a songé. Bien sûr il ne pensait souvent qu'à Elle. Mais une force, le surmoi, le retenait dans le droit chemin, inconsciemment il tenait plus au statut social qu'à cette vénus callipyge depuis identifiée sous le vocable mijaurée. Il essayait de se contrôler, "ne pas dépasser les bornes", voulait être, rester bien vu. C'était nécessaire ! Il croyait cela nécessaire, indispensable : l'avancement, l'intérêt du travail, le remboursement des notes de frais gonflées, les dates des congés... tout passe par l'aval du, des supérieurs.

VIII

Ouvrant au hasard l'almanach simili cuir étrennes de la direction, Jel gribouillait, à la page du trois septembre : "Aujourd'hui je peux en profiter, elle et ils me considèrent convalescent, elle et ils acceptent mes horaires allégés, mais perdre huit heures par jour, c'est encore trop. Plus celle du midi, car elle est perdue aussi cette pause-restaurant d'entreprise. Plus le temps pour venir et repartir. Les embouteillages. Plus le temps à me préparer. Plus le temps pour récupérer du stress. Plus les cauchemars : mes programmes se plantent. Plus les week-ends de tests...

Qu'est-ce que je fais ici, avec J.P le larbin plus lambin que paresseux, Marc et son brushing, maître Aliboron, l'asticot, et ce cher monsieur PMU, qu'est-ce qu'il fait là aussi lui ! Pour le fric ¡

Le chômage, redouté, passé en quête d'un job-seul-moyen-de-survivre doit être un drame puisque tout le monde le prétend ; comment vivre avec quelques centaines de francs par mois d'ailleurs ! Tout le monde en parle et principalement ceux qui ne l'ont jamais affronté et utilisent la détresse des exclus de manière politicienne. C'est toujours la même chose : ne parlent que ceux qui ont l'habitude de parler. Sainte Thérèse ! Mais le travail subi, dans une société en manque d'emplois, en excès de main-d'œuvre, nul n'ose le déplorer, le dénoncer : travailler est une chance. Travailler une chance ! Je travaille, donc j'ai de la chance ; et silence, garde à vous ! Une souris verte. Une souris ! Scandaleuse victoire des exploiteurs : ils sont parvenus à brouiller les valeurs au point que la liberté, l'absence d'aliénation, soit redoutée, car accompagnée de misère. Ils sont parvenus à refourguer aux jeunes leur idéal : la soumission au patronat. Pour la bonne société est forcément un salaud, un parasite, celui qui souhaite alterner des périodes de chômage avec un minimum de travail, intermèdes destinés à s'ouvrir de nouveaux droits à l'oisiveté. Quiconque ose viser cet objectif se retrouve de facto au ban de la société : un fin de droits doit repartir de zéro, par les stages parkings et formations bidons. Un fin de droits n'est pas celui qui a rechargé ses batteries et sera demain très performant mais un rebut, inemployable, zombi dans la spirale de l'échec, bidoche en surplus. Pourtant, ce serait bien, une année sabbatique. Pourtant, 10 à 15% de chômeurs, ce ne sont que 10 à 15% des "ressources de travail" inactives. Soit quand même 85 à 90% de besogneux. Si les travailleurs avaient la lucidité de se considérer comme un ensemble, si chaque citoyen abordait le chômage comme un droit et non une sanction, l'utilisant dès que possible, les entreprises, à genoux, quémanderaient nos compétences, accepteraient nos conditions. Oui des citoyens enfin unis, solidaires, bloqueraient l'inhumaine machine des capitalistes, pourraient, par le refus de marcher aux pas, contraindre les politiques à prendre des mesures en corrélation avec les immenses gains de productivité réalisés depuis la Libération. "

Balivernes, auraient proclamé les partisans de l'injustice établie, arc-boutés sur leur principe millénaire, auquel ils ne voyaient nulle raison de déroger, d'une société scindée entre riches et pauvres, exploiteurs et exploités. Malgré le sentiment déjà répandu d'impasse sociale et le vandalisme passé du sporadique à l'endémique, malgré l'embrasement des banlieues et la détresse des exclus du gâteau de la prospérité, malgré le mal de vivre et les nauséabondes faveurs électorales des extrémistes, nul n'osait sérieusement accorder un avenir à "ce genre d'élucubrations anarchistes", envisager la victoire du cortège en colère des méprisés, l'effondrement de la citadelle des privilégiés. Jel ne dérogeait nullement à l'aveuglement : en abandonnant l'almanach dans sa chambre d'enfant il éloignait des potentiels regards indiscrets cet écrit compromettant, renvoyait ces belles paroles à l'idéalisme des coups de cafard. Fi des sensibleries : boulot et fornication.

L'Amour et le communisme sont deux mythes, deux pièges, ils promettent le paradis, et c'est l'enfer. Faut être plus réaliste, moderne. Faut vivre avec son temps, en profiter. Je ne peux plus me ronger ainsi pour une... Les traits creusés, j'ai l'air de quoi ? Qu'est-ce qu'ils doivent penser. Je dois être fort. C'est au combat, aux premières blessures, qu'on reconnaît les Hommes. Je dois être un Homme. Je dois être quelqu'un, être rapidement augmenté...

Renouant avec une activité soutenue, le cadre justifiait la confiance jamais démentie de ses chers supérieurs. Puis recommença à consommer des corps, préférant les louer à la filière vietnamienne que de s'astreindre à la fastidieuse cérémonie de drague des discothèques (ces instants palpitants durant l'adolescence, quand on ignore encore que l'autre est indifférent ou comme soi, avide du mélange horizontal, mais un passage obligé, et le brûler serait jugé indécent, choquant, a-romantique, lors d'une rencontre classique). Finalement en puisant parmi les collègues : femmes mariées (intention d'éviter les sentiments superflus, se consacrer au plaisir), stagiaires (les plus réticentes de ces fugaces fleurs fraîches seraient convaincues en leur faisant miroiter une perspective d'embauche), trois commerciales (elles l'initiaient au multirelationnel lors de leur retour au siège chaque jeudi). Exutoires avec qui il refusait systématiquement et méthodiquement de terminer la moindre nuit, les excluant plus ou moins tendrement dès la bagatelle achevée, exutoires réclamés par les glandes endocrines et l'obsession phallique d'une vision virile du mâle, analgésiques parfois abandonnés en rêveries... mais Catherine, croisée *par hasard* (six soirées en recherches, repérages et attentes), lui avouait, visiblement à regrets, son impossibilité de "*retourner en arrière*" : elle avait donné une fille à son brave mari. C'était trop tard. Quelques années plus tard il se demanda s'il n'aurait pas dû insister, lui proposer un rôle d'amante, concluant qu'elle aurait sûrement accepté un peu d'adultère dans sa monotonie ("*on travaille chacun de son côté, on ne se voit pas souvent, et quand on se voit on est crevé, ou y'a du foot à la télé, ou un concert de Johnny, j'espérais mieux, mais bon j'ai choisi, c'est la vie*"). Un semestre à ce régime sexe lassait, vidait carrément notre coqueluche des assoiffées, ne supportant plus la copulation qu'imbibé de whisky et du Motörhead plein les oreilles, pas vraiment du Mozart.

Heureusement, à son inconsolable désappointement, à sa perte, une secrétaire de direction, une de ses régulières, lui présenta, un vendredi midi, au cours d'un apéritif consécutif à une soporifique grande messe, sa "*plus belle réussite.*" "*Elle est grande pour son âge mais c'est encore une petite fille.*" Premiers regards "hollywoodiens" mais surveillance sans interruption, limitant l'échange au niveau des banalités... suffisantes pour lui permettre de la retrouver dès le lundi à la sortie du collège. Trois minutes de mots doux, sourires filous, puis un petit bisou sur chaque joue, et un sur la bouche, en au revoir, promesse du rendez-vous fixé chez lui le mercredi après-midi (elle s'inventait une virée au cinéma avec des copines, il demandait quatre heures de congés). Une Lolita qui veut jouer la grande ! Pourquoi pas ! Elle va voir !

Allumant ses insoupçonnées charges érotiques, entre ludique et lubrique, il l'emmenait à la découverte de son corps, la jouissance sensuelle, spontanée, naturelle, dépourvue des pensées inhibitrices classiques chez les femmes soit pressées, inconsciemment culpabilisées par l'adultère, perturbées, soucieuses des sentiments de leur partenaire ou du devenir de cette liaison. Bonheur mais Amour caché : scandale potentiel, l'adulte et la gamine, détournement de pubère en socquettes beiges. Des manques : se blottir l'un contre l'autre sous la pluie, traverser le pays en wagon-lit et se lover sur une plage, débuter les soirées rue des Augustines, se voir souvent et non régulièrement, être ensemble sans surveiller la folle chevauchée des aiguilles. Pourtant Amour pur, total (aucune maîtresse). Mais découvert par une mère scandalisée d'être délaissée : la concordance des absences au bureau du chéri-chéri avec les journées piscine, chez des copines ou cinéma de sa fille, éveillèrent ses soupçons et, passée la période "c'est pas possible", elle fouina, dénichant, à l'intérieur des peluches de Laurence, l'adresse remise le premier lundi et les brouillons des mots doux qu'elle semait à chacune de ses venues. Une ex-amante jurant l'aimer *"vraiment"*, blessée dans ses sentiments, son amour-propre *("je ne suis plus assez belle", "j'ai vieilli, c'est ça"...)*, qui s'obstine, refuse de s'effacer... Une mère enfiellée qui menace de les dénoncer à la police en ce mois d'août où enfin chaque jour sera un jour d'Amour, mais s'effondre en larmes à la réflexion de sa fillette : *"que connais-tu de l'Amour pour juger le nôtre ?"*

Septembre, la secrétaire au désespoir, anémique, amaigrie, dépressive, craque dans une déchirante lettre aveu à son mari, en adresse la photocopie à Jel, se jette sous un train.

Ai-je causé sa mort ?, se demande quand même l'ex-amant. Ils la maudissaient trop pour culpabiliser. Chacun est responsable de sa vie après tout. Un veuf planté, un soir, devant son appartement, un cocu au regard inquiétant mais qui supplie de le recevoir, prétend vouloir comprendre. Finalement le mari, certes affecté, surtout soucieux des apparences - Président du directoire d'une société immobilière -, corrobore la version officielle de l'accident *"bête"*, *"une chute lors de son footing"* (en mini-jupe et hauts talons !), mais envoie la Lolita "étudier à l'étranger", dans un institut religieux où le moindre contact avec l'extérieur, le courrier et les visites, nécessite l'approbation de la direction.

Nouvelle déception pourtant tristesse mesurée : fruit de l'âge, de l'expérience, ou certitude d'avoir vécu idéalement (jusqu'aux contrariétés qui soudent) la période la plus facile d'une relation inévitablement sujette à la décrépitude en cas d'approfondissement ?

Sans les précédentes déconvenues, fou électrisé défiant les kilomètres Jel aurait couru, combattant cette injustice, se déguisant en livreur, archevêque, voleur ou pompier, simplement pour l'apercevoir, l'enlacer. Mais il se croyait voué à répéter éternellement le naufrage initial avec Catherine et l'ambiance générale construisait un homme froid, désillusionné, sans espérance, stoïque, dépassionné, avide : c'est donc ça *l'Amour*, des entraves quand enfin on rencontre l'être de la félicité ; il ne mérite plus sa majuscule ; donc fatalisme et mauvaises raisons : c'est mieux ainsi, nous n'aurons que de bons souvenirs et resterons persuadés d'avoir traversé l'Amour parfait ; il savourait l'inutile certitude qu'une nymphette l'idéalisait et continuerait à l'idéaliser, n'ayant jamais eu à supporter les réveils grincheux ou angoissés, les retours de réunions au vinaigre, les ronflements des mauvais rhumes, les respirations rauques...

Face à face, corps à corps, ces excuses placebo seraient apparues mesquines, la baby amante rêvait câlins du matin, croissants, toasts et cappuccino au lit ; *elle gobait encore l'idéal du couple des romans ou films à l'eau de rose*, aurait scandé Jel durant sa période cynique. Elle n'aurait pu en concevoir la cruauté (ses parents et leurs disputes n'égratignaient nullement cette image d'Epinal : ses parents étaient *"des vieux cons"* qu'elle ne pouvait imaginer un jour jeunes et amoureux), l'enfer de l'envers du décor quand les petits plaisirs se banalisent ou s'oublient sous l'effet des habitudes, l'accroissement des exaspérations (manies de l'autre tendrement observées au départ) et l'insidieux malaise né de l'impression qu'ailleurs quelqu'un pourrait vous témoigner plus d'attention, apporter un bonheur plus intense.

La vie reprit son cours classique, cyclothymie solitude et boulimie sexuelle ; rien ne le convainc d'avoir existé durant cette période.

Huit mois plus tard, son écriture d'adolescente dépareillait des adresses informatisées :

Mon Amour, Mon Grand Amour,

Une copine a eu la chance de perdre son père et va partir dans une heure. Elle accepte d'essayer de sortir ma lettre. Je prie pour qu'on ne la fouille pas. Sauf miracle je ne sortirai pas d'ici avant mes dix-huit ans et je ne sais pas si l'occasion de t'écrire se représentera. Leur Dieu qui n'existe pas est peut-être enfin avec nous ! Je voudrais t'écrire mon amour, toutes mes pensées, tous mes rêves : nous deux, nous deux heureux, et la mort de mon père d'un accident que tu aides. Car leur Dieu reste sourd à mes demandes. Ma vie est un cauchemar. Vivre loin de toi je n'en peux plus. Je ne vis plus sans toi. M'attends-tu ? Je ne peux pas t'en vouloir si tu me remplaces durant mes années en prison, c'est la vie comme tu me répétais, et je sais déjà malgré mon âge que l'Amour est provisoire. Je sais sûrement déjà trop de choses pour mon âge. Je te pardonne si tu es infidèle en pensant à moi. Mais à ma sortie je t'aimerai comme aujourd'hui et je serai à toi, rien qu'à toi. Nous partirons, tu ne perdras plus tes jours dans ton bureau, ensemble nous découvrirons l'Asie. Je me souviens de chaque mot que tu m'as dit. Tu es toujours en moi. Je riais parfois de tes soucis du bureau, pardonne-moi si je t'ai blessé je sais pourquoi tu étais parfois grincheux. Je lis beaucoup ici, ça me donne de la force. Je voudrais que ma vie ce soit lire et être près de toi. Je voudrais tant être à toi. La nuit je me masturbe en pensant à toi, comme tu me l'as appris, et je m'endors l'index entre les lèvres, pour toi, avec toi. Je t'aime mon Amour, mon grand Amour, mon merveilleux Amour, mon éternel Amour.

Je sais que tu ne peux pas répondre mais le jour de mes quatorze ans sera un samedi et le soir de ma cellule je regarderai le clocher de l'église. Bien sûr tu ne peux pas y monter mais tu peux y envoyer des fusées, comme un 14 juillet. Je n'ai rien trouvé d'autre pour que tu puisses m'envoyer ton Amour. J'ai besoin de ton Amour. Un jour nous serons de nouveau heureux. Je te le promets. Je voudrais grandir très vite. Je t'embrasse partout. Je t'Aime. Je t'Aime

Pauvre petite, on passe l'enfance à attendre, espérer l'âge adulte, et après on idéalise cette enfance. Réaliser ton souhait c'est t'asperger de bonheur mais nourrir tes sentiments invivables. Ne pas l'exaucer accentuera ta tristesse, ta détresse, mais, peut-être, te permettra de te détacher, d'admettre la victoire de la vie viciée sur notre passion.

Ou est-ce pour éviter la douleur de la proximité sans possession qu'il perdait ce week-end en exutoires, soulagé des idées noires par l'alcool et des petites chiennes conviées à s'acharner sur son nonosse à moelle. Jusqu'au sang. Jusqu'au masochisme. Toutes pensées vers Lolita. Ah ! LO-LI-TA ! *Maudit soit l'Amour qui me rend sincère.*

Cette orgie lui dessillait enfin les yeux : ses mœurs titillaient les Dieux. L'une de mes escapades horizontales a peut-être été fatale, m'a transformé en maillon de la chaîne létale. Lolita, *lumière de ma vie, feu de mes reins,* ton premier Amour, peut-être ton unique Amour, a peut-être été contaminant.

Oser savoir ; oser téléphoner ; oser se déplacer ; oser demander. Peur de savoir. Peur de prendre rendez-vous dans un centre de dépistage anonyme. Peur de demander une ordonnance lors d'une visite chez le docteur. Trop d'images déferlent, s'entrechoquent ; cerveau kaléidoscope ; dichotomie : soulagement / horreur. Peur du pire, égrener les souvenirs, les nuits sauvages, les rencontres fugaces, les soirées branchées aux voluptueux corps anonymes, les risques potentiels multipliés. *"Il nous faudra vivre ou survivre"*, essayer de dédramatiser en fredonnant ; *"la vie, c'est pas du gâteau"* ; sueurs froides ; *"et on f'ra pas d'vieux os"* ; diarrhées d'anxiété ; abstinence sexuelle.

Attendre le résultat ; tranxène pour s'abandonner le plus longtemps possible dans les bras de Morphée ; ne plus penser ; Prozac ; retenir l'imagination en comptant les moutons du Petit Prince. Mais les moutons sont squelettiques.

Un lundi matin enneigé - un signe ? le signe de l'hiver de la vie ? - se précipiter au laboratoire. Rassuré par la secrétaire. Dehors, ouvrir l'enveloppe, peur encore, lire le diagnostic, notation bureaucratique :

ANTICORPS ANTI HIV 1+2   Absence

Jel s'octroyait trois jours de congés, bord de mer, hôtel trois étoiles, trois jours prévus de réflexions…

Qui peut savoir sa réaction face à la cruelle présence, la mort programmée annoncée sans ménagement ? SIDA. Sanction d'Irrémédiable Déclaration d'Accusation. Je suis d'une drôle de génération, la génération morale n'a plus le moral, génération angoissée, confrontée à la mort trop tôt. Et de manière scandaleuse. Sans préparation ni échappatoire, à la roulette russe. Dans chaque barillet qu'est devenu le sexe, une cartouche.

Enfin vraiment rassuré, émerveillé par le vol des mouettes… il sait encore s'émerveiller !, il voulait comprendre comment il avait pu côtoyer le sida sans le voir.

Au CM2 l'instituteur prétendait : *"vous êtes la génération de la paix, et vous connaîtrez le temps béni où tous les êtres humains seront heureux. Ne vous inquiétez jamais pour l'avenir."* Il ajoutait souvent *"et Pierre Mauroy sera président de la République."* Plus tard les manuels d'*Histoire contemporaine* répertoriaient les jeunesses fauchées, 14-18, 39-45, Indochine, Algérie, Vietnam… Innocentes victimes de belliqueux dignitaires vautrés derrière les portes blindées gardées des ministères, de nationalistes qui réduisent le peuple en chair à canon. D'autres jeunes ont subi les épidémies, fatalités des siècles où la vie demeurait un élément sujet aux aléas "d'occultes puissances." On observait ces temps avec compassion, on croyait au *plus jamais ça.* Manquerait plus qu'une mouette me fiente dessus. La Mouette, mais c'est du Tchekhov, jamais lu au fait, où peut bien traîner ce bouquin ? Sûrement emprunté par une petite étudiante ! Décidément j'arrive plus à me concentrer sur un sujet sérieux. Peut-être est-ce normal : je crois en ma bonne étoile. Naître ici et à cette période, avec toutes ces facilités, être du bon côté, c'est être un élu quelque part. Je suis un élu ! Mais si j'étais journaliste, qu'est-ce que j'trouverais pour faire l'intéressant, attendrir nos romantiques adolescentes. Ah ! subordonner par les mots nos dernières vierges. Savoir bien parler ou écrire ne sert qu'à cela, le reste n'est que littérature. Adieu Socrate, vive Polos !

Chères amies, la mort se renouvelle, décime une jeunesse élevée au mythe d'une ère enchantée débarrassée de la barbarie par la morale et de la maladie par la médecine. Génération dupée.

Première génération de la déliquescence des mots auxquels nous ne pouvons plus croire. Trahison des références, des exemples, des gens de pouvoir. Vous nous aviez promis la paix : l'épuration ethnique se déchaîne à nos portes et le nationalisme, terreau des drames, gangrène l'hexagone. Vous nous aviez promis la santé, l'espérance de vie continuellement accrue. Quatre-vingt-deux ans chez la femme, soixante-dix-sept chez l'homme. Une abstraction : nul ne prend ces chiffres au sérieux. Les pollutions intoxiquent, le plutonium et les gaz se monnayent sur les marchés du désespoir et du fanatisme. Et l'HIV est là. Des amis, des connaissances, des idoles sont tombés, d'autres luttent.

Malgré le sida j'ai mené une jeunesse dissolue sans précaution ! Des sphères dites cultivées et pourtant sourd aux cris d'alarme. Non ! J'ai une excuse ! Les cris d'alarme ne me parvinrent jamais, ou plutôt me parvinrent inaudibles, noyés dans le brouhaha médiatique. En découvrant le contact sexuel à la "mauvaise période", quand les officiels louaient l'intégrité du professeur Garetta, j'ai contracté de "mauvaises habitudes", habitudes de liberté, déclarées naturelles des "années pilules" aux "années sida." Le virus se transmettait déjà mais la désinformation me persuada qu'il ne me concernait pas. Selon l'idéologie installée le sida relevait des maladies marginales, virus renifleurs censés dépolluer la bonne société en disséminant les communautés indésirables, gays et toxicomanes. L'acte hétérosexuel, *"normal"*, ne présentant qu'un risque majeur, la grossesse, dompté par la pilule avec laquelle les mères gavaient aux premiers flirts leurs filles priées d'expérimenter la liberté sexuelle qu'elles s'enorgueillissaient d'avoir obtenue. Le reste, les MST, maladies sexuellement transmissibles, relevant du folklore sympathique que tout bon vivant devait récolter une nuit.

Puis les instances représentatives admirent le danger hétérosexuel mais, assénant des slogans aux accents "fais pas ci, fais pas ça", les mêmes infatués qui censuraient ou réprimaient l'emploi du terme "capote", ont exigé, sans le moindre mea-culpa, le changement radical de notre comportement : l'ordre moral rentrait par la fenêtre.

Nos cadets, en règle générale, adoptent la protection, comme un réflexe, nécessité de ne plus traverser au hasard une route à grand trafic, d'emprunter un passage clouté avec bonhomme piéton au vert. Mais pour nous, les déjà plus âgés, l'Amour reste prioritaire et nos yeux s'habituent difficilement à ce changement du code de l'amour.

Epargné j'adopte le latex. Mais je m'en veux : j'ai bêlé avec le troupeau, en rang derrière l'arrogance des bien-pensants ; j'ai abandonné ma vie au hasard et, en ne cherchant pas l'information où elle se trouvait, en répétant bêtement les idées reçues, j'ai participé à la ghettoïsation du sida. Des circonstances atténuantes me sont accordées mais, quand même, nul n'est innocent.

Croyait-il ses lyriques envolées ? S'est-il vraiment senti parcelle d'une génération bafouée ? Nenni. C'était un jeu de rôle ! Cadre dynamique, qu'avait-il en commun avec les junkies, paumés, victimes, la lie. Il avait simplement eu très peur. Et n'avait retenu qu'une chose : il ne voulait plus affronter pareille angoisse. Il adopterait donc le latex, et dès le soir même, avec une "auxiliaire médicale", mais laisserait le reste du monde se débrouiller avec ses problèmes. Chacun sa vie ! Vraiment un cadre dynamique : les œillères ne laissent rien troubler leur essentiel.
Mais il fut épargné et fut un cadre dynamique.

X

Au banquet de la Saint Eloi, organisé par "des amis", ces chers collègues, il rencontrait Marie, cousine d'une comptable fada de fornication masochiste protégée. Pas vraiment belle, ni intelligente ni cultivée ; banale mais visiblement attirée : pourquoi pas. Sourires lassés du cadre collectionneur d'aventures certain de ne pas finir seul la soirée. Elle vint se coller et lui avoua le lendemain matin, à leur réveil rue des Trois Visages, l'aimer en secret depuis un mois et dix-neuf jours, soit depuis leur première "rencontre", un vendredi qu'elle attendait la sacrée libertine à la sortie du bureau ; le galant jeune dragueur avait simplement dit "bonjour", ajoutant machinalement, sans vraiment la regarder, "char-man-te" : ce mot l'envoûta !

Prétextant des vertiges elle réussit à contrecarrer la tentative d'exclusion dès la bagatelle accomplie, et resta ainsi la nuit entière à lui serrer la main contre son cœur, comme Jel enfant sa peluche toutou. Deux mois plus tard, le dépistage du virus HIV effectué, ils passaient au contact direct. Par la même occasion "l'amoureuse à mourir" résilia la location d'un appartement qu'elle ne fréquentait guère plus : elle s'imposait, acceptant, en guise de laissez-passer, un principe décrété fondamental : différencier les sentiments du sexe - pour la rassurer, lui faire plaisir, ah ! Le bon cœur, il avait susurré, du ton surexagéré d'un élève de collège agricole massacrant Cyrano de Bergerac, l'antienne qu'elle ressassait : " *je t'aime*" -, lui faisant simplement promettre de "*sortir couvert.*" Ma bichette, je ne suis pas du genre à me foutre en l'air pour quelques secondes d'orgasme plus naturel.

Une union de pacotille, scellée par l'Amour d'une sainte nitouche et son besoin d'affection, de repères, de certitudes, de stabilité, de portemanteau, de boniche.

> *On vit comme ça par habitude...*
> *et surtout parce que c'est pratique*
> *de pallier la solitude*
> *en buvant à la même barrique**

S'ennuyer ensemble suffisait au bonheur de la bonne ménagère, à la morosité de son apollon chéri. Ils déploraient les soirées sans programme télé jugé intéressant (le magnétoscope palliait habituellement cette carence), baisaient durant les publicités et les films pornos, traînaient les grands magasins le samedi, partaient en voyage organisé et participaient à toutes les sorties du Comité d'Entreprise. Gens actifs, toujours pressés, rares étaient les heures sans occupation. Mais elle s'amouracha du mot apocalypse : "mariage."

De "charmante" à "mariage", leur liaison est née et périclitait par un terme auquel leur passé avait imprégné une signification différente, dichotomique, irréconciliable.

"Char-man-te", lâché sous l'abribus face à la grille grise de *Groupama*, relevait du blabla conventionnel, d'ailleurs régulièrement utilisé ; il déclencha son premier coup de foudre : les mecs, pour la draguer, recouraient en vain au classique stratagème du baratin, les plus obstinés, c'était arrivé deux fois, offrant, sans plus de succès, des fleurs ; aucun n'aurait pu penser à lui balancer ainsi "char-man-te." Bien sûr, ce vocable, des prétendants l'utilisaient parfois, mais noyé dans une phrase, il lui fallait un "char-man-te" net et sans bavure, un vendredi pluvieux... qui réveilla une conversation-trésor de sa tendre enfance : un soir, l'institutrice, la retenant après la classe l'interrogea sur sa soudaine tristesse, elle précédemment si gaie ; Marie la vénérait, l'imitait souvent devant la glace et, intimidée, nia, puis confessa se sentir moche ; la bonne maîtresse jura alors que la beauté n'est pas le plus important, ne rend pas forcément heureuse ; et ajouta : *"toi petite, tu es charmante, et ça, c'est encore mieux, oui, char-man-te"*, et lui baisa le front. Cet adjectif Marie en ignorait la définition mais n'osa importuner son modèle ; elle courut, sous la pluie de ce vendredi, se le répétant par peur de l'oublier ; rentrée, la petite fille questionna sa grand-mère, sans vraiment saisir la différence avec belle, mais, des mois durant, elle s'endormirait bercée par ces syllabes magiques. Logiquement son besoin de romantisme le considéra envoyé des cieux. Jel envoyé des cieux spécialement pour ses banals yeux !

Son rêve : une robe blanche et des invités radieux. Sa grand-mère et sa mère lui racontaient régulièrement ce jour et prétendaient qu'il fut magnifique, magique, le plus beau. Le caméscope n'existait pas, quel dommage ! Ayant toujours vu grands-parents et parents souriants elle liait cette perpétuelle apparence de bonheur au mariage. La mère de Jel aussi fut heureuse le jour de la cérémonie, plus dure fut sa déconvenue. *"Si j'avais pas fait c'te bêtise"* répétait-elle, mais son milieu et son éducation sacralisaient les paroles du prêtre : *"pour le meilleur et pour le pire."* Et elle endura le pire, sans se résoudre au divorce : nul n'avait jamais "rompu les liens sacrés" dans sa famille, ni dans celle de son mari, ni au village ! Plutôt le malheur ! Des regrets par tonnes, des pleurs, mais c'était ainsi ! Dans son cerveau mariage s'imprima donc aux synonymes de prison. Malgré cela, ou à cause de cela, à vingt ans, Michèle, le tourbillon du grand Amour, aurait pu le baguer, quand la rage de réussir là où ses parents et l'immense majorité échouent, l'illusion d'être différent, la soif d'union idéale, le portaient encore.

Par crainte de la voir s'accrocher en larmes, hantise d'un suicide de désespoir (elle découvrait le concubinage et des pulsions suicidaires lui avaient gâché une année d'études) mais surtout par faiblesse - le camp des faibles -, Jel redoutait, retarda l'annonce fatale "c'est fini." Et enflamma donc leur foyer, devenant "invivable", irascible, attisant sa jalousie en s'exhibant accompagné de lycéennes (suivant notre morale et législation, quand la fillette franchit quinze ans l'adulte passe du rang monstrueux pédophile à l'auréole Don Juan) puis en rentrant de plus en plus tard, puis exigeant qu'elle rentre tard certains soirs... *"car je serai occupé"* ; elle subira ainsi leurs draps imprégnés par l'odeur d'autres femmes.

- Pourquoi tu me fais ça ?

- En amour il y en a toujours un qui souffre et l'autre qui s'ennuie disait Balzac. J'aime les bonbons à la menthe ; oui je sens l'amante.

Mais elle lutta, masqua sa souffrance, implora, tenait au Prozac : les émotions des partenaires qu'on veut éjecter paraissent toujours ridicules. En apothéose finale, interprétant la violence, il parvint à la contraindre à clore ce peu glorieux chapitre.

Il ne la reverrait jamais et, paradoxalement, culpabiliserait, chagriné : la considérait-il comme *un enfant déposé dans une corbeille de poix et lâché sur les eaux d'un fleuve pour qu'il la recueille sur la berge de son lit ?* Redoutait-il la page redevenue blanche ? Pressentait-il le statut de cet échec : dernière expérience des frusques d'un couple bureaucrates exemplaires à l'avenir petit bourgeois et matrimonial rassurant.

Enfin seul ! C'est vraiment super d'être vraiment libre. Vive la Liberté. Il y a trop de femmes sur terre pour s'habituer à une ! toutes jolies au lit ! clamait-il devant des collègues admiratifs, certains même sincèrement. Sa décision lui apparaissait irrévocable : le célibat éternel, enivré de distractions. J'aime le changement. Je serai l'hidalgo des nymphomanes, l'éternel adolescent. Le prince charmenteur.

Se distraire : éviter le face-à-face avec soi. Avec son vide, son insignifiance, sa mortelle insignifiance. La réflexion aurait-elle pu lui épargner le drame qui se tramait ? Nul ne le saura jamais. Mais quelle force, à cet instant de la jeunesse où la vieillesse semble suffisamment lointaine pour ne pas s'en préoccuper (écarter les questions métaphysiques), aurait pu lui faire fuir la foire aux futilités ? Une photo de lui cette année-là le saisit avec un air de mélancolie, l'ennui, car même s'il fanfaronnait sa passion du changement, seul, le soir, dans ses cinquante mètres carrés, souvent il se demandait si tout cela avait seulement un sens, il allumait alors la chaîne hifi au maximum supportable par les voisins.

La dèche, le twist et le reste, Hubert-Félix Thiéfaine, © Editions Masq, 1978

Deuxième Partie

I

Des mois plus tard, un samedi soir sans starlette à satisfaire, notre cher cadre remotivé, lessivé par six réunions *"stratégiques"* en une semaine, retournait, poussé par un spleen sans idéal, au *Tropic 2100*, flash-back sur cette période où les slows se voulaient sensuels, occasions de proposer un tour dehors à une belle en espérant l'attirer dans une voiture. Dès l'entrée, l'insolente juvénilité des bipèdes à cigarettes le stupéfiait, il pensait qu'à peine nés quand ses parents l'autorisèrent à sortir en mobylette, ces jeunots allaient le regarder en croulant alléché de chair fraîche. Perturbé, la salve du patron, *"ça va vieux, encore vivant d'puis l'temps, ça fait un bail qu'on n't'a vu..."*, le laissait sans réplique ; il balançait un billet et avançait. Quelques pas et la hantise d'un peigne, conservant désormais chaque matin des cheveux par dizaines, construisant patiemment une piste d'atterrissage, signe extérieur de stress et d'environnement pollué assommant déjà nombre de collègues, l'achevait…

Putain, j'ai vieilli, j'avais leur âge y'a même pas… ; qu'ai-je fait de tout ce temps ; dire qu'à vingt ans… ; vite un whisky qui me réveille de ce cauchemar, chasse ces séniles impressions. Séniles impressions, le langage du mec distingué, informaticien mais distingué !, je suis un mec distingué. Merde après tout, je suis encore jeune, et je suis un mec libre. Et friqué ! Je suis libre. LIBRE ; bandes de jeunes cons, vous vous croyez intéressants. Si vous saviez !

Marche forcée, gambettes vacillantes, maelström interne... Mathieu et Patricia, gaminement entourés, occupaient leur antre habituel, à trois banquettes du bar ǀ Enfin deux bouilles connues ǀ Sans ce conditionnement interdisant toute réflexion rationnelle, la mauvaise conscience d'une responsabilité totale dans la faillite de leur Amitié lui aurait vraisemblablement défendu leur abord. Il se précipitait vers eux. Que d'heures, de heurts, à se raconter ! Seul ? Evidemment ils semblaient soulagés du départ, dont il se considérait totalement rétabli, de sa mijaurée. Apparemment vides de rancœur ils évitaient ensuite toute référence à cette invivable utopie. Des amis quoi.

Mathieu avait donné un an à la patrie, sans regret ni souffrance, une joyeuse trêve dans la monotonie du salariat réintégré dès la quille, une aubaine de bringues mémorables. Et aussi, il le confia en aparté, un éloignement profitable à ses relations conjugales, leur mise en concubinage n'ayant pas été l'euphorie présagée. Leur couple n'enchantait guère plus Patricia, *"mais bon, ça servirait à quoi de changer, on se fout pas sur la tronche, c'est déjà ça ; l'année prochaine on aura un gosse, en décembre pour pas payer d'impôts, paraît que c'est un bon remède contre ce genre de blues... mais ça m'fait plaisir que tu sois là, tu pourras être parrain... ou... j'pensais plus te revoir avant tes trente ans... tu t'souviens..."* Ils sortaient encore régulièrement, moins par passion que par habitude, les samedis où rien ne les retenait devant la télévision. Ils n'ont pas vraiment grandi, les pauvres !

Naturellement les retrouvailles se poursuivaient chez eux et le champagne commémora l'événement... *"une bouteille passée gratos au supermarché."* Petite combine contre la dèche : deux salaires autorisaient un mois au soleil à condition de ne pas exagérer sur les extra. *"Tu te rends compte, je gagne moins qu'au début ! C'est devenu impossible d'avoir les primes, dès qu'on est presque arrivé au chiffre, le mois suivant ils l'augmentent, on se crève et on a le smic, tout le monde se plaint mais on s'écrase, le premier qui l'ouvre, ils le virent."* Tomber si bas, les pauvres ! Niveau finances, ils l'imaginaient plus verni et ne purent réfréner leurs sarcasmes, *ça n'arrive qu'à ceux qui en ont les moyens...,* au récit de ses déconvenues boursières dont trois trimestres d'échéances restaient à rembourser. Mais effectivement, il le concédait gracieusement, il dépensait sans compter. La pertinence de son résumé, *je vis bien les week-ends et cinq semaines, les fameux congés payés, en ne pensant qu'au boulot le reste du temps,* le surprenait. Eclair de lucidité ?

- Mon privilège n'est qu'une apparence, j'appartiens au troupeau des esclaves du réveil, simplement un peu plus aisé que les smicards ; et même si une convention collective en béton me protège, le couperet de la restructuration ou du marasme économique peut tomber ; et si cette tuile me touche vers la quarantaine, mes compétences dites de pointe, grassement monnayées, ne vaudront plus grand chose. Que deviendrais-je ? Les indemnités et économies claquées, direction le clan des exclus, héritiers des Misérables Hugoliens. Aujourd'hui, personne n'est à l'abri.

Il se faisait peur ? Même pas, composer des phrases de circonstance, froidement, sans la moindre émotion, lui était désormais coutumier, déformation professionnelle, il voulait simplement, un peu mesquinement, remercier leur gentillesse en se présentant dans le même bateau. Car pareille déchéance lui était impensable : l'égocentrisme et le syndrome de l'autruche l'incorporaient à la catégorie des égoïstes recroquevillés sur l'illusion d'une éternelle prospérité.

II

Qu'ai-je fait de ma jeunesse ?

Il avait beau jouer, frimer, cette question le taraudait...

N'ai-je pas trop triché ? Sûrement déjà trop bu ! Je croyais avoir dépassé l'âge pour ce genre d'interrogations, ce cafard.

Dans une ultime tentative de retour à la lucidité, il maudit l'alcool. Mais c'était trop tard, les idées galopaient, le dépassaient. Il fallait que ça sorte :

(un trop long monologue où Mathieu et Patricia se regarderont régulièrement, des yeux hagards qu'on peut traduire par les exclamations échangées dans la cuisine, mais qu'est-ce qu'il raconte, il est disjoncté, il ne supporte plus les bulles, il se croit sur une scène...)

- Entre amis, inutile de frimer, enjoliver la réalité, édulcorer les contraintes, c'est l'échec. Nous sommes les risibles pantins naguère raillés. Nous sommes ridicules. Des culs ridés, c'est mon humour ça ! L'humour qui plaît tant à Sainte Thérèse d'Arras. Priez pour elle, pauvres lécheurs.

Avant trente ans la quasi-totalité des bipèdes écervelés ont rejoint la grande ligne droite les expédiant au point final, oméga les gars ; ne surviendront plus que des péripéties, péripatéticiennes logiquement encastrées dans la monotonie, même si les victimes crient à l'accident, l'apothéose, l'apocalypse : rencontres, séparations, accès à la propriété, mariage(s), divorce(s), enfant(s), chômage, promotions... Nous sommes dans les temps, même légèrement en avance ! C'est le dégoût.

25 ans :   *Tu la voyais pas comme ça ta vie*
                          Pas d'attaché-case quand t'étais p'tit...

Encore quelques saisons au-dessus de la Loire, le loir, en hibernation quoi, et   *On s'retrouve à vingt-huit balais*
                      Avec plus rien dans le cœur

Puis :   *Toto, trente ans, rien que du malheur*

Il a tout compris la Souche. Monsieur Alain Souchon, auteur, compositeur et interprète. Cette fameuse trentaine, premier changement sans enthousiasme de décennie ; deux trois chimères et rapplique l'affreuse crise du milieu de la vie, la médiatique CMV, bilan, pénible sourire sur ce temps qui trop vite nous a filé entre les doigts et matérialisations physiques de la décrépitude : les ex-charmantes poignées d'amour s'appellent bidoche, ah ! Juliette, tu te souviens frérot, mes rêves, l'hypertension et les problèmes cardio-vasculaires nécessitent un suivi régulier, l'infarctus guette, des boulimiques aux sportifs, les calories se contrôlent...

Ma mère m'avait offert un attaché-case pour mes vingt ans : *"un cadeau utile"* - terminé l'âge des babioles, aigles en cuivre, peluches, chevaux de bois dont je raffole. Déposé sous une étagère, en jurant "non jamais ça", une fine couche de poussière le recouvrait quand je l'ai adopté, le jugeant apparié à la cravate que les "amicales" pressions de Thérèse sont parvenues à me faire porter - de la même manière elle a obtenu mon passage chez le coiffeur. Pauvre pion que moi. Ah ! Ma longue tignasse d'étudiant damné ! J'ai été l'ado aux semelles de vent.

Bien sûr, les "vrais révoltés", ces fiérots qui revendiquent l'appellation d'origine marginale, n'auraient jamais toléré ces interventions castratrices, ils auraient fait une tête aux petits chefs et pris, illico, la poudre, et même la poutre d'escampette, sacrifiant le luxe à l'errance... délimitée du bistrot du coin à celui de l'avenue principale. Champagne ! Arnaques, casses clopinettes, on retrouve ces durs de profil aux rubriques faits divers, ou ils se sont rangés et, tout en beuglant leur sacro-saint refus de toute compromission avec "les riches", triment trente-neuf heures par semaine derrière un Smic dont la majeure partie engraisse un barman forcément cynique qui feint un intérêt émerveillé devant leurs élucubrations. Les soirs sans football à la télé, ils calment leurs nerfs sur leur meuf, le p'tit trou condamné à vieillir en larmes à la cuisine. Eux aussi ont échoué, mais l'alcool leur évite les états d'âme. Boulot, goulot et Jean-Pierre Foucault. Des révoltés sans cause maintenus artificiellement sous espérance par des billets et des grilles de la Française des Jeux, société de braquage légal des plus démunis. Eux, vous et moi : les paumés, les funambules et le notable ; cette classification hiérarchique me réjouissait mais il n'y a pas de quoi pavoiser : nous sommes d'une même génération piégée. La génération morale s'est faite piéger, jamais Michel Noir ne représentera l'intégrité à l'Elysée, perdre les élections plutôt que son âme, je l'ai applaudi. Nous sommes d'une même génération piégée, mes amis. A nos âges, nos aînés, "parents" selon le langage officiel, les soixante-huitards, voulaient vivre sans travailler, dénigraient la société de consommation et nous réclamons du pouvoir d'achat, exhibons nos chaînes ! Nous n'avons rien compris. Ils ont raison de nous prendre pour des cons, nous presser comme des oranges, comme des citrons, jusqu'à la dernière croûte va !

Nos retrouvailles, cette conversation tombe vraiment à pic. Ce n'est pas un hasard. Il n'y a plus le moindre hasard dans nos vies magnétiques. Jeudi dernier, la une d'un news comme il faut dire, m'a déjà remué, écoutez un peu, "changer de vie, c'est possible. Pourquoi pas vous ?" Je l'ai acheté, les arnaqueurs, ils vendent un tissu de banalités grâce à un titre racoleur. Rien que des témoignages : un haut fonctionnaire reprend le garage familial ; une ex-mannequin tient une agence de voyage ; un directeur financier élève des chèvres... On n'est pas du même monde. Et la boule au centre du ventre resurgit, messagère du encore jeune fatigué, je suis encore jeune ! Mais tellement fatigué d'une existence au rabais. J'ai balancé leur torchon et senti monter la déprime... vainement j'ai cherché un providentiel exutoire, mes petites collègues, ces chères pouffiasses, jurant ne pas pouvoir se libérer. Déjà un nonosse à ronger. C'est ça la vie du célibataire en ville. Le retour de la diarrhée sonna l'hallali. Même plus la force de descendre traîner les bars, les caves. Mal en point qu'il était le cadre. Heureusement y a le whisky. Riez pas de moi. Riez pour moi ! A quoi bon rire. Rire ou en pleurer. Tout est illusion. Tout est vain. Le malheur des hommes est injustifiable, pas de baratins ni de béquilles. Savoir penser et ne rien pouvoir changer à notre condition. Ah ! La finitude !

Etre centenaire ? Un objectif réaliste ! titrait aussi le magazine dithyrambique sur la longévité de cette Jeanne si critique envers Vincent Van Gogh...

Le mélange des deux dossiers, dont il ne lut que les gros titres, interlignes et légendes des photos, lui avait renvoyé à la tronche ses vingt-cinq printemps ; vingt-cinq ans, dans l'absolu occidental contemporain, c'est encore jeune, mais les cinq dernières années passées tellement vite, cinq ans comme une lettre à la poste, tombés dans un grand trou noir, et les trente suivantes prévues du même acabit, il s'était alors vu à cinquante-cinq balais, décati, seul et chauve, préretraité marmonnant du matin au soir "qu'ai-je fait de ma vie ?"

Les pages sur l'intérieur parisien de l'hôtel particulier de Bernard T. l'avaient littéralement assommé.

De l'or partout ! Il est beau le socialisme ! Je n'aurai jamais le dixième de ça avec un tel job, on a l'impression d'être des importants, on est que des termites qui engraissent les grands manitous, spéculateurs et compagnie. Je ne suis rien, je ne serai jamais rien. Je suis resté de la lignée des exploités, les bureaucrates sont les salariés agricoles de l'ère post-industrielle. J'ai cru m'émanciper, gravir l'échelle sociale... Quand tu nais dans l'ombre, t'as peu de chance de voir le soleil... Voir le soleil, voir ce que les hommes ont cru voir, et après ?

III

Déjà vieux ? Définitivement embrigadé ? Esclave du Dieu fric ? Larve ? En tout individu, une petite voix, habituellement inaudible, étouffée par le brouhaha social, familial, refuse cette soumission "naturelle" et répand, souvent au gré de rêves ou cuites, des idées irrémédiablement considérées farfelues. Il divague, l'alcool le fait retomber en enfance, concluent, scandalisés ou apitoyés, les témoins.

A la troisième bouteille de champagne, encouragés par les bulles, ses farfadets, mauvais esprits, anges protecteurs, se déchaînaient, vitupérant, se relayant sans se contredire. Leur message : sur la grande autoroute humaine vous abordez l'ultime chicane ; si vous la ratez, c'est le troupeau à perpétuité. A perpétuité. Jusqu'à l'électrocardiogramme plat éteint.

- Aucun doute : il faut quitter ce merdier. Et seule l'illégalité peut nous le permettre. Nous devons reprendre du service dans la délinquance, mais à un stade supérieur : pour devenir riches. Riches.

Quand Mathieu et Patricia, goguenards, l'aspergeaient du restant de la cinquième bouteille, escomptant ainsi le tirer de la torpeur où il était tombé vers sept heures du matin, vautré sur le canapé skaï, malgré une mémorable gueule de bois il explosait en bonnes résolutions : la tristesse bureaucratique appartient au passé et l'Amitié triomphera. La "nuit" avait balayé les impossibilités précipitamment apparues la veille. *Arrête, on déconnait, on a trop picolé, on a dépassé l'âge.* Rien ne pouvait l'arrêter, pas même l'apéro, ils devront subir plusieurs fois son plan (et ses anecdotes), finalement décrété "*génial*", sans faille.

D'abord la liberté, obtenir un licenciement, porte des Assedic, statut de victimes, donc ne pas éveiller les soupçons (éviter le piège des m'as-tu-vu, de la gloriole : après un bras d'honneur à leur patron ils vivent grandement du vol ; rapidement repérés ils moisissent en prison).

Puis préparer une couverture : poète ! Soit concrétiser un des "rêves inaccessibles" de sa tardive rencontre avec la littérature.

- Bien sûr je ne me suis jamais vraiment bercé d'illusions : en grandissant éloigné des livres j'ai raté la ligne de départ, accumulé un retard irrémédiable et, malgré l'enthousiasme d'oiselles pour mes "poèmes", demeure, et suis voué à demeurer, un piètre écrivaillon.

Comment aurait-il pu en être autrement !? Le génie ? Cet argument sert à se dédouaner de sa propre médiocrité et à maintenir les gens "à leur place." Seul le "travail"... et travailler élève très haut mais, à dix-sept ans, la découverte du mausolée d'icônes auréolées de leurs œuvres majeures, décourage l'inculte pris d'un irrépressible vertige face au gouffre des lacunes à reboucher à la petite cuillère.

A dix-sept ans, et même à vingt-cinq, il ignorait l'urgence d'assaillir la voie de la connaissance. Et s'il l'avait pressentie, les adultes l'en auraient dissuadé : à dix-sept ans on se devait déjà d'être sérieux, soucieux de son devenir ; déjà plus de place pour la passion, les envies, le risque, les contradictions, les bifurcations. La liberté des études ? Un leurre : les jeunes sans parents fortunés ne peuvent chercher leur domaine de prédilection ; la société envoie, selon ses besoins, des pions vers des filières affirmées gratifiantes, et jamais la majorité des orientés ne croisent leur talent.

- Cher jeune homme, la raison vous manque ! Quitter l'informatique, secteur en exponentielle expansion, où les salaires flambent, pour les lettres modernes. Il faudrait avoir perdu tout jugement. Votre scolarité est exemplaire, aucun redoublement, vos notes sont convenables. Vous traversez une période perturbée, de remise en cause, l'adolescence, nous avons tous connu cela, mais ne commettez pas l'irréparable. Nous n'avons pas le droit de vous laisser commettre pareille ineptie. Croyez-en mon expérience, vous le regretteriez. Prenez plutôt rendez-vous avec notre psychologue, vous vous sentirez nettement mieux ensuite.

Le proviseur, le censeur, le conseiller principal d'éducation, les professeurs, chaque représentant du circuit administratif aurait asséné ce discours, acclamé par chaque citoyen *responsable*. Sa mère aurait traduit : "*T'es cinglé.*"

- Mais peu importe : arguant du dédain des éditeurs envers la poésie, je revêtirai les haillons d'un Arthur du béton et des roses, en marge mais vivant de sa plume... grâce à l'auto-édition ! Enfin l'informatique me servira ! En publiant, chaque année, un recueil tiré à dix mille exemplaires, mathématiquement cela assure cinq cent mille francs de revenus. Cinquante patates ! Nettement suffisant pour trois, puisque officiellement vous assurerez leur vente, "distributeurs exclusifs." Dix mille bouquins par an, soit une trentaine par jour, soit deux à l'heure en suivant une astreinte bureaucratique : notre projet est vivable et réaliste. Nous recevrions l'approbation des Chambres de Commerce.

Ensuite, déjouer les pièges de ce nouveau métier : ne pas passer de la jungle sociale à celle du milieu, encore plus cruelle, sanglante. Et d'ailleurs, ne jamais côtoyer le milieu. Ne jamais oublier notre motivation initiale : fuir la galère du salariat, véritable vieillesse en accéléré.

Le vol devra rester un moyen, ne jamais dériver en jeu ou but. Il faudra prendre le fric, quitter la région et vivre de nos rentes : impossible, affirme la légende, voler devient une drogue dès que l'argent perd sa valeur ; on le dépense à la pelle, on se condamne à fréquemment retourner au "distributeur." Contre cet engrenage potentiel, une seule arme : ne pas utiliser un centime du butin avant de se ranger définitivement.

IV

Quand pareil comportement défraye la chronique, les news, les *autorités*, les *sommités*, les notables, le café du commerce, les cancaniers et cancanières pérorent vertueusement : comment ose-t-on s'exclure de la société des salariés qui ont tout pour être heureux ? Ces gens irréprochables assènent, prétendent ainsi justifier idées, dogmes, banalités, et le programme électoral. Mauvaise influence ? Un certain climat malsain apprécierait que le citoyen *respectable* soit détourné du droit chemin par un zonard, de préférence d'origine étrangère, si possible immigré clandestin, mais nul n'a décidé à sa place. Et même les jours suivants, il persistait. Inconscience ? Il mesurait la difficulté de ce projet. Attrait du risque ? Le réduire au maximum ! Air du temps ? Les médiatisés incitaient à la prudence, conseillaient la patience, "*en attente de jours meilleurs.*" Hérédité ?

Paysans, ses parents respectaient scrupuleusement les lois, moins par conviction que par peur du gendarme. Folie ? *C'est avant que j'étais fou ! Social.*

Jel s'interrogea sur les raisons qui contraignent les citoyens, Hommes statutairement libres, à accepter, ou réclamer, la monotonie du travail sans passion. Il se contenta d'un facile *parce qu'ils sont cons.*

Essayer d'apporter une réponse exige de reformuler la question en termes personnels : pourquoi avoir attendu si longtemps, avoir gaiement toléré l'humiliation d'un moi voilé ? Pour la première fois, mais sans en avoir conscience, il était libre, non attaché familialement. Et la majorité des socialisés, prisonniers des liens qui attachent, ne connaissent jamais cet état.

Les forces centripètes l'avaient lâché : plus d'Amour, aucune charge à long terme et une mère, à la surprise générale, victime d'une crise cardiaque trois mois plus tôt, à soixante-trois ans. Il avait alors essayé de se comporter comme Thérèse, qui l'appela dans son bureau le jour de son retour, le conseilla, ne pas vraiment porter le deuil, ne pas "se morfondre." A quoi bon. Faut continuer, ne plus y penser, vivre comme si l'on était éternel.

Sa subreptice manière de le culpabiliser agissait en garde-fou, le retenait : il ne l'aurait jamais accablée du *"déshonneur"* d'un fils en marge, au chômage, n'aurait pas osé *"gâcher une retraite bien méritée."*

Par des larmes, des reproches d'ingratitude, elle avait toujours balayé ses *"sottises"*, durant les fastidieux repas qu'elle réclamait aux fêtes et anniversaires, souvent le dimanche - *"tu ne vas pas laisser ta pauvre mère toute seule un dimanche."* Au moindre vague à l'âme, à la moindre confidence, ses répliques fusaient : *"avec tout ce que j'ai fait pour toi"* - l'impossible dialogue entre un fils et sa mère qui confère à ses souffrances passées le statut du sacrifice, gage de grandeur, d'où pulsions dominatrices, colères face aux contradictions ; *"avec tous les avantages que tu as."* Et elle égrenait la longue litanie des drames du chômage, les connaissances sans emploi, le retour de la misère, les entreprises en difficultés. Et dénichait toujours, parmi les proches d'une de ses amies du club du troisième âge, *"un jeune qui a voulu se croire plus malin que les autres et martyrise sa pauvre mère, lui mange tout son bien."*

Elle enviait les familles où les enfants, mariés, ne ratent sous aucun prétexte le repas dominical chez grand-mère, regardent Jacques Martin en racontant leur semaine, commentant les nouvelles : cette image de son *bonheur*, incrustée en lui par de régulières remarques, explique sa mise en ménage avec Marie et si cette *"bonne belle fille"*, plutôt que de s'acharner à vouloir échanger une alliance avait réclamé des enfants, il aurait cédé, et ils seraient vraisemblablement encore ensemble, tristes, blasés... mais *comme les autres.* Toute une *vie* comme les autres, d'abord pour la mère ensuite pour les enfants, on passe ainsi, dans la cellule familiale, de chaîne en chaîne.

Contente, sa mère commentait sa réussite, dernier espoir qui la réconciliait avec la vie. La trentaine déjà entamée elle avait accepté le mâle jugé apte à relancer l'exploitation agricole familiale, à suppléer le pater, l'homme de la maison chancelant, sur le point d'achever plus d'une décennie d'héroïque acharnement en cadavre ambulant, contrecoup d'un séjour en camp de concentration schleu.

Attendu anxieusement après d'innombrables fausses couches, la mort d'une fille à trois semaines et la promesse du mari d'arrêter la boisson si elle lui donnait un fils, Jel se retrouva, dès la naissance, catapulté joker, lesté d'un fardeau trop lourd. Mais, quelques mois d'abstinence plus tard, le père rechuta et le fils ne le connut qu'ivre ou en cure de désintoxication.

Ne pouvant nier ses déboires elle ne s'en considérait nullement responsable : retirée de l'école à douze ans pour cause de guerre, sa mère refusa qu'elle y retourne à la Libération, l'attela aux travaux les plus pénibles et régenterait ses rares loisirs (interdiction des fréquentations masculines). Alors "comme tout le monde", elle subit *le destin*, consentant à un mariage arrangé, supportant un alcoolique, dormant peu, travaillant pour deux, croyant ainsi agir courageusement alors qu'elle payait simplement très cher une pusillanimité qui la ligotait à l'époux, par peur du "*déshonneur*", se retrouver seule puis seule avec un enfant, devoir l'abandonner à la DASS... alors que n'importe où, une abnégation identique à celle qu'elle déployait à la ferme l'aurait mise à l'abri du besoin. Mais, considérant les gens soudés où ils sont nés ("*où la chèvre est attachée, il faut qu'elle broute*" disait, paraît-il, son grand-père), elle n'aura jamais sérieusement envisagé cette éventualité. Elle était de ceux qui s'avouent fatalistes, les vaincus d'avance. Et l'héritier devait être de la même espèce ; ainsi elle s'opposa à ses envies footballistiques : pour devenir *quelqu'un* (selon elle le cramponné en short professionnel était *quelqu'un* car on le voyait à la télévision et il gagnait énormément d'argent), il fallait "*être né ailleurs qu'ici.*" Et quand le frère d'un copain du collège revêtira la célébrissime tunique sang et or, ses idées reçues trancheront, lui épargnant toute réflexion : "*il a été pistonné.*"

Mais il n'aurait surtout jamais fallu l'accuser d'hypothéquer l'avenir du fils chéri : elle pressentait que son mari coulerait, boirait l'exploitation, alors elle se promit de l'élever dignement, "*tenir jusqu'à la fin de ses études.*" Certains, admiratifs devant son courage, cet objectif, répétaient "comme elle aime son garçon" ; en fait, comme tout le monde, elle aimait la sensation tirée de ce *sacrifice*. Et elle lutta pour lui procurer ce qu'elle jurait regretter de ne pas avoir reçu : l'éducation. Réaction classique : on croit que la vie serait meilleure si des événements extérieurs (le responsable n'est jamais soi), n'avaient contrarié nos projets. Alors on souhaite fournir à ses enfants ces *clés du bonheur* (les clés de son propre bonheur, selon le prisme facile de la relecture du passé qui nous dédouane de l'échec sur un événement extérieur), on ne veut pas interdire ce qui nous fut interdit (ce que l'on prétend, lors de la relecture du passé, qui nous fut interdit) ; et l'on vivra ses rêves par procuration, conseillant à sa descendance, avant d'ordonner, le chemin *injustement* stoppé.

A vingt ans Jel avait obtenu un BTS : elle y vit une récompense (la finalité des études se limitait selon elle au diplôme), réclama son *éternelle reconnaissance*. Il pouvait, devait donc, devenir bureaucrate, "*un monsieur endimanché tous les jours*" (la tranquillité, le salaire assuré, à ses yeux le paradis terrestre). Elle ne l'interrogea jamais sur ses désirs : ils ressemblaient forcément aux siens, un toit, le manger et de l'argent pour rien avoir à demander aux riches. Aspiré, phagocyté, il agissait socialement comme dans son ventre, parfois en lançant des coups de pieds mais toujours sous sa coupe.

Cet étouffement maternel compris, un aphorisme, jugé "*génial*" sur le moment, lui vaudra l'admiration de quelques fans : vivre, c'est réaliser soi-même ses rêves.

Avec le poids de cette existence gâchée, on comprend mieux pourquoi jamais Jel ne se serait exposé à un risque pouvant l'expédier derrière les barreaux. Les gens agissent toujours logiquement, dans leur logique. Il restait comme il faut être. Comme sa mère pensait qu'il faut être. Comme la tradition avait inculqué à sa mère qu'il faut être. A la lumière de cette introspection son passé se lit autrement, ainsi, exemple, il s'est menti quand après trois cambriolages il a prétendu refuser l'exploitation du receleur ; c'était la peur d'être arrêté, qu'Elle "ne le supporte pas", donc il avait avancé le premier prétexte pensé pour ne plus marcher sur un fil (avant, l'insouciance prédominait, l'inconscience du danger !).

Nulle inhibition chez Mathieu : son père et sa mère estimaient que, selon la phrase qu'ils déclamèrent le jour de sa majorité et qui marqua Jel, "*les parents n'ont aucun droit sur leurs enfants et les enfants aucun devoir envers leurs parents : l'expérience ne se transmet pas, chacun fait la sienne.*" Un cancer du sein l'a vaincue peu avant ses vingt-deux ans ; trois mois plus tard, par assèchement du fluide vital, son mari la rejoignit.

"*L'expérience ne se transmet pas*" : ses parents croyaient ne rien devoir lui apprendre ; il croyait donc ne rien avoir à apprendre, toute sa vie il fut ainsi sans repère, une proie facile à manœuvrer.

Pourquoi supportait-il l'embrigadement puisqu'aucune morale ne le retenait ? Des ressources psychologiques exceptionnelles sont nécessaires pour s'extraire seul des griffes de la banalité.

Je dois l'aider à franchir le cap. Car j'ai besoin de lui : je suis incapable de braquer.

Les rôles semblaient évidents : à Mathieu l'action, à lui la préparation. Le manuel et l'intellectuel, la tête et les jambes. Je dois être son collègue en liberté. Patricia ? Elle aussi aucune inhibition héréditaire ne la retenait mais l'union de leurs forces se limitait à passer en fraude boissons et biscuits au supermarché où elle était caissière. Ils auraient voulu autre chose mais ignoraient la démarche.

Je dois être leur guide. C'est pour leur bien, leur bonheur.

Faire le bonheur des gens malgré eux : l'excuse des dictateurs et la nôtre, quand nous manipulons l'autre.

V

Tandis que Jel aidait Mathieu à changer la roue de leur Clio, Patricia a posé le caméscope sur la tablette du téléphone, l'a braqué sur le fauteuil où l'ami retrouvé avait pris l'habitude de s'installer, a appuyé sur la touche ON et caché avec un torchon le voyant rouge. Elle est tellement heureuse de le retrouver. Ça nous fera au moins un souvenir, au cas où il disparaît aussi vite qu'il est revenu.

C'est la trace la plus ancienne de Jel en vidéo (il se souvient avoir été filmé lors d'un mariage et d'une communion, où une éphémère compagne l'avait emmené mais retrouver ces documents présenterait un intérêt limité ; c'était le genre "regardez la caméra, je filme", ces souvenirs qui plaisent tant dans certaines familles).

- Tu réapparais un soir et tu voudrais tout chambouler. Toi t'as rien à perdre mais moi j'suis avec Pat.

Mais Jel savait comment le prendre ! *J'ai plus quinze ans, j'suis plus le foufou que t'as connu, j'ai évolué moi, t'as lentement dérivé, tu es presque à point, un jour t'en arriveras même à croire que c'est toi qui en as eu l'idée et qui as dû me convaincre.*

L'euphorie de sentir proche l'instant idéal pour placer le speech mûrement élaboré et jugé génial, réveille chez Jel le sourire déclaré carnassier par ses collègues quand gravir la hiérarchie le démangeait, il savoure d'avance le nécessaire "c'est d'accord" d'un Mathieu rallié à sa démesure, presque déraison, alors ils s'enlaceront et cette accolade scellera leurs retrouvailles, leur, son triomphe ; il jubile, certain de son fait, et cela vaut bien quelques risques, quelques arrangements avec la légalité : voici le temps de la Liberté.

- Comment peux-tu te satisfaire de cette petite vie galère, entre télévision, stress, horaires, embouteillages et traites à honorer ? A vingt ans on rêvait d'autre chose... A vingt ans on voulait le monde à nos pieds. On voulait tout et tout de suite. Et on n'a rien, et si ça continue on n'aura jamais rien, on passe à côté de tout. On est déjà des vieux. On s'est fait piéger. Tu veux rester un piégé ?

Dix jours d'acharnement auront suffi !

Patricia, *"fatiguée de cette vie de cons"* mais réticente (*"c'est dangereux"*), désirant conserver son emploi (espérant encore les retenir ?), Mathieu obtenait, le premier, en deux mois, sa disponibilité, un licenciement pour incompatibilité d'humeur avec le responsable départemental. Durant cette période, reprenant d'anciens textes, Jel noircissait trois cents feuillets de naïves fientes poétiques et impressions qualifiées "révolutionnaires" : nettement suffisant ; cela servirait ultérieurement.

Mais la direction feignait d'ignorer, donc tolérait tacitement, son inactivité : la rumeur invoquait une rechute en crise post-adolescente passagère ; agréable analyse lui valant des attentions particulières, dont celles de Chantal, responsable marketing ayant jusqu'alors systématiquement repoussé ses avances ; une bouche de velours ! Deux mois supplémentaires d'oisiveté, perturbation du service par des onomatopées psychédéliques, simulations d'évanouissements et propos désabusés, furent nécessaires pour susciter un embryon de réaction : une convocation chez Thérèse : elle le comprenait ! Et lui conseillait quinze jours d'arrêt, ou même trois semaines, avec séjour à la montagne ! Elle aussi, le surmenage la dévastait parfois ! Et son mari, pensez donc, avec tant de responsabilités... Il fallait frapper fort, la désarçonner :

- Tout est leurre, imposture, mensonge, iniquité. Victor Hugo, un grand homme, madame-je-n'ai-jamais-dit-ça.

- Comment ?

- C'est pas un problème de surmenage, car durant vos absences, vos missions parisiennes, on se la coule douce ; c'est un problème de têtes de cons à supporter. Le grand patron et ses grandes messes ; vous et vos réunions ; Jef et son paternalisme, et son planning ; et les autres, ronds-de-cuir chloroformés, béni-oui-oui à vos pieds. Je suis un artiste, un poète et vous des morts vivants. Morts vivants. Danse, danse, mort vivant, suis la cadence, c'est ta dernière naissance.

Quelle impudence ! La démence, une plaisanterie, vidéo gag ? Prise au dépourvu, ses discours préfabriqués ne fournissaient aucune réplique pertinente. Elle exigea des excuses. Rire sarcastique ponctué d'un *"pauvre vieille"* à mi-voix. Le lundi suivant, le président directeur génial l'accueillait dans son grand bureau : il fallait oser, surtout ne pas se laisser impressionner :

- Vous voudriez bien écraser votre cigare, la fumée m'incommode.

- Comment ?

- Depuis le décret de novembre 92, vous êtes tenu de ne plus agresser vos collègues avec votre fumée.

- Je donne les ordres. Je ne les reçois pas.

- Je me réfère à la loi. Et si mes interlocuteurs n'ont pas l'intelligence d'en faire de même, j'en réfère à la justice.

- Allons, si cela fait plaisir à ce monsieur, je m'incline volontiers. Avec dans les yeux le plus de mépris possible. De mauvaise humeur, parfait !, donc peu enclin à la clémence.

Dix minutes plus tard :

- Vous êtes viré. Viré jeune homme. Vous l'avez bien cherché. Vous le regretterez. Plus une entreprise ne vous embauchera. J'ai mes relations et on m'écoute. Ce n'est pas un jeune morveux qui va faire la loi ici. Pour qui vous prenez-vous ?

- On verra aux prud'hommes si vous avez le droit de m'insulter et de me... *"virer."* En plus, je sais des choses. Le nouveau siège ? Le sinistre chez votre neveu ?

-

- L'informatique est au cœur de l'information, comme on dit dans les brochures.

- Je vous donne 200 000 et je ne veux plus vous voir.

Il avait espéré une petite prime, entre gentlemen toutes les séparations se concluaient ainsi, prétendait la légende. Mais pareil jackpot ! Il parvenait à réfréner son enthousiasme, merci whisky, sans toi je n'y tenais pas tête, à monsieur Beaudier :

- 300 000

- 250 000

Le kaiser, comme il aimait tant se faire surnommer, sonna sa secrétaire, d'une voix mécanique la chargea des formalités et dicta la lettre d'accord transactionnel excluant toute action en justice. Jel regagna les mètres carrés encore appelés *mon bureau*, s'enferma, trois post-it "ne pas déranger, réunion", placardés sur la porte, et savoura silencieusement l'instant, tandis qu'au quatrième étage les services administratifs liquidaient son dossier. A seize heures, cravate chiffonnée et menues broutilles enfournées dans son attaché-case, il informait ses collègues de cette séparation, les saluant une ultime fois, puis sortait libre, un solde de tout compte et un chèque, le plus gros alors jamais vu, en poche. Et des idées contradictoires plein la tête (l'agitation face au vide) : terminés les levers du matin décidés par un réveil forcément agressif ; terminés les sourires artificiels, les airs affairés ; plus de grille grise à maudire ; plus de faux problèmes déclarés cruciaux ; vive la liberté, les grasses matinées, tous les jours dimanche, à partir de maintenant plus personne ne me dira ce que je dois faire...

Cinq années, des débuts angoissés au rayonnement, au dégoût larvé, s'achevaient. Cinq années de rapports froids, faussement chaleureux ou sexuellement sous-tendus. Un lustre sans amitié : chaque personne rencontrée - en plus des collègues, principalement les "personnalités locales" conviées aux assemblées générales, les bedonnants du conseil d'administration et des condisciples de formation - l'avait déçu : passé le premier contact, où l'amabilité, la façade sociale peut leurrer, c'est le vide ; petites contrariétés, mensonges, envies de fric, de pouvoir ou de cul. Derrière l'écorce : l'abîme, nié le plus possible, masqué du mieux possible publiquement. Soixante-quatre mois et vingt-trois jours exactement pour une évolution, le désenchantement, le racornissement, le rancissement. Cinq ans plus tôt, l'espoir d'un monde meilleur l'éclairait encore, les slogans égalitaires le touchaient, les indignations, les saintes colères de l'Abbé Pierre le vivifiaient, les beaux sentiments l'agitaient, et en peu de temps seules les solutions individuelles semblèrent dignes d'intérêt : chacun se débrouille, vit de son mieux sur cette terre dont nul ne saisit la logique. Chacun pour soi, ou plutôt pour son petit groupe, ses proches, sa famille. L'égoïsme ? Ne croyez pas cela aurait répondu le cadre, et rappelé que parfois, après des "images insoutenables", il notait un C.C.P. Mais on ne peut pas porter toute la misère du monde sur ses épaules, juste signer de temps à autre un chèque, évidemment s'il est déductible des impôts et n'impute pas le budget loisirs. Mais y a tellement de causes, cancer, sida, téléthon, tremblements de terre, inondations, restos du cœur, famines. Faut choisir sa Bonne Action. S'acheter au moindre prix une Bonne Conscience. Et où va notre argent ?

Il regarda ses ex-chers collègues de haut, fier de ce nouveau virage à quatre-vingt-dix degrés. C'est cela la vraie liberté, pouvoir prendre des virages à quatre-vingt-dix degrés sans rien demander à personne ! Pouvoir être excentrique. Une intense jubilation intérieure. Je suis libre moi ! Moi.

Aucun de vous ne s'en sortira ; vous êtes piégés, tellement piégés que vous n'avez plus conscience de l'être. Surpris, certains s'intéressaient *"que vas-tu faire maintenant ?"*, sans comprendre, ou préférant ne pas saisir l'allusion du *"et toi ? "* en cynique réponse : le lendemain devait ressembler au jour en cours, l'imprévu étant indésirable, redouté. Son licenciement conforterait leur certitude qu'il ne faut pas chercher de poux au pouvoir, qu'on, *on* pauvre pion, est peu de chose dans l'entreprise.

Comme ils sont médiocres ! Toujours courbés, inquiets, résignés à une triste existence, vides comme s'ils n'avaient jamais rêvé Liberté, d'une vraie vie. Ils rêvent pourtant encore, de Michel Sardou ou Kim Basinger, une idole vient les sortir du marasme où ils ne méritent pas de végéter. Comment ai-je pu être comme eux. Cravaté ! Rasé de près ! Cheveux courts ! Déjà frustré aussi ! Les premiers échelons gravis à toute vitesse, passé d'insignifiant programmeur troisième degré au titre désormais officiel d'adjoint de l'adjoint, je stagnais. La course aux promotions aussi aurait pu me retenir dans leur routine, leur droit chemin. Thérèse et Jean-François, à neuf et dix ans de la retraite, il me fallait être patient. Dix ans de jours toujours les mêmes.

- Pourtant, jamais je ne les ai détestés ces chers collègues. Paradoxalement ils m'attiraient : ils sont *comme les autres.*

C'était le leitmotiv de sa mère, *être comme les autres*, de la grande ronde humaine. De plus, historiquement, qui oserait les blâmer ? Avec peu d'efforts ils obtiennent un luxe à faire pâlir d'envie n'importe quel besogneux d'avant la folle expansion économique ; inconsciemment conscients de ce privilège ils s'accrochent à cette situation, nul ne peut prétendre leur trouver

281

ailleurs une vie plus intéressante, puisque la vie n'est pas l'illusion envisagée durant l'enfance. Et durant quatre mois il avait expérimenté une autre manière d'aborder le travail, sans esclavage ; cette découverte le traversa d'une immense sensation de regrets. Comme un monde tombé sur la tête ou la sortie de la caverne chère à Platon.

Ces quatre mois furent l'éclaircie d'un parcours professionnel classique donc insipide : hormis les astreintes horaires, il était libre. Libre comme seul peut l'être sous un régime despotique le vieillard stoïque à l'idée du trépas : le vieillard peut braver les ordres, on ne peut plus lui prendre que la vie et elle n'a plus l'importance qu'il lui accordait durant sa jeunesse - cette référence au vieillard sous un régime despotique le tarauda longtemps, une image symbolique. Inutile de simuler le travail : le flagrant délit d'inactivité aurait dû l'enthousiasmer : le rôle du parasite aurait dû lui convenir ; il aurait pu durer ainsi jusqu'à la retraite : il suffit d'interrompre les plages d'oisiveté par des congés maladie. Un docteur en mal de clientèle aurait facilement juré à la dépression chronique nécessitant des arrêts fréquents agrémentés de sorties libres (et non de dix à douze puis seize à dix-huit), contre fidélité à son cabinet, passage régulier à sa caisse. Son salaire offrait d'honorables conditions matérielles : il aurait pu dire stop au jeu de dupe de la stressante course aux augmentations, se tenir tranquille dans un placard doré.

Mais l'idyllique n'apparut que rétrospectivement et furtivement (en franchissant une ultime fois la grille grise) : il n'a pas su en profiter, toujours à vouloir en rajouter dans le simulacre, tel son vieillard impassible face à la mort mais tiraillé par l'envie de parader, être héroïque. Cette nostalgie du bureau laissa place à l'euphorie, il serra son portefeuille, j'ai réussi !, l'impression et l'envie de crier je ne suis pas un mouton, j'existe, je suis un vrai révolté, toujours sur les chemins de la Résistance.

Le dimanche, passant *chez sa mère* récupérer des fringues moins guindées, il utilisa une dernière fois son almanach : "J'ai franchi la frontière, je me suis mis en situation de ne plus pouvoir retourner en arrière. Que sera demain ? Le début ou la fin ? Autre chose ! Et cette différence m'attire, vaut la peine d'être vécue. J'ai l'impression de me réapproprier ma vie. Oui, je suis libre. J'espère ne pas avoir fait une connerie. Non rien de rien, je ne regretterai rien. Vive la Liberté." Ensuite, nulle trace ne devait trahir ses occupations. Les indemnités de licenciement lui permettaient d'acheter comptant une vieille bicoque isolée, à quatre kilomètres seulement de celle louée par Mathieu et Patricia, quitter ainsi l'appartement en centre ville témoin d'un seul véritable bonheur.

Il aurait pu retourner au village de son enfance mais y aurait été observé : trop dangereux. Il souhaitait affronter le plus rapidement possible leur destin.

Pas un seul instant, ce jackpot encaissé, l'idée d'une vie tranquille dans la maison parentale ne l'a effleuré. Pourtant, avec ce toit, trente bonnes briques de côté et les aides sociales, il aurait aisément pu vivre, baba cool, libre et honnête. Il avait donc en lui une force maléfique : l'envie d'être riche. La Liberté à portée de main il croyait que pour être vraiment libre, il faut énormément d'argent. Bien un enfant de cette époque, où le matraquage publicitaire a convaincu presque l'ensemble de la population qu'il faut posséder, consommer frénétiquement pour exister.

VI

Chômeurs. Ils étaient chômeurs. Demandeurs d'emploi ! L'affirmation d'être certain de retrouver rapidement un poste leur épargnait "bilans de compétences" et "formations de remise à niveau." Verdict des Assedic : allocation unique dégressive notifiée pour une durée de 912 jours dont 274 jours au taux plein ensuite diminué de 17% par périodes successives de 122 jours.

Evidemment ils pouvaient encore se rattraper aux branches du socialement-correct : à vingt-cinq ans, dont cinq d'expérience, quelques mois d'actives recherches devaient suffire, selon leurs interlocuteurs officiels, à les recaser. Mais alors : finis les *rêves !*

- Vous êtes chômeurs, vous êtes fiers ? Tu t'souviens Math, quand tu disais t'as rien à perdre mais moi j'suis avec Pat. Tu t'souviens ? T'as déjà oublié ! Patricia essayait de se contrôler, parler doucement. Je vais vous rafraîchir la mémoire. Elle appuya sur la touche lecture de la télécommande du magnétoscope, le feuilleton s'éclipsa : *Tu réapparais un soir et tu voudrais tout chambouler. Toi t'as rien à perdre mais moi j'suis avec Pat...*
- Tu es folle ! Jel bondit. Comment as-tu osé ? Il se précipita vers la télé, éjecta la cassette. Tu veux nous envoyer à l'échafaud ? Est-ce que quelqu'un a vu ça ? Réponds !
Ses yeux glaçaient Patricia, juste capable de bafouiller après quelques instants :
- Non.
- T'as des copies ? Alors !
- Euh ! Euh !... Non.
- T'as enregistré autre chose ?
- Non.
- C'est sûr ?
- Sur la tête de Math.
- Avec cette cassette y en a assez pour nous envoyer en prison. Toi aussi. T'as rien compris de tout ce que j'ai expliqué ?
- Je croyais que ça te ferait plaisir. C'était drôle en plus, tout ce que tu as dit, tu parles si bien.
- Drôle ! Mais elle est folle !... Malabar, surveille ta femme, sinon j'suis plus d'accord. Sinon j'me tire, et c'est pas demain la veille qu'on se reverra. Aucune preuve ne doit exister de notre défi à cette société pourrie. Demain je brûlerai cette cassette.
Il ne la brûla pas finalement. Pour la postérité ! Il l'enterra derrière la stabulation où ses parents avaient disposé une cabine de tracteur, où enfant il se réfugiait. En creusant il retrouva les trésors enterrés presque quinze ans plus tôt...

Serons-nous à la hauteur ? N'avons-nous pas poussé trop loin l'identification aux mythiques anarchistes ? N'avons-nous pas pris nos rêves pour la réalité ? Mathieu, es-tu sûr de tes nerfs ?

Déjà ils gambergeaient !
Dérobade : ils retardaient leur entrée en scène, sous le bon prétexte d'un hiver frisquet, qu'ils étaient mieux au chaud, entre bières, vodkas et délires, qu'ils avaient le temps. La voix sarcastique et vindicative du conformisme en profitait : il fallait y penser plus tôt, jeunes hommes, nous vous avions prévenus ! Que va-t-il se passer ? Je vais vous le dire. Durant près d'un an vous allez vivre dans l'opulence, sur vos économies et grâce au taux plein des Assedic. Puis vos Assedic baisseront. Ça dégringole vite quand on réduit de 17% tous les quatre mois ! Alors vous puiserez de plus en plus sur vos économies. Surtout ne pas réduire le train de vie de ces messieurs ! Surtout ne pas arrêter les beaux voyages, même les multiplier ! Puis un jour il n'y aura plus d'économies et les Assedic seront au plus bas. Alors, vous, l'ex-cadre, vous vendrez la maison de feu votre mère. Vous serez tellement pressés que vous en tirerez un prix dérisoire. Cela vous semblera quand même beaucoup, suffisant pour vous permettre cette virée en Thaïlande tant rêvée. Ah ! Les petites thaïlandaises. Quelques mois plus tard, l'argent ayant filé plus rapidement que prévu, toujours pour une bouchée de pain, vous vendrez la vôtre. Alors vous retournerez en ville et trouverez un appartement. En H.L.M. Et vous, l'ex-VRP, votre petite amie en aura marre de vous nourrir à glander. Les disputes seront fréquentes. Ce sera la rupture. Vous irez rejoindre votre copain. Ce sera la fête quelques temps. Canettes et cannabis à volonté. Puis un jour, les deux potes disjonctés du matin au soir ne régleront plus le loyer de leur taudis. Expulsion ! A la rue. Alors observez attentivement les zombis des cohortes de S.D.F. en guenilles, comme eux vous n'oserez plus nous regarder en face, vous marcherez derrière eux, puis parmi eux. Et vous réclamerez notre charité,

rabougris derrière un morceau de carton. La galère. Les soupes populaires. Enfoncez-vous dans la tête que nul ne défie impunément la loi du marché !

Jel « entendait » parfois ce discours, avec la voix de ce monsieur Beaudier.

Effectivement, statistiquement, ils tombaient sur la pente savonneuse, où souffrent par millions les traîne-misère ou en voie de paupérisation, ces victimes du refus des privilégiés de partager les fruits du progrès et du développement mondial qui restreignirent les besoins en travail manuel sur notre territoire, comme le scandera sous peu Jel. Mais la majorité des exclus restent dans la légalité. Malgré la déprime, les humiliations, les difficultés financières, les mensonges officiels et le soupir dédaigneux des épargnés. Cassés, les Assedic objets, les ANPE poteaux, acceptent n'importe quoi : ils ont intégré la morale patronale : le travail offre la dignité ; il faut accepter n'importe quoi à n'importe quelle condition.

Les Cassandre les énervaient. Et Patricia aussi, trop souvent leur messagère. Toujours à gâcher leurs rêves ! Rêves d'inconscients aux idéaux de pacotille, malheureusement. Quelques bières, un joint, et le fric des casses n'est plus qu'une question de temps. Et vive la grosse galette, les voyages tropicaux, décapotables, bacchanales, villas avec piscines...

Et vive la Liberté ! Mathieu s'était totalement rallié à ses lyriques tirades sur la Liberté : si la justice, l'équité, régnaient, nous consentirions, avec joie en plus, à une activité intéressante, humainement enrichissante, au service de la collectivité, deux trois heures par jour. Déjà au début du siècle des intellectuels pronostiquaient ce programme ! Alors ! Mais pour vivre dans le monde tel qu'il devrait être, un monde naturel donc imaginaire, à fabriquer sous bulle et entretenir, nous n'avons que ce moyen. On n'affronte pas un mur, on le contourne ou l'escalade.

Après une telle envolée, fier, Jel criait habituellement, *c'est ma tournée !* ; l'argent n'étant pas un problème, chaque semaine ils remplissaient les caddies nécessaires. Champagne au petit déjeuner, *"comme Prévert"* aimaient-ils répondre à Patricia (Mathieu confondait régulièrement avec Préboist), puis bières pour tenir jusqu'au midi... Le soir, Jel rentrait rarement chez lui, se vautrait dans le canapé. Le verre à la main, le regard vague, ils étaient les dignes descendants des Coupeau, Mes-Bottes, Bibi-la-Grillade, Bec Salé dit Boit-sans-soif ; la télévision a remplacé le tenancier, l'alcool ne se consomme plus à l'Assommoir mais chez-soi. La paresse aussi les gagnait, une vie de cochons, l'argent tant qu'on en aurait, on s'en donnerait à cœur joie. C'était plaisant de se laisser vivre, sans souci, sans idée, sans réflexion, devant la lucarne magique.

Mais les images de la Gervaise mendiante, agonisante sous l'escalier, revenaient à Jel, il avait lu Zola, et comme Etienne voulait échapper à ce qu'il craignait être une hérédité de la soûlerie. Une nouvelle fois il s'identifia à Etienne.

Oui, nous finirons poivrots. Comme ces clochards, le nez piqueté, un vrai dahlia bleu de Bourgogne, si nous continuons. L'orgueil reprit le dessus, l'orgueil d'avoir juré atteindre les sommets. L'orgueil de ne pas finir comme Coupeau, passé par la case tremblante et direct chez les fous, le cerveau grillé, schizophrénique ment dévoré par des ribambelles de rats, d'araignées...

VII

Durant cette fiévreuse période notre ex-cadre renoua avec Yves, revu *par hasard* au supermarché. Pour la énième fois, *mais ça faisait longtemps*, narrer leur premier contact, *explosif :* douze ans, le rêve d'un avenir en footballeurs professionnels, héros locaux qui portaient à bouts de crampons leur petit club respectif... au coude à coude en tête du championnat minime du district. Avant-dernière journée cruciale, match au sommet : une victoire ou un nul et Valdeon empoche le titre. Jel avait ouvert le score dès les premières minutes, un coup franc prétendu platinien (en fait, un simple tir tendu transperçant un mur gruyère et surprenant un goal inattentif) et, d'une tête piquée, Yves avait égalisé. Paralysés par l'enjeu, les locaux géraient la partie, redoublant les passes au gardien (c'était encore autorisé), lorsqu'à quelques instants du coup de sifflet final, après avoir éliminé trois adversaires, Yves file au but : d'un tacle par derrière, inévitable, sur sa cheville gauche, son futur ami le stoppait net. Les personnalités locales, le maire, l'instituteur et les gros propriétaires (du village où il a débuté l'école, le sien, d'une cinquantaine d'âmes, se limitant à une église et douze fermes) l'avaient chaleureusement félicité. Et offrirent à son père une cuite à l'œil.

Cinq ans plus tard, l'aléatoire des banquettes du train bondé les plaçait face à face : son visage lui semblait inconnu ; Yves ne l'avait pas oublié et engageait la conversation ; Jel n'avait pas envie de parler un lundi matin ; Yves déviait sur le foot puis ce samedi qui l'avait écarté des terrains presque six mois. Cela leur offrait un sujet de conversation. Il ne lui en voulait plus : il aurait commis le même geste décisif si les rôles avaient été inversés. Et malgré l'absence d'atomes crochus avec Mathieu, Yves s'incorpora facilement aux virées du samedi soir, jurant même une éternelle reconnaissance au dragueur professionnel entremetteur avec la blondasse qu'il zieutait depuis des semaines sans oser l'aborder, et finalement épousée. Jel considérait autrement cette aide : l'apaisement d'un sentiment de culpabilité. Déjà la mauvaise conscience !

Mais lui aussi sa mijaurée l'éloigna : leurs souvenirs footballistiques, leur rivalité de supporters lensois contre marseillais et *"ce puéril engouement"* devant le petit écran l'énervaient...

Il se prétendait heureux : comme prévu il avait arrêté la menuiserie, était entré à la D.D.E, l'équipement, le jour où son beau-père corrigea les tests d'admission, se la coulait douce, affecté au même établissement que sa femme, en congé depuis la naissance de leur enfant, Alexis, devant lequel ils se prosternaient, carrément gagas. Ils compatirent à ce licenciement, un malheur vu de leur prisme d'actifs, et lui fournirent la liste des concours administratifs. Ils n'auraient pas compris : le chômeur satisfait de son sort évitait ce sujet et ils trinquaient à la santé du beau jeu nantais.

Jamais Yves ne soupçonna ses activités criminelles mais, persuadé de la culpabilité de Mathieu, il lui conseilla de ne pas le défendre, ne l'appela plus, répondait avec toujours dans la voix la peur de lâcher un mot susceptible de le faire suspecter si la police les écoutait. Ainsi s'acheva leur complicité, sans dispute, par l'éloignement et le silence. Il ne veut plus me voir, il ne sait pas ce qu'il perd, pensera Jel, il ne sait pas que j'aurais pu être comme lui, et si ça avait été le cas je me serais dégoûté, ils se ratatinent, toujours à la bouche des jurons racistes, ils étaient pourtant comme moi et bientôt ils seront de gros cons, le portail fermé à double tour, l'interphone et la télévision.

VIII

- Les caïds, les durs, les spécialistes, les récidivistes, se seraient moqués : jamais nous n'aurions osé débarquer dans une ville inconnue et braquer la première banque croisée. Et pourtant, nous allions défoncer la porte d'honneur de la légende du grand banditisme, notre professionnalisme orienta polices et médias vers les mafias et autres organisations criminelles internationales. Nous allions réfléchir là où priment instinct et audace, nous allions appliquer aux attaques à mains très armées le *Discours de la Méthode* promulgué par Descartes.

- Mais avant ces "rendez-vous avec l'histoire", s'entraîner, assimiler les réactions de la flicaille et celles des badauds volontiers héros de l'inutile s'avérait indispensable.

- Idéales pour des apprentis comme nous, les stations services confirmaient les facilités de Mathieu, qui me sidérait déjà quand, durant notre kleptomane adolescence, les poches pleines, il souriait aux vigiles du Mammouth. Facile en principe : une journée de repérages. Et go, dix minutes avant la fermeture : j'effectuais un double passage et lançais l'as des as d'un signe : à moto il déboulait, obtenant facilement la caisse d'un employé paniqué par le fusil au canon scié devant les yeux.

- Converti en curieux, j'observais, ravi, la lenteur, plus d'un quart d'heure après le hold-up, de l'intervention policière. La grosse armada, avec filtrage aux axes principaux, constituant plus une parade destinée à rassurer le bon peuple qu'une réelle menace.

- Tu te rends compte mon pote, on a osé. Nous ne sommes plus de cette galaxie. Nous sommes d'une autre dimension. On a compris le système. *Et on les nique les tristes figures, on les nique.*
- Exceptée cruelle malchance, impunité garantie : cinq autres stations services et sept magasins plus tard, nous agissions sans crainte, en "professionnels" : nous pouvions franchir un pallier.

- Sur le papier, braquer une banque n'apparaît guère plus compliqué ni plus dangereux (ni plus rentable d'ailleurs, pourtant braquer une banque reste la référence), mais la préparation du bouquet final exigeait le recrutement de comparses. Les relations nouées durant l'armée par Mathieu se révélaient précieuses et mon décrété légendaire sens de l'appréciation des Hommes dégageait une liste de candidats potentiels sur lesquels nous menions une discrète minutieuse enquête. Objectif : former une véritable escouade, efficace, inoxydable. Objectif atteint en trois mois : quatre mecs et deux filles, vierges niveau casier judiciaire, acceptaient nos conditions : ni amitié ni contact en dehors des obligations *professionnelles* et suivi scrupuleux des directives.

- Pour eux, je restais un inconnu, el plannificator, le cerveau, big boss mythiquement assimilé à un seigneur de la pègre. Et mon scénario, véritable signature, ne subit aucune retouche durant les vingt-sept applications gagnantes effectuées en trois mois : Mathieu et deux complices investissent la banque ; un coéquipier en couverture ; deux voitures, moteur en marche, orientées en sens opposé ; une fille, reliée à ses compagnons par talkie-walkie, surveille les éventuels mouvements des keufs. Le plan catastrophe ne servirait jamais : deux véhicules utilitaires bourrés de munitions, contenant chacun trois motos, installés sur les itinéraires de fuite.

- Complémentarité, solidarité et calme, l'heure des grandes missions sonnait.
Première étape : les armes, facilement obtenues en dévalisant une armurerie puis en investissant un hangar militaire. Carrément ! Un arsenal digne d'une préparation de putsch, je l'ai prétendu ! Puis la répétition du schéma d'action : le vol de trois trente-huit tonnes ; la prise en tenailles d'un fourgon blindé ; l'arrivée du troisième camion sur la gauche, arrêté à hauteur des portières ; kalachnikov en main deux hommes masqués se précipitent sans danger par la droite et contraignent les occupants à descendre ; le fourgon est embarqué dans l'un des poids lourds et les convoyeurs présents à l'arrière obtempèrent gracieusement, tandis que Vincent tague "Ni haine ni violence" à la bombe aérosol verte.

- "Le gang des trente-huit tonnes a encore frappé." Dès la deuxième opération, le vingt heures, en mal de sensationnel, nous popularisait. Une nouvelle affaire d'Etat ! Des émissions spéciales ! L'union sacrée du pays exigée mais l'acclamation des petites gens qui nous pardonnent de dérober "*l'argent du contribuable*" car nous brûlons les sacoches de chèques. Les nouveaux Robin des Bois. Un peu de baume au cœur dans les foyers aux fins de mois difficiles : "*finie la carte bleue, on paye par chèque, ça peut rapporter un caddie gratuit.*"

- Mais une cinquième et dernière attaque qui dégénère : l'irruption d'une patrouille dans le bois d'Olhain. Et leurs tirs. Et la réaction du capitaine, immédiate, à la kalachnikov : un mort, deux blessés graves.

Appels à la délation avec promesses de rançons, descentes dans le milieu, perquisitions : l'enquête, commencée en fanfare médiatique, s'enliserait. Mais de leurs airs renseignés découla la dramatique répercussion : le vendredi soir, agissant naturellement, Jel apportait le journal chez mes amis ; ils ne l'avaient pas encore vu ; s'enclenchait une funeste mécanique ; la une serait fatale : en haut à droite, la photo d'un cercueil recouvert du drapeau tricolore sur lequel se penche, en larmes, un gamin d'une dizaine d'années (il les hait forcément, n'adhérera jamais à leur version : son père, en signant dans la police, prenait un risque, le risque d'affronter un homme déterminé, comme Mathieu, à vendre chèrement sa peau) ; et en haut à gauche, symétrique à ce cliché émotif, un portrait-robot dont Patricia soutint, à leur surprise, qu'il démasquait Mathieu…

- Nous avions ri ; elle prédit notre perte ; menaça de tout raconter pour se sauver, prit les clés de la moto ; nous n'avions jamais abordé pareille éventualité : d'un regard, sans une parole, la décision était réciproque, nécessaire, inévitable ; c'était elle ou nous, elle connaissait les planques d'armes et celles du fric ; trois minutes plus tard, la pauvre ne pouvait éviter notre voiture, conduite par Mathieu naturellement, qui la doublait, se rabattait et pillait.

- Mon frère, officiellement on sait rien. Faut pas craquer avant qu'on soit prévenu. On n'avait pas le choix. Va te reposer. Prends un truc qui fait dormir. Je vais nettoyer. Y'aura plus aucune preuve.

Jel en vomirait. Pardon Pat. Pardon Pat. Pourquoi nous as-tu fait ça !

IX

Le lendemain, dès l'aurore, la police sonnait chez Mathieu. Patricia était dans le coma, victime d'un accident de la circulation. Sur le tabouret toujours à côté de la porte des toilettes, le mari s'effondrait, la tête entre les mains, à penser "qu'est-ce qui dirait l'indien." Après un long silence mis sur le compte du choc, il avait le bon réflexe, se souvenant l'avoir fauchée route de Béthune, bafouillait qu'elle était partie la veille chez sa sœur enceinte, avait prévu y passer sûrement la nuit.
Mathieu appelait Jel. On est dans la merde, Pat est vivante...
Que faire ?
- La finir ! Elle va parler, on est foutus.
L'ex-informaticien, rationnel jusque dans l'horreur, menait la réflexion, Mathieu acquiesçait. Faut trouver un tueur. On a du fric, on va quand même pas tomber pour une traître...
Le soir même, Jel prenait le TGV Arras-Paris, et rencontra immédiatement l'homme de la situation. "*Un jeu d'enfant pour moi*" répondait Marsine, "samedi soir ta copine sera froide, une balle dans la tête. Tu connais le tarif."
Le vendredi, les amis plus que jamais inséparables, se rendaient à l'hôpital, Patricia "dormait toujours", "*mais nous avons bon espoir, tous les signaux indiquent que d'ici trois jours, normalement... Gardez espoir.*" Le samedi au journal de treize heures, "*Règlement de compte dans l'aile parisienne de l'Uclinoise, Franck Marsine a été retrouvé ce matin une balle dans chaque œil, sa voiture garée devant la Poste principale, ce qui serait la signature de la tristement célèbre organisation...*"
Marsine ! Je l'ai encore vu jeudi, en pleine forme. Marsine ! On est foutu. En plus on a payé d'avance. Faut agir ce soir, ensemble. Pas le choix. Au poignard. On ne se promène pas avec un revolver. Un coup en plein cœur.
A deux heures trente, porte de service ouverte avec un passe, ils arrivaient au troisième étage... en effervescence devant le 312 ; la voix du père de Patricia couvrait les autres, "*elle est vivante, ma fille est vivante... Faut appeler Malabar.*" On dégage.
A leur retour, le téléphone sonnait.
- Alors, où t'étais ?
- Chez Jel
- Pat...
Ils repartaient, dans un virage percutaient une voiture à l'arrêt. Comme ça c'est sûr, aucune preuve sur la Clio. En taxi, à six heures cinq ils arrivaient, décidés à faire bloc, nier. Patricia venait d'être

informée de cet accident sans gravité, elle ne parlait pas encore mais comprenait, les docteurs s'en affirmaient certains.

Huit jours plus tard elle recouvra l'usage de ses membres supérieurs et écrit, *"je ne me souviens de rien, pour l'instant"* ; encore une semaine et elle reparla, *"Math, j'espère que tu ne m'abandonneras jamais, et toi non plus. Vous me comprenez, les Dupond-Dupont."*

La garce, elle sait ! J'ai bien envie de la buter.

Trois mois après l'accident, elle quittait l'établissement, les jambes paralysées, séquelle sans espoir. *"Je règle quelques affaires avec mes parents et nous passons la soirée ensemble, chez nous."*

Mathieu et Jel s'attendaient à ce qu'elle raconte la soirée fatale, et termine par, vous voyez, je n'ai rien oublié, j'ai tout écrit pour au cas où il m'arrive quelque chose.

- T'inquiète pas frère, on fait comme on a dit, dans une quinzaine on part ensemble dans le sud, et on ne revient plus. Si elle déballe son sac, ce sera facile de dire qu'elle invente parce qu'elle n'a pas supporté ton départ.

Elle avait commandé le repas chez un traiteur ; Christian V, le célèbre sourd muet Arrageois tenait lieu de serveur, elle leur confia sa joie de se retrouver enfin chez elle, avec un si bon mari, un si bon ami... Le vin les dérida, jusqu'à presque oublier...

A minuit, les lumières s'éteignirent, l'Indien et Malabar s'attendaient au gâteau ; ce fut le vrombissement d'une moto à vive allure, en bruit de fond une voiture qui se rapproche, et le choc. Le moteur de la Clio arrêtée, une portière s'ouvre puis une autre, une refermée...

- On l'a eue
- Oui, elle est... out. On est sauvé frère
- Allez, on se barre.

Elle avait tout enregistré !

- Utile, hein, le mini magnéto que vous m'aviez piqué, les gars. Sans cet enregistrement, j'aurais jamais su qui m'avais bousillé. En plus je serais jamais allée vous dénoncer, je me serais dégonflée, deux heures après je serais revenue frapper à la porte, m'excuser. Vous êtes vraiment des cons. Je l'avais dit souvent que je voulais qu'on arrête tout, mais à la fin je suivais toujours. Vous le saviez bien que faire un tour en moto ça me calmait. Vous avez fait la connerie de votre vie. Je vous ai épargné notre dispute, valait mieux aller directement à l'essentiel. Mais si ça vous intéresse. Bien sûr c'est une copie, l'original est dans un coffre, sous scellés.

K.O., blancs, décomposés, ils ne pouvaient que fixer le vide, faute de pouvoir soutenir le regard de Patricia, qui se délectait du silence.

- T'attends quoi de nous ? Au moins cinq minutes furent nécessaires à Jel pour réussir à bredouiller la question qu'elle attendait.

- Deux choses. La première que vous soyez comme avant, Mathieu mon homme, toi notre ami. La seconde : les trois quarts du fric. Je vous laisse quand même un peu, pour que vous ayez votre liberté. Si je me souviens, il reste huit cents briques, ça vous fait deux cents, cent chacun, c'est déjà pas mal, il vous reste vos jambes. En plus je vous offre la mallette bleue.

Même Mathieu, peu porté au calcul mental, avait rapidement réalisé la division après la soustraction des cinquante briques Marsine ; soixante-quinze ! Tant de risques pour si peu. Mathieu n'avouerait que longtemps plus tard avoir pensé, si je récupère les six cents j'aurais fait une bonne affaire.

X

Bières, bières, bières, whisky, cinéma (le cinéma est un lieu sombre où l'on zieute furtivement le début du film avant d'explorer sa voisine en regrettant l'inconfort des banquettes, aimait proférer Jel au temps de l'insouciance estudiantine), bistrots, whisky, intégrales en CD de Motörhead, Iron Maiden, Trust, Téléphone, Thiéfaine, Higelin, Gainsbourg, Souchon... rien ne les sortait de cette impression d'être tombés dans un piège. Non ça ne pouvait plus être comme avant. Ils haïssaient la traître au fauteuil roulant mais souriaient. Mathieu se consolait avec des prostituées. - Est-ce qu'on paye pour ce qu'on a fait ?

Pour la première fois, à l'initiative du mari désespéré, les amis abordaient l'hypothèse d'un Dieu, d'un au-delà. Avant, Dieu ne les intéressait guère, se réduisait au gadget de la religion chrétienne, l'attrape nigauds allié des puissants qui depuis des siècles égorgent, se font craindre, obéir ou maintiennent dans la misère et l'ignorance sous couvert de charité, le tout en son nom. De ce Dieu du pape en papamobile blindée, fastueux, opposé aux préservatifs et à l'IVG, rien à craindre, rien à espérer. Mais de Dieu, le miséricordieux des Saintes Ecritures, souvenir du catéchisme ? Pourquoi y a-t-il quelque chose au lieu de rien ? Eternelle question. Le pari de Pascal ? Tentant. La mort : scandale suprême. L'ancien assidu du dictionnaire des citations plaçait régulièrement la morale d'Epicure : *"La mort n'est rien, puisque tout bien et tout mal résident dans la sensation, et que la mort est l'éradication de nos sensations."* Des milliers de fois il a, s'est répété cet aphorisme, convaincu de sa justesse, sans parvenir à l'accepter, l'appliquer à son cas particulier.

Sept mois après l'accident, le recueil de poèmes et pensées promis sortait, *Eternelle Tendresse*, incorporé immédiatement, par l'indifférence générale, à la production rébarbative des "auteurs régionaux." Enfin une excuse pour quitter le Pas-de-Calais, Patricia. Des *francofolies* de La Rochelle au festival d'Avignon, ils réalisaient leur objectif : vendre trente bouquins en se présentant extérieurs aux systèmes, en fustigeant l'industrie du marketing littéraire. Cette auréole facilitait la drague : les naïves apprenties starlettes cuivrées aux U.V., style Binoche, Sharon Stone, Pamela Anderson, Vanessa Paradis ou dernière née, s'enflammaient et s'inventer des accointances cinématographiques les allongeait, chaudes. Un jeu de dupes : elles croyaient monnayer un passeport artistique ; ils enfilaient ce qu'elles n'étaient pas. La bagatelle accomplie les plus organisées refilaient une carte. L'une de ces entrevues horizontales valut même au poétillon la consécration : sa partenaire pissait des lignes dans un magazine dévolu à la promotion d'écrivaillons Lyonnais mais distribué nationalement et tiré mensuellement à cent cinquante mille exemplaires grâce au lucratif créneau de la flatterie aux retraités, aux rebutés des publications sérieuses. Leur crédo affirme que tout écrit a sa grandeur, mérite lecteurs. Sur l'oreiller la pisseuse avoua rester lucide : aucun des incités à poursuivre la rédaction de leurs inégalables souvenirs ne produirait la moindre œuvre mais elle apportait du rêve aux gens et cela leur rendait la vie, l'absence de vocation, moins insupportable. En plus, elle cumulait ainsi salaire correct, horaires libres et rencontres intéressantes ; après la fac de Lettres son choix était limité : c'était ça (son père connaissait le directeur) ou la banque, introduite par sa mère chef de service. Jel représentait un cas idéal pour leur énième dossier sur l'auto-édition. *"Comme Arthur Rimbaud, notre ami s'auto-édite. Faute d'argent, notre glorieux devancier avait abandonné les premiers exemplaires de ses chefs-d'œuvre chez un imprimeur belge, notre ami s'est donné les moyens d'être autonome : à vingt ans il a préféré travailler plutôt que fréquenter les mondains, draguer les "gens qui comptent", il a ainsi travaillé durant cinq ans, pour s'acheter un ordinateur et une imprimante laser, et fabriquer, en passant par un seul imprimeur des livres d'une qualité réellement professionnelle. Puis, avec un ami, son meilleur ami, son ami d'enfance, il va de ville en ville et s'adresse directement aux lecteurs. Il vend ainsi sans intermédiaire, ces intermédiaires qui volent le pain et le vin des écrivains (il est toujours bon de rappeler qu'un auteur chez un éditeur classique ne touche que 5 à 12 % du prix de vente hors taxe, en plus pas sur tous les livres vendus). L'arrogance de ces messieurs des maisons d'édition envers la poésie ne l'a pas découragé, il a compris que l'art ne se limite pas aux salons des beaux quartiers parisiens (...) Pour nous tous qui rêvons de voir notre nom imprimé sur la couverture d'un livre, sa démarche est un exemple : l'autoédition est vivable...*

L'autoédition peut permettre, comme le souhaite notre ami, d'installer une œuvre sans contrainte, sans comités de lecture, sans libraires qui ne veulent plus que des livres passés à la télévision."

La prédiction d'Andy Warhol réalisée : n'importe quel médiocre peut se croire star un instant. Et pas seulement grâce aux jeux télévisés. Malheureusement, à la suite de ses coordonnées, elle inséra un extrait, ce qui limita à trois ses ventes par correspondance.

XI

L'Amitié avait triomphé, mais Mathieu devait passer ses nuits à côté de Patricia, l'ami était régulièrement invité à manger, presque chaque dimanche, les compères ne voyaient aucune issue à ce manège et l'automne, période propice aux suicides, s'annonçait psychologiquement délicat à traverser. Est-ce vivre de toujours devoir sourire quand on voudrait cracher à la gueule ? Faut se distraire. Mais personne ne les distrayait ! Ils s'inscrivirent au stand de tir et Mathieu, rapidement classé parmi l'élite, obtint un port d'armes (eu égard à sa situation militaire, on avait déconseillé à l'ex-cadre d'en effectuer la demande). A plusieurs reprises, chez Jel, lors de leurs après-midi liberté, quelques coupes de champagne vidées, vautré sur un canapé, serrant le canon entre les dents, ventriloque, Malabar avouait : *"ce serait facile."* Puis balançait le pistolet : *"mais non, j'déconne, on est bien."* C'était presque devenu un rituel. Un samedi, il ajouta : *"d'ailleurs il est pas chargé."* Et visa el plannificator. La peur le glaça. Mathieu rit, la balle effleura la joue droite de notre *poète*, il avait appuyé sur la détente ! et cette balafre lui vaudrait le surnom d'Albator dans les torchons nationalistes, une énième rediffusion du dessin animé de son enfance coïncidant avec la parution de *l'acharnement judiciaire.*

Le drame rôdait. Achever prématurément cette amitié se serait avéré préférable. Les laisser dans leur merde. Partir. Patricia n'osera jamais me dénoncer si Mathieu reste avec. Mais le courage lui manquait : il se considérait responsable, son éducation judéo-chrétienne, terreau de culpabilisation, l'engloutissait : sans moi ils seraient encore comme avant, pauvres, sinistres, cocus, blasés mais *comme les autres.*

Jel masquait ces sentiments derrière l'envie d'être *utile,* des pulsions *humanitaires*, la génération morale ne peut supporter la moindre souffrance, même à l'autre bout du monde, prétendant vouloir partir où son action serait palpable, apaiserait des douleurs, sauverait des vies. Mais remettait continuellement au lendemain la moindre démarche.
Seuls l'errance et l'alcool lui offraient des distractions (s'affichant en maladive nostalgie de Catherine et Lolita, idéalisées en un seul mythique Amour, il se prétendait dégoûté du sexe, en fait ne voulait pas risquer de les croiser accompagné ni devoir présenter ses nouvelles conquêtes lors du couscous dominical). Mathieu l'enviait, *t'as de la chance, tu peux voyager, moi je n'ai que les bistrots, toi et le casino.* L'errance : virées à intérêt limité : boire une bière à Munich, un café chez Maxim's, photographier la tour Eiffel, celle de Pise, la tombe de Jim Morrison, d'Arthur Rimbaud, voir un match au Stade Vélodrome, au Parc des Princes, à Twickenham, traîner Porte de Clignancourt...

Derrière l'étable, sous l'auvent, chez feu sa mère, les trois quarts des invendus de sa poésie s'envolèrent en fumée, lors d'un autodafé un brin mystique : autodafé de rédemption, besoin d'ex-enfant de cœur enivré par l'absurde espoir d'attendrir Saint Pierre ou Saint Benoît Labre, au cas où. Traumatisés par les flammes, impression d'enfer miniature, ils filaient à Reims... en quête d'une gazelle identique à celle des rêves érotiques de Jel : black, 1m75, longs cheveux jusqu'aux hanches, et fine, super fine. Yves lui avait juré en avoir croisé une identique là-bas.

"*Tu cherches une aiguille dans une meule de foin*" les aurait retenus ; le bon sens terrien des vieux du village. Le séquoia, l'arbalète, grand Jacques... Tandis que Mathieu slalomait entre les camions, tel un gosse émergé de sa léthargie, leurs sourires d'édentés lui traversaient l'esprit...

Ils apportaient leur chaise, s'asseyaient au bord du terrain, prodiguaient leurs conseils ; football et vie, humanisme avec les mots d'aujourd'hui ; on les écoutait à peine. Mais leurs phrases à force d'être répétées s'imprégnaient : "*Profitez-en. C'est beau d'être jeune. Nous on avait la guerre... N'écoutez pas les pisse-froid, amusez-vous... Faites ce que vous avez envie... Nous y'avait la guerre. L'important c'est de profiter de chaque jour... Des gens qui se croyaient importants, y'en a plein les cimetières... Travaillez et courez les filles, y'a rien de tel pour bien dormir la nuit. Mais ne trichez pas : ne travaillez jamais par obligation, appareillez-vous jamais par obligation, ou avec de fausses excuses... On sait trop ce que ça donne. Ouais, c'est moi qui dis ça, ça dérange quelqu'un. Au travail comme avec les femmes, faut aller où on a envie. Faites pas comme nous. Mais nous y'avait pas... Méfiez-vous des beaux parleurs. Ils voulaient toujours nous vendre un tracteur plus gros. Vous, ils vous créeront de nouveaux besoins, comme on dit maintenant. De la foutaise tout ça...*" Une oreille distraite en concluait qu'ils divaguaient, ne pouvaient plus comprendre un monde évolué trop rapidement pour eux. Puis il n'y eut plus d'enfant en âge d'égayer la commune et l'attraction de la télévision les transforma en taciturnes.

Mais sur cette A21 Jel s'apercevait disait que les vrais philosophes ne sont pas ceux que l'on croit ; ni chemise blanche ni héroïsme médiatique, les Sages parlent près de nous et nul ne les écoute ; ils s'éteindront en silence, sans creuser de sillons, tels des Socrate miniatures qui n'auront pas eu la chance d'avoir leur Platon. Bien sûr il se fabriquait des souvenirs nostalgiques. Cette sagesse des chênes n'est, dans l'immense majorité des cas, que sénilité, radotage. Ils étaient même plutôt bougons, rancuniers, les vieux de son village. Oubliée leur méchanceté, les torgnoles pour un bonjour ou merci omis, de même il ne voulait retenir de cette période que l'insouciance, les après-midi football, la cueillette des cerises, des mûres...

Adaptant l'un de *leurs adages*, ils ajoutaient l'utile au divertissant, partant les poches pleines, décidés à écouler le maximum de la mallette bleue du second fourgon, des billets neufs et de séries. C'était nécessaire : l'argent commençait déjà à manquer, depuis les déconvenues des "joies du casino." Ecouler des coupures, même vraisemblablement répertoriées par la police, relève du jeu d'enfant : ils pouvaient aisément noyer la ville durant deux jours (Jel n'accordait pas plus à la "fille de ses rêves" pour se présenter devant leurs pupilles). Après, il faudrait reprendre les braquages, en duo. On ne va quand même pas quémander ni trimer misère.

Hôtel quatre étoiles : luxe naturel, un petit plaisir. On a encore les moyens. Première journée sans intérêt : cent vingt Montesquieu changés, lotos, cigarettes, gâteaux, disques, livres, souvenirs... mais nulle princesse ébène, ni à la faculté, ni à la gare, ni dans le centre, ni aux cafés. Spleen et bars banals le soir, avec paumées faciles : envies de baiser... mais Mathieu veut rentrer :
- Faut que je te parle d'homme à homme, pour une fois qu'elle m'a laissé partir.
A l'hôtel, plus envie de parler ; couché sans ivresse. Et lever à l'aurore : envie d'observer la ville s'éveiller. Mathieu, énervé par cet empressement, de mauvaise humeur, se précipitait au bistrot, laissait Jel savourer seul sa revanche : deux ans plus tôt, le Directeur National des Relations "Humaines", lui avait proposé une mutation géographique à Reims, au siège régional, mais le conseil de Thérèse, qui jura lui préparer une opportunité plus alléchante, l'avait retenu : il scruta les mines soucieuses des cadres dynamiques aspirés au turbin...
J'aurais pu être des leurs, un minable... et ne jamais revoir l'as des tasses ! Vous avez vos cinq semaines, moi j'ai toute ma vie ! Ça pourrait être pire !
Mais un sentiment de bassesse l'assaillit, l'accusant de puiser son bonheur à cette délectation, à l'insipide des autres, de se comporter en méprisable dépourvu d'idéal.

J'ai pas besoin de ça pour être heureux, je suis libre. Je suis libre, libre, libre, et je t'emmerde l'ami, faux frère, fini ce cinéma, je te retrouve, on rentre, et basta, j'pars en Afrique, j'ai encore assez pour vivre plusieurs années, et le notaire vendra les deux maisons. J'ai retenu la leçon, toujours garder quelques économies, j'ai pas tout claqué au casino grand, ça tu l'ignores.

Cela lui fit l'effet d'une révélation…

Oui je suis libre, encore libre, Patricia veut garder son branleur et l'oseille, j'ai rien à voir dans cette histoire…

Théâtralement, il s'imposa un mystique recueillement à la cathédrale. Il y couru même ! Silence, deux cierges (sa mère, le genre humain), deux veilleuses (l'une à sa bonne étoile, l'autre à la fille du bonheur éternel ; malgré toutes ses envies de baise, la conscience de n'avoir été heureux que vraiment amoureux, s'éveillait) et une pièce aux bonnes œuvres. Comme la majorité des touristes, l'avenante devanture sise en face l'emberlificotait et il subit gracieusement un couple bon chic bon genre, œillet rouge à la boutonnière, le monsieur, deviser sur les goûts de leur fils puis des subtilités des crus et choisir enfin une marque (la plus connue), pour obtenir sa bouteille de champagne, la même qu'au supermarché mais nettement plus chère.

Pour nos adieux !

La première fois qu'il me raconta :

- Ange gardien, mon sixième sens - féminin ? - me trouble. Une vibration suspecte trahit le visage et les yeux des passants, et les punks s'éclipsent du jet d'eau où ils étaient constamment restés plantés la veille. Prudence. Plus tard j'évoquerais un pressentiment, la même désagréable impression que le soir où deux gendarmes nous attendaient à la sortie d'une voiture mais, sur le moment, je me limitais à psalmodier : quelque chose cloche… prudence. Pas du renard à l'approche d'un poulailler. Car de flics à tribord ; car de flics à bâbord. Palpitations. Un hasard ? Une descente ? Réflexe : les toilettes publiques ; juste une fente pour voir sans être vu : un type ceinturé, mis en joue, frappé au bas ventre. Il s'effondre. Aux vêtements je ne peux me tromper : Malabar ! "*Ton complice ?*" : au moins trois cents mètres nous séparent pourtant je suis persuadé d'entendre cela, lugubre écho Place Drouet D'Erlon. Ils crient. Ils hurlent dans leur talkie-walkie. Ils me cherchent.

Impossible de t'aider, il faut fuir. Fuir ; réfléchir et agir ; vite, très vite.

- Se travestir était une idée géniale ! Mathieu la considérait farfelue et ne s'y était rallié que pour abréger ma leçon sur la réduction maximale des risques, se limitant néanmoins à s'adjoindre une simple barbichette. Au contraire de moi, qui poussa le professionnalisme jusqu'à emporter deux jeux complets. Il avait raillé cette *coquetterie*.

Sortir ainsi et marcher sans crainte ? Se changer m'expose à un vieillard paniqué par une vessie au bord de l'implosion, qui s'acharne sur la porte et ameute la flicaille (scène vraisemblablement vue dans un film pour redouter immédiatement pareille hypothèse).

Conserver cette apparence, c'est miser sur ma capacité à quitter Reims sans être contrôlé. Car s'ils interpellent tout ce qui vient de la même région, j'expliquerai difficilement le besoin de me promener déguisé. Trop dangereux. Pas le choix : retirer la cravate, le costume… et jouer au sportif local en jogging.

Suis-je tiré d'affaire ? Comment fuir ? Inutile de songer à la voiture : Il en a les clés ! En plus, c'est la sienne.

- Prêt à sortir j'enflammais fausses barbes et perruques (une seule pression de la chasse d'eau évacuait l'intégralité des cendres) et essayais d'imaginer la tête du quidam confronté à mon attaché-case (pas celui offert par ma mère, devenu une véritable relique, mais un acheté spécialement pour cette mission et où se trouvait le sac ultra léger qui me permit d'emporter discrètement mes effets personnels... et la bouteille de champagne) déposé derrière la cuvelle.

Quelle sera sa réaction ? Le confier aux objets trouvés ? Le laisser à la discrétion du prochain occupant ? L'ouvrir et découvrir les Montesquieu ? Et alors ? Les prendre ? Les porter à la police ? Paniquer ?

- A ma connaissance, aucune dépêche n'évoqua ce sujet. Couvert du masque de la bonne humeur par ces interrogations je me lançais vers la gare, traversant la place fondu parmi la foule amassée au spectacle, angoissé à l'idée de transporter ainsi des fringues peut-être repérées. Mais, persuadé que les abandonner présentait le terrible inconvénient de pouvoir être trahi par la sueur qui s'y serait incrustée, j'avais en vain cherché une solution moins risquée.

XII

Gare fliquée, contrôles d'identité, chauffeurs de taxi, agents de la SNCF en discussions avec des policiers. Putain de ville. Et le dernier feu en direction de l'autoroute face au commissariat ! Quel traquenard. Oser : se précipiter sur une voiture à l'arrêt et convaincre illico presto le conducteur.
Que des vieux, ou des vieilles ! Un militaire ! Une fille seule, 205 noire immatriculée dans le 02, vitre baissée, bras bronzé.
- Vous m'emmenez ?
- Où ?
- Saint-Quentin.
- Je n'y vais pas.
- Laon.
- Je n'y, je vais vers Paris. If you... Si vous voulez.
Bouffées de soulagement. Envies nerveuses de rire. Périphérique, péage sans flicaille : liberté ; *il est libre Max, y'en a même qui disent qu'ils l'ont vu... voler !* ; Mathieu ne me trahira jamais ; il leur racontera une histoire bidon, un drame du chômage : billets achetés aux Halles à un tarif dérisoire : trois mois avec sursis. Aucune raison de m'inquiéter : aucune preuve chez eux ni chez moi. La mignonne interrompt ses réflexions :
- Je vous emmène à Rennes ?
- Qu'est-ce que j'irais y faire. Je suppose que là-bas... t'attend un mec qui ne sait pas la chance qu'il a de te serrer dans ses bras.
- Le mec qui ne savait pas sa chance de me serrer dans ses bras, je l'ai viré depuis bientôt trois ans. Et je n'ai nullement l'intention de le revoir. Mais tu as peut-être mal interprété mes propos, je ne te faisais nullement des avances. Simplement, comme il me semble que tu désires t'éloigner de Reims, pourquoi pas t'aid... t'emmener.
- Qu'est-ce qui te fait croire que j'ai besoin d'aide.
- Quelques, disons... indices.
- Si je suis tombé sur une détective privée, rassure-toi, rien à me reprocher.
- Ça, j'en donnerais pas ma main à couper... mais rassure-toi, ni détective privée ni publique. Seulement une ancienne étudiante en psycho qui vend des produits écologiques pour survivre et qui a conservé quelques capacités d'observation.
- Et tu bosses à Rennes ?
- Une fois par mois je viens à Reims, chez mon fournisseur et le reste du temps je survis dans un appartement minable, à Rennes, je galère un peu moins que si j'étais restée chez ma mère à attendre un boulot qui ne tombera jamais du ciel. J'ai un toit, le minimum et l'indépendance. On a vu pire... Sans vouloir me lancer des fleurs, tu as quand même eu de la chance de me croiser. Avec tes yeux hagards, constamment tournés vers le commissariat, tu aurais apeuré une ribambelle de républicains

moyens, et tu n'aurais pas tardé à rejoindre... ça doit être ton copain qu'ils ont coffré sur le boulevard. Vu le dispositif, ce n'est pas un petit voleur d'autoradios.
-
- Pourtant toi, tu n'as pas l'air d'être un méchant.
- Tu m'as un peu baratiné pour me mettre en confiance avant d'essayer de me tirer les vers du nez ?
- Je ne demande rien, je pensais seulement à voix haute. Je suis de nature trop curieuse !
- Ça te fait peur ?
- Même pas.
- Tu me prépares un petit chantage ?
- Tu veux descendre ? Je m'arrête ?
- Allez roule. A moi les questions : pourquoi une voiture immatriculée dans le 0.2 ?
- Pas le courage d'effectuer le changement d'adresse. La vignette est moins chère. En plus je suis en situation transitoire, un jour je retournerai près des miens, non pas pour les voir, je n'ai jamais eu la moindre complicité avec eux, mais pour les odeurs de l'enfance, le foin, la paille, la terre bêchée, les cendres d'un feu de bois ; aussi pour le chant des mésanges, des coqs, des oies, la forêt, le sifflement des feuilles les nuits de tempête, la neige sur les toits, le silence, le givre des arbres puis ces mêmes arbres en fleurs début mai puis des cerises, des pommes. Mais pourquoi j'te raconte tout ça !

XIII

Si j'oubliais ma fascination des formes top models, j'expliquerais mon attirance par sa fantaisie, une intelligence sans fioritures ni prétention. Si l'expérience ne m'avait appris à relativiser les pulsions des glandes endocrines, je m'avouerais amoureux, victime consentante d'un coup de foudre. Gare à l'enthousiasme, ces attractions sont fréquentes : aux premiers mots, là où les mecs me barbent, les filles m'émerveillent. Ainsi, hormis Mathieu, mon pote, mon frangin, et à un moindre degré Yves, mon univers se peuple exclusivement de copines, coquines ouais. Le sexe est un formidable prisme, une fille me fait bander et hop, immédiatement, je l'imagine exceptionnelle niveau mental. J'ai toujours cru trouver l'intelligence dans la beauté. Mais quand même, mignonne, apparemment sans être soumise, pertinente avec un zeste d'humour, sensible...

- C'est sûrement ma vengeance contre une éducation trop stricte, entre bénitiers et ordre moral, mais les gars de ton espèce me sont sympathiques ; faut dire j'ai de toi une vision simplifiée : la marginalité viscérale, totalement opposée à mon conformisme, mon incapacité à dévier du moindre centimètre de la route où l'on m'a placée.
- Si tu veux vivre des aventures par procuration, c'est raté, je ne suis pas celui qu'il te faut, je ne suis qu'un zéro, pépère dans sa petite galère.
- C'est un peu caricature, mais c'est sûrement pas totalement faux, je vis pas ma vie, je la rêve, mais rassure-toi, je n'attends rien de toi, je te l'ai dit, je ne supporte personne, per-so-ne. Les seuls qui s'y sont risqués, après trois semaines, c'était la guerre. En plus, hormis être traqué par la police, je ne sais rien de tes occupations... tu es peut-être un loubard infréquentable.
- C'est une obsession, tu veux vraiment que je sois l'ennemi public numéro un ! Mais je ne suis qu'un glandeur, poète maudit qui survit en vendant ses bouquins, ses petites vomissures sans grand intérêt avec un copain.
- Un copain qui mobilise des centaines de flics !
- Quoi des centaines !
- Tu n'as pas vu, derrière la gare, les fourgons immatriculés 75 ?

- Et tu crois que c'était pour nous ?

- Qui sait !

Cette remarque l'inquiéta, il préféra le taire, n'osa lui demander de remplacer sa cassette (Tri Yann) par *France Info*. *C'est dans dix ans je m'en irai, j'entends le loup, le renard...*

- Alors, je te dépose à la bretelle de Paris, que tu puisses reprendre un train dans une gare sans surveillance particulière, ou je t'emmène jusque Rennes.

- Rennes si tu m'héberges, la gare du Nord dans le cas contraire.

- Tu es gonflé, je te propose la bretelle d'autoroute et ça devient la gare du Nord, je te propose Rennes et ça devient chez moi...

Elle ne s'effraie même pas ! Insouciante ou coquine ou coup de foudre ? Suis-je amoureux pour lui faire confiance ?

Jel sourit, charmé par sa manière de rouler les "r", envoûté par l'irrésistible regard espiègle lancé via le rétroviseur.

- Tu as vu comme je suis ? Si tu me sautes dessus, sans témoin, chez moi...

- Tu crois que j'suis un genre de loup solitaire qui agresse les fillettes et leur mère, et monte dans une voiture au hasard quand il n'a plus rien à se mettre entre les dents ? D'accord pour pioncer sur un divan, c'est ma dernière proposition, sinon, tu me débarques gare du Nord, et tu ne connaîtras jamais la sombre et lamentable histoire du Hell's Angels maudit.

- Toi aussi, tu as grandi abreuvé de messieurs Higelin et Séchan... et tu regrettes que Renaud laisse sa fille écrire ses chansonnettes et que le fils du Géant Jack ne soit pas muet.

- C'est peut-être vrai que j'ai eu de la chance de te rencontrer.

- Ne rêve pas trop Gérard Lambert ! d'ailleurs tu ne t'es toujours pas dit présenté. Je ne suis pas la princesse du prince charmant en jogging.

Pourtant la fin du périple vira au bonheur, ou quelque chose qui lui ressemble. Aucune question, en chœur ils accompagnaient Souchon. Bien sûr Mathieu le perturbait : commençant à redouter le pire, il se persuadait que jamais la police ne parviendrait à le confondre.

XIV

Rennes, c'est beau une ville inconnue la nuit, quand on y pénètre suprêmement accompagné, disposé à y connaître l'éden sentimental. Malgré les lugubres rues abandonnées aux dealers, le couinement des sirènes au loin, malgré un ascenseur en panne, des pelures d'oranges, crottes de clebs (il ne pourra les éviter toutes... paraît que ça porte bonheur), mégots et papiers dans la cage d'escalier, malgré un appartement rikiki, malgré tout, la magie persistait. Plaisir de s'allonger sur un canapé, loin du perfide dilemme, tricher ou errer en guenilles.

Mais la réalité le rejoignait : par un réflexe de gosse confié à une télévision en guise d'éducation, tandis qu'elle effectuait son "rangement", il ne pouvait résister à la télécommande :

"Mathieu Vasseur, dont nous vous parlions lors de notre précédente édition, arrêté ce matin à Reims, serait, selon nos exclusives informations, l'un des membres du gang aux trente-huit tonnes, et plus précisément encore, information tombée à la minute même, l'auteur des barbares tirs à la kalachnikov qui massacrèrent un policier et en blessèrent grièvement deux autres."

Blême, plus que blême, décomposé.

- C'est ton copain ?

- Euh !...

- Ton copain ?

- Non... enfin oui.

- Ne t'inquiète pas, reste ici le temps que tu voudras. Et si tu veux, je te servirai d'alibi.

- Tu étais à Reims, le rapprochement sera vite effectué.
- Viens chez moi.
- C'est pas ici ?
- Chez moi, c'est juste en dessous. Mais je ne t'emmène pas vraiment chez moi, pour te situer on va en face de chez moi.
- Tu as combien d'appartements ?
- Tu le découvriras peut-être un jour. A moins que tu veuilles partir.
- Déconne pas.
Re-couloir cradingue, re-escalier cradingue... et caserne d'Ali Baba !
- C'est chez qui ici ! ?
- Une très vieille tante... Elle me laisse les clés. Mais on ne se pose pas de questions ce soir, j'suis trop vannée, d'accord ?
Cela l'arrangeait. Elle prépara une omelette aux crevettes et, dans la centaine de cassettes vidéo... de la chouette aïeule, il choisit un classique, *les valseuses*.

Naturellement, quand leurs paupières ont chancelé, la condamnation au canapé était oubliée et, enlacés, intégralement vêtus, sans même s'embrasser ni se caresser, leur première nuit fut d'un Amour pur, total, idéalement platonique.

Et au réveil l'accueillirent son regard, doux, son sourire, tendre, ses mots, désarmants (était-il armé ? d'envies ? de préjugés ?) "*Tu as dormi comme un bébé. Un bébé un peu agité. Mais un bébé adorable. Tu te souviens de moi ?*" Elle a embrassé l'index qu'il lui posa sur la lèvre supérieure. Sur sa joue droite un premier baiser avoua ses émotions. Six toasts, confiture de coings et un café, p'tit déj' au lit, calmèrent sa famine.

- Je vais te raconter ce que tu aurais sûrement découvert un jour. Ne m'interromps pas pour prétendre que je divague mais je n'étais pas à Reims hier. Je est une autre. J'ai bien une 205 noire mais celle qui t'a amené ici était une 205 noire volée et maquillée de fausses plaques, avec de faux papiers... à mon identité d'emprunt. Tu suis ?
- *Comme dans un film américain !*
- Car tu étais bien avec moi mais j'avais une vraie-fausse identité. Oui : une vraie-fausse identité, expression brevetée Pasqua ! En échange de faux papiers l'administration délivre une vraie carte d'identité et les spécialistes qui planchent sur la carte d'identité infalsifiable n'ont pas encore trouvé la parade. La photo, on dirait moi, pourtant c'est une fille photographiée dans la rue. Avec un zoom. Donc, une fois par mois, je vais chez mon fournisseur de produits écologiques. Mais si je vendais que ses révolutionnaires merdes qui n'ont d'écologiques que le nom, je pourrais à peine régler le loyer du taudis au-dessus. Cette mise en scène, ce petit boulot, cette petite vie, mon véritable appartement ne vaut guère mieux que celui que tu as vu, c'est une couverture. Mes principaux clients sont surtout intéressés par les sachets planqués dans les produits.
Je n'aurais pas pu te cacher bien longtemps ma double vie. Je suppose que tu as deviné ce qui est planqué dans mes produits. Ce n'est pas très bien de vendre de la drogue. Je culpabilise devant ces gosses défoncés. C'est comme si je les aidais à se détruire. Quand je vois les effets de cette petite poudre, parfois j'ai envie de tout balancer aux toilettes. Mais c'est mon gagne-pain, ma façon d'éviter la galère. Ce n'est pas moi qui ai inventé cette règle où t'es une merde ou un bourreau, où on te brise si t'as pas le fric.
Tu te demandes peut-être si j'y touche ? Eh bien non ! et jamais. C'est comme quand on travaille dans une usine de pâté, on voit comment c'est fait et ça vous dégoûte d'en avaler. Encore six mois et j'aurai bossé suffisamment pour acheter la maison de mes rêves et vivre de mes rentes, tranquille, peut-être seule, car malheureusement, c'est vrai, mes relations avec les mecs depuis bientôt trois ans se résument au syndrome attraction-répulsion, rien ne dure. Foedora, la femme sans cœur !

Je t'accepte comme tu es, ange ou truand, je ne veux pas te changer, mais une chose me déciderait à te virer immédiatement : si tu me demandes un gramme. Je préférerais mourir que vivre avec la drogue, en sachant qu'on ne s'en sort jamais, que je vais crever. Donc, te supporter camé, condamné, serait au-dessus de mes forces. C'est ce qui me donne souvent mauvaise conscience, mais si ce n'était pas moi ce serait un autre. Je ne suis qu'une intermédiaire. Je n'en suis pas fière mais c'est comme ça.

- Rassure-toi, jamais touché. Un joint de temps en temps, pour faire comme les autres, la fraternité et tout le baratin, essayer de voir des hippopotames roses, et surtout parce que c'est interdit, c'est interdit sans raison honnête. Mais pourquoi as-tu pris le risque de te faire arrêter à cause de moi ?

- Il n'y avait aucun risque ! J'ai vu ta panique à l'approche du péage, mais je savais qu'il n'y avait aucun flic. Je suis très bien escortée. Plus quelques complicités dans la police, mais là ce n'est pas mon domaine. Plusieurs millions de dollars sont en jeu. J'approvisionne toute la Bretagne quand même ! Je suis en communication constante avec deux voitures devant, une derrière et une qui se ballade et nous aurait rejoint de l'autre côté de l'autoroute en cas d'extrême difficulté. S'il y avait eu le moindre risque, j'aurais été avertie et j'aurais changé de chemin.

- Alors ils nous ont entendus parler ?

- Rassure-toi, notre système de communication est très perfectionné, normalement indétectable, technologie inconnue en France. Et pour te rassurer, sur notre réseau ne circulent que les messages envoyés volontairement. Une petite lampe s'allume si l'on veut me contacter, j'appuie sur un petit bouton si je veux les contacter.

- Belle, trafiquante, organisée et ?

- Et encore de nombreux défauts.

- Nymphomane ? Pardon, ce n'est pas une question, juste une conséquence des *valseuses.*

- *J'sais qu'l'amour physique est sans issue / J'le sais, mais si j'avais su / A temps je ne serais pas hélas / Au point où tu m'as connue**. J'ai été nymphomane, une fois, durant quatre ans. Mais je ne sais pas si c'est de la nymphomanie d'avoir constamment envie de faire l'amour quand tu aimes. J'ai aimé et je n'étais qu'une certitude, un repère. Et depuis, je ne pouvais plus dire "je t'aime." Une vieille voyante m'a prédit que j'en souffrirais presque trois ans, que la douleur disparaîtrait comme par magie le jour où je rencontrerais le grand Amour, le jour où je rencontrerais de manière rocambolesque le dernier Amour de ma vie. Ça fait bientôt trois ans. Trois ans de solitude, rencontres qui durent le temps d'un café ; trois ans sans sexe, ce n'est pas vraiment être nymphomane. Trois ans forcément sans sexe, car vendre de la dope pour le fric ça me dégoûte mais j'y arrive, mais vendre mon corps, ou même le donner sans Amour, impossible, plutôt crever.

- Et tu crois que ta voyante avait raison, que je suis le dernier Amour de ta vie ?

- Peut-être.

- C'est troublant ton histoire, mais je ne peux pas y croire. Si nous restons ensemble, c'est que nous le voudrons. Rien n'est écrit. *L'existence précède l'essence.*

- Je suis d'accord avec toi, et avec Jean-Paul, mais comme tu dis, c'est troublant, quand je t'ai vu mon cœur s'est emballé, pas par peur, en revoyant les lèvres de la voyante... Et toi, déjà vendu ton corps ?

- C'est une question ?

- Pourquoi pas ! Hormis que tu es peut-être l'Amour de ma vie j'ignore tout de toi ! Et ça me suffit !

- Jamais vendu mon corps, jamais vendu de drogue, vendu... 7 618 bouquins officiellement, une petite centaine en réalité.

- Un saint ?

- Le fils spirituel de Saint Benoît Labre, qui marche sans repos pour ramener à la littérature les brebis égarées.

- Saint qui ?

- T'es pas du Ternois, ça se voit ! Un Saint qui a vécu à Conteville, je t'emmènerai un jour voir cette maison. Mais plus sérieusement, un Saint ? Avec son unique ami à la une ? Tu sais, bien qu'il n'y ait peut-être qu'une chance sur un million, si on reste ensemble, il faudra que tu arrêtes ton trafic avant six mois. Car s'ils n'affabulent pas trop à la télé, si la police l'a coincé, je serai surveillé. Mais rassure-toi, Mathieu ne me dénoncera jamais et il n'y a aucune preuve de notre culpabilité.

- Tu es du gang des trente-huit tonnes dont ils nous ont bassinés durant des mois, tu es l'un des sept "ennemis du peuple" ?

- Presque, mais pas tout à fait. Il n'y a pas d'écouteurs ici.

- Même si j'étais repérée nul ne penserait à s'intéresser à l'appartement d'une vieille femme qui sort très rarement.

- Pourquoi, elle vit ici ?

- Je sors parfois en vieille femme, marrant, très instructif. Tu n'es pas l'un des sept "ennemis du peuple" alors ?

- Seul Mathieu me connaît. Les autres travaillaient par contrat. Pour eux, j'étais le mythique "cerveau", as du repérage et de la planification.

Plus tard, ces confidences, aussi rapides, lui apparaîtraient pour ce qu'elles étaient : de la folie. Il avait dérogé à l'un de ses fondamentaux : le silence absolu. Evidemment les excuses foisonnaient : une journée "invraisemblable" et peut-être, sûrement, l'Amour, cause des pires déraisons même bien avant les aventures du vénérable chevalier errant Don Quichotte de la Manche. Mais Sybille aurait pu être une professionnelle, un piège, et Jel le naïf qui déballe tout face aux caméras.

D'elle il apprenait le parcours en solitude, morbide mutisme devant des parents en continuelle dispute, refuge dans les livres, recherche du labyrinthe par la psychologie ; le suicide du père, vécu comme un soulagement, un espoir, mais le mur d'incompréhension avec sa mère resté infranchissable, *"les gens disent qu'elle m'aime plus que tout, mais elle est trop pudique, vieux jeu, pour prononcer ce mot, et je n'ai jamais ressenti la moindre chaleur ; il y a peut-être une trop grande différence d'âge ; elle avait déjà quarante-cinq ans quand elle m'a eue"* ; les études intéressantes mais prétendues inutiles, même par les professeurs, sans débouchés ; les queues à l'ANPE, l'arrogance des "revenez demain", l'affront des propositions de formations en secrétariat ou quelques heures de ménage chez un docteur ; la trahison du premier amour qui la considère comme une sécurité au retour du service militaire, va voir ailleurs en se défendant de la tromper puisqu'il *"sort couvert"*, exige qu'elle accepte cette situation, prétend qu'une fille doit partager, l'accuse de ne pas savoir aimer, la frappe si elle pleure ; sa décision de rompre ; les mots, poignards qui la mutilent *"tu n'es rien sans moi, tu n'as même pas de boulot, tu ne sais rien faire..."* ; l'impression de vide ; le chagrin noyé au valium ; la consultation de la voyante qui lui pronostique quasiment trois ans de chagrin ; sa révolte contre ce temps prévu perdu, sa haine d'un monde décidément trop injuste ; sa résolution de blessée qui croit ne plus rien avoir à perdre, se lancer dans *les affaires*, et part à Amsterdam, décrit comme une plaque tournante du trafic d'héroïne par un reportage télé ; le contact quasi immédiat avec un gros bonnet intéressé par son style bonne française au-dessus de tout soupçon ; le réseau et le fric, sur un compte en Suisse ou enterré sous des chênes...

- J'ai toujours pensé que ce n'est pas de l'Amour quand deux personnes se rencontrent et se donnent l'une à l'autre. J'ai toujours appelé ça, avec dégoût, la baise. Je suis même allée jusqu'à ne plus parler aux copines qui s'en vantaient. Après vingt-quatre heures, on ne peut pas se connaître. Je voudrais qu'on fasse l'amour dans plusieurs mois, qu'on passe des dizaines de nuits comme hier, enlacés, habillés. Qu'un jour on retire le haut. Puis longtemps après, tout. Mais qu'on résiste encore. Et qu'on fasse l'Amour quand vraiment on n'en pourra plus. Mais je sais, nous n'en avons pas le temps. Je sais pas c'qui va se passer. J'ai peur de comprendre les dernières paroles de la voyante, "vous souffrirez encore, mais ensemble ; vos liens seront plus forts que tout ce qui tentera de vous séparer." J'ai peur que la police t'arrête. Nous arrête. Mais je sais, la voyante avait raison. Tu es le dernier amour de ma vie. Il y a des choses qu'on sait sans pouvoir expliquer, comprendre rationnellement. Si nous sommes éloignés, séparés par des barreaux, je ne veux pas regretter d'avoir attendu. Je veux toujours pouvoir me raccrocher à des souvenirs. Pour s'aimer vraiment il faut se connaître, je n'ai que l'intuition de t'aimer, et les frissons. Vu les circonstances je parie sur cette intuition. Même si on brûle les étapes, je veux être à toi. Je suis à Toi.

Et ce fut leur première matinée d'Amour. Seuls les besoins nés de la nature, son passage à la boulangerie et chez le marchand de journaux les séparèrent des deux jours qui suivirent.

La lecture des quotidiens et les informations télévisées éclairaient Jel, par regroupements, sur l'enchaînement de cette cruelle mésaventure.

Un notable, propriétaire de trois cafés qu'il visitait justement ce mardi après-midi, avait remarqué Mathieu, passant, sans discrétion, de boutique en boutique et payant, chez lui, trois millionnaires et un paquet de clopes (depuis l'accident de Patricia il fumait) avec un Montesquieu. La deuxième et la troisième fois, ce glorifié brave contribuable, fier de se proclamer gaulliste, avait demandé "*la coupure du jeune homme*" à la caissière et s'aperçut que les numéros, de la même série, se suivaient à douze près. Il avait appelé son ami du Cercle, le commissaire Grégoire Duchin, qui consulta la liste des billets recherchés. Et la grande mécanique policière, munie du portrait-robot fourni par le délateur, s'était mise en branle. Les commerçants les persuadaient de la présence d'un complice, confirmé par l'hôtelier mais dont le signalement resterait flou et différent (ils avaient depuis compris le subterfuge du déguisement) du complice qui accompagnait Mathieu à sa sortie de l'hôtel, dix minutes avant six heures du matin, l'heure de la souricière. Et ils perdirent la trace de l'ex-cadre à un feu rouge (une voiture démarrait et il avait couru, apercevant, en se retournant, sans s'en soucier, trois blaireaux en imperméable visiblement chagrinés), sans parvenir à la retrouver, faute de fiche signalétique distribuée aux services de filature, la majorité débarqués de Paris durant la nuit.

Pourquoi ne l'ont-ils pas interpellé Boulevard Roederer, face au siège régional de *Groupama* ? Vu la configuration des lieux, ils craignaient un carnage ! Adossé au platane à l'extrémité du parking, seul un terre-plein le séparait de la route : difficile de s'approcher en nombre sans éveiller ses soupçons. Et, machinalement, comme souvent, il tenait la main gauche sous sa veste, à la napoléonienne. Ils ont cru qu'elle serrait une arme ! Et avaient prévu une arrestation là où ils le pensaient le plus vulnérable, quand il marcherait.

L'information dramatique l'effraya : Mathieu fut confondu par son tatouage à la main gauche (el plannificator exigeait pourtant le port de gants mais à cause de la chaleur, le capitaine les avait retirés dès que les convoyeurs eurent les yeux bandés et n'eut pas le réflexe de les remettre à l'arrivée de la patrouille).

Le commissaire claironna devant les caméras : "lors de l'attaque de sinistre mémoire du fourgon blindé, le brigadier Singer et l'agent Durras, gravement et sauvagement blessés, fournirent une description concordante et précise du tireur. Nous avions décidé de livrer les éléments essentiels à la presse mais de taire l'indice crucial : sur la paume de la main gauche l'assassin portait un tatouage, une rose, et une date, 02.10.83. La possibilité, que nous confirmaient les spécialistes, de supprimer, à l'aide du laser, les tatouages, nous encourageait à ne pas divulguer cette information. En vain, discrètement, nous avons démarché les tatoueurs du pays. Nous avions presque abandonné tout espoir de retrouver rapidement trace de ces dangereux criminels, n'espérions jamais revoir les seuls billets qui fussent numérotés. Puis, grâce à la diligence et au patriotisme d'un citoyen exemplaire, dont je présenterai personnellement la candidature à la prochaine légion d'honneur, nous avons eu nouvelle d'un énergumène tentant de les écouler à Reims. C'était la première piste sérieuse. Nous avons décidé, dans la soirée de mardi à mercredi, la mobilisation de toutes les équipes disponibles

spécialisées dans le grand banditisme. Et nous avons facilement cueilli monsieur Mathieu Vasseur mercredi matin. Malheureusement son collègue nous a échappé. Mais l'important est que nous avons capturé l'assassin, l'assassin présumé pour ne pas énerver une certaine presse toujours prompte à défendre les énergumènes qui menacent l'ordre public ; nous ne tarderons pas à éclaircir les dernières ombres qui demeurent. Il n'est pas encore passé aux aveux mais ça ne saurait tarder, faites-nous confiance (sourire narquois). Nous invitons d'ailleurs les françaises et les français en possession d'informations sur cet individu, ses relations, ses habitudes, à nous les communiquer à notre numéro vert. Nous vous informerons régulièrement des avancées de l'enquête, les françaises et les français ont le droit de savoir que la police travaille à leur sécurité mais que la sécurité ne sera effective que si chaque française honnête et chaque français honnête nous aide. La police sait que la majorité de nos concitoyens sont honnêtes mais qu'ils ont parfois peur de le prouver..."
Encore un appel à la délation au vingt heures !
- Tu es sûr de ton copain ?
- Pas un copain, un ami, un frère, le seul que j'aie jamais eu, le seul qui sache tout de moi, enfin presque tout, et dont je sais tout. Il préférerait la chaise électrique à la trahison.
- Tu crois que l'amour peut être aussi sincère que l'amitié ?
- Tu sais aussi bien que moi : l'Amour est provisoire.

Leur sort étant désormais lié, entre l'Amour il lui conta cette Amitié : les révoltes, les conflits avec les profs, les adultes en général, les bringues, la petite délinquance, toutes ces péripéties de l'adolescence qui forgent une opinion sur un être humain, qui justifiaient sa totale confiance. Malgré la mijaurée qui les éloigna ? Mais Mathieu avait changé. Ils avaient changé. A cela s'ajoutait "l'affaire Patricia." Que restait-il de l'Amitié idéalisée ? Jel devait se plier à l'évidence : seule la certitude qu'il était le seul, avec la traître au fauteuil roulant, à connaître sa culpabilité, sans pouvoir en apporter la preuve, plaidait pour sa non dénonciation. Mais Mathieu pouvait craquer. Ou Patricia.
- Aide-moi à mettre la marchandise dans les bidons des produits *écologiques*. Demain, ce sera ma dernière livraison. Puis on emménagera en face, c'est pas le luxe mais c'est plus en rapport avec notre situation officielle, et je redeviendrai une petite fille sage. Si tu le veux, nous quittons la France, l'organisation nous aidera. Si tu le veux, nous allons chez toi, nous affrontons ensemble la police. Avec toi je me sens forte. Je leur tiendrai tête, tu étais avec moi, ici. Si nous arrivons à nous persuader que nous étions ici ensemble, ils ne pourront rien contre nous.
Une nouvelle fois la mauvaise conscience l'entraîna au bord des larmes : si je n'avais pas voulu cette virée à Reims, si je n'avais pas voulu écouler ces maudits billets...

* *Physique et sans issue,* Serge Gainsbourg, © Melody Nelson Publishing

XV

Retour retardé. Envies d'être ensemble. Inquiétudes. Angoisses. Jel décidait d'ignorer Patricia.
- Mathieu arrêté elle n'osera rien dire. Si elle te dénonce, elle se retrouve aussi en première ligne, elle doit déjà être suspectée.
Envie de quitter le pays. Mais partir c'est avouer.
- Ils vont m'arrêter.
- Je serai toujours là.
Retour mouvementé. Regards vindicatifs. Auditions. Vous l'ignorez sûrement, on peut vivre sans télé, sans journal. Interrogatoires. Perquisitions.
- Avouez, on a retrouvé vos affaires dans sa voiture, on a relevé vos empreintes dans sa voiture.

Malgré les coups au ventre, puis plus bas, "*ça ne laisse pas de trace, mon p'tit gars*", pressions et humiliations, sa réponse, préparée, ne varia jamais d'un iota :

- Est-ce que vous ne laissez jamais vos fringues dans la voiture de vos amis ? Est-ce que vos empreintes ne sont pas dans la voiture de vos amis ? Ou alors, vous n'avez pas d'amis.

Les coups reprenaient. Jel hurlait :

- Nous sommes dans un état de droit, les fascistes ne sont pas encore au pouvoir. Fascistes ! J'ai relevé votre numéro, je le communiquerai à la presse, à votre ministre de tutelle. Vous finirez en... Sibérie.

Ils passaient au peigne fin la chambre d'hôtel qu'il occupa à Reims, sans recueillir le moindre indice. Toujours sa sacro-sainte "réduction maximale des risques", jusqu'à la maniaquerie : à peine descendu de la voiture de Mathieu il enfila des gants et le matin du drame vérifia scrupuleusement chaque recoin, plus particulièrement les draps (aucun cheveu) et la salle d'eau (robinets méticuleusement essuyés).

Contre-attaque : plaintes pour violation de la vie privée et voies de fait policières, relayées par des stars du barreau et des journalistes devenus proches ; utilisation réciproque des médias : rôle du persécuté exaspéré accueilli sur les plateaux de télévision, où les termes coups montés et justice corrompue gonflent l'audimat, donc assurent de nouvelles invitations. Savoir s'exprimer correctement, savoir réfléchir avant de répondre, savoir jouer avec les mots, les citations, le sauvait. Sybille reçut même des propositions cinématographiques. Elle prenait « merveilleusement la lumière », selon les déclarations officielles.

Trois mois plus tard, après quadrillage du Nord-Pas-de-Calais, un travail de fourmis ne laissant personne passer au travers des mailles de la suspicion, les six membres du gang tombaient, victimes du faste de Michel, le "petit gros" (dénoncé, contre prime évidemment, par son beau-frère... mort dans un accident trois semaines plus tard, au volant de l'Alfa Roméo bleue, modèle 164, acquise avec cet argent), qui vidait son sac contre la promesse d'une clémence judiciaire et livrait même toutes les informations en sa possession sur "le cerveau", soit sa seule existence. Un caïd les vengea. Condamné à perpétuité, dont trente ans incompressibles, à cinquante balais, Bernard, dit le stéphanois, savait sa vie vouée à s'achever derrière les barreaux, donc se considérait libre... d'agir suivant ses lois et saigna mortellement, à coups de tournevis à la gorge, ce délateur, au nom du respect de la règle du silence qui exige de ne jamais dénoncer un complice.

Politisation de "l'affaire" : campagne de presse orchestrée par l'extrême-droite, gouaille répressive du ministre de l'Intérieur, pétitions soutenant la proposition de loi déposée au parlement en faveur du rétablissement de la peine de mort "que" lors du meurtre d'enfant, récidive de crime de sang, assassinat précédé de sévices ou de torture ou meurtre commis sur agent de la force publique ou de l'administration ("humanistes", ces hommes de goût réclamaient *un mode d'exécution moins sanguinaire que la répugnante guillotine*").

Nouvelle sulfureuse coqueluche médiatique Jel devint de la *société civile* du petit écran, cette agora du strass où les banalités d'un sportif auréolé de trois doubles vrilles ou d'une médaille olympique, s'annoncent supérieures aux réflexions d'un philosophe. Ainsi, l'émission "Vous et le pouvoir" le convia à un débat en direct face au représentant du gouvernement. Entraîné par un maître ès rhétorique, il surprenait le ministre de l'Intérieur (ses collaborateurs le considéraient *"teigneux"*) en lui permettant d'exposer sans contradiction ses arguments en faveur de l'ordre moral, rebaptisé *"sécurité des braves gens"* ; énervé par ses mimiques sarcastiques l'officiel l'invitait à s'exprimer :

- Je ne vous ai pas interrompu
- Et il vous en remercie.
- Alors permettez-moi de vous poser deux questions, sans m'interrompre
- Je suis un homme de dialogue.

- En cas d'assassinat d'un jeune dans un commissariat, réclamez-vous la peine de mort envers le commissaire ivre ?
- Vous n'avez pas le droit
- Vous êtes décidément incapable de tenir vos promesses. Je devais pouvoir vous poser deux questions sans être interrompu.
- Mais vous n'avez pas le droit
- De vous poser deux questions !

L'animateur ("ancien" gauchiste, ex-leader estudiantin) appelait au calme : Jel avait gagné la sympathie du public qui siffla monsieur le bedonnant dès qu'il tenta de se réapproprier la parole. Le trublion pouvait assener sa seconde "question."
- En cas d'ordre d'exécution d'un preneur d'otages endormi, donné par un ministre de l'Intérieur, appelez-vous cela peine de mort administrative et
- Vous...

Sifflets.
- et, réclamez-vous la peine de mort envers ce ministre de l'Intérieur ?

Ce coup d'éclat redoubla sa notoriété mais ne pourrait contrarier la pression populaire, organisée, qui réclamait une "justice exemplaire", la condamnation. Arguant d'une santé défaillante du brigadier Singer, témoin oculaire à charge, la justice s'empressait de siéger : intime conviction de culpabilité : trente ans ! Son témoignage, truffé d'alibis, indifférait. Avec l'unique "preuve" des billets, l'indice du tatouage (il essaya de le ridiculiser en arborant le même) et les aveux d'un complice, Mathieu était condamné ! Et malgré la mobilisation d'intellectuels et artistes rappelant le cas Roger K., la cours d'appel confirmait la sentence.

Aucune preuve formelle : tous les éléments d'une potentielle erreur judiciaire. Au nom de la fidélité en Amitié Jel n'hésitait pas un instant à travestir la vérité, hurler au retour de l'arbitraire, au complot politico-judiciaire perpétré à l'encontre d'un militant de l'espérance auquel il inventait des ambitions politiques. S'inspirant du *Pull-over rouge* de Gilles Perrault, il en tirait un livre dénonçant une machination qui veut qu'un suspect soit forcément coupable, *l'acharnement judiciaire*, dont la vente friserait le million d'exemplaires en France, avant de remporter un succès international similaire. Il obtenait même un grand prix, prix du document politique, politique non politicienne précisait l'article quatre du règlement.

Mais quelle valeur accorder à ce genre de distinction quand chaque club et cercle littéraires, ou mairie en mal de promotion, se croit habilité à en décerner ? Quand les membres du jury appartiennent aux mêmes écuries que les nominés ? Quand il suffit à un ministre de signer une biographie pour emporter l'un des plus recherchés ? *Poètillon* (l'un de ses autres surnoms des torchons nationalistes), devenu "écrivain" par effraction ! Du manuscrit transmis à l'éditeur seules quelques lignes subsistaient à sa mise sous presse : des *spécialistes en rédaction du sensationnel* ayant transformé d'indigestes "souvenirs" en best seller. Il était arrivé au bon moment, détenteur d'un sujet d'actualité sur un créneau porteur : suffisant pour empocher le jackpot. Riche légalement !

Avec la question « quel couple représente le mieux vos rêves d'amour ? », un sondage fit de Sybille et Jel des références glamour.

Troisième Partie

I

Le lycéen allergique aux signes extérieurs de richesse, leader d'enivrantes virées venimeuses fatales aux rutilantes voitures et devantures des luxueuses boutiques, aurait refusé de croire que, peu d'années plus tard, il s'approprierait un domaine cossu et roulerait en Jaguar.

Dès la rentrée d'argent légal, l'à-valoir, l'avance sur droits d'auteur, Jel et Sybille fuirent la bicoque fruit de son licenciement, où ils s'étaient réfugiés pour affronter la suspicion, où curieux, envieux et journalistes troublaient leur cocon d'amoureux oisifs à l'abri du besoin. Naturellement ils avaient recherché un coin tranquille, isolé, confortable, "*épargné de la folie polluante et enlaidissante du productivisme, loin des centrales nucléaires, usines, déchetteries.*"

Si Jean-Jacques Fantazia, le vieux lutin attitré aux voyages temporels, lui avait projeté cette image, le teenager bardé de cuir clouté aurait hurlé à la trahison, l'indigne embourgeoisement. Il aurait réagi à l'instar d'un supposé ancien comparse faisandé au stade destroy, nihiliste, d'aveugle colère, qui, via son éditeur, lui expédia une vindicative bafouille, "*Arriviste, tu as retourné ta veste, tu te prends pour une star, tu fais ton beurre sur le malheur des autres...*"

Trahison ? Renié l'éphèbe idéaliste, le Zorro en herbe ? Ce décrété zéro zonard l'incitait à revisiter ses années agitées, présentées à sa Dulcinée, en un regard annoncé objectif, sans complaisance, comme plus significatives de l'époque, l'environnement, le conditionnement, que de sa personnalité. Sans père en état de le conseiller, sans repère, l'adolescent s'enthousiasmait facilement. Il prétendait vouloir changer le monde ; et rapidement. Bien sûr, comme les autres, il ne savait ni comment ni pour en faire quoi, mais à cet âge le but final et la manière sont secondaires, seul importe vraiment l'action.

Ainsi, le lendemain d'un reportage télé sur les gangs américains, confiait-il ses pulsions mimétiques à Malabar et sa Malicieuse lors du trajet les emmenant en ville puis aux potes du café où il avalait un sandwich le midi (s'attabler avec des informaticiens ? "*c'est ringard*", et sa mère approuvait sa réticence à brouter aux mangeoires d'une cantine "*dégueulasse*") ; d'autres avaient vibré devant le documentaire et chacun voulut ajouter son couplet, contraignant celui qui souhaitait s'approprier la parole à la surenchère : le samedi suivant, l'escouade enivrée (il fallait se donner du courage) débutait ses exactions. Ils cassaient, galvanisés par les frissons, entre peur et héroïsme, l'impression d'exister enfin.

D'un vote à mains levées, la vraie démocratie les gars !, ils s'appelèrent *les révolutionnaires*, préféré à *les anarchistes* et *les justiciers de la nuit*, et signeraient leurs détériorations d'un "Rs" à la bombe aérosol rouge. Les fils de la bande à Baader ? Des petits révoltés ! ; certes, suivant la dialectique habituelle, ils dénonçaient la misère, l'oppression, les injustices, la répression et le sort des prisonniers politiques ("Libérez Mandela" sur les murs de la préfecture), mais les écœurait surtout leur incapacité à s'acheter tout l'or du monde, une condition jugée indigne de vrais gars et de vraies nanas aussi exceptionnels.

Comme les autres, le souffle subversif le berça : dans sa chambre les portraits du Che remplacèrent les posters jaunis de Cloclo et Johnny, désormais honnis, raillés. Et seule la peur de la douleur et des réprimandes maternelles le retiendrait de se faire tatouer sur le bras l'effigie du mythique guérillero au célébrissime béret étoilé.

Cet engrenage, respectable (l'adjectif peut choquer, mais il sous-tend le salutaire besoin pour la jeunesse de résister au conformisme), resta limité : le lycéen, le seul lycéen de la bande, réalisa, en assistant à la détresse d'une cible, que la frontière se situe moins dans l'aisance que dans les têtes. Il fallait combattre les pestilentiels ennemis du genre humain : les nationalistes, *résidus d'Hitler nourris à la mamelle purulente de toutes les barbaries du siècle* (cette expression, entendue à la télévision, vraisemblablement au *Droit de réponse*, où il puisait ses anathèmes, lui rallia Mathieu puis leurs compères). Mais, là aussi, la violence s'avéra inefficace. Pis, leur "mission de dépollution de la société" solidarisa le bon peuple aux "victimes", insérant subrepticement des tarés sur la scène médiatique locale.

Puis il avait connu Catherine et préféré lui épargner les blagues grivoises du patron de *notre bistrot*, préféré ne plus côtoyer "des gens qui ne savent pas penser", et manger un sandwich dans les couloirs du bâtiment central. Mathieu et Patricia délaissaient aussi ce repaire... moins d'un mois avant qu'une descente emmène au poste leurs compagnons. Quelques grammes de cannabis en feraient condamner trois (la fumée des cigarettes lui irrite les yeux, l'odeur le gêne mais, sublimant ces inconvénients, il tirait toujours sur le joint qui tournait, conférant à cet acte, lors de ses délires verbaux, la valeur symbolique du défi d'un interdit).

En apparence vierge, une page s'ouvrait. Enfin il ne se limitait plus aux instinctifs élans. Enfin il lisait, réfléchissait, et passa évidemment par la lumineuse phase où, telle une révélation, surgit le Graal des réformes sociales urgentes. Yaka. Mais jamais il n'osa envisager un monde sans argent, simplement adoucir les effets, en accordant, selon l'expression des humanistes de salon, à tout individu de la planète, reconnu Citoyen, les mêmes droits, sans devoirs disproportionnés. Par l'intermédiaire d'un Revenu Minimum d'Existence (nommé ainsi à posteriori, référence au RMI, vague intention socialiste ignorée), chacun pourrait satisfaire ses besoins élémentaires. L'idée d'abolir la concurrence entre les Hommes lui apparaissait dangereuse, incompatible avec l'altérité humaine où chacun désire s'exprimer, donc forcément dépasser son voisin en quoique ce soit ; dépasser loyalement et non humilier, précisait-il.

Pour avoir lu quelques livres, régulièrement regardé les émissions télé sur ce sujet, il m'a prétendu que sous un régime despotique ces aspirations l'auraient contraint à un choix radical : les oublier, les combattre, en suivant la ligne du parti ou entrer en dissidence. Bien sûr le héros optait toujours pour la seconde hypothèse. Ici cette juvénile aspiration ne fut ni un boulet ni un mérite. Un vestige d'adolescence. Durant ses années d'entreprise il l'aurait jugée naïve, et *cons* les nouveaux boutonneux qui s'ébrouaient à leur tour, en l'incluant parmi leurs *vieux cons*.

Nul état d'âme sur une éventuelle trahison d'un juvénile idéal ne contraria donc l'installation dans une bastide du Grand Siècle, cadeau, selon maître Pierre, le notaire chargé de l'acte de vente, du prince Henri de Montalant (l'histoire a surtout retenu les déboires de sa descendante la grosse Adrienne) à un cousin germain du glorieux navigateur Désiré Blarmesqu's. Et sur les sept hectares de terres contiguës ils plantèrent et regardèrent pousser des arbres, passion les conduisant à s'agrandir continuellement, transformer en vergers ou forêts les parcelles acquises à prix d'or auprès de paysans ravis d'effectuer une inespérée juteuse affaire financière, touchés par cette sensibilité... au point de lui proposer, après sa célèbre lettre sur la beauté et le projet d'une ligne Très Haute Tension, l'honneur d'être maire, finalement décliné pour ne pas ternir cette sympathie au contact de la chose publique municipale vorace d'un temps que jamais il n'aurait su s'astreindre à lui accorder.

Pourtant un orage violait ce ciel dégagé : vis-à-vis de Mathieu, ce bien-être semblait souvent scandaleux. Je ne t'abandonnerai jamais frère. Je ne pourrai jamais t'abandonner ; chaque mois j'irai t'apporter une liberté par procuration, un instant de bonheur. Et je t'écrirai le plus souvent possible. La même pulsion émancipatrice d'un insipide quotidien nous a guidés, nous avons cru gagné notre pari, et le jour où ta vie s'est enferrée dans un sombre trou, une fille qui m'épanouit m'a sauvé ! Hasard. La mauvaise conscience ne pouvait nommer autrement cette dichotomie, même si, parfois, des songes le trouvaient moins chagriné qu'officiellement par sa captivité - Tu t'es toujours prétendu le meilleur mais tu n'étais qu'un prétentieux...

II

Le parloir : intérieur et pourtant, radicalement à l'extérieur, loin du quotidien carcéral. Célébrités parmi les anonymes du peuple bigarré des proches de prisonniers attendent l'appel des familles, l'ouverture de la grille grise. Coupables innocentés patientent, un café, un thé ou une limonade cordialement offert, attendent de rejoindre par la bonne porte (celle dont la sortie rapide est programmée) l'univers surveillé des coupables condamnés, innocents condamnés, prévenus coupables ou innocents en attente de jugement. Marcel Achard grossissait le trait : *"Il n'y a que deux sortes de gens : ceux qui sont en prison et ceux qui devraient y être."*
Un autre monde, banal, classique constat. Des mots à matérialiser, sentir des cruautés, sans jamais parvenir à s'imprégner de l'ensemble au même instant, cette répétition de "petites choses" qui imprime une marque indélébile et souvent incommunicable : le cliquetis des clefs dans les serrures ; la cellule ; les barreaux ; le froid ; le four les étés caniculaires ; la lumière ; le sas de sécurité ; l'extinction des feux ; le repas tiède ; les sanglots ; les hurlements ; les tentatives de suicide ; l'humidité ; la haine intériorisée ; les conversations sans intérêt ; l'envie de dormir ; les rêves taris ; la souffrance comme incrustée dans les murs ; les graffitis ; la promenade ; la "vraie" vie captée : passages de voitures, d'avions, cris d'enfants... ; les barbelés qui violent le ciel ; les activités "culturelles" ou "sportives" ; le matricule en guise de nom ; les balances, fausses épaules amicales ; les remugles de tabac ; la télévision, déstructurante dehors, cordon ombilical avec la réalité, accélérateur de temps et soporifique du prisonnier ; les caïds à impressionner pour éviter leur racket ; la masturbation ; les antidépresseurs ; les menottes et les chaînes aux pieds lors des transferts ; l'homosexualité latente, acceptée, subie ou rejetée ; l'impression de ne plus exister ; l'odeur âcre du confinement ou celle d'eau de Javel ; les douches ; les projets d'évasion qui fourmillent ; l'imaginaire comme unique évasion ; les histoires de femmes qui n'attendent jamais vingt ans ; le langage qu'on veut codé ; le manque d'amour, de regard, de compréhension, d'écoute, de came des autres ; les lois internes ; les humiliations ; les frimeurs ; les portes numérotées ; les petits trafics pour améliorer un quotidien de misère ; les provocations de surveillants aigris et la sympathie, au moins le respect, parfois possible avec d'autres ; l'œilleton ; le travail, l'exploitation, en atelier ; les contrôles ; les souvenirs, les remords, les rancunes et les conversations des parloirs ressassés ; les hypothétiques appels en conditionnelle ; la distribution du courrier ; les jours décomptés ; les fouilles...

III

On donnerait tout, on ferait tout pour un ami. Quand on a la chance d'en dénombrer un, on le croit, on le prétend... et c'est faux. A sa condamnation, résolu à l'extraire de ce calvaire, j'avais stigmatisé l'*injustice ;* durant des semaines, chaque nuit je le sauvais mais le rêve dégénérait, nous étions traqués, encerclés, tirés comme des chats quand les chasseurs rentrent sans lapin ; je me réveillais en sueur ; la réflexion, ramenée à la raison par ma Dulcinée, réduirait à un piètre cinéma cette réaction : jamais je n'ai envisagé le moindre moyen concret de le libérer ; je relativisais l'Amitié : l'Amitié est fondamentale, le sentiment le plus constant d'une vie, mais elle ne saurait surpasser en intensité l'Amour, quand celui-ci, quoique consubstantiellement frappé au sceau du provisoire, se vit sur un nuage, protégé d'un gargantuesque A. J'en avais subi une cruelle expérience en octroyant un statut divin à une mijaurée ! Respectueuse envers nos souvenirs, jamais ma Dulcinée n'essaya d'influencer sournoisement mon comportement mais j'aurais refusé d'organiser l'évasion de Mathieu : j'avais reconstitué des liens qui attachent et ne voulais commettre nul acte susceptible d'endommager cette félicité.

Ou alors : l'Ami ne vous demande jamais ce dont il vous sait incapable ? On n'exige rien d'un Ami, comme d'un Amour, les actes coulent de source ou, si l'un les attend en vain, ébrèchent les sentiments.

Au choc de la sentence germa l'idée de se faire la belle, avivée par un récidiviste qui souhaitait l'emmener avec lui... s'il finançait leur périple vers l'Amérique latine. Mais Malabar n'était pas aussi riche que le croyaient ses compagnons. Il refusa. Partir avec les kamikazes ? Je lui conseillais (au parloir j'apportais une feuille blanche, une gomme, deux crayons de bois et, tout en fournissant une ordinaire conversation aux éventuelles oreilles indiscrètes, nous échangions nos petits mots) de clamer son innocence, réclamer la révision du procès, mais payer "l'erreur judiciaire", se soumettre pour recouvrer légalement la liberté le plus rapidement possible, ne pas tenter une sortie par effraction, synonyme, au pire, de perpétuité ou balles dans la peau, alors que la réussite n'offre qu'une vie en fuite constante, fiché par Interpol, sur le qui-vive, coupé de ses proches, apeuré d'être repéré.

Je lui conseillais d'affronter stoïquement la détention, la limiter à une restriction de ses déplacements en ne laissant personne souiller son unique espace vital, l'esprit. Me référant au Mahatma Gandhi [sur conseil de Sybille, fascinée par la clairvoyance de la Grande Ame], qui considérait la prison comme le théâtre par excellence de la liberté, où prime l'essentiel, j'étais persuadé qu'à sa place j'aurais réagi ainsi.

- Si on le veut, si on le décide, on peut changer, se bonifier, à condition de ne pas être obnubilé par la recherche du minimum financier nécessaire à la dignité et d'éviter les distractions et les tentations.

- Qu'est-ce que tu racontes !

Ma phrase, mûrement préparée, macérée, jugée précise et pertinente, me valut un bide total. Mathieu continua à vénérer les feuilletons où règne la loi du plus fort et de l'esbroufe.

IV

La vie était enfin devenue comme elle devrait être : un plaisir, physique et spirituel. Ils s'étaient découvert des passions communes. Et trouvaient cela merveilleux. Des lectures communes. Et trouvaient cela merveilleux. Ils se comprenaient ! Savaient que l'autre saisissait allusions et silences. Alors les Amoureux mythifièrent leur rencontre, *une irrésistible influence magnétique*. Classique. Durant les heures vacantes d'une appétence sexuelle nullement amenuisée par les déjà petites habitudes et la connaissance réciproque, ils lisaient, Jel écrivait. Logiquement, son style se débarrassa des plus criardes lourdeurs, fioritures et artifices, marques d'écrivaillon ; des poèmes et des nouvelles (ou son nom ?) suscitèrent même l'intérêt d'éditeurs. Il prétendit finalement l'ensemble extrait de ses cahiers d'étudiant damné, conférant à sa première apparition, ce recueil quasi introuvable dont la valeur grimpait régulièrement, jusqu'au qualificatif d'inestimable chez les collectionneurs et fans, une origine encore plus ancienne : la seconde. Cette affabulation s'avérait partiellement exacte : son engouement littéraire remontait à peu d'années et son terreau contenait moins de références que celui d'un adolescent proclamé précoce mais gavé depuis la naissance par des parents décidés à l'utiliser pour venger leur incapacité à pondre la moindre ligne enivrante.

Ces publications et les interviews où il prétendit écrire aussi des chansons déclenchèrent l'acharnement d'un directeur artistique déterminé à produire son premier album. Il l'alléchait bougrement le chauve ! Mais Jel s'en sentait incapable. L'affairiste parvenait à ses fins en quémandant ses conditions : le *grand poète* tomba complaisamment dans le panneau, lui dressant une liste immédiatement acceptée. Aucune contrainte ! Temps et budget à volonté, obtention des droits pour reprendre *Fais pas ci, fais pas ça* (toujours une pensée aux chers bureaucrates), enregistrement à Londres, et le problème musical. "Le problème musical" : si sa tête abonde souvent d'airs, lire la moindre partition lui est impossible, donc encore moins l'écrire. La solution proposée lui convint : il explique ses envies aux compositeurs attitrés de la boîte, ils cogitent et les réunions améliorent l'ensemble jusqu'à satisfaction. Malgré une voix catastrophique, modifiée techniquement (*"ne vous inquiétez pas, nous avons l'habitude"*), c'était le succès de l'année, couronné par le public et les pairs, adopté par la jeunesse.

Justes récompenses (lucidité ou orgueil ?) : *Assedic blues*, tube en tête des ventes durant presque un semestre, présentait l'avantage d'une écriture soignée et d'un sens, dépareillait au milieu d'une production régentée par les pisseurs ès banalités et princes des onomatopées.

Assedic Blues

Assedic Blues
J'ai pas l'bon papier
Faudra revenir demain
Prendre un numéro
Et attendre
Attendre
un regard sans tendre
sse
Une voix qui t'envoie
vers une loi sans issue
Sans surprise
Sans suspens
Une voie d'humains en surplus

Assedic Blues
Comment puis-je tomber...
si bas ?

Elève exemplaire
papa me promettait une belle carrière
J'y ai cru !
Des soirs sans histoires
pour être frais l'matin
Des samedis sans câlin
à préparer les examens
Mention assez bien
le directeur me félicite
Costard-cravate
faut plaire au recruteur

Absence d'expérience
il me balance
Direct à la galère

307

ou à l'illicite
Direct à la haine sur eux

Assedic Blues
On m'a choisi une mauvaise filière
Mes diplômes c'est boule de gomme
Paperasse sans intérêt

Assedic Blues
J'suis un poids pour la société
Cursus caduc
Carcasse à recycler

Assedic Blues
Maladie héréditaire
Vies ralenties
Père au whisky
Mère tend la main
Et j'vais pas bien
vraiment pas bien

Assedic Blues
On est des milliers
Assis
Dans les cités
Des milliers d'assistés
priés de s'aligner
Des milliers d'assiégés
prêts à cogner

V

La réussite "artistique", piédestal médiatique, l'incitait à mitrailler gouvernement et électeurs de leçons morales, la majorité soufflées par des philosophes nimbés dans un prétendu héroïque refus de participer à la "mascarade de la société du spectacle" mais, conscients de l'impasse, l'inutilité, des idées sous vide, le cercle des initiés et convaincus, recherchaient des relais. Il signa ainsi, dans le grand quotidien de l'après-midi, sa lettre ouverte sur la beauté et les lignes à Très Haute Tension (ce projet menaçait directement la résidence secondaire d'un mentor).

La beauté ne préoccupe guère nos concitoyens, ils préfèrent les parcs d'attractions, les musées. Un jour le musée du Quercy pourrait présenter des photos du temps où nul gigantesque pylône ne le saccageait.
La population, certes, se mobilise, s'honore d'un rassemblement à Cahors où "non à la THT" fut scandé. Cinq mille personnes un samedi. Quel refus ! En attendant, chacun compte sur quelques notables qui prétendent *avoir le bras long.*"
Si la ligne est érigée, pour la majorité des habitants ce sera le grand soulagement, avoué en famille : la ligne sera "loin." Sans pourtant être devin nous savons que la motivation première de l'opposant à la Très Haute Tension est la peur qu'elle surplombe son jardin.

A part ça ?

- Bah ! puisqu'on nous dit que c'est nécessaire. C'est le progrès. On ne peut pas lutter contre l'EDF... Les centrales nucléaires aussi, on était contre, et ils les ont faites.

De la même manière, le français refuse les fûts toxiques, sur sa pelouse, et parfois s'émeut presque un quart d'heure quand la télévision montre des enfants d'Afrique jouant à côté d'une cargaison. Mais il faut bien s'en débarrasser quelque part !

Pourtant, toutes les politiques de mépris des minorités (les habitants du Quercy, pays en voie de désertification vu de Paris, sont une minorité) sont conduites pour une proclamée grande cause. Alimenter Cahors en électricité, quelle grande cause !

Toutes les politiques de mépris des minorités s'implantent grâce à l'indifférence générale, l'égocentrisme, quand ce n'est pas la haine de ceux qui vivent différemment. Vu de Paris : pourquoi n'auraient-ils pas eux aussi leur pollution ?

Un refus catégorique d'une région parlant d'une seule voix, relayé par la nation, est-il encore possible ? Un refus étayé par les dangers de ce projet. Car une ligne THT est néfaste pour l'homme (qui prouvera le contraire ? Prouver, et non prétendre ; certains *spécialistes* ont la prétention facile, rappelez-vous le nuage de Tchernobyl arrêté à la frontière allemande), néfaste pour l'environnement, néfaste pour la beauté.

La beauté disparaîtra sans scandale, quand elle ne sera plus un besoin des êtres humains. Mais qui regarde encore le monde ?

Néanmoins, malgré cette dérive vers l'insensibilité, il est dans la logique du combat humaniste mené par une minorité qui tente d'éclairer les aveugles, que jamais ne fleurissent les pylônes. Et même, si l'intelligence accompagne le pouvoir, qu'un jour la France renonce au nucléaire civil. L'électricité produite ne vaut pas les dangers que l'uranium fait peser sur les populations. Nous sommes bien "sortis de l'amiante" alors que le lobby amiante était aussi puissant que pense l'être aujourd'hui celui du nucléaire.

Notre chère écologiste de l'Avenue Ségur doit savoir qu'elle sera jugée sur des dossiers comme celui-ci, Si elle a l'impudence de laisser saccager un seul site, le risque de Lalondisation est manifeste...

Plus que sur l'intelligence de celles et ceux qui nous gouvernent, il faut parfois insister sur les répercutions futures individuelles.

Mais, après ce dossier d'autres viendront, chaque victoire est éphémère, réclame une vigilance constante sinon ceux qui sont prêts à hypothéquer l'avenir du pays contre un peu d'or sur leur étroit costume, appliqueront les politiques du mépris ; tout est politique la politique étant la vie de la cité, doit concerner chaque citoyenne, chaque citoyen. Nous avons toutes et tous le devoir de nous conduire en Citoyens, avec une vision globale des problèmes. Ne pas "compter sur les autres." Ne pas céder au diktat du "c'est nécessaire", au diktat du "c'est pour votre bien."

Ce combat du Quercy, comme tous les combats pour la dignité, peut encore être gagné, David a toujours vaincu Goliath quand il a cru en son bon droit, en sa force ; dès ce jour, face au refus du dialogue, je vous invite à témoigner de vos convictions, déverser vos poubelles aux portes des bureaux de la société d'Enlaidissement De la France.

Puis, cette fois sans aide, il écrivit *Entre Cahors et Astaffort.*

Entre Cahors et Astaffort

Entre Cahors et Astaffort
Y'a des rêveurs qui rêvent encore
Ils jouent des mots, des métaphores
Et chantonnent la vie sans effort

Mais entr'Cahors et Astaffort
Sur la Garonne, y'a Golfech
Au bout des cannes à pêche
De l'uranium,
De l'uranium

Bientôt de Golfech à Cahors
Sur de grands pylônes piailleront
Fils du mépris fils électriques
L'énergie doit se propager

Des grands patrons plastronnent
Vive l'industrie Vive l'industrie
Et tant pis pour les p'tits mômes
Sur le tracé du dieu progrès

Entre Cahors et Astaffort
des révoltés rêvent encore
Que jamais les volts ne nous survolent
Qu'un jour Golfech revive

Entre Cahors et Astaffort
Y'a des rêveurs qui rêvent encore
De faire passer le droit des Hommes
Avant celui des affairistes

Puis *il* fustigea les inégalités au départ, cruelle réalité toujours d'actualité malgré la rengaine égalitariste, fallacieuse théorie de l'égalité consistant à accorder les mêmes aides à tous, sans se soucier des carences originales, donc à répéter les privilèges, fermer les portes du possible aux rejetons de la misère ; *il* réclama l'égalité dans les faits, exigeant que soit donné plus à celui qui a le moins, de manière dégressive jusqu'à rien à celui pouvant tout s'offrir.

Ainsi indigna le seizième arrondissement parisien, passionna autoproclamés humanistes et pasionarias, des ailes lui poussaient. On lui promit même, lors d'une *réunion secrète,* un ministère... à condition d'envisager publiquement sa candidature à l'élection présidentielle puis rallier le bon candidat. Mais l'ambition politique l'épargnait. La sagesse ? Débarrassé des soucis matériels, sentimentalement et sexuellement comblé, seul l'attirait ce qui lui sembla le summum : se survivre. En temps de paix la carrière politique n'offrant que des honneurs rapidement oubliés, il visait l'œuvre majeure ; enivré par ses progrès il croyait cette utopie désormais accessible ; simplement une question de temps : cinq, dix, vingt ou trente ans peut-être.

Envisageant une fresque littéraire dont les siècles futurs glorifieraient l'acuité sociale (Honoré de Balzac, dont il n'a jamais lu le moindre roman entièrement, était sa référence), il investit la scène politique, sans la moindre retenue car indifférent aux retombées électorales ou populaires. Donc dangereux pour le microcosme.

A ce jeu il excella - son plus beau rôle ! -, bien aidé par le stupide spectacle des démagos qui lui tendaient des perches quotidiennes.

Quelle affligeante fin de millénaire où, sur l'absence de vigilance, la permissivité démocratique, prospéraient justement les arrivistes disposés à hypothéquer l'avenir du pays, et du globe, contre un peu plus d'or sur leur étroit costume. Personne ne ridiculisait le "vicomte", représentant du néant hypertrophié d'une aristocratie tendance intégriste en mal de pouvoir, chantre du protectionnisme, partisan de l'ordre moral, béatifié pour avoir placé trente-sept fois son slogan "l'Europe passoire" à la télévision et agité des baskets fabriquées en Asie ; personne n'écrasait un ancien éditeur d'hymnes nazis milliardaire depuis un héritage suspect, maître dans l'ignominie de la désinformation et piégeant les démunis en excitant leurs peurs, les mobilisant contre des boucs émissaires ; personne n'affrontait les "phénomènes" sous leur véritable ressort : le mensonge ; ils mentaient effrontément : il suffisait d'imaginer posément leur propagande appliquée ; que serait la France sans les millions de citoyens d'origine étrangère qui font sa grandeur ? ; que serait ce petit hexagone coupé du monde, constitutionnellement raciste et protectionniste ?... Mais les professionnels ès politique, à l'affût de places honorifiques, redoutent la vérité... qui pourrait démasquer le petit mensonge sur lequel ils végètent.

Et les téléspectateurs se révéleront moins égocentriques que prévu (des députés de gauche, jurant être entrés en politique par idéal humaniste, l'avaient prévenu, dépités, que les administrés se fichent des bons sentiments, des raisonnements planétaires, mais exigent des résultats concrets au quotidien, non la rédaction des lois, mais des passe-droits, un piston pour un emploi, un logement à loyer réduit, la suppression d'un P.V., l'exemption militaire du petit dernier ou son affectation près du domicile familial, une place pour une personne âgée dans une bonne maison de retraite...) : les sondages, car son agitation généra des sondages !, les déclarèrent en osmose avec sa dénonciation d'un pays première puissance exportatrice par habitant à la conquête de nouveaux marchés ; d'un Paris sous smog quasi constant et d'aides gouvernementales aux constructeurs automobiles ; son exigence de cours de soutien en mathématique pour certains ministres ; son intransigeance face aux semeurs de haines ; son opposition à la construction d'un pont dont l'économie aurait résorbé le gouffre de la sécurité sociale... Malheureusement, les électeurs, à la première occasion, dans le secret de l'isoloir, négligeront ces "bons principes." Pire : le ventre de la bête, qu'on savait toujours fécond, accoucha de nazillons à écharpes tricolores.

- Je croyais pouvoir bonifier le cœur des Hommes. J'ai fait confiance à l'intelligence. Où est l'intelligence ? Pour qui écrit-on ? Pour qui parle-t-on ? Pour qui donne-t-on le meilleur de soi ? Pour celles et ceux disposés à écouter, à comprendre. Pour celles et ceux qui cherchent, donc qui ont déjà trouvé quelque chose, au moins l'envie de ne pas rester victime aigrie. Certains et certaines sont inaccessibles au raisonnement rationnel, et le jour où la haine les soudera, ils marcheront, nous écraseront, s'écraseront entre eux. Nous devons nous tenir prêts à partir loin des incendies.

Le soir même, d'un trait, inspiration majeure, il écrivait *Marcher*, que je classe parmi ses trois plus grands textes.

Marcher

Marcher, oui, nous savons marcher
Notre peuple a toujours marché
Le premier péché le payer
Soleil, l'empêcher de pleurer

Quand l'ennemi vient, se cacher
Quand l'ennemi revient, être loin
Il faut marcher / Il faut marcher
La tradition l'a enseigné

Marcher jusqu'aux roches austères
Où les terres sont à défricher
Où personne jamais n'est venu
Pas un chien ne voudrait nicher

Marcher, oui, nous savons marcher
Notre peuple a toujours marché

Le premier péché le payer
Soleil, l'empêcher de pleurer

On le sait, tout est précaire
Comme à toutes les époques
Ils sont venus, nous reprocher...
Ils veulent nous endimancher

Marcher, oui nous savons marcher
Mais en cette fin de millénaire
Où trouver la terre épargnée
La terre qui n'a pas trop saigné

VI

L'engouement et les acclamations d'un public graduellement plus nombreux, le persuadaient d'un talent d'orateur servi par des idées originales et réalistes. Il se croyait porteur d'idées originales et réalistes ! Anxieux à l'annonce des taux d'audience, fâché quand une "légitime pétition" sortait sans sa signature, il oubliait n'être qu'un perroquet, dont la seule audace intellectuelle personnelle concerna l'héritage, sa croisade pour le temps choisi s'avérant plus un bon cheval déjà en course sur lequel il sut opportunément s'agripper. Evidemment, paradoxalement, une audace intellectuelle, c'est déjà beaucoup... dans un pays où l'on peut devenir Président en butinant d'incohérences en truismes !

Depuis l'implosion du collectivisme soviétique, hormis les hurluberlus, nul occidental n'osait répéter que l'héritage reconduit les inégalités de génération en génération, "est un vol." Si les gens refusent d'entendre une vérité, il faut l'exprimer autrement !

Chers concitoyennes, chers concitoyens, l'héritage des parents aux enfants, comme vous l'avez remarqué, arrive en fin de cycle, remplit de plus en plus difficilement sa mission d'aide. Les enfants héritent de plus en plus tard, souvent après leur retraite. Nous devons trouver une parade, un système de substitution.

Les "communistes" se sont trompés en nationalisant toutes les richesses : l'Etat doit seulement centraliser les héritages, et les redistribuer. Ainsi, grâce à cette cagnotte nationale, chaque jeune débutera avec un minimum... et les mêmes chances que son voisin. Il y aura toujours des riches et des pauvres, mais à chaque génération le compteur reviendra à un niveau raisonnable. Ainsi les moins bien lotis ne pourront s'en prendre qu'à la manière dont ils auront géré leur pactole. Et les enfants des pauvres ne trimeront plus en souvenir de parents ruinés. Et les vieux n'apercevront plus à leur chevet d'avides grappilleurs.

Cela lui valut une kyrielle de unes et dossiers spéciaux, dont les plus dithyrambiques iraient jusqu'à l'introniser *"penseur aussi important que Marx et Keynes."* Ces louanges le débarrassaient d'une timidité naguère considérée innée, combattue au whisky. Enfin je suis quelqu'un. Il parvenait même à "improviser" lors d'entretiens avec des journalistes de haut vol :
- Vous auriez préféré vivre à une autre époque ?
- Non.
- Pourtant, en vous observant, on a l'impression que vous ne l'aimez pas, notre époque.
- Je fulmine contre le monde tel qu'il est, Golfech et les volets fermés, les avions, les bagnoles, les clapiers, les parcs d'attractions, l'indifférence mais le monde tel qu'il pourrait être, tel qu'il est presque pour moi qui suis désormais un privilégié, me passionne, m'enthousiasme.
- Expliquez.

- Je n'aurais pas aimé vivre avec une médecine proche de la boucherie ou balbutiante, une misère due aux difficultés à maîtriser les événements naturels. Mais ce siècle me dégoûte. Alors que, grâce aux progrès, chaque être humain pourrait vivre décemment, l'indigence maltraite les milliards d'exclus de la prospérité et, là où règne un bien-être certain, la laideur et le vice triomphent. Notre cher vieil occident prétendument si évolué, non seulement gère plutôt mal que bien ses exceptionnelles richesses matérielles, mais il a créé une insupportable misère intellectuelle en parquant ses "brebis galeuses" dans des cités-béton où la délinquance est la norme, la réponse logique, le seul moyen pour vivre dignement.

- Votre constat est répandu, presque trop classique. Mais qui sont les responsables ?
- Les bourgeois, les nantis, les égoïstes.
- Expliquez.
- On connaît les victimes : les citoyens acculés à la violence. On les prétend responsables de leur sort, mais ce sont des victimes. La violence physique est l'extériorisation, l'expression, d'une détresse. Il est indécent d'accuser le quidam parqué dans une tour infernale, inhumaine, considéré comme un animal, de s'attaquer aux beaux quartiers, se comporter en animal, vorace, sans morale. C'est dans les beaux quartiers que se terrent les responsables du désordre ; ils avaient le pouvoir, ils avaient l'argent, ils se sont retrouvés derrière Pompidou, et ils n'ont pas voulu partager la prospérité, la croissance. On paye encore les pots cassés d'une industrialisation anarchique et du mépris de la classe qu'on appelait des travailleurs. Ces notables regardaient l'Afrique du Sud comme un exemple, en se disant qu'ils seraient prêts, eux aussi, à construire des murs pour se protéger des hordes affamées. L'Afrique du Sud s'est humanisée mais les occidentaux privilégiés continuent à considérer l'apartheid comme un modèle d'avenir. Ils rêvent de beaux quartiers résidentiels, entrées régulées par cartes magnétiques, et pourquoi pas, pour éviter toute fraude, des codes barres tatoués sur chaque individu...
- Vous allez loin. Si on suit votre raisonnement, les délinquants naissent victimes, donc ont raison de ne pas respecter les lois de la République, donc ont tous les droits.
- Bien sûr certains se complaisent dans l'image de la misère révoltée, rien n'est jamais ni tout blanc ni tout noir. Mais la société a les marginaux qu'elle mérite. L'immense majorité des délinquants sont nés pour être délinquants ; on les a gavés de fausses valeurs, la nécessité de paraître, posséder, et on leur accorde comme unique perspective un royal RMI. Donc ils ont créé une économie souterraine, parallèle, donc ils dérobent les objets qu'ils ne peuvent s'acheter et que la publicité s'acharne à leur présenter indispensables. Et les nantis s'indignent. La société, la classe dominante, paye le vide de sens.
- C'est sans espoir ?
- Soit la société s'acharne à réprimer bêtement les victimes qui préfèrent la révolte au suicide, car c'est le funeste dilemme de ceux qui n'ont rien donc rien à perdre, et alors on dérivera jusqu'au point ultime, la violence, la destruction.
- Vous êtes nihiliste !
- Attention, je constate, je ne dis pas, c'est la bonne direction, je constate que si l'on n'accuse pas enfin les véritables responsables, on atteindra le point de non-retour. Le point de non-retour n'est plus loin.
- Comment éviter cette impasse ?
- En prenant conscience du drame. Et c'est une constante dans l'histoire humaine, c'est seulement près du gouffre que les sociétés livrent leur vérité, par la mort ou la mutation, la régénération.
- Mais si la société s'obstine à se cacher la gravité du danger, c'est peut-être parce qu'elle ne voit pas de solution, d'issue, d'alternative. Que le bord du chemin, l'îlot de pauvreté, semble le prix à payer du capitalisme, dont les tragédies du siècle nous apprennent qu'il est le moins mauvais des

systèmes sociaux, le moins sanglant, le plus approprié pour maintenir ensemble des gens naturellement plus portés à s'étriper qu'à s'entraider.

- C'est une vision de l'histoire écrite par le capitalisme, à la gloire du capitalisme. C'est une grossière supercherie : le capitalisme a inscrit le mépris de l'homme malheureux dans la tête des hommes privilégiés. Et le fascisme, comme le communisme soviétique, sont des réactions à ce capitalisme déshumanisant.

- Vous ne légitimez quand même pas le fascisme ni le communisme ?

- Evidemment non. Le fascisme et le communisme à la sauce stalinienne, et non l'espérance communiste, sont des monstruosités. Mais il était logique que ces systèmes surgissent dans le non-sens capitaliste. C'est le capitalisme qui a suggéré les camps en écartant les citoyens les plus faibles du partage des richesses. Staline et Hitler les ont matérialisés, ont appliqué jusqu'à l'ignoble la logique d'exclusion, de réification de l'autre.

- Vous prenez toujours soin de marquer une différence entre communisme, *l'espérance communiste*, et le communisme soviétique.

- Le communisme est la plus louable organisation sociale qui ait été tentée. L'idéologie communiste primitive s'opposait à l'impérialisme et ses suppôts, voulait servir le peuple, permettre son bonheur et sa prospérité. Transformer la terre en "*paradis terrestre*", quel merveilleux projet. Malheureusement, les prétendus communistes de l'Est, une minorité d'apparatchiks, ont défini ce qu'était le peuple, les opinions que devait avoir le peuple, dès lors le communisme était vidé de sa substance, le parti n'était plus au service du peuple, mais excluait, supprimait carrément les femmes et les hommes considérés trop différents.

- Vous croyez encore à une résurgence communiste ?

- Une idée n'est pas forcément mauvaise parce qu'elle a été utilisée par des usurpateurs pour couvrir leurs exactions ! Si des esprits pourtant éclairés furent piégés par le communisme perverti c'est justement parce que les soviets tentaient une variante au capitalisme qui se voulait omnipotent, apportaient une espérance là où devait régner le fatalisme, la soumission au marché, au hasard d'une bonne ou mauvaise naissance. Ainsi, le lynchage d'un Aragon ou d'un Sartre me scandalise : ils ont manqué de regard critique dans leurs soutiens, leurs enthousiasmes, mais ils ont eu raison de chercher une alternative au capitalisme ; de plus, juger le passé à l'aune des seules connaissances actuelles est dangereux, inconséquent ; d'ailleurs, Aragon et Sartre sont nettement plus estimables que ceux qui se plièrent, les moutons de Panurge, toujours du côté des plus nombreux, collabos sous Pétain, Résistants sous De Gaulle, pompidoliens sous Pompidou et même socialistes sous Mitterrand.

- Mais si, la leçon de tout cela, c'était justement le triomphe du capitalisme ?

- Le capitalisme agonise. Depuis longtemps. Mais en agitant les horreurs, les goulags du communisme dictatorial soviétique, on nous interdisait de le dire. Depuis la chute du mur de Berlin le capitalisme est redevenu le système duquel on veut sortir. Mais c'est justement parce que nos aînés se sont laissés berner par les mauvaises réponses au vrai problème, au scandale du capitalisme, qu'il nous faut trouver de vraies réponses.

- Sinon ?

- Sinon les mauvaises réponses reviendront. Elles réapparaissent déjà en Russie ou en Bosnie. *Le réveil des nationalismes*. Et même chez nous, où des paumés, qu'on appellerait de braves gens s'ils n'étaient dans la spirale du malheur, accordent leur suffrage à un fils spirituel d'Hitler, Mussolini et Pétain, comme l'a nommé le tribunal de Grande Instance de Nancy. Nancy contre Drancy, comprenne qui pourra. Le grand défi d'aujourd'hui, c'est de parvenir à démentir la fatalité de la haine qui semble s'abattre à chaque crise économique, politique et morale.

- Comment expliquez-vous que la société se jette dans la gueule du lion, soit en passe de réitérer les cruelles erreurs, laisser la haine triompher ?

- Les gens de pouvoirs aveuglent le peuple, préfèrent déplacer les problèmes plutôt que de les résoudre. Ils pressentent que leur heure a sonné de passer aux sacrifices, donc ils essayent de retarder l'inéluctable. Ils se gargarisent en se disant, *il n'y a aucune raison de s'alarmer*. Ils seraient même prêts, comme les industriels allemands en 1933, à signer un pacte avec le diable pour conserver leurs privilèges. La bourgeoisie aime danser sur un volcan ! Car la solution humaine, sans barbarie, existe, elle est dans le partage, par un changement de mentalités où l'on considère l'autre en humain qui mérite autant que soi d'accéder à la prospérité.

- Mais ce changement de mentalités, sans heurts, nécessiterait plusieurs générations.

- On réfléchit encore sur le modèle de la révolution française où, soit le changement s'effectue par le sang versé, soit les choses demeurent en état, dérivent lentement, pourrissent. Mais si, aujourd'hui, on décidait du changement, si un gouvernement, émanation d'un véritable souffle populaire, décrétait cette mesure, si on avait réellement la volonté de redonner sens à la vie, de briser les valeurs purulentes, grâce aux moyens de communication modernes, grâce à la télévision, formidable outil pédagogique potentiel dévoyé par le mercantilisme, en une dizaine d'années on peut réussir une révolution, des mentalités, en douceur, en couleur. Car tout est réuni pour le paradis terrestre et pourtant nous vacillons près du gouffre. C'est l'ironie de cette fin de millénaire.

Discours dangereux, extrémiste, facile, peu raisonnable, ont commenté les installés. La classe politique s'est même gargarisée quand la bête immonde recula aux élections suivantes mais elle reculait pour mieux amadouer sa proie.

VII

Une nouvelle idole ! Donc les fieffés fêlés s'acharnaient à les inviter à leurs fiestas. Dans chaque quartier de la capitale où "*il faut être vu*", une "*chambre d'amis*" les attendait. Un impresario insistait même pour leur rétrocéder, "*à prix d'ami naturellement*", une parcelle où il les voyait bien ériger leur résidence estivale, proche de la sienne évidemment. Une villa à Saint-Tropez ! Ils ne tomberont pas si bas.

Chaque semaine des propositions cinématographiques affluaient, malheureusement toujours du même acabit, le rôle d'un révolté dans une histoire bâclée. Jamais Bertrand Blier, Jacques Rivette, Jean-Paul Rappeneau, Claude Chabrol ou Bertrand Tavernier.

"*Mettez votre notoriété au service des grandes causes.*" Un écrivain estampillé correct par les centrales d'achat d'espaces publicitaires, marionnette d'une nomenklatura excédée par ses déclarations moralisatrices et apocalyptiques, s'évertuait à assombrir ses éclats :

- Utiliser ma notoriété pour faire avancer les idées de tolérance et fraternité ? M'attaquer aux icônes souillées, au kitsch, relève de ce combat, mais je ne peux faire plus. Je ne peux revivifier le cœur de ces citoyens dans la spirale de la haine. Voltaire avait déjà décelé l'aporie : "*Que répondre à un homme qui vous dit qu'il aime mieux obéir à Dieu qu'aux hommes, et qui, en conséquence, est sûr de mériter le ciel en vous égorgeant ?*"

Cette lucidité, cette humilité, valut trois points supplémentaires au dernier baromètre mensuel qu'il consulta des "personnalités qui comptent."

Ce fut, sans conteste, la période la plus palpitante : sentimentalement et sexuellement comblé, artiste et fou des princes. Contrairement à ses premières prévisions, volontairement pessimistes, vérifiant les prédictions de la vieille voyante, sa Dulcinée l'enivrait et ils resplendissaient. Elle prétendait leurs sentiments immuables. Et riait des scénarios abracadabrants, fomentés par des actrices ou chanteuses en mal de projecteurs, pour faire la une des magasines poubelles grâce à un bisou dont l'angle d'un photographe complice suppose un coupable contact buccal. Aucune raison rationnelle ne laissait prévoir que cette félicité ne durerait même pas un lustre. Même si cette félicité, comme toujours, allons, comme presque toujours, ne fut pas aussi parfaite qu'ils le prétendaient, même si une fois, mais c'est arrivé une seule fois se défendra en me l'apprenant Jel, la photo n'était pas d'un associé mais d'un paparazzi qui saisit l'après adultère ; elle ressemblait tellement à une princesse du *Tropic*, et j'ai tout fait pour ne pas la croiser souvent, je l'ai croisée seulement trois quatre fois, la dernière peu avant le drame.

VIII

Alors que, systématiquement, après l'Amour Sybille se lovait collée à son corps, un après-midi, brusquement, elle se leva, saisit un marqueur rouge et inscrivit sur la tapisserie influence indienne, "Je *T'Aime.*" Ce mur devint leur correspondant, un confident. Ils y punaiseraient aussi les cartes postales qu'ils s'envoyaient lors de leurs pérégrinations. J'y ai lu : Eternel été ; Tendresse ; idem ; Te regarder et savoir que rien ne nous séparera ; champagne ; j'ai mal aux dents et le monde s'en fout ; pour tous ; Comment exprimer un sentiment sans répéter les mots galvaudés ; Retiens ta vie ; Pourquoi ? ; un Amour parfait, un Amour sans fin ; vivre libre ; réécrire l'histoire ; je t'Aime à mourir ; Corinne ; matin midi soir et nuit ; malgré tout ; moi je n'étais rien et voilà qu'aujourd'hui ; sur chaque pore de ton corps ; Corentin ; Pardon ; ensemble ; ni remords ni regrets ; fermer les yeux et ne rien voir de mieux que la réalité ; le berceau de la vie ; aimer, c'est regarder dans la même direction ; hommage aux dunes et leur sable baladeur ; un bébé ? ; 1 + 1 = 3 ; est-ce la facture du bonheur, la fracture du futur ? ; enfin seul avec nos enfants. Et Toi ; demain, surprise ; le silence et ton cœur qui bat ; vivre c'est lutter, refuser, s'obstiner, continuer ; ici et maintenant ; qui es-tu ? ; un homme heureux ; Soleil de ma vie ; merci Cupidon.

IX

Un vigneron à la retraite les avait hélés à leur retour du marché, presque suppliant, et ils avaient fondu.
- Si personne n'en veut, ce sera pas de gaieté de cœur, mais je pourrai pas le garder.
Séduits par sa touffe blanche sous le cou, deux tourtereaux de la ville l'avaient choisi en premier. Ils le trouvaient mignon. Il avait trois mois. Mais ils l'avaient ramené. Ils s'étaient disputés, se séparaient, quittaient donc la maison de maçons qu'aucun ne pouvait conserver avec son seul salaire. Chacun emménageait dans un appartement incompatible avec les besoins de ce dévoreur d'espaces. C'est ainsi qu'à bientôt huit mois, sans traumatisme apparent, Gary eut de nouveaux parents, des *maîtres*. Adorable et foufou toutou, setter gordon baveur, distributeur assidu de bisous mimant si bien la tristesse face à leur tentative d'éducation stricte, qu'il devint le roi, allergique à la solitude plus du temps d'un pipi.
Un tableau naïf, un bonheur concon peut-être, mais la campagne et ses longues balades toujours différentes, amplifiaient leur lassitude des salons parisiens. L'automne, les feuilles des chênes, jamais il ne les avait regardées. Sybille finit par le convaincre que s'ils prolongeaient leur immersion dans le strass, ils deviendraient *comme eux*. Ainsi, à force d'invitations sans réponse, on les oublia ; aussi rapidement qu'ils étaient apparus indispensables.
Les spécialistes du couple déconseillent le repli dans un cocon. Se couper du monde appellerait l'échec : passés les premiers émois l'autre perd ses secrets, ne vous surprend plus et, graduellement, vous énerve.
Mais qui auraient-ils vu ? En Amitié comme en Amour, être exigeant, c'est souvent être seul. La

notoriété n'avait généré que des liens superficiels. Sybille n'avait jamais eu d'ami(e)s, les copines de sa scolarité n'ayant jamais résisté au changement de classe ; sa mère se plaignait qu'ils habitent si loin et les invitait rarement (cela leur convenait : ils n'avaient aucun sujet de conversation commun).

X

Ecrire et publier, planter des arbres : creuser un sillon, s'inscrire dans la durée, combattre le provisoire, l'oubli programmé de notre dérisoire agitation. L'envie d'une œuvre majeure devint aussi obsessionnelle que le syndrome de la page blanche angoissant. Cruel manque d'inspiration allié à l'incapacité d'exprimer clairement quelques banales intuitions. Un éditeur, l'éditeur des stars, présentateurs du vingt heures, de la météo, d'un jeu, acteurs ou sportifs, alléché par sa notoriété, agitait la solution de facilité : contre un contrat d'exclusivité il lui assurait le concours du *meilleur nègre de la place parisienne*, as de la recompilation, l'actualisation, la traduction des chefs-d'œuvre méconnus.

Ce besoin de survivance nourrit leur décision, fit triompher les pulsions naturelles : théâtralement Sybille jeta à la poubelle les boîtes de petits cachets qu'il lui restait. Délice d'attendre un enfant, caresser ce ventre lisse en délirant sur le développement de l'embryon, photographier et filmer ce corps en mutation, se documenter sur la vie intra-utérine, préparer une chambre, hésiter sur sa préférence pour une fille ou un garçon, finalement ne pas avoir de préférence, feuilleter les catalogues, traîner les magasins spécialisés à la recherche des premiers vêtements et jouets, s'interroger sur la bonne manière d'être parents, égrener les prénoms... Bonheur en lambeaux deux mois plus tard, balayé par une ligne des examens médicaux :

ANTICORPS ANTI HIV 1+2   Présence

C'est pas vrai. Non, ça ne peut pas être vrai. Il y a eu erreur. Palpitations. Vertiges. Nausées. Certitude d'erreur. Mais confirmation du diagnostic. Virus : vie russe : goulag. Non. Pas nous. Nous sommes innocents. Vous n'avez pas le droit. Nous n'avons rien fait, laissez-nous. Nous voulons simplement vivre tranquille, fonder un foyer.

- Monsieur, effectuez le dépistage.
- A quoi bon ! Vous aimez enfoncer le couteau. Vous vous délectez. Vous avez une star à votre tableau de chasse, ça égaye les conversations du dimanche...
- Comble d'une inacceptable ironie : j'ai cavalé de corps en corps, sans sentiment, durant des années, et je tombe d'Amour.
-
- Depuis le jour où je me suis su séronégatif jusqu'à ta rencontre, je me suis toujours protégé. Je n'aurais jamais pu imaginer.
- Je n'avais jamais fait le test, tu me crois encore ? Je n'ai eu qu'un partenaire avant.

Et ses souvenirs soulevaient un doute : rapports sans protection ou transfusion sans précaution, après un accident de scooter ? Transfusion inutile, effectuée par excès de zèle d'un infirmier remplaçant paniqué... à la vue du sang !
- Cela ne ternira jamais nos relations, je ne t'en veux pas, nous n'allons pas jouer au bourreau et à la victime.

J'étais fier de ces premières phrases. Je m'étais contrôlé. M'affirmer exemplaire est tentant, logique : j'ai longtemps voulu, jusqu'à y parvenir, oublier la pulsion malsaine qui m'assaillit, cette petite voix maléfique tendant à la condamner, disjoncter, partir, errer. S'il n'y avait eu l'embryon espéré enfant indemne, aurais-je su éviter l'ignoble réaction ? Le combat de la raison contre la bête en soi. Je savais qu'elle n'était pas coupable, qu'il serait indécent, inhumain, de la rejeter, et préférais taire mes états d'âme, me montrer honorable, gentleman, comme j'aurais voulu être, comme je pensais qu'un humaniste dût réagir. Mais le visage, la voix, le regard trahissent forcément de tels sentiments. Le samedi, soit finalement seulement quatre jours après l'annonce de sa séropositivité, mais quatre jours durant lesquels nulle minute de sommeil ne me fut accordée, nul aliment ne fut ingérable, le traumatisme du non-dit qui s'insinuait me contraignit à lui avouer l'indigne réalité. Elle comprenait. Elle savait l'être humain imparfait, les raisonnements développés en bonne santé légers face à la maladie, que la vraie grandeur consiste à combattre ses démons. Dès lors, le "rien ne nous séparera" n'était plus une belle parole d'amoureux aveuglés par une forcément provisoire passion.

XI

Face à l'insistance médicale, Jel cédait, effectuait le dépistage. Séronégatif.

- Quel jeu jouez-vous ? Vous voulez me faire croire que le sida m'aurait épargné ? Qui vous a dit que je suis trop fragile pour entendre la vérité, que l'idée de mort me traumatise, que toute ma vie j'ai eu peur de toutes les maladies ? Mais ça ne sert à rien. Je suis fort maintenant. Je suis prêt à l'entendre la vérité. La mort n'est rien, puisque tout bien et tout mal résident dans la sensation, et que la mort est l'éradication de nos sensations.

- Nous ne voulons pas vous faire une fausse joie. Nous sommes formels. A ce jour moins deux mois, vous n'avez pas été contaminé.

- Qu'en savez-vous ! Que connaissez-vous de ce virus ? Vous prétendez qu'il faut deux mois pour le détecter. Mais ces deux mois, c'est une moyenne, c'est peut-être parfois huit jours, parfois deux ans. Il y a peut-être une variété de sida encore plus sournoise.

- Nous sommes formels. Après deux mois notre diagnostic est formel. Nous avons effectué trois fois le dépistage pour ne pas risquer une erreur. Nous reconnaissons maintenant formellement la signature de ce virus.

- Si vous le connaissiez si bien que cela, vous l'auriez déjà vaincu. Vous prétendez qu'il reste passif durant parfois des années, et qu'il attaque ensuite, ce n'est pas logique, je suis sûr que bientôt vous prétendrez le contraire, il attaque dès le premier jour mais au début l'organisme réussit à livrer le combat d'égal à égal, et ensuite il cède. Ça se passe toujours ainsi dans la nature, dans un combat entre David et Goliath. Vous êtes des scientifiques, il vous faut des preuves, des schémas, vous n'y comprenez rien. Ecoutez-moi.

- Avec tout notre respect, c'est impossible monsieur, tous les chercheurs sont formels, le virus est d'abord passif mais nous le reconnaissons après deux mois, ce n'est qu'après une période variable suivant les individus qu'il devient offensif. Toutes les annonces que les scientifiques présentent au public sont maintenant des faits formels, nous ne sommes plus en 1900.

- Soignez-moi plutôt que vous conduire en théoricien, arc-bouté sur les communiqués de spécialistes, soignez-moi !

- C'est difficilement explicable, mais c'est ainsi, vous êtes sain, et il vous faut ne plus avoir de rapports non protégés avec madame votre compagne, ainsi dans deux mois nous pourrons vous déclarer totalement sain. C'est difficile à comprendre mais vous n'êtes pas le seul, d'autres aussi ont été en contact régulier avec le virus, soit par acte sexuel soit par échange de seringue, et ils ne l'ont pas contracté. Des spécialistes planchent sur ce dossier. Nous ne pouvons vous donner aucune réponse formelle, nous ne savons pas tout. Mais nous sommes certains d'une chose : protégez-vous lors des rapports avec madame votre compagne.

- Soignez-moi au lieu de m'embobiner...

Et il va dépérir, plus encore que Sybille, il ne sera plus qu'une loque. Le sida dans la tête. Dans le corps aussi ? Il en est persuadé.

- Et toi, tu crois que ce sida aurait pu m'épargner ?

- Je voudrais, je donnerais ma vie pour que ce soit vrai.

- Tu crois que c'est possible ? Franchement.

- Je ne sais pas, je voudrais croire les docteurs mais j'ai peur d'y croire. Ce serait tellement beau.

Ce qu'il attendait, un *spécialiste* lui dira, le dix-septième consulté.

- Oui, vous êtes malheureusement séropositif, la science institutionnelle ne peut pas le voir, car le virus se développe en phases Delta obélisque transantales, regardez, c'est flagrant sur ces images prises après avoir mélangé votre sang à la substance réactionnelle, ces sinusoïdes brunes, c'est le sida. La médecine institutionnelle refuse ma découverte, pour une question de gros sous, de licences, car avec mon système, il n'est plus besoin d'attendre deux mois pour le diagnostic. Dès la contamination, je la vois. Heureusement que des généreux donateurs ont compris tout ce que je peux apporter à la recherche, j'espère que vous en serrez... Car j'espère bientôt mettre au point le traitement antiviral adéquat.

A son retour du *cabinet* une lettre l'attendait :

"Je voulait être heureuse. Je voulait un enfant, je ne peux plus en avoir. Ma vie avait encore un sens. J'avais la force de continuer, j'avais la force de lutter, j'avais la force de tenir au nom de la vérité. Je trouvai dans l'argent la compensation de tout ce qui me manque. Mais maintenant ? L'un en prison, l'autre malade. Rester la, dix ans, vingt ans, écrire des banalités à un type pour qui je suis un piège, ne plus voir un type qui a décider de m'ignoré ? Je voulais être heureuse et je ne pouvais plus que me venger. La vie m'a venger.

J'ai donc décider d'en finir. Par testament je donne tout mes biens à ma sœur. Et le reste, j'ai tout brûler.

Adieu.

Mathieu va recevoir cette lettre, à toi j'en dit plus, maintenant je peut te le dire, c'est toi que j'aimait. Pas depuis le premier jour, non, au début j'ai aimé mon Mathieu. Depuis que tu as changer, tu n'avais pas 18 ans, depuis que tu t'es mis à bien parler. Le jour de tes 18 ans, le jour de mes 18 ans, nos 20 ans, restent mes plus beaux souvenirs. J'ai compris qu'il est inutile que j'attende 30 ans. Je t'ai aimé follement, en essayant de le montrer le moins possible. Si tu n'avais pas été l'ami de Mathieu je l'aurai quitté pour toi, mais j'avais peur qu'il te demande de choisir entre lui et moi, et que votre amitié prennent le dessus. Je sais que j'étais belle mais je n'ai jamais pris le temps d'écouter à l'école, j'ai cru que la beauté suffisait, j'ai comprix qu'il te fallait plus que la beauté, l'intelligence, j'ai essayé d'étudier des gros bouquins, je suis pas arriver. Mathieu se moquait de moi quand j'ouvrais mes gros bouquins, il disait on est pas des intellaux, viens plutôt voir Lagaf, ça c'est quelqu'un. Qu'est-ce qui dit déjà Lagaf de ceux qui lisent des gros bouquins ?

Je voulais me venger de toi aussi, à cause du mépris que tu m'as regardé au procès de Math, à cause de tout ce temps où tu n'a pas eu un mot pour moi. A cause qu'il est pas juste que quelqu'un soit heureux, que te voir vedette à la télé ça me fait trop mal. A cause que c'est toi qui a entrainer Math à faire tout ce qu'il a fais. C'est parce que je t'aimais que j'ai pas osé lui interdire, j'avais trop peur de ne plus te revoir si je m'opposais à toi. Pour me venger vraiment de toi, j'avais contacté un journaliste de *Nitute*, tout ce que tu détestes, j'ai rendrez-vous avec mardi, le jour où normalement tu recevras cette lettre, je serai déjà bien loin depuis une journée. C'est toi le responsable de ma mort. Je te déteste et je t'aime.

Si je pouvais recommencé, c'est dés l'école que je changerais tout, c'est dès l'école que tout se décide, c'était comme au boulot on maudissait les chefs mais au fond on les enviait, on disait qu'ils étaient comme nous, mais non ils avaient fait des études. Mais n'oublie pas, c'est toi le responsable, Mathieu et moi on était peut-être des minables mais si tu l'avais pas entrainer aujourd'hui on aurait un gosse et mon gosse il aurait fait des études, je l'aurais empécher de faire les conneries que j'ai fais. Quand on s'es revu j'aurai voulu un enfant de toi, il aurait notre physique et ton intelligence. Je regrette de pas te l'avoir dit car tu était tout seul a ce moment et moi j'ai pas été trainer partout avant comme celle que t'as ramasser."

Pauvre Patricia, puisant dans la haine l'orgueil d'avoir la force de mourir sans le sida.

Depuis leur départ pour Reims, pas une seule fois Jel n'avait reparlé à Patricia. Aux audiences elle le regardait, il l'ignorait ou lui lançait un regard froid et cruel dont elle comprenait la signification, *c'est ta faute.* Cette lettre, il l'a lue, la chiffonna, la déchiffonna et la relue, souriant même des fautes d'orthographe, *j'en fais mais à ce point !*, avant de la jeter sur un tas de papiers avec lequel elle se mélangerait. *Ta vie, j'en ai rien à foutre Pat. Je pleure pas pour toi, t'as eu ce que tu méritais. Mais nous. Mais nous...*

XII

Avortement thérapeutique ! A la pompe, et vite ! Arrêtez cette grossesse ! *Vous n'êtes pas en situation psychologique d'avoir un enfant...*

Pressions. La renommée et l'aisance financière, comme ultérieurement le reconnaîtrait le supérieur du sous-fifre chargé de leur soutirer une signature, vaudraient à Sybille plus de considération qu'aux femmes expédiées sans ménagement sur la table maudite : l'instance médicale daignait laisser décider en connaissance de risque : affaiblissement de la mère et une malchance sur cinq que le bébé contracte le virus.

Recourir à l'avortement, c'est entrer dans la logique de mort. Combien d'enfants naîtraient si l'on devait s'assurer génétiquement qu'ils ne développeront aucune maladie létale ? S'il fallait la présence des parents jusqu'à leur majorité ? S'il existait un Q.I. minimal ? Utilise-t-on ce genre d'arguments face aux cancéreux, alcooliques ou handicapés ?

Indignes d'être parents ? *Vous avez fauté, vous vous êtes exclus du genre humain*, la tentation intégriste existe. Mais si l'enfant pouvait choisir : un père qui considère sa mission achevée relevé de la position du missionnaire et une mère dès l'accouchement réalisé, des géniteurs qui confient le rejeton aux "institutions", crèche puis école affublée par antiphrase du qualificatif "maternelle", ou des parents *amoindris* mais attentifs, présents, assumant leur rôle d'éveilleurs, ensemençant son terreau de bontés ?

Est-ce à vingt ans ou durant les premières années que l'on a le plus besoin de guides ?

"Cette décision va trop vous amoindrir madame." Pauvre bureaucrate de la médecine, cette sentence, il l'a balancée à chaque patiente récalcitrante, et vieillira ainsi, imbu d'un savoir purement livresque, son approche statistique des naissances. Amoindrir ! Placer l'amoindrissement sur un plateau de la balance, quand sur l'autre resplendit l'inégalable désir de transmettre la vie ! La même raison, de nouveau assénée arrogamment, servirait à conseiller, intimer, de réduire la fréquence des rapports sexuels et surtout se "protéger." Colère : non à une restriction autoritaire du plaisir, non à cet inacceptable marché de dupe, à l'achat de survivance avariée. Et il osa justifier ce mépris, son défaut de pédagogie, sa fatuité, son ton comminatoire : *"nous n'avons pas été formés pour de tels cas. Nous ne sommes pas à Paris, ni à Toulouse ici. Nous, on gère les cas classiques. En plus nous réclamons des formations mais la direction répond qu'il n'y a pas de budget."* Comme s'il fallait des cours pour regarder l'autre humainement.

Jel ne pouvait se croire indemne (il ne pouvait être que du côté des victimes : les exceptions ne viennent pas d'un bled). Puisqu'il n'y avait pas d'espoir il refusa le plastique entre eux. Et ingurgita à la même cadence les cachets prescrits à Sybille. Il l'aima plus qu'avant si c'était possible, il voulait cet enfant, l'aimer jusqu'à épuisement et un maximum d'enfants.

Suicide à petit feu ? Ils se forçaient à raisonner *positivement :* il y eut le premier tuberculeux, le premier cancéreux sauvés ; le sida apparaît éternellement incurable, comme précédemment la tuberculose et le cancer. Mais, un jour, un chercheur, plus obstiné, inspiré ou carrément loufoque, osera la formule incohérente, irrationnelle, la piste nouvelle et le résultat, claironné miraculeux, stupéfiera ses collègues, lui vaudra le prix Nobel, son effigie ornera les coupures fiduciaires européennes.

C'était leur espérance, même si les spécialistes employaient encore le terme "miracle" en guise d'espoir. Miracle ! Mot terrible aux funestes a priori, rappelant que la logique s'appelait déchéance physique et psychique, puis la mort en unique délivrance.

XIII

L'affrontement au "bon sens des institutions" avait différé le froid face à face avec la réalité. Cette tension retombée le drame surgit sous sa cruelle horreur : *nous avons cru être en guerre contre la force publique alors que nous sommes les tranchées sanglantes ; il est là. Il : virus, démon, monstre, scolopendre, lèpre, snipper, Alien, saloperie, barbare... ; nous sommes condamnés à vivre au rythme des médicaments, toutes les huit heures, trois fois par jour.* Le tout agrémenté de contrariétés et macabres réflexions.

L'indignation envers les dérisoires préoccupations des indemnes s'accentue, scellant leur rupture définitive d'avec le monde affriolant : les médias continuaient à pérorer sur les démêlés judiciaires d'un élégant affairiste ancré sur le créneau du socialisme moderne, propulsé à la une en appliquant ses méthodes au sport : un troisième couteau déclaré héros et acclamé par les déboussolés. Comment oser perdre tant de temps et d'énergie quand talents et moyens manquent cruellement à la recherche ? Et pourtant, ils continuaient à regarder la télévision, à ouvrir les journaux : frénétique attente de La Nouvelle. Au moins suivre les progrès, ces raisons d'espérer.

Une soirée au restaurant, décidée pour se changer les idées, et jamais plus ils ne défieront la promiscuité des lieux publics : les cons (comment les nommer autrement) qui ignorent la présence d'une personne séropositive et plaisantent, à coups de douteux calembours ou ostracismes, sur la maladie ; les cons qui vous reconnaissent et demandent "comment ça va ?", "comment l'avez-vous eu ?" - traduction : victimes ou responsables, hémophiles ou débauchés ?

Cyclothymie : larmes d'injustice ou euphorie du temps à vivre en accéléré. La raison : amoureux et à l'abri du besoin : remparts. Les coups de cafard : à quoi bon.

Certains et une mode médiatique glorifient le sida : il ouvre les yeux sur l'essentiel, atteint on quitte l'ornière des apparences. Sophisme ! Et pourtant, il véhicule, comme toutes les caricatures, une part de vérité : épargnés, la quasi-totalité des humains errent, aveugles inconscients de leur cécité, sans canne ni chien. Mais le monde est vraiment très malade s'il faut le sida pour comprendre la liberté.

Jel, un exemple de ces pauvres zigues à la dérive, au potentiel gâché de chimères en obsessions : à dix ans, les buts de Mario Kempès, l'ambiance féerique du *Mondial Argentina* (il ignorait les matches truqués et la junte militaire au pouvoir), lui idéalisèrent le football professionnel : entrer au centre de formation, être jeté en cas d'absence de rentabilité rapide, être jeté irrémédiablement passé la trentaine, avec, pour tout viatique, un oreiller pécuniaire et un cerveau délabré gonflé aux anabolisants de la fatuité ; Catherine enfuie l'adolescence fut invivable : les échecs sentimentaux, les blessures, construisent, prédisposent à une énième utopie ; le statut "star littéraire" l'allécha, sommet sacralisé : pour un strapontin à la table des "grands de ce monde" il aurait acheté la peau de chagrin...

Il maudit alors celles et ceux qui ont bâclé son éducation en lui occultant l'essentiel. *Il m'a fallu me tromper, oser, recommencer... tricher. Et la maladie. Je sais mais trop tard : vivre avec l'être aimé qui t'aime, travailler consciencieusement, passionnément, indifférent aux mesquineries.*

Inutilement, forcément intuitivement, il s'illusionna d'un recommencement : un inconnu offre la pierre philosophale (la vie débute quand on se débarrasse des fausses croyances, les oripeaux de l'éducation, et s'achève quand on ne croit plus en soi) et l'homme libre apprivoise son art et attend sa moitié (non, pas "sa moitié" : Zeus n'a pas coupé en deux les êtres humains pour les châtier et les contraindre à errer nostalgiques d'une unité primitive, en quête de leur moitié complémentaire ; n'en déplaise à Platon, Aristophane et aux romantiques obtus, plusieurs peuvent potentiellement nous combler, à condition de les croiser au bon moment). Mais la vie n'accepte aucun brouillon. Aucune seconde ne reviendra. Et cette expérience n'aidera personne, cette déconvenue ne pourra servir d'exemple : aurait-il accordé la moindre importance à ces sentences vers seize ans ? Et même s'il les avait retenues, il lui aurait d'abord fallu gagner besogneusement le quotidien, entrer dans le vicieux cercle social qui éloigne de l'essentiel. Il maudit cette société qui ne favorise nullement l'épanouissement. Seuls les privilégiés dilapident leur existence sans la moindre excuse ; les pauvres hères doivent ramper ou tricher.

Alors, comment remplir agréablement ces jours potentiellement comme les autres mais sous l'épée de Damoclès ? Militer ? Continuer à écrire, interpréter le rôle du rebel writer, inventer des légendes ? Ecrire simplement la réalité, les regrets ? Quels regrets ? Entre l'aventure et se ratatiner, l'insipide exigé par la bonne société, comment oser défendre la frilosité ?

Faire comme si la maladie n'était pas là, se consacrer à la fresque historique ? Caricaturer les marionnettes ? Eveiller les consciences encore aveugles au sida, au retour masqué de la haine, au saccage de la flore et de la faune ? Noter la décrépitude et balancer le conglomérat poisseux au peuple, comme on exécutait en place publique en croyant dissuader de déroger aux lois ? En un mot : dire ; être le messager. Mais à quoi bon dire ? Tout se sait, demain tout sera sur Internet. Mais le monde s'en fout. Le monde ne sait plus discerner le vrai du charlatanisme, donc ne croit plus en rien. Trop de mots, d'images. L'incapacité de délivrer son message rendait tragique le messager de Kafka, notre tragédie c'est que les messagers se perdent en logorrhées, ne sont plus écoutés. *Ils doivent bien ricaner les bureaucrates, et au café assener, il n'avait qu'à rester ici. Ne ricanez pas, riez mes amis, vivez tant que vous le pouvez, servez-vous de mon drame, qu'il vous ouvre les yeux, la vie n'aime pas le bonheur, la vie vous fait payer chaque instant d'euphorie, faut faire gaffe. Ecrire ainsi ? Tout le monde ricanerait.*

Donc, résolu à ne plus écrire, par dégoût d'un sujet qui s'imposerait immanquablement, impression d'une incapacité à changer le cours des choses, à créer le bouleversement qui élèverait les cœurs, il annonça sa retraite "littéraire", tirant sa révérence à l'instar d'un mauvais frère à l'ombre d'un mur : "Je ne reviendrai que guéri."

XIII

A la sortie en salle des *Nuits Fauves*, cadre dynamique veillant à conserver tous les atouts de son côté pour cumuler prime et augmentation en fin d'année, benoîtement Jel avait écouté Jean-François, parole avertie :

- J'ai vu un extrait, c'est indécent, ignoble, dégoûtant. L'inverti de Collard, ce p'tit pédé, appelons les choses par leur nom vulgaire, se fait uriner dessus par des loubards, puis baise avec une jeune fille, mignonne en plus, en lui cachant qu'il a le sida. C'est honteux. Et dire que des jeunes s'identifient déjà à ça.

Il invita son jeune collaborateur préféré à corroborer cette déraison. Et la statue enchaîna :

- Il m'a été prétendu que c'est autobiographique, ce Collard est vraiment bisexuel, mon Dieu !, comment peut-on ainsi vivre, et il a vraiment le sida. Il l'a bien cherché. Et il voudrait qu'on le plaigne ? Mais il devrait être interdit d'étaler ainsi ses perversions. Avec De Gaulle on n'aurait jamais vu ça. Comment ose-t-on laisser se pavaner de tels monstres à la télévision. Peyreffite, reviens, ils sont devenus anarchistes. Et le pis, ce sont les naïves jeunes filles qu'il a contaminées ce salaud. Si seulement les parents avaient encore de l'autorité. Nous, notre fille, jamais elle ne parlera à de tels poisons, comme vous le savez elle est dans la meilleure école, privée, forcément, de la région. Nous la protégeons, il faut protéger la jeunesse. D'ailleurs, dès demain je vous ferai circuler une modeste pétition pour que ce soi-disant film, cette propagande de la perversité, soit retiré de l'affiche (Madame était présidente d'une association de bonnes mœurs).

Le lendemain, pas une signature du service ne lui manqua. Mine avenante, démarche bovine, Thérèse était entrée sur le méga plateau, avait fièrement déclamé sa requête réactionnaire avant de la remettre à Jean-Michel, dit le nordiste, le plus influençable - aussi surnommé, rarement en sa présence : patapouf, cervelle binaire zéro moins zéro, Maurice, nimbus, panche à bières, dents du fond cariées, Jean Alesis (après son deuxième accident), sourire d'enfer, futur garagiste, maître aliboron, pépin pastis, Henri Michel (après l'invective de Cantona), bob pastis, l'écrevisse (en été, après ses traditionnelles vacances en Espagne), mauvais Karma, cendrier ambulant, écorcheur de lapins... La porte à peine refermée, son traditionnel "fait chier" bougonné, il cédait "oh ! pis, c'est qu'une griffonnure." Ils se sentaient manipulés, et adroitement manipulés : refuser serait apparu excentrique, une provocation aux inévitables représailles.

Sybille avait vu *Les Nuits Fauves* au cinéma et acheta la cassette. Jel comprenait : la bonne société a préféré, comme d'habitude, ne pas réfléchir, hurler à l'incitation au meurtre là où la question de la responsabilité à l'égard du partenaire est magistralement posée. La soif de vivre de Jean le vivifia. Il s'identifia à Jean. Et, parenthèse faite de régulières crises d'angoisse, son refus de l'apitoiement, de la complaisance morbide, son obstination à savourer pleinement chaque seconde, l'aidèrent à ne pas se considérer exclusivement malade, *condamné*.

XV

Sans s'en apercevoir il avait raté un rendez-vous au parloir.

Evidemment, son prisonnier connaissait le drame, la presse, *mystérieusement* informée, en ayant fait ses choux gras seulement six jours après la découverte du virus, la presse avait annoncé Jel également séropositif. Mathieu l'avait appris brutalement, par un maton militant d'extrême-droite, un de ces frustrés dont l'unique (ré)jouissance semble être d'humilier :

"- Ton copain-complice le gauchiste va crever. Bien fait pour sa gueule. Il a cru s'en tirer mais sa pute avait baisé avec des nègres, elle avait la peste, ouais le sida. Ils seront crevés avant qu'tu sortes jeune con. J'voudrais bien qu't'essayes t'évader, j'me f'rais une joie te loger une balle entre les deux yeux."

Mathieu avait répondu : une dent cassée et vingt jours au mitard. Ensuite un copain lui confirma cette rumeur. Il leur écrit et sa lettre, passée par les instances officielles, arriva après le suicide de Patricia :

"Vous êtes mes amis, depuis le premier jour votre amitié m'est vitale. Vous m'avez soutenu aux moments les plus difficiles vous m'avez apporté la force de lutter la force de vivre. Grâce à vous j'ai compris le sens de la liberté par procuration, vivre dehors par l'imagination.

On rêvait de ma sortie. Grâce à vous la société n'est pas parvenue à me briser. J'ai brûlé mes chimères (c'est ton mot ça) je me suis libéré de mes fantômes.

Mais les choses étant ce qu'elles sont vous avez fait suffisamment pour moi. Je ne suis plus qu'un point dans l'avenir alors que vous devez vivre au jour le jour, comme tout le monde devrait le faire car personne n'est à l'abri d'une crise cardiaque ou d'un accident de voiture (à part peut-être nous les taulards pour l'accident de voiture).

Tu m'as dit que l'amour te permettait de vivre sans nos virées mais que même l'amour, pourtant le plus grand des amours possibles ne suffisait pas à ton équilibre, qu'il faut notre amitié. Je sais mais je peux plus durant encore plusieurs années vivre comme je voudrais. Si j'étais dehors je serais près de vous mais en prison je suis une contrainte pour vous. Je suis comme un loir qui a un long hiver à passer, je ne suis plus que l'ombre de votre ami, je ne suis plus moi.

Même si c'est dur faut m'oublier. Nous vivons trop dans le futur.

Je ne veux pas être un poids supplémentaire. Notre amitié est éternelle, rien ne l'a détruite.

Vivez votre vie malgré tout. Soyez heureux, rendez vous heureux et vous inquiétez pas pour moi, j'hiberne.

J'ai écrit ça mais je sais pas si j'ai trouvé les mots de mes idées (encore une de tes expressions).

Mon copain Marc dit que c'est de la lâcheté. Mais je sais que quand votre enfant va naître vous ressentirez le poids que je suis devenu. Votre enfant vous redonnera goût à la vie, je suis sûr qu'il a rien. Vaut mieux se dire adieu rapidement. C'est maladroit mais c'est moi.

Je t'envoie quand même cette lettre car je sais frère que tu me comprendras."

- Et s'il avait raison ? Quand mes forces s'amenuiseront encore, ce déplacement mensuel deviendra une corvée. D'ailleurs nos bavardages m'ennuient souvent. Et les jours qu'il décompte, nous les décomptons aussi, mais désespérément, vers le néant. Et s'il avait raison ?

- Tu voudrais solder votre Amitié à une saloperie ?

- Tu as raison : même si l'Amitié se vit plus difficilement, elle reste de notre côté, contre le sida. Tes ressources psychologiques me... sidèrent.

- Je porte notre enfant ; la mort me fait moins peur en sachant que nous allons transmettre la vie. Je comprends mieux notre condition humaine, simples maillons d'éternité.

"Tu nous encourages à vivre heureux malgré tout, à profiter de chaque seconde : nous le faisons déjà, nous essayons déjà de le faire. Les secondes sont uniques, donc belles. Il y en a 31 536 000 par an (ajoute 86 400 les années bissextiles). Ça laisse du temps pour la vie et les rêves. Chaque matin, se promener main dans la main, au chant des coqs. Voir le ciel, traversé d'hirondelles, de pigeons, c'est beau, grandiose, une émotion intense. Mais jamais nous ne te rayerons de notre vie. Encore plus maintenant. Derrière des barreaux, ton cœur bat, et nous l'entendons. Maintenant tu sais que tu seras vraiment libre. Tu ne nous gâches pas la vie. Nous ne sommes jamais tristes en pensant à toi, nous sommes tristes que tu ne sois pas dehors. Nous essayons de supprimer la tristesse de nos émotions. Ou plutôt : nous voudrions ne ressentir que des petites tristesses, opposées aux tristesses métaphysiques.

Quand je parle à ce maudit visiteur (forcé de l'héberger, je lui parle), je l'informe de mes intentions, ma capacité à surmonter son combat pourtant inégal, je lui montre ma vie où il n'est pas le bienvenu, je voudrais l'inciter à partir, à périr.

Dans dix ans les statistiques nous incluent déjà parmi les morts ou moribonds. Mais dans dix ans, nous serons vivants. Sous une forme ou sous une autre. Dans dix ans, soit plus de trois cent millions de secondes quand même, nous aurons du bonheur en viatique, rien à regretter. Aujourd'hui est beau car la source de l'Amitié nous désaltère, et rien ni personne n'asséchera cette source. Nous continuerons à t'écrire, à venir. Mais je louperai peut-être certains rendez-vous. Pas le prochain ! C'est la vie, frère."

Les instances officielles compatirent vraisemblablement : le courrier circule plus rapidement :

"Evidemment vous êtes mes amis, mes seuls amis. Mais je vous croyais pas assez forts pour ajouter vos soucis aux miens et porter l'ensemble sur vos épaules. Malgré cette chienne de vie j'aurais eu la chance d'avoir des amis..."

L'évidence ne lui sauta aux yeux qu'en me montrant cette correspondance : durant les premiers mois après la découverte du virus, les lettres de Mathieu ne contenaient pratiquement aucune faute et leur style était correct : il n'a pu les rédiger seul !

Au premier parloir de cette nouvelle ère, pas un mot ne serait prononcé au sujet de Patricia. Leur amitié vacillante était redevenue fondamentale et seule la camarde semblait pouvoir l'interrompre. Et elle n'accorderait aucun parloir, ni courrier, ni pensées que l'on sait partagées. Inutile de s'illusionner : même en cas de libération à mi-peine, même au tiers, râpé, foutu, no future.

- On a eu du bon temps, hein, Mathieu, je voudrais bien revivre ces années-là. Ouais on a eu du bon temps.

- On a eu du bon temps.

Les portes se sont ouvertes sur ces mots, chacun devait repartir de son côté, chacun sa cellule...

« t'embrassera Sybille de ma part. »

XVI

Un show télévisé : tentant. Une prestation émouvante et l'encensement médiatique redoublera, par millions les conversations déverseront compassion et admiration. Tentant chez Narcisse and Co. Utile ? Producteurs et présentateurs le prétendent... surtout pour l'audimat... *"et les dons."* Bien sûr.

- Il faut aider la recherche qui en a grandement besoin.

- Versez donc les recettes publicitaires de votre semaine.

- C'est compliqué, nous sommes une société privée, nous devons vivre.

- Nous aussi.

Ma présence aurait-elle contrarié l'évolution de la pandémie ? Nenni. Soit je répétais, sans plus de succès que les autres, des messages préventifs : "le préservatif est aujourd'hui l'unique protection" ; "moi aussi, je croyais que cela ne pouvait pas m'arriver"... Soit je vidais mon sac donc choquais, indignais, restais incompris.

Comment concilier "méfiez-vous du laïus des adultes qui agitent les peurs pour vous embrigader dans une petite vie" et "écoutez-nous, protégez-vous, le sida est un drame évitable" ? Comment concerner des adultes qui y voient encore une maladie de jeunes ?

Comment aborder posément, calmement, en prime time, les problèmes, les dysfonctionnements qui ont accéléré et continuent à favoriser la transmission du virus ?

La colère de l'impuissance médicale, du cynisme politique, des récupérations, m'aurait entraîné à réclamer des comparutions en haute cour de justice pour tentative d'holocauste - à la signification exacte du terme : élimination des représentants d'une communauté sans autre raison que leur appartenance à cette communauté - envers les toxicomanes. Et les téléspectateurs n'auraient retenu que cet assaut (accentué par son passage au "zapping", ce stade final du règne des petites phrases), jugeant que j'étais allé trop loin (la majorité silencieuse pensait encore, sans oser le scander, que les toxicomanes, homosexuels et coureurs récoltaient les fruits de leur perversion, que seuls hémophiles et contaminés post-transfusionnels méritaient compassion et aide pécuniaire).

Comment tolérer le mercantilisme des multinationales pharmaceutiques obnubilées par les comptes d'exploitation et peu pressées de découvrir un vaccin qui tuerait la poule aux œufs d'or ?

Comment n'aurais-je pas stigmatisé des pays autoproclamés "développés" sacrifiant les continents africains et asiatiques, avec le maléfique espoir d'éliminer en quelques décennies la population autochtone avant d'entreprendre une colonisation de vaste envergure ?

Et quels mots, à même d'inciter à la prudence, employer face au romantique assuré d'avoir rencontré le grand Amour, ayant, le premier soir, à peine osé déposer un petit bisou sur le front de la princesse pour laquelle il se sentit l'âme d'un Don Quichotte aux jambes de coton quand elle accepta son verre au bar après des slows où la timidité lui interdit d'articuler la moindre syllabe ; comment persuader les puceaux ou inexpérimentés, paniqués par la nudité des corps, qu'il faut ajouter un morceau de latex, véritable débandeur ? Comment intervenir avec nos précautions durant un instant de grâce où l'Amour semble éternel, invulnérable, magique, unificateur, insoupçonnable, pur, divin, où l'Amour semble plus important que tout, même plus important que la mort.

XVII

Ne plus chanter. Sur un sujet mes parents s'accordaient : si dame nature ne vous a pas doté d'un organe mélodieux, on la boucle. Ils vénéraient Tino Rossi et, à l'annuel banquet des chasseurs, l'assistance réclamait immuablement ses trois chansonnettes à ma mère. Leurs *"tais-toi"* résonnent encore en moi. Car je voulais chanter, imiter Johnny Hallyday ! Alors ils m'accolèrent le sobriquet *"corbeau"* ; comme ces *"oiseaux de malheur"* je croassais. Puis y ajoutèrent *"solitaire."* La solitude ne m'attirait pas spécialement, mais m'isoler se révélait l'unique moyen de ne plus déranger, d'agir sans restriction. Cette manie vira à la phobie : Je redoutais les oreilles indiscrètes. Lolita me décomplexa, m'encourageant à m'exprimer naturellement en sa présence :

- C'est vrai, tu chantes comme une vache espagnole enrhumée, mais t'entendre me fait plaisir : ton bonheur se lit dans tes yeux et ça, ça me rend heureuse.

A la recherche d'un licenciement, cette tare favorisa mes désopilantes provocations. *"Désolé bergère, j'aime pas les moutons..."* au passage de Thérèse, déclenchait l'hilarité générale (stoppée nette si elle ouvrait la porte, bien entendu). Tous auraient juré à une parodie exagérée du canard.

Le succès d'*Assedic Blues* fut donc une véritable revanche, entachée d'un unique regret : ma Dulcinée, malgré une voix digne du Conservatoire, avait refusé d'interpréter *vivre libre* en duo. Elle souhaitait conserver l'anonymat, chanter que pour moi. Mon soleil dans l'ombre.

Mais nos airs favoris rejoignaient le cimetière des souvenirs funestement interdits : *"Je l'aime à mourir"* ; *"Tue-moi d'Amour"* ; *"fais-moi l'amour, pas la guerre"* (une génération grandit en croyant l'Amour plus dangereux que la guerre)...

Malgré notre résolution de vivre "normalement", le sida s'immisçait insidieusement : nous délaissions les zones d'activité qui nous renvoyaient cruellement à notre état.

- Ecris un album pour nous. Si notre bébé est indemne, nous l'enregistrerons.

- J'ai peur de ne pas savoir. Ne pas être à la hauteur.

- Muss es sein ? Es muss sein !

- Ecrire, c'est écrire quelque chose d'intemporel, dont notre enfant sera encore fier à vingt ans. C'est plus compliqué que des rimes pour la frime, un succès commercial inspiré par l'air du temps.

- Tu avais raison de vouloir laisser une œuvre. C'est la seule chose éternelle. Enfin, éternelle à l'échelle humaine. Avant, avant ce bout de chou, ce bout de nous qui pousse en moi, se survivre me semblait sans intérêt. Mais il faut laisser une trace indélébile à ceux qui nous aiment, et à ceux qui les aimeront. Il faut leur offrir des repères, leur signaler les trop nombreux pièges. Etre des guides, c'est notre noble mission.

XVIII

La mère et l'enfant se portent du mieux possible et le père se remet de ses indescriptibles émotions ; les chroniqueurs mondains asséneront leur formule consacrée. Pour bien sûr ensuite immédiatement ouvrir le dossier de ce couple, dont certains médecins affirment, sous couvert d'anonymat, maudites lois sur le secret médical et la protection de la vie privée, l'homme indemne (l'enfant est-il vraiment de lui ? vivent-ils vraiment ensemble ? serait-ce un couple pour les apparences, entre Sodome et Gomorrhe ? est-ce une opération publicitaire ?...). Corentin est né. Comme tout enfant ses anticorps proviennent de la mère. Est-ce une vie vivable ou une étincelle de douleurs ? Verdict plus tard. Seigneur AZT, faites...

Elle est belle la mère ! d'une beauté métaphysique, si cette image signifie quelque chose. Dans les "couples classiques", la première grossesse dégrade la femme en mère. L'aimée, la désirée, devient, imperceptiblement mais graduellement, la génitrice, et disparaîtra sous le faix des habitudes, jusqu'à n'être plus qu'un point d'une maison, chargée d'élever la descendance et vaquer aux besognes ménagères. Elle n'a plus alors que les amants ou la rupture pour essayer d'exister de nouveau. Est-ce parce qu'en quelques mois la vie leur a plus appris que durant une existence "classique", mais la mère, toujours phare, l'éblouit. Durant son sommeil, paisible, il reste prostré, amoureux. *Eternellement amoureux.*

La réalité hospitalière abrège cette béatitude : un docteur, la mine renfrognée, communique ses résultats sanguins. Enième dégradation. Et Sybille ne pourra accomplir les tendresses rêvées durant des années : allaiter son bébé. L'HIV, résolument au cœur des fonctions vitales, se transmet aussi par le lait maternel, rappelle l'aide soignante ; ils le savaient mais préféraient éviter d'y penser.

Savoir mais ne pas y penser : penser à autre chose, vivre en état d'urgence, regarder ailleurs, regarder ce bébé. Le retour dans cette maison qui devait être celle du bonheur décuplait les angoisses du père.

Qui sommes-nous ? Des rentiers gagas devant un berceau ? Non, des sursitaires, gavés de pilules, qui noient l'angoisse dans les benzodiazépines comme la tristesse dans l'alcool.

"C'est peut-être ça qu'on cherche à travers la vie, le plus grand chagrin pour devenir soi-même avant de mourir." Peu après la naissance de Corentin "un admirateur anonyme" envoya cette phrase du *Voyage au bout de la nuit.* Jel avait chiffonné la lettre car nulle étincelle de plénitude n'éclaircissait l'obscur gouffre. Et ce Louis Ferdinand Céline le répugnait. De *mort à crédit,* présenté comme un chef-d'œuvre qu'on doit impérativement avoir lu, il n'avait jamais pu dépasser la page vingt-deux, dégoûté d'un tel baragouinage. Cela le rassurait : il ne voulait pas croire qu'un antisémite, *un salaud,* puisse produire une œuvre majeure ; il préférait un monde où le bien absolu et le mal absolu ne se rencontrent jamais chez un même individu.

Ils ne pouvaient se considérer comme les autres : mortels, embarqués sur le cargo à la dérive. L'avenir précaire : comme celui des autres ; par millions, des contemporains insensibles au provisoire de la vie, entretenus dans l'illusion d'éternité par une santé apparemment de fer inoxydable, périraient avant eux, victimes d'accidents ou des barbaries. Et seule leur disparition prématurée, autrement que par la logique du sida, pourrait démentir cette vérité statistique. Ce raisonnement rationnel glissait sur son angoisse : l'interdiction des projets à long terme, plusieurs décennies, le traumatisait ; leur différence dramatiquement ressentie n'était pas que la camarde les faucherait en pleine jeunesse, mais qu'ils ne pouvaient ignorer qu'elle les visait déjà. Au temps du cancer incurable la collectivité encourageait le *condamné* à se repaître de chimères ; un bien, une erreur ?, les sidéens n'auront jamais eu un tel droit : ils devaient s'accepter quotidiennement macchabées en sursis... alors que Jel est de ces anxieux incapables de se reconnaître froidement insignifiants. Peur de la mort au point de ne pouvoir vivre. Avant, oui avant, car il y a un avant et un après, une terrible frontière, avant donc, il avait toujours rejeté ce statut. Quand, à sept ans, par le départ de sa grand-mère maternelle, le premier cadavre devant ses yeux d'enfant, la vie lui fit découvrir qu'elle avait une fin, il se crut une exception, réaction classique. Grandir c'est comprendre qu'il ne se produit aucune exception ; ce seront ses premières suées métaphysiques puis il essaya, déjà, de ne plus y penser. Même au décès de sa mère, le propulsant en tête (et l'unique) sur la liste familiale, il se persuada protégé par sa jeunesse et la *certitude* qu'un chercheur trouverait la pilule miracle. En société, pour éviter ce sujet *"trop sérieux"*, il empruntait une réplique à Woody Allen : *"j'ai pas peur de la mort, mais le jour où elle se présentera, j'aimerais autant être ailleurs."* La contamination les avait exclus du temps humain : la vieillesse les avait happés, comme si ce visiteur maléfique les avait catapultés dans le temps des chiens auxquels nous nous habituons à multiplier l'âge par sept. Selon les communications officielles l'espérance de vie du contaminé excédait rarement dix ans, soixante-dix ans après correctif humain / canin.

Le rapprochement du sidéen au chien apparut évident lors des examens devenus routiniers. Où les médecins confirmaient à chaque séance sa séronégativité à un Jel incapable de le croire et s'inquiétaient des constantes dégradations chez Sybille. Terribles séjours en hôpitaux. Les grilles des hôpitaux aussi sont grises. Maudites grilles grises. Cruelle promiscuité : encore combien d'années avant d'être ainsi ? Peau de vieillard sur jeunes trentenaires, impression d'être monté dans le wagon des Juifs d'Auschwitz, balancé conscient dans le corbillard. Un autre monde, amplifiant les règles, les injustices : même chez les contaminés, classe à part, on discerne encore des subdivisions : pour la majorité de ces compagnons d'infortune, sida égal exclusion totale, la porte fermée partout, impossible de travailler, ni toit ni monnaie, galère ; pour ces "damnés de la terre", quart-monde à l'intérieur de la prospérité, le virus n'a été qu'une misère de plus, une hypothèque à long terme greffée sur un drame quotidien.

Pour d'autres, socialement insérés, le sida avait dépeuplé l'espace familier : les "amis" changent de trottoir, achètent un répondeur et ne rappellent jamais, les parents, effrayés du qu'en-dira-t-on, rejettent leur enfant...

Dans ce malheur ils avaient la chance d'être deux, matériellement indépendants et déjà éloignés des pseudos amis. Seuls Yves et Sylvie le déçurent, n'appelant même pas une fois. Mais la mère de Sybille se rapprocha d'elle, respecta leur douleur, les accepta. Et plus tard, lorsque le délabrement physique nécessita des soins intensifs, leur privilège, l'aisance financière, permit d'obtenir l'hospitalisation à domicile, avec infirmières particulières et docteurs dévoués. L'argent. Décidément partout prédomine l'argent. Il n'y a pas plus d'égalité devant l'accès aux soins que devant la vie en général.

XIX

Les *institutionnels* ont vilipendé leur *inconscience :* ils voulaient un autre enfant. Nouvel *affrontement :* interruption des souffrances psychologiques ; ils revivaient !
- Vous n'avez pas le droit de nous l'interdire.

Malheureusement, au mimétisme des gestes, nul enivrement : ils ne visionnaient plus les films, et redoutaient l'implacable réalisme des photos ; Jel se surprenait même à dérober aux yeux de sa Dulcinée les plus critiques. Corinne naîtrait onze mois après son frère. Prématurée. Trente-quatre semaines, *"mais en bonne santé."* Un soulagement : chaque jour, impuissant, il *regarpleurait* sa douce compagne s'amoindrir, regrettait d'avoir souhaité cette seconde grossesse, inévitablement la dernière. Malgré sa sainte horreur de l'apitoiement, son honneur à ne jamais se plaindre, l'avalanche des douleurs physiques aiguës et la répétition des infections opportunistes l'achevaient. Et les affirmations de "la presse d'investigation" la perturbaient. "Une ancienne trafiquante de drogue" avait titré un torchon du samedi. Un mafioso y vidait anonymement son sac, jusqu'à la date de son ultime mission à Reims, dont la similitude avec l'arrestation de Mathieu valut à son comparse un "Et si c'était vraiment lui le cerveau du gang aux trente-huit tonnes ?"

D'une dépêche à l'AFP, ils dénonçaient immédiatement ces *pernicieuses élucubrations* et attaquaient en diffamation le journal. Faute de documents probants, la presse sérieuse ignora "le scoop" et, malgré quelques pétitions, toujours du même bord, bien sûr, la justice, totalement reprise en main par un pouvoir opposé à un énième inutile combat au sein d'une classe politique sortie anémiée d'une trop grande liberté accordée aux juges, préféra se ruer sur une cible moins coriace : les fraudeurs au RMI, *"ces mauvais sujets qui ne font aucun effort d'insertion, veulent vivre sur le dos de la société."*

<h2 style="text-align:center">XX</h2>

Corentin déclaré *"sans risque d'erreur"* indemne, ils annonçaient au producteur de son premier album leurs intentions musicales. Il s'avoua comblé. Et rêva succès.

Maillons d'éternité, Elle veut vivre, Aujourd'hui c'est gratuit, Lhassa, Domestiqués, Un monde sans arme, Banlieue, Eternel été, Sahara séduction, Marcher, Derrière leurs persiennes, Es muss sein, Forêts faut rêver, Paradis, Malaise ici, Si j'étais né ailleurs. La sortie de l'album *Testament* coïncida bizarrement, à huit jours près, avec le dernier soulagement-enthousiasme de Sybille : Corinne séronégative. Dernière coupe de champagne, toujours la même marque évidemment, celle de leur premier après-midi d'Amour. Cinq semaines plus tard un *drame routier* emportait sa mère. Le soir de ses soixante-douze ans, ne pouvant retenir ses sanglots, elle avait lâché : *"s'il y a un bon Dieu, il ne devrait pas permettre qu'une mère voye partir l'enfant qu'elle a porté ; d'ailleurs, quelqu'un qui a perdu un enfant, ça n'a pas de nom" ;* nul ne saura jamais si elle a maquillé un suicide en accident ou si la malchance exauça son vœu. Sans force, lessivée et presque vaincue, Sybille assistait, stoïque, comme ailleurs, aux funérailles. Durant le trajet, elle réitéra ses regrets du mur qui les avait, dès l'enfance, séparées ; elle savait ce voyage *inutile* mais voulait revoir, une dernière fois, le théâtre de sa découverte du monde. Imperméable aux vicissitudes, rassurée, elle croyait désormais au divin Sauveur et les enfants, quoiqu'il se produise, auraient une famille, ne subiraient jamais l'orphelinat auquel les aurait condamnés leur disparition : dès leur décès Mathieu les adoptait ; les papiers étaient signés. Si cela survenait avant sa libération, ils seraient placés chez Mathilde, sa sœur.

Sybille, au retour, avoua sa pensée profonde : ces précautions sont inutiles. Tu n'as pas le sida ; tu es une exception. Tu es là pour témoigner. Dans toutes les grandes catastrophes de l'Histoire, quelqu'un est sorti indemne du cœur du drame. Jel aussi commençait à se convaincre que seul un charlatan, d'ailleurs depuis mis en examen pour non assistance à personnes en danger et détournement de fonds, l'avait déclaré sidéen mais il n'osait l'avouer, peur de tenter le diable.

De neuf ans l'aînée de Mathieu, Mathilde ne s'est jamais mêlée aux *"jeux de gosses."* Durant des années, Jel l'avait vue régulièrement : sans la connaître ! Certaines personnes traversent ainsi la vie sans attirer l'attention : de discrétion en silences on les assimile au décor, sans identité ni pensées propres ; nul ne sollicite leur avis et on s'aperçoit à peine, et sans peine, de leur absence. Son frère arrêté elle avait fui le show médiatique, n'apparaissant qu'au procès pour, dignement, affirmer à la barre : *"Mathieu ne ferait pas de mal à une mouche, il est innocent, c'est pas possible qu'il soit coupable."*

Depuis, chaque troisième mardi du mois, cette déjà vieille jeune fille (ni laide ni resplendissante, banale, ne sachant pas se mettre en valeur, personne ne la remarquait donc l'invitait aux slows, hormis des alcoolos qui titubaient dans les coins et la dégoûtèrent des mecs ; puis elle n'était plus sortie, préférant son fauteuil devant la télévision, où elle s'endormait régulièrement avant la fin du film) se rendait à la maison centrale, malgré l'opprobre que lui valait cette attitude dans sa bourgade tombée sous la coupe du G-N, devenue un véritable *"laboratoire de l'apartheid à la française."*

Informé de ces basses manœuvres, Jel lui avait proposé d'occuper la fermette qu'il avait achetée pour son frère, après les régulières lamentations de celui-ci de n'avoir même plus un toit dehors. Elle avait poliment refusé ; *"pour ne pas déranger"* selon Mathieu.

Et, malgré son accord de chérir les enfants *au cas où*, elle déclinait encore cette offre :

- Mathieu en aura besoin plus tard.

- Et si c'était une maison rien qu'à toi, tu viendrais ?

- J'ai pas les moyens.

- On va te l'acheter.

- Faut pas, j'pourra jamais vous rembourser.

Elle répondait naturellement, ne pouvant imaginer leur rapport à l'argent, cet argent qu'angoissée elle comptabilisait au centime près.

- Tu sais, Mathieu et moi n'avons pas toujours été honnêtes.

- Alors c'est vrai c'qu'on raconte, et vous aussi monsieur ?

- Y'a du vrai et y'a du faux. Mathieu te racontera plus tard. Il sait. Mais c'est du passé. On était dans la mouise, on voulait en sortir. Mathieu a payé pour ce qu'il a fait et, même si je ne crois pas au retour de manivelle, on peut dire, pour simplifier, que moi aussi ; mais toi, tu n'as rien à te reprocher, et c'est pas bien ce qu'ils te font subir.

- Ah vous savez. Et j'ai été licenciée la semaine dernière, pour raison économique soi-disant, et mon propriétaire veut tripler la location et monsieur le maire dit qu'il a le droit.

- On va t'acheter la maison en vente au hameau, dans la vallée profonde. Et on va te donner suffisamment pour vivre sans soucis financiers.

- J'peux pas accepter tout ça.

- Tu sais, ça peut te paraître beaucoup, mais c'est toi qui nous donnes énormément en acceptant de t'occuper des enfants, *au cas où*, et ça, ça n'a pas de prix. Et c'est important qu'ils te connaissent maintenant, qu'ils grandissent avec toi. Et c'est bien que tu nous connaisses, car plus tard, ils te poseront des questions.

Sybille l'a serrée dans ses bras : Mathilde eut l'air de saisir cette symbolique, le passage du témoin. Le notaire se chargeait des formalités : officiellement ils l'embauchaient.

XXI

Quatre ans de pratique sexuelle suffisent à lasser du partenaire, prétendent des spécialistes : ils ont évité cet écueil. Mais la continence s'est imposée, par inaptitude au plaisir du corps décharné. Par peur aussi d'un Jel qui commençait à croire en sa bonne étoile ? Oui, lors de nos derniers Amours, j'étais souvent ailleurs, comme paralysé, la peur d'être contaminé, je luttais contre cette pensée, elle revenait, m'interdisait tout plaisir, je crois que ma Dulcinée comprenait ; quand je m'inquiétais pour elle, c'était d'abord pour moi.

Dans un couple "classique" l'absence d'ébats corrobore la décrépitude des sentiments : chacun rêve nouvelles conquêtes ou ils se coltinent la monotonie, *"pour les enfants."* Cette abstinence ne parvint jamais à les éloigner. Et, par défi, bravade, Sybille voulut les astreindre au "bilan" : aurions-nous pu mieux faire ? Evidemment oui... comme tout le monde. Alors, l'autosatisfaction béate saupoudrée de haine envers cet inopiné visiteur maléfique ?

Catapulté sur terre avec une malchance culminant à 99,9% de moisir là où le hasard les fit braillards, là où ils ne voyaient que médiocrité, cupidité, bassesse, ils ont refusé cette fatalité. Ils ont essayé quand la majorité démissionne : *c'est notre titre de gloire*. Qui permit leur rencontre et quelques années dégagées des tribulations matérielles. Evidemment, sagement restés *à leur place*, la multiplication des coïncidences (transats à rayures côte à côte dans un club Med bondé ? concert des Pink Floyd au parc des Princes ?) aurait pu les réunir. Mais qu'espérer de l'union d'une diplômée en psychologie acculée aux petits boulots abrutissants et d'un cadre en informatique chloroformé par les raisonnements binaires ? Un remake du naufrage avec la mijaurée qui l'éloigna de Mathieu. Jeunes et pétris de bonnes intentions, ils auraient exulté puis dérivé, minés par les contrariétés et contraintes, contribuables maussades obnubilés par l'oscillation du CAC 40, baromètre des insignifiantes économies, placées, tels des professionnels abonnés aux revues de conseils, sur les marchés mondiaux. Il retrouvait le feu sacré :

Une vie étriquée, obscure, monotone, de privations, à renifler les privilèges, espérer des miettes sous la table ; salariés de vingt à soixante ans, soit de vie effective quarante fois les cinq fameuses semaines, deux cents semaines, même pas quatre ans ! D'avoir évité cet écueil, *c'est déjà ça*. Cet échec est le lot commun. Quand on entame l'existence dans la grisaille, sans joker, on ne peut, en suivant les chemins balisés, concilier réussite professionnelle et sentimentale ; se consacrer à l'une c'est négliger, faute de temps, l'autre.
Des quatre-vingt milliards de bipèdes à station verticale nés sur terre, la quasi-totalité observeraient pourtant un tel parcours les yeux écarquillés : le pain à volonté et un toit, le confort en plus, un rêve ! N'avons-nous pas trop exigé ? Nous réagissons en occidentaux d'un siècle prospère, privilégiés, gâtés. Et même la durée de ce passage, selon nous injustement abrégé, aurait satisfait des milliards d'êtres humains. Combien n'ont pas dépassé vingt ans ? La vision d'ensemble, historique, objective, nous situe encore dans le camp des chanceux. L'enfant décapité à la hachette au Rwanda aurait envié ce sort, la gamine des Andes aspirée par une coulée de boue aussi. De plus, ce n'est pas la longueur qui fait la beauté, la grandeur, d'une existence : littéralement cette remarque peut prétendre au titre d'aphorisme. Ainsi Vincent Van Gogh, Arthur Rimbaud, Gérard Philippe, Rainer Werner Fassbinder ont plus contribué au patrimoine planétaire que les rustres centenaires... Mais si soutenu par le soleil on peut se raisonner, relativiser, la nuit, le subconscient, l'inconscient ou les farfadets s'enflamment. Et on se réveille en sueur, traumatisé de cauchemars où rient faucheuses et moralisateurs.

- Après, il t'incombera une tâche fondamentale : écrire, romancer en œuvre d'art notre parcours, ta vie au moins, donc un peu la mienne. Pour que nos enfants sachent pourquoi et comment, ne se retrouvent pas un jour perplexes devant les ragots des fouineurs de poubelles. N'oublie pas de dire que j'ai été heureuse et qu'il n'y a qu'une autre vie que j'aurais préféré : la nôtre mais sans cette saloperie, même pauvres, mais en sachant dès le départ qu'il faut toujours refuser les systèmes qui vous embrigadent ; ils sont cons ces gens sans argent qui triment dans les villes puantes, bruyantes, sans nature, alors qu'ils trouveraient l'équilibre sur la route, en travellers. Des gens du voyage : si j'avais su ce que je sais aujourd'hui à vingt ans, et toi aussi, et que l'on s'était rencontré, nous aurions pris la route. Ah si ! Il faudrait deux vies, une pour apprendre, l'autre pour vivre.

Elle parvenait à envisager posément une terre sans elle :

- Essaye d'émerger rapidement. N'écris surtout pas dès le lendemain. Même si tu y parvenais, ce ne serait que cris et révoltes. Faudra te changer les idées. Ne t'inquiète pas, l'Amour est plus fort que tout. Je veillerai sur toi, et je veillerai sur les enfants. Ne t'inquiète pas, tu guériras. Tu guériras de la maladie qui t'a pris dans la tête, c'est moins grave que dans la chair. Et ne t'inquiète pas pour moi, j'ai rencontré Dieu, il m'a souri en me murmurant *Je t'emmène bientôt, au purgatoire*, mais que j'avais compensé mes fautes en donnant un Amour pur.

Evidemment Jel réduisait cette phrase à un délire, chimère adoucissant l'approche de la camarde, effet secondaire des surdoses d'opiacés prescrites pour amenuiser ses souffrances. Trop intelligent pour croire en Dieu ! Mais trop faible pour croire en soi. Ce Dieu que je récuse peut-être m'y convertirais-je à l'ultime minute.

XXII

Evidemment j'aurais donné ma vie pour la sauver. Cette expression relève de la construction intellectuelle (comme : on donnerait tout, on ferait tout pour un ami). La tragédie de son déclin squelettique me renvoyait à mon propre chemin de croix. Nouvelle confirmation : on pleure moins le drame des autres que l'éclairage braqué sur le nôtre imminent, et le vide annoncé. Que vais-je devenir sans toi ?...

Cynisme ? Les bons penseurs l'auraient prétendu en m'intimant de sacrifier à la sacro-sainte compassion, au blabla de circonstance. Les citoyens exemplaires visitent les alités ou les chambres funéraires et assènent les banalités : "on est peu de chose" ; "ce sont toujours les meilleurs qui partent les premiers" . "faut bien finir" ; "c'est triste tout ça"... Le comble du cynisme : l'homme d'apparences ne ressent pas ces lieux communs, il les déverse machinalement, en songeant à autre chose, au prix des fleurs, à l'indécence de s'éteindre en hiver, d'envoyer ainsi ses amis sur des routes verglacées, ou en été, quand on serait mieux à la plage.

Mais j'étais à une étape où l'on ne triche plus, ne se cherche plus de fausses bonnes raisons, où l'on ose ses contradictions. Et je me savais tenu d'affronter le plus dignement possible sa disparition, lui assigner un caractère naturel pour nos enfants, les aider à vivre sans mère. Les préparer aux jours sans parent ?

Ma Dulcinée resta vigoureuse jusqu'à son vingt-neuvième anniversaire, mettant même un point d'honneur à effectuer quotidiennement une promenade au jardin, puis s'alita, définitivement. Macabre période. *J'essaye de vivre, ne pas plonger dans le vide, vivre, être là, vivre comme je n'aurais jamais appelé ça vivre, vivre comme une plante dont les feuilles sont tombées, vivre, car on ne sait jamais, le miracle peut arriver.* L'agonie. Une agonie malheureusement humainement classique. Comme la littérature en décrit des tas en détail. La mort était déjà partout, sauf les yeux.

- Ses yeux, où la vie semblait s'être réfugiée, étaient restés brillants.
- Comment le sais-tu ?
- Gobseck. Honoré de Balzac.

Malgré les traitements importés à prix d'uranium d'un laboratoire américain puis d'un sage Hindou, la mort apparut préférable, une délivrance. La mort. Elle ne la nomma jamais ainsi, évoquait une frontière à franchir, de la vie à la Vie. Et elle restait calme, étrangement calme, sereine, pourtant m'avoua : "*malgré Dieu que je vais retrouver, j'ai peur, peur de l'inconnu. Même Vladimir Jankélévitch, fort d'une existence consacrée à l'analyse, la dissection, dut se soumettre à ce passage de la peur. Et personne pour nous le raconter. Et personne ne peut le répéter. On essaye de comprendre. Mais rien ne nous guérit : on a peur. Tant qu'on est lucide, on a peur.*"

Puis, comme la plupart des agonisants, ses dernières paroles envisagèrent la guérison, foisonnèrent de projets, Corentin et Corinne adultes, chanter, écrire, peindre, être grand-mère... Les dernières fois la révulsaient. Elle ne voulait plus accepter qu'elle ne retournerait jamais à Etretat, La Rochelle, Biscarrosse, au Sahara. Le Sahara revenait continuellement, son rêve de gamine que j'avais réalisé après avoir écrit, *demain surprise*, sur notre mur.

Je tenais sa main droite, ce souvenir de main, jaune et émacié. Mathilde et Gary s'occupaient des enfants. Elle eut un rictus comme si elle avait encore voulu activer ses lèvres et ses pupilles envoyèrent une dernière tendresse, son corps tressaillit, c'était fini. FINI. Tout est fini. Non ! La mort ! NON ! Que vais-je devenir ? Des larmes s'écrasèrent sur ce visage que je n'osais plus toucher. Non ! Des professionnels m'éloignaient, se chargeaient du corps de la défunte. Des professionnels de la mort se chargeaient de tout. Il suffit de payer pour ne pas voir la mort en face. Ainsi préparé, il ne manquait plus que la vie à ce visage revivifié. Que la vie. Reviens la vie. Reviens ! Reviens... Mourir à vingt-neuf ans ! Mourir, inacceptable, implacable.

La mort. Rien. Etre rien. Et des vivants qui pleurent, se souviennent du temps où ce rien vivait. Et des vivants qui ont tous les droits, réécrire l'histoire, fouiller l'intimité, ouvrir les lettres... Oui Sybille, tu as eu raison, l'avant-dernière fois où nous sommes retournés chez ta mère, de brûler les vestiges du passé, et d'offrir à Corinne tes premières poupées. J'aurais été tenté de savoir tout ce que je n'ai pas à savoir, les premières lettres, les petits secrets...

Après permission du président de la République, Mathieu, surveillé par quinze policiers, cynique mascarade, put assister aux funérailles en l'église municipale et à l'inhumation, exceptionnellement autorisée là où elle la souhaitait, sous le châtaignier du parc où nous avions tant fait l'amour et où, symboliquement, nous avions conçu Corinne. La vie et la mort. La mort était, plus que jamais, le berceau de la vie.

Souvent, depuis, je me suis reproché de ne pas avoir été à la hauteur, ne pas l'avoir suffisamment écoutée, soutenue, ne pas lui avoir permise d'exprimer totalement ses sentiments. Pardonne-moi, mais j'ai tellement peur de la mort. Même gavé de psychotropes, certains mots, certains regards, m'étaient insupportables.

XXII

Corentin, Corinne et leur père. Et Gary, meurtri aussi. Et Mathilde, dévouée, prévenante et silencieuse, respectueuse. Et le grand vide. Les cassettes de la période édénique où ils ignoraient la maudite présence, repassées en boucle. Le dégoût. La décision d'arrêter tous les traitements : *advienne que pourra*. Les larmes. Les cauchemars. L'incapacité de se "ressaisir."

A quoi bon puisque tout est écrit ? Sans les enfants, aurait-il résisté à l'appel du suicide ?

Stéphan, motard, force de la nature, avait frappé à leur porte deux ans plus tôt :

- J'habite au village voisin. Et je voudrais vous parler.

Ses yeux trahissaient un abîme de détresses : ni quémandeur d'autographe ni voyeur ou journaliste déguisé.

- Il faut que je le dise à quelqu'un, je suis séropositif. Si mes parents l'apprennent, ils me flanqueront dehors. Ils l'ont dit, "si tu ramènes cette gangrène de pédés, drogués et noirs ici, on t'déshérite, t'es plus not' gosse, à l'cour." Et ils feraient. Ils rient des malades. I trouvent une raison de se croire importants, "c'est bien fait pour eux à ces jeunes sots. Nous on vivra vieux." I ont sorti le champagne à la mort de Cyril Collard. Et lors de la soirée sur le si... la soirée sur les six chaînes à la télé, i ont pas arrêté de téléphoner pour dire des méchancetés. Alors j'suis obligé de cacher mes cachets. J'ai pas d'boulot, donc j'peux pas partir. J'dois faire cinquante kilomètres pour aller passer les examens à l'hôpital. J'dois faire cinquante kilomètres pour voir un docteur, car j'oserais jamais aller voir celui de mes parents, encore moins l'appeler. C'est à lui que j'avais demandé un dépistage lors d'une prise de sang, il avait éclaté de rire en disant que j'avais pas à m'inquiéter, qu'il y avait pas ce genre de maladie par ici, alors j'étais allé à Agen, dans un centre de dépistage anonyme. Mais j'sais pas c'qui va s'passer quand j'pourrai plus conduire ma moto. En plus je connais personne par ici. J'habitais Lille avant, c'est mes parents qui ont voulu déménager, quand i ont eu leur préretraite. Et moi ja dû suivre. C'est gentil de m'écouter. Fallait que j'en parle à quelqu'un.

Ils lui avaient proposé leur aide, un toit et l'argent indispensable. Il avait répondu vouloir y réfléchir. Il avait promis de revenir. Une semaine plus tard, à la branche la plus vivace du pommier derrière la mairie, il s'accrochait. A l'église ses parents pleureraient, jureraient ne pas comprendre, qu'ils avaient toujours été exemplaires. Ils voueraient aux gémonies la fille qui l'avait quitté l'année précédente. Ils maudiraient "*l'influence de la télévision et de leurs films, leur Manon des Sources.*" Avait-il osé se confier ? Avait-il eu trop peur ? Avait-il voulu se libérer en s'épanchant ? Pour que ce soit répété ? Avait-il déjà pris sa décision, certain de ne jamais être accepté tel qu'il était par les seules personnes desquelles il lui semblait primordial d'être soutenu ? Le suicide fut-il le seul moyen qu'il pensa avoir pour exister enfin dans la tête de ceux qui le méprisaient. Comme tant d'autres, la hantise des regards, l'absence de compréhension, d'amour, l'ont tué avant la maladie.

Jel avait cette chance de ne pas être un sidéen partout. Pour les enfants, il restait "papa", l'exemple. La vie lui laissait une responsabilité et cette responsabilité le tint survivant, le força à combattre le désespoir, à les consoler, à prononcer des phrases qui s'adressaient aussi à l'amoureux transi. Mais il n'attendait plus rien, il ne vivait plus qu'à travers eux, indifférent au monde extérieur. Il se demanda même si ce sida, valait mieux qu'il soit ou non en lui.

Pourquoi ai-je joué ce rôle du faux contaminé, du malade imaginaire ? Molière. Moi le roi ! Pour voir ce que les hommes ont cru voir ? Pour descendre très loin ? Je ne jouais pas. Pour tout le monde, hormis les médecins, j'étais séropositif, si j'avais prétendu le contraire, les médias ne m'auraient pas cru ou m'auraient accusé d'avoir menti. Toujours cette séquence me poursuivait : j'annonce ma séronégativité et à la sortie du studio un spécialiste en blouse blanche m'annonce, *il y a eu erreur, vous êtes séropositif.* J'ai préféré me taire, ne plus rien dire, ne plus voir personne, essayer de vivre comme si je pouvais porter le deuil, c'était peut-être plus facile aussi ainsi.

Pour la première fois, je n'ai plus pensé à moi, dans mes pensées je n'étais plus prioritaire, nos enfants passaient avant. Je suis devenu comme tu espérais que je sois ! Malheureusement, c'était la première fois. Sybille ne m'a jamais connu ainsi ; cette inconduite, cette bassesse sûrement trop naturelle, comme la bassesse de la libido, reste une blessure inguérissable.

- Inexpiable ?
- J'ignore la définition exacte.
- Qui ne peut être réparé.
- Oui. Oui, on croit souvent avoir le temps pour dire les choses qui nous tiennent à cœur, pour devenir ce que l'on veut être, on croit avoir le temps et les êtres ne font que passer autour de nous, comme nous passons autour d'eux, comme nous passons sur cette terre. Comme nous passons sur cette terre… comment croire à la transmigration des âmes… si seulement de génération en génération il y avait un progrès, un passé qui élève, au moins un souvenir...

XXIV

Sept mois après la disparition de Sybille, Catherine sonnait au portail. D'innombrables nuits blanches l'avaient convaincue qu'elle regretterait éternellement sa lycéenne décision si elle ne réactivait pas leur juvénile passion. Cette peur de rater l'essentiel devint plus vitale que celle de décevoir sa famille. Alors elle était partie, laissant un simple billet à son mari, ce brave homme dont parents et voisins louaient l'abnégation au chantier, ce père attentif, ce bon époux à qui elle ne reprochait rien en particulier, ce prototype de la sécurité auquel rêvent les mères pour leur demoiselle, mais ce français moyen jusqu'au médiocre, insensible à l'art, déjà bedonnant, incapable d'originalité, d'autodérision, de "folies douces", cette insouciance, ce sel sans lequel la vie commune n'est qu'un soporifique.

Jamais son image n'avait retraversé l'esprit de Jel. Une seule, parfois, l'agitait : Laurence.

Il n'y a que toi qui saurais me consoler. Mais où es-tu, tu m'as délogé de ton cœur. Tu as rencontré un gars de ton âge, mi-artiste mi-parasite social, beatnik, et vous êtes heureux. S'il n'y avait cette foutue saloperie, j'essaierais de te revoir et tout recommencerait ! Mais aujourd'hui, à quoi bon. Je ne peux plus t'apporter les délices que mérite ta jeunesse. Et même si je suis indemne, pour toi je suis un vieux, un bon souvenir qu'il vaut mieux ne pas ternir. Ton svelte cadre idéalisé a bien changé ! A trop souffert. N'est toujours pas bien dans sa tête.

Les réflexes judéo-chrétiens, incrustés au catéchisme, où le statut d'enfant de cœur valait une attention spéciale (les réprimandes en cas d'incapacité à réciter les dogmes), l'exigence du deuil sans plaisir inscrit dans la coutume, la bienséance, ce terreau contre lequel il s'était révolté sans parvenir à extirper l'intégralité des racines, tout l'intimait de l'accueillir froidement, la repousser, l'éloigner :

- Je croyais ne jamais t'oublier, et je n'ai plus pensé un seul instant à toi après avoir rencontré mon Amour, je lui ai même raconté notre passade, comme un fait divers, crucial sur l'instant, source de souffrances durant des années et finalement envolé en fumée... On ne saura jamais si toi et moi nous aurions connu une telle félicité. Il est trop tard. Trop d'années, de drames, nous séparent. Nos routes sont irréconciliables... Félicitations d'avoir quitté l'homme que tu n'aimais pas, mais j'espère que tu l'as fait pour toi et pas pour moi.

Elle avait envisagé l'éventualité d'un tel accueil ; il l'avait connue hésitante, elle s'avéra maîtresse ès argumentation. En fait, elle récitait (quand elle jugera cette manipulation devenue sans importance, elle s'en enorgueillira, en rira) et dirigea leur dialogue, oscillant de la simulation d'auto-flagellation à l'attendrissement :

- Je ne viens pas implorer ton amour. Même si depuis nos dix-sept ans, je n'eus pas une journée sans pensées pour toi, même si en prononçant "oui" à la mairie puis à l'église, les larmes me frappaient les paupières ; je sais, je suis responsable de notre rupture, et peut-être responsable de ce qui t'est arrivé, ton bonheur évidemment, et ça je ne le regrette pas, je t'ai toujours aimé au point de souhaiter ton bonheur, même avec une autre, mais je suis sûrement aussi responsable de ce... ce truc entré en toi (Catherine le croyait porteur sain), et ça je m'en voudrai toujours. Même si c'est inutile, je te demande pardon. J'ai réagi trop rapidement, j'aurais dû essayer de te comprendre.

- Faut pas regretter, c'est comme ça. Toutes les vies ont un début et une fin. Et un milieu, parfois long et con, parfois court et merveilleux. Des gens s'éteignent comme des bougies, mon Amour est partie "*en regrettant un peu*", en regrettant sa vie qui était belle et non ses actions.

- Je sais. Et parfois, je l'envie. Elle est morte jeune, tiraillée d'atroces souffrances mais elle a vécu sa vie, elle est allée au bout d'un idéal ; je suis certaine qu'elle jouissait durant l'Amour, alors que moi, durant mes années de devoir conjugal, j'ai toujours simulé. Je ne sais pas ce qu'est un orgasme. Même si je meurs à cent dix ans je ne vivrai sûrement pas la moitié de sa vie effective et affective. Quelques secondes par-ci, quelques secondes par-là, et boom, c'est fini. En observant les petites vieilles dans le bus, je me disais, voilà, tu es comme elles, simplement un peu moins ridée, un peu moins écrasée par les humiliations, mais ça viendra, tu as eu des rêves et tu n'as pas eu le courage de les réaliser, tu as remis au lendemain, ou tu as naïvement accepté la décision des autres. Puis je me secoue : tu pourrais encore être heureuse, si tu le voulais vraiment.

- Tu te fais mal, mais tu résumes parfaitement ton cas. Le cas des adorables petites lolycéennes qui finissent dans les HLM de banlieues parce qu'elles ont idéalisé une image qu'elles croyaient aimer, sans chercher à découvrir qui était derrière l'écorce et ce qu'il deviendrait. Que tu en aies pris conscience, ça prouve que tu es encore vivante, que tu peux encore réagir.

- C'est à cause de tout ça si je suis ici. Sans toi, l'envie de te revoir, peut-être je n'aurais jamais osé le quitter. Mais je suis là, là où j'avais tellement envie d'être et non où le devoir me réclamait. Je suis là pour toi, simplement te parler si tu ne peux pas me donner davantage. Et je partirai, je ne te reverrai plus si tu l'exiges, mais je ne regretterai jamais d'être venue.
- Ça me ferait plaisir de te parler de temps en temps. Ça faisait longtemps que ça ne m'était pas arrivé, de parler ! Mais tu ne peux pas rester ici.
- Comme tu veux.

Gentiment Mathilde l'hébergea. Et jura plus tard avoir détecté dans les prunelles de Jel une étincelle d'euphorie. Cela lui était inconcevable. L'abattement prédominait : la nuit tombée, les enfants couchés, bordés, embrassés et lestés d'une histoire (les attitudes attendues en vain de ses parents...), souvent encore, envahi d'un irrépressible cafard, il se réfugiait sous la tente de leurs nuits sahariennes, plantée près de sa tombe depuis sa mise en terre. Ce soir-là, la douleur l'avait allongé près d'elle ; vers trois heures du matin, frigorifié, maculé de boue, il s'y était réveillé ; courant comme un mort vivant, sans penser à se réchauffer, il se précipita au grenier, retournant le fouillis tel Don Quichotte affrontant une armée d'outres de vin pour retrouver cette tente et la planter dehors, s'y lover avec Gary. La nuit suivante, des couvertures épargnaient à ce doux toutou indulgent envers le déraisonnement de son maître, d'être fiévreusement enlacé. Et depuis c'était l'alcool qui le tenait au chaud. L'alcool pour oublier. L'alcool pour croire que tout n'est qu'imaginations, rien n'existe en fait, donc ni le malheur ni la finitude. La bière pour encore et toujours reprendre du poids, reprendre du poids pour se croire en bonne santé.

"Essaye d'être heureux quand même, et vis tout ce que tu pourras vivre" avait susurré Sybille. Bien sûr, elle aurait sûrement approuvé Catherine, son victorieux combat face aux médiocres inhibitrices forces, elle l'aurait même encouragée à le violenter, lui prendre l'amour qu'il se considérait obligé de refuser, principalement à cause de cet éternel Amour, mais aussi par une malsaine pulsion qui voulait refacturer les années de soumission, la blessure qu'elle lui fit. Ou alors : il n'aimait plus Catherine, ne l'a aimée qu'à dix-sept ans et ensuite a recherché son souvenir, ce qui aurait pu être, et le subconscient le prévenait : tu vas t'engager sur un "faute de mieux."

XXV

Il ne pouvait se décider. Ignoble individu que celui qui céderait à la tentation ? Passées les classiques banalités, ce fut la conversation du mois avec Mathieu. Les rôles s'inversaient, il le conseillait :
- Fais comme t'as envie. T'as rien à te reprocher, c'est l'destin qui vous a séparés. Les beaux et bons principes, on les utilise pour faire bien. T'laisse pas avoir par leurs "c'est bien" ou "c'est pas bien." Les baratineurs qui disent de pas faire ça, on sait comment i font. Quand leur femme disparaît, i pleurent et se limitent à la masturbation. Alors que de son vivant, i manquaient jamais une occasion de la foutre cocue. Un peu comme moi. Mais bon, moi j'joue pas les moralistes.
- Tu deviens sage !
- I sont pas aussi cons qu'tu prétends mes feuilletons. I instruisent. J'peux même te faire une belle phrase : aime Catherine comme tu l'aimes. Vis avec elle c'que t'as envie. Et n'aie pas mauvaise conscience, tu sais qu'elle ne t'aurait pas parlé autrement. T'as connu avec elle le plus bel amour qu'il soit possible de vivre, en plus sur une longue période, si on compare à la durée des couples de cons. T'as eu de la chance, elle t'a jamais trahi. Vous vous êtes jamais trompés. Mais après la fin, y'a plus rien. Profite, ça t'aidera à rester en forme... Profite, y'a que ça de vrai. J'vois que tu t'es remis à picoler, t'as bien raison. Sexe, drogue alcool et Thiéfaine, y'a rien de mieux. Profite, on les aura nos conversations au coin d'un feu.
- L'espoir fait lire, rire, allez, je te l'accorde, fait vivre parfois.

Jel pensait, et si je n'aimais plus Catherine, mais un gardien ouvrit sa porte du parloir et il évacua l'objection, jugeant cette réflexion née d'un sentiment de culpabilité envers Sybille, d'une réticence à présenter à leurs enfants une "mère de remplacement", une "belle-mère."

Dehors il se regarda dans la glace : c'est moi ça ! Elle ne peut pas m'aimer pour mon physique. Le temps a pris sa revanche sur la beauté dont j'ai bien profité. J'arrête l'alcool, et les chips... entre les repas ! Etienne, réveille-toi... On a tous des excuses pour se conduire comme des minables. J'ai du temps et je ne lis même pas. Même les enfants, je m'en décharge sur Mathilde. Je suis une loque, je trouve même du plaisir à regarder la télévision. Etienne réveille-toi...

Mais qu'est-ce que je pourrais faire ! Les gens du troupeau, les piliers de la démocratie, ont des occupations, ils courent après l'argent du minimum vital, l'argent, j'en ai plus que je pourrais en dépenser. Je suis devenu comme ces riches que je méprisais. Mais encore lucide. Ma lucidité, mon drame ? Je ne peux pas me contenter de regarder les enfants grandir.

Un jour, la folie ou l'amnésie me prendra, et je ne chercherai plus la Liberté, je n'aurai plus peur de la mort, je ne chercherai plus de sens à cette vie, je ne souffrirai plus, je serai un animal.

Puisqu'il est trop tard pour la littérature, va pour l'amour, l'homme a besoin d'illusions, quand il n'a pas de vocation.

XXVI

De mots en mots, les corps réduiraient imperceptiblement leur distance. "Premier" baiser inévitablement bizarre, interrompu par des mots, incarnations d'ingouvernables songes :

- Quelle drôle de vie ; on avait dix-sept ans ; on s'aimait follement ; on se caressait parfois dans les couloirs du lycée, ah ! Guy Mollet le midi ! Et on n'a jamais osé, on n'a jamais pu, "faire l'Amour." Et là, on va le faire, comme une évidence... mais en latex.

- Non, sans capote.

- Dis pas n'importe quoi. Toi aussi, tu ne crois pas à leurs histoires. Choper cette saloperie ne grandira pas ton destin.

- J'ai envie de tout te donner, ma vie comprise. Je suis venue ici pour ça. Pour vivre enfin. Une vie brève mais intense.

- Donne-moi ton amour, prends mon amour, mais ce virus, si je te le donne, je l'aurai encore, et si je te le donne je suis un salaud.

- Je voudrais que tu le craches en moi.

- C'est de la littérature cette phrase. Dans la réalité, même celui qui l'écrit respecte son partenaire, donc le protège.

Intention d'amour interrompue : les caresses, les mains qui dénudent, les bisous, et le rappel de la différence : préserver Catherine, sortir un préservatif de sa gaine et se couvrir. Comme au temps du libertin et ses nymphomanes. Retour des pensées, pensées blocages. Faire le vide. Puis la pénétration finalement. Différent. Différent : le jugement. Différent d'avec Dulcinée. Comme avant Elle ? Que reste-t-il d'avant ? Lolita. Lolita désormais libérée. Vraisemblablement femme libérée. Lolita, l'échec le plus inacceptable, car décidé par son père, avec le consentement de la société. Les autres ? Des prénoms : Aline, Anouk, Betty, Blandine, Chantal, Dorothée, Elisa, Fanny, Gisèle, Hélène, Isabelle, Julie... Ah ! La passante. Des détails : un geste, la manie de se rejeter les cheveux en arrière d'une blonde, le strabisme d'une rousse aux prunelles vertes, le sourire perpétuel d'une autre, des cris à crever les tympans, des froides, des câlines, des félines, des obscénités pour s'exciter, des positions par défi sportif, des lieux par provocation (toilettes du cinéma, restaurant ou publiques, ascenseurs, cabines d'essayage...). Comme si elles n'avaient été qu'une nébuleuse, une répétition, des exutoires.

- Tu penses au passé ?

Catherine sut trouver l'intonation d'une question qui n'appelle aucune réponse ; et la tendresse, la compréhension de son regard, ses sourires, calmaient son vortex cervical. Elle avait tellement rêvé de cet instant ! Ce fut un acte d'amour. Avec peu d'idées. Sans idées qui comparent.

- Je suis heureuse mais j'ai l'impression d'occuper une place vacante, m'y imposer. J'ai l'impression d'être une remplaçante, tolérée, acceptée faute de... faute d'idéal. J'ai peur qu'il soit trop tard pour vivre ce que nous aurions vécu si, si je n'avais pas été lâche et butée.

Elle sentait l'impasse et, comme elle l'espérait, Jel tenta de l'en dissuader. Elle y vit ce qu'elle attendait : une preuve d'Amour. Mais elle n'était qu'une bouée de sauvetage, la seule visible à l'horizon ; vivre avec une femme semblait préférable ; vivre l'amour semblait indispensable. J'ai besoin de quelqu'un pour ne pas sombrer. Il croyait impossible qu'une autre accepte son état et ses souvenirs. Il avait intériorisé qu'être séropositif exige de réviser à la baisse les prétentions. Même l'être seulement dans le regard des autres. "Logiquement" voué à la diète sentimentale, il accueillait ce pis-aller comme le maximum qui puisse encore lui arriver. Et c'était sûrement vrai : c'était Catherine ou personne ; il aurait refusé une rencontre, le début d'une histoire, y aurait soupçonné, maudite célébrité, une rédhibitoire raison malsaine : la pitié, la curiosité, l'argent, un pari...

- Après ce que j'ai vécu, après un tel Amour, dans une vie *normale*, avec des chagrins destinés à s'amenuiser avec le temps, des années de deuil m'auraient été nécessaires pour revoir la vie telle qu'elle peut encore être. Je n'en ai peut-être pas le temps, personne n'en a le temps, je suis en état d'urgence, tout le monde est en état d'urgence, ma course est perdue d'avance mais éperdue. Alors accepte-moi ainsi, avec une mémoire, avec une ombre omnipotente, des démons, des obsessions, mais avec l'envie de ne pas gâcher cette chance de vivre autre chose. Prends-moi avec mes blessures ou pars. N'aie ni remords ni regrets sur le passé qui ne fut pas. Peut-être que si nous avions vécu ensemble à vingt ans, notre couple aurait duré six mois et tu serais retournée chez ta mère, désappointée, en larmes, les cheveux entre les jambes. Si tu veux vivre ce qu'on n'a pas vécu, mieux vaut arrêter immédiatement. Et si tu me demandes d'oublier mon passé, je ne veux plus te voir. La femme de ma vie, même si c'est dur à entendre, ce n'est pas toi. Tu seras peut-être celle qui me fermera les yeux. Et je t'aime. Mais nous, ce sera forcément autre chose. Si tu te sens capable d'accepter cela, d'accepter Corentin et Corinne, reviens demain, ou après-demain, ou quand tu t'en sentiras capable, quand tu accepteras la vie telle qu'elle fut et telle qu'elle peut encore être.

Il avait joué l'homme fort, mi-détaché mi-sentencieux, mais le lendemain Catherine surprit un utopiste persuadé d'exister de nouveau, inquiet à l'hypothèse de sa non venue, les yeux rivés sur le portail d'entrée, grotesquement dissimulé derrière les rideaux. Naturellement, elle sut attiser l'incertitude présagée en arrivant légèrement en retard sur son heure habituelle. Et durant deux semaines, elle continua ainsi, les nuits chez Mathilde, des journées sensuelles "au château", puis s'appropria la "chambre d'ami", la nouvelle alcôve, et sa fille, Vanessa, emmenée chez ses parents lors de sa fuite, les rejoignit. Vanessa serait adorable avec Corentin et Corinne, une vraie petite maman.

XXVII

Catherine avait acheté l'un des trois exemplaires vendus en librairie d'*Eternelle Tendresse* et l'encourageait à réécrire. Quelques poèmes la comblèrent. *"Raconte la vie que nous aurions eu si..."* : il débutait un roman, jamais achevé, "une histoire d'amour idéal", quel projet !, entre découvertes littéraires et concupiscence, après un coup de foudre à dix-sept ans. Difficile d'éviter la niaiserie face au "bonheur."

Aucun événement extérieur : ils déclament les phrases des auteurs qui les enthousiasment et sont heureux. La définition du bonheur ?

Des heures durant, jusqu'à épuisement, il couvrait d'encre noire des feuilles vertes, et elle saisissait ces textes sur ordinateur. Première étape suivie d'interminables corrections qu'elle remettait patiemment au propre, appelant *"recherche de perfection"* son incapacité à trouver le ton et les expressions justes.

Moins de trois mois d'euphorie des mots qui jaillissent et le refus d'admettre la source tarie, l'échec, le renvoyait à la poésie (avec la peinture "moderne", la poésie est l'art le plus facilement imitable : n'importe quel rimailleur peut se prétendre poète, tandis que le roman exige une minimale consistance) puis il rangea la plume. L'envie d'écrire lui manquait : on écrit rarement très longtemps pour faire plaisir à quelqu'un ; on écrit par besoin, vocation, passion. Ou pour le fric, sullitzier, ou fonctionnaire coquet.

Des éditeurs tentaient encore leur chance, disposés à publier n'importe quoi. Tel un Salvador Dali tachant une toile et la signant, ses vomissures se seraient arrachées, le couple drame personnel / silence médiatique ayant surmultiplié sa côte. Il conseillait habituellement à ces vautours une attentive lecture des jeunes apprentis auteurs et les congédiait sans ménagement, parfois lestés d'une modeste citation d'un Valéry Giscard d'Estaing se déclarant, en mille neuf cent soixante-quatorze, prêt à se consacrer à la littérature s'il avait *"la certitude de pouvoir écrire en quelques mois ou années l'équivalent de l'œuvre de Guy de Maupassant ou Gustave Flaubert."* Écrire un roman ?

- Le public préfère s'animaliser sur deux phrases ânonnées par trois minets. Le choix du public, je ne peux pas aller contre. Dans le grand jeu médiatique, l'apparence triomphe. Je suis passé de mode, je n'intéresse plus...

Il ne se sentait pas la force de confesser son incapacité d'écrire un roman.

Cela devint une vie moderne, monotone, où la tendresse succède graduellement à l'amour, jusqu'à la simple attention, une vie de vieux amants recollés après une longue séparation, une cohabitation affublée du qualificatif paisible, quand on a revu ses prétentions à la baisse. Gamin, les vieux du village l'ennuyaient avec leur *"si jeunesse savait, si vieillesse pouvait"* ou *"l'eau a coulé sous les ponts."* Encore jeune il croyait *savoir*, mais le monde lui apparaissait déjà au prisme de leur myopie.

- Grâce à la fécondation in vitro on peut unir le spermatozoïde d'un homme séropositif et un ovule. Avec un risque infime de contamination pour le bébé. Malheureusement, le médecin m'a dit que cette manipulation est interdite en France !

Concevoir un humain en laboratoire, un être qui ne connaîtra jamais le ventre d'une mère, un enfant a-mère ! Défier inutilement la nature. Que deviendrait le monde aux mains d'une génération née en batterie ? Nul ne peut prévoir les réactions, les liens, de créatures sujettes, à la même période, aux mêmes stimulations électriques. Que de périls pour un faux problème : certes, ne pas pouvoir procréer est dommage, triste aussi, mais à l'échelle de la planète cet inconvénient reste bien dérisoire. Drôle de civilisation qui réprime les risques individuels et multiplie les dangers universels. L'Histoire (si Histoire il demeure) jugera sévèrement le vingtième siècle, inconscient, inconséquent, d'avoir : sacrifié la nature à l'industrie et à l'agriculture intensive ; décrété l'éducation anarchique par la télévision, sans naturellement savoir les réactions d'un cerveau témoin, par petit écran interposé, de milliers de meurtres et bassesses ; organisé l'exode rural ; facilité l'explosion démographique ; oublié que l'Homme a besoin de se nourrir, de respirer ; confié le génome humain aux savants parfois fous ; développé des armes chimiques, bactériologiques et nucléaires infaillibles ; pillé boulimiquement les ressources naturelles...

Un soir, au coin du feu, alors que nous évoquions cette époque :

- Cet aveu va peut-être t'apparaître prétentieux, ne va sûrement pas te surprendre, je ne considérais pas Catherine digne de porter notre enfant. Pas après ce qu'elle m'a fait à dix-sept ans. Me préférer un philistin, quelle blessure narcissique ! Elle aurait dû comprendre. Si elle avait bien écouté les quelques confidences que je lui fis, elle aurait compris. Je savais qu'elle et moi, ça ne pouvait pas durer. Nous aurions peut-être pu avoir des relations d'amitié. L'amitié aurait été préférable au programme qui nous attendait.

XXVIII

Enfin Mathieu eut un premier week-end, "*mise à l'épreuve*", récompense pour bonne conduite. Le président de la République, touché, selon des indiscrétions, par les régulières supplices de la *star*, avait même envisagé sa grâce le 14 juillet, mais la levée de boucliers d'un syndicat de policiers l'encouragea à laisser la justice suivre son cours. Enfin quarante-huit heures sans barreaux, dont dix dans les transports, TGV et taxis. Enfin il découvrait sa maison, où, sans crainte, il pouvait s'exprimer, accueillir ses proches : Mathilde, l'ami et Catherine, "nouvelle compagne officielle", flash-back sur la juvénile idylle, qui réveillait l'ombre Patricia. Heureusement Gary lui fit la fête, le noyant de baves, et Jel lui présenta Vanessa, Corentin et Corinne (déjà vus en photos).

Enfin l'apéritif, un repas convenable, des coquilles Saint-Jacques, un lapin aux pruneaux, une tarte aux pommes et bananes, un moka, du vin, Loupiac, Buzet, Champagne et du Malibu (lors de leurs samedis soirs sauvages, ils vidaient fréquemment leur bouteille).

Enfin une discussion au coin du feu... mais un malaise, la difficulté à ne pas évoquer les absentes. Et les heures qui défilent, sans sommeil, avec ses histoires "drôles", des rires...

En guise d'ultime dessert, Jel lui offrait une surprise, à consommer sous protection : trois prostituées, une blonde, une brune, une rousse.

- Je te les commande pour ma prochaine sortie.

Jel suivait des yeux son départ, comprenait la déception qui l'avait assailli peu après son arrivée : il le décevait, manquait cruellement de maturité, ressemblait aux portraits qu'il dressait des personnages des séries télévisées sur lesquelles il se prétendait incollable.

Ah ! s'il n'y avait cette satanée mauvaise conscience ! Les chaînes me triturent : je perds un temps pourtant précieux avec une femme et un type qui ne sont plus que d'inutiles souvenirs de jeunesse, des nostalgies. Mais comment pourrait-il en être autrement ? Je me considère mentalement au niveau néant ; Corentin, Corinne et Vanessa sont mes derniers rayons de soleil.

Eh oui, ses seuls véritables instants d'apaisement, depuis la disparition de Sybille, il les avait connus avec les enfants.

Mais il sortait du marasme moral, retrouvait son sens critique, allait enfin bientôt être en état de revivre. Surtout, il relisait, s'essayant même à Proust.

Pourquoi Marcel Proust a écrit "*La vraie vie, la vie enfin découverte et éclaircie, la seule vie par conséquent réellement vécue, c'est la littérature.*" Egocentrisme ou Graal ? Il ne trouvera pas la réponse, *la recherche* lui apparaîtra trop compliquée.

La promesse littéraire faite à Sybille resurgit, il griffonna des repères, quelques paragraphes jugés essentiels (suffisants pour l'envoyer en prison), relut lettres, articles et notes, réécouta des bandes magnétiques, revisionna ses prestations télévisées.

Mathieu, à sa libération, apporta la dernière pierre de cet édifice, en lui remettant le courrier envoyé par Jel et son carnet "PERSONNEL."

- C'est toi qui m'avais dit de le tenir, et parfois ça m'a aidé, c'est un peu normal que je te l'offre. Cadeau. Ton cadeau d'anniversaire avec quelques mois d'avance. Sinon je l'aurais brûlé car j'en vois pas l'utilité. C'est du passé. J'l'ai pas relu mais j'pense qu'il y aura peut-être deux trois trucs qui t'plairont pas. Mais bon, c'est comme ça. Sûrement que si t'écris toute la vérité y'aura aussi des choses qui m'plairont pas. Mais bon, on va pas se disputer, c'est du passé. Si tu crois qu'ça peut te servir, prends-le tout de suite, avant que j'change d'avis.

Les archives essentielles à mon futur travail étaient regroupées. Heureusement, réflexe d'informaticien malgré lui, il avait la bonne idée de scanner l'ensemble, d'en sauvegarder une copie dans un coffre à la banque.

Sa vie lui donnait l'impression d'un objet posé sur un bureau, un conglomérat inerte à rassembler, observer, disséquer, comprendre. L'histoire d'un mec qui cherchait la Liberté, d'une victime des mines dissimulées sur les chemins non balisés. Une vie pour un roman, une errance vouée à s'arrêter bêtement, demeurer en suspension ou s'achever en fanfare. Comment réussir une sortie noble, héroïque, historique ou hitchcockienne, quand on ne croit plus en rien ni personne ? Comment transformer un passage somme toute banal en destin ? Toujours ce besoin de survivance ! S'immoler sur la place Saint-Pierre lors d'une homélie en mondiovision du pape ? Traverser l'Atlantique "à la nage", planqué sur un radeau dérivant ? Inoculer l'HIV à l'ex-professeur Garetta ? Se lancer dans la course à l'Elysée sous l'étendard des opprimés fatigués du cynisme des épargnés ? Kidnapper le dealer fasciste européen, en rappelant que si un dévoué pacifiste s'était comporté ainsi avant 1933, l'opinion publique l'aurait vraisemblablement lynché ? S'inscrire au Marathon de Figeac ? Créer un prix littéraire ?

Il dévoila son ultime projet à Catherine, personnage crucial donc au droit de refuser accordé (il employa le terme plus contraignant "te dérober"). Malgré quarante-huit heures de réticences, elle céda, se conformant à son intime conviction : sa révolte pour le rejoindre fut l'acte héroïque par lequel elle joua son avenir à pile ou face ; à ses côtés elle était redevenue "naturelle" : une fille soumise, une poupée qui dit oui pour satisfaire l'homme qu'elle aime, même si elle doit en souffrir.

XXIX

Mille francs suffirent pour avancer d'une semaine sa sixième sortie temporaire. Nulle explication ne lui ayant été fournie, pensant que personne ne l'attendait, il avait téléphoné. Et réclamé ses prostituées. Mais il en serait privé ! Et se fâchait carrément en apprenant que l'ami avait tout organisé. "T'as toujours aimé manigancer, putain, j'suis en manque, tu sais pas c'que c'est..." "Suis-moi", l'air solennel, président directeur génial, le refroidissait.

Auprès de notre arbre, Jel parla de pseudos résultats sanguins aux traces suspectes, vraisemblablement le satané virus, et détailla le programme.

- T'es fou ! lâchait Mathieu, puis : pourquoi ?

Préparée, sa réponse fusait :

- Pour la vie. La vie qui se doit de narguer la mort.

- Qu'en pense Catherine ?

- C'était son rêve, elle a vu les clichés, elle sait que c'est la meilleure solution.

Le moment propice se produisant le lendemain, une nuit de réflexions l'attendait.

Au réveil, après discussion en aparté avec la "*compagne*", Mathieu accepta. Et ils copulèrent. N'ayant trouvé aucun acte historiquement extraordinaire, il espérait réparer symboliquement ses fautes. Vis-à-vis de sa "commensale", son penchant à la culpabilisation reprochait quotidiennement froideur et indifférence : lui offrir, même par procuration, un enfant, sembla le plus beau des cadeaux. Elle l'avait bien mérité, quand même, en quittant son philistin ! Bien sûr, dans une situation classique du mâle stérile, le recours à l'anonymat de l'insémination artificielle prévaut mais, tandis que Mathieu suppléait son sperme *contaminé*, il souriait doucement. Une raison inavouable lui octroyait ce corps : la mauvaise conscience évidemment ; l'égarement de ses dix-huit ans.

Jel déprimait encore du choix de Catherine, et Patricia, clouée au lit par un rhume carabiné, l'avait invité à passer chez elle. Mathieu préféra ne pas louper son feuilleton que l'y accompagner.

Elle s'excusa de n'avoir rien pu lui acheter et enchaîna d'un ton qui appelle un "c'est l'intention qui compte" :

- Qu'est-ce qui te ferait plaisir ?
- Toi.

Une perche miraculeuse ! Depuis vingt-quatre heures et leur conversation téléphonique, pareil scénario était inespéré. Un cadre idéal : des parents absents, une clef "cachée" entre les géraniums rouges (rien à craindre niveau sécurité, leur berger allemand régulait les entrées ; il connaissait le lycéen) et la belle enfant, trop abattue pour quitter son plumard, le reçoit dans sa chambre. Et un mec alléché : ô Patricia ! ah ! ce corps ! Dès ce décor connu, il accapara ses idées. Le mois précédent déjà, sa seule vue en maillot de bain (qui plus est sans le haut) avait précipité midi et seule une fuite en mer put remettre sa pendule à heure convenable, comme il s'exprimait alors. En vain, l'ami repoussa cette obsession, se croyant, malheureusement !, incapable de la draguer. La question jaillit donc comme une perche miraculeuse.

- Arrête de déconner.
- Ce serait le plus beau cadeau que tu puisses me faire. Ce serait notre secret.
- Mais j'aime Mathieu, je l'ai jamais trompé, et je n'ai pas l'intention de le tromper.
- Ce serait pas vraiment le tromper, puisqu'il ne le saura jamais et que c'est avec moi. Lui et moi, on est comme frères. Et nous deux, on s'aime bien. L'amitié, l'amour, c'est presque pareil. Et j'ai dix-huit ans aujourd'hui. Je suis majeur aujourd'hui !

Elle sourit. Silence oppressant. Envie de partir en courant, la supplier d'oublier ça, n'en parler à personne. Elle retira son peignoir. Il se déshabilla, affreusement gêné. Et hypernerveux. Il éjacula précocement. Gênés, ils se rhabillèrent rapidement.

- Tu le diras jamais à mon Mathieu.
- Promis. C'est notre secret.

Le lendemain, le cocu n'était pas au train. Ouf ! Le midi Jel téléphonait, *j'me suis tordu la cheville, j'me prends la s'maine.* Encore gênés, le lundi suivant, face à face, dans le train, avec lui, Jel et Patricia évitaient de se regarder, peur d'apparaître trop intimes. Jel exagéra le côté "déconnade", passa le trajet à rire d'un couple "de vieux" qui avait l'air de se faire la tête. On ne se comporte pas ainsi avec l'ami qu'on vient de trahir ? On se comporte souvent ainsi avec l'ami qu'on vient de trahir. Dès le soir, leurs relations redevinrent normales.

Jel pensait alors souvent à ce mardi : était-ce une simple pulsion sexuelle où toute femme potable est attirante ? L'ami est aussi le sparring-partner privilégié : Mathieu, baraqué, heureux avec son premier amour ; lui, plutôt gringalet, largué par Catherine ; sa réussite scolaire était secondaire, n'entrait pas dans leurs critères. Posséder Patricia, c'était atteindre sa toute puissance, se grandir.

Quatre mois plus tard, un samedi soir, profitant que le hard-rockeux agitait sa tignasse sur *Hell's bells*, Patricia susurrait à l'étudiant :

- Tu sais que jeudi j'ai dix-huit ans ?
- Evidemment.
- Tu te rappelles, tes dix-huit ans ?

Regard gêné.

- Evidemment.

342

- Jeudi après-midi, je vais sécher les cours mais Mathieu ne le saura pas. Mercredi je vais réserver une chambre d'hôtel, au *Coq Hardi*, pour nous. Je te dirai le numéro mercredi soir.

Les images avaient défilé, ce corps nu, les réprimandes de sa mère si elle apprenait cette conduite, la confiance de Mathieu, le rire du salaud... La possibilité de prétexter un devoir se présenta.

- D'accord. Je t'y rejoindrai.

C'était trop tentant ! Sexuellement plus expérimenté et moins pressé, il la couvrait de bisous et s'attardait. Ce fut son premier 69, leurs baisers eurent un goût anisé. Puis ils avaient joui. Trois mots, à tout jamais gravés en lui, inscrits dans son carnet secret malheureusement brûlé un soir cafard : *après-midi inoubliable, dionysiaque* (il avait découvert cet adjectif peu avant).

Que cherche Patricia ? A ne pas s'enferrer dans le statut de la Sainte ? A punir Mathieu de ses sautes d'humeur ? Le dépaysement ? Un souvenir ? Le véritable amour ?

- Tu crois qu'on réussira à ne pas recommencer ?

Jel avait prévu cette question, l'aurait posée si elle ne l'avait fait :

- Pour ne pas sombrer dans la banalité des amants, on va se fixer un rendez-vous à long terme, le jour de mes vingt ans.

- Puis le jour de mes vingt ans.

- Puis tous les dix ans.

Il aurait pu dire chaque année (nous savons maintenant que Patricia n'aurait pas refusé un "chaque semaine"), mais il était alors persuadé que les relations mec / meuf ne pouvaient excéder une cinquantaine de coïts, donc soit être régulières sur une courte période (quelques mois : son activité sexuelle se limitait au samedi soir, sur la banquette avant droite baissée d'une voiture), soit éternelles mais très espacées.

Ils avaient rendez-vous pour ses trente ans, au même hôtel. Ils s'étaient promis que, quoiqu'il se produise, ils honoreraient ce rendez-vous...

Après son *accident* Jel avait hésité : dois-je briser l'illusion sur laquelle ils ont vécu ? Non ! Cela t'achèverait, frère. Je ne peux te rappeler ainsi le danger d'accorder une totale confiance à qui que ce soit. Mais surtout, il ne voulait pas sacrifier leur amitié et craignait sa réaction. Dire ou ne pas dire, aucune issue satisfaisante. Il s'était mis en situation de n'avoir à choisir qu'entre deux solutions bancales, cruelles.

Mathieu et Catherine réapparurent comme s'ils étaient allés à la chasse aux papillons, et préférèrent parler d'autre chose. Dangereusement Jel exultait, pensant avoir réparé tous ses torts. Son enthousiasme les surprenait, "non, j'peux pas vous expliquer. C'est la vie ! Follow the light."

XXX

Catherine enceinte. Son ventre le renvoie aux grossesses de sa Dulcinée. Il la regarde et c'est une certitude : il ne l'aime pas. Il triche *"oui, ça va."* Et s'isole, prétendument pour réfléchir. Singe la fatigue quand elle tente un contact ou attend son assoupissement pour la rejoindre. Mais le rocambolesque de la situation l'intéresse : père sans l'être ; père spirituel voué à s'effacer.

Des jumelles ! Assister à l'accouchement ? Hors de question. Arrivé sans entrain et en retard à l'hôpital, le bonheur l'assaille ; bonheur malsain : satisfaction d'une revanche. Le rêve de ses dix-sept ans réalisé : Delphine et Séverine braillent.

Evidemment, elle ne put éviter la question maladroite : qui préfères-tu ? Ils sont tous nos enfants ! Alors, par peur d'être pris en flagrant délit de préférence, ne voulant défavoriser personne, un véritable chronomètre interne régula ses attentions durant près d'un mois. Plus de câlins aujourd'hui, repasse demain ! Mais il fallait, comme toujours, vivre suivant l'envie. Penser à la culpabilité, c'était se culpabiliser, donc blesser tout le monde. Naturellement, il s'acoquinait de nouveau avec Corentin, dont la pertinence des questions et la faculté de compréhension l'enthousiasmaient (papa gaga ?). Et ainsi s'enivra du paradis effleuré seulement quelques week-ends par les "bons pères" : la redécouverte du monde par les yeux d'un enfant. Ils devenaient un couple classique : la marmaille épargnait les tête-à-tête. La Famille se retrouvait à l'heure du repas puis devant la télévision. Ou chacun prenait son propre repas puis regardait sa propre télé. Seuls les enfants, et surtout Vanessa, exultaient. Son rôle d'aînée dévouée la ravissait, au point de demander à ne plus retourner chez son père.

- Je voudrais bien, mais c'est la loi.
- Je suis heureuse ici. Pour moi, c'est toi mon père.
- Ça me fait plaisir. Je te considère comme ma fille. Mais ne lui dis pas, il m'en voudrait encore plus.

Vanessa le serrait très fort quand sa mère cria "*à table.*"

Quatrième Partie

I

"Sois plus fort qu'avant... ne regarde pas en arrière... la vengeance ne sert à rien... positive toujours... empoigne à bras-le-corps cette seconde chance... soit heureux..." Allongé sur le dos, bras croisés sous la nuque, les yeux rivés au plafond, Mathieu répétait ce programme, sa mère apparaissait, le conseillait. Morphée le jugea trop agité. Sa sentence ayant été commuée en liberté conditionnelle, c'était sa dernière nuit en prison.

Midi dix, il arriva, rasé, en pleine forme, radieux. Jel sortait le champagne, toujours la même marque naturellement. Ce fut une fête... abrégée. Abrégée par un drame potentiel : on trinque !... Coupures simultanées et son sang gicle vers celui de Mathieu. Et ponctuée d'un drame potentiel : pénétration... sans protection... et l'éjaculation.

Deux mois tendus à l'extrême achevaient les dernières illusions sur cette amitié et cet amour. Chaque regard l'accusait : pourquoi m'as-tu fait ça ? Jel avait beau répéter, *non je ne suis pas séropositif.*

- T'en es pas sûr, et moi non plus, fusait.

- J'suis maudit, c'est ma punition, après avoir payé l'assassinat du keuf j'dois payer pour Pat.

- La première fois, je voulais que tu me le craches, ton virus, mais aujourd'hui, j'ai peur.

Soulagement : Mathieu et Catherine séronégatifs. Mais la hantise d'un nouvel accident retiendrait leurs gestes, surveillerait le moindre contact.

Pour une apothéose finale, seulement plausible dans la réalité, un des spermatozoïdes en liberté aurait dû atteindre un ovule fécondable.

Instructive conversation entre ce fringant centenaire et ses arrière-arrière-petits-enfants :

    - J'ai toujours été un sacré débrouillard. Géant papy fruit du hasard et des pilules antivieillissement. Dès le départ, ma naissance était normalement impossible alors petit nageur s'est faufilé la nuit où ses chers parents ont fait l'amour sans préservatif. C'était la première et dernière fois. Ils étaient tellement éméchés qu'ils avaient oublié que c'était très dangereux. Car mon père souffrait du sida. Croyait, les autres croyaient, lui aussi souvent, enfin, ça, c'est une autre histoire, d'ailleurs racontée dans un livre que vous trouverez sur le rayon du haut de la bibliothèque, entre Perrault et Proust, si ça vous intérese. Pour simplifier, disons que tout le monde le croyait porteur du sida.

    - Le si-da ? c'est quoi ? s'intéresse le cadet.

    - Une maladie mortelle durant ma jeunesse, un virus qui se transmettait par le sang, le sperme, les sécrétions vaginales et le lait maternel. Un virus qui a contaminé des millions de personnes en peu d'années.

    - Et on ne savait pas comment l'interner à Toulouse, au musée des petites et grandes maladies anciennes ?

    - Les chercheurs ne trouvaient pas le vaccin mais la manière d'éviter la contamination était connue ; il fallait changer des habitudes : mettre un préservatif lors de rapports sexuels avec une personne contaminée, donc aussi avec toute personne dont on ignorait la sérologie ; proscrire le sang contaminé des transfusions sanguines ; ne pas allaiter les bébés aux seins d'une mère atteinte ; détruire les seringues souillées.

- Alors, pourquoi, si on savait comment l'éviter, des gens l'ont attrapé ?

- C'est une longue histoire, et compliquée.

- Oh ! raconte ! raconte ! (les enfants adoreraient ces intrigues du *"temps des barbares attardés mentaux"*)

- A l'orée des années quatre-vingt du vingtième siècle, les médias annoncèrent, à coups d'images d'agonisants cadavériques, le risque d'une nouvelle épidémie baptisée d'un acronyme, sida, traduit de l'anglais aids, signifiant Syndrome d'immunodéficience acquise. Les premières victimes pratiquaient l'homosexualité. La majorité des hétérosexuels détestaient leurs frères homos, les considéraient même anormaux. Eh ! oui ! c'était ainsi ! Certains, au nom d'une morale puritaine, iraient jusqu'à parler d'un châtiment divin, réclamer des sidatoriums, se livrer à une véritable cabale à l'encontre des contaminés. Alors, la société, alors régie par un système démocratique pervers qui se contentait du bien-être d'une majorité d'électeurs, laissa les homosexuels se débrouiller avec leur "cancer gay", comme des milieux prétendument distingués appelèrent la maladie. Puis les toxicomanes furent massivement touchés. Mais eux aussi, étaient une minorité mal aimée. On n'aimait pas beaucoup les minorités, en ce temps-là ! Des responsables politiques cachaient difficilement leur enthousiasme : le monde chrétien occidental allait enfin être débarrassé de ses indésirables. Dieu a décidé de châtier les dépravés qui enfreignent ses lois, scandaient les nouveaux évangélistes pour qui la vue d'un préservatif équivalait à celle de Satan. Il fallut attendre la contamination massive des hémophiles et transfusés sanguins pour que le sida devienne enfin officiellement une préoccupation de santé publique.

- Ah ! oui ! le scandale du sang contaminé, interrompt l'aîné qui réactive sa mémoire historique.

- Exact. Les hémophiles étaient des citoyens respectés, plaints, mais, eux aussi les piranhas voulurent les passer par pertes et profits. Et le bon peuple, naïf, ne voulait croire que des gens responsables auraient pu, sciemment, donner à d'autres des produits qu'ils savaient assassins. Les hémophiles durent s'organiser, lutter. Ce fut l'un des scandales les plus sulfureux de la fin du second millénaire. Malheureusement, il fut politisé et le premier Ministre en poste en mille neuf cent quatre-vingt... cinq, servit de bouc émissaire. Il avait le profil idéal du bouc émissaire : socialiste né avec une cuillère en argent dans la bouche, peu apprécié dans son parti, chouchou du Président, tête de turc de la droite et surtout de la vermine nationaliste qui ne ratait jamais une occasion d'étriper un Juif. Certains l'accusèrent même de meurtres, alors qu'il décréta, dès mille neuf cent quatre-vingt-cinq, soit très rapidement après l'identification du virus, des mesures d'hygiène publique pourtant décriées par la majorité des parlementaires, qui eux, bien sûr, ne furent jamais inquiétés.

- Ah ! oui ! le procès truqué.

- Truqué n'est pas le terme exact. Mais effectivement, ce procès masqua l'hypocrisie collective qui avait prévalu, et continuait de prévaloir, à l'encontre des communautés homosexuelles et toxicomanes. Durant ces années, il y eut les bons et les mauvais sidéens : aux premiers, innocentes victimes, l'état versait des millions en dédommagement, aux seconds, pervertis punis, l'administration fermait ses portes.

- Le scandale des seringues.

- Bien petit. C'est seulement après sa disparition que l'Etat osa incriminer, destituer de ses titres honorifiques, le ministre de l'Intérieur qui frayait avec les nazillons, considérait les toxicomanes en êtres inférieurs, refusait la distribution de seringues stériles, donc encourageait l'échange des seringues usagées, nids à microbes. Acharnement sur personnes en danger.

- Finalement, ce n'était pas grand chose ton sida, il n'a fait que quelques millions de morts.

- Petit, on ne juge pas de l'horreur d'un événement par le seul critère du nombre. Le sida, c'était horrible, dramatique.

- Tu dis ça parce que ton père a été touché. C'est une réaction subjective, émotionnelle.

Fier de ses neurones, l'aîné enchaîne :

- Le sida est la première maladie virale rapidement identifiée et rapidement soignée. Si on le compare à la peste, ses effets frisent l'insignifiance. Personne ne pouvait échapper à la peste parce que son facteur de propagation était inconnu, alors que, tu l'as dit toi-même, ses modes de contamination furent rapidement répertoriés. N'oublie pas que la peste de Milan en 1630, de Naples en 1656 et de Marseille en 1720, décimèrent la moitié de la population de ces villes en quelques mois. Et plus près de toi, tu as le choléra qui ravagea la France en 1832, et l'Europe.

- Tu parles comme un statisticien, en observateur distrait. Comme si tu commentais la production céréalière au travers des siècles. Mais il s'agit d'êtres humains ! Même si vous êtes plus intelligents, mieux éveillés que nous l'étions à votre âge, vos cours d'histoire vous induisent dans les mêmes erreurs que les nôtres. Nous aussi, on apprenait les effets positifs des vagues de peste. Je m'en souviens encore : la multiplication des héritages pour les survivants, l'augmentation des salaires par raréfaction de la main-d'œuvre, le progrès... On oublie toujours que les massacrés, les victimes des temps anciens, étaient des êtres humains comme nous ; leur vie mérite le même respect que la nôtre. On oublie cela mais on croit que les siècles futurs s'extasieront devant nous. On se croit au sommet. Mais, petits, nous sommes tous voués à devenir les incultes, les inconscients, des siècles futurs. Enfin, tant que la roue tournera dans le sens de la connaissance.

II

- Mon corps te dégoûte ? Les capotes te dégoûtent ?
- Ne dis pas ça.
- Oh ! pis t'as raison ! j'te mérite plus.

Avec Catherine aussi, rompre d'un laconique "dégage, c'est fini", dépassa ses forces ; une scène, "après tout c'qu'on a vécu, c'est pas possible ; qu'est-ce que tu me reproches ? comment tu veux que je sois ?...", ne pouvant rien répondre de précis, finalement il le savait, il aurait cédé, laissé continuer, pourrir. Pourtant cette cohabitation devait s'arrêter. Elle l'ennuyait. Elle l'énervait. [Quand on se plaint continuellement de l'autre, c'est qu'on n'est plus très content de soi] Sous le châtaignier, il se recueillait, tournait en rond, cherchait la solution. Alors il l'a manipulée, l'a persuadée d'avoir causé leur irréversible éloignement. Cela a fonctionné. Elle pensa le regarder, "sûrement inconsciemment au départ", comme "un déchet", confirma "rêver d'autre chose."

Avec Mathieu, ressasser des exploits épargnait un véritable dialogue. Chaque jour, avant sa tournée des bistrots, il passait, embrassait longuement ses filles, trouvait des ressemblances. Parfois Jel le suivait, "comme au bon vieux temps." Deux heures, jamais plus ; l'ambiance des cafés l'a toujours répugné, il n'y allait que pour se faire accepter, "t'es ailleurs" beuglait régulièrement en le bousculant un peu quelqu'un qui se croyait très intéressant... non il était là, regardait, écoutait, ces gens ridicules, obscènes, rarement poètes après quelques verres... il ignorait toucher à l'essentiel quand il pensait "c'est qu'ils doivent terriblement souffrir pour s'abaisser ainsi."

Ce cinéma fatiguant tout le monde, tout le monde était prêt pour le grand bouleversement. Il fallait de nouveau franchir une frontière, avec l'espoir d'une liberté derrière, la tranquillité, entre Corentin, Corinne et l'écriture. Il était décidé, de nouveau, à écrire le roman de sa vie. Donc, au terme du long repas dominical pris invariablement en commun, debout, l'orateur récita :

- Nous formons une grande et belle famille, Vanessa, presque une demoiselle, Corentin et Corinne. Et Delphine et Séverine, officiellement nos enfants, Catherine. Mais clarifions la situation. Si je n'attaque pas sérieusement le récit de ma vie, le temps risque de me manquer. Comme vous le voyez, j'ai retrouvé mon poids de forme mais ça veut aussi dire que j'ai maigri. Je maigris. Pourquoi ? Mon régime sans chips ? Qui sait ! Bref, si, Mathieu, tu ne peux pas regarder tes enfants comme tes enfants, tu en deviendras malheureux, peut-être même jusqu'à me détester. Catherine, désormais la tendresse a remplacé l'Amour. C'était un peu fou d'essayer et ce fut des années charmantes. Oui, charmantes. Mais abrégeons avant de nous déchirer.

- Je t'aime encore.

- Je sais. L'amour a des milliers de facettes, et l'on peut, en certaines circonstances, aimer deux personnes en même temps, d'un amour différent. Mais nous ne nous aimons plus assez pour vivre ensemble. Nous conjuguons le verbe aimer à la nostalgie, à la tendresse : on s'amitie. On se tolère, on vit de souvenirs. Catherine, ton avenir n'est plus avec moi.

- Pourquoi tu dis ça, devant tout le monde ? Qu'est-ce que j'vais devenir ?

- Catherine, l'amour que tu portes à Mathieu est plus proche de la définition que nous donnions jadis à l'amour. Et c'est, j'en suis convaincu, réciproque. Donc je voulais que Mathieu le sache, je ne ferai pas obstacle à vos sentiments.

- Tu

- Non, j'emmène les enfants, car eux aussi devaient savoir. Nous vous laissons discuter. On verra demain.

Deux heures plus tard, Catherine le rejoignait. Il mima le sommeil et elle n'osa l'interrompre sauvagement. Elle fit un peu de bruit, toussota, en vain, éteignit la lumière et la ralluma plusieurs fois, se leva, traîna les pieds jusqu'à la porte, revint, le fit presque rebondir en s'allongeant derechef, lui ouvrit presque le mollet d'un coup d'orteil, se redressa, se pencha au-dessus de son corps inerte avec la vraisemblable intention de s'y effondrer, et aperçut donc les somnifères bien en évidence sur sa table de nuit. Elle comprenait ! Se relevait, saisissait la plaquette et avalait, avec le demi verre d'eau toujours à dessein disposé, les trois derniers. Enfin Jel pouvait sourire d'un tel stratagème, s'endormir paisiblement. Ce fut leur dernière nuit côte à côte. Dès l'aurore, il était au jardin mais elle obtint quand même son tête-à-tête. Dialogue impossible : n'essaye pas de m'expliquer, j'ai compris depuis longtemps, tu as fait le bon choix. L'après-midi, elle emménageait chez Mathieu, dans la chambre d'amis, et ils attendraient trois semaines avant de se montrer *amoureux*.

Sur *notre mur*, depuis trop longtemps évité, il ajoutait : enfin seul avec nos enfants. Et Toi.

Aucun événement extérieur ne troubla les huit mois qui suivirent. Huit mois d'écriture. Quel bonheur ! Mais il n'écrivit pas grand chose. *Désolé Sybille, je n'écrirai pas le roman de notre vie. J'en suis incapable. Je suis nul.* Corentin prit quatre centimètres et deux kilos. Corinne cinq centimètres et trois kilos. Mathilde passait quotidiennement, faisait la cuisine, s'occupait du ménage le mardi et le vendredi. Et il avait brisé, officiellement pour se consacrer à ce travail, le cycle des visites et repas en commun, donc voyait rarement les voisins. La paix. Royale.

C'est plus tard, comme toujours, c'est toujours plus tard, trop tard, que cette période m'est apparue exceptionnelle. Aucun souci extérieur. Un calme de neige. Et pourtant j'étais angoissé, je me croyais obligé d'écrire et je n'y parvenais pas, cela démultipliait mes angoisses. C'est durant ces instants de profond dérèglement qu'*Harmonie* est venu, comme une chose sans importance notée pour ne plus penser aux pages blanches, à cette incapacité d'extraire un récit de mes entrailles.

Harmonie

Harmonie, je cherchais le mot
Pour résumer mon ambition

Harmonie, entre Toi et moi
Harmonie, entre moi et tout

L'harmonie entre quoi et quoi ?
Le capital et le travail
L'idéal et le trop banal
L'homme et la nature, sa nature
L'harmonie entre toi et moi
C'est Balzac et la variété
Chacun ses choix, chacun chez soi
L'éternel été sans Prozac

L'harmonie de l'art maudit
Quand je crois en ce que je crée
Viens, si tu crois en mes secrets
Viens le toucher le feu sacré

Harmonie, j'ai trouvé le mot
Mais derrière, le langage
Chaque âge a sa vérité
A mériter, à méditer

Harmonie, Harmonie
C'est le sens de ma vie...
L'essence de mes nuits
Harmonie, Harmonie

III

Jel reçut la lettre de madame veuve Dehove le mercredi :
"Monsieur,
Je t'appelle monsieur car depuis tout ce temps tu es devenu quelqu'un d'important. Pour moi la vie est bientôt finie, à quatre-vingt-sept ans, j'ai pas à me plaindre. J'ai fait mon temps comme on dit. J'aimerais encore bien continuer, car je m'y plais sur cette terre, rien n'est mieux que la vie. Les vieux grinchons sont nombreux mais moi j'ai toujours aimé lire. Ça faisait souvent rire que je lise quand j'étais jeune. Tu vas t'abrutir dans les bouquins, tout le monde disait. Tu ne vas pas acheter des bouquins alors qu'il n'y a plus de vin disait mon mari. Je peux même te dire que tu es un vrai écrivain, ton domaine à toi, c'est la chanson. C'est important les textes des chansons, c'est ce qui trotte dans la tête même quand on n'y pense pas. Si je peux me permettre de t'apporter mon jugement. Ça te fera peut-être plaisir, je parle pour tes discours pour la littérature, mais depuis ce temps chaque mois je prends dix livres au bibliobus et je les lis. Avant, comme beaucoup, je me laissais souvent aller devant la télévision. Depuis je ne l'allume plus, même plus pour les informations, les voisines me racontent.
Ça me fait plaisir de t'écrire, j'allais te raconter ma vie mais c'est pour un sujet plus grave que je t'écris. Comme je te l'ai dit, mon cœur en a plus pour beaucoup, il est trop fatigué. Et j'ai un secret pour toi, un grave secret, un secret dont j'ai jamais parlé à personne. J'ai longtemps hésité et je crois que je n'ai pas le droit de partir avec lui. Je t'embrasse mon garnement. Tu peux me téléphoner mais je préférerais quand même te dire cela face à face."
Corentin et Corinne l'interrogeaient régulièrement sur cette région "*où il fait toujours froid.*" C'était l'occasion !

Moi un grand écrivain ! La chanson un art majeur peut-être même ! Qu'est-ce qu'elle va m'apprendre ? Qu'est-ce qu'elle peut m'apprendre que je ne sais pas ? Une banalité sûrement. Revoir l'artiste et mourir. Enfin, ça nous fera un tour.

Huclier 1,2. Pensées.

Réécrire l'histoire. C'est l'histoire de ma vie ici. C'est là qu'un instant, le jour de mes sept ans, comme une graine en terre qui doit pourrir pour germer, a façonné ma personnalité : ma mère a préparé un moka et il rentre ivre ; il ouvre la fenêtre, prend le gâteau, le balance sur le fumier ; la pluie creuse des cratères dans la crème, maman pleure en me serrant contre elle et le monstre beugle : *"té rien... té seras jamais rien... té réussiras jamais rien..."* Je ne peux retenir mes larmes et peste : *"je me vengerai."* Me suis-je vengé ? Se venger, c'est accorder trop d'importance aux minables ; il faut partir et laisser crever dans l'indifférence celles et ceux qui vous ont fait les pires crasses. Ni pardon ni vengeance, le dédain, la terre est encore suffisamment vaste pour ne pas devoir côtoyer les ignobles.

Dès lors, face à un choix, systématiquement je refusais l'orientation vers laquelle il me poussait (en paroles puis en souvenirs). Je ne serai jamais comme ça, me jurai-je. J'évitais ainsi les pièges de la vie ! En premier celui de lui succéder. S'il avait été un père "normal", j'aurais été un fils "normal", installé dans la ferme qu'il n'aurait pas coulée par ses beuveries. A la campagne, sauf accident, le ou l'un des fils, l'aîné souvent, se substituait au père, n'était que son prolongement. Il adoptait gestes, tics et expressions, se liait aux mêmes familles, s'opposait, pour les mêmes bornes limitrophes des champs, aux mêmes autres. En règle générale, le père et le fils habitaient la même maison, chaque domaine étant séparé par la pièce principale, cuisine et salle à manger communes où s'agitaient les femmes, objets au droit à la parole limité ; chez les plus aisés le père et le fils possédaient leur propre toit, face à face ou côte à côte, l'un glissant dans celle du grand-père à son décès. C'était ainsi depuis des générations. Pas besoin d'une tête trop remplie pour cela ! Fils unique, "l'idéal", j'aurais, au mieux, fréquenté un lycée agricole, plus sûrement brisé ma scolarité à seize ans.

Mais dès ce funeste jour d'anniversaire, ce père, déjà détesté, n'aura plus le moindre bonjour ni sourire. La guerre. Oui, les Etats ne font que reproduire à grande échelle les conflits qui peuvent diviser un foyer. Plus une seule fois je ne l'accompagnais sur *son tracteur*, et aidais à la ferme que pour aller conduire aux pâtures ou rechercher les vaches... avec ma mère bien sûr. Cela me valut d'être la risée des repas de famille, ces tristes dimanches où il invitait ses deux frères, leur épouse et mes cousins qui ne comprendront jamais cette sainte horreur de l'agriculture. Que deviennent-ils ? Je n'ai revu personne depuis le dernier enterrement. C'est cela une famille, des gens qu'on voit quand quelqu'un disparaît.

Malgré tout, en cherchant à m'humilier dans une fuite éperdue devant le précipice de son propre échec, ce père qui n'en aura jamais été un, a sécrété en moi les plus profitables des dispositions : la colère, le dégoût de sa soumission, des mauvaises réponses aux vraies questions, l'envie d'exister par moi-même, ne pas me laisser embrigader.

C'est ainsi qu'à dix-sept ans le lycéen ne pouvait s'imaginer lesté d'un bébé fardeau : Catherine honnit ma cinglante réflexion, "comment peux-tu vouloir donner la vie dans un monde aussi cruel ?" Cette réplique était sincère, mais tronquée, un résumé sûrement incompréhensible à toi qui ignorais mes blessures : comment peux-tu vouloir donner la vie dans un monde où je ne suis rien, où je dois devenir quelqu'un, réussir, prendre confiance. Comment oses-tu vouloir te marier. M'épouser c'est connaître ma famille, donc mon père, et j'ai trop honte pour te le présenter. A dix-sept ans je ne pouvais t'avouer clairement ce drame. Quelques allusions. Mais j'avais peur que tu penses tel père tel fils, ces absurdités font mal à ceux qui ne peuvent rien répondre, on ne peut rien répondre à la bêtise populaire qui véhicule toutes formes d'anathèmes, il ne fait pas bon être Noir, il ne fait pas bon être fils d'Arabe, il ne faisait pas bon être fils d'alcoolique, victimes mes frères. Frères humains qui marchez sans savoir pourquoi je vous tends la main.

C'est ainsi qu'à vingt ans, l'amoureux sacrifia l'ami pour conserver une princesse dont l'effet se révéla analogue à celui de Brigitte Bardot sur Serge Gainsbourg ; après il entonnait *"moi, quand on m'dit que j'suis moche, j'me marre doucement."* Blessures, blessures, nous portons tous nos blessures, certains croient pouvoir l'oublier.

C'est ainsi qu'à vingt et un le bureaucrate se déroba au service militaire, là où les hommes ne sont rien.

C'est ainsi qu'à vingt-cinq, la vie au rabais, la vie du termite devint insupportable... Que serais-je devenu si j'avais continué à *Groupama ?* Un obscur directeur informatique cravaté ? Un dépressif ? Mais cette genèse transparaît trop tard, il m'aura fallu ce retour pour la découvrir...

- Nous sommes arrivés les enfants !

Elle aura décidé à mon insu, sans que je sache la positiver. Ma mère m'avait supplié d'oublier *ça* et le bon fils avait rejeté la venimeuse éructation aux confins désertés du cerveau, le bon fils serait resté un bon fils, dans le chemin, si Elle... Au fait ! Sans raviver cette plaie, ma Dulcinée, victime d'une violence verbale semblable par son premier amour, me fit partager son émerveillement pour Fernando Pessoa :

> *"Je ne suis rien*
> *Je ne serai jamais rien*
> *Je ne peux vouloir être rien*
> *A part ça, je porte en moi tous les rêves du monde."*

- Amour, tu en penses quoi, du rapprochement entre Fernando Pessoa et la venimeuse éructation ?
- Une sonorité similaire : la différence entre le désespoir assumé et la volonté de blesser (la dérive dans le monde de la haine).

IV

- Huclier. Je suis d'ici ! Mes racines. On n'est pas d'un pays mais d'un village. Huclier, mes racines. Dès l'entrée, à votre gauche, son cimetière, et l'église derrière.

La petite voix romanesque le guide : le héros revenant au pays s'arrête au cimetière ; cela séduit, offre une filiation.

- Allons-y ! Faites le signe de croix, les enfants. Au nom du père, du fils et du Saint-Esprit, amen. Amen : mot hébreu "ainsi soit-il", ou plus simplement, "oui."

Une pensée immédiatement jugée déplacée l'assaille : *Mais qu'est-ce que j'fais là, merde alors.* Téléphone ! Ah ! Téléphone, *la bombe humaine.*

Le marbre est sourd et muet ; même pour les croyants, prétendre que l'on prie mieux face aux tombes, que l'on invoque plus sereinement les disparus, est grotesque. Une action obligée, à date fixe, n'a aucune valeur. Déposer une brindille de buis une fois par an, c'est montrer aux vivants que l'on remplit son devoir envers nos proches défunts, c'est tout sauf un acte sain.

- Y'a qui dedans ?
- Superposés, de bas en haut, mon grand-père jamais connu, ma grand-mère, avec dans un coin, au même niveau, la boîte d'une sœur presque mort-née, puis au-dessus mon père et en dernier ma mère.
- Pourquoi ton père et ta mère sont ensemble alors qu'ils ne s'aiment pas ? Astucieux, Corentin pointait l'incohérence.
- Parce qu'ils étaient mariés.

Cette réponse lui suffit. Les liens indissolubles du mariage ne concernent pas les quelques années où quotidiennement les époux s'évitent au maximum mais celles qu'ils subiront sous terre ; ne pas divorcer c'est condamner nos enveloppes humaines à une promiscuité jusqu'à poussière s'en suive. On comprend mieux pourquoi un nombre croissant préfère l'incinération !

Il aurait été incapable d'ajouter à Corentin cette *analyse* d'un soir d'ivresse : face au marbre le choc l'appuya contre la paroi de l'église : oui, au même niveau que ma grand-mère, un mini cercueil rappelle une sœur que je n'ai pas eue. Et il regarda Corinne en comprenant qu'aussi loin que remonte son arbre généalogique, elle est la première fillette de sa lignée paternelle !

Son arrière-arrière-grand-père avait eu trois fils, son arrière-grand-père deux, l'un, le cadet, ypérité au front, à Dunkerque, sans descendance, et l'autre, son grand-père, aurait trois fils, puis ces derniers, ses oncles, respectivement deux et quatre fils. Il y avait bien eu cette sœur mais repartie à trois semaines. Comment, Pour toute réponse sa mère affirmait "*elle s'est étouffée une nuit... ça arrivait souvent en ce temps-là.*" Et avant ? Officiellement les garçons étaient plus résistants. Bien sûr ! Les statistiques signalent aussi que 6% des hommes n'ont qu'une seule sorte de spermatozoïdes donc ne peuvent engendrer qu'un seul sexe. De même, si le rapport sexuel a lieu au moment de l'ovulation ou une à deux journées après, les garçons sont plus fréquents, comme en cas d'orgasme féminin.

De maigres indices lui revenaient : à au moins trois reprises, lors de leurs invectives, le monstre avait beuglé "*si tin père t'avau ch'tée din ch'puch, j'aurau été trinquil*", si ton père t'avait jetée dans le puits, j'aurais été tranquille.

- Suis-je d'une lignée fillicide ! L'exclamation était sortie à voix haute.

- Comment ?

- D'étranges idées. Je vous raconterai un jour.

Au village aussi, les "grandes familles" étaient masculines, souvent un fils unique... "*Ne pas diviser l'héritage*" disait-on. Et tous comprenaient la déception, la tristesse, la détresse du patriarche Villerd quand son fils eut une pisseuse et sa fureur à la seconde. Corinne tirait sa manche. Elle voulait aller ailleurs. Elle avait bien raison.

V

Sur son éternel vélo rouillé grinçant où subsistent quelques traces du rouge d'origine, Georges dévale la rue principale (donnant sur deux rues secondaires quand même). Il met pied à terre, lui serre chaleureusement la main.

- De retour !

Jel redoutait d'éventuelles rencontres, ne pouvant ignorer que, pour la majorité, il est un pestiféré, au moins un marginal, dans ce village dont il a eu honte, ce village où la dernière fois qu'il y vota huit voix sur quarante-neuf choisirent la haine.

- Eh ouais. Ça va ? (le tutoiement l'aurait-il choqué ?)

Enfant, il représentait le père rêvé (après Johnny Hallyday naturellement, mais plus accessible). Gentil. Gai. Honnête. Et surtout ne picolant pas. Bien sûr Jel n'a jamais osé lui avouer. Visiblement heureux, il se tourne vers Corentin et Corinne.

- Le plus beau métier du monde, être papa. J'me souviens encore, quand t'avais leur âge, avec ton short vert et ton maillot de Saint-Etienne. Ça m'rajeunit pas tout ça !

Jel l'interrogea sur les changements depuis son départ. Maire, fatigué des sempiternelles rancœurs, des rumeurs, des mauvais coups la nuit, des clôtures électriques sectionnées, il avait interrompu son mandat ; les trois irréconciliables clans s'étaient alors affrontés mais personne n'ayant réussi à s'imposer, l'idiot du village se porta candidat, et fut élu ! Marcel maire !

Sinon Huclier ressemble à tous les patelins de la région : il dépérit. La ducasse, le bal des chasseurs et leur repas annuel se sont arrêtés. Les gens préfèrent s'asseoir devant le téléviseur, fini le bénévolat. Même pour servir à la buvette ou nettoyer ! Et les doigts d'une main suffisent à compter les fermes.

- Les vieux vivotent jusqu'à la retraite et alors personne ne peut leur succéder. Moins de cinquante hectares, c'est plus vivable. Y'a que les gros qui s'en sortent. Mais c'est plus des paysans. Nous on bichonnait la terre, on l'aimait notre métier. Eux, c'est des industriels, faut que ça aille vite, faut du chiffre. Et ça pique les bœufs pour les faire enfler, ça élève des porcs en batterie, ça donne des aliments chimiques, ça déverse des nitrates partout. Tiens, depuis qu'j'ai plus mes bêtes, j'mange plus de viande rouge, j'bois plus d'lait. Et j'ai mes poules car t'as vu les œufs qu'ils osent vendre dans leurs supermarchés. Un jour i vont tuer tout le monde avec leur productivité. Un jour, une bactérie, comme ils disent, va se mettre dans tout ça, et les gens des villes découvriront qu'un steak ça ne tombe pas du ciel sous un plastique.

En quelques années "le progrès" a brisé la chaîne des générations unies à la terre.

Durant son enfance, ce progrès alimentait les conversations qu'il devait écouter sans intervenir, les petites exploitations le redoutaient, pressentant cette course perdue d'avance, truquée, mais les chefs continuaient à élever leurs fils comme s'ils allaient entrer dans la danse et leurs filles en futures femmes d'agriculteurs, les retirant de l'école dès que possible ; les "gros" l'imploraient et se frottaient les mains. A chaque K.O, des hectares en plus. Stimulés par leur tout puissant syndicat, ils louaient la raison du plus fort. Estampillés paysans par des journalistes fonctionnaires de la plume, ces égoïstes hurlent contre la mondialisation ; et les politiques, en quête de suffrages, n'osent sanctionner ces pollueurs enfin visés au jeu qu'ils prônaient, n'osent interdire des traitements nocifs à la nature et inutiles dans un pays en surproduction, où les mêmes empoisonnent les terres pour produire toujours plus sur certaines parcelles et récoltent des subventions pour en laisser d'autres en jachère.

Ils ont presque refait la campagne ! Un véritable plan d'aménagement du territoire chérirait les amoureux de la nature attachés à la qualité des produits, permettrait aux jeunes de faire revivre les petites fermes, rester, revenir au pays...

Ainsi, conséquence directe du mépris politique, des quatre garçons et deux filles qui furent ses premiers compagnons de jeu, trois sont partis en ville, où l'absence d'études limite les ambitions.

Leurs parents les appelaient "la bande des sept" et les prétendaient inséparables. En fait, ils n'étaient que sept enfants au village.

"Logiquement", il fut la cible privilégiée - pitoyable constat : même chez les enfants, les rapports de force priment, les plus sensibles, émotifs ou faibles, les plus vulnérables, trinquent - : seul Daniel était plus jeune que lui mais son cousin, Jean-Paul, l'aîné, le protégeait. Il eut droit aux shampooings d'œufs pourris, à la boue dans le dos, au slip rempli d'orties...

L'amitié de Mathieu le sortit de leurs griffes : ils redoutaient sa corpulence, même Jean-Paul qui, après l'avoir bousculé s'en retourna piteusement, l'œil gauche au beurre noir. Ils l'exclurent du groupe. Puis pensèrent l'insulter en l'appelant la gonzesse, quand il ne passa plus chez le coiffeur chaque trimestre. Dès lors, il devint un indésirable au village, soupçonné de tous les maux, des pires fréquentations, raillé derrière les persiennes, et presque tous plaignaient son père d'avoir un fils pareil.

Jean-Paul se prétend chef, en fait, il surveille une chaîne de conditionnement alimentaire (des saucisses ou de la pâte à pizzas, la merde moderne) et subit les 3*8. Grâce aux plages de nuit, il affirme sans mentir gagner plus du Smic (information communiquée par son grand-père, exaspéré de ses grands airs). Cette situation chagrine sa femme - un beau mariage, avec tout le conseil municipal invité ! - : elle se veut une "dame du grand monde" et fait la roue avec son bac +4, dont elle tait l'obtention à la troisième tentative, mais trouve humiliant de devoir travailler. Elle maudit continuellement cette incapacité à obtenir une promotion et cite son glorieux exemple : passée de réceptionniste - *"même avec mon niveau, il faut débuter en bas de l'échelle"* - à secrétaire (une des secrétaires) du grand manitou... qu'elle accompagne régulièrement en déplacement. Evidemment, les mauvaises langues se régalent et brodent une logique : même encore maintenant, Jean-Paul père (Jean-Paul de père en fils aîné depuis au moins cinq générations), pourtant cruellement décati, trompe régulièrement sa femme. Aux dernières nouvelles, il doit désormais débourser pour obtenir consolations d'un mariage arrangé avec une bigote. En ces parages, on croit au retour de manivelle. Corentin et Corinne s'impatientent.

Daniel vit en ville, en appartement, à Saint Peaux, dans une tour, au septième étage, il alterne remplacements et chômage. Il doit avoir une copine. Le père a peur qu'il finisse mal, se drogue.

Françoise, mariée à dix-neuf ans, divorcée à vingt-quatre avec deux gosses sur les bras, s'est remise avec un représentant, et travaille en intérim.

Comme convenu de longue date par leurs parents, Christophe a épousé Martine et leur union fit des Delannoi les plus gros proprios du canton. Mais Martine ne ressemble pas à sa mère, elle ne veut pas se salir les mains, en plus, depuis peu, chaque soir, dès le noir tombé, elle part en voiture, nul ne sait comment tout cela va finir, les vieux ont bien du chagrin, une vie de sacrifices, pour qu'un jour les jeunes dépensent tout dans des folies. Christophe, ça se voit sur son visage, qu'il est pas heureux dans son ménage, mais il ne dit rien ; tous les matins, à six heures, il est dans sa salle de traite, la dernière salle de traite en activité dans le village.

Et Fabrice ? Il ne quitte sa télévision ou sa radio que durant la moisson, où il daigne aider son paternel. Encore une ferme vouée à disparaître. Il ne voit pas l'utilité d'aller travailler. Il a réussi à obtenir le RMI, ça lui suffit. La risée. *Un fainéant.*

VI

- A votre gauche, le terrain. Ce cher terrain. Georges y avait planté des poteaux, des grosses branches, avec une autre clouée au-dessus, artisanal, plutôt dangereux. Mais tout le monde faisait attention et il n'y a jamais eu d'accident. Le soir j'y jouais, au début je regardais les autres jouer, les grands, je les enviais. Ils frappaient tellement fort que je les croyais très bons. Mais ils ne voulaient pas de moi. Selon eux, un seul shoot m'aurait envolé à vingt mètres. Trop jeune. Plus tard chaque équipe insista pour m'avoir. Ce fut la bonne période. Qui ne dura pas. Je devins une cible. Les vieux - certains cumulaient trois fois mon âge ! - ne supportaient pas d'être ridiculisés par un gosse. Feinte, petit pont, dribble extérieur, balle piquée ! Goaaaal ! Platini ! Platini ! Ça ne vous dit rien, Platini ? C'est une bonne chose ! Les coups pleuvaient. Et je n'ai jamais eu l'intelligence de mépriser ces bœufs. Chaque soir je revenais, même sur une jambe, j'insistais. A douze ans, mes débuts en club, à côté, à Valdeon, mes chevilles étaient déjà abîmées, déjà condamnées pour le haut niveau. Car durant quelques années j'ai prétendu vouloir en faire un métier, en fait je ne savais pas quoi faire, et c'était plus original que répondre pompier à tous ces gens qui se croient intéressants de demander aux enfants "qu'est-ce que tu veux faire quand tu seras grand ?" Bref, et l'état du terrain n'y arrangeait rien. Mais il ne fallait surtout pas se fâcher avec monsieur Mathon qui, matin et soir, y passait ses vaches, les laissait brouter. Forcément, les jours humides, leurs pattes creusaient de véritables pièges à chevilles. Et personne ne lui interdisait : il avait toujours agi ainsi. Souvent coutume vaut loi. Et moi j'ai arrêté le foot, je ne supportais plus cette "ambiance." Vous désirez descendre ?

- Y'a rien à voir !

- C'est vrai, la nostalgie des autres paraît souvent sans intérêt, et même les buts ont été retirés.

Sûrement qu'ils ont pourri. Et personne ne les a remplacés. Voilà donc la maison où ma mère est née, en ce temps-là on naissait chez soi, où elle a vécu. J'y ai vécu aussi, jusqu'à vingt ans. On y va d'abord ou je vais chez la Maria ?

- On y va !

- Des pannes envolées, un carreau cassé. Et la porte forcée. La commode qu'elle aimait tant, retournée. Fendue. Qui a espéré dénicher ici un trésor ? Et des chats ! Nullement impressionnés par notre présence. Ils se croient sûrement chez eux. Ils y sont peut-être d'ailleurs nés ! Ma chambre était en haut, la première. Sûrement visitée aussi.

- Montre-nous.

- Ô misère ! Ce qu'l reste de mes peluches, par terre ! Là mon petit chien auquel j'ai arraché une oreille à trop dormir avec. A votre âge... Mon almanach, ce cher almanach de cadre...

Quelle force le poussa, sans raison consciente, au moment du départ, une larme à l'œil par dégoût d'un tel saccage, à fracturer la boîte aux lettres dont la clé demeurait introuvable ? Publicités, faire-part, EDF... Et l'écriture toujours aussi reconnaissable :

"Mon unique Amour,

Tu m'avais dit : quoi qu'il arrive, écris chez ma mère. Je sais son adresse par cœur. J'ai 18 ans et je suis libre. Je rêvais de cet instant en le redoutant : le pire est arrivé : tu es heureux sans moi. Ai-je le droit de revenir à l'improviste ? Peut-être n'est-ce qu'un amour-poubelle décrit idéal par des journalistes éblouis par les apparences, manipulés par ton éditeur. Si tu attends ma lettre tu iras la chercher chez ta mère car je ne trouve pas ton adresse. Pour moi rien n'a changé : je t'Aime. In aeternum, je t'Aime."

Puis une autre, postée six mois plus tard :

"Mon unique Amour,

Un jour, si tu penses ... moi, appelle-moi. O— que je sois je t'Aime. O— que je serai, je t'Aimerai. Omnia Vincit Amor. Je t'Aime. In aeternum, Je t'Aime"

Lolita. Ma Lolita. Et j'avais présumé qu'un rendez-vous négligé anéantirait tes Sentiments !

- Les enfants, si vous le souhaitez, nous reviendrons plus tard. Je vais chez la vieille ; je vous enregistre notre conversation pour le cas où l'emplacement du Graal me serait dévoilé, dans cinq minutes je suis là, on est pressé.

Cinq minutes, trois cents secondes ?

VII

- Tu te souviens que ton père a été retrouvé dans les *aurantes* [une toupie pour épandre des monts de fumier lui avait happé le bras et l'avait déchiqueté, il avait encore pu bouger, l'enquête en conclut qu'il s'était traîné durant trois heures, avait ainsi parcouru deux kilomètres, sans jamais s'éloigner de plus de quatre cents mètres du tracteur, qu'il avait tourné en rond, le plus souvent en rampant, parfois à genoux], si j'avais su ce qui se passait, on aurait peut-être pu le sauver. J'étais là, pas loin, dans le champ de maïs, je remplissais un sac de carottes, mes petites provisions, pour l'hiver. Et je l'ai entendu crier. Un cri à crever les tympans. Je me suis arrêtée de cueillir, comme paralysée. Il s'en est suivi un long silence, je pourrais pas dire combien. Je tremblais. Puis j'ai entendu marmonner. Puis j'ai entendu parler. Parfois crier presque comme quand il était ivre, j'ai cru qu'il était soûl. Quand j'ai su ce qui était arrivé, j'ai noté ce que j'ai entendu. Et j'ai rien dit, tu te souviens que les gens m'aiment pas beaucoup. J'ai eu peur.

Tu sais que mon frère y est resté, en Algérie. Je savais pas que ton père y était allé aussi.

Maria s'était arrêtée et le regardait, Jel se sentit obligé de répondre.

- Moi non plus. Vous êtes sûre ?

- Après ce qu'il a dit, je ne peux pas en douter. Tu ne savais donc pas qu'il avait fait l'Algérie ?

- Si c'est vrai, ma mère non plus. Car elle m'a raconté sa vie, après l'armée il a travaillé un an et demi comme docker à Marseille, avant de revenir dans le Pas-de-Calais. Et il a connu ma mère.

- Avant de t'écrire, j'ai vérifié si c'était vrai, et c'est vrai. Il a fait l'Algérie du 24 novembre 56 au 4 septembre 57. C'est l'ancien officier, celui qui est venu en personne m'adresser les sincères condoléances de la République Française pour la mort de mon frère, qui a vérifié dans les registres.

- Pourquoi il l'aurait caché ?

- Paraît que ça arrive parfois, c'est l'ancien officier qui me l'a dit, peut-être parce qu'il a vu des choses qu'un être humain ne devrait jamais voir. Il s'est passé tellement de choses sur ce continent, lui, par exemple, connaît l'explication du treizième corps dans l'accident du beau général, mais il n'a rien voulu me dire. Tous ceux qui en sont revenus, tous ceux qui ont connu les combats, le maquis, en sont revenus traumatisés. Il a peut-être cru qu'il pouvait oublier. Paraît que certains en arrivent à se persuader qu'ils l'ont rêvé, les malheureux finissent ski, ski, schizophrènes. Ou mi, mythomanes.

Mais je vais te lire ce que j'ai noté. Il y avait souvent des pauses entre chaque mot, mais les mots que je vais te dire, c'est certain, il les a dits dans cet ordre-là.

Les fellouzes. Gus, réponds, non... Putain on est dans la merde... Je voulais pas venir, j'aurais jamais dû venir, j'étais con, on était tous des cons, je voulais l'aventure, je croyais que casser du bougnoul c'était ça l'aventure, ce pays on a aucun droit sur ce pays, c'est la faute à De Gaulle. On fout la merde. C'est la faute à Guy Mollet. Ouais j'ai dû boire, boire pour faire comme les chefs, boire pour dormir, boire pour oser fermer un œil, la peur des fellagas dans leur bureau ils savent pas ce que c'est, pour dormir malgré des têtes à dix mètres, qu'est-ce qu'on a dû faire !, ouais j'ai dû boire pour oublier les camarades égorgés, Gus, Gus égorgé. Gus où t'es ? Gus, derrière. Ça bouge par là. Gus, derrière. Ouais, boire tous les jours. Que faites-vous maudites têtes. On avait l'ordre de violer vos mères. Pourquoi riez-vous ? Aidez-moi. Je voulais pas. Gus, tu m'avais promis qu'on ferait le tour du monde ensemble. Pourquoi vous m'avez renvoyé sans merci. Sans un merci. Vous m'avez dit retourne chez tes parents. J'aurais dû faire comme Mesrine. Vous croyez peut-être qu'on peut oublier ? De Gaulle, réponds. De Gaulle on se retrouvera. De Gaulle j'te tiens.

A ce moment il a attrapé des tiges de maïs, j'ai vidé mon sac et je me suis sauvée, si j'avais su j'aurais appelé les secours.

Il n'était pas fou comme je l'ai cru, c'est vrai qu'il avait le regard de mon mari quand il avait bu. J'aurais dû me douter. Mais ce n'était pas la folie. J'ai hésité, est-ce que je devais te le dire ? Est-ce qu'après tu te poseras des questions que tu ne trouveras pas la réponse ?

A toi, je sais que je peux parler, je sais que tu sais écouter. Avec ce que je vais te dire, dans le village, tout le monde me traiterait de vieille folle.

Si l'on excepte ceux à qui il manque une case à la naissance, les pauvres, heureux les simples d'esprit le royaume des cieux leur appartient, si l'on excepte les accidents de la nature, il n'y a pas de fous. La folie, ce qu'on appelle folie, c'est le passé en action, un passé trop lourd à porter, un passé qui vous est tombé dessus. Moi quand je les ai vus revenir, ceux d'ici, je savais que beaucoup tourneraient mal, et beaucoup ont mal tourné. Et la légion étrangère, la Yougoslavie, c'est pareil. Encore, maintenant il y a des spécialistes, des psychologues, mais dans le temps celui qui avait vu l'horreur ne pouvait en parler à personne.

C'est d'avoir vu tant d'amochés qui m'a fait penser comme ça, peut-être parce que moi aussi, à ma façon, je suis une amochée, mais moi je dois me taire, on n'a pas le droit d'embêter les voisins avec ces histoires, on doit se taire, toujours se taire. Si je savais écrire. Mais je ne sais pas écrire. Les souvenirs d'une vieille femme n'intéressent personne. Je ne me suis jamais remise de la mort de mon frère, d'avoir vu son corps rapatrié dans cet état, ce souvenir du frère, je l'ai cherché en épousant son meilleur ami, celui qui l'a tenu dans ses bras, là-bas. Ils étaient inséparables. Comme tu sais mon mari a mal tourné aussi. Et moi j'ai vieilli avec tout ce poids à porter, et personne à qui en parler. On ne parle pas de ces choses dans un village. J'ai toujours dû me taire.

Je sais que toi aussi, tu as perdu un être cher. J'ai vu des images de cette terrible maladie. Ne cherche pas durant toute ta vie à retrouver son souvenir. Les fantômes, je les ai trop vus. Essaye de ne pas faire comme tout le monde. On a tous des histoires effroyables dans nos placards. On a tous vu de ces choses. Et ceux qui ont vu Auschwitz. Mais pour tous ceux qui n'en sont pas revenus, pour tous ceux qui sont tombés, on doit être leur mémoire. Ah ! si je savais écrire comme toi ! J'ai compris qu'on trouve dans les livres la force de tenir le coup. Primo Levi, quand j'ai lu Primo Levi, le choc que ça m'a fait. Toi, tu es encore jeune. J'ai lu que tu vivais replié, comme un sauvage qu'ils disaient. Oh ! je sais, les journaux disent bien des bêtises mais ne fais pas comme nous tous. Va en paix. Et dis-leur aux hommes, de ne plus jouer à la guerre, de ne plus jouer avec le feu, de ne pas oublier qu'ils ont toujours crié, ceux qui veulent la guerre, qu'ils ont toujours essayé de trouver des motifs de haine entre les hommes.

- Merci. Merci pour tout... Je viens de comprendre qu'il ne sert à rien de regarder en arrière, puisque tout ce qu'on peut y voir est déformé par l'endroit où l'on se situe. Je me comprends. Grâce à vous. Il ne sert à rien de regarder en arrière quand on sait que tout ce qui s'y est passé aurait pu se dérouler autrement si les Hommes avaient réfléchi avant d'agir, si le bien de l'humanité avait primé. Vous savez, j'aime bien faire de belles phrases, résumer. Mais sur un point je vous contredis, je ne suis pas écrivain, un simple chansonnier. Je vous embrasse. Merci, vous avez raison de lire, j'oublie trop souvent ce que j'ai dit. Merci pour cette vérité...

VIII

Par dépit, sept mois après ma libération, j'épousai le premier riche et naïf venu. Déshéritée j'avais besoin d'argent ! Subjugué il m'octroya par alliance la moitié de sa fortune ! Trente-sept semaines plus tard, jackpot en poche, je quittais l'hexagone, errant de villes chaudes en palaces, sans parvenir à me fixer nulle part, seulement retenue le temps de passades avec des tribades comme moi de passage, attirance née durant mes années en claustration où, en mal de notre contact, je dévergondai le dortoir, suscitant même d'imprévisibles vocations parmi les sœurs surveillantes. Las des tours du monde je rentrai en France... quand les journaux péroraient sur sa remise en ménage. Nouveau mariage, toujours vénal, qui dura plus longtemps, grâce à la permissivité d'un époux accaparé par ses affaires, m'encourageant à me distraire avec "les bonnes."

A Jel, je n'ai jamais cherché à présenter mon errance mieux qu'elle fut.

- Pourquoi aurais-je épousé des pauvres alors que je n'aime que toi. Ils me voulaient, il fallait payer. Une femme sans Amour a toujours un prix.

A la première poste Jel, sur Minitel, avait cherché mon adresse : aucune trace. Il consulta les services administratifs : nous ne fournissons pas ce genre de renseignement. Mais l'argent soudoie : cinq mille francs combleront un employé modèle.

Notre différence d'âge ne choque plus : qui sait notre destin si la société respectait les sentiments d'une fillette, ne la déclarait pas automatiquement manipulée par un obsédé. Aurions-nous été un couple de l'enfance à la vieillesse ? La possibilité est tentante. Oui, peut-être. Forever ? Faut rêver. Je lui aurais évité tout ça ? Toutes ces errances et aventures qui ont forcément détraqué, au moins un peu, son cerveau. Comment aurait-il pu vivre tout cela sans perturbation ?
Il portait déjà en lui le non-dit algérien de son père ?

IX

Jamais je n'ai su ni voulu voiler mes sentiments, et rien n'apaisa ma rancœur envers Catherine. *"Cette pimbêche"* avait retardé nos retrouvailles, tare complétant celle d'avoir été un premier amour indigne et traumatisant. [Au contraire, je respecte sa Dulcinée : leur union fut pure, et débuta durant mon "incarcération"]
J'ai ainsi refusé toute conversation, même marmonner "salut" dépassait mes forces, même à la nouvelle année j'esquivais ses bises, l'ignorais, un non-être, même à son enterrement, je n'accompagnerai pas Jel.
Cette animosité acheva notre voisinage : nous vivions en couples classiques, vulgaires et prêts à se chamailler pour la moindre peccadille. La rivalité irait crescendo. Seule Vanessa traversait quotidiennement la route.
Mathieu demanda même à sa sœur de quitter son service chez nous :
- T'es pas leur esclave ; et s'ils te réclament quelque chose pour la maison, t'as qu'à me les envoyer.
Mathilde s'avoua gênée mais ne voulait pas contrarier le maître de cette existence sans consistance.
Le scénario apparemment ficelé tombait à l'eau : si Jel disparaissait, Corentin et Corinne seraient abandonnés, ou pire, martyrisés.
Nous choisissions une robe blanche perlée de diamants, le notaire et son épouse feraient d'excellents témoins. Mairie, photos devant le puits et un repas certes gastronomique. Sans invité. L'allergique aux alliances marié !

Les yeux hagards, Mathieu cogna à la porte :
- J'veux t'voir. Seul.
Que voulait-il ! Une pulsion meurtrière m'envahit. Je chargeai le revolver offert par mon premier mari, et me postai derrière le rideau séparant en deux le salon.
- J'aime pas Catherine. J'ai essayé. J'aimais bien la baiser mais elle est vieux jeu. En plus elle a pas de personnalité. Elle est toujours de mon avis. Un p'tit toutou. Elle m'énerve. Elle arrive même pas à la cheville de Patricia. Mais à cause des p'tiotes j'sais pas quoi faire. Après tout, c'est aussi ton problème. C'est ta faute tout ça.
Mathieu n'était pas heureux et se distrayait autour des tables de poker. Il aurait voulu partir à Bangkok, sa liberté conditionnelle lui interdisait toute sortie du territoire. Il se considérait prisonnier des frontières et vivait cela comme une injustice. Mais regrettait que Catherine souffre de ses colères, ses absences, son goût des prostituées. Jel culpabilisa, conscience d'avoir favorisé, presque décrété, leur entente ; Il avait cru les connaître suffisamment pour être certain qu'ils se combleraient. Autre lecture : il s'est débarrassé d'une girouette collante en la jetant dans le lit du premier venu.
Il prit son silence pour de l'indifférence :

- Après tout tu t'en fous, chacun sa merde, c'est ça. Maintenant qu't'as ta p'tite pouffiasse. Pas besoin de m'raccompagner, j'connais l'chemin.

Jel marmonnait "attends" quand claqua la porte.

Cinq jours plus tard, Catherine effectua le même trajet :

- Je viens te dire adieu, je retourne avec mon mari. Il m'aime encore et je crois que ma place est avec lui. J'ai essayé, tu vois. Il était sûremer trop tard. J'ai voulu croire que la vie, ça peut être comme dans les livres, mais chercher l'aventure ce n'est pas aussi facile que dans les romans. Je savais bien que je prenais un risque, je t'avais promis, je ne regrette pas d'être venue. J'ai eu de bons moments, ici. Je retourne dans une petite vie banale, vie moderne monotone, comme tu disais. Je me prends un sacré coup de vieille, mais j'ai plus vraiment le choix, ça me permettra au moins de voir plus souvent mes parents.

Le silence. Ils n'avaient plus rien à se dire.

Vanessa l'avait suppliée : "Maman, retourne avec papa, il t'aime encore." Avec Vanessa la scène fut déchirante. Blottie contre Jel, elle avait pleuré, à flots, "j'veux rester avec toi... j'sais bien que c'est pas possible ; on s'écrira hein ; c'est toi mon vrai papa ; on se reverra ; hein on se reverra." Il lui promit, oui, on se reverra. Elle s'était jetée dans mes bras, avait serré Corentin et Corinne. Aurait-il pu, aurait-il dû deviner ? Aurais-je dû deviner ?

Dans son almanach brûlé ou volé depuis, mon nouvel époux notait ce qui devait constituer le refrain d'une chanson : *Vies modernes, vies monotones, c'est l'automne, dans l'cœur des hommes.*

Un mardi vers midi, trois semaines plus tard, Catherine téléphonait, me suppliait de ne pas raccrocher, d'appeler Jel. Elle n'avait que lui à qui raconter ça. Et il fallait qu'elle raconte. Vanessa, hantée par ses souvenirs, s'était confiée. Mais cette pimbêche implora son silence, comme elle avait exigé celui de sa fille, *"c'est du passé, faut plus y penser, ça n'arrivera plus"*, la condamnant à grandir traumatisée et sans le moindre soutien psychologique.

Quand Catherine avertit son mari que son départ était définitif, qu'elle vivait désormais avec Jel, il avait réclamé Vanessa un week-end sur deux et la moitié des vacances ; Catherine, redoutant qu'une action en justice prétextant la santé du "beau-père" lui accorde la garde, avait immédiatement accepté. Les premiers mois il se comporta en papa gâteau, l'emmenant systématiquement au cinéma, à la foire, au restaurant... Brusquement, un samedi soir, au retour d'une pizzeria, il l'accusa d'être responsable de leur rupture, de ne pas avoir su sceller leur couple.

- Tu mériterais des baffes mais je suis certain que tu veux te racheter, te faire pardonner.
- Oui
- Oui qui ?

Dès lors, il la menaça de la main quand elle n'ajoutait pas "mon bon papa" après chaque question ou réponse. Puis il exigea qu'elle ramène sa mère. Lui donna un mois. Vanessa était heureuse avec eux, comparait avec ses souvenirs du triste foyer de ses parents : elle préféra se taire, et oublier.

Un mois écoulé, son père lui présenta des gants, un tablier, l'avertit qu'elle remplacerait donc Cat. Elle comprit qu'elle devait faire la cuisine et la vaisselle. Boudeuse mais rassurée, elle s'appliqua. Le soir, fatiguée mais contente du sourire paternel, elle y vit une récompense, qu'il la prenne tendrement dans ses bras pour la porter de son petit lit vers le sien, si grand, où plus jeune elle aimait tant sauter le dimanche matin. Elle trouva tendre qu'il l'invite à se serrer contre lui. Trop fatiguée pour réfléchir elle dormit paisiblement. Un samedi il la déshabilla, elle eut peur un instant mais se rendormit ainsi, et fit de beaux rêves.

Puis les vacances arrivèrent. Du trois au trente et un août, ils furent ensemble. Le premier soir il ouvrit une bouteille de champagne, affirma qu'elle avait de la chance, qu'elle allait pouvoir regarder un film interdit, une cassette spécialement achetée pour elle. Importée des Philippines. Des séquences pédophiles. Elle était dégoûtée, il accepta d'arrêter avant la fin, à condition qu'elle finisse cul sec sa quatrième coupe. Ensuite, sur le canapé, devant la télé assourdissante, une série américaine, il lui caressa les bras, le dos, puis le ventre : un mélange de sensations agréables et craintes la paralysait. Elle comprenait. Se savait perdue. Et comprenait qu'il était inutile de crier. Écartelée, elle hurla, comme un loup dans un piège. Chaque nuit, chaque jour, le calvaire se répéta. Il avait fait des provisions pour un mois, pas une seule fois il ne sortit. En la raccompagnant au train, il la serra comme un bon père, elle tremblait, "ne dis rien à personne, sinon tu iras en prison. Si tu veux que j'arrête, ramène ta mère."

Vanessa se tut, se renfermait souvent, surtout les veilles de départ. Jel et Catherine croyaient assister à une banale crise d'adolescence. L'inceste se poursuivit donc.

"*Bonne nouvelle ma petite*" répondit-il, en apprenant les disputes entre sa mère et Mathieu. Et il accrut la pression : attachée, forcée d'avaler, sodomisée. Elle saigna. *"La prochaine fois si Cat n'est pas ici, ce sera au tour de mes copains. Et eux ce sera plus de la rigolade, ce sera comme la dernière scène, tu te rappelles ou tu veux revoir..."* Le lundi elle craquait : "Maman..."

Le mercredi, Catherine toujours, éplorée : rentrée en avance elle avait surpris son mari... Elle avait crié. Il avait ricané : "tu n'es plus bonne à rien." Catherine pleurait mais refusa l'aide de Jel. Il avait néanmoins réussi à la convaincre de rappeler le lendemain.

Elle le fit, après une nuit cauchemardesque. Le souper avait dégénéré en jets d'assiettes, de fourchettes, en bagarre. Il avait frappé, frappé très fort. Il les avait enfermées dans le débarras, revint avec de la ficelle, lui lia les bras aux chevilles de Vanessa et les bras de leur fille à ses genoux. Il urina sur elles, arracha leurs vêtements... Vanessa était encore prisonnière. Catherine accepta d'aller à la police...

Mathieu apprit la nouvelle à la télévision, et vint nous avertir. Un fait divers : "un ouvrier au chômage depuis deux mois a abattu sa femme et leur gamine avant de se retourner l'arme dans la bouche..." Puis le présentateur dévoilait le croustillant de l'affaire passionnelle : elle avait été la compagne de Jel et celle de son ami l'ancien taulard. Ils iraient ensemble à l'inhumation. En taxi. Sans échanger le moindre mot.

X

Quinze jours durant, Mathieu nous ignora. Nous entendions sa Mercedes démarrer le soir, rentrer au petit matin, parfois à midi. Nous redoutions le pire. Le mercredi, vers dix-huit heures, il cogna à la porte, je préférai m'éclipser avec les enfants, allumer la caméra de surveillance, empoigner mon revolver. il tituba jusqu'au salon.

- C'est toi ou moi qui porte la poisse... j'ai tout raté... j'réussirai jamais à vivre comme les cons... j'suis plus un homme... même mes gosses j'm'en fous... heureusement Mathilde est là... après tout, j'suis pas responsable de leur naissance... *un ex-taulard ne sera jamais quitte de sa dette.*

Un long silence. Il fermait les yeux. Allait-il s'assoupir ? Malabar, mon frère, Jel avait envie de le prendre dans ses bras.

- J'ai butté trois keufs. Un vrai jeu d'enfant. J'ai mis d'la boue sur mes plaques d'immatriculation et j'ai attendu une fourgonnette. Crime avec prévarication qui disent ! J'les connais les termes exacts ! J'en sais autant qu'les intellos. J'les ai doublés en zigzaguant et en leur montrant une bouteille de Malibu. Ouais du Malibu monsieur qui boit plus. Ils m'ont pris en chasse. Avec la sirène. J'me suis arrêté. J'leur ai souri. J'suis aimable hein ! Ils ont souri ces gros cons. J'leur ai d'mandé s'ils voulaient une goutte. J'crois qu'ils m'ont r'connu. Et boum, boum, boum. Trois gouttes à zéro. Z'ont payé pour les pourris qui m'ont humilié. Z'ont même pas eu l'temps dégainer. Tuer c'est facile, aussi facile que braquer. J'fais des trous des p'tits trous, moi aussi j'peux chanter, vous faire tous chanter. Ouais, tuer c'est facile. Faut avoir le cran. Et j'vais butter un flic par année qui m'ont volé. Puis j'les ai finis d'une balle dans la tête, pour voir leur cervelle de porc exploser. J'les finirai tous comme ça. Ce s'ra ma signature. C'est moins con que ton ni âne ni violence. *C'est dans les prisons qu'on fabrique le crime, les Busson Troquet et bien d'autres Mécrimes.*

A dix-huit ans Jel avait lu *L'instinct de mort*, avait aimé, en avait récité des passages à Mathieu. Trust était leur tasse de thé. Il s'identifiait désormais à Jacques Mesrine, à un Mesrine sans la moindre morale.

- Mais j'retournerai jamais en zonzon. J'aurais jamais dû y aller. Si j'avais fini Singer et Durras i m'auraient jamais eu. Faut toujours finir les ordures. J'aurais dû suivre ma première idée. J'm'étais approché pour leur en mettre une et un canard m'a appelé, "allez on y va, laisse-les comme ça", j'étais trop bon en c'temps-là. J'l'ai écouté. Core un minable comme toi qu't'avais choisi. C'est toi la poisse. Le jour où j't'ai fait cette balafre, j'aurais mieux fait de t'la mettre entre les deux yeux. Ouais ducon, j'savais qu'il était chargé. On avait parlé d'Pat juste avant, on avait parlé d'Pat juste avant, t'avais dit "ouais, belle", alors j't'avais r'vu la baiser, car tu l'as baisée hein vieux salaud, j'avais eu envie de t'butter mais j'ai préféré t'marquer en vie. J'voulais qu'tu trembles à chaque fois qu'tu m'verras avec un flingue. Ouais, qu'est-ce que t'as fait l'jour de tes dix-huit balais ?

Heureusement Jel était assis. Il pâlit, ses joues tremblèrent, l'ex-acolyte n'était pas en état de remarquer ces émotions.

- Alors, tu réponds ou tu veux que j'te les sorte de la gueule, tes excuses. Réponds.

Après avoir respiré profondément par le nez, sur le ton de la causerie amicale, Jel voulut l'amadouer :

- C'est vieux.

- J'te d'mande pas d'baratin, j'te pose une question. C'est moi qui pose les questions. C'est moi l'juge d'intuition maint'nant. Alors qu'est-ce que t'as fait ?

- Bin, j'ai eu dix-huit ans.

- Tu veux que j'aille chercher un flingue ?

Je tire. Faut que je tire. Ça va mal finir. Il suffit de viser, appuyer sur la gâchette. Et tout finirait bien... J'y avais trop pensé. J'étais incapable d'agir, mes mains tremblaient. S'il va chercher un flingue, je tire.

- Qu'est-ce que t'as fait dans la chambre de Patricia ? Qu'est-ce que t'as fait dans la chambre de Patricia !

- On a parlé cinq minutes et j'suis parti.

- Parlé ouais. Après l'feuilleton j'suis allé la voir. Elle a pas voulu qu'on baise. Elle a même pas voulu que j'la touche. Pourtant elle aimait ça, la garce. Elle avait l'air bizarre. J'ai vu un long cheveu noir sur son oreiller. C'était forcément l'tien. J'lui ai d'mandé c'qui faisait et elle a piqué sa crise. Ses vieux sont arrivés avant que j'puisse vérifier si. Tu l'as baisée !... Réponds. Tu l'as baisée ?

- Comment tu peux penser ça ? Tu te souviens, Mat, j'avais toutes les filles que je voulais, tu te souviens, on avait dit jamais une fille entre nous, le premier qui l'a, l'autre n'y touche pas, les liens du sang, c'est sacré, frère.

- J'suis sûr que tu l'as baisée. J'en ai toujours été sûr. Ton baratin, j'y crois plus. C'est pour ça que j'suis pas allé au bahut après, j't'aurais cassé la gueule, j'aurais mieux fait. Tu l'as baisée. Et c'était pas la seule fois. Quand l'attaque a foiré ? T'étais avec. Hein ? T'étais avec ? Sinon, pourquoi elle aurait pris une journée. J'suis sûr que vous baisiez. C'est pour ça qu'j'étais énervé, c'est pour ça qu'j'ai r'tiré mes gants et qu'j'ai tiré, alors qu'on aurait pu s'barrer. Ouais, Michel i faisait l'guet i nous avait prévenu qui arrivaient. J'ai dit on les entend. J'voulais m'offrir un p'tit plaisir. Pour compenser. Les envoyer en l'air. Ouais c'est ta faute, tout c'qu'est arrivé. Et Patricia a eu c'qu'elle méritait. J'ai été trop con de m'faire du mouron à cause d'elle. Comme j'ai été trop con t'écouter en taule. J'aurais dû m'évader avec Polo, j'suis sûr qu'il est peinard aujourd'hui. Mais tu m'parlais d'avenir, d'ici, qu'ce s'rait bien. C'est bien pour toi, un déchet, un mort-vivant, un régénéré, mais y'a rien. Même pas un troquet. Que des vieux. Tu mérit'rais que j'en mette une aussi. Mais j't'offrirai pas c'plaisir. J'préfère t'voir crever à p'tit feu. T'as maigri, ça m'fait plaisir. Mais p't'être qu'ta p'tite pouffiasse. J'reviendrai. Vous pouvez m'attendre. Toi aussi, la pouffiasse, car j'suis sûr qu'tu m'écoutes, j'te baiserai puis mon flingue... puis boum. Et toi, tu r'garderas. Et après, j'irai déterrer l'autre et on verra c'qu'il en reste, devant toi, ordure. Comme ça j'les aurais toutes tes pouffiasses. Comme la Michèle, tu t'souviens, la grande pouffiasse, j'me la suis faite aussi, gratuit en plus, en souvenir de toi sûrement, alors que la madame ne travaille que sur rendez-vous, dans l'grand luxe, j'suis passé entre deux patrons, une vraie professionnelle. Tu vois, le Malabar, ça c'est un homme. Toi j'te prépare autre chose. Tu verras, y'en a là-dedans (l'index de la main droite pointé vers son front). Attendez-moi. J'ai l'temps, moi. J'ai la santé, moi. Mathieu, moi Dieu. Vous êtes à ma merci. Le monde entier est à ma merci. Le monde entier est à ma merci. Le monde entier... Enfin il partait. Mais il avait réussi, nous tremblions. Et ce fut l'escalade. "*Une bête fauve dans la région*" titra le quotidien que nous achetions désormais chaque matin, redoutant d'y retrouver ses frasques. Nous vivions calfeutrés, un fusil toujours à portée de main.

Exécutions sommaires de flics, attaques sanglantes de banques : dès qu'il se sentait en danger, il tirait. Et abattait de sang froid guichetiers, quidams ou automobilistes qui ne lui obéissaient pas scrupuleusement, les finissant toujours d'une balle dans la tête.

La police l'identifia rapidement. L'inspecteur Didier Denvers vint nous voir. Depuis cette *discussion*, soit cinq jours, Mathieu n'était pas repassé chez lui.

- Oui, je crois moi aussi que c'est lui. Il est devenu fou. Il veut entrer dans la légende du crime, et vous ne l'aurez pas vivant. Il vendra chèrement sa peau.

XI

Jean-Christophe Marion, le journaliste, demandait Jel ; il insistait, ce n'était pas son style.

- Pourriez-vous m'accorder l'exclusivité de vos réactions ?
- Sur quel sujet ?
- Vous ne savez pas encore ?
- Quoi ?
- Mathieu ?
- Quoi Mathieu ?
- Mathieu est tombé lors d'une attaque à main armée.
- Comment ?
- Ses complices avaient informé la police. Car mardi il a butté l'un d'eux, simplement parce qu'il voulait arrêter. Ça été un véritable carnage. Quand il s'est vu seul et cerné il a tiré, tuant sur le coup un policier ; puis il s'est réfugié à l'intérieur de la banque et a pris les quinze personnes qui s'y trouvaient en otages ; immédiatement, il en a exécuté trois en réclamant une voiture ; puis il a descendu d'une balle en pleine tête l'homme qui habitait juste en face de la banque et qui, de sa fenêtre, filmait la scène avec son caméscope ; quand une voiture s'est arrêtée à une dizaine de mètres de la porte, il est sorti avec un pistolet dans la bouche d'un otage, il a crié, "vous ne m'aurez jamais vivant", et a lancé une grenade sous une fourgonnette ; deux policiers sont morts et un troisième est dans un piteux état ; il s'est dirigé vers la voiture, en criant qu'il ne voulait plus voir un flic, alors, un tireur d'élite planqué sur un toit, sur ordre de l'inspecteur Denvers, lui a mis une

balle dans la tête ; Mathieu a encore réussi à appuyer sur la détente de son revolver mais la balle a traversé la joue de son otage, sans plus de dommage.
-
- Selon l'inspecteur Denvers, vous lui auriez affirmé qu'il n'aurait jamais eu monsieur Vasseur vivant.
- Ces propos n'engagent que son auteur... Mathieu est une victime du système carcéral. La justice, en mélangeant des jeunes influençables avec des caïds, devrait savoir ce qu'elle prépare. En prison, autour de lui, les propositions douteuses foisonnaient et devant lui, à la télé, des magouilleurs. La société paye son mépris de l'intelligence. La facture est salée. Brodez autour de ça. Je n'ai plus aucune déclaration à faire. Considérez que vous avez l'exclusivité de mes réactions, en souvenir du bon vieux temps.
- Si ce qu'on lui reproche est exact, vous savez sûrement que cette fois je ne le défendrai plus.
- Agissez en votre âme et conscience. Mais c'était un ami.
- Une dernière question, vous considérez-vous responsable de son attitude ?
- Responsable ? C'est absurde.

C'était un ami. Jel a longtemps considéré l'Amitié comme le sentiment le plus constant d'une vie. L'Amitié ? C'est quoi l'Amitié ? Don Quichotte et Sancho Pança ? Jules et Jim ? Grâce à l'absence d'épreuves quotidiennes, les Amitiés durent généralement plus longtemps que les Amours mais peu de relations humaines peuvent résister aux contingences du temps partagé, aux modifications des êtres qui vieillissent. Oui, Mathieu a été son ami, durant leur adolescence.

XII

Jel avait activé le haut-parleur, je me suis assise à sa droite. Ensuite je l'ai serré. Et, plusieurs minutes, nous restâmes ainsi, silencieux, abasourdis. Une larme glissa sur sa joue. Après le soulagement, la nausée.
- Comment a-t-il pu ? Tu n'avais pas le droit ! On était insouciants, un peu fous mais pas des monstres.
Il voulait réfléchir, comprendre l'incompréhensible. Ne pas être responsable de ça.

Même si après son arrestation à Reims, une cartomancienne avait fasciné les torchons populaires en l'affirmant astralement programmé... comme Jean Genet et Cyril Collard, son médiatique triptyque des rebelles nés un 19 décembre, rien ne prédestinait Mathieu à cette métamorphose en desperado sanguinaire, exécuteur public. De même, rien ne prédestinait le mari de Catherine, appelons-le Charles en souvenir d'un avenir en madame Bovary prédit à la lycéenne, à réifier puis abattre sa femme et le fruit de leurs entrailles. Pourquoi la folie, latente chez tout le monde, s'est, chez eux, soudain exprimée ?
Mathieu et Charles furent des humains comme les autres, mais aspirés dans le tourbillon d'un malheur où ils ne discernaient nulle issue vivable. En pareille circonstance, chacun préfère s'indigner, "réclamer justice", éviter de se souvenir que parfois, lui aussi, avec une jubilation certaine, s'imagine poignarder son chef ou découper sa femme et jeter les sacs plastiques bleus à la Seine. Mais le *citoyen respectable* n'est pas encore passé à l'acte faute du déclic nécessaire et suffisant. Ou faute de courage. L'Homme est souvent honnête par lâcheté.

Qui est le plus immoral, Mathieu quand il braquait ou le notable qui glisse une enveloppe sous la table à un élu pour pouvoir tranquillement faire son beurre sur le dos de la collectivité ? Le notable n'a même pas l'excuse de la pauvreté, nous l'avions, le notable, à l'abri du besoin, devrait montrer l'exemple, et ça se prétend honnête, ça nous traite de mauvais sujets, parasites, lâches, ça réclame presque l'échafaud.

Vedettes de faits divers, tout n'est que prétexte à ingurgiter des pubs aux cochons de téléspectateurs, Mathieu et Charles rejoindront le muséum du mal absolu, où trône Hitler, décrété plus grand criminel universel, et ses frères d'horreur ancrés sur des créneaux moins sensibles, Staline, Pol Pot, Mengistu...

Même si nous préférons l'occulter : tout individu recèle un Hitler potentiel. Nous préférons croire que chaque cœur recèle un Abbé Pierre et assimilons nos rêves de puissance aux conquêtes d'un Alexandre "le grand."

Une faille : comment déifier cet Alexandre et vouer aux gémonies les sanguinaires du vingtième siècle ? C'est peut-être cette mauvaise graine qui est réapparue au travers des siècles. Si le Bouddha peut se réincarner en plusieurs enveloppes, les despotes aussi. Seuls des moyens restreints retinrent le macédonien d'exterminer en grand nombre. Comme tous les despotes, le pouvoir et la gloire l'obnubilaient : s'il avait disposé de missiles, il les aurait utilisés. Tous les bâtisseurs d'empires ont méprisé le bas peuple. En chacun l'attraction d'un Hitler et d'un Saint Benoît Labre s'opposent ; l'immense majorité se stabilisent au milieu, classés ni bons ni mauvais, encore capables du pire comme du meilleur. L'aquarelliste raté aussi aurait pu être l'un de ces ni bons ni mauvais. Peut-être est-ce l'humiliation d'être un piètre peintre qui orienta sa course vers l'horreur. Les venimeux sont des frustrés.

Par associations d'idées, l'interpella la fondamentale question des responsabilités : Mathieu et Charles, coupables ou victimes ? Coupables évidemment, ils auraient pu, auraient dû, savoir s'arrêter, se contrôler, ne pas facturer à d'autres leurs problèmes (comme Hitler factura au monde sa médiocrité artistique, comme chacun facture souvent ses échecs). Mais la société ne sort pas indemne de cette recherche en responsabilités : c'est elle qui a érigé les idéaux (le truand, l'homme viril) auxquels ils se sont identifiés...

Une civilisation qui se suicide, avec images exclusives ou reconstitution virtuelle dès le vingt heures : les serials killers hantent l'Amérique, les enfants assassins refleurissent, terroristes, révisionnistes, sont des stars, l'eau et l'air des denrées de luxe...

Avoir procréé dans un monde aussi cruel, est-ce excusable ?

Et seul l'aveuglement put aviver le désir d'une œuvre : à quoi bon se survivre, envier une vénération, le respect dans trois siècles, alors qu'un millénaire représente un millimètre sur l'échelle universelle et que tout sera oublié, les bons, les méchants, les monstres, Hitler, l'Abbé Pierre, le fanatique suffisamment répugné par la vie terrestre pour ouvrir la guerre atomique...

Jel vacillait...

Nous ne sommes rien. J'ai voulu donner un sens à ma vie mais quel sens peut avoir une vie. Heureusement l'Amour. L'Amour console notre insignifiance, accorde l'illusion d'éternité, de liberté, rend vivable l'intolérable.

Je comprenais cette peine, ce séisme interne, Jel ne sera jamais serein face à la condition humaine, j'écoutais silencieuse ces thèses apocalyptiques, ces rapprochements contestables, en lui serrant la main gauche : ce geste le subjugua, devint, pour son raisonnement agité, plus important que la vie des millions d'innocents, forcément innocents, sacrifiés durant l'année.

- De mon adolescence, ne reste plus personne. Trente ans et déjà sans amarres. Exit parents, Mathieu, Catherine, Patricia. Ai-je vraiment porté la poisse ? Suis-je Satan ? Maudite recherche de Liberté. C'est ça, l'échec. La mort ou la médiocrité. La liberté, c'est avoir de l'argent, si t'en as pas t'as beau avoir des idées, disait ma mère. Chercher la Liberté dans le fric, la promotion sociale, c'est toujours être du maillon de la même chaîne, celle tenue par les exploiteurs qui affirment "vous faites quelque chose d'important pour le pays", l'agriculture, mamelle de la France, les ouvriers héros de l'ère industrielle, les bureaucrates propulsent l'Europe dans le vingt-et-unième siècle... Tous de la même chaîne. Pour maintenir les gens à leur place. La Liberté, c'est déjà comprendre. Ne plus penser par l'argent. Je sais, c'est facile dans notre cas de prétendre que l'argent ne doit pas être le moteur de la vie. Mais nous pouvons vivre avec un minimum très bas, Claude ne chante-t-il pas *Quelques centaines de francs par mois* ? L'euro n'est pas la Liberté. J'ai toujours cherché des Libertés sociales, je n'aurais pu être libre que par rapport au social dans lequel je me fondais. J'étais dans le social comme dans la caverne de Platon. Liberté, j'ignorais tant de Toi. Lolita, toi qui sais écrire, toi qui n'as pas perdu de temps dans les impasses du paraître, dans la recherche des inutiles récompenses, toi qui sais si bien saisir la vérité derrière le brouillard, raconte, pas comme moi j'ai essayé de le faire avant d'abandonner, pas pour me peindre plus beau que j'ai été, à ma manière j'ai aussi été un monstre, parfois, pas toujours quand même, je te raconterai ; pas pour me rendre attachant ni sympathique mais pour essayer de ridiculiser les faux dieux, les valeurs pacotilles devant lesquelles la jeunesse se prosterne comme je me suis avili. Que mon échec au moins soit utile. Oui j'ai échoué. J'ai essayé de chercher et j'ai perdu mon temps tandis que toi tu étudiais. Si quelques personnes se reprennent, ce sera déjà bien. La Littérature sert à cela, créer des personnages plus vrais que nature, auxquels les déboussolés peuvent se rattacher, comme je me suis souvent sorti de la honte grâce à Etienne.

J'abandonne toute ambition littéraire, j'aurais voulu être le philosophe d'une époque qui ne sait pas encore que son salut est dans la philosophie, je manque de références, de volonté aussi sûrement, mais toi qui as tout lu, tout digéré, raconte, permets-moi de tourner ces pages. Imprimée, la vérité ne me traumatisera peut-être plus. Et tant pis si la justice réclame des explications. Si tu le veux bien, nous allons quitter ce pays, vivre une autre vie dans une autre civilisation, en Inde, puisque tu te sens là-bas chez toi, proche des montagnes sacrées. Là-bas je comprendrai mieux tout ce que peut m'apporter ce Bouddhisme dont, grâce à Toi, je me rapproche un peu plus chaque jour, je veux marcher sur la route des Lumières, le Noble Sentier aux huit branches : Vues justes, Volonté juste, Parole juste, Action juste, Moyens d'existence justes, Effort juste, Attention juste, Méditation juste. Tu vois je connais les noms. Mais derrière les mots il y a la vérité, la Liberté.

En hédoniste j'achèverai ma traversée de cette vallée de larmes. Je ne veux plus rien réparer des fautes que j'ai commises, l'oubli se chargera du jugement. Je ne veux plus courir derrière des erreurs, je veux renaître. Carpe Diem. A chaque jour suffit sa peine. La vérité sort de la bouche du survivant effondré.

Il faut plusieurs naissances à l'Homme pour être vraiment de ce monde, celle du désespoir assumé étant essentielle, cher ami.

XIII

Le lendemain, dès l'aurore, l'inspecteur Denvers sonnait, nous n'avions rien à dire.

- Moi, j'ai à vous parler. Mathieu Vasseur, après avoir lancé la grenade qui a tué trois de mes hommes, a sorti de sa poche une feuille, qu'il tenait à la main quand j'ai donné l'ordre de l'abattre. Sur cette feuille il écrit que vous êtes responsable de son attitude, que c'est vous qui lui avez dit de tuer une personne par année qu'il a perdu en prison.

- Vous ne croyez quand même pas ça !

- Moi non, mais certains vont le croire. Cette feuille a été vue par les nombreux journalistes qui se trouvaient sur place. Je tenais à vous prévenir avant... avant que l'enquête officielle vous demande sûrement de vous expliquer.

Une certaine presse livrait notre adresse à la vindicte populaire. Le soir même *le château* fut pris d'assaut, l'ancien puits, où nous parvînmes à nous réfugier, nous sauva la vie.

Les assaillants nous crurent absents, ne partirent qu'après avoir pillé le maximum et provoqué un incendie.

La police arriva au petit jour, nous osions enfin quitter cette cachette, et apprenions que l'escouade était ensuite passée chez Mathilde, découpée en autant de morceaux que son frère fit de victimes, les filles furent décapitées.

- Nous n'avons plus qu'une chose à faire dans ce pays : faire transférer Sybille, près de sa mère.

Les autorisations furent signées le jour même. Les administrations comprenaient notre empressement. Cinq hommes assuraient notre protection rapprochée. Une dernière fois, il voulut revoir Huclier, et me montrer où il a grandi.

Le transfert, "dans la plus grande discrétion", s'effectua le jeudi matin, Jel planta un pied de fraises et un de framboises jaunes devant le marbre, le soir même nous (Jel, Corentin, Corinne et moi) atterrissions à New Delhi, Daw, une *amie*, nous y attendait.

XIV

Le lundi suivant je débutais mon travail de romancière, j'avais les références (le précieux CD, récupéré à la banque, traversa les frontières dans l'attaché-case offert par sa mère à Jel), la puissance créatrice et la volonté.

Mon père (qui vieillit seul et chauve, l'effet boomerang), en voulant me punir m'a sauvé. Nouvel exemple, rarement les conséquences des actes des parents sont celles escomptées quand aucune réflexion à long terme ne les guide.

L'aumônier bibliothécaire fut un vrai père, sévère, mais d'une sévérité teintée à la bonté, et toujours disponible pour l'expliquer. Il nous fit étudier, sans sectarisme, les classiques, les philosophes des divers courants de pensée.

A l'âge où le cerveau emmagasine prodigieusement, le mien n'eut pas la possibilité de se disperser dans "les plaisirs." Tant d'occasions de réfléchir au sujet de la *Liberté*, pour en conclure qu'il faut être passé par une contrainte, avoir eu envie de se libérer, par la connaissance forcément, se libérer plus que de la contrainte, se libérer totalement, pour enfin goûter l'élixir chéri. Ainsi Jel ne peut être libre : une nécessité intérieure le maintient derrière les barreaux de son enfance. La "société occidentale" a vaguement intériorisé ce phénomène et proclame sa vénération d'une jeunesse qui doit être "libre", le même mot mais galvaudé, on ne change pas les mots mais leur sens, libre de consommer, s'aveugler pour finir petits robots productifs et malléables. De tels marmots sont choyés par les grandes multinationales. C'est beau une planète qui joue au football ! Et forcément divinisés (la clé du portefeuille d'actifs déboussolés). Mais comment lutter contre ce conditionnement, "même la morale parle pour eux", tellement des dirigés furent martyrisés, tellement d'adultes sont incapables de montrer l'exemple. Seuls les enfants des parents lucides peuvent subir les pressions salvatrices. Les autres doivent affronter les murs, c'est ainsi que se forgent les destins.

XV

La symbolique de ce livre m'émerveilla : je romançais la vie de l'homme dont je portais l'enfant ; j'allais donner deux naissances.

Lamaï est née le seize janvier. Est-ce Sybille revenue ?

Jour après jour l'étude et le yoga essayaient de nous rendre meilleurs, la lumière entrait par les fissures. Mon idéal du couple prenait forme, idéal né de lectures et réflexions en chambrette : ne plus être des sources de joie réciproques, ne plus être de la "vie humaine moderne", ce marché du bonheur qu'on donne à condition d'en recevoir, vivre en communion spirituelle, effleurer l'autre rive, le nirvana.

Mais Jel n'est pas d'Orient. La France lui manqua. Et les événements, l'empêchaient de rêver en paix. Il voulait être utile, faire quelque chose pour son pays. Je pensais : encore et toujours être quelqu'un, décidément je ne réussirai jamais à te guérir.

Il est donc parti, livrer des armes à la Résistance - *je suis trafiquant d'armes... moi aussi* -, en Espagne, base retranchée des Démocrates. Grâce à Internet, durant deux mois j'eus des messages réguliers. Il s'insérait dans le réseau Moulin. Sa dernière lettre répétait son bonheur d'avoir retrouvé Yves, Yves dont il n'aurait jamais cru la force d'un héros, Yves qu'il glorifiait. Et il m'enviait, d'être détachée des passions, sur le chemin du savoir, le seul qui vaille, *"moi je n'ai jamais su lire, j'ai lu, pour dire d'avoir lu, sans jamais aller au cœur des choses. Cette route ne peut plus me conduire au sommet, le sommet tel que tu as réussi à me l'entendre, la connaissance globale. Je ne suis pas romancier, alors j'ai fait de ma vie un roman, Lolita, ne l'oublie jamais. Quoi qu'il arrive ne l'oublie jamais, ne m'oublie pas. Et sois le guide."*

Avec Yves il devait rentrer au pays.

Six mois d'attentes, six mois d'angoisses, pour la première fois ici le calme se refusait à moi, six mois et tant de nouvelles contradictoires, aucune information ne pouvait être certaine, le web français n'étant plus que propagande. On évoqua des prisons, les grottes du Quercy, les souterrains d'Amorville, un garage de Mantes-la-Jolie, la forêt de Fontainebleau, celle d'Hesdin. Seule certitude, ses chansons, celles qu'il m'avait envoyées pour les déposer, remuaient les lèvres des Résistants, furent de la fête, la victoire des forces Démocratiques Européennes. Yves fut élevé au rang de héros national, tombé au combat. Et Jel ne figure sur aucun registre, disparu.

Nous n'avons qu'une vie, ainsi c'est sûr, c'est pourquoi il nous faut essayer d'en vivre plusieurs, aimait-il répéter face à mes certitudes Bouddhistes. Le sentiment de ne plus rien avoir à prouver, l'envie d'assister incognito à son propre mythe, d'observer ces gens qui ne le regardaient même pas l'encenser, la conviction que je suis, comme il le répéta trop souvent, le meilleur guide possible pour Corentin, Corinne et Lamaï, chaque jour j'essayais de me convaincre qu'il avait voulu vivre une autre vie, et qu'il reviendrait, voir si j'ai été à la hauteur.

J'espérais trouver un indice sur son adresse électronique. Mais quel pouvait en être le code d'accès en lecture ? Corentin, Corinne, Huclier, Indien, Tracteur...

Découvrir ce sésame éclaira son départ précipité ; il m'a fallu un an, et l'aide de Daw, pour penser à ISATROBELLE.

Les temps sont troubles. Les gens meurent sans que les autorités cherchent à savoir pourquoi ; mon mari est mort ; un coin de ton cerveau sait encore comment et pourquoi. Je suis en Espagne, libre pour Toi. Moi et les miens avons hérité, nous sommes à l'abri du besoin. Je suis donc totalement libre. Comme promis ce soir-là... Je t'attends à Cathagène, 37 Boulevard Fernando Pessoa. ISABELLE.

Tu crois donc avoir vécu plusieurs vies ? Tu es dans l'erreur quand tu crois ta petite Lolita suffisante pour Corentin, Corine et Lamaï. Le comprendras-tu ? Oseras-tu revenir, même avec Isabelle ? Tu sais qu'elle pourrait devenir mon amie particulière…

Novembre 1994 - Décembre 1997

RUE
GUSTAVE SINDOU
RÉDACTEUR PRINCIPAL AUX IMPÔTS
CO-AUTEUR D'OUVRAGES
SUR LA FISCALITÉ

JARDIN
PAUL VIOLLETTE
1878 - 1957

ARTISTE PEINTRE
LOCALEMENT CONNU

Un minuscule jardin, derrière l'église, à Frayssinet, inauguré en mai 2011.

Un âne peut en cacher un autre

Passer de l'autre côté ?

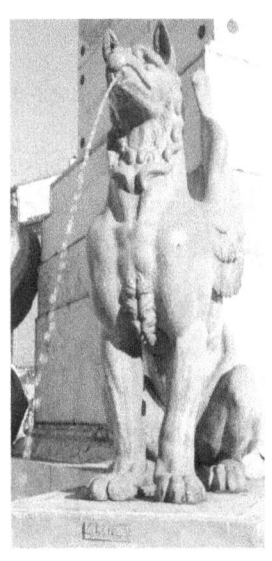

Le roman
de la
révolution numérique

Hors Goncourt

Un roman policier, un roman d'amour ? Certes une intrigue policière, des morts, des meurtres, de la vengeance, des femmes, des hommes, des couples, des amants, des trahisons, Aubervilliers, le Quercy. Mais il s'agit d'un « véritable roman littéraire », bien plus exigeant que les textes habituellement classés en « romans policiers », qui plus est depuis la déferlante numérique... Ni bluette ni hémoglobine road : roman !

Présentation

Vie, gloire et disparition d'un OVNI de la littérature française, Kader Terns.
Il faut l'oser, le terme "littérature", dans son cas. Mais il fut tellement employé ! Littérature numérique, postmoderne, brute, d'après le roman, de banlieue, de tablettes, décomposée, rappée, bloguée, néo-impressionniste, irrésumable, dans toute sa cruauté...

Après son "incroyable succès", le petit caïd du 9-3 était descendu dans le Lot pour m'y rencontrer. Je devais rédiger ses mémoires, statut peu glorieux du nègre. Il faut bien bouffer ! Surtout quand on vit avec une femme qui se croit obligée d'envoyer cinq cents euros par mois à Djibouti. "*Comment je avoir été meilleure vente Amazon Kindle*", il tenait absolument à ce titre.
Ni lui ni moi, lors de cet entretien banal et bâclé, n'aurions pu imaginer que nos vieilles pierres, nos sentiers et notre calme s'incrustaient en lui au point qu'il revienne y restaurer une ruine. Nadège, il l'avait piégée, elle l'a suivi...

Kader et Nadège, Amina et moi : le bonheur à la campagne... Il n'en fut rien !...

Je n'ai rien d'un enquêteur et c'est uniquement par sentiment de vengeance (peu honorable, oui, d'accord...) si j'ai cherché une sombre histoire derrière un stupide accident.

Nadège et le fils de Carlo ont avoué. Quand débutera le "grand procès", les médias se jetteront sur l'affaire, qu'ils ignorent totalement. Pauvre Kader, déjà oublié, forcément remplacé. « *Il a suscité de nombreuses vocations...* »
C'est tellement inattendu, insoupçonnable. Pas une fuite, même dans leur *Dépêche du Midi*. Eu égard à mon décisif apport, l'inspecteur se croit tenu de m'informer, naturellement en off. Peut-être uniquement car sa résidence secondaire n'est qu'à douze kilomètres. Si je laissais tranquillement faire, j'aurais sûrement droit à une légion d'honneur, avec au moins Christiane Taubira à Montcuq, peut-être même François Hollande. L'état, même socialiste, a besoin de héros ! Surtout dans le sud-ouest ! Ils sont tous tellement impressionnés par mon sens de la justice... je n'allais quand même pas leur raconter comment Carlo a bousillé mes dernières illusions d'Amour en 2010...

Machine judiciaire et univers médiatique m'en voudront sûrement de les devancer, en balançant les clés qu'ils auraient pris tellement de plaisir à dévoiler au compte-gouttes. Je suis écrivain. Qui plus est j'ai besoin d'écrire, après deux années de blocages, en lecture comme écriture. J'ai besoin de publier, faute d'une bourse d'écriture de la région. À chacun son boulot, son exutoire, son combat. Je suis sûrement plus doué pour raconter ma vie que pour la vivre... Un Amour béton... Lequel ? Amina et moi ? Nadège et Kader ? Dix-neuf jours Nadège et moi avons également pensé posséder la formule magique…

Enfin, c'est ce que j'ai cru, à un moment, encore récemment, quand ce récit était quasiment achevé. Mais tout va si vite, parfois.

Il faudrait tout raturer ? Tout réécrire à chaque fois que la vie rééclaire le passé ? Comme les autres, je me suis laissé emporter…

Avec dans les rôles principaux...

Kader Terns, a signé "*la vraie vie dans le 9-3*", best-seller numérique.
Nadège, sa compagne.
Stéphane Ternoise, peut-être le romancier.
Amina, sa compagne.

Marcel Hanin, vieux voisin.
L'inspecteur Delattre.
Sabine, mère de Nadège.
Le notaire.
Jan Jongbloed, artisan local.

Pablo, ex de Nadège.
Carlo, père de Pablo.
Anaïs, "correctrice" de "*la vraie vie dans le 9-3.*"
Kagera, meilleure amie d'Amina.
Bertrand, ex mari d'Amina.

Adam, frère aîné disparu de Kader.

I-A

Personne ne l'a contredit, Kader Terns, le premier "auteur" français ayant annoncé "*j'ai vendu 10 000 ebooks sur Amazon.fr*". Un petit caïd du 9-3, entré dans le jeu sans le moindre souci littéraire, juste par défi, et finalement "nous" passant devant, nous qui avions tant espéré et rêvé quand le géant américain ouvrit enfin sa boutique numérique, commercialisa son Kindle dans l'hexagone. L'espoir d'une révolution numérique.

- T'es louf, j'aurais balancé au marabout qui m'aurait prédit que littérature et bétonnière allaient rentrer dans ma vie ! Je ne lui aurais même pas offert une bière !

Tout ça pour Nadège, finalement. Cherchez la femme derrière la vie des hommes... Sauf chez les homos, ça va de soit... aurait sûrement ajouté Brassens… et encore !, aurait-il peut-être précisé… Plus tristement : la femme n'est parfois qu'un objet de standing…

- La littérature, c'est comme la délinquance : faut savoir s'organiser. Un vrai chef, des potes dévoués, et chacun suit le plan. Les initiatives qui s'excusent ensuite d'un timide "*je croyais bien faire*", tout le monde doit s'être bien enfoncé dans la tête, qu'il n'aura pas l'occasion de recommencer, l'écervelé coupable d'une malencontreuse bévue...

De son "autobiographie", Kader en a simplement connu ces trois phrases. Insatisfaction totale, presque jusqu'à la rupture de contrat !
- Nadège me l'a lu, le début, de ton truc. Je lui ai dit "*arrête, donne-moi ça, il faut que je lui en cause.*" J'ai des doutes, mec. C'est trop différent de "*la vraie vie dans le 9-3.*" Anaïs avait su revoir mon texte sans le déformer, comme elle disait. Elle m'avait également lu son premier paragraphe, et tout de suite j'ai su que c'était bon "*O.K., nickel, c'est exactement ça*". J'avais pas eu besoin de perdre des heures avec le reste. Mais toi, tu déformes tout, ça se voit tout de suite. Tu veux faire ton écrivain ! Tu comprends, merde ? C'est fini, votre littérature de papier, les gens veulent que ça clashe.

Encore aujourd'hui, je reste bien incapable d'expliquer ce qu'il entendait par une littérature qui clashe. Mais il adorait cette expression « que ça clashe » ! Je lui avais déjà demandé le rapport avec "Clash" mais il n'avait jamais entendu parler de ce groupe.
« - Que ça clashe, tout le monde comprend !
- Un clash, oui. Mais la littérature qui clashe ?
- Tu comprendras quand tu auras vraiment commencé à écrire !
- J'aime bien comprendre les choses que j'écris.
- Chacun comprend à sa façon un livre, c'est Anaïs qui le disait, donc c'est vrai ! T'es pas d'accord ?
- Naturellement, mais l'auteur doit également maîtriser son style, surtout quand il est au service d'une star.
- T'inquiète pas mec, si ça clashe pas, je m'en apercevrai tout de suite. »
Inutile de revenir sur la définition du terme. Peut-être du "moderne", pompeusement appelé « pulp » par d'autres, sans exigence d'avoir lu Charles Bukowski, encore moins Céline…

J'étais là, devant lui, sans la moindre idée traduisible en mots. Même avec le recul, aucune réponse adaptée ne me vient. Face à mon silence, sûrement considéré comme celui d'un lieutenant fautif, il a sorti de la pochette droite de son bleu de travail une feuille blanche pliée en huit, l'a tranquillement posée sur la table en teck, utilisant son coude droit pour l'aplanir... Puis débuta la lecture d'un mauvais élève de CM1 :

- "*La littérature, c'est comme la délinquance : faut savoir s'organiser. Un vrai chef, des potes dévoués, et chacun suit le plan.*" Jusque là OK, ça passe encore, c'est la réalité. J'aurais pas dû la laisser continuer. Car attend, "*les initiatives qui s'excusent ensuite d'un timide*", tu me vois, tu m'imagines, lors de l'adaptation au cinéma, sortir des âneries pareilles ? Et ton "*l'écervelé coupable d'une malencontreuse bévue*" ?

Je connaissais naturellement cet incipit : dans sa bouche "*écervelé*" et "*malencontreuse*" furent totalement incompréhensibles. Quelque part j'avais pitié, pour lui mais également pour la littérature, ces journalistes, blogueurs, chroniqueurs, twitteurs, facebookeurs qui s'étaient crus obligés de conseiller l'achat de "son" ebook, certes sans l'avoir lu, uniquement pour sa présence en tête des meilleures ventes, le plus souvent avec un lien d'affiliation et uniquement quelques mots modifiés par rapport à la présentation officielle copiée collée. Tout le monde veut sa part du gâteau ! Quelques centimes de commission ou un clic sur une pub google adsense. Je ne pouvais même pas me mettre en colère ni lui répondre. J'avais juste besoin du fric de cette prestation d'écriture. J'ai même pensé "s'il m'emmerde, je lui griffonnerai du charabia comme sa vie du 9-3 et basta !"

- Tu déformes, comme disait Anaïs, tu comprends ? Tu fais du truc de prof. Je suis certain que ça doit plaire à ton Amina-les-belles-phrases. Même son mioche elle veut qu'il cause comme un intello ! Il tiendrait pas huit jours dans un vrai bahut ! Je t'ai embauché pour que ça ait de la gueule, pas pour faire du Ternoise. C'est moi qui paye ! C'est mon nom qui sera à la une. Chez Amazon, ils m'attendent, je suis leur écrivain vedette. Je ne t'ai pas demandé une rédaction style Louis XVI, on est en 2012 !

C'est sûrement sa référence à ma compagne qui déclencha malgré tout une réponse. Ou son « *rédaction style Louis XVI.* » J'ai failli éclater de rire. Oui, sûrement est-ce pour retenir cette réaction spontanée, qu'il aurait mal interprétée, que des phrases anodines sont venues. Il était parfois tellement drôle sans le vouloir, en shaker mélangeant tout et n'importe quoi, sans se soucier de l'apparence ni du goût du charabia obtenu.

- Je te rassure : ça n'a rien à voir avec ce que t'écrirait Amina. Si tu veux, tu la prends à l'essai ! Elle a toujours prétendu qu'elle écrirait des livres mais il ne faut jamais la croire !

- Ça va de plus en plus mal entre vous ?

- La grande dérive !... Depuis que je sais ce qu'il s'est réellement passé à Addis-Abeba, finalement tout le reste fut dérisoire... Quand tu caches l'impardonnable puis que tu le maquilles, le jour où il est découvert, tu peux donner tout l'amour de la terre, on sait très bien que c'est uniquement pour te faire pardonner... Tu sais, Anaïs avait 15 ans. Et même si elle a réalisé un boulot remarquable pour une fille de cet âge, tu m'as demandé une autobiographie, quelque chose qui se lira vraiment, qui restera.

- Oh, après tout, je ne veux pas t'ajouter des problèmes supplémentaires, tu sais ce que tu fais, sûrement, et j'en ai plus rien à foutre de ces conneries de livres.

Il souriait, observait l'effet de sa conclusion, en acteur qui surjoue toujours. Je me demande bien quel air il a pu me trouver. Je pensais à ma chère Amina, à Nadège, mes difficultés avec les femmes, cette succession d'échecs. Je voulais simplement abréger cette conversation, retraverser la forêt, attendre 14 heures. Qu'il me laisse écrire tranquillement son inutile récit ! Il enchaîna :

- Ce qui me botte, c'est retaper cet endroit et que Nadège me fasse le plus beau des gosses... Je l'aime, oui je comprends ce que ça veut dire, aimer quelqu'un, vouloir être heureux, et elle m'aime. Je me suis rangé. De tout (il sourirait). Enfin presque ! (Nadège m'avait confié sa livraison à Toulouse, ses cinq cents billets de cent euros de bénéfices). C'est bizarre, on se connaît depuis peu mais y'a qu'à toi que je peux me confier comme ça. Alors, place aux jeunes ! Pour moi, tu vois, j'ai trouvé ce que je cherchais dans la délinquance : le fric pour me payer ce petit coin de paradis au soleil, pour y vivre peinard avec une superbe nana. Je ne l'aurais jamais cru mais c'est ce silence que j'aime. J'ai l'impression que les oiseaux me parlent. J'ai gagné assez pour vivre tranquille jusqu'à la retraite. Je m'en fous de l'esbroufe, finalement, la Mercedes pour narguer les flics, les kalachnikovs dans les caves, ce genre de trucs, qui te font rêver quand tu as douze ans et que ton grand frère pour la première fois te laisse le suivre. Tout le monde devrait avoir cette ambition d'un coin tranquille pour y vivre sans se prendre la tête. Boire de bonnes bières, manger du foie gras et de la brioche, baiser et s'endormir sans soucis, qu'est-ce que c'est simple le bonheur.

Parfois il me surprenait ! Confucius réincarné après passage par la case truand ! Un mec sauvé par l'amour ? Mais je savais bien que tant qu'il le pourrait, il resterait un petit caïd fier de gagner en quelques heures ce que les "honnêtes gens" n'obtenaient même pas durant une année. Il avait un nom, une situation, dans "le milieu." Mais l'Amour, oui, peut, un instant, détourner même d'une voie sans issue. J'étais bien placé pour savoir qu'il s'illusionnait sur ce sujet... "comme on s'illusionne tous", pensais-je une énième fois. L'état réel de son couple me renvoyait à mes propres blessures, incohérences, ce séisme quand la sainte laissa entrevoir sa tunique de femelle sans scrupule sous ses habits de musulmane donc intègre, fidèle, douce et tout le baratin dont elle m'avait abreuvé, surtout par mail et skype il est vrai...

C'était un mardi, le 3 avril, 2012. Vers 10 heures. La bière vidée, j'ai retraversé la forêt. Il me reste en tête la drôle d'idée passée durant les dernières gorgées : « avec la baguette magique de ma grand-mère, la solution serait rapide ». Je me suis souvent demandé depuis, s'il me fallait revisiter ma vie avec une telle possibilité de tout arranger, s'il me faut tout bloquer, "oublier", assumer en le réécrivant, pour débuter un "nouveau livre", une autre vie, sans le poids du passé qui semble m'entraîner à revivre les "mêmes enthousiasmes", les "mêmes échecs", naturellement avec des apparences différentes au quotidien. Et je ne l'ai plus revu, Kader. J'allais écrire "je ne l'ai plus revu vivant." Mais puis-je vraiment considérer ce que j'ai vu le lendemain comme "un jeune homme mort" ?

I-B

Je n'ai rien enregistré, je notais. Pas l'envie de devoir réécouter un tel baragouinage. Cinq minutes de son charabia, je les traduisais le plus souvent en quelques mots français sans « que ouais », « yeah », « tu vois », « tu m'suis »… Aujourd'hui, je suis bien incapable de retrouver la moindre de ses vraies explications, si on peut appeler ainsi des mots enfilés les uns derrière les autres, sans verbe, ou alors à la conjugaison incohérente. Il me rappelait Alphonse, de l'école communale mais lui était considéré handicapé, du langage. Mariage entre cousins. Tandis que Kader semble avoir été "le chef d'une bande redoutable", des mecs qui s'exprimaient tous ainsi. « Oui, c'est dramatique, et je ne voyais vraiment pas l'utilité de mon boulot dans un tel milieu ! Ils sont incapables d'une réelle discussion. Kader, c'est un as, par rapport à ses lieutenants comme il les appelle… Des hommes d'une force incroyable avec une expression qui oscille entre le CM1 et celle du truand des séries américaines. J'étais là pour leur réinsertion mais tout aurait été à reprendre depuis l'école maternelle… et pourtant ces mecs-là arnaquent des types avec bac plus cinq qui se traînent presque à leurs pieds pour en avoir de la bonne. Ils roulent dans des bolides comme les happy-few de Neuilly. Ça peut te sembler incroyable mais c'est également la France… je suis tombée là, dans cette cité, quand ma mère a dû vendre notre maison dont elle ne pouvait plus rembourser seule le prêt, après la disparition de son mari ; alors elle a acheté ce qu'elle pouvait… Vu de là-bas, c'était encore le coin des bourges, à deux pas des tours... » (Nadège)
À les écouter, l'impression de grands cayons s'incrustait dans ma tête… et pas seulement entre cette cité et le Quercy.
Un pays fragmenté, où le communautarisme conflictuel finirait par s'installer… J'en avais d'ailleurs

les prémisses devant les yeux, dans ce canton de résidences secondaires où régulièrement des bandes venues s'y fondre discrètement étaient démantelées après des dizaines de cambriolages, le plus souvent, heureusement, mais pour combien de temps encore, chez les friqués.

Rentré, je me suis bizarrement assoupi dans le canapé et Nadège, vers 14 heures, m'y réveilla...

La suite de son "autobiographie", il n'en aurait pas plus aimé le style. À vrai dire, je ne l'appréciais pas non plus. Jamais je n'aurais pu créer un tel personnage. Ça m'embêtait cette limite du réel, cette nécessité de "rédiger." Je me faisais l'effet d'un journaliste, un simple interviewer, du genre entretiens de Martin Malvy avec Jean-Christophe Giesbert et Marc Teynier pour un livre inutile mais je l'espère pour eux correctement rémunéré. J'avais lu ce "document" quand le Président du Conseil Régional me fit répondre qu'effectivement je n'étais pas un écrivain pour le Centre Régional des Lettres. Deux euros et dix centimes sur Priceminister, ça ne valait pas plus ce « *Des racines, des combats et des rêves* » qui me servirait à argumenter sur la question de déontologie du grand homme quand il publia une nouvelle contribution chez un éditeur toulousain auquel le montant des aides versées par la région me reste inconnu. Certains interrogent Malvy d'autres Terns, et tout cela multiplie le nombre des livres inutiles au point que les lectrices et lecteurs sont incapables de remarquer tout texte digne de la postérité. Il semble bien exister une volonté de noyer dans la masse tout écrivain refusant de se soumettre au système dans lequel il peut être récompensé s'il accepte de montrer le bon exemple aux jeunes...

- Je ne vais pas vous barber avec des histoires du 9-3, l'essentiel est connu. Un jour j'ai bousculé ce que vous appelez la littérature française, et ça, depuis Céline, ça n'était pas arrivé. Même Michel Houellebecq et Christine Angot, mes chers collègues, n'ont qu'ébranlé le mur du style. Je sais que le pourquoi et surtout le comment de ce truc, ça vous intéresse. Je ne reviendrai donc pas sur ma vie d'avant, sauf naturellement si elle peut vous permettre de mieux comprendre comment je suis passé devant Gallimard, Grasset, Flammarion et les plumitifs qui avaient préparé un plan bien carré pour gagner à cette grande loterie de la nouveauté numérique. Vous voyez, je connais même les noms de la concurrence, moi l'écrivain indépendant, le KPM, Kindle Publishing Man. J'adore, le KPM, Kader Publishing Magic, fan de NTM, sur la photo avec NKM, yeah !...

"*Même Michel Houellebecq et Christine Angot... n'ont qu'ébranlé le mur du style.*" J'avais souri en le traduisant ainsi. Parfois, ça m'amusait ce job, ça me semblait tellement irréel, ridicule, grotesque. Une remarque de Lucia Etxebarria dans "*Amour, prozac et autres curiosités*" me servait de viatique, de garde-fou : « *Maintenant, je suis serveuse. Au bar, je gagne plus que ce que je gagnais dans ce bureau, et j'ai les matinées pour moi, pour moi seule, et pour moi le temps libre vaut plus que le meilleur salaire du monde. Je ne regrette absolument pas ma décision, et jamais, au grand jamais, je ne retournerais travailler dans une multinationale. Plutôt devenir pute.* »
Si elle avait rédigé en français, aurait-elle utilisé « devenir » ou « faire » ? Marianne Millon, la traductrice, a considéré que dans notre belle langue il convient d'éviter au maximum les "faire" ? Mais "faire" n'est pas être pour de vrai. Le « devenir » de Lucia Etxebarria me semble plus proche de mon faire le nègre, faire la pute littéraire, un ménage.
À faire le nègre, on le devient ? On prend le style, la bassesse de la fonction ? On accepte ce rôle confortable, sans risque et correctement rémunéré ? À livrer une marchandise dont on ne sera pas responsable, est-on écrivain ? Celui qui met le doigt dans l'engrenage finira broyé par le système ? "Nègre une fois, pas deux" fut mon tantra de ces derniers jours d'attente du printemps.
Gagner trois ans de tranquillité en me laissant aller... finalement, dans mon échec, j'avais acquis une certaine notoriété pour qu'un tel plan me soit proposé. De la même manière que je tenais en vendant parfois 250 euros un lien sur blog-amour.net, à insérer dans un article anodin où doit figurer "site de

rencontres" en ancre. La même logique de totale déconnexion entre le travail réel et l'argent obtenu sévit également dans ma marginalité. Bosser deux ans sur un roman pour en vendre 92 exemplaires à 1 euro 99, soit même pas cent euros de recette auteur, ou passer à la caisse des prestations de ce genre… Je me souviens surtout d'une lourde fatigue, qui m'est tombée dessus en retraversant la forêt mais dans ma tête ce sujet tournait : encore un exemple au quotidien d'une logique mondiale ; nos petites vies reproduisent des schémas sociétaux, comme la tyrannie dans un couple rejoue celle d'une société ; chacun à son niveau expérimente des logiques mondiales, ayons le courage de l'admettre ; ce n'est pas nouveau : tandis que Van Gogh croyait en son génie, certains amassaient fortune et reconnaissance en commandes publiques et ventes médiatiques...

Amina souhaitait que je lui confie cet argent, promettant de l'utiliser pour embellir « *notre espace de vie.* » Elle considérait mon refus comme un « *manque de confiance.* » Un refus de plus, après celui de lui octroyer la moitié de la maison dans notre contrat de mariage. Je ne voulais pas devenir musulman, ne voulais pas lui donner une partie de cette modeste demeure pour qu'elle se sente vraiment chez elle, ne voulais pas la comprendre… Alors que le Bertrand, le bon blanc qui fut son mari, dont elle finit par vraiment divorcer début 2011, avait tout accepté ! Et pourtant, nous étions toujours ensemble…

I-C

Ce jour-là, mon brouillon se limitait encore à des séries de déclarations, plus ou moins fumeuses, naturellement francisées, parfois des dialogues. Je prévoyais d'insérer des paragraphes d'explications. Mais cet habillage ne me semble plus nécessaire maintenant qu'il s'agit de ma propre optique, celle du "roman de Kader", le regard d'un écrivain, un écrivain inconnu mais réel, n'en déplaise aux Martin Malvy et aux Gérard Amigues de la terre, sur un phénomène éditorial, sur une victime finalement. J'ai eu besoin de relire Paul Auster, ses passages sur le hasard, pour reprendre ce texte. Pourquoi ai-je été embarqué dans cette histoire qui ne me concernait nullement et brusquement m'a assigné un rôle de lien entre des personnes dont la rencontre relevait déjà de l'improbable ? Secousses qui pourraient bouleverser mes convictions ? Certes pas au point de penser qu'un Dieu existe et s'amuse avec moi. Je n'aurais ni cette prétention ni cette faiblesse. Si Amina me lit un jour, je l'imagine bien s'arrêter pour simplement murmurer "il ne changera jamais, même ce signe d'Allah il le rejette par orgueil, sa maudite prétention à se croire supérieur aux autres au point de ne pas vouloir croire en Dieu." Oui, madame la sophiste et ses « *nos pires fautes, Dieu nous les pardonne, quand nous le lui demandons avec une entière humilité. Croire en lui, c'est l'essentiel, c'est ce qu'il te faut comprendre. Nous devons accepter nos fautes, lui demander pardon, et nous engager à vivre désormais dans sa voie. Nous devons nous soumettre à sa puissance... L'important c'est de croire. Et de reconnaître nos erreurs.* » C'est avec ce genre d'arguments que malgré la confession de « *graves fautes de jeunesse* », elle réussit à gagner ma totale confiance fin 2008. Elle avait certes trahi, encore récemment, son mari mais avec moi jamais elle ne commettrait pareille vilenie. « *Croix de bois, croix de fer, si je mens je vais en enfer... Paul Préboist, Gaston Deferre...* », j'avais fredonné une fois. « *Il n'y a pas de croix chez les musulmans* » fut sa réplique. Puis je lui avais expliqué Renaud, qu'elle considéra niveau CM2 en cette occasion. Il n'y comprenait rien à l'amour, le Bertrand. D'ailleurs il avait commis une faute impardonnable en omettant de lui souhaiter leur anniversaire de mariage puis en se justifiant en la comparant à un portable considéré merveilleux à l'achat mais auquel on n'accorde plus grande attention après six ans. Six ans, c'était alors l'âge de leur mariage. Certes elle jubilait déjà avec un amant, c'est ensuite, en relisant ses mails que je l'ai compris. C'était sûrement un autre sujet ! Pour l'heure, en 2008 – 2009, j'étais l'homme parfait, sauf l'indispensable nécessité de ma conversion avant notre inégalable bonheur sous un même toit. Aujourd'hui, je me demande si elle y croyait vraiment en ses belles envolées lyriques ou si elle y recourait pour toujours se donner bonne conscience, faire table rase du passé et jubiler, sans comprendre que l'on puisse lui en vouloir ?

- Comme dans la délinquance, c'est chacun son territoire. Je leur ai laissé les tables des libraires, ils m'ont laissé les tablettes. Ils n'ont pas vraiment réagi à ma percée médiatique. Je ne suis pas dupe, pour eux également, je suis un naze. De toute manière, ils ne m'ont pas lu. Je suis l'opportuniste qui a su profiter du système, le croisement numérique de Djamel Debouze et Michel Houellebecq, j'adore ce titre des *Inrocks*. Dans chaque pays un inconnu réussit à s'imposer. Ça ne change rien au système mais au moins ça permet à quelqu'un de devenir une star. Pour moi, être star dans le pays, c'est une suite logique. Je le suis depuis si longtemps dans la cité. Gamin déjà, j'étais le petit-frère d'Adam le magnifique...

Oui, ce mec qui n'a même pas écrit une ligne de son torchon illisible, conceptualisait, analysait, à l'ombre, devant moi qui avais publié cinq romans et surtout des essais avec finalement des observations similaires, les pensant très iconoclastes... Mais elles n'étaient qu'évidences, et dans mon cas raisonnements purement intellectuels, inutiles, alors que sans grande phrase il avait compris les rapports de force en présence et utilisé la petite ouverture, sans scrupule ni état d'âme, avec en tête un seul objectif : la première place du classement des ventes d'Amazon. Ensuite, les critiques que je pensais indispensables d'obtenir avec la qualité de mes écrits, il les a accumulées uniquement par sa place de leader des ventes. Je l'avais pourtant martelé que nos vénérables chroniqueurs – orthographiant parfois vén(ér)a(b)les - recopient les dossiers de presse, baratinent par simple copinage et ils ont bêtement retranscrit le classement, consacré le "lauréat" ! Le public avait forcément raison. Vendre c'est gagner ! Exit le jugement critique, le titulaire d'une carte de presse rapporte des faits ! Comme s'il avait le temps de lire des livres !

L'époque ne peut plus nourrir un journalisme d'investigation donc même *Le Monde* s'est adapté au « journalisme d'accompagnement » (quand même plus honorable que « couché »). Au service des installés, de l'oligarchie, les politiques, les géants commerciaux, les sportifs, les artistes. Tous à l'affut des dépêches de l'AFP. Si des électeurs votent pour un candidat, l'honorable notable doit l'accompagner comme il brode sur les grands événements, "analyse" les résultats de Michelin ou Lagardère. Donc dans le domaine littéraire, un professionnel de la réécriture des communiqués de presse. Un rôle essentiel chez les éditeurs : l'attachée de presse, qui ne doit pas hésiter à utiliser des arguments personnels pour obtenir de la surface médiatique.

Vous rêviez de comprendre le monde ? Commencez par personnaliser une dépêche de l'AFP !

Mais tout cela est connu de qui veut le connaître et les autres s'en foutent. J'avais cru utile de le dénoncer alors que les vedettes de ce système le concèdent, balancent parfois au détour d'un article insipide ou, le plus souvent, quand un confrère les interroge, interview audio… Ils ne sont même pas accusés de ne pas savoir tenir leur langue ni de se tirer une balle dans le pied : c'est ainsi, la France est ainsi, on ne peut rien y changer. De toute manière nul n'accorde de réelle attention à ce genre de propos. J'ai cru pouvoir être l'homme du « changement c'est maintenant » mais sûrement suis-je trop dans la sincérité pour que le moindre de mes cris puisse atteindre même quelques milliers d'oreilles.

Plus je l'écoutais, plus je me sentais dégoûté : elles avaient servi à quoi mes analyses désillusionnées sur cet univers médiatico-littéraire ? Ce sont justement ces illusions qui m'ont maintenu aux portes du top 100 ! Ai-je cru au réveil des médias ? Qu'ils fonctionneraient autrement au premier choc de l'ebook ?

Ai-je vraiment cru en la révolution numérique ? Oui, je dois me l'avouer. Alors qu'il s'agit, pour l'instant, d'une simple étape dans la domination par les éditeurs du monde de l'édition, péripétie où les libraires traditionnels disparaîtront mais l'essentiel sera préservé : les grands groupes continueront à tenir les écrivains en tenant les médias. Équilibrisme reposant sur la vanité où les chroniqueurs servent la soupe aux poulains lancés, complaisance leur permettant de figurer dans la grande écurie avec leurs livres inutiles. Les écrivains pourraient calligraphier « stop » sur leurs sites. Les "honorables titulaires d'une carte de presse" pourraient tout stopper. Et pourtant c'est encore, encore, encore…

"*Ils ne m'ont pas lu*" : on ne lit pas la concurrence, on la surveille ! On observe ses méthodes. Oui, il avait compris. Et ne s'était pas embêté avec des questions de style. Seul le titre comptait, ce fut sa trouvaille, enfin même pas, plutôt celle d'Anaïs *: "la vraie vie dans le 9-3"* et il suffisait aux besogneux rédacteurs pour broder, quand ce n'était pas raconter tout autre chose, soutenir ou dégommer la politique du gouvernement ou du précédent. Il a gagné, comme Stéphane Hessel, comme Marc Levy, comme Philippe Sollers, comme Christine Angot, au point que dans une feuille sérieuse, "*Philippe Forest, écrivain*" (il se présente ainsi) puisse chroniquer au premier degré et sans susciter le moindre tir de moquerie, le bouquin "*Une semaine de vacances*" en débutant par : « *À juste titre, on dit souvent d'un vrai roman qu'il est irrésumable, car en rendre compte sous une forme autre que celle que son auteur a choisie revient précisément à défaire ce que celui-ci a voulu faire. C'est particulièrement le cas avec le nouveau livre de Christine Angot.* »
Les mêmes termes analysent très bien l'œuvre de mon ex-employeur : « *À juste titre, on dit souvent d'un vrai roman qu'il est irrésumable, car en rendre compte sous une forme autre que celle que son auteur a choisie revient précisément à défaire ce que celui-ci a voulu faire. C'est particulièrement le cas avec le premier livre de Kader Terns.* »
"*Philippe Forest, écrivain*" pouvait néanmoins compléter son grand travail au service du lectorat francophone dans *Le Monde des Livres* : « *Disons simplement qu'*Une semaine de vacances *réécrit* L'Inceste *(Stock, 1999), le plus célèbre des romans de Christine Angot.* » Un roman déjà digne de figurer dans la longue liste des irrésumables où ranger "*la vraie vie dans le 9-3*" s'impose. Un roman sentimental, un roman policier, un roman historique ? Bien mieux que cela, monsieur Utopie : un roman irrésumable !
Ce fut certes l'exigence de James Joyce. Mais il n'est pas nécessaire d'avoir lu *Ulysse* pour prétendre entrer dans ce rayon voué à déborder ! (déjà bien rempli même par les "éditeurs traditionnels")
En consultant cette presse d'accompagnement, je déniche quand même dans *Rue89*… et ce n'est sûrement pas un hasard que ce soit dans un support sans histoire papier même s'il fut englouti par le *NouvelObs*… une référence à Stéphane Hessel : « *comme le vieil homme, monsieur Kader Terns suscite des achats de sympathie, portés par un bon titre et un statut de symbole inattaquable, consensuel. Certes, de l'ancien résistant au jeune quasi-délinquant la distance est bien plus grande que de Matignon à l'Elysée mais l'un et l'autre représentent des stéréotypes, ces cases qu'affectionne tellement notre société dans son besoin de repères depuis la disparition ou radicalisation des religions et la chute du communisme.* » Signé Jean-Christophe Marion. Des raccourcis contestables mais un rapprochement louable.

« - Peu importent les méthodes. Les éditeurs n'aiment pas qu'on aille fouiner dans leurs affaires, que ce soit l'Europe ou le gouvernement américain sur une possible entente sur les tarifs ou les prix littéraires. Ils n'ont donc pas cherché, officiellement, à comprendre comment le p'tit mec du 9-3 a

grillé les milliers d'auteurs plus ou moins littéraires qui se sont lancés dans cette grande loterie, cette course à la gloire que fut l'arrivée du Kindle en France. Je sais bien, Stéph, que tu aurais nettement plus que moi mérité d'être l'écrivain de la révolution numérique. Nadège le prétend. Il paraît que t'écris nettement mieux que son ex, qui n'était qu'un scribouillard prétentieux comme elle m'a dit, si ça peut te faire plaisir. Paraît que les vrais écrivains vivent surtout de compliments !
- Pourquoi, elle m'a lu ?
- Eh oui, c'est elle qui a acheté l'unique exemplaire que tu as vendu ! Mais non, je rigole, Stéphane... Ça te va très bien le rôle du romancier inconnu, peut-être que pour tes 70 ans tu auras une juste récompense de ton talent, "une juste récompense de ton talent", ça t'étonne comme expression mais c'est encore de Nadège. Mais elle est comme toi, elle n'a rien pigé à la logique de cette grande loterie : la qualité, c'est has-been, le style je t'en parle même pas ! D'ailleurs, même avant moi, ce que lisent les gens, ce sont des traductions vite faites, Harlequin et compagnie, parce que les américains savent raconter des histoires. Les gens veulent des histoires qui les sortent de leur quotidien. La qualité, votre qualité, ce n'est plus qu'une marotte pour des académiciens qui n'ont rien à dire donc prétendent que le style fait l'œuvre !
- J'avais compris mais je n'ai pas eu le culot d'en tirer les bonnes conclusions.
- En fait, tu as eu peur qu'écrire un livre de merde, complètement louf, ça te poursuive toute ta vie ! Alors que moi, ils peuvent dégommer mes phrases prétendues incompréhensibles, je m'en fous, et en plus ça n'empêche pas les gens d'acheter car s'ils me trouvent à côté de la plaque, ils n'oseront plus l'avouer, car l'avouer ce serait reconnaître leur jugement bourgeois, leur incapacité à comprendre la banlieue, donc le monde actuel. C'est comme votre vieille chanson française et le rap. Vos vieilles radios ne voulaient pas en entendre parler du rap, comme vos vieux libraires refusent le numérique. Résultat, les gens ont voulu du rap, ils l'ont eu et Joey Starr a détrôné Cabrel Goldman et Tino Rossi. »

I-E

Nadège lui lisait tout ce qui paraissait sur lui, il adorait regarder les photos et les titres. Il cachait derrière la désinvolture un réel problème de lecture. Peut-être en souffrait-il, finalement. Il lui demandait toujours son avis avant de m'en parler. Nos expressions, englouties dans son immense shaker, ressortaient de manière aléatoire sans la moindre conscience visible de les replacer devant leur auteur. Ce qui dénote au moins un réel intérêt pour ce sujet et notre place dans sa vie. Rien d'étonnant, certes : télévisions, radios, web et proches constituent pour la majorité un réservoir à expressions et idées-reçues... Mais passé le stade du sympathique, cette méthode shaker sombrait dans le risible.
Pourtant, il ajoutait souvent une touche personnelle, une logique implacable. Il expliquait ainsi facilement mon échec. Mais ses propos ne m'étaient d'aucun service : je continuerai à croire en la littérature, même dans un monde qui ne la mérite pas. Car finalement, Milan Kundera, Philip Roth, Paul Auster, Philippe Djian sont lus... et tant d'autres ne sont qu'achetés. Comme un pro devant un amateur, un boxeur face à un sac, il me balançait :
- Ton problème, c'est que tu as voulu faire de la littérature, tu as réfléchi à tout ce folklore, à comment séduire un lectorat et des médias, alors qu'une seule chose est importante : comment arriver en tête du classement. L'argent amène l'argent, les ventes amènent les ventes. Tu es comme les autres : tu ne sais pas analyser une situation et y répondre comme si ta vie en dépendait. L'école de la rue, tu vois, c'est ça qu'elle t'apprend : comment gagner. Car si tu perds, t'es un perdant, tu vois, comme toi ! Et tu le restes toute ta vie.

Les chroniqueurs auraient pu lui accorder une once de Bernard Tapie : gagner !

« - Je me doute bien qu'ils ont employé leurs fouineurs pour assimiler ma méthode dans le but de la reproduire à plus grande échelle. Moi aussi, j'ai observé les grands frères avant de devenir le boss. Et j'ai compris leurs erreurs. C'est pourquoi tu me vois ici, vivant. Et si je me confie à toi, je te montre même quelques faiblesses, c'est parce que t'es un mec différent, hors-jeu. M'en veux pas, mais t'es hors du jeu et même un peu hors-jeu, tu n'arriveras sûrement à rien car tu n'es pas prêt à accepter le monde tel qu'il est. Pour le dominer, le monde, il faut d'abord le comprendre et accepter de ne pas chercher à le changer. Juste en profiter. Ce n'est pas moi qui ai créé la banlieue, je suis juste arrivé là, j'ai observé et j'ai décidé d'être le patron. Alors que toi, tu voudrais changer le monde de l'édition, rien que ça ! Les révolutionnaires ne deviennent jamais riches ! Et c'est quand ils sont morts qu'on les glorifie. Même les bobos portent le tee-shirt du Che Guevara. Après ma mort, on peut m'oublier ! Moi ce que je veux c'est vivre dans le présent ! C'est parce que vous n'arrivez pas à réussir dans le présent que vous nous sortez des phrases du genre « l'histoire saura reconnaître mon talent ! » Foutaises que tout ça ! Faut que ça clashe ! Ça t'embête que je me serve toujours de toi comme exemple ?

- Il y a sûrement une part de vérité dans la manière dont les gens nous considèrent. Nous avons trois identités, celle dont les gens nous habillent, notre réputation, celle que nous croyons avoir et la notre réelle. Je crois que personne n'atteint vraiment l'état de grâce où il se ressent et se voit tel qu'il est vraiment.

- Tu m'expliqueras ça un jour en français, ça m'a l'air intéressant ! Mais je reviens à nos éditeurs. Pour eux, l'important n'est pas d'être le premier à avoir une bonne idée mais de parvenir à en tirer le maximum ! Alors que même le côté financier, je m'en foutais. Qu'est-ce que j'aurais fait avec deux mille, cinq mille ou même dix mille euros ? Je ne suis pas le seul à avoir essayé de magouiller ! Mais les autres ont manqué d'audace, de cohérence, et surtout d'entrainement au combat. Certains se gargarisaient de trois minutes à la télé ou 12 jours dans le Top 100. Il fallait un gagnant, il ne pouvait y avoir qu'un gagnant, « *un Amanda Hocking français* », toujours nos *Inrocks* dixit. Vous avez analysé ça, être l'Amanda Hocking français, vous avez même essayé de reproduire son cas mais vous aviez tout faux. Nous ne sommes pas aux states, la France n'est qu'un petit pays, que ce soit pour le trafic de drogue ou la lecture. Même le fric, il ne fallait pas y penser, mec ! Ni le fric ni le style, rien que le top du classement ! Et j'ai raison, on parle de réussite pour moi et d'échec pour toi. Pire, personne ne s'intéresse à ton échec ! »

J'aurais pu me lancer dans des analyses plus complexes, lui rétorquer que lui comme moi on cherche des solutions individuelles alors que Lagardère, Gallimard et les autres réfléchissent en terme global. Ils souhaitent un monde où les écrivains se retrouvent obligés de leur abandonner la plus grande partie des revenus de leur travail. Ils s'en foutent même que quelques marginaux réussissent après des années de combats, ou par hasard, à s'en sortir. Mais les aventuriers finissent toujours par être récupérés, de leur vivant ou après ! Astérix en est l'exemple le plus flagrant, finalement tombé dans l'escarcelle Hachette alors qu'Albert Uderzo avait créé en 1979 les éditions Albert René...

J'aurais pu lui répondre « ça sert à quoi ? » mais n'avais pas envie d'entendre de nouveau « *à baiser le plus beau cul du 9-3, mec !* » Et de toute manière, je n'étais pas non plus certain de mes propres motivations. Ni pour le fric ni pour la reconnaissance d'une œuvre qui de toute manière n'existait pas. Il m'avait déjà raconté le pourquoi du comment. Après tout, Germaine de Staël concéda « *en cherchant la gloire, j'ai toujours espéré qu'elle me ferait aimer.* » Je cherche autre chose que l'Amour ? Je lui résumais néanmoins et il sembla réellement m'écouter :

« - J'accepte cet échec, je l'admets, tu sais. Je n'attends rien de plus que de grappiller chaque année le minimum pour vivre, même sous le seuil de pauvreté officiel. Tu sais bien que je n'aurais pas signé ton contrat sans cette nécessité financière. Si Martin Malvy n'avait pas bloqué mon dossier de bourse au Centre Régional des Lettres, je n'aurais pas eu besoin de ce fric cette année. J'aurais pu ajouter quelques titres… Mais je reste persuadé que dans cette voie j'ai une possibilité d'atteindre ce que je cherche, l'œuvre majeure. Et même aujourd'hui, je reste assez prétentieux, orgueilleux si tu veux, pour croire qu'il suffit d'un déclic pour que mes textes soient vraiment lus, exploités, le théâtre par des troupes, les chansons par des interprètes...

- Si c'est ce que tu cherches ! Mais franchement, je n'en vois pas l'intérêt ! D'ailleurs, pas un journaliste ne s'intéresse à ce genre de trip ! Au Moyen-âge, peut-être, c'est ce qui semblait important, de vendre des livres, quand y'avait ni télé ni radio. Mais aujourd'hui ! On dirait que tu n'as pas compris qu'on est en 2012 !

- Je pense avoir intériorisé qu'à chaque époque il y eut des artistes qui cherchaient simplement à plaire pour réussir, entre guillemets, et d'autres pour lesquels l'art répondait à un besoin existentiel. Je ne sais pas pourquoi mais je crois que je suis de ce côté-là. Peut-être à cause de l'enfance, oui. Même Amina semble incapable de comprendre ce besoin existentiel.

- Existentiel ! Tu sais, avec des mots pareils, ils t'inviteront jamais à la télé. Même Jean-Pierre Pernaut n'emploie jamais ces mots d'intellectuels. Il sait bien qu'on changerait de chaîne ! Les chroniqueurs sont des gens normaux, tu sais ! Pas des intellectuels ! Ils sont même sympas, le plus souvent. »

Ah les « *gros niqueurs* » comme on les appelle dans le sud-ouest, sûrement l'effet de l'accent... Petite anecdote racontée par l'as des bluffeurs :

- "*La littérature est un combat, une guerre, avec de l'intox et des snippers. Je me mets à théoriser, employer le mot littérature comme si j'avais lu Michel Houellebecq, Frédéric Beigbeder, Honoré de Balzac et Marcel Prost.*" *Oui, en interview ! Je le sais maintenant, que l'écrivain s'appelle Marcel Proust. Mais durant mon enfance, Alain Prost m'a tellement bercé en tournant des heures dans la télé avec sa voiture rouge, que je l'ai commis, disons ce lapsus, en interview. Nadège avait été géniale. Elle est intervenue "arrête de déconner Kader, monsieur va croire que tu confonds Alain Prost et Marcel Proust ! Il ne sait pas forcément que c'est une de nos blagues, Marcel Prost." J'avais enchaîné. L'improvisation, c'est mon grand talent. Ouais, y'a du Djamel Debouze en moi. "Je suis certain que monsieur avait compris, même s'il n'a pas fréquenté notre école de la rue du Génial de Gaule !*"

Oui, l'art de se faire des complices, des potes, des amis. Y'avait de l'Amina dans ce mec. Même totalement incompétente sur un sujet, elle peut te donner une leçon, rien qu'avec la tchatche, le sourire. Ce mec m'était sympathique mais de plus en plus il m'apparaissait comme un versant masculin d'Amina. J'ai même pensé : un jour elle le séduira, lui expliquera la nécessité de retrouver ses « racines » (même si, à sa connaissance, jamais personne parmi ses ancêtres ne s'est préoccupé de religion) et il se convertira, prêchera, écumera les plateaux avec son baratin d'Abdel Malik de l'ebook. Ce scénario m'aurait sûrement apporté d'autres genres d'ennuis !

II Nadège

- Nadège. Ah Nadège ! Avoue, vous n'aviez jamais vu une femme comme ça, au village ! Le vieux, ses yeux en sortent de sa tête. Je peux tout lui demander ! « Avec plaisir ! Avec plaisir ! » Mais le plaisir est pour moi !

- Elle me prenait pour un naze, forcément, un type qui suit le parcours de réinsertion uniquement pour éviter la case prison mais continue naturellement à trafiquer... et comme les autres tombera vraiment un jour... ça c'est ce que vous pensez tous, qu'on ne peut pas magouiller une vie entière en passant entre les mailles de votre filet. Y'en a qui meurent sans avoir connu l'autre côté des barreaux ! Et ce sont eux, nos vrais modèles. Faut pas croire que la prison nous forme ! Ça c'est ce qu'on raconte aux médias pour vous donner mauvaise conscience. Si vous enfermez un jeune, vous en ferez un caïd ! On veut tous devenir des caïds, c'est dans la nature humaine. Même toi, mec, tu veux devenir un caïd de la littérature, c'est une autre face du kaléidoscope ! C'est juste une question de créneau. Si tu avais eu la chance d'être le petit frère d'Adam, tu serais sûrement à ma place.

- Ça se voyait, qu'elle n'y croyait pas non plus, à la main tendue de la société qui va récupérer un jeune homme dans le bizness depuis presque deux décennies. Ouais mec, j'ai débuté dans la carrière vers 7 ans, c'était juste de la surveillance, genre appuyer sur un bouton quand déboule une voiture de flics...

- Avant le début de l'affaire Kindle, je n'ai jamais loupé un rendez-vous dans le bureau de Nadège. Elle me prenait le soir, à 17 heures 30, pour éviter que je reste toute l'après-midi. Mais je m'en foutais, j'arrivais dès l'ouverture. Sauf la première fois, forcément ! J'avais rendez-vous à 10 heures 30, je me suis pointé vers 15. Et là, le choc ! Je sais bien que tous m'avaient juré qu'elle était canon, qu'ils ne pensaient qu'à la niquer. Quand elle a ouvert la bouche, je l'aurais violée ! Elle est sortie de son cabanon, c'était au tour de Farid... J'ai failli ne plus trouver les mots, moi, oui, j'étais intimidé !
« - Hein, Farid, que tu me laisses ton tour, j'avais rendez-vous à 10 heures 30 avec mademoiselle.
- Pas de problème, Kader, c'est toi le boss. »
Je sais, il n'aurait pas dû m'appeler ainsi chez l'ennemi. Mais y'avait Nadj devant nous, comme ils la surnommaient, les réinsérés sociaux. Je comprenais pourquoi, maintenant ! Je suis entré dans son bureau et je n'en suis ressorti qu'à 18 heures 30. Tous, Farid, Ahmed, Nico, Fred, Paulo, tous ont juré que ma présence ne les dérangeait pas, qu'ils n'avaient rien à me cacher. Et c'est vrai, qu'ils n'ont rien à me cacher. À 18 heures 30, elle a vraiment appuyé sur le bouton d'alerte, c'était pas de la rigolade, les keufs ont débarqué dans les trois minutes, gyrophares. Je leur ai expliqué que c'était juste de la drague, que j'étais amoureux, et tout, que je voulais l'inviter au restau, la baiser, et tout. Un flic lui a proposé de la raccompagner, elle a accepté. J'étais vert, elle est montée dans leur voiture ! Là, je me suis juré, parole de Kader, cette nana je lui ferai tout et en plus elle aimera ça.

- La violer dans le bureau, ça c'est un truc, je savais bien que c'était impossible. Tout le monde le savait. C'est le genre de connerie, jamais personne par ici, la ferait. Mais j'aurais facilement pu la violer un soir. Même de manière anonyme. C'aurait été facile de la faire embarquer et livrer dans une cave. Mais non ! Une nana comme ça, il faut que ça se donne vraiment. Bien sûr, si elle n'avait pas respecté sa parole quand on a parié, là elle y serait passée, et tout le quartier en aurait profité. Mais dès ce jour, elle n'a plus rencontré un seul problème. Tout le monde la saluait d'un aimable « bonjour, madame Terns. » Tu vois, j'ai tout de suite compris que c'est une fille, entre elle et moi c'est pour la vie. Il fallait entrer dans son jeu, ne surtout pas la contrarier, attendre la petite ouverture pour y placer un pied. C'est une fille qu'on baratine, qu'on séduit, qu'on drogue au besoin, mais qu'on ne viole pas, comme dirait l'autre.

L'autre de ce « *C'est une fille qu'on baratine, qu'on séduit, qu'on drogue au besoin, mais qu'on ne viole pas* », je sais désormais qu'il s'agit du père de Pablo, alors « ancien fiancé » de Nadège mais surtout le « Carlo d'Egyptair », remarqué par Amina le 9 décembre 2009 à l'aéroport du Caire, escale du vol Addis-Abeba - Paris.

- Son p'tit appareil dans son troisième tiroir ouvert, je l'ai immédiatement remarqué... déformation professionnelle : si elle en possède un, on en récupérera des tas dans les sacs des bobos, vous savez, ces sacs que les gamins me ramènent... non, si vous n'avez pas lu "ma première œuvre" vous l'ignorez... et c'est écrit noir sur blanc dans le contrat signé avec Amazon : dans ce récit je m'adresse au grand public, pas seulement à mes fidèles lectrices et lecteurs... Bref, c'est ainsi que j'ai découvert le Kindle... ma première réponse fut « c'est du chocolat ? » Mais je lui ai promis d'en acheter un, et le lendemain, bien fier, je revenais lui présenter mon joujou high-tech.

« - La livraison, c'est en 24 heures minimum, et encore, avec Chronopost.

- C'est un pote Chronopost !... Non... Je déconne... Tu ne vas pas me croire : ma mère, qui sait combien j'adore la littérature, m'en a offert un justement hier soir ! Mais j'ai besoin de toi, pour me conseiller en livres à acheter. On prend le *Kâmasûtra* pour l'essayer ce soir ? Tu vois, j'en connais des mots compliqués !

- Tu comptes vraiment lire !

- Si le titre me plaît, je peux tenir jusqu'à la cinquième phrase, c'est arrivé ! Avec le *Petit prince*, un cadeau de mon père, la dernière fois qu'il est passé. C'était en... non, je ne vais pas te faire pleurer sur mes histoires de famille, l'enfance difficile, le manque de repère et tout, il m'appelait « *mon petit prince* », mon vieux. Tu connais "*le petit prince*" ? d'un mec avec un nom à dormir dans les églises, le Saint-Esprit ! Lire ensemble le *Kâmasûtra*, à toi le texte, à moi ton corps, ça me tente vraiment, ma petite princesse ! Je t'appellerai toujours princesse.

- Ce n'est pas le genre de surnom qui me plaît. Et je te conseille même de ne jamais plus le réutiliser. »

- Jamais je ne l'ai rappelée princesse ; tu sais, les filles sont bizarres, donc parfois il faut les écouter. Un mec m'a expliqué, c'est à cause des hormones. Elles accordent de l'importance aux détails mais sur l'essentiel on en fait ce qu'on veut.

S'il m'avait fallu émettre un avis définitif sur le sujet, j'aurais opté pour le contraire. Et naturellement, je n'allais pas lui expliquer que 48 heures plus tôt, Nadège m'avait raconté, ce *princesse*... Ce terrible princesse qui me fit si mal quand moi également je l'ai pris dans la gueule avec les mails de ce Carlo à cette saleté d'Amina qui pourtant les mêmes jours continuait de m'écrire « mon Amour, tu me manques... »

- Là, dans les 12 mètres carrés réglementaires de mademoiselle la référente, l'idée de génie, quand elle me montre, avec un petit sourire narquois, déplaisant, la boutique Amazon Kindle, et ses meilleures ventes :

« Le jour où je suis là, tu couches avec moi ! »

Elle m'a regardé en souriant, j'avais le doigt sur son écran.

« - Tu veux dire, le jour où tu es en tête des ventes de la boutique Amazon Kindle !

- Bin ouais ! Tu m'as raconté, j'ai retenu, qu'on peut tous publier, avoir un bouquin là.

- Mais pour être là, comme tu dis, il faut que les gens achètent. Mon ami fut l'un des premiers à utiliser la plateforme d'autopublication d'Amazon en France, malheureusement sa nouvelle n'a pas encore trouvé son public.

- C'est un naze ton rital ! Je t'ai déjà dit de le passer par la fenêtre du sixième... Si tu veux, on s'en charge... Ouais, j'écris un livre, les gens achètent, et le jour où je suis là, number ONE, tu couches avec moi ! »

- Elle a souri, elle me prenait pour un naze, un naze parmi les nazes, alors qu'elle, elle croyait s'en sortir en étudiant, en continuant d'étudier le soir pour obtenir encore plus de diplômes et un jour décrocher le boulot où elle gagnerait en un mois ce qui s'empoche en quelques heures en fournissant aux bobos la poudre dont ils ont besoin pour calmer leur stress, les pauvres choux.

Elle réfléchissait. La question de coucher revenait dans la conversation au moins treize fois par rendez-vous. Elle a pensé me piéger, elle est donc entrée à pieds joints dans mon filet :

« - Si tu me promets, toi, de te mettre à écrire et de ne jamais plus me parler de coucher avant d'être numéro 1 des ventes !

- On se le promet, je n'en parle plus, quoique j'en meure d'envie, je pourrais pas obtenir un petit aperçu, là, juste ta bouche, ce serait déjà... T'as un truc que les autres n'ont pas... OK ? Et toi, le jour où je suis numéro 1, tu couches, là, ici, devant l'écran, et tu passes les nuits avec moi tant que je reste numéro 1. Promis ? Et après 30 jours, je te demande en mariage, on s'achète une maison à Neuilly, t'arrêtes ce boulot à la con, tu te consacres à l'écriture ma chérie et toi aussi tu deviendras number one. OK ? »

- Elle a souri, elle me prenait pour un naze. Le genre de sourire du vendeur de Conforama. Le genre de sourire qui signifie, je rentre dans ton jeu, car je n'ai rien à perdre. Elle hésitait quand même. Et c'est vraiment parce qu'elle a cru ne prendre aucun risque qu'il est sorti :
« - OK. »

- Je me suis approché, je lui ai tendu la main, et face au silence elle a fini par frapper dedans. Je suis parti. Sans même essayer de lui caresser les seins.
« - Ne t'inquiète pas si je loupe quelques rendez-vous, tu me notes présent, je suis un vrai écrivain, je m'enferme dans ma chambre. »

- Je n'avais aucune idée de la manière dont je pouvais réussir ce qui lui semblait impossible mais je savais que c'était ma seule chance de vraiment coucher avec elle. Jamais l'idée de la payer ne m'a traversé l'esprit : on ne paye pas une femme, on la prend. Sauf forcément celles dont c'est le métier... chacun son job.
- Eh ouais, moi, Kader, pour consommer Nadège sans la violer, je suis numéro un des ventes du Kindle, et depuis je câline la plus sublime des nanas du pays. Maintenant, je n'ai plus besoin de ça : elle est amoureuse, depuis mon contrat avec Amazon. Je crois qu'elle en a même oublié ce vrai naze de rital, son Pablo et leurs rêves à la con d'une vie bourgeoise en quartier résidentiel et grands voyages organisés. Elle est ma femme !

III Nègre

Kader venait de passer dans l'émission *Capital* du 19 février 2012, « *Kindle : la liseuse du XXIème siècle.* » J'avais lu son nom dans quelques tweets et commentaires, quand il m'a contacté, lundi 20 février à 15 heures 17, via www.ecrivain.pro.

« Salut Stéphane,
Je suis Kader Terns. Tu sais forcément qui je suis, l'auteur de « la vraie vie dans le 9-3. »
Tu sais écrire mais tu ne sais pas te vendre, alors que je suis bankable. Il faut qu'on se rencontre, et que tu écrives pour moi. Pour te montrer que ce n'est pas du bluff, que je ne contacte pas trente écrivains, je te fais un don de 500 euros sur ton paypal.
Kader, la star du Kindle. »

Je sais maintenant qu'il envoya son bras droit chez l'écrivain public qui venait de s'installer boulevard du Général De Gaulle à Aubervilliers, pour obtenir ce texte, expédié sur une adresse mail puis copié collé en remplaçant "Émile Zola" par "Kader Terns" et "l'argent" par "la vraie vie dans le 9-3."

« - Tu comprends, fallait pas que ce mec sache que moi Kader je cherchais un nègre ! Alors on a pris un nom au hasard dans la boutique Kindle, tu vois, on n'a pas fait d'études mais on connaît la vie ! Là, je suis sûr que tu n'y aurais jamais pensé ! Il ne faut jamais laisser de trace. Ni risquer de se faire remarquer lors d'un repérage.
- J'aurais aimé voir la tête de cet écrivain public !
- Un louf ! Un naze ! Il voulait rien comprendre. Farid a dû lui poser cent euros sur la table et lui expliquer trois fois le topo. Il ne comprenait rien ! »

Je n'avais pas jugé indispensable de l'informer de l'année de naissance de l'auteur des Rougon-Macquart.

Ce lundi 20, je lui ai répondu vers 19 heures, après en avoir discuté avec Amina, qui ne s'était pas rendue au collège, cause migraines. Le soir, elle m'a vraiment fait l'amour. Ça faisait bien six mois qu'elle n'avait pas pris pareille initiative. Oui, le mec me considérait comme un véritable écrivain. Non, je ne pouvais pas refuser sa proposition, être son nègre, c'était ma chance. De toute manière mes livres ne se vendent pas, ça ne sert à rien d'en rajouter d'autres... Cette expérience allait me permettre de progresser, écrire pour les autres c'est sûrement une bonne école, un des derniers prix Goncourt a d'ailleurs travaillé ainsi durant des décennies, et ça ne l'a pas empêché de réussir...

(« - Oui, Patrick Rambaud, prix Goncourt 1997 avec "*La Bataille*" mais n'oublie pas qu'il s'agissait d'un des journalistes du magazine "*Actuel*" et une personnalité du petit monde littéraire qui publiait également sous son nom chez Grasset de chez Lagardère ou sous pseudonymes, c'était un de ces petits apparatchiks de l'édition à cause desquels le système tient.
- Ne sois pas négatif ! Regarde le bon côté des choses. Ce mec a besoin de toi et tu as besoin de lui. Vous devez vous entendre. »)
Euphorique : j'allais devenir une forme de salarié de l'écriture, et finalement c'est ce qu'elle attendait de moi : un salaire fixe et des horaires.

48 heures plus tard, il débarquait. Je lui avais proposé de le prendre à la gare de Cahors mais il n'a pas voulu me déranger. Finalement, je lui ai donné rendez-vous au café du centre, à Montcuq. Il ne connaissait que ma boîte postale. L'inviter chez moi ? Jamais lors d'un premier rendez-vous avec une femme, qui plus est avec un type venant de là-haut !

- Ouais, moi la caillera du 9-3, à même pas vingt-cinq ans, mes mémoires intéressent : « *comment je avoir été meilleure vente Amazon Kindle* », ça s'appellera. De la littérature moderne, avec des phrases qui cognent, de la vitesse, de l'émotion, du vécu. Je veux que ça clashe. Les intellectuels passés par les écoles n'ont aucune chance : ils ont perdu le contact avec la réalité. Moi, je vais te donner la réalité, il te suffira de la noter.

- J'ai reçu d'Amazon un méga à-valoir pour mes mémoires ! Je suis l'Amanda Hocking français. Amazon voulait un contrat d'exclusivité, ils ont payé !

- Ma page facebook dépasse les 15 000 fans. Je suis acclamé dans la rue, je reçois des invitations de la mairie. Bientôt, j'aurai droit à TF1, le top, un dossier sur la banlieue qui réussit, qui croit aux nouvelles technologies, en l'avenir, quand les p'tits blancs moisissent repliés sur leur camembert et leurs livres en papier.

- Je l'ai promis, je vais refiler la recette, les ingrédients au gramme près. Donc j'avoue tout de suite, même si tu avais forcément deviné : j'étais loin des 10 000 quand j'ai annoncé ce "*chiffre qui fait rêver*" dixit même *Le Monde*... Ouais, la classe, les colonnes du *Monde* !... Avec même un super dessin de Pancho, super drôle, avec une étagère remplie de centaines de Kindle. Mais ça m'a permis de les atteindre ! Je sais bien qu'elle est connue cette technique, il suffit de prétendre une chose pour qu'elle se réalise. J'ai simplement été le meilleur cuisinier ! Le plus rapide ! On ne manipule pas de la même manière le top 50 des chansons à la con et le top 10 d'Amazon Kindle !

- Le contrat signé, j'ai posé la question : puis-je faire croire qu'un mec comme moi, n'est pas capable de raconter sa vie donc se paye un nègre, ce qui crée deux niveaux d'écriture et d'analyse ? Réponse « Vous êtes l'écrivain. Nous avons confiance en vous. Mais gardez le style que vos admirateurs adorent. »

J'avais parcouru, faute de pouvoir lire un tel ramassis sans queue ni tête « la vraie vie dans le 9-3 », toujours à 99 centimes sur Amazon. Oui Amina, avec cinq cents euros je pouvais m'acheter ce bouquin ! Et même t'en offrir un pour ton plaisir ! Puisque tu as la chance de posséder l'un des premiers Kindle vendus en France, cadeau d'anniversaire promis, finalement arrivé en octobre. Je ne pouvais donc pas imaginer que pour un tel résultat, il avait déjà utilisé deux nègres ! Ainsi ne le questionnais pas sur le véritable auteur de ce « best-seller. »

Fin mars, je lui ai demandé :

« - Tu la raconterais comment, notre première rencontre ?
- Montcuq ? C'est le trou du monde ! Je ne suis pas le premier à le remarquer, et ça ne te fait même pas rire ! C'est vrai que t'es un mec trop sérieux. »

Il ne pouvait pas s'empêcher, je crois. Etait-ce pour me taquiner, me tester ?... D'après Nadège, mes silences, ce « *sérieux* » le mettaient mal à l'aise. Il avait eu envie de me cogner « *comme ça, juste pour voir* » mais « *quelque chose le retient, le bloque* », et prétendait ignorer quoi. Néanmoins, le plus souvent, enchaînait par « *tu te rends compte, ce type est né la même année que mon père !* » Bizarre d'observer la réalité sous cet angle, mais j'avais effectivement vingt ans en 1988. Et j'aurais également pu avoir un enfant cette année-là. Ce fut d'ailleurs tout le bien que me souhaita Fano à la Saint-Sylvestre. Et durant des semaines elle me lança régulièrement son désir de maternité… J'avais beau lui répondre sur mon BTS à obtenir, un emploi à trouver, elle considérait inutile de se soucier de la manière dont on élèverait un marmot, qu'heureusement, avant, nul ne s'en préoccupait sinon personne n'en aurait eus ou tous les auraient tués à la naissance. Nous aurions pu avoir un enfant qui aurait l'âge de Kader… donc plus âgé que Nadège… Cette "révélation" me perturba mais elle le comprit immédiatement et m'apaisa…

« - Quelle aventure ! On ne peut pas croire que ça existe, en France, des endroits pareils. Un silence ! Même pas un avion ! T'as le temps de compter les voitures ! Enfin, sûrement que pour un écrivain, c'est un bled idéal. Le fou, après une bière, il a voulu me montrer des gariottes, des lavoirs, des pigeonniers. Qu'est-ce qu'il m'ennuyait avec ses vieilles pierres. Je ne sais pas pourquoi, je ne voulais pas le contrarier. Je savais que c'était lui, mon nègre. Et il fut très sensible à mon petit cadeau, oh juste une petite boîte à cigares, avec une enveloppe à l'intérieur, où il a découvert un bulletin du loto. Cinq bons numéros, ça entretient l'amitié ! Et non imposable ! Je ne lui ai donc pas demandé s'il acceptait ; il avait empoché l'enveloppe, avec un simple "merci". J'aurais apprécié un peu plus d'enthousiasme. Et quand je lui ai dit « donc, tu repars avec moi », il m'a sorti « OK pour signer un contrat, mais ma vie est ici, donc en précisant que nos échanges se dérouleront par skype ou le téléphone. » Ça m'a un peu dérangé qu'il ne souhaite pas se faire une opinion sur le terrain, voir la cave d'Anaïs, le bureau de Nadège, son appartement, le mien, le crématorium, l'ascenseur de la cité, la machine à écrire de Fatima... Un sauvage, ce mec ! Pourtant je l'ai assuré qu'il pouvait venir sans problème, que je lui accordais une protection 24 heures sur 24, qu'il n'aurait pas un souci. Que je mettais même dans son lit une super nana chaque soir s'il le voulait. Mais j'ai compris : moi non plus, je n'avais pas envie de revenir dans son Quercy et je lui avouais que toutes ses vieilles pierres me barbaient. « Tu es du béton, moi de la pierre », il m'a répondu. Alors on est repassé chez lui, il a cherché un modèle de contrat sur internet, on en a causé tandis qu'il arrangeait ses copier-coller, j'étais d'accord sur tout. Je peux même te dire que pour le fric, t'aurais demandé le double que tu l'aurais eu !
- Pourtant Amina m'a réprimandé. Elle a trouvé que j'avais exagéré, que j'avais profité de la situation.
- C'est vrai qu'elle a des relations bizarres avec le fric ! Rien que d'envoyer cinq cents euros par mois à Djibouti, elle est malade ! Ils se payent sa tête là-bas, ils ne lui donnent rien en échange. Pourquoi tu ne lui as pas expliqué « ok, je vous donne autant cette année, mais vous montez votre bizness et l'année prochaine vous vous débrouillez. »

- C'est un peu ma position, avec la formule qu'il vaut mieux apprendre quelqu'un à pêcher que de lui donner du poisson mais il paraît que je suis bien un européen, qui n'y comprend rien à leurs traditions... Que l'argent, ils en ont besoin pour manger, et que de toute manière dans sa famille on ne sait pas gérer un budget, une affaire, tenir un magasin... sa mère a essayé quand elle s'est retrouvée veuve mais elle accordait tellement facilement le crédit qu'elle était rarement payée et ne pouvait plus acheter aux fournisseurs. Elle y a dilapidé le mince capital hérité.

- Elle est malade, elle gagne mille deux cents euros, par mois, même pas par jour, et elle en envoie cinq cents. Si elle gagnait au loto aussi souvent que moi, je suis certain qu'elle aurait même pas un livret A plein.

- C'est haram le fric sur un compte. Encore plus s'il rapporte des intérêts. Les intérêts sont complètement haram ! Il faut donner, donner, donner... L'année dernière, avec les 1000 euros de pension alimentaire versée chaque mois par le père de son fils, plus son contrat de vacataire, c'était l'euphorie, sa mère a même pu terminer d'acquérir sa maison ! Comme elle se plaignait de l'état de ma vieille 205, j'ai quand même réussi à la persuader d'acheter une voiture. Ce fut une occasion, car le moment venu il ne lui restait plus que quatre mille euros ! Alors cette année, il faudrait que j'assume les fins de mois et paye l'électricité parce que madame il lui reste trois euros et que son salaire, elle l'attend mais promis le mois prochain, elle paiera ce qu'elle doit ! Puisqu'elle va toucher ses heures supplémentaires. Mais tout ça, même si là on en rit, ça résume sa vie : les promesses n'engagent que l'instant présent ! « *Oui, je le pensais à ce moment-là* » elle répond avec arrogance quand je lui rappelle ses propos, et le même scénario, sur tout, recommence, Amina les belles promesses, les mails lyriques... Je t'avoue que je n'en peux plus !

- Tu vois, j'ai trouvé la femme parfaite ! Elle prend dans le pot ce qu'elle veut mais elle se contente de peu. Si elle avait mon fric, ton Amina, sa mère pourrait s'acheter tout le riz de Djibouti !

- Mais il faudrait lui en renvoyer le mois suivant car les cousins, les cousins des cousins, les voisins, les voisins des voisins seraient passés pour qu'elle partage ! Paraît que les afars sont ainsi, c'est dans leurs coutumes mais ils commencent à s'apercevoir de leur marginalisation dans la société djiboutienne où les issas savent gérer un budget et faire des affaires. Mais sa fierté, c'est qu'il n'y a pas un afar dans la rue, car un afar sait qu'une porte lui est toujours ouverte tandis que chez les issas où l'entraide n'est pas aussi développée, des mendiants traînent. Elle reconnaît pourtant que ce système a ses limites, car des gens préfèrent vivre aux dépens des autres plutôt que de travailler et entretenir tout un tas de parasites. Alors chez les familles qui ont la chance de recevoir de l'argent de France c'est table ouverte !

- C'est pour ça qu'ils élèvent leurs filles comme de bonnes pouliches chargées de séduire le type blanc qui pourra nourrir toute une tribu, un de mes potes a failli se faire avoir ! Il y était militaire et au lieu de consommer ces petites beautés... car y'a pas à dire, elles sont mignonnes, il s'est amouraché... Le con, il s'est mis une balle dans la tête en jouant à la roulette russe ! Il croyait m'impressionner !

- Elle l'avait trouvé, le bon bougre, Amina. Mais à force de lire des histoires d'amour, elle a cru que c'était plus important que l'argent, l'amour. Et aujourd'hui, elle revient au principe de réalité de la fille aînée de là-bas, qui doit se sacrifier pour envoyer chaque mois son virement. Il faut souvent choisir dans la vie, entre vivre l'amour ou essayer de gagner du fric. J'ai cru qu'elle était tournée vers l'amour uniquement car celui qui était encore son mari s'occupait des questions pécuniaires. Mais quand elle s'est aperçue que je voulais bien apporter l'amour mais que pour l'argent il fallait qu'elle se débrouille... Argent ou amour... ou même ni l'un ni l'autre !

- Je suis pourtant l'exemple qu'on peut avoir les deux !

- Et pourtant tu es revenu dans ce Lot des vieilles pierres !

- Ouais, le plus surprenant, c'est qu'à peine retourné dans Nadège, je n'avais que tes vieilles pierres à la bouche. Le béton me sembla tout d'un coup triste. Faut dire, Nadège était toujours à me relancer

« *alors, c'est si beau que ça...* » Et toi et ta charmante compagne avez accepté de nous faire visiter le samedi. C'est vrai qu'elle est charmante, elle a toujours le mot aimable. Le vieux trouve que c'est une femme fantastique, pourtant il n'a jamais eu l'occasion de voir ses seins et encore moins le reste. Quand je lui ai demandé, il m'avait balancé « *c'est pas une femme comme ça, c'est une femme droite.* » T'inquiète pas, je ne lui ai rien raconté de Carlo et compagnie. Je crois qu'il désapprouve la tenue de Nadège même s'il ne peut pas s'empêcher de se rincer l'œil ! »

Quand Nadège m'avait confié sa version, je n'avais pu m'empêcher de la taquiner :
« - Les femmes sont terriblement manipulatrices et les hommes ne voient jamais rien !
- Les femmes, je ne sais pas. Mais depuis des années je cherche une manière de m'en sortir. M'en sortir vraiment. J'ai bien pensé à disparaître un matin pour refaire ma vie très loin mais je sais que ma mère ne s'en serait jamais remise. Et je crois que c'est devenu impossible avec les passeports, visas, cartes d'identité, les avis de recherche, de repartir de zéro ailleurs. J'ai bien pensé à lui expliquer à ma mère mais comment lui avouer tout ça ? Elle qui me croit tellement heureuse, qui s'est décarcassée pour me payer des études et maintenant son plus grand bonheur c'est de me regarder belle et diplômée... alors elle me croit heureuse... c'est ce que je voudrais devenir. Donc oui, j'ai légèrement manipulé Kader, avec l'intention de prétendre tomber amoureuse de cette région... et si possible d'y rester... Je ne pouvais pas l'imaginer éloigné plus de trois jours de ses potes. J'ignorais s'il allait être réceptif à mes arguments mais au moins ça représentait une opportunité. »

IV Une ruine

Samedi 25 février 2012. Nadège semblait émerveillée. Elle caressait les vieilles pierres, enlaça même un chêne, mangea des pissenlits quand j'eus raconté que les anciens les utilisaient en salade, buvait l'eau des ruisseaux bien que je l'en dissuadais en lui expliquant les pesticides et nitrates des champs de blé et tournesol. Et c'est après deux heures dans des sentiers sans avoir croisé le moindre humain mais aperçu trois biches et deux lapins, où ils nous pensaient égarés, qu'on est arrivé au panneau "À vendre." Amina l'aimait cette ruine. Elle aurait voulu l'acheter. Mais la banque refusait de lui prêter plus que le prix d'un billet d'avion. Dans six semaines, le 7 avril précisément, elle repartirait 14 jours à Addis-Abeba, je la maudissais plus ou moins en secret d'avoir modifié le planning prévu, simplement car ses vacances de prof ne correspondaient pas avec celles de son fils, cette année avec son père, là-bas, en Éthiopie, où elle m'avait promis de ne jamais retourner. Prof contractuelle car "naturellement" en avril 2010, elle s'était presque aussi lamentablement plantée au concours d'instit qu'en 2009.

« - Arrête avec ça, c'est de l'histoire ancienne, tu ne voudrais quand même pas que je reste six mois sans voir mon fils.
- Il revient. C'est prévu ainsi sur les papiers signés chez l'avocate, validés par le juge de votre divorce.
- Oui mais je travaillerai.
- Là-bas il sera en cours.
- Mais on aura les soirs, les week-ends.
- Comme ici !
- Mais quand je travaille je suis épuisée...
- Tandis que quand tu voyages, tu jubiles. »

Ça n'arrêtait pas, cette discussion mais elle partirait, elle avait payé le billet d'avion avec un emprunt (puisque son méchant amour avait refusé de les lui avancer, les mille cinq cents euros, qu'il possédait pourtant) et elle me dégoûtait de nouveau... Je ne la soupçonnais pas de l'intention de m'y tromper, pas même d'essayer de revoir "amicalement" son Carlo mais la plaie se rouvrait... Comment pouvait-elle ne pas éprouver la moindre hantise à l'idée de remarcher là où... ? De l'histoire ancienne. Voulait-elle voir les yeux dans les yeux Sophie, la manière dont elle se comportait avec son cher fils ?

Amina aurait voulu l'acheter, cette ruine. Propriété en restauration plutôt, où le propriétaire a sûrement déjà trimé des années sur la maison puis le découragement l'a pris ou l'âge l'a rattrapé...
« - Cinq cents euros par mois, six mille par an, depuis dix ans, avec ces soixante mille d'apport, la banque te prêterait.
- Donc je préfère qu'elle ne me prête pas, je suis fière de ce que j'ai fait. Cet argent était plus utile là-bas qu'ici. Un jour je l'aurai ma maison mais ma mère passera toujours avant.
- Alors, pourquoi te plains-tu ?
- Je ne me plains pas mais je voudrais bien l'acheter, pour avoir un toit au cas où tu me mettrais dehors. »
Seule la mort de cette mère semblait pouvoir nous sauver ! À 52 ans, elle se considérait d'ailleurs déjà comme une survivante, ayant enterré quasiment toutes les femmes de son âge. Mais grâce à sa fille providentielle, elle se soignait correctement à la moindre alerte. Dans ces cas-là, immédiatement Amina augmentait la "dotation".

Nadège s'est faufilée par l'espace d'une fenêtre à poser. Nous l'avons suivie. Elle rêvait tout haut « là ce serait la cuisine... ici le canapé en open space... trois chambres au-dessus. »
Elle nous a regardés : « si la banque me fait un prêt, je l'achète. »
Amina lui a répondu : « si la banque m'avait prêté, je l'aurais achetée. »
Et Kader « je l'achète ! »

Un soir de fin mars, Kader m'a confié : « j'ignore ce qui s'est bidouillé dans ma tête, je me sentais tout bizarre, je me voyais vivre là, avoir des enfants, les élever tranquillement, le bus passerait sur le chemin en bas après le ruisseau, ils ne risqueraient pas de tomber sur une seringue ni de choper une balle perdue ou d'être écrabouillés par une voiture de keufs... On ne sait pas, on n'a pas idée, quand on grandit dans notre béton, qu'un tel monde existe... et qu'il peut procurer du plaisir... le retour à la nature comme ils bavent à la télé. »

Nadège, également fin mars, peu après « J'ignorais s'il allait être réceptif à mes arguments mais au moins ça représentait une opportunité » : « mon enthousiasme pour cette ruine, ce n'était que du cinéma. Ce que je voyais, c'était l'occasion de quitter le 9-3. J'avais compris que là-bas je ne m'en sortirais jamais. Il me fallait éviter d'être l'enjeu d'une guerre entre beurs et ritals. J'étais le lot du gagnant, une question d'honneur, entre Kader et Pablo. Les deux m'ont piégée. Je ne pouvais pas imaginer Kader vivre ici. Cet endroit a représenté l'espoir de me libérer de cette prison. J'étais certaine qu'il retournerait là-haut avant huit jours. Et il s'y plaît. Le béton, la bière, la brioche, toi, le vieux et moi, il me dit qu'il a trouvé ce qui lui convient. Symboliquement, tu commences à prendre la place de son père, et le vieux celle de son grand-père. Et il sait que s'il retourne là-haut, il finira comme les autres, victime d'un ambitieux. Son cousin Farid, il s'en méfie de plus en plus. À chaque fois que je crois me débarrasser d'un bourreau, j'ai l'impression qu'on m'enchaîne encore plus... Je ne te demande même pas d'aide. Car je sais qu'arrivée à ce point, toutes les solutions, je les ai imaginées... »

La star du Kindle, immédiatement pragmatique, me questionnait :
- Ça coûte combien, ce genre de maison en restaurant ?...
- Quand les anglais achetaient tout, le propriétaire aurait mis en vente vers 250 000 euros. Maintenant, il sera content d'en obtenir 180 000. Et s'il est pressé, tu peux l'avoir à 150, peut-être même un peu moins !

- Tu es sûr ? Tu n'oublies pas un zéro ?
- 150 000 ça te semble peu !
- Quand comme moi on travaille depuis ses 6 ans... et tu sais j'ai souvent gagné au loto, au banco, enfin à tous ces jeux de hasard... Je suis né sous une bonne étoile !

Nadège est intervenue :
- Alors, ça se passe vraiment comme ça ! Quelqu'un a un bulletin gagnant et un petit truand lui rachète en lui offrant 10 ou 20% en plus. Le buraliste touche sa commission de mise en contact. C'est la technique du blanchiment de l'argent de la drogue ?
- Mon amour... je ne t'ai jamais juré avoir été un ange. Mais là... j'achète cette maison, on la retape comme deux bourgeois, et on y vit tranquilles, tu arrêtes la pilule et on repeuple le coin.
- D'abord, j'ai parlé la première d'acheter cet endroit... et ça me dérangerait de vivre sous un toit acheté avec l'argent de la drogue et du bisness.
- Attends, mon à-valoir suffit ! Allez, moitié - moitié ! OK ?
Nadège hésitait.
- OK !

J'ignore encore ses pensées durant cette hésitation. A-t-elle mémorisé ses économies ? La difficulté probable à dénicher un travail dans la région pour rembourser un prêt ? A-t-elle finalement considéré que l'essentiel était d'avoir une raison de vivre loin du 9-3 ? Que de toute manière Kader y retournerait et s'y ferait rapidement liquider ?

- Bonjour à nos nouveaux voisins !
- Vous habitez à des kilomètres !
- Par le sentier derrière votre nouvelle propriété, disons qu'un kilomètre et demi nous sépare. C'est être voisin, par ici !
- On a marché durant des heures !
- Les sentiers parfois se croisent, se rejoignent. Un jour vous les connaîtrez aussi bien que moi, et donc mieux qu'Amina, si vous devenez vraiment lotois.
- Quand mon fils sera là, on va marcher.
- Tu m'avais déjà promis ça en 2010, il a été avec nous durant un an et on n'a rien fait.
- Encore des reproches !
- Juste la réalité.
Même devant des invités, nous ne pouvions éviter de nous disputer. « *Un couple se forme, l'autre agonise* » j'ai simplement pensé.

- Ça se passe comment, pour acheter une maison ?
- Propriétaire, notaire. Cent-cinquante habitants seulement au village mais un notaire, donc la vente s'effectuera sûrement chez lui. Sauf si le propriétaire est très fâché avec ce notable parfois peu scrupuleux sur la nécessaire honnêteté de sa charge.
Je leur racontais la manière dont il avait essayé de m'arnaquer près de trois cents euros, des francs à l'époque, deux mille.

La première fois que nous y étions passés, Amina et moi, j'avais photographié le numéro noté sous « propriétaire (achat sans intermédiaire). » Il restait lisible. Kader l'appela immédiatement. 180 000 euros. L'écrivain Kader Terns ne discuta pas le prix, il était pressé, devait retourner à Paris pour enregistrer une émission sur Canal+... Il devrait déjà être dans le train, prendrait un taxi... Car il était tombé amoureux du coin...

Le notaire fut plus difficile à convaincre, il fallut ajouter la promesse d'une enveloppe avec dix billets de cent euros, qu'il alla immédiatement lui remettre. Ce furent quelques minutes "surréalistes" quand Kader ouvrit la pochette avant de sa sacoche, gonflée de billets, lui en comptant dix. Le vieil homme fut manifestement époustouflé d'un tel gain si rapide mais rien n'est gratuit, il eut droit à un choc compensateur :

- On est OK, je plaisante pas dans ce genre de bisness, aucune entourloupe, tu t'occupes de tout, sinon je te mets trois balles, à la martiniquaise, la première dans le tibia, la deuxième dans les couilles et la troisième dans la gorge.

Et comme s'il ne s'était pas aperçu de son trouble, il lui tapa sur l'épaule. Nadège essaya de le rassurer, en souriant, précisant « vous savez, nous venons de la banlieue où les gens se parlent comme ça mais Kader est très gentil, c'est juste que quand il paye il veut que les choses soient bien faites. » Je lui souhaitais poliment une bonne soirée. Amina et Nadège en firent de même, lui donnant également du "Maître." Nous n'étions qu'à trois pas quand Kader ajouta « il a l'air sympa le vieux mais il fera pas de vieux os, ça se voit dans ses yeux. » Certes dans son charabia les mots ne furent pas forcément compréhensibles pour notre premier adjoint au maire...

Effectivement, il avait l'œil, le notaire n'a pas connu 2013. Ce fut même la dernière sortie officielle du Conseiller Général, avant sa propre descente en terre. En quelques mois le clan offrit de nombreuses opportunités de promotions aux futés lancés dans la carrière...

V Chambre d'amis

Après l'appel au propriétaire et le passage chez le notaire, la prise de rendez-vous pour le lendemain, Kader s'est imposé.

- Alors, ce soir, on dort chez toi, ou on se trouve un hôtel ?

Amina, naturellement, joue la femme enchantée de la présence de "mes amis"... mais elle n'a rien de prêt !

Kader, gentleman, nous invite au restaurant...

Ce fut une soirée très agréable. Amina maîtrise vraiment l'art de la conversation... l'art de tenir une conversation, la relancer, l'art des banalités... elle aurait pu devenir une très bonne députée langue de bois, en France mais également à Djibouti où paraît-il « le poste » lui fut proposé... Paraît-il, ses mots, je le sais maintenant, n'ont pas toujours le sens du dictionnaire... Oui, elle aurait pu prétendre au rôle de la "diversité visible" du "radicalisme", au PRG. Elle le tiendra peut-être un jour.

C'est même elle qui insista pour qu'ils dorment chez nous quand Kader, passant devant un hôtel à Montcuq, considéra que finalement ce serait drôle et génial, qu'ils n'allaient pas nous déranger... Mais non, l'habitation est constituée de trois maisons au sens du dix-huitième siècle et dans l'une se situe notre chambre d'amis. Naturellement, des portes ont été percées depuis longtemps... L'art de magnifier la réalité…

VI Nadège et Kader, propriétaires

Nous nous retrouvâmes chez le notaire le lendemain à 10 heures, oui un dimanche. Il nous attendait avec son fils, également entré dans la carrière mais toujours dans une autre étude, à Cahors, faute d'obtenir la succession. Le notaire crut bon de préciser « ça fait dix ans que ça ne m'était pas arrivé. » Le protocole d'accord fut signé mais Kader paya l'ensemble immédiatement, même si, comme le souhaitait Nadège, la maison leur appartenait moitié-moitié. « On s'arrangera. » Oui, il possédait une telle somme sur son compte courant ! « Mon à-valoir ! »

Le propriétaire fut ébahi de recevoir une enveloppe. « Pour le dérangement du dimanche. » Moi également ! Le notaire apprécia modérément le « quant à toi, on ne peut pas gagner au loto le samedi et le dimanche. » Mais il sortit de sa poche deux billets, les tendit au fils... qui eut le réflexe professionnel de les refuser... À son grand étonnement, Kader ne les déposa pas sur son bureau : il me les donna ! Je poussais la malice jusqu'à balancer *« je les garde pour l'achat de ma prochaine maison. »* Subtilité incompréhensible pour Kader, même après explications durant le retour au bercail.

Quand elle l'apprit, Amina souhaita que je lui restitue l'ensemble : « de l'argent sale, c'est haram. » Le billet de loto avec cinq bons numéros, elle en avait pourtant été enchantée… « même si le jeu c'est haram, mais tu n'as pas joué ! » Encore ce dimanche-là, comme pour le salaire, elle distinguait une différence : « tu ne savais pas que c'était de l'argent haram quand tu l'as accepté. » Finalement, placés dans une enveloppe à bulles protégée dans une boîte en fer plate, ces billets atterrirent derrière une pierre, dans la vieille grange. Elle refusa l'idée de la cave. Je m'étais retenu… pouvait-elle imaginer que malgré tant d'insultes encore régulièrement balancées, je lui en épargnais bien souvent, comme en ultime réplique un « et baiser avec Carlo, ce n'était pas haram ? »

Le propriétaire, rassuré par le notaire au sujet du paiement qui transiterait par son compte, n'avait soulevé aucun obstacle à leur installation immédiate. Il leur remit les clés, *« devant témoins. »* On devait se revoir après le 26 avril pour la signature de l'acte définitif. On, Kader insistait, j'étais sa caution locale.

VII Un couple s'interroge

Ce dimanche soir-là, avec Amina, peut-être l'effet de cette marche, ce week-end à quatre, nous avons parlé de notre couple. À son initiative, en débutant par l'habituel « Pourquoi, alors qu'on s'aime tant, on a tellement de difficultés à vivre ensemble ? »

Nous avons eu l'impression de dialoguer mais sûrement, comme moi, l'essentiel, elle l'a gardé au fond d'elle. Et nous avons fait l'amour. Puis elle s'est endormie. Après m'avoir reproché que l'on ne se soit pas contentés de causer enlacés, qu'il ait fallu que je… alors qu'elle travaillait le lendemain. Et j'ai pensé, j'ai une nouvelle fois tout retourné dans ma tête…

Le sentiment amoureux, de grand Amour, je l'ai connu quand elle est venue ici pour la première fois, durant les vacances scolaires d'octobre 2008. J'avais rencontré la femme tant espérée…
Mais le week-end suivant [alors que son mari était reparti en Éthiopie après dix jours « au chalet » avec leur fils], d'une phrase, en six mots, elle a brisé l'harmonie. Oui, en six mots, elle ne comprendra jamais avoir tout détruit.
Dès lors, tout ce que j'ai pu ressentir d'amour, ou d'attachement, s'est situé sous le couperet de son « il faut que tu deviennes musulman. »

Et si elle a souhaité vivre avec moi en sachant que je n'étais pas musulman, si parfois elle semble accepter ma qualité d'athée, jurant même qu'elle n'en parlera plus, il lui suffit d'échanger un mail avec son frère, parler avec sa mère ou sa Kagera pour revenir à la charge.

Est-ce tenable ? Ça sert à quoi, tout ça ? Mais il y a nos corps. Nos corps ! Cette sensation de bien-être inaccessible autrement ! C'était ce que j'attendais d'un couple. Mais le prix à payer est trop élevé : vivre dans l'insécurité sensuelle perpétuelle ne me convient pas. Là, après avoir fait l'amour, j'aurais dû m'endormir ravi… Et notre vrai lien, il est vraiment disparu, ce qu'on appelait notre union spirituelle, notre transmission de pensées, d'émotions. Oui, c'était plus fort encore que nos corps. Certes, moi également, j'ai lutté contre cette transmission de pensées qui te catapultait dans ma poitrine, te permettait de me ressentir dans ton ventre… ça je ne pourrai jamais te l'expliquer, sinon tu vas jubiler, te sentir exonérée de tout, prétendre que tu as fait toutes tes saletés car au fond de toi tu as bien senti que je te repoussais… alors que je voulais juste t'épargner ma lassitude de tes « il faut que tu deviennes musulman »… et tu as lutté contre cela, toi, contre tes affreux maux de ventre de septembre 2009 à avril 2010, quand tu cédas quasiment dès ton arrivée… si tu m'avais téléphoné en pleurs... en m'expliquant qu'il avait profité de ton état, quelques heures après ton intoxication au monoxyde de carbone... J'aurais eu mal, très mal, mais nous aurions sauvé notre couple. Et maintenant, oui maintenant encore, il me reste ton « *je ne voulais pas mais je me suis laissée faire* », il était toujours ton mari sur les papiers « *il a essayé de reprendre sa femme* », tu comprends mais tu lui as expliqué que tu m'aimais... tu me l'écrivais ça oh oui... « *et il a compris...* » Tu me l'as caché, ce fut un secret, un horrible secret verbal entre nous, mais je l'ai ressenti. Ce cauchemar où je te vois baisée sur une table et finalement tu cours vers moi... et ce fut là le début de ce qui aurait dû constituer le mot FIN, ton orgueil t'ayant empêchée de me téléphoner en pleurs... « *je savais bien que si je t'avouais, tu m'aurais demandé de revenir en France.* » Tu as cru pouvoir tricher et continuer comme s'il ne s'était rien passé. Tu as cru pouvoir faire la pute et continuer à rester la sainte. Mais ce lien « merveilleux » comme nous l'écrivions encore m'avait tout balancé à la gueule, au cœur, au cerveau. Il a fallu tellement de cris pour que tu avoues et tellement de « *tu sais tout* » que ce soir, là, encore, en éjaculant, si tu savais, j'ai pensé « *sale putain.* »

Ce n'est pas l'amour, ce n'est plus de l'amour, ce n'est pas la sexualité qui soude notre couple mais la sensualité ; cette fusion de nos corps que tu n'imaginais pas possible, qui te retient, qui te fait tout supporter, même les pires insultes que tu as méritées. Mais la sexualité, celle dont tu pourrais te passer, la pénétration que tu regrettes "parfois" quand tu voudrais que j'apprécie nos corps serrés, oh oui que j'apprécie !... « *C'est suffisant* », la sexualité que tu ne peux pas vraiment connaître à cause de cette maudite excision. Cette mutilation, tu déconseilles à tes frères et sœurs de la pratiquer sur leurs filles, en leur expliquant qu'il ne s'agit pas d'une obligation musulmane mais d'une tradition, cette excision censée éviter aux femmes de devenir des femelles en chaleur « *comme les européennes* », cette excision qui permet à l'homme de s'assurer qu'il est le premier, plus je te regarde nue et plus son effet aphrodisiaque me trouble. Mais ce principe de la femme mutilée très excitante ne peut fonctionner qu'avec une soumission totale ! Comme tu me le résumais lors de nos premières journées d'amour, ces jours où j'arrivais chez toi avec la certitude de vivre des heures merveilleuses, encore après octobre 2008, malgré quelques inévitables instants de rappels du grand problème : « *une femme musulmane est toujours disponible pour son mari.* » Tu précisais néanmoins qu'il se devait de lui faire plaisir, en lui achetant des bijoux, des parfums, mais comprenais que je n'en aie pas les moyens. Oui, Amina, j'aimerais pouvoir te parler comme ça, en vrai, pas seulement dans ma tête... si tu avais réaccepté notre merveilleux lien, là, il te réveillerait. Oui, Amina, cette fusion de nos corps, de nos cœurs, de nos émotions, de nos rêves, a existé et contrairement à ton Carlo, je n'ai jamais montré ni ressenti de mécontentement face à tes absences d'orgasmes, j'ai toujours su ressentir, attendre, déclencher, les vibrations de ton corps, ce plaisir qui n'est peut-être pas de l'orgasme mais t'apporte une immense satisfaction, quand tu es d'accord pour l'accepter, quand il ne te fait pas peur, parce que je suis le seul à te l'avoir apporté, même après ta découverte de cet émerveillement possible, oui, tu as cherché ça également avec ce connard, oui, je le comprends mais je ne veux plus l'entendre ton « tu es le seul qui sache me faire l'amour »... mais oui, si nos corps fusionnent ainsi, c'est parce que je fais réellement attention au tien... et que tu es dans l'amour... quand tu es revenue en décembre 2009 avec dans ton ordinateur le résultat de ton test Vih, avec en toi cette trahison imbécile et indicible, oui, je me souviens très bien que nos corps ont éprouvé de grandes difficultés, car tu étais dans la culpabilité et je ressentais un profond malaise... Tu m'as trompé et même si je te trompais à mon tour, je ne te le pardonnerais jamais, tu as brisé la totale confiance que j'avais en toi, cette pureté à laquelle je t'associais. Malgré tes six mots, j'avais l'espoir de réussir à te permettre de dépasser cet endoctrinement, je pensais avoir le temps, je pensais le temps avec nous... oui, tu finirais par venir, car je te manquerais trop... Oui, j'avais une totale confiance en toi, je n'ai pas voulu recourir au chantage « nous vivons ensemble ou

392

je te quitte » car je n'aurais pas supporté de t'avoir quittée alors qu'il suffisait d'attendre, je croyais qu'il suffisait d'attendre, il ne pouvait rien arriver… et à force de vivre en France, tu t'éloignerais de ces vieilles traditions…

J'entendais sa respiration. J'ai eu envie de lui faire l'amour. Mais je savais qu'il ne fallait surtout pas la réveiller, qu'elle se serait fâchée « je travaille demain… » Ce qui était compréhensible mais suivi de « et on l'a déjà fait »… je me suis masturbé. En pensant à Nadège.

VIII Voisins

Ils vécurent quatre jours ici, n'y passèrent que les nuits. Le mercredi soir, ils emménageaient ! Une pièce chauffée cuisine-salle-à-manger-salon-chambre, une dizaine de mètres carrés, dans l'espace qu'utilisait déjà l'ancien propriétaire en été, donc sans chauffage. Le mardi j'avais participé à la pose d'une fenêtre là où nous nous étions faufilés durant notre visite. C'est surtout Marcel qui l'avait installée. Niveau travaux, je n'ai guère progressé ! Ils nous invitèrent. Amina fut très aimable durant le retour « il t'aurait fallu six mois pour aménager une pièce comme ça. » Ma réponse, pour une fois, lui cloua le bec « avec l'argent de la drogue, tu vois, on en fait des choses, tu devrais t'y mettre. » Elle avait redouté une cohabitation plus longue, présence qui "l'obligeait" à revenir chaque soir de Prayssac.

Ce furent ensuite des relations de bon voisinage mais baiser Nadège devint une obsession. Baiser Nadège, juste la baiser. Qu'Amina soit cocue à son tour ! Car même si c'est « *de l'histoire ancienne* », d'avant que nous nous installions ensemble, c'était toujours là, au fond de la gorge, un dégoût. Peut-être que baiser Nadège, juste la baiser, me guérira...
Faire payer à Amina son passé. Faire payer à Kader de me rabaisser au rang de nègre ?
Baiser Nadège, malgré la rapide mise en garde de Kader :
- Si tu oses contester sa beauté, je t'éclate la cervelle ! Mais si tu la regardes un peu trop, je t'envoie une pelleté de béton sur la tronche. Je sais, elle se promène presque seins nus et en mini-jupe avec rien en dessous mais elle est persuadée, pour l'avoir lu dans un Houellebecq, qu'en Espagne toutes les femmes en font de même. Et comme ici, c'est un peu l'Espagne ! Mais le premier qui la drague, béton sur la tronche, avec même une surdose de chaux.
Mais j'étais bien placé pour savoir qu'un cocu ne s'en aperçoit jamais. Même quand la lecture attentive des mails aurait suffi à comprendre que les cauchemars exprimaient la réalité.

Du béton de sa belle bétonnière professionnelle. Il l'avait également rachetée à l'ancien propriétaire. J'ai préféré ne pas lui apprendre qu'il l'avait payée plus cher qu'une neuve. Et en liquide naturellement. J'étais là quand la transaction s'était conclue :
« - Au fait, tous ces travaux que j'ai entrepris, pour les continuer il va vous falloir une bonne bétonnière. N'achetez pas une de ces petites machines électriques de supermarchés, elles ne tiennent pas six semaines avec de vrais travaux. Si vous le voulez, je vous cède la mienne, 350 litres, vérin hydraulique, motorisation à l'essence, le top du top.
- Je dis jamais non à un cadeau.
- Céder, c'est à un prix cadeau, mais pas un cadeau quand même ! J'ai une petite retraite ! Je vous la laisse à 2000 euros, je comptais la mettre en vente sur les annonces gratuites du net, à 2500, elle serait partie en deux jours à ce prix-là. C'est du solide, de l'allemande, et jamais elle ne s'est retournée, même une fois une poutre s'est prise dedans, elle a continué à tourner, je vous déconseille d'essayer, car une poutre qui tourne dans une bétonnière, ça vous envole la tête comme si vous passiez sous leurs éoliennes. Mais entre amis, je vous la laisse à 2000, si ça vous intéresse.
- Céder, chez nous, c'est cadeau, on se cède une femme, une voiture.
- Ici, les voitures et les bétonnières on les achète et on les revend, ou on les use. Quant aux femmes,

393

elles nous usent le plus souvent et comme chantait Jacques Brel… pas celles qu'on paye avant mais après ! Je suis un vieux célibataire endurci, un peu misanthrope, mais revenons à notre affaire : elle vous intéresse ?

- Ok, je vais te chercher 2000 et tu me l'amènes tout de suite !

- Marché conclu ! Et comme pour la maison, nous avons notre témoin de bonne moralité ! »

Recette du voisin, Marcel, le vieux Marcel : un sac et demi de ciment, quarante-cinq pelles de mélange sable gravier, et deux pelles de chaux pour mieux lier l'ensemble. Quant à l'eau, tout dépend de ce que l'on veut !

« - J'adore faire du béton, je crois que je vais bétonner toute cette vallée !

- Souviens-toi que tu es béton et qu'un jour tu retourneras au béton !

- J'ai repensé à ce que tu m'as dit hier sur cet "amour béton" que tu croyais avoir trouvé en 2008 et qui n'était qu'un "amour gravillons." Ça fait réfléchir, ce genre de phrase. Nadège est prévenue que si elle me trompe je la tue. Il faudrait toujours dire ça aux femmes. Tu vois, si tu l'avais prévenue, ça l'aurait retenue.

- Loin du cœur et loin des yeux, l'Éthiopie est remplie de queues… Mais jamais je n'aurais imaginé qu'elle puisse me tromper ! Rien qu'une visite chez un gynécologue, elle avait l'impression de subir fun outrage, même au lac de Montcuq elle ne montrait jamais son corps. Elle m'avait tellement convaincu que plus personne d'autre que moi ne la toucherait que je ne croyais même pas aux cauchemars qui me la représentaient avec d'autres mecs.

- En tout cas, Nadège et moi, c'est un amour béton ! »

IX : la vraie vie dans le 9-3

- La véritable histoire de "la vraie vie dans le 9-3", personne ne la connaît ! Je n'en ai pas écrit une ligne ! Fatima, dans le quartier, tout le monde la croit folle. Mais quand j'avais 6 ans, sa porte déjà était toujours ouverte, je m'asseyais sur son canapé et je la regardais taper à la machine à écrire durant des heures. Elle ne m'a jamais lu un mot de ce qu'elle écrivait, elle habite toujours au huitième étage, ma mère au douzième. Je voulais lui acheter une petite maison dans un beau quartier mais elle préfère rester là. Elle me répond qu'on ne déterre pas un vieux chêne. Pourtant, elle a même pas soixante ans, et jamais malade ! Quand je suis sortie de chez Nadège, avec l'obligation de rapidement devenir numéro un chez monsieur Kindle, je t'avoue que je n'avais pas la moindre idée de la manière d'y parvenir. Alors, je suis remonté tout doucement chez ma mère. Ouais mec, malgré tout ce qu'on pourra baver sur moi, je suis un bon fils, jamais elle n'a manqué de rien, ma mère, depuis que j'ai réussi, et elle n'a jamais manqué de ma présence non plus. Sauf cette maudite quinzaine derrière les barreaux, je n'ai jamais été plus de trois jours sans la voir, dès que je suis dans le 9-3. Et c'est au huitième, que le bruit de la machine à écrire m'est parvenu. Si elle était passée à l'ordinateur, peut-être qu'on ne se serait jamais connu, Stéph ! Sa porte était ouverte, comme en ce temps-là... Naturellement, elle ne s'est pas retournée quand je me suis installé dans le canapé. Je me souvenais qu'il ne faut pas l'interrompre, faut la laisser taper et au bout d'un moment elle commence à te parler. Gamin, ça m'intriguait, comment rien qu'au son des pas elle devinait que c'était moi. Je la croyais magicienne. Maintenant, on ne me la fait plus, j'ai tout de suite remarqué son petit miroir planqué dans un creux de ses rideaux, j'ai l'œil désormais, tu sais, à toutes ces petites choses.

« - Kader en chair et en os ! C'est pas possible que tu te souviennes de ta vieille amie !

- Fatima, j'ai besoin de ton aide.

- Mon aide, je la donne quand je veux mais je ne suis à la disposition de personne.

- Je suis un homme maintenant, je sais que tout travail mérite salaire ! J'ai besoin d'une femme de confiance qui tapera à la machine mon histoire.

- Je suis trop cher pour toi, Kader !

- Ton prix sera le mien.

- Cinquante euros de l'heure et j'écris tout ce que tu me dictes, ça passe de ta bouche à mes doigts sans traverser mon cerveau, une manière de te dire que tu peux tout raconter et que je ne saurai jamais rien. Je n'ai rien entendu. Je n'ai rien lu. Je n'ai rien écrit.

- On y va !

- Payable d'avance !

- Et en liquide, même. Donc pas besoin d'ajouter la TVA !

- Tu connais la France, mon Kader ! »

« - Après huit jours, j'avais tout déballé ! Naturellement, je lui ai offert une prime, à Fatima ! Elle m'a pris pour un envoyé du bon Dieu qui lui permettait de payer ses dettes ! Elle n'est pas musulmane. Ni chrétienne ni protestante, pas même juive. Mais témoin de Jéhovah. Je ne pourrais pas t'expliquer la différence. Elle croit qu'il n'y a qu'un Dieu et que c'est le même que celui des autres. Quant à Jésus et Allah, ce sont des imposteurs ! Je te dis ça, si ça t'intéresse. Tu pourras l'apprendre à ton Amina. Bref, quand elle m'a rendu mon texte, j'étais fou de joie au point de le montrer à Anaïs. Elle a éclaté de rire, elle m'a prétendu que ce n'était pas du français mais elle a ajouté, « si tu veux, je te traduis en français. » Forcément, elle ignorait que mon but était de baiser sa rivale. Elle avait compris que je tournais autour de Nadège. Les femmes ont l'instinct, pour ces histoires... Je lui ai simplement montré Amazon Kindle Publishing et elle s'est occupée de tout. Géniale la gamine. Elle aurait juste voulu que je lui sois fidèle... Je t'avoue ne pas l'avoir lu, mon livre !

- Tu dois maintenant sûrement savoir que tu n'es pas le seul dans ce cas ! Certains apprennent quand même des fiches à distiller aux médias... Toi au moins, tu connaissais le sujet !... »

X Anaïs

- J'avais l'idée qu'Anaïs écrirait cette fois totalement mes mémoires... C'était logique !

- Mais ce ne fut pas possible. Pauvre Anaïs, quel choc, de perdre une nana comme ça. On se souvient de tout, au crématorium. C'est vrai que la mort, je la connais. Mais même Adam, dont j'avais vu le corps complètement déglingué après ses huit tonneaux, Adam, mon grand frère, mon modèle, pour qui j'ai commencé dans le boulot, dans mon rôle de sentinelle, ça ne m'avait pas remué à ce point, causé les mêmes angoisses. Tout m'est repassé en tête... La première fois... Elle avait fêté ses douze ans la veille et pour la première fois rentrait seule du collège ; j'étais comme souvent le dos accolé à la porte de la cave, je fumais un joint, tranquille, elle est passée... et ce fut instinctif, l'instinct du chasseur qui se jette sur la proie, le bras gauche sous ses jambes, le droit sous son cou et la main qui l'empêche de crier. Elle s'est à peine débattue, elle n'a pas pleuré mais juste après, quand je l'ai aidée à se relever en lui souriant, avec des mots gentils « *j'espère que tu t'en souviendras toute ta vie... j'espère que c'était aussi bon pour toi que pour moi... jamais une fille m'a fait cet effet... tu sais je te kiffe grave depuis des années... mais tu vois, j'ai su attendre que tu sois grande...* » elle m'a envoyé, bien placé, le pire des coups de pied que jamais personne n'avait osé. Quelle force chez cette gamine ! Je ne suis pas tombé. J'ai même réagi en gentleman, et c'est sûrement ce qui a noué la grande complicité que nous avons vécue durant les trois années suivantes « *je l'ai peut-être mérité... maintenant, entre toi et moi, ce ne sera que douceur.* » J'ai passé le mot, personne ne devait la toucher ni l'embêter. Le lendemain, je lui ai offert un magnifique bracelet en or, que j'avais acheté en plus ! J'en avais pas à sa taille en stock. Elle ne m'a pas remercié ! « *Tu crois que c'est suffisant pour ce que tu as fait !* » Voilà, c'était gagné, je savais comment signer la paix. Tout s'achète, tu sais. Alors elle a eu droit au collier et aux boucles d'oreilles, elle a souri, on l'a refait… Les meufs, il suffit d'y mettre le prix, sans les vexer. Elle a vécu des années comme pas une gamine ne peut en espérer dans la cité... Même son sac d'école, y'avait toujours quelqu'un pour lui porter.

- Une rupture d'anévrisme, selon sa mère. Elle fut surprise de ma présence "auprès de la famille." C'est-à-dire à ses côtés. Je l'ai invitée au restaurant, elle a trop, beaucoup trop bu, elle ne tenait presque plus sur ses jambes quand je l'ai raccompagnée. Mais c'est un truc que je déconseille, de baiser la mère quand on vient d'assister à la crémation de la fille.

XI Stéphane Ternoise

« - J'avais touché 150 000 euros d'Amazon, mon premier vrai salaire, je ne pouvais quand même pas les rendre en expliquant que ma correctrice était morte d'une rupture d'anévrisme. Pour la première fois de ma vie, j'ai cru qu'il existait un problème sans solution. Mais ça n'a pas duré. J'ai tapé "écrivain" sur google et découvert un certain Stéphane Ternoise... J'ai tout de suite pigé ses difficultés financières, malgré un catalogue qu'il me faudrait douze vies pour réussir à le lire. Rien que le titre "viré, viré, viré, même viré du Rmi" ça veut tout dire. « Dans Ternoise, il y a Terns. Ça ne peut pas être un hasard que son site ecrivain.pro soit en première page. Ce sera lui, mon nègre » Tu as été difficile à convaincre, avec tes histoires de vrai contrat. T'es un mec bizarre, comme j'aurais jamais cru qu'il pouvait en exister. Un mec sans télé, un mec qui lit des bouquins, qui écrit, qui croit vraiment que c'est important. Ici, on te considère comme un marginal, tu vois, les infos circulent vite ! La bergère, elle a pas l'air de t'aimer, par exemple ! Que tu vives avec une black, c'est la cerise sur le gâteau, comme ils bavent. Le mélange des couleurs, tu sais, on ne connaît que ça dans le 9-3 et pourtant tu n'es ni comme eux ni comme nous. T'es de la planète Mars, comme dit Nadège !
- Et elle de Saturne ?
- Tu la trouves bizarre, toi aussi ?
- Non, c'était juste une réponse comme ça. Mars, Saturne.
- Ah ok ! Humour d'intellos ! Mais entre nous, heureusement que je la change Nadège, j'en fais ce que je veux, car elle a des idées étranges. Je crois qu'elle a lu trop de livres, je préférerais qu'elle regarde les séries américaines. Pour les femmes, c'est mieux. Ça doit être la lecture qui vous rend comme ça, un peu déconnectés de la vraie vie. Tu sais, la vie ça n'a rien à voir avec ce que l'on trouve dans les bouquins !
- Eh oui, j'ai même créé le concept de sérénamour, amour serein en aspirations similaires et après l'avoir lu sur Internet Amina fut persuadée, même avant de me rencontrer, que j'étais l'homme qu'elle attendait depuis toujours, et c'est grâce à ce livre sûrement si nos premières semaines furent parfaites. Du livre aux lèvres, il n'y a parfois que cent quarante kilomètres. Mais pour le quotidien, tu as sûrement raison. Peut-être que je finirai comme ton ancien propriétaire, un vieux célibataire seul et chauve, mais pénard ! Misanthrope.
- Je pourrais pas : si je reste trois jours sans baiser, je pète un câble. Donc je ne serais jamais mis en taupe. Les taupinières, c'est pas pour moi !

XII Triomphe « littéraire »

Combien d'amis, ou d'assistants dévoués, sont nécessaires pour manipuler les classements des meilleures ventes sur les plateformes numériques ? Il ne s'agit même pas des "immorales" fausses critiques chargées d'encenser un navet, comme les "professionnels" font semblant d'en découvrir l'existence !

Septembre 2012 restera une grande date pour les critiques littéraires qui à peu de frais ont redoré leur blason. Enfin, ils le pensent !

Il y eut d'abord la chute de Todd Rutherford, après révélations par *le New York Times* de son business plan pourtant public et très lucratif : sa start-up, gettingbookreviews.com, proposait des prestations aux écrivains : la rédaction de critiques positives.

Il vendait des packs de vingt ou cinquante bonnes critiques...

Le "petit malin" se serait ainsi octroyé jusqu'à 28 000 dollars de salaire mensuel, grâce au recrutement de « pigistes » peu rémunérés.

Google ferma son compte et Amazon supprima une partie des 4531 louanges répertoriées. Todd Rutherford s'est rapidement lancé sur un autre créneau : la vente de camping-cars mais réfléchirait à un retour au service de la littérature.

Quant à l'auteur britannique de romans policiers, RJ Ellory, quasi inconnu en France, il s'est fait prendre les doigts dans le pot de confiture, avouant finalement se glorifier sur Amazon, via pseudos, naturellement. Il en profitait même pour descendre sèchement ses concurrents.

Jeremy Duns, l'un des ses collègues, a prétendu sur un forum qu'Ellory se cachait derrière les pseudonymes Jelly Bean, Nicodemus Jones... et tout s'enchaîna... le "fraudeur" y a gagné une bonne publicité... Car qui tombe vraiment des nues ? Il a simplement appliqué, en le détournant légèrement, le système du copinage (ou du renvoi d'ascenseur) qui prévaut dans la critique littéraire classique.

Ce n'est certes peut-être pas très sportif de prétendre en commentaire que l'on est "*l'un des plus talentueux auteurs d'aujourd'hui*"... mais est-ce plus honorable, quand on exerce la profession de critique d'un grand média, d'encenser les collègues écrivains publiés chez le même éditeur, qui eux s'empressent avec leur casquette chroniqueur, de renvoyer ce cher ascenseur ? Non, ça ne se passe pas ainsi ? C'était avant ?

Je me souviens et je retrouve dans *La littérature sans estomac*, de Pierre Jourde : « *Certains organes littéraires ont une responsabilité dans la médiocrité de la production littéraire contemporaine. On pourrait attendre des critiques et des journalistes qu'ils tentent, sinon de dénoncer la fabrication d'ersatz d'écrivains, du moins de défendre de vrais auteurs. Non que cela n'arrive pas. Mais la critique de bonne foi est noyée dans le flot de la critique de complaisance. On connaît cette spécialité française, qui continue à étonner la probité anglo-saxonne : ceux qui parlent des livres sont aussi ceux qui les écrivent et qui les publient.* »

La médiocrité de la production littéraire contemporaine... Face à cela, François Busnel part aux Etats-Unis interroger « *les derniers fous* », les descendants des Balzac, Hugo... et raconte « *Ce qui est intéressant, c'est d'aller à la rencontre des derniers grands fous qui sont les fous géniaux. Si on avait pu aller rencontrer au 19ème siècle Baudelaire, Flaubert, Gérard De Nerval, Lamartine, Victor Hugo, Balzac, vous pensez que l'on aurait eu affaire à des gens normaux ? Mais pas du tout, ce sont des grands fous mais c'est des fous géniaux. C'est c'qu'on appelle les fous littéraires. Et alors, aux Etats-Unis, il se passe quelque chose d'assez incroyable, c'est que l'écrivain n'a pas de statut social, c'est-à-dire il n'est pas comme à Saint-Germain-des-Prés, en train de donner son avis sur tout, de boire des coups pour se faire remarquer par la presse et par les gens, il signe pas d'autographes... Au contraire il n'a aucun ego donc il s'enfonce dans cette espèce de folie qui est créatrice du coup, qui devient une folie créatrice, régénérante, c'est ça qui est absolument extraordinaire avec eux, donc on est au cœur du processus de création.* »

Faire le pitre médiatique serait donc un statut social ! En France.

Sur le même sujet, interview d'Alain Beuve-Méry (petit-fils du fondateur du *Monde*, Hubert) qui « *couvre le secteur de l'édition pour le journal Le Monde depuis 5 ans* », au 8 Octobre 2011, réalisée par F.K de tahiti-infos.com à l'occasion du "*Salon Lire en Polynésie.*"

« - Avez-vous lu l'un des ouvrages édités localement ?

- C'est très frais, mais je viens de lire le dernier Chantal Spitz, *Elles. Terre d'enfance. Roman à deux encres.* (...)

- On est en pleine rentrée littéraire en métropole. Ce livre pourrait-il percer ?

- C'est un livre qui mérite d'être édité, assurément. Mais vous le savez sûrement, entre 600 et 700 romans paraissent entre le 25 août et le 15 octobre chaque année. Tout dépend donc beaucoup de la maison d'édition dans laquelle vous êtes édité, et du travail fait en amont par les attachés de presse auprès des journalistes et des jurés littéraires. Chantal Spitz est un frêle esquif au milieu de nombreux bateaux. Mais pourquoi pas ? Son livre pourrait, ou devrait, trouver un public en France. J'espère pouvoir en parler avec elle au Salon. C'est très intéressant de rencontrer de vrais écrivains, très différents de ceux qu'on a l'habitude de lire en France. »

Je me souviens et je retrouve dans le carton *Le Monde* justement, un article certes ancien, du 9 mars 2007, un soutien aux libraires où Baptiste-Marrey (noté écrivain), n'hésitait même pas à reconnaître : « *les grands groupes publient, distribuent, vendent et font commenter favorablement les titres qu'ils produisent.* » Normal, il publiait dans *le Monde* ! Normal ? C'est tellement banal, entré dans l'inconscient collectif, qu'ils peuvent le reconnaître au détour d'une phrase, sans susciter d'indignation, sans même se rendre compte de l'énormité de l'aveu qui les discrédite plus que nos commentaires. Mais ils continuent, continueront sûrement tant que leurs publications s'écouleront.

Quant au "Philippe Forest, écrivain", bel exemple, en 2012, de critique déontologique : au risible il ajoute la suprême morale en encensant l'icône Angot, après le rachat de Flammarion par Gallimard. "P. F." publiant désormais chez "le plus prestigieux des éditeurs" (sûrement normal quand on peut se prévaloir de signer dans *Le Monde des Livres* même si je ne doute pas de la qualité de sa plume, nettement supérieure à celle d'Anaïs) et Flammarion ayant le grand bonheur de compter dans son écurie les régimes Dukan et mademoiselle ou madame Angot (comme il lui plaira). Je ne résiste pas au plaisir de reprendre la remarquable (qui se remarque) analyse de "Philippe Forest, écrivain" : « *À juste titre, on dit souvent d'un vrai roman qu'il est irrésumable, car en rendre compte sous une forme autre que celle que son auteur a choisie revient précisément à défaire ce que celui-ci a voulu faire. C'est particulièrement le cas avec le nouveau livre de Christine Angot.* » Oui, disons-le simplement "Philippe Forest, écrivain" a débuté sa carrière par un "*Philippe Sollers*", au Seuil, en 1992. Philippe Sollers historique icône du *Monde des Livres*. Une grande famille... Ah, la révolution numérique ! Il faudrait qu'elle balaye également ces gens-là, comme les politiques, genre Malvy, Filippetti et compagnie. Tous, même s'ils connaissent parfaitement et déplorent durant leurs heures de lucidité les dérives du système, le préfèrent à une révolution qui pourrait, qui devrait, les emporter. J'ai sûrement eu tort d'exposer mes envies, raisonnements, conceptions révolutionnaires ! Mais c'est une révolution tellement morale, juste, digne, honnête qu'elle "aurait dû" susciter une adhésion immédiate chez les écrivains. C'est oublier le célèbre "un tiens vaut mieux que deux tu l'auras." Oui, les écrivains sont des petits enfants qu'il faut prendre par la main ou de vieux messieurs frileux. Que cesse l'exploitation des créateurs par les marchands, nous aurions pu nous entendre sur ce minimum revendicatif ! Oui, je suis sûrement grillé partout. Un révolutionnaire n'intéresse que cinquante ans après sa mort ! Ça y est, comme Stendhal, me v'la en position de ne plus espérer qu'une reconnaissance posthume. Donc « *l'homme d'esprit doit s'appliquer à acquérir ce qui lui est strictement nécessaire pour ne dépendre de personne.* » Si ma mémoire est bonne ! En tout cas, le constat ne m'accorde pas trente-six chemins : je dois vivre de peu, me débrouiller avec des bouts de ficelles, donc Amina est devenue un poids, une contrainte insupportable. On paye toujours ses moments de jouissances ! Finalement, le plaisir solitaire est le plus approprié à l'écrivain indépendant en 2012 ! Décidément, peu importent les chemins qui m'amènent à penser à elle, la même conclusion s'impose : on ne fait pas sa vie avec une femme qui n'est pas à 100% dans son couple. Oui, tu me répondrais y être… mais ta mère, mais Kagera, mais tes frères, tes sœurs, ta religion, ton fils, tes amis, ton besoin régulier de jubiler quand remonte le non assumé…

- Les fausses critiques sont utiles mais la victoire s'est gagnée avec les faux achats !

Ce qui n'est pas nouveau, je me souviens de cette histoire (avouée bien plus tard par les protagonistes, sans soulever d'indignation) quand quelques disquaires servaient de référence pour le classement des ventes de vinyles dans notre pays : certains n'hésitaient pas à acheter leur poulain en nombre ! Un bon plan pour eux comme pour le disquaire ! Combien gagne Amazon grâce aux achats dont le seul but est de faire monter l'œuvre d'un ami ou parent ?

- Une dizaine de vrais potes, chargés des critiques de lecteurs, c'est nettement suffisant. Cinq clics rapides sur NON à "*avez-vous trouvé ce commentaire utile ?*" et il disparaît dans les profondeurs invisibles le sale message du client déçu. La moyenne des notes doit dépasser 4 sur 5 ! Toute réaction avec moins de quatre étoiles sera systématiquement marginalisée. « *J'ai acheté ce livre en me basant sur les avis élogieux. Pour moi c'est un flop ! Le sujet est quelconque. Aucun style, syntaxe et grammaire à revoir…* » Casse-toi, sale prof ! Tu ne vas pas me gonfler pour tes 99 centimes ! Tu as eu ta part de rêve ! Celui de découvrir Kader !

Ce genre de technique se décline désormais en "site de lecteurs" avec les auteurs éditeurs particulièrement ciblés. L'auteur intéressé est prié de rembourser aux acheteurs (plus une forte commission pour le site) les dépenses de ces critiques "bénévoles." Ces "achats remboursés" doivent permettre au livre de monter dans les classements, se faire remarquer, générer de véritables ventes... Pratique scandaleuse ? Quand dans un catalogue Carrefour ou Leclerc figure un produit "premier achat remboursé" il s'agit bien également pour la marque d'acquérir de la visibilité... Naturellement, dans ce genre de marketing, l'écrivain indépendant ne peut rivaliser avec les mastodontes, il peut juste sacrifier ses économies pour un résultat dérisoire. Mais c'est bien "la part du rêve" que sont disposés à payer de nombreux apprentis auteurs... Que les indépendants soient particulièrement visés montre bien l'optique "recherche de pigeons". Pratique venue des États-Unis et rapidement déclinée en France... Auto-edition.com fut naturellement démarché... Ce genre de bon plan (surtout pour les gestionnaires du site mais des "petits malins" devraient ainsi obtenir quelques jours de visibilité) est naturellement à déconseiller mais devrais-je proposer une journée d'achat remboursé ?

- Quelques clics sur OUI suffisent pour imposer les 5 étoiles « *J'ai adoré ce livre, il est finement écrit, l'auteur nous fait entrer dans la peau d'un banlieusard qui cherche l'amour... âmes sensibles venez découvrir la vraie vie dans le 9-3 !* » Ça c'est de la critique ! T'aimerais en avoir de la bonne comme ça ! Y'a un mec de banlieue qui m'a écrit ça !

Je n'ai pas pu m'empêcher de vérifier ! Exact !

« - Il faut devenir incritiquable ! Que toute personne déçue n'ose pas l'écrire, se sente vaguement coupable. S'il n'a pas aimé, c'est qu'il n'y comprend rien à la nouvelle littérature, aux banlieues, aux jeunes, c'est même du racisme anti-jeunes, anti-beurs...

- Un relent de racisme dans toute vraie critique ! Tu as gagné grâce au politiquement correct ! Les bons soldats de l'industrie culturelle n'allaient pas te jeter la première pierre ! Oui, chapeau, finalement, tu as compris notre époque ! Christine Angot derrière le drapeau « inceste », Stéphane Hessel « vieux résistant » et toi « banlieue numérique. » Grande victoire du « tout est culturel » estampillé Jack Lang !

- Jacques Langue ? Encore un de tes philosophes ?...

- Laisse, je te parle d'un temps où la gauche prétendait faire de la politique autrement ! François Mitterrand avait promis l'imagination au pouvoir en 1981 et en 2012 nous avons toujours Martin Malvy à la tête de la région !

- Pourquoi tu me sors toujours des noms qui ne passent pas à la télévision ? Chirac, Balladur, OK ! Comme je les adorais ces deux-là, quand j'étais môme ! Je ne ratais pour rien au monde les guignols de l'info. Maly, en plus, certain que c'est même pas un africain !

- Pourtant la saga de cette famille mériterait bien un feuilleton, de la guerre 14 au TGV toulousain en passant par les pleins pouvoirs accordés au maréchal Pétain, y'a toujours un Malvy quelque part depuis cent ans !

- Mais tu sais, tout ça, ça ne te sert à rien, tu ne sais pas en faire un vrai bouquin ! »

Et bing dans les dents. J'avais l'impression de lui servir de punching ball verbal. Quelque part, en souriant, je l'encourageais à continuer ! Sûrement pas par masochisme mais je ne pouvais me leurrer : une vie en échec professionnel et sentimental. Même si me complaire en relativisant sur des livres nettement meilleurs que ceux de pantins était possible, comme un couple pas pire que bien d'autres, une maison en pierre blanche à la campagne… entre ce que j'ai voulu en quittant le salariat en 1993 et ma vie presque vingt ans plus tard, certes la satisfaction d'avoir tenu m'évite la dépression mais l'échec est bien là, la route ne mène nulle part ! Où pourrait-elle mener ? L'Amour et une "certaine reconnaissance" littéraire ? Et là, je vais où ? « *Au bout de la nuit* » ?

Amina venait de le relire, elle me conseillait d'en faire de même. Je me souvenais encore très bien de l'impression de malaise quand en 2006 ou 2007, après tellement de tentatives sans parvenir à dépasser une vingtaine de pages, enfin je le terminais. Le style de Céline m'avait rebuté durant des années et là ce *voyage* me renvoyait à mes propres sensations pour lesquelles aucun mot ne me venait au quotidien. C'était donc avant Amina, durant cette période de découverte des sites de rencontres, et de nombreux enthousiasmes, espoirs…

Face à Kader, je souriais, il ne pouvait pas imaginer (et ce n'est pas une critique, il n'avait même pas vingt-cinq ans, je me souviens qu'à cet âge j'aurais bien été incapable de comprendre "un vieux"... d'ailleurs ces hommes me regardaient de haut, comme un petit jeune, dans une société à la structuration bien plus marquée... le "faire de la place aux jeunes" n'est venu que plus tard... les "révoltés de mai 68" sont parvenus à maintenir dans l'ombre la génération suivante qui s'est rapidement retrouvée poussée aux oubliettes par celle qui suivait, plus aguerrie aux nouvelles technologies... je suis d'une génération de transition, qui doit payer les retraites dorées de ces baby boomer... enfin, c'est ce genre de conceptualisation qui tournait dans ma tête après nos "échanges", en retraversant la forêt), il ne pouvait pas imaginer que loin de penser "*s'il n'était pas mon employeur je lui casse la gueule*" comme il le croyait (confidence de Nadège) me venait souvent "*il te faut sûrement ces baffes dans la tronche pour aller au fond de toi, y puiser le texte essentiel, c'est ton voyage au bout de la nuit.*" Une seule fois, j'aurais pu le tabasser mais il faut croire que jamais la violence ne constitue une réponse chez moi.

Pourtant, je continuais à laisser Amina me maintenir dans l'incapacité d'écrire vraiment mais de plus en plus me virevoltait dans la tête un "quand la corde n'est pas assez tendue, elle n'émet aucun bruit, quand elle est trop tendue, elle casse." La sensation d'arriver à une période cruciale s'imposa durant ces jours de mars et avril 2012. Je ne pouvais naturellement pas occulter que deux ans plus tôt, elle continuait à m'écrire "mon Amour" tout en couchant dès qu'elle le pouvait avec son fonctionnaire européen, italien, en mission en Éthiopie.

- Quand tu es un minimum futé, tu comprends vite leur fonctionnement ! Il faut laisser un 3 étoiles car Amazon adore opposer un avis très favorable 5 étoiles avec la "critique négative la plus appréciée" qui débute aux 3 étoiles. Un 3 étoiles qui conseille d'acheter, c'est clean ! Votre problème, à vous les écrivains, c'est l'intelligence, alors que dans la vie il faut être futé, même dans l'édition.

- J'ai braqué des banques sans même une seule garde-à-vue (mais non monsieur le juge, je plaisante, forcément, c'est de la littérature, il ne faut pas croire non plus que Frédéric Beigbeder dans la vraie vie... ah c'est super la littérature, on peut raconter la vérité tout en prétendant que c'est de la fiction, alors que vous, les écrivains, vous continuez à essayer de nous faire croire que vos histoires abracadabrantes sont vraies !). J'ai piloté la distribution de la petite poudre blanche (idem). Et comme l'ont raconté les médias, j'ai passé quinze jours derrière les barreaux pour trafic de cannabis. Préventive ! Et parcours de réinsertion pour éviter la prison... Oh merci monsieur le juge de m'avoir donné l'occasion de croiser Nadj ! Tu as tort, de ne pas jouer la carte *Dépêche du Midi*, le Baylet m'a l'air d'un brave type, en Fernandel de la dépénalisation du shit. Il faut toujours savoir s'unir avec les plus forts, c'est la seule manière de prendre leur place. Ce qui fait de moi un bon représentant de la banlieue, révélé au grand public grâce à la vague d'achats de sympathie pour ce livre numérique à 99 centimes d'euros. Comme c'est drôle ! Comme vous êtes cons ! Comme le répétait si souvent Adam « la connerie humaine est sans limite et les écoles des profs ne font que l'aggraver, ce qu'il faut comprendre dans cette vie c'est qu'il y a ceux qui réussissent et les autres ; avec moi, tu connais le plus court chemin pour passer du bon côté. » Et il ajoutait même un truc qui va te montrer qu'Adam c'était un mec d'une intelligence au-dessus de la moyenne : « quand tu nais à l'ombre, mec, si tu suis les bons conseils des privilégiés, tu ne verras jamais le vrai soleil. » Adam, il était parti de rien dans la cité, il avait tout organisé. La vie est parfois injuste. Il aurait pu devenir député, mon frère ! C'était son ambition, c'est ce qu'il m'avait expliqué « pour devenir indéboulonnable, il suffit que je devienne député, le PS recherche des mecs comme moi pour éviter que la banlieue s'enflamme. » Il avait même rencontré Bernard Tapie, mon frère !

Il me croyait impressionné. J'hésitais et finalement je pense avoir eu raison de retenir « Mesrine, dans *l'instinct de mort*, a écrit une phrase de ce genre ». Soit le nom lui était inconnu, soit il aurait voulu savoir comme moi, « un brave paysan » (« finalement, tu ressembles plus à un brave paysan du Moyen-âge qu'à un écrivain », il m'avait balancé le 7 mars) j'avais lu son héros.

- Le premier achat, c'est d'Anaïs, avec le compte Amazon de sa mère, où la vieille a enregistré sa carte bancaire. Un truc de louf, ce système ! Son mot de passe, c'est le prénom de sa fille et une fois que tu es connecté à son compte, tu peux acheter ce que tu veux car elle a mémorisé sa carte ! Enregistrez votre carte, c'est plus pratique ! Y'a un fric dingue à se faire en piratant ce genre de compte... enfin, si ça t'intéresse... Pas besoin de commander leur Kindle, il suffit de télécharger un logiciel de lecture sur ordi. Mais deux heures plus tard, toujours rien en dessous de « *Moyenne des commentaires client : Soyez la première personne à écrire un commentaire sur cet article* » là où j'avais bien pigé que les livres qui se vendent avaient une ligne « *n° 999 dans la Boutique Kindle* » avec à côté entre parenthèse le « *Voir le Top 100 dans la Boutique Kindle.* » Et c'est là qu'il fallait que je sois. En plus, impossible d'acheter deux fois le même ebook !

« - Au fait, ça va te servir à quoi, d'être numéro 1 dans ce truc d'intellos ?
- La frime, Anaïs, la frime ! Et... secret ma princesse... Des contacts dans le show-biz ! Y'a un fric dingue à se faire. Demain, ils seront tous mes clients ! »
Je lui avais promis de lui obtenir un autographe de Grégoire. Elle l'adorait.

- Avec ma carte bancaire, je voulais me créer un compte... mais Anaïs m'a expliqué qu'on serait vite repéré, avec un truc d'adresses Hip Hop qui permet de reconnaître d'où l'on se connecte... Y'a eu tout un tas de problèmes, on a pu en acheter que cinq dans la journée. Et le lendemain matin : « n° 324 dans la Boutique Kindle. » Anaïs était folle de joie mais je me demandais : il en faut combien, des ventes, pour arriver numéro un ?

- Alors, il a fallu s'organiser. Anaïs fut géniale, elle m'a imprimé une page « achat du bouquin de Kader sur Amazon, mode d'emploi. » Avec noté en gras « Opération Top secrète, l'information ne doit pas sortir de la cité » Et cinq cents à la photocopieuse ! Ensuite, un gamin fut chargé d'attacher à chaque feuille un billet de vingt euros avec un trombone. Oui, c'est un truc que je te conseille, il faut toujours garder cinq cents billets de vingt euros planqués quelque part ! Je suis sérieux ! On croit que les billets de cent euros, c'est la classe. Mais les pauvres se demandent toujours s'il s'agit d'un faux. Vingt euros, c'est la coupure discrète. Et grande réunion du Conseil des Ministres, comme on dit. Il s'agissait d'abord de faire acheter chaque jour quinze ebooks. Chaque personne recevant "un document" devait en télécharger au moins trois à quatre cinq jours d'intervalle et nous rendre le mode d'emploi avec les dates et heures d'achat. Tout le monde a cru que j'avais les moyens de vérifier ! 10 000 euros pour le cul de Nadège à volonté, j'aurais donné bien plus. Tu me diras, radin comme tu es, selon qui tu sais !, attacher un billet de dix euros aurait suffi mais il existe des moments où il faut savoir être généreux !

XIII Nadège piégée

- Nadège a tout de suite flairé l'entourloupe. Elle a d'abord cru que j'avais piraté sa connexion !

« - Non, ce n'est pas possible !
- Tu me prends pour un menteur ? On n'a pas d'éducation mais on n'a qu'une parole, nous. On n'est pas du genre à partir en Suisse pour pas payer nos impôts ! D'ailleurs on n'en paye pas ! Tu essayes de te défiler pour ne pas me donner ce que j'attends depuis le premier jour ? »

- Elle m'a regardé bizarrement. Puis avec une frayeur dans les yeux, comme au cinéma. Je crois bien qu'elle avait oublié les conséquences de ma présence en tête du Top d'Amazon Kindle ! Elle n'y avait jamais cru, que ce soit possible !

Kader avait deviné. Nadège m'a raconté le 21 mars : « Je me suis sentie redevenir un objet. J'ai failli m'évanouir. Ce n'était plus Kader que j'avais devant moi mais Carlo, l'ignoble Carlo. Pablo était un camarade de classe et presque un voisin, il avait la chance d'avoir des parents riches, selon les commentaires de l'époque. Même si son père, fonctionnaire européen, un italien marié à une française, séjournait régulièrement en Afrique, en missions. Mais cet été-là, j'avais 10 ans, son père était présent quand Pablo fut malade, je ne sais même plus de quoi. Quand je suis arrivé, Carlo m'a raconté qu'il venait de s'endormir mais qu'il n'allait pas tarder à se réveiller, qu'il fallait l'attendre... Il m'a demandé si je voulais jouer au Monopoly, forcément j'étais d'accord. « *Alors, on joue à l'italienne, si tu veux.* » J'ignorais naturellement ce que ça signifiait et j'ai répondu « *d'accord* ». C'est moi la première qui ait acheté une rue, alors il a retiré une chaussette, ça m'a fait rire, mais c'était ça "jouer à l'italienne", quand l'adversaire achetait un quartier, il fallait lui donner un de ses vêtements. On s'est donc rapidement retrouvés nus. Alors, ce fut la pause. Un verre de jus d'orange pour moi. Sur le canapé, je me suis sentie toute joyeuse et en même temps fatiguée, il m'a prise dans ses bras, et j'ai senti une grande douleur dans le bas du ventre mais il me caressait, et je me sentais tellement joyeuse... Fatiguée et joyeuse. Je me suis réveillée le lendemain matin dans son lit, il avait téléphoné à ma mère pour lui expliquer que j'avais joué toute l'après-midi avec Pablo et que je m'étais endormie, que son épouse venait de me border. Ma mère était tellement impressionnée par ce fonctionnaire européen... et très honorée quelque part... Au réveil j'étais toute bizarre, quelque chose en moi tremblait... mais je n'avais même pas la lucidité de me demander ce que je faisais là... il m'a appelée « *princesse* »... il était allé acheter des croissants qui m'attendaient sur une petite table avec du jus d'orange... Après ce jus d'orange je me suis sentie de nouveau toute excitée et plus du tout fatiguée, je planais... il m'embrassait sur la bouche... quelque part c'était bien même si je sentais, sans comprendre, que je n'étais plus moi... J'étais suffisamment lucide pour réaliser qu'il se passait quelque chose de dramatique mais pas assez pour m'enfuir, il m'a pénétrée, comme il ose ajouter « *avec une grande tendresse* » mais je me suis sentie un objet... Et ça a continué durant des années... je suis même partie une semaine en vacances avec eux... J'ai été leur objet... à sa femme également... Elle préférait que son mari « *s'amuse avec la gamine plutôt que d'aller traîner n'importe où.* » Ils m'ont volé mon enfance... Je sais maintenant qu'il possède toute une pharmacie de petites fioles, c'est comme ça également qu'il a euphorisée Amina, d'abord à l'aéroport du Caire avec un Coca qu'il a eu la gentillesse d'aller lui chercher au bar puis à Addis-Abeba... Toute cette enfance que je croyais avoir réussi à surmonter est revenue, là, devant Kader. Quand il m'a posé les mains sur les épaules, j'ai senti une poigne de fer. Je savais que je ne m'en sortirais pas sans lui donner ce qu'il voulait me prendre. Je savais qu'il allait faire comme l'autre. »

« - Tu...
- Eh oui, mon ange, mon amour, ferme les volets, je vais te prendre ici, sur la moquette ou sur une chaise, comme tu préfères...
- Tu... Ce n'est pas possible que ce soit toi !
- Kader Terns et ma photo, qu'est-ce qu'il te faut... Allez, je te laisse cinq minutes, tu peux faire le tour du quartier pour vérifier que sur l'ensemble des ordinateurs du monde entier, *"la vraie vie dans le 9-3"* cartonne !
- Mon Dieu !
- Ton Dieu, c'est moi maintenant ! Et tu vas connaître le septième ciel, ma belle. »

- Ce fut encore mieux qu'avec Anaïs... J'étais fier, tout le reste je m'en foutais comme de mon premier braquage... Elle m'a lu après son deuxième orgasme.

« - Ce n'est pas possible que tu sois en tête des ventes avec ça ! Je rêve... comme dirait Laurent Fabius ! Ou alors ils pensent tous que c'est un nouveau tour de Jack-Alain Léger. C'est bien de toi ?... Maintenant que tu m'as eue...
- Pour qui tu me prends ! Kader Terns, t'en connais d'autres ?
- Tu as déjà entendu parler de Jack-Alain Léger ?
- Ne me pose pas des questions dont tu connais la réponse.
- Ce ne serait pas un de tes clients ? Même s'il prétend ne plus se droguer depuis des années... Tu l'aurais rencontré et tu tiendrais le rôle de l'auteur ? C'est ça ?
- T'as trop d'imagination ! C'est qui ton Jack ? Il est du coin ?
- Jack-Alain Léger est un écrivain assez connu mais comme un peu avant l'an 2000 il ne trouvait plus d'éditeur, ne vendait plus, il a écrit *"Vivre me tue"*, le « *témoignage* » d'un jeune beur d'origine marocaine, l'a signé Paul Smaïl. Un best-seller et un scandale littéraire quand on a appris qu'il ne s'agissait pas d'une autobiographie mais d'une mise en scène littéraire.
- Et tu crois qu'il y aurait des nazes pour croire que c'est ton Jack qui signe Kader Terns ? Et ils achèteraient à cause de cela ?
- Sans vouloir te critiquer, ce n'est pas de la littérature comme je t'entends... et même comme témoignage... Je me demande juste comment tu es arrivé à devenir la meilleure vente. Tu as encore magouillé !
- Oh ! Jamais je ne magouillerai plus que François Mitterrand ! Pourquoi tu me regardes comme ça ? Je ne sais pas qui c'est mais l'autre jour le patron du bar m'a répondu ça ! François Mitterrand, tu l'as déjà eu en réinsertion ?
- Tu ignores qui est François Mitterrand ?
- Tu sais, je ne demande jamais le nom des gens. C'est comme ton Jack-Alain.
- Mon Dieu ! »

- Au fait, Stéph, c'est qui, ce François Mitterrand ?
J'ai également, simplement, pu m'exclamer, en souriant :
- Mon Dieu !
- Vous êtes chiants les intellos ! Le jour où je le croise celui-là !

- Je la rebaisais. Mais en même temps, son histoire de Jack me tournait dans la tête. Et si quelques critiques le reconnaissaient ! Le lendemain, tandis que ma belle Nadège subissait, dans son bureau de l'avenue Charles de Gaulle, la grande crise de son Pablo, son "fiancé officiel" qui voulait savoir où elle avait passé la nuit, à notre grande réunion quotidienne je décidais de faire modifier quelques commentaires en introduisant ce Jack et d'envoyer aux médias quelques mails "anonymes", signés François Mitterrand, les informant que l'écrivain réussissait un nouveau coup sous le pseudonyme de Kader Terns.

XIV Jack-Alain Léger

Jack-Alain Léger, connu depuis son entrée "fracassante" dans le monde des lettres en 1976, avec "*Monsignore*", chez Robert Laffont : trois cent mille exemplaires, adaptation au cinéma, traduction en vingt-trois langues, ne figure pourtant pas parmi nos stars de Saint-Germain-des-Prés. Ses livres suivants ne parvinrent jamais à renouveler le succès... et il semble l'avoir très mal vécu, tout en essayant de capter un peu de lumière, de revenus, en passant entre les mailles du filet...
"*Ma vie (titre provisoire)*", qu'il publia en juin 1997, n'est pas de l'auto-édition même si "Salvy éditeur" me le laissa croire ! Mais cette maison, dont le nom correspondait si bien à l'ouvrage, édite d'autres auteurs et semble avoir été créée par Gérard-Julien Salvy, un historien de l'art qui selon wikipédia 2012 serait connu pour « *sa biographie du* Caravage, *ainsi que pour sa traduction annotée de l'ouvrage de Roberto Longhi consacré à ce peintre.* »
"*Ma vie (titre provisoire)*" résume cette chute dans la considération du milieu littéraire. Néanmoins, ou ironie des publications, au même moment, il réussissait une nouvelle percée, sous le pseudonyme masqué de Paul Smaïl, avec un nouveau best-seller "*Vivre me tue*". Le « *témoignage d'un jeune beur* » publié chez Balland était donc fictif, ce qui choqua certains, quand l'identité de l'auteur fut connue, en l'an 2000. Sûrement les critiques qu'il dépeignait dans son essai-vérité et qui ne l'aimaient pas... et se sont retrouvés à l'encenser pour son témoignage des difficultés d'insertion d'un jeune beur pourtant très diplômé ! J'imagine bien l'éditeur tentant de persuader les chers et honorables critiques de donner un coup de pouce à cette œuvre bouleversante, très gauche bien pensante...

"*Ma vie (titre provisoire)*" :
« *J'ai su alors ce que peut nourrir de haine à l'endroit d'un écrivain uniquement écrivain la pègre des gens de lettres dont Balzac a si exactement dépeint les mœurs dans* Illusions perdues, *mœurs qui n'ont pas changé, si ce n'est en pire : vénalité, futilité, servilité.*
J'avais perdu mes dernières illusions sur ce milieu dont les pratiques ressemblent tant à celles du Milieu : parasitages de la production, chantages à la protection, intimidations, etc. Publication de livres que l'éditeur juge médiocres ou invendables mais qu'il surpaie à des auteurs disposant d'un pouvoir quelconque dans les médias... (...) Fabrication par des nègres et des plagiaires d'une fausse littérature qui, comme la mauvaise monnaie, chasse la bonne... Calomnies et passages à tabac pour les rares francs-tireurs. « Nous avons les moyens de vous faire taire définitivement ! » me dit, sans rire, un critique, par ailleurs employé d'une maison d'édition et juré de plusieurs prix littéraires auquel j'ai eu le malheur de déplaire. Je n'étais d'aucune coterie, détestant ces douteuses solidarités fondées sur des affinités sexuelles, politiques ou alcooliques, voir une simple promiscuité au marbre d'un journal ou à la table ovale d'un comité de lecture ; j'étais puni. On me faisait payer cher de n'avoir jamais eu de « parrain ». »

« *Hé bien ! La guerre continue, la guerre pour trouver ce minimum de paix nécessaire, un éditeur, un contrat, de quoi tenir encore quelques mois. J'en suis là.* »

Signer un contrat, empocher un à-valoir, si modeste soit-il, écrire sur commande tout et n'importe quoi. Face aux auteurs en grandes difficultés quotidiennes, les éditeurs apparaissent comme des mastodontes financiers. Dix pages plus tôt, l'auteur notait « *où se situe la ligne de partage entre le compromis acceptable et l'inadmissible compromission ?* »

Jack-Alain Léger figure donc dans la liste de ces auteurs qui auraient pu essayer de gagner à la grande loterie du livre numérique sous pseudo (il semblait, malgré son dégoût des pratiques, ne pas vouloir se couper de ce milieu). Publier sous son nom et sous pseudo, j'ai également tenté. Dans l'indépendance, sans soutien médiatique, les problèmes s'ajoutent plutôt que les chances ! Certes, je pourrais me satisfaire d'un résultat moins catastrophique en quelques mois de numérique qu'en deux décennies de papier invisible. Mais la révolution, c'est autre chose ! Suis-je capable d'écrire le livre de la Révolution numérique ? Le témoignage, l'analyse, qui passera au-dessus des têtes des installés pour toucher le grand public ? Tandis que j'écoutais Kader, ce questionnement revenait régulièrement avec l'impression d'avoir devant moi la clé principale, celle qui ouvrirait la bonne serrure. Oui, Kader fut presque l'homme de la Révolution Numérique, comme Stéphane Hessel, les deux sans vraiment le vouloir, le vieil homme l'aurait d'ailleurs été si le Kindle avait débarqué un an plus tôt mais le vrai lauréat, celui qui marquera l'époque… je me prenais à rêver d'un texte choc. Pas forcément long. Dont le titre constituerait un déclic. Trouver le titre…

En mars 2013, alors que tout cela est fini mais que je n'ai toujours pas publié, j'entends sur *France-Inter* une rediffusion d'une émission de février 2012, où le célébrissime François Busnel recevait notre Jack-Alain Léger, alors 65 ans, une quarantaine de livres au compteur et « *dans une grande période de dépression.* »

Après avoir publié chez Christian Bourgois, Flammarion, Grasset, Laffont, Julliard, Gallimard, Mercure de France, Denoël, Stock, "*Zanzaro circus*" sortait chez "*L'Éditeur*", maison née en janvier 2011 « *à l'initiative d'Olivier Bardolle* » avec « *un bon accueil, ça devrait suffire mais ça ne suffit pas... je ne retrouve pas l'élan qui me fait écrire.* » Un livre peu distribué, l'homme de "*la grande librairie*" semblant très modérément apprécier la conclusion de l'auteur renvoyant à Amazon... où les deux cents pages sont vendues 15 euros 20 pour un prix public à 16 euros. Aucune version numérique.

Selon le monsieur de "*Le grand entretien*" : « *itinéraire d'un écrivain qui n'a plus d'éditeur, l'histoire d'un rocker révolté underground qui n'a plus de label...* »

La "carrière" est revisitée : 1976 : « *une revanche extraordinaire car le livre avait été refusé chez Grasset.* »

1997 : « *ça été formidable de voir tous ceux qui me crachaient dessus trouver ça génial, c'était une joie profonde.* »

« *- Pourquoi avez-vous fait ce coup à la Gary - Ajar ?*
- Je fais pas les choses en les pensant longtemps, c'est comme ça, ça arrive un matin, tiens je vais écrire ça... »

Grasset ? FB cite « *le 61 rue des Saint-Pères, c'est le Kremlin sous Staline, c'est le Vatican sous les Borgia* », modéré au micro par l'auteur : « *ce sont des colères et quand on est en colère on ne contrôle plus ce que l'on dit.* »

La musique, les albums "*La Devanture des ivresses*" sous le nom de Melmoth en 1968.
Un album consacré par le grand prix de l'académie Charles-Cros. Pourtant un échec.
« *- Le métier l'a refusé, c'était un petit label qui était distribué par l'énorme multinationale qu'est CBS et CBS a demandé à écouter les paroles une fois que j'ai eu le prix. Ils ont été tellement horrifiés qu'ils l'ont fait retirer des bacs et qu'ils ont annulé le disque.*
- Dans quel état étiez-vous ?
- Fou de rage (...) on était au lendemain de 68 et il y a eu une sorte de reprise en main idéologique très forte, y compris des médias... au lendemain de 68 il fallait que plus rien ne dépasse. »

Puis "*Obsolete*" sous le nom de Dashiell Hedayat en 1971, avec l'envoûtant "*Chrysler*." Album acheté sur Priceminister, remis en vente la semaine suivante.

Son "approche littéraire" avec des citations insérées sans guillemets : « *écrire c'est dialoguer avec tout le reste de la littérature* (Busnel intervient avec « *expliquez ça à un avocat, il vous dira que ça s'appelle plagier* ») *Non dialoguer... J'écris parce qu'il y a eu des écrivains, j'écris pas parce que j'ai une peine de cœur ou que j'ai envie de changer le monde. J'écris parce qu'il y eut de la littérature. Malraux disait "Cézanne ne peint pas des pommes parce que y a des pommes mais parce qu'il y a eu des peintres avant qui ont peint des pommes. C'est la même chose. J'écris parce que Balzac, parce que Stendhal, parce que Proust.* »

J'ai également l'impression de dialoguer avec mes prédécesseurs. Mais je crois nécessaire de changer le monde. Eclairer quelques lectrices et lecteurs, c'est changer leur monde, donc le monde. Parmi eux, des écrivains suivront cette voie…

En avril je le découvre dans la première base "*Relire*" des "*indisponibles*" dont les éditeurs vont pouvoir récupérer sans signature des auteurs les droits numériques qui appartiennent pourtant à ces auteurs qui doivent réagir sous six mois pour éviter l'engrenage... Grand cadeau des parlementaires. Je publie alors un court texte pour lequel je pourrais également répondre à monsieur Busnel « Je fais pas les choses en les pensant longtemps, c'est comme ça, ça arrive un matin, tiens je vais écrire ça... » : "*Alertez Jack-Alain Léger !*", en partant d'un parallèle entre le cri "*Alertez les bébés !*" de Jacques Higelin, son album de 1976 avec le succulent, inoubliable et toujours actuel "*Aujourd'hui la crise !*" et le "*Monsignore*" indisponible et sur lequel le fric à se faire semble correct, avec des miettes que l'écrivain sera prié de réclamer à la Sofia, la bien nommée...

Indisponible : *Autoportrait au loup* (que François Busnel venait de lire)
Flammarion - 1982

Indisponible : *Les souliers rouges de la duchesse*
F. Bourin - 1992

Indisponible : *La gloire est le deuil éclatant du bonheur : quasi un romanzo*
Julliard - 1995

Indisponible : *Capriccio*
Julliard - 1995

Indisponible : Selva oscura
Julliard - 1995

Indisponible : *Le duo du II* - théâtre
Dumerchez - 1992

Indisponible : *Monsignore*
R. Laffont - 1976

Indisponible : *Monsignore II*
R. Laffont - 1981

Huit titres auxquels il convient d'ajouter "*Jeux d'intérieur au bord de l'océan*" publié sous le nom de Dashiell Hedayat chez C. Bourgois en 1979. Mais également "*Prima Donna : roman*" publié sous "Eve Saint-Roch" chez Stock en 1988. Wikipédia qui prétend tout savoir note « Édition intégralement pilonnée par l'éditeur. » Mais visiblement après dépôt légal !

Sur Amazon versant Boutique Kindle, uniquement deux réponses pour Jack-Alain Léger :
- *Mon premier amour* à 5,49 euros. Un livre disponible en poche, 185 pages à 7,12 euros. Editeur : Grasset (1 janvier 1978) ;

- *Un ciel si fragile*. Disponible en poche, Folio de Gallimard (12 septembre 1989), 320 pages à 7,79 euros. Soit moins cher que la version numérique, à 8,49 euros ! Le format broché, 333 pages de chez Grasset (1 juin 1976) navigue dans les mêmes niveaux, à 9,69 (prix public 10,20).

XV Le contrat de nègre

Le contrat entre Kader et moi, ce ne sont que quelques lignes, rédigées dans le style d'un modèle déniché sur le net.

Entre les soussignés Kader Terns, né le 10 mai 1988 à Aubervilliers et Stéphane Ternoise né le 27 octobre 1968 à Arras.

Stéphane Ternoise s'engage à remettre à Kader Terns, au plus tard le 28 février 2013, un texte romancé reprenant ses confidences autobiographiques, d'un minimum de 50 000 mots.

Le 5 de chaque mois, Kader Terns remettra à Stéphane Ternoise un chèque de 2400 euros HT (tva 7% à la date de signature du contrat, soit 2568 TTC) ou effectuera un virement sur son compte bancaire.

Kader Terns s'engage à consacrer au minimum 10 heures par semaine à répondre aux questions de Stéphane Ternoise, soit par téléphone (frais de communication à la charge de Kader Terns), soit par tout autre moyen après accord entre les deux parties.

Si Kader Terns décidait d'arrêter la collaboration avant la remise du manuscrit, soit en l'exprimant formellement soit en ne répondant pas aux questions de Stéphane Ternoise, ce dernier conserverait l'ensemble des paiements et n'aurait aucune obligation de fournir un texte même intermédiaire. Pour démontrer une absence de réponses, Stéphane Ternoise devra envoyer une lettre recommandée nécessaire et suffisante lui spécifiant la date de ses appels et lui proposant une autre date. Faute de réponse par Kader Terns, dans ce cas également par lettre recommandée, le contrat serait considéré rompu par lui (s'il ne prenait pas la lettre recommandée, le contrat serait de même rompu à ses dépens).

En cas d'absence d'un paiement mensuel par Kader Terns, le contrat serait également considéré rompu par lui, avec les mêmes conséquences.
À la remise du manuscrit final (sous forme papier et gravé sur CD au format word et PDF), Kader Terns effectuera un paiement de 10 000 euros HT à Stéphane Ternoise.

Si Kader Terns remplit l'ensemble de ses obligations mais que Stéphane Ternoise ne remet aucun texte dans les 15 jours après demande réitérée en lettre recommandée au-delà du 28 février 2013, Stéphane Ternoise remboursera l'ensemble des sommes perçues.

La remise du manuscrit s'effectuera chez Stéphane Ternoise.

Le décès d'un ou des deux protagonistes stopperait naturellement le contrat, sans qu'aucune des parties ne puisse réclamer un remboursement, une somme due ou un texte.

Sur le livre publié, Kader Terns rétrocédera 5 % de l'ensemble des droits directs ou indirects qu'il percevra, à Stéphane Ternoise, en droits d'auteur.

Fait à Montcuq, le 22 février 2012.

Sûrement pas parfait pour les as du juridique mais un contrat !

Dix heures par semaine durant un an. Cinq cent vingt heures, quelle ambition pour un tel livre ! Quel professionnalisme ! Je ne pouvais quand même pas limiter les échanges à huit jours. Quand nos "rendez-vous quotidiens" ont débuté, Martin Malvy m'est revenu en tête, versant *"Des racines, des combats et des rêves"* et la magistrale explication donnée par leur *Dépêche du Midi* :

"Pourquoi ce livre ?

C'est Jean-Christophe Giesbert et Marc Teynier qui lui ont proposé l'idée de faire ce livre. « Ancien journaliste, j'ai toujours envie d'écrire. Mais j'en ai rarement le temps », explique-t-il. « Nous avons fixé un rendez-vous en fin d'après-midi un dimanche. Après le premier, je ne pouvais pas arrêter. Nous nous sommes donc vus 7 à 8 dimanches. J'ai répondu à leur question en fumant des cigarettes et en buvant du whisky. On a passé des bons moments »."
Signé : *E.D.*

Un livre bâclé en une quarantaine d'heures, certes avec deux collaborateurs, dont on imagine très bien LA question, du genre "comment faire de vous un héros ?", et peut-être une secrétaire payée par la région pour retranscrire ces entretiens.

Dans mon combat contre le Centre Régional des Lettres, leur refus de m'accorder la possibilité de présenter un dossier pour obtenir une bourse d'écriture de 8 000 euros, blocage de l'indépendant d'une seule phrase « *l'auteur doit avoir publié au moins un livre à compte d'éditeur (sous forme imprimée)* » j'avais fini par personnaliser le combat, défier directement le chef. Quand il publia un nouveau livre, cette fois des entretiens avec un « économiste libéral », Nicolas Bouzou, cette fois chez un éditeur toulousain, Privat, une maison du groupe Fabre, un mastodonte de la beauté, également présent au capital de leur *Dépêche du midi*, j'avais balancé « *quand Martin Malvy publie un livre : questions de déontologie.* » Pas plus de ventes que les autres essais, une indifférence totale des médias. Mais au moins, qu'il ne nourrisse aucune illusion : quand enfin il sera remplacé, mes commentaires, c'est ce qui restera de sa vie.

Eh oui, ce genre de mec peut faire éditer, et vendre grâce à une abondante couverture médiatique, des feuilles inutiles mais l'explication d'un système perverti où l'éditeur a "sûrement" bénéficié d'abondantes subventions de la région donc peut éditer le patron sans exigence littéraire, même à perte, tout le monde s'en fout. Devrais-je plutôt solliciter des femmes et des hommes politiques pour leur proposer des entretiens ?

Un an, pourquoi consacrer un an à ce genre de projet ? Enregistrer et recopier ces propos comme semblent l'avoir fait ces journalistes ? Je ne suis même pas certain qu'il l'ait relu, notre Président de région… sinon, il se serait aperçu des oublis sur Louis Malvy, sa rencontre avec Mussolini, son soutien aux accords de Munich, son vote ès député des pleins pouvoirs au maréchal Pétain, sa condamnation d'indignité nationale à la Libération… l'homme au pouvoir réécrit certes l'histoire… mais dans certaines limites ! Devoir de vigilance des lectrices et lecteurs… Pourquoi perdre un an avec ce fou ? Pour lui faire croire que c'est compliqué de rédiger une autobiographie ? Qu'il ne vienne pas me réclamer dans huit jours le manuscrit, considérer qu'un paiement mensuel durant douze mois, c'est de l'arnaque, comme le pense d'ailleurs Amina ? 38 800 euros ! Oui, j'ai exagéré. Plus les "cadeaux". Je vais pouvoir installer une fosse sceptique ! Ma chère compagne préférerait qu'on s'offre un long séjour un Djibouti. Mais oui, nous pouvons nous permettre les deux ! Mais non, je préfère en garder un peu pour la suite. Oui, je suis prudent ! Maintenant qu'il est là, vais-je rencontrer ce petit loubard durant un an ? Et supporter de voir Nadège sans la toucher ?

Fini l'ordinateur du matin, juste une consultation des mails, parfois l'envoi d'un guide de l'auto-édition numérique, le seul ebook à se vendre un peu sans intermédiaire, parfois une réponse à monsieur Blondin, oui un jour il défendra sur scène nos chansons et ce sera une baffe dans la gueule pour les endormis (oui "ce métier" permet de rêver), parfois l'envoi d'une pièce de théâtre, à une troupe qui ne la jouera "sûrement" pas ou effectuera quelques représentations discrètes, sans verser un euro au dramaturge, et je traverse la forêt, pars « travailler. » Un bloc note en main, quatre stylos (deux noirs, un vert et un rouge) dans la pochette de la chemise. Le portefeuille dans la poche du pantalon.

Quelle est agréable la vie dégagée des soucis pécuniaires ! Il va juste me falloir m'occuper de dépenser un peu d'argent pour éviter de me retrouver imposable pour la première fois depuis 1995 ! Un ordinateur portable, déjà, ce serait peut-être utile... Et ne pas perdre un an ! Donc débuter un vrai roman à côté. Raconter Amina ?

Nadège me prépare un Cappuccino. Le plus souvent elle est même déjà passée à la boulangerie et je déguste au moins deux tranches de brioche. Kader raconte, je note. Sa ravissante compagne nous laisse "travailler", s'éloigne pour lire. Parfois la star lui lance *« ça ne t'intéresse pas ma vie ?! »* et sa réponse a l'air de le déranger *« je lirai le livre de Stéphane. »*

Cet emploi du temps débuta un jeudi, le 1er mars. Il lui avait effectivement suffi de trois jours pour aménager correctement une pièce chauffée et meublée, habitable, servant de cuisine et chambre.

Et immédiatement il s'est fait livrer six tonnes de sable blanc, dix de sable à béton, ainsi que trois palettes de sacs de ciment et douze de parpaings.

Quand plus rien ne me vient pour le relancer, je sors *« on a bien bossé aujourd'hui... »* Il se lève, se change, enfile un bleu de travail et direction la bétonnière. C'est Marcel qui lui a conseillé le bleu de travail. Premier objectif : une chape de béton dans les caves, toutes encore en terre.

- Il ne faut pas hésiter à mettre la main dedans pour prendre une poignée et voir si on arrive à faire une boule. Sinon tu rajoutes de l'eau ou du mélange sable gravier.

Il me répète les conseils de Marcel. C'est presque devenu un jeu, quelques répliques de notre petit théâtre quotidien.

- Mais tu es fou, de mettre le bras dans la bétonnière alors qu'elle tourne !
- Ça, faut être rapide mon gars, tu passes entre les deux pales, et hop, tu chipes une poignée, ni vu ni connu !
- Lui, il en prend une poignée après l'avoir versé dans sa brouette !
- Perte de temps !

Et effectivement, il ressort une poignée de béton dans la main droite, sans même une égratignure. Nadège lit, dans le salon ou dehors, suivant la météo. Je vais la saluer...
- À demain Nadège... Ah Kundera... *La plaisanterie...* il faudrait que je le relise... je me souviens de l'époque où dans un livre d'Yves Simon revenait le nom de Milan Kundera... et ainsi j'ai acheté mon premier Kundera... ça devait être "risibles amours"... j'ai alors cessé de suivre Yves Simon...
- Je viens de lire "Océan", c'est plutôt bien écrit...
- Je crois qu'Aurélie Filippetti est passée par les mêmes lectures mais elle en est restée là et la construction de son premier roman ne fut que ça, avec l'aide de son cher éditeur ! Et maintenant elle voudrait nous imposer sa conception de l'écrivain ! Un ouvrier guidé par le maître éditeur ! Tu veux la lire ?
- Oui, ça peut être intéressant de confronter son écriture avec celles d'Yves Simon et Milan Kundera... Il t'intéresse encore ?

- Parfois j'ai envie de le relire. Même si je me sens désormais plus proche de Philippe Djian, Michel Houellebecq, Paul Auster ou Lucia Etxebarria. Il faudra également que je m'intéresse à ses romans récents.
- Je les demanderai à la librairie.

- Les intellos !
Hurle Kader. Nous nous tournons vers lui.
- Ça fait deux minutes que je vous écoute ! Comment vous pouvez parler de choses pareilles ! Tu sais où ça s'achète une taloche ? Marcel m'a dit qu'il m'en faut une pour que le béton soit bien plat à la cave. Il m'avait promis de me prêter la sienne mais hier il l'a oubliée, donc mieux vaut que j'en achète une.
- Je m'y connais en écrivains du 19eme, du 20eme mais une taloche je ne suis pas sûr de savoir ce que c'est. Tu devrais en trouver une à Bricomarché, Obi ou Bricodépôt.
- J'irai ce soir alors.

- Je ne vous dérange pas, les jeunes ?
Marcel arrivait avec une taloche en main. Oui, c'était bien ce que je croyais.

XVIII 11 mars 2012

Kader rapidement parti bétonner, nous en étions aux banalités avec Nadège... Il avait gelé, elle était donc restée à l'intérieur. Je me souvenais d'avoir entendu que le mélange nécessite une température d'au moins cinq degrés mais pas envie de le retenir...

- Tu n'as pas l'air pressé de rentrer...
- Oh, tu sais, depuis qu'Amina a choisi de prendre une chambre à Prayssac durant la semaine, car vingt kilomètres c'est trop épuisant... Donc quand elle est là, forcément très fatiguée, forcément avec des copies à corriger... car bien sûr là-bas elle n'a pas le temps, je préfère être... avec quelqu'un qui me parle vraiment !
- Tu crois qu'elle en profiterait pour te tromper avec ses collègues ou initier ses élèves ?
- Elle m'a promis que jamais plus... Jamais plus car elle m'avait promis que tout allait bien se passer quand elle est repartie à Addis-Abeba, d'où elle m'écrivait chaque jour « mon Amour... »
- Et elle t'a trompé !
- Elle s'est laissée submerger, un soir, après 6 heures de drague effrénée dans l'avion Le Caire - Paris en décembre 2009 puis des heures au téléphone en février 2010 et finalement... Son cher Carlo, diplomate italien en poste à Addis-Abeba, avec qui elle rêva d'une vie de princesse.
- Le père de Pablo !
- Le père de ton ex ? Non, ce n'est pas possible...
- Il nous en a parlé, d'Amina, qui se voyait déjà bague au doigt et gosse dans le ventre... excuse-moi...
- Non, vas-y, raconte. Ses versions ont tellement évolué, que je ne suis pas encore certain de tout savoir...
- En décembre 2009, il neigeait, il est arrivé en nous racontant qu'il avait failli nous amener une petite négresse mais qu'au dernier moment, dans le RER, elle lui a susurré qu'elle ne pouvait pas, qu'elle était désolée, qu'elle en avait envie mais qu'elle ne pouvait pas, qu'elle était attendue, qu'elle savait que ça allait mal se passer mais qu'elle avait des choses désagréables à avouer à son ami, qu'elle lui raconterait quand ils se reverraient à Addis, qu'ils auraient tout le temps de faire vraiment connaissance... J'arrête, ça te fait trop mal...
- Tu sais depuis longtemps que c'est elle ?
- J'en étais quasiment persuadée... Ça m'a d'abord semblé incroyable... C'est pour cela qu'elle ne

m'aime pas... elle a compris que je sais... il m'a suffi de quelques phrases... Tu as entendu parler de Sophie ?

- Elle est cette année la prof de son fils !

- Hé oui ! Dimanche dernier lors de notre ballade durant votre partie de ping-pong, je lui ai balancé en souriant « ah, Sophie, la presque officielle de Carlo, le père de mon ex ! » Elle est passée du noir au vert... J'avais juste ajouté « Le Don Juan des aéroports nous confie ses aventures : à chaque fois qu'il prend l'avion, il ne peut pas s'empêcher de lever une petite dinde, il a même déjà failli nous en ramener une à la maison en décembre 2009. Il voulait la gaver pour Noël ! »

- Je comprends qu'elle te considère désormais comme une personne néfaste ! Elle s'en prend surtout à ta tenue... « *en mars on voit tout, en mai elle sera nue* ». Tu as même été la cause involontaire du lancement d'une énième dispute car son vilain amour a osé lui rétorquer « *tandis que toi, en avril jamais tu ne te découvres d'un fil... de plus qu'en mars où tu montres tout ce que tu n'as pas pu montrer en février.* » J'ai sûrement exagéré mais parfois l'humour permet de sortir des choses qui ne passeront jamais... Elle qui était enchantée que je gagne enfin un peu d'argent comme nègre de Kader, elle considère qu'il faudrait que je lui rende tout, que ça va nuire à ma carrière.

- Tu t'es fait avoir. Comme moi. Un jour je te raconterai... Tout le mal qui m'est tombé dessus, ce n'est que la conséquence du premier de Carlo. J'espère qu'on pourra se parler, Stéphane... Je me sens bien avec toi... et je sais que tu apprécies la belle vue que tu as ici (elle a souri mais je n'ai pas pu m'empêcher de la dévorer des pieds à la tête, je fus même persuadé qu'elle écarta "machinalement" légèrement les jambes quand elle sentit passer mon regard).

J'étais proche de l'évanouissement !

- Tu peux également venir...

- Tu sais... non... tu ne sais pas... mais je ne suis pas vraiment libre de mes mouvements... je vais à la boulangerie le matin, ça me permet de respirer un bon coup... un jour je trouverai peut-être une bonne raison de bouger plus... J'ai vu qu'il y a un club de basket à Lauzerte, je crois que je vais me remettre au sport...

- Il y a également un club de tennis... de table... Je me suis toujours promis de m'y inscrire...

- Oui, nous avons sûrement besoin d'activités sportives...

On s'est souri...

XIX Anaïs

- Tu vois mec, y'a un truc là, en moi, au fond de la gorge. Et c'est à toi que je vais le sortir. Je t'interdis de l'écrire dans ce bouquin. Après ma mort, parce que je sais bien qu'un jour quelqu'un aura ma peau, là, tu pourras. Le plus tard possible, j'espère ! J'aimerais voir ce que ça fait d'être vieux. Comme toi, déjà, j'ai l'impression que c'est dans un siècle... Mais de mon vivant, top secret, un vrai secret. Si tu n'es pas capable de le garder, lève-toi tout de suite.

J'avais simplement hoché la tête, en signe d'acquiescement. Nadège n'était pas encore rentrée de la boulangerie. Mais il restait de la brioche de la veille.

- Jamais Nadège ne le saura. C'est bizarre la vie, je lui ai promis que je n'aurai jamais plus de secrets pour elle et je vais t'avouer ce drame de ma vie, plutôt que de le lui confier, alors qu'elle a joué un tel rôle qu'elle est presque responsable autant que moi. Anaïs portait notre enfant. Je ne voulais pas qu'elle le garde. Je lui avais promis, plus tard, qu'on en ferait un. Quand elle aurait 18 ans. Mais non, elle voulait le garder. On s'est disputé, un peu. Je l'ai frappée, presque rien, juste avec la pomme de la main, ce qui ne laisse aucune trace, presque rien. Elle m'a regardé toute bizarre mais je te jure qu'elle est restée debout, qu'elle n'a pas crié, rien. Elle m'a juste regardé comme si j'étais un monstre. J'ai cru qu'elle était en colère alors je suis parti. Je savais que ses colères s'éteignaient rapidement. Sa mère est rentrée deux heures plus tard, elle l'a trouvée, là, tombée à côté du canapé, morte.

« En quoi Nadège est responsable de ton assassinat ? » J'ai eu envie de lui hurler. Mais rien, absolument rien ne sortait, la gorge nouée. J'en étais paralysé, abasourdi, figé, désespéré. Il me regardait. « Je devrais avoir la force de me lever pour te tabasser, connard ». Mais non. J'ai compris que je ne le ferais pas, sans même penser qu'il était sûrement en mesure d'éviter le moindre des coups que j'essaierais de lui porter. Au moins cinq minutes se sont écoulées dans un silence total.
- Tu ne dis rien ?
- C'est terrible, ai-je marmonné.
- Ouais, terrible. Mais je me sens mieux d'en avoir parlé. C'est un secret mec, un secret entre vrais mecs. Tu le gardes au fond de toi tant que je suis en vie. On n'en reparle jamais. Sauf si un jour j'ai besoin d'en reparler. Après, de toute manière, ça n'aura plus d'importance.

J'ai pensé « rien ne sera pardonné mais tout sera oublié. » Avais-je lu cette phrase dans un roman de Milan Kundera ? « Maintenant qu'il s'est vidé d'un poids, il ne pense qu'à une chose : mon silence. » À cet instant, j'ai revu Amina me frappant, en janvier, un coup que j'avais réussi à parer, sa main gauche n'a qu'effleuré mon visage mais il s'en est suivi un combat sur le lit où elle voulait me frapper de la « *rendre aussi malheureuse.* » Finalement je l'ai poussée, bousculée, elle s'est cognée contre le mur et je la tenais au cou avec comme simples mots « tu arrêtes ! » Plus tard, elle m'avoua avoir eu peur que je l'étrangle. Moi, ce qu'il me restait, c'était la peur qu'elle se soit mortellement blessée quand je l'ai poussée en tentant de la maîtriser. Si je l'avais frappée, j'aurais pu la tuer comme Kader a tué Anaïs. Mais je ne l'ai jamais frappée. Même en colère, mon corps refusait toute violence. Et lui, il a cogné cette gamine qui portait leur enfant. Et il veut un enfant de Nadège ! Il me dégoûte ! Amina me dégoûte. Nous aurions pu vivre une merveilleuse fusion physique et spirituelle, elle a tout gâché en voulant faire de moi un mouton. Comme Bertrand, comme Patrick, comme Olivier. Tous des moutons qui donnent à ces femmes des enfants musulmans comme elles le souhaitent ! Mais oui ! En exigeant que les hommes se convertissent et en incitant les femmes à partir en Occident avec des blancs, une grande et discrète opération de conversions sexuelles se déroule sans que l'on s'en aperçoive…

- C'est terrible, j'ai ajouté, et je suis parti. Nadège n'était pas encore rentrée. Je n'avais pas la force de l'attendre.

Comment avais-je dévié du meurtre d'Anaïs à une conceptualisation d'un choc religieux dans notre pays ? Pour m'échapper ? Par analogie que je ne cherchais pas à préciser ?
J'ai marché très lentement en pensant à Amina, ne voyant qu'une issue, la séparation. Sinon, elle me tuera volontairement, ou moi par accident. Notre histoire a trop duré, j'en ai assez. Pouvait-il en être autrement ? Elle a cru que "comme les autres" je me "convertirais." Oh elle n'est plus hyper exigeante sur le degré de conversion, juste le faire, me mettre ainsi en dessous d'elle ! Existe-t-il un soutra sur un semblant de conversion préférable à rien, permettant de faire avancer le schmilblick ? À la prochaine génération le "semblant de conversion" sera assimilé à une vraie conversion, la descendance priée de suivre. Me ranger dans l'ordre du monde où il faut convertir méthodiquement puisque « les guerres de religions » sont bloquées par l'avancée technologique des peuples à vaincre ! Néanmoins ce ne fut pas possible. Un rappel à l'ordre venu du berceau de l'endoctrinement. Il me faudrait "simplement" signer un papier dans lequel je me déclarerais musulman ; ainsi "la famille" pourra nous marier ! Présence non indispensable ! Un papier suffit… et sûrement quelques centaines d'euros pour la fête… en notre honneur…

Si je lui en avais parlé, elle aurait éclaté de rire. M'aurait accusé d'être contaminé par les idées du

Front National, depuis qu'à regarder de près la politique des Malvy-Maury-Miquel je ne peux plus voter pour cette gauche. Si je lui réponds qu'à fermer les yeux sur l'essentiel pour se prétendre humaniste, cette gauche fait le jeu de l'extrême-droite, je suis naturellement victime d'un conditionnement antimusulman... Car c'est pour notre bien qu'ils veulent nous convertir. Et ils acceptent les lois de la République... il faut être majoritaire pour imposer sa conception des choses...
« - Toutes ces vignes au bord des routes, tu ne comprends pas que ça me blesse... il faudrait tout raser...
- Raser les vignes, ce serait ta première mesure si tu entrais au gouvernement ?
- Non, il faudrait en garder un peu, pour le raisin frais.
- Donc tu trouverais normal de nous interdire le vin ?
- Pour l'instant vous nous l'imposez bien, et votre cochon ! Si nous étions majoritaires, ce serait normal que les lois soient adaptées. Tu le comprendras quand tu seras musulman. »
Parfois, après ce genre de conversation, quand elle me sentait choqué, elle ajoutait « tu vois, je peux jouer le rôle de la méchante ! »

J'ai marché très lentement, en pensant à Amina qui devait au même moment s'éclater en super prof de français. « *Je sais que tu m'aimes et tu sais que je t'aime pourtant on ne s'en sortira jamais.* » Vu de ton côté, tu as sûrement raison quand tu me sors : « *je dois souffrir parce que j'aime un non-musulman, je sais que je ne pourrai jamais te quitter, j'ai essayé en prenant cette chambre à Prayssac. Mais quelque chose en moi le refuse. Donc j'assume. Mais je ne ferai pas tout ce que tu souhaites. Ce serait facile de te rendre heureux, je sais ce qu'il te faut. Mais non, je ne me forcerai plus, soit on fera l'amour parce que j'en aurai envie, soit on ne le fera plus.* » Je sais qu'il y a en toi une sincérité mais tu n'auras jamais la force d'assumer totalement ta révolte contre l'ordre musulman. Si tu es avec moi, c'est que tu cherchais un non-musulman, comme tu l'as cherché avec ton mari, tes amants, tes amis homosexuels. Mais quand tu te présentes devant ta famille, il te semble indispensable de ne pas contrarier leur conception du monde, celle qui te rassure également quand remonte la douleur de la disparation de ton père. Je te comprends parfois, je sais que tu n'es pas l'envoyée d'un grand plan de conquête de l'Occident ! Tu es juste une femme parfois merveilleuse mais qui ne s'est jamais remise de la disparition de son père, qui a lutté contre un conditionnement, je sais que tu n'aimes pas ce mot, et pourtant je n'en ai pas d'autres, tu as étudié mais tu n'as pas trouvé le raisonnement te permettant de moins souffrir. Les religions répondent effectivement à un besoin humain de se sécuriser sur la valeur de la vie, et de la mort. J'aurais voulu t'aider...

Ça sert à quoi que tu peignes le couloir, la salle de bains, la chambre, décapes le vieux portail avant de véritablement t'intoxiquer pour qu'il resplendisse, tout en me reprochant de ne pas t'aider ? Ce n'est pas la première fois que tu me prives d'amour « *Je vis avec toi parce que je t'aime mais tant que tu ne seras pas musulman, tu ne me toucheras plus.* » Tu as déjà oublié ? Mais 48 heures plus tard tu te serrais contre moi et tout recommençait, jusqu'à la prochaine crise. À quand la prochaine crise ? Va-t-on faire l'amour ce week-end ? J'en ai marre de vivre dans ces incertitudes, cette pression.
Si je te balance "je ne t'aime pas, je ne t'ai jamais aimée", forcément tu considéreras cela comme "une méchanceté", un désir de vengeance. Avec ton sens des mots : tu m'aimes comme tu n'as jamais aimé personne et je t'aime de même. La preuve, tu me la répètes assez souvent : tu n'as jamais accepté de personne ce que tu acceptes de moi. Et je dois reconnaître n'avoir jamais accepté un dixième d'une autre de tout ce que tu m'as fait depuis 2008.
Parfois, quand même, tu lâches « tu n'aimes que mon cul, mon corps mais mes pensées, mes valeurs, tu n'en as rien à foutre, ma religion, mon fils, tu t'en fous. J'en ai marre de ressentir ton amour uniquement lorsqu'on est nus... »

413

Je ne t'ai jamais répondu un simple « oui. » Cette fusion de nos corps aurait pu représenter la porte d'un grand bonheur, tu as voulu en faire un objet de chantage pour me transformer en musulman au service de ton fils, parce qu'il est ton fils mais encore plus parce que tu as l'impression de revoir ton père. La comparaison des photos est effectivement troublante. Dès ce jour, j'ai essayé de sauver l'union de nos corps et notre couple n'a tenu que sur ce principe et ta propre accoutumance physique à laquelle un sentiment de culpabilité apportait le "ciment éternel", un "amour béton." Ton père t'ayant "trahi" en Éthiopie tu veux que ton fils en paye le prix sous l'insulte "le fils de la putain" ?

J'arrivais épuisé, mentalement vidé. Amina me manquait. Nous ne dialoguions plus vraiment. Pourtant il suffisait qu'elle soit à Prayssac pour que je me mette à lui parler. Comme je lui manquais. Et je le sentais dans sa voix au téléphone. Amina me manquait. Son corps. Oui son corps. Mais surtout, et c'est ça qu'elle ne comprenait pas, ce qui aurait été possible si elle avait accepté de se consacrer à notre couple.

« Cette femme ne m'apportera jamais ce que je cherche, un amour serein, une tranquillité, l'osmose, l'harmonie. »

Qui m'a prétendu que le véritable Amour c'est justement le déchirement, la confrontation et finalement l'incapacité de vivre sans l'autre ? Allons-nous continuer ainsi encore des mois, des années ? Je n'en peux plus. Tu m'as épuisé Amina, je ne suis même pas capable de rédiger le début de l'autobiographie de ce cinglé ! Je comprends que je t'épuise également. Pourtant, y'a ce mystère entre nous, ce ciment oui...

Et il a tué Anaïs. Et il finira par tuer Nadège. Un jour j'aurai la force de te demander de partir. De partir. Je sais très bien que si en septembre tu vis encore ici, on recommencera pour un an, avec ton fils, auquel on évitera nos colères, pour lequel toi également tu feras des efforts avec moi, en me donnant un peu de sexe comme tu dis maintenant...

Qu'est-ce qu'il m'a raconté Kader ? Les boulangeries sont fermées le lundi ! Elle n'est quand même partie à Cahors juste pour de la brioche ? Je ne suis même pas certain qu'elle en trouverait là-bas aujourd'hui...

Je me suis assis devant l'ordinateur et me suis réinscris sur AcommeAmour.com.
J'allais mal. J'en avais conscience. Mais je ne voyais pas d'issue. Je pouvais me répéter quinze fois « il faut qu'elle parte », je me répondais systématiquement « j'en serai terriblement malheureux. » Attachement.

XX Mardi 13

Kader euphorique : Marcel lui a expliqué la manière de monter un mur en parpaings et de percer une fenêtre dans un mur en pierre. Dans le grand espace de 6 mètres sur 12, à l'est « *le vieux m'a dit que c'est par là et que c'est le mieux* », il va réaliser une chambre, « *quatre mètres sur quatre, seize mètres carrés, c'est bien pour une chambre, qu'il m'a dit le vieux* ».
« - En une semaine, ce sera terminé.
- Je te proposerais bien mon aide mais rien que de soulever un parpaing, ça me réveille une douleur musculaire dans le bas du ventre, du côté droit.
- C'est l'appendicite !
- Non, j'ai passé des heures d'examens. Ça s'est déclaré quand je me suis essayé aux travaux, en soulevant une plaque de fer qui finalement est retombée au même endroit... Comme quoi les travaux ça peut être très dangereux !
- Tu manquais d'entraînement et t'avais pas les capacités, c'est tout ! Moi je sais qu'il ne peut rien m'arriver, je suis un roc ! Fort comme un roc, il m'a dit le vieux, hier ! Il a raison !»

Nadège n'avait pas encore parlé, hormis son traditionnel *« salut Stéphane ! »* Je ne pouvais m'empêcher de l'observer "discrètement" dès que Kader se retournait... Je n'ai jamais été très doué pour la discrétion !... Mais rien... aucun signe de "connivence".

XXI La catastrophe

J'ai naturellement accepté de l'aider à poser la fenêtre de la chambre.
« - Tu ne crois pas que ce serait mieux d'attendre monsieur Hanin ?
- T'inquiète, on va se débrouiller, j'ai juste besoin de toi pour la maintenir, c'est qu'une petite fenêtre, et Nadj vérifiera que la bulle du niveau est bien au milieu, ça voudra dire que c'est OK, que c'est "à niveau."
- Pas de problème, alors !
- Prends un Cappuccino, il me reste juste deux trois bricoles à préparer. »

Je terminais le deuxième et la quatrième tranche de brioche... *« prends, bientôt tu auras besoin d'énergie... »* Je pensais à l'échange "intéressant" avec une femme de Montauban, la veille, certes plus très jeune, 39 ans... comparée à Nadège et Amina !... Nadège, je n'espérais plus rien... elle était sûrement en ovulation samedi et sa frénésie est retombée... peut-être que le mois prochain ça lui reprendra... il ne faudra pas que je rate l'occasion... Quand il y eut un énorme boum, comme si un rocher avait dévalé la colline puis emporté une partie de la maison, c'est la pensée qui m'est venue... Kader hurlait "aaaaaaaaaaaahhhhhhhhhhhhhh..." Nadège se précipitait... je renversais mon Cappuccino tandis que *« putain... j'ai juste retiré une petite pierre de rien de tout »* me parvenait.

Les dégâts constatés...
- Tu n'as même pas une égratignure !
- Dès que j'ai senti que je ne pouvais plus retenir, je me suis jeté en arrière, avec double roulade comme dans les vieux films en noir et blanc.
- En tout cas, chapeau ! Car je crois qu'à ta place j'aurais fini en bouillie !
- Faut des réflexes dans la vie !
- Y'a que monsieur Hanin qui pourrait peut-être vous trouver une solution... en tout cas si vous voulez une grande fenêtre à votre chambre, c'est l'occasion !
- Je l'appelle !

Y'avait même la place pour une baie vitrée. Tout un pan de mur effondré.

Il arriva une demi-heure plus tard...
« - Oh le chantier ! Y'a pas il faut remonter ce mur avant que le reste parte... si un autre rang fout le camp, il embarque la poutre... Si j'avais dix ans de moins, je vous donnerais un coup de main... Mais là avec mon bras... Y'a que le hollandais qui pourrait vous tirer d'affaire... Mais il va vous les facturer une fortune ses cinq jours de travail... Mais je ne vois que lui pour travailler la pierre...
(Je lui en avais déjà causé...)
- C'est l'escroc dont tu m'as parlé, Stéph, celui qui vaut pas mieux que le notaire ? Avec le lac et les canards ?
(Marcel souriait.)
- Je ne sais pas si on peut l'appeler escroc, en tout il ne travaille pas beaucoup mais l'argent rentre ! Il sait en profiter quand les gens sont dans la merde pour les plumer comme on dit...
- Le fric, c'est pas un problème mais il faut que mon mur soit remonté rapidement. J'y vais ! Nadj, tu m'accompagnes ! Si c'est un mec difficile à convaincre, tu lui expliqueras, tu me retiendras.
(Je les mettais en garde :)
- C'est le mec, en France depuis au moins trente ans qui va vous la jouer "je ne parle pas très bien le

415

français", pour vous mener en bateau, vous emmener dans son jeu, vous piquer un maximum de fric. Naturellement en liquide.

- Allez chérie, on y va... Faites comme chez vous ! Je prends ma sacoche !

(Monsieur Hanin la sait bourrée de billets ? En tout cas, il sourit... En quelle occasion a-t-il profité de la générosité de notre riche voisin ?... Puis je n'y ai plus pensé...)

- Je vais vous ramener des étais, qu'on maintienne la poutre, car si elle fout le camp, c'est pas une semaine mais deux mois qu'il va falloir.

- Je vous accompagne, monsieur Hanin.

- Oh, si vous voulez ! »

XXII 16 mars 2012

« - Jan Jongbloed en personne ! Je m'exclamais en le voyant déjà à l'œuvre...

- Eh oui, j'étais pourtant sur un chantier urgent !

- Tu agrandissais encore un peu chez toi ?

- Mais pour aider un voisin... Entre voisins...

- Kader t'a offert une photo dédicacée pour te convaincre ?

- Pourquoi, il est plus connu que toi ?

- Je crois que tu préfères la dédicace de Jean-Claude Trichet.

- Connais pas ! Tu as fumé dès le matin ?

- Jean-Claude Trichet, c'est le président de la Banque centrale européenne, celui qui dédicace les billets en euros !

- Je n'en vois pas souvent alors... Hum... Puisque tu es là... Faudra qu'on discute de ton terrain... Passe un soir...

- Tu me proposes le prix de la terre labourable et il peut être vendu uniquement à celui du terrain à bâtir.

- Tu n'as pas d'accès. Il ne sera jamais en terrain à bâtir.

- Et comme toi tu en as un, tu me l'achètes trois mille euros et tu le revends trente mille. C'est un bon plan !

- C'est juste pour entreposer du matériel. Je ne voudrais pas que quelqu'un vienne bâtir à côté de chez moi !

- Pourtant tu ne l'avais pas vendu, le tien, de terrain, y'a quelques années ? Mais tes compatriotes hollandais ont laissé passer le délai après avoir obtenu leur permis de construire, et tu l'as récupéré, non ?

- J'ai fait une mauvaise affaire. C'est le maire qui t'en a parlé ? Ou le Marcel ?

- J'ai deux petits doigts et ils ont des pouvoirs magiques.

- Tu réfléchiras. Parce que je te le dis, ton terrain passera jamais à bâtir.

- Même si quelqu'un me vole systématiquement mes prunes, quand elles ne gèlent pas, j'ai le plaisir de voir fleurir mes pruniers, c'est déjà ça comme chantait Souchon... mais je te laisse bosser car c'est Kader qui paye !

- C'est vrai qu'il y a du boulot... Si tu veux, en échange de ton terrain, je peux monter sur ton toit, sinon un de ces jours ça va t'arriver également...

- Si un jour il me tombe une météorite dessus, je te soupçonnerai donc ! »

Et je suis entré dans la "cuisine." Nous n'avons pas travaillé ce matin-là. Il nous sembla préférable que Jan ne soit pas informé de cette jeunesse française.

XXIII L'enveloppe

Nous nous étions donc vus le matin mais ce vendredi 16 mars, peu avant 13 heures, Nadège débarquait tout sourire, me tendant une lettre à son nom...

- Oui, ouvre, le facteur vient de me la donner et je me suis dépêchée de traverser la forêt !
- Pourquoi est-ce à moi de l'ouvrir ? (je reconnaissais le nom du laboratoire Olivot Mariotti d'Agen...)
- Ouvre, tu comprendras.

J'avais l'habitude de leur présentation et sûrement commençais-je à comprendre, en passant les résultats Hématologie Numération sanguine, formule leucocytaire, tournant la page pour découvrir Sérologie Vih : négative, sérologie de dépistage de la syphilis VDRL, négatif, tréponémique négative.
Elle a fait un pas et tout s'est précipité.

Après notre première union, débutée debout et terminée sur le canapé :
- J'ai lu tes romans et le chapitre sur ton angoisse à Reims, un matin enneigé de novembre, m'a marqué. J'ai retenu que tu ne voulais plus prendre le moindre risque et je ne suis pas certaine que tu aurais résisté avec mes bras totalement ouverts pour toi...

Le soir, ce fut un plaisir d'accueillir Amina au son d'un tendre "mon Amour." Je lui avais préparé un repas, ce qui n'arrivait presque plus, tellement nos relations devenaient irrespirables, même pour le peu de temps qu'elle passait sous notre toit. Oui, moi aussi, je pouvais donc mentir, ou plutôt, cacher la vérité.

Le samedi, c'est dans la gariotte que nous nous sommes retrouvés. J'évitais de penser à notre comportement. Oui, cocufier Amina me plaisait mais elle ? Certes, Kader l'avait eue grâce à un piège, et le Pablo, elle me l'avait décrit comme le digne fils du sophiste Carlo...

Comme le diplomate italien en 2010, je surfais d'une blanche à une noire... Une fois ça va mais le samedi soir déjà une énorme perturbation me tomba dessus. Je voulais « juste baiser Nadège » et c'est avec elle que je me sens bien ! Et c'est en mon officielle que j'ai l'impression de commettre un acte malsain, de trahir l'amour. Même « l'alchimie physique » semble changer de corps. Amina, ce soir-là, fut une étrangère et notre union ressembla plus aux relations sexuelles de ma jeunesse qu'à notre fusion...

XXIV Le salon du livre de Paris

Kader était parti durant la nuit pour arriver le dimanche 18 mars au Grand Palais, Porte de Versailles, où il pensait jouer la vedette sur le stand d'Amazon, la grande curiosité annoncée, la première participation du géant américain au salon du livre de Paris. 80 m^2. Il adorait rouler la nuit. Sur ce point également, tout mon contraire. Il changeait les plaques de sa voiture et fonçait à presque deux cents kilomètres heure...
Je me suis levé tôt et après une douche proposais à Amina de m'accompagner pour une longue marche. Elle refusa, fatiguée, et encore trois paquets de copies à corriger.

Ce fut une magnifique matinée d'Amour. Sûrement notre plus longue conversation de ces 19 jours. Mes pensées m'ont inquiété : j'avais l'impression d'avoir entendu tout cela tellement de fois ! Dépasser quarante ans c'est devenir sceptique aux rêves d'une jeune femme ? C'était beau, elle rêvait d'amour pur et sincère, fusionnel et "éternel" mais j'avais la désagréable sensation que la réalité se chargerait de nous interdire l'accès d'une telle utopie, et même que nous vivions là nos plus beaux moments ; je ne pouvais m'empêcher de revenir à ces jours "au chalet." ; oui, nous avons vécu de merveilleux moments, Amina et moi, et elle a tout gâché avec son exigence puis ses trahisons… ; qui furent sûrement inévitables pour elle dans son état d'esprit d'amoureuse incapable de se donner à l'amour et voulant tout détruire pour ne plus y penser ; Nadège, je ne peux pas t'avouer que je me demande comment tu vas tout gâcher… ; comme Amina l'est de sa religion, tu es prisonnière de Kader… Je la caressais, la dévorais. J'avais conscience de vivre un instant paradisiaque, de la nécessité de profiter de chaque seconde… cette conscience me dérangeait, certitude d'avoir perdu une certaine spontanéité… En même temps, je me rendais compte d'être si souvent passé à côté de la conscience du bonheur, de m'en être rendu compte trop tard. Je vivais encore plus intensément qu'avec Amina au chalet. L'expérience ! On gagne en capacité d'apprécier ce que l'on perd en spontanéité ! Je n'ai pas le droit de me plaindre, je suis heureux ! Même s'il fallut bien "rentrer."

Amina me montra son inquiétude… ostensiblement...
- J'avais peur que tu sois tombé en grimpant sur la colline. Tu as encore cherché un dolmen ?…
- Que je meure avant un contrat de mariage "au dernier vivant", je comprends que ça t'angoissait !
- Tu me crois vraiment intéressée !
- Non, sinon tu n'aurais jamais quitté un blaireau en possession d'un contrat d'expatrié à 6 000 euros par mois pour un écrivain sous le seuil de pauvreté ! Mais tu croyais en l'Amour, en ce temps-là !
- Et tu penses que je n'y crois plus ?
- Eros über alles : l'amour au-dessus de tout…
- Je vais corriger mes copies…
- Tu étais inquiète au point de ne pas pouvoir corriger des copies !
- Kagera a téléphoné… sa sœur est de plus en plus malade… mais je sais que tu t'en fous de sa famille, encore plus que de la mienne…
- Tu n'étais pas en train de me parler d'amour ?
- Si le téléphone sonne, tu veux bien décrocher, car elle doit me rappeler pour me donner des nouvelles.
- Mais bien sûr, à ton service… J'aurais peut-être dû emporter un sandwich et passer la journée en balade puisque ça va encore être un dimanche chacun de son côté.
- Ne recommence pas, j'ai du travail.
- Je sais, et ce matin tu avais Kagera au téléphone.
- Arrête d'être jaloux de mes amies, je ne les vois jamais, je suis tout le temps avec toi.
- Sauf quand tu es à Prayssac, à Addis-Abeba ou ailleurs !
- Tu ne vas pas recommencer.
- Et n'hésite pas à m'écrire une lettre d'amour, je la lirai avec attention.

Quand je repense à ce genre de dialogue, je me trouve naturellement fautif, trop provocateur. Mais il me suffit de l'englober dans tout ce que fut notre histoire pour me juger naïf (et plus si cruauté mais moins en resituant dans un contexte de compréhension de la nature humaine où Amina représentait un étrange cas d'observation dans ma quête d'un personnage féminin tiraillé entre deux cultures malheureusement inconciliables) d'avoir continué aussi longtemps en sachant que ça ne mènerait nulle part.

XXV La confiance de Kader

Kader me raconte sa déconvenue. J'ai immédiatement l'impression qu'il a passé la nuit à bassiner ainsi Nadège :

- Les cons ! Tous s'en foutaient des écrivains, ce qu'ils espéraient c'était obtenir un kindle gratuit ! Les journalistes, encore pire ! Le kindle gratuit ! Et nous, on était là comme des cons, ils nous avaient demandé de nous asseoir et que des lecteurs viendraient nous poser des questions. Il était également prévu un show avec les journalistes ! Les cons, ils s'en sont complètement foutu de moi : y'avait un mec avec nous, journaliste également, alors ses collègues venaient vers lui, il leur refilait un dossier et à chaque fois demandait l'adresse mail « je t'envoie tout ça demain, et la semaine prochaine, en exclusivité, tu auras mon prochain roman… et n'hésite pas, le jour où tu souhaites publier en numérique, tu m'envoies un message, je t'expliquerai les ficelles de ce nouveau bizness… » On aurait dit qu'il les connaissait tous. On dirait que les journaleux, y'a que les Houellebecq et Angot, ou l'autre, la belge, qui les intéressent, sinon dès qu'ils voient un cher confrère, c'est pour causer bons plans avec… Y'a que cet auteur journaliste qui m'a vraiment causé en plus… Il voulait savoir comment j'avais fait ! Il a pourtant obtenu plus de médias que moi. Et malgré ça, n'a pas réussi à me détrôner, comme il répétait tristement. J'ai bien compris qu'il essayait de trouver ma bonne combine alors je me suis amusé avec lui, et j'ai fini par lui annoncer que j'allais tout raconter, que j'écrivais mon autobiographie. Les cons, ils veulent qu'on leur mette tout dans le bec. Là, les autres écoutaient également. Je lui ai demandé s'il te connaissait. C'est dingue "Stéphane Ternoise auto-édition point com, le révolutionnaire de Montcuq !" qu'il te surnomme. Alors j'ai également questionné les autres. Tous y sont passés sur ton site, tous ont lu tes informations. J'étais épaté que tu sois connu alors que tu vends des clopinettes. T'as vraiment l'air d'être considéré comme le spécialiste de l'auto-édition. Mais tous se sont à un moment méfié de toi : ils ont eu peur que tu fasses un tabac sur Amazon. Ils trouvent comme moi que tu ne sais pas t'y prendre ! Que tu es trop engagé !... En fait, tu as eu tort, mec, de donner des renseignements à ce genre d'auteurs. Ils ont tous pensé à profiter de toi et pas un ne t'a renvoyé l'ascenseur.

Il semblait très énervé. Mais vingt minutes plus tard, alors que nous étions sortis, que je partais, il se confia :

- C'est surprenant mec, mais j'ai confiance en toi. Je te donne le numéro de ma mère. Si un jour il m'arrive quelque chose, faut que tu lui racontes, que tu lui dises tout ce qu'elle te demandera, même des banalités. Et que tu l'écoutes, si elle a envie de te parler. J'ai vu que tu sais écouter. Moi j'ai su, je ne sais plus, depuis la mort d'Adam. Je n'écoute plus que moi. Je sais que c'est rare de rencontrer quelqu'un qui sache écouter. Tu es une forme de sage, mec. Tu sais, si j'étais resté dans le 9-3, mon espérance de vie était très limitée. J'étais le boss et en dessous, ils sont nombreux à vouloir la place. Farid, il se comporte déjà comme si je l'avais intronisé. J'ai su partir avant d'être détrôné. Mais on ne sait jamais. Quand j'y pense, à mon avenir, je sens des mauvaises ondes. Je ne sais pas d'où il va venir mais j'ai l'impression que l'orage va me tomber dessus et me broyer. Moussa… Moussa, c'était comme un frère, comme s'il était là pour remplacer le grand frère disparu, c'était un cousin. Il m'avait tenu à peu près le même langage. Et il a été abattu, quelques mois plus tard, pour une connerie, une histoire de gonzesse. Je t'avoue un truc, mec : Nadège était avec un rital : il sera mort avant la fin du mois, discrètement, ça doit passer pour un accident, pour ne pas entraîner de représailles, rallumer la guerre des clans. Cette nuit, on fait un saut là-haut, tu ne me verras pas demain matin, et on reviendra en fin de soirée. C'est hier soir, en rentrant, quand je me suis arrêté à Limoges prendre un sandwich que j'ai compris. Un flash ! Il était trop tard pour faire demi-tour. J'avais appelé Nadège pour lui dire de m'attendre, que j'arrivais. Et ce sera l'occasion pour elle de voir sa mère. Officiellement, j'y vais pour voir la mienne mais j'ai convoqué le conseil des ministres. Il faut qu'ils lui fassent la peau discrètement, sinon tu vois, je ne dormirai jamais tranquille. Je suis certain que c'est lui, là, qui me perturbe, il m'envoie des ondes négatives, les italiens sont comme ça, ils te pourrissent la vie avant de te tomber dessus… y'a pas que dans le foot qu'il faut s'en méfier...

- Qu'est-ce que vous avez, les mecs, avec moi ! Tu as vu ce qu'il a fait, l'autre, pour m'avoir ! Et pour me récupérer, Pablo qui se croit toujours mon fiancé, semble prêt à tout.

- Et toi, dans tout cela ?

En y repensant, j'aurais pu enchaîner bien autrement, la questionner sur cet ex, sur le « *semble prêt à tout* »... Elle m'aurait alors sûrement communiqué des informations qui m'auraient ensuite permis de comprendre... et peut-être d'éviter le pire... Terrible de repenser à ces petites choses qu'on croit anodines.

- Un truc banal : j'aimerais être aimée pour moi, pour mes pensées, ma personnalité, et non pour...

- Alors, bien que je sois déjà plutôt détérioré, j'ai mes chances !

- L'essentiel est toujours invisible aux yeux ! Et Amina ?

- Elle passe ses nuits à Prayssac... Quand son fils vivait avec nous, elle n'a jamais cherché la solution d'une chambre à cinquante euros par mois dans le collège, alors qu'elle parcourait chaque jour soixante kilomètres sur des routes nettement plus étroites, dangereuses même.

- Tu crois finalement qu'elle a un amant ?

- Non, elle a suffisamment donné. C'est simplement que oui, c'est plus pratique pour elle jouer la reine du collège, d'y dormir. Et face à ce besoin de parader, la nuit dans mes bras ne fait pas le poids. Je ne suis pas vital à ses jours. Nous ne sommes plus un couple cimenté par l'Amour. Donc son passé revient entre nous... Mais toi ?

- Si tu regardes sous un certain angle, je me comporte avec Kader comme Amina s'est comportée avec toi. Même en pire puisque j'ai choisi le mec en qui il avoue une totale confiance... Pourtant, je n'ai pas l'impression d'être une putain. Kader ne m'a eue qu'en me piégeant et depuis je suis sa proie. Si je le quitte, il me tue, je suis prévenue.

- S'il nous surprend, il nous tue !

- Sûrement ! Il me tue mais toi je t'innocenterai... si j'en ai le temps. Arrêter de se voir serait sûrement plus raisonnable... je n'ai pas le droit de mettre ta vie en danger, même en m'illusionnant qu'entre toi et moi ça puisse devenir possible un jour.

- Ah ! S'il pouvait tomber amoureux d'Amina !

- Tu te sens coupable vis-à-vis d'elle ?

- J'ai eu l'impression de te tromper avec elle !

- Mon Amour !

- Je crois que du jour où j'ai su qu'elle m'avait trompé, c'était fini entre nous. Avant, je croyais que soit "ça passerait", soit ça finirait "naturellement", sans cri ni violence, en septembre 2010, quand elle clamerait de nouveau l'impossibilité pour une musulmane de vivre avec un non converti. Je ne me voyais pas continuer, alors qu'on se connaîtrait depuis deux ans, à se voir durant les vacances scolaires et quelques jours de temps en temps, qui plus est en devant parcourir 140 kilomètres ou en la récupérant à la gare de Cahors. Et après son aveu, il n'y a plus eu pour elle qu'un moyen de me montrer son amour : vivre avec moi... et je me suis laissé entraîner... Oui, la trahison tue définitivement un couple.

- Je crois que tu as raison. Mon couple avec Kader a existé contre ma volonté, je viens de détruire dans tes bras le peu de consistance qu'il avait obtenu, quand il m'a promis de se comporter en homme digne. Mais je n'ai jamais cessé de le haïr et j'ignore totalement comment réussir à m'en séparer.

- Je te comprends ! Même moi, je cherche les mots pour signifier à l'Amina « tu dois partir. » Même si je... je ne sais pas comment m'exprimer... Si je peux...

- Vas-y, je pense avoir deviné ta crainte...

Devant mon silence, elle ajoutait :

- Tu te demandes si dans d'autres circonstances je serais avec toi ? (hochement de la tête et sourire attristé) Kader répète suffisamment souvent que tu as l'âge de son père pour que je ne puisse ignorer notre différence d'âge. J'ai perdu mon père quand j'avais six ans. Donc je cherche peut-être un père dans tes bras ? Comme l'Amina dans ceux de Carlo ? Je ne sais pas. Mais y'a une chose qui va peut-être te surprendre... Quand je suis dans tes bras, je n'ai absolument pas la sensation d'une différence d'âge.

- Amina avait onze ans de moins que moi (elle souriait, je me suis rendu compte de cette utilisation du passé) oui, ce "Amina avait onze ans de moins que moi" c'est bien la réalité, elle a tellement disparu de mon futur... Je n'ai jamais ressenti la moindre différence d'âge... Elle m'avait certes précisé que dans sa culture un homme plus âgé de dix ans c'est normal car une femme vieillit plus vite... Mais je n'aurais jamais osé t'avouer que malgré ces vingt-trois ans d'écart je me sens "du même âge"... l'âge, encore une invention sociale, une manière d'enfermer dans des cases... Mais il est rare qu'une femme de ta jeunesse le comprenne !

- Malheureusement j'ai dû vieillir très vite ! La maturité des enfants abusés, comme résument les psys. Mais peut-être qu'enfin je vais en être récompensée. Je n'ai pas le droit de quitter Kader, je sais qu'il n'hésiterait pas à liquider ma mère et me butter, car c'est la facture annoncée en cas de « rupture du contrat » comme il ose prétendre mais il y a peut-être une possibilité... (elle souriait, me sentait encore plus pendu à ses lèvres...) c'est qu'il me quitte, s'il en arrive à penser qu'il perd son temps avec une conne comme moi…

- Tu arriveras à jouer les connes ?

- Il me suffit de prendre modèle sur Amina ! Je ne l'aime vraiment pas ! Tu me comprends, mon Amour ? Ce n'est même pas qu'elle passe ses nuits avec toi quand elle le veut mais c'est qu'elle t'a trahi, rendu malheureux…

- Nadège… Ah ! Si tu la trouvais, cette solution… C'est douloureux de se sentir incapable de t'aider...

Elle y croyait, j'y croyais. J'étais soudain persuadé que nous finirions par réussir...

XXVII La lecture

- Ce que je ne comprends pas mec, c'est cette manie que vous avez de répondre « j'ai envie de lire » ou pire « j'ai besoin de lire ». Qu'est-ce que ça t'apporte ?!

J'ai souri, levé les mains écartées au niveau des joues… Il a enchaîné :

- Nadj, c'est pareil, elle sourit… tu vois, je la laisse tranquille, je sais bien que les femmes, il ne faut pas trop essayer de les comprendre. Mais toi, t'es bien un mec pourtant, alors tu joues à quoi ? C'est pour te donner un genre, pour apprendre à écrire comme eux ? Nadj, je la laisse tranquille avec ça, mais j'aimerais comprendre. Tu crois qu'en fait c'est parce que je m'occupe pas assez d'elle, comme Amina ne s'occupe pas assez de toi ?

- Lire, écrire et faire l'amour. Et le corps a besoin de dormir, manger et marcher ! La vie idéale selon moi, elle se résume à ça ! Amina ne comprend pas ! Quand je suis tombé sur un passage de Bernard-Henri Lévy avec une motivation identique dans sa correspondance avec Houellebecq, je lui ai montré. Elle a considéré cette approche absurde ! Lire oui ! Mais il lui faut du mouvement, se rendre utile, voir ses "amis", s'occuper de son fils, des enfants des autres... Mais tu vois, le "lire", elle le comprend ! Quoique, plus je l'observe et plus je me rends compte qu'elle n'aime pas vraiment lire ! Elle aime se distraire en lisant, se reposer en lisant. J'ai de plus en plus l'impression qu'elle cherche dans la lecture à ne plus penser, ou à penser à autre chose. Elle me rappelle Gwenaëlle, qui m'avait expliqué sa relation de simple distraction à la lecture pourtant intensive. Elle lit pour l'histoire. Pour se divertir. Pas pour approfondir une pensée ou un style. J'ignore où se situe Nadège dans tout ça. Tu vois, le « j'aime lire » peut regrouper des approches très divergentes.

- C'est du chinois pour moi ton truc de détergente. Maintenant, l'après-midi, elle va dans la forêt, s'installe dos à un arbre et passe des heures à lire tandis que je bétonne. Je ne lui demande pas de venir m'aider mais quand même ! Elle me jure que de s'appuyer contre un arbre et lire, c'est merveilleux, elle m'a même parlé du lien entre le papier et l'arbre… Elle pourrait pourtant télécharger sur son Kindle mais elle préfère ramener de Montaigu des tas de bouquins. Il va faire fortune, avec elle, le libraire… tu sais que c'est pas une question de fric mais dans notre chambre y'a déjà un énorme tas… J'ai dû lui promettre qu'on passerait à l'appartement qu'elle occupait avec l'autre pour ramener toute une étagère de papiers ! On procédera comme pour un cambriolage ! Quoique j'aurais préféré le croiser et le butter en légitime défense. Mais elle ne veut pas. La voiture va être remplie de bouquins ! Mais je ne pige pas ! T'as tes idées, j'ai les miennes, elle a les siennes, alors ça vous sert à quoi celles des autres ?...

Son questionnement était donc sérieux. Ce qui dénote au moins la volonté de comprendre la femme qu'il avait piégée. Qu'apporte la lecture à un être humain ? J'aurais pu développer sur la littérature mais je le savais tellement loin de tout cela que c'en était incompréhensible pour lui. Je lui ai confié :

- Je sors d'une période très douloureuse, où je ne pouvais plus lire. Je suis encore en convalescence. Je débute de nombreux livres et les arrête. Ce qui ne m'arrivait jamais avant. Durant douze mois, j'ai été incapable mais alors incapable de lire, ça m'est tombé dessus quand j'ai compris qu'en mars 2010 toutes mes nuits sans sommeil, passées à lire pour éviter ces cauchemars où je la voyais baiser, c'était simplement une fuite devant cette réalité. Oui, je ressentais ce qui se passait à 10 000 kilomètres et plutôt que de lui crier STOP je plongeais dans la lecture, je ne pouvais pas croire que c'était vrai, je pensais virer dans une jalousie maladive. J'en voulais à mon cerveau d'oser ainsi salir sainte Amina, la femme la plus pure qui soit, celle qui ne pourrait pas même accepter qu'un autre homme que moi voie ses seins. Oui, j'en étais là. Des choses ne fonctionnaient pas entre nous, cette exigence de vouloir me transformer en musulman me gonflait mais une confiance absolue s'était incrustée en moi, alors je lisais, je lisais, je lisais et elle m'écrivait « mon amour » ce qui semblait corroborer l'idée d'un début de folie chez moi. J'ai cru devenir fou ! Alors quand j'ai découvert le contenu de ses nuits, ce fut un blocage total. Elle ne l'a jamais compris. Elle me parlait d'avenir alors qu'elle avait détruit toute possibilité de confiance, elle me parlait d'être musulman alors qu'être musulman elle m'avait montré que c'est mettre en confiance l'autre pour le traîner dans la boue dès qu'il a le dos tourné. C'est quelque chose en moi, le besoin de lire, si tu le brises, tu me brises. Ça doit être pareil chez Nadège.

(J'étais dans un grand état de confusion.)

- Ouais, je comprends, c'est comme aimer la bière ou le chocolat.

(Je n'étais même pas surpris d'une telle conclusion :)

- Finalement, c'est peut-être tout simplement ça !

- Merci, mec. Tu vois, j'ai pas tout suivi de tout ce que tu m'as raconté, mais je crois avoir compris l'essentiel, je la laisse vivre sa vie avec ses bouquins et le jour où elle n'aura plus de place pour les ranger, on fera un grand feu !

XXVIII 19 jours de bonheur presque parfait

Du vendredi 16 mars au mardi 3 avril, j'ai parfois l'impression d'avoir vécu les plus beaux jours de ma vie, ponctués d'une nuit presque idyllique.

Le 20, bien que le soir soit déjà tombé à leur retour, elle avait éprouvé le « besoin de marcher » tandis qu'il prenait une douche. Elle avait couru jusqu'ici et nous nous étions « sauvagement unis. »

Pour la première fois de ma vie, j'ai connu l'Amour en secret, l'adultère. Est-ce la raison de cette impression d'immense bonheur ? Alors que j'ai toujours cru chercher un Amour pouvant se vivre dans la durée ? Comme Amina palpitait avec Carlo ? Elle jouissait de m'écrire « mon Amour » avec en elle le sperme de son amimour ?

C'est aujourd'hui que je cherche des raisons à ce bonheur. Sur le moment, ce n'était qu'un plaisir « insouciant. » Comme Amina et son étalon italien ? Il s'agissait juste de rendre possible le rendez-vous du lendemain, malgré Kader, malgré "mon amour poubelle". Je sais bien notre propension à idéaliser les débuts...

XXIX Révélations sur Amina

Le 21, Nadège me raconta Amina et Carlo, vus de la confidente. La confidente, c'est le rôle qu'il lui imposa quand elle devint sa future belle-fille, avec l'intention, parfois avouée, de la transformer en confilove, comme Amina fut l'amimour. Comme elle aurait voulu le rester ! Naturellement, ce n'était pas cela « rester amis » au sens qu'elle souhaita m'imposer en mai 2010 mais c'était bien ce qu'elle lui notait ne pas pouvoir accepter dans sa lettre du 3 avril 2010, « une amitié et profiter des bons moments dès que l'on aurait l'occasion de se voir, car je suis si bien dans tes bras. »

Tout ce que j'ai reçu, il l'a lu. Il transmettait systématiquement à Nadège les messages qu'Amina m'envoyait, se moquant de « la dinde qui joue double jeu. »

Comme paraît-il tout diplomate digne de ce nom, il avait installé sur son ordinateur un logiciel récupérant les mots de passe et, le premier soir, après l'avoir bien consommée, il eut envie d'une douche.

- Tu peux naturellement utiliser l'ordinateur, ma princesse...

Ce qu'elle fit immédiatement. Et c'est de chez lui qu'elle me raconta sa médaille... elle avait participé à une course de femmes, naturellement au profit d'une œuvre caritative. Son fils était très fier d'elle... elle n'hésita pas à prétendre que le mail s'était bloqué la veille au soir à cause d'une coupure d'électricité. Il y eut de fréquentes coupures durant cette période ! La semaine suivante, c'est également de chez lui qu'elle répondit à l'un de mes messages où tellement perturbé par des cauchemars j'avais fini par lui demander des nouvelles de son vagin. Jamais je n'ai imaginé le pire d'une réponse en apparence intime comme on n'en écrit qu'à son amour : « *Il est irrité mais il n'a pas d'odeur.* » Oui, elle le reconnut, le bel ami l'avait bien informée d'une absence d'odeur.

Nadège avait tout lu, de leur correspondance que j'ai finalement récupérée en août 2010. Avec les confidences du grand manipulateur. Il se moquait de lui avoir, au restaurant, récité du Kundera « *Le tout, c'est d'être comme on est, de ne pas rougir de vouloir ce que l'on veut, de désirer ce que l'on désire. Plus que tout, il faut oser être soi-même. Je te le déclare Amina, depuis le début tu me plais et je te désire.* » Il lui avait juste ajouté quelques gouttes dans son Coca après l'avoir baisée une première fois, quand elle parla de moi. Mais quand elle lui avait répondu qu'elle avait été subjuguée par son intelligence et son entrain, il eut un doute : avait-elle également retenu « *la plaisanterie* » et joué le rôle d'Hélène ? Cherchait-elle à vivre comme dans les romans qu'elle avait aimés ? Interrogation proche de la mienne quand j'appris qu'en mars 2010 elle lisait "*belle du seigneur*". Elle m'a toujours répliqué que ça n'avait rien à voir, qu'elle n'avait jamais été une femme intéressée en quête d'un diplomate aisé. C'était un coup de foudre, une belle histoire même si elle m'aimait encore. Comme je devais le comprendre ! (« - Alors il fallait me quitter ! - Je ne pouvais pas, je t'aimais - Tu m'aimais, je t'aimais mais il fallait que tu me trompes ! - Je croyais que tu ne m'aimais plus ! - Je t'attendais et t'écrivais chaque jour et pourtant je ne t'aimais plus ! C'est facile de se mentir pour trahir sans état d'âme... et tu as eu tes affreuses douleurs au ventre, que tu me prétendais provenir du stress de l'approche du concours dans tes mails mais là, quand tu te tordais de douleur, tu ne pouvais plus te mentir, tu voyais une putain dans ton miroir - Arrête, c'est de l'histoire ancienne. Je regrette. Je regrette tout. Arrête de me torturer. Aie confiance en moi. »)

Même ce Carlo, officiellement sans illusion sur la nature humaine, sans état d'âme sur les moyens quand on s'est fixé un but, éprouva des difficultés à comprendre sa totale absence de scrupules et de moralité, mot pourtant continuellement dans sa bouche. Après l'avoir demandé en mariage le 3 avril dans un mail le plus long et charmant qu'une femme lui ait envoyé, lui avoir offert une merveilleuse nuit le 6, elle avait pu, sans difficulté, comme prévu, reprendre l'avion le 12 et se réengager totalement avec moi, certes après des aveux qu'il devinait édulcorés. Même si elle osa lui affirmer « *je lui ai tout avoué. Ce fut terrible. Mais l'amour a triomphé. Nous souhaitons nous engager l'un envers l'autre. Ce que tu as refusé de faire.* »

Il a compris, en lisant nos échanges, qu'elle avait réduit, le 14, leur histoire à une erreur ancienne, « *submergée une nuit mais je n'y suis pas retournée.* » Il s'est quand même posé la question de ses véritables intentions. « *J'aurais pu y croire, même moi, Carlo, à sa grande lettre d'amour avec demande mariage, tu te rends compte, moi Carlo, elle m'avait épaté ! Mais je savais bien qu'elle n'était que femme africaine intéressée, petite tricheuse, beau cul esprit malade. Finalement, tout cela conforte mes convictions qu'il ne jamais faut croire une femme. Il faut des preuves d'amour et non des mots d'amour. Parfois tu mal me considérer mais aucune femme ne m'en a donnés.* »

Nadège s'arrêta.

- Oui, j'ai compris, il était le numéro 1. J'étais le numéro 2. Et le numéro 3 la récupérera un jour. Même lorsqu'elle lui a prétendu s'être réengagée totalement dans notre couple, elle lui laissa une porte entre-ouverte. Il lui suffisait de répondre « il y a eu malentendu entre toi et moi. Carlo ne parle pas toujours bien français, c'est ce qui toi faire mal comprendre. Tu sais bien que jour ton divorce et mien prononcés nous penser au beau mariage. Malheureusement pas avant. » Je lui ai balancé un jour « tu as accepté d'être sa putain et ensuite tu aurais voulu être sa femme. Finalement il a eu raison de consommer la traînée d'aéroport. » Elle avait répondu, toute imbue d'orgueil « on voit que tu ne le connais pas. » J'ignorais alors que j'aurais pu lui répondre « mais lui t'avait bien cernée et malheureusement il a préféré te laisser m'enfoncer une aiguille dans le cœur plutôt que de la tolérer dans son pied. Il n'a même pas eu l'envie de continuer à te baratiner pour te baiser encore quelques mois avant vos divorces, il en avait eu assez, tu ne méritais pas plus... »

- Tu crois qu'elle retournera avec son ex-mari ?

- Quand elle aura épuisé toutes ses illusions d'amour, quand l'argent deviendra un problème insoluble, comme ce con croit qu'il est de son devoir de vivre avec la mère de son fils, puisque ses propres parents se sont remariés après leur divorce, elle y retournera. Naturellement, elle ne pourra pas vivre devant celles et ceux qui savent alors ils repartiront à Djibouti... Où elle lui promettra de ne jamais le tromper... et naturellement, tout recommencera, il suffira d'un vieil élégant au baratin bien rodé... J'ai l'impression de parler d'une étrangère, d'une femme connue il y a des années. Je ne croyais pas qu'elle m'était devenue à ce point étrangère.

XXX La campagne

- J'ai toujours vécu en ville. Je ne me suis jamais sentie attirée par la campagne. Avec ma mère, nous avons un peu voyagé. Je pensais que nous allions à la campagne quand nous passions quelques jours dans "un village" comme noté dans les brochures. J'étais même déjà venue dans le Lot, à Rocamadour. Mais ces bourgades tournées vers le tourisme, je comprends que ce n'est pas cela la campagne. J'ai acheté le livre que tu as publié sur notre village (- j'aurais pu te le transférer sur ton Kindle) et je me rends compte que je ne connais quasiment rien de tes cents photos ! Où sont ces ruisseaux, ces ruines, ces arbres, ces pierres, ces angles chanfreinés, ces fours à pain, ce linteau à accolade, celui en bâtière ? La gariotte je la connais ! J'aimerais qu'on puisse marcher des heures dans ces chemins... j'aimerais vivre avec toi... Rien ne me prédestinait à aimer ce genre d'endroit mais je crois qu'il y avait un tel désir de fuite en moi qu'il me fallait effectivement un lieu très différent de la ville... Quand je m'imaginais disparaître pour sortir de leurs griffes, je me projetais toujours dans de grandes villes.

- Comme André Breton, je pourrais prétendre « quand j'ai vu cet endroit, j'ai cessé de me désirer ailleurs. » Vas-tu connaître le même cheminement ?

- Mais il semble décidé à rester ici et sa seule présence brise mes rêves.

XXXI Mardi 27, le retour d'Amina

Nous étions nus quand la voiture d'Amina s'arrêta devant la chambre. Un retour non prévu !

- Pour moi, vis-à-vis d'elle, ça ne poserait pas de problème que notre histoire devienne officielle mais pour toi... donc pour nous...

- On fait comment ?

- Je crois qu'il vaut mieux qu'on s'habile en vitesse et que j'aille lui ouvrir dans la cour tandis que tu sortiras par la cave.

Et il en fut ainsi.

- Ton retour me surprend !

- J'espère qu'il te fait plaisir. Tu vois, je fais un effort, pour toi. J'aimerais que tu le comprennes.

- Qu'un couple vive ensemble, c'est un effort pour toi ; tu as sûrement des choses à préparer pour ton grand voyage. Ou tu devais rendre les copies que tu as laissées sur ton bureau ?

- Quel accueil ! Je te dérange ?

- J'essayais d'avancer dans cette pièce de théâtre de la femme qui écrit mon amour à l'homme qui l'attend en France et qui demande en mariage son amimour à Addis-Abeba.

- Ça recommence ! J'aurais mieux fait de rester à Prayssac puisque tu continues à vouloir me torturer avec le passé.

- Je te signale qu'alors que ton fils devait venir en France, tu retournes à Addis-Abeba où tu m'avais promis de ne jamais remettre les pieds. C'est toi qui me tortures avec ton théâtre des indignités.

- Arrête d'être jaloux de mon fils !

- Mais oui, en 2009 c'est également pour ton fils que tu y allât. À l'imparfait du subjonctif et au corps à corps et non au coran. C'est dans le pieu de son père que tu t'allongeât sans culotte. Et c'est avec le mec de sa future maîtresse, mademoiselle Sophie, ta copine de salle de gym, que tu as ensuite couché pour être près de ton fils !

- Je ne suis pas revenue pour me disputer.

- Mais non, tu es revenue préparer ton voyage. Alors prépare-le ! Va voir sur place ce que tu as fait de ton fils ! Va voir Sophie, va la supplier de ne plus penser à lui comme "le fils de la..."

- Les gens ne sont pas comme toi. Ils savent pardonner.

- Tu parles de toi, qui as pardonné au père de ton fils quand tu lui as donné un accès direct ? Pour te pardonner complètement dans ta tête où continuait à tourner ton incapacité de lui avouer que tu avais couché avec ce cher Philippe, et non juste flirté ! Ton fils n'y est pour rien mais si tu ne l'avais pas fait pour moi tu aurais dû le faire pour lui. Puisque pour moi il était trop tard, dès septembre tu avais tout détruit pour ne plus me donner d'amour.

- Tu te rends compte, j'ai accepté que tu fasses de moi une putain dans tes pièces de théâtre et tu oses prétendre que je ne t'ai pas montré d'amour.

- Je n'ai rien inventé. J'ai simplement ajouté dans des pièces existantes une Momina, puisque tu m'as demandé de ne pas utiliser ton prénom. Mais je n'ai rien inventé ni aggravé. Oui, j'ai été traîné dans la boue d'Addis-Abeba, oui dès que tu y es arrivée tu as cherché à détruire notre couple… mais tu as eu tellement mal au ventre que tu as compris qu'une partie de toi ne le voulait pas… ça ne t'as pas empêché d'en prendre un deuxième et de toute manière, si tu avais eu le temps de faire un test Vih, tu ne m'en aurais pas parlé le 14 avril 2010, tu aurais fait comme en décembre 2009, quand tu m'as laissé te raconter ce cauchemar, de ta danse du vagin devant des hommes, sans même pleurer dans mes bras pour t'excuser de ce que tu avais fait avec le père de ton fils, et de ce que tu avais envie de faire avec le diplomate italien qui venait de te faire oublier que tu avais dans ton ordinateur le résultat de ton test Vih.

- On l'a déjà eue cent fois, cette discussion, je suis fatiguée de tes insultes, fatiguée, je n'en peux plus, tu m'épuises. Qu'est-ce que tu attends de moi ?
- Que tu partes de cette maison puisque tu es incapable de tenir tes promesses !
- C'est ce que tu veux ?
- C'est toi qui le veux en retournant là-bas comme si ce n'était pas la terre de tes pires indignités. Tu osais m'appeler « mon amour » quand le monsieur déposait sa petite poule levée pour la nuit et qu'il appelait « princesse » par élégance.
- Je me suis excusée de ce que j'ai fait.
- Oui, je savais tout quand nous avons vécu ensemble ! Sauf que j'ai lu tes mails et que je me suis aperçu que tu avais encore menti en prétendant tout m'avouer, en jurant sur la tête de ton père et sur ton Allah que tu t'étais littéralement confessée.
- Arrête, je suis une pute, une traînée, une salope, une menteuse, une manipulatrice, c'est ça qu'il faut que je te dise, alors voilà, je te le dis, et laisse-moi tranquille, j'ai mon voyage à préparer puisque tu ne comprends pas que je suis revenu pour te faire plaisir.
- Si tu avais voulu me faire plaisir, tu aurais respecté ce que tu me susurrais tendrement sur la place en septembre 2009 « ne t'inquiète pas, tout va bien se passer, je reviens en décembre. » Oui, tu es revenue voir le cocu en décembre ! Parce que ton amant t'avait payé le billet d'avion.

Je suis parti dans mon bureau et j'ai ré-ouvert le fichier Amina-theatre-realiste.txt

Transcender les blessures

« Les mots ne servent qu'à mentir », monologue en un acte.

Les mots d'une femme perturbée ne servent qu'à mentir.

Amina, devant son ordinateur.
- C'était pourtant ma plus belle lettre d'Amour ! Et trois jours plus tard je lui ai donné du plaisir comme jamais, je l'ai caressé, enlacé, embrassé comme jamais. Les hommes sont vraiment insensibles, hypocrites, profiteurs. Il a pris son pied et il ne veut rien me donner.
Il sait que je l'aime alors il pense que je vais accepter de le partager avec Sophie. En amour, celui qui aime le plus est toujours perdant. Qu'est-ce qu'il lui trouve, à cette vieille !

Ce ne sont pas les mots qui ont un pouvoir fou, ce sont les émotions, les sentiments, les envies.
Les mots ne servent qu'à exprimer ce qui est déjà là.
Oui j'ai triché, je n'ai pas su quitter Stéphane pour me donner totalement à Carlo.
Je ne pouvais pas lui faire cela par mail : après tout ce que l'on avait vécu, je devais lui avouer les yeux dans les yeux (elle sourit) Oui, je me mens, eh alors, je suis la seule à le savoir ! Il faut toujours se donner le beau rôle ! Il faut toujours faire croire à l'homme trahi qu'on lui a tout caché pour ne pas le faire souffrir, pour l'épargner. Je t'ai trompé car Dieu l'a voulu ! D'ailleurs c'est vrai, si je l'ai trompé, c'est que Dieu l'a voulu ! Je te l'ai caché pour ne pas te faire souffrir (elle sourit). Si au moins il croyait en Dieu, ce serait simple ! J'ajouterais « on va prier pour que ça ne se

reproduise jamais. » Dieu l'a voulu pour que notre amour soit encore plus fort. Et tu vois, nous l'avons surmonté...

Finalement, c'est peut-être lui, l'homme de ma vie... alors il finira par se convertir... Dieu ne pourrait pas me mettre dans les bras d'un homme qui ne croit pas en lui... C'est qu'il m'a choisie pour le convertir... Sinon ma mère va encore piquer une crise... Oui je lui raconterai que Dieu m'a choisie pour convertir un blanc, elle le comprendra et me soutiendra.

Je ne dois pas me mentir : j'ai toujours redouté qu'avec Carlo il n'y ait qu'une chance sur cent qu'il devienne comme je veux mais je devais essayer. Parfois j'avais tellement l'impression de me retrouver dans les bras de mon père ! Qui ne risque rien n'a rien, n'a que des Bertrand ou des Patrick. Donc il fallait bien que je garde Stéphane...
Voilà, je peux avouer la vérité ! Mais ça sert à quoi ? À faire encore plus mal ! Les mots ne servent qu'à mentir.

La vérité fait moins mal que le mensonge ?
Mentir ne sert pas à grand chose ? Et pourtant, je ne peux pas faire autrement. Carlo ne changera pas. Donc j'aime Stéphane. Il est plus jeune, plus faible, malléable, donc il changera ! Et surtout il m'aime. Je sais bien qu'il m'aime ! Je l'ai toujours su ! Et il sait que je l'ai toujours aimé !

Mais pourquoi Carlo ne pourrait pas rester mon ami. Je lui ai promis qu'il ne se passerait plus rien entre lui et moi. Et je tiens toujours mes promesses. (elle sourit) C'est qu'il n'a pas confiance en moi ! Bagatelle, que ça lui ferait trop mal d'imaginer que Carlo puisse me désirer, se souvenir de mes fellations en regardant ma bouche, tandis qu'on discute tranquillement au restaurant... et que je sens monter un désir... Non, je ne le désirerai plus... Promis Stéphane. Comme les hommes sont jaloux ! Pourtant, moi, s'il revoyait amicalement sa Fanny ou son Angélique, ça ne me choquerait pas. On peut être ami après avoir été amour, même amimour. C'est ce qu'il me demandait, ce que je refusais mais maintenant que je suis retourné avec Stéphane, ce serait pourtant la meilleure solution, puisque c'est la seule, qu'il ne veut pas m'épouser. D'ailleurs, s'il le voulait, c'est moi qui ne voudrais plus ! (sourire énigmatique).

Elle regarde son écran, pianote quelques secondes et sourit en lisant. Elle lit à voix haute :

« Répondre quoi ?

Amour, tu crois que je me fous de ta douleur, non, je ne m'en fous pas... mais comme je te le dis, pour moi le plus important reste qu'on s'Aime. Je ne peux pas revenir sur le passé et je n'ai pas envie d'y revenir. Nous en avons parlé, il me semble. Il faut continuer à en parler? Je veux bien mais j'ai l'impression que ça me fait perdre beaucoup de temps et d'énergie, que je n'ai pas besoin d'en parler parce que j'ai dépassé ça et que c'est derrière moi.
Mais pour toi c'est important d'en parler. Parler de quoi ? Tu veux des détails ? La date exacte ? Je ne sais pas, je n'ai pas noté, je n'ai pas coché sur mon agenda, ce n'est pas resté dans ma mémoire, ce n'est pas une date anniversaire que je compte fêter. »

(elle sourit...) Ah le 3 mars 2010, quel bonheur !

« Il m'a rappelé pour m'inviter à déjeuner. On a discuté longuement. C'était début mars. Puis les choses se sont enchaînées et on en est arrivé à cet acte regrettable, oui même pour moi car j'aurais préféré que nous n'en fassions rien pour préserver notre amitié. C'est ce qu'on voulait, une belle amitié. Je regrette que cela se soit produit, je le regrette pour moi et c'est pour ça que j'ai décidé que cela ne se reproduira pas.
C'est un homme merveilleux que j'aimerais avoir comme ami. Je l'apprécie beaucoup, je le respecte énormément et je ne voudrais pas perdre son amitié. Il y a des rencontres comme ça. »

(elle sourit...) Comment lui faire accepter qu'on puisse rester ami ? Il faut qu'il comprenne qu'il n'y a rien de sexuel entre nous, juste de l'estime réciproque ! Comme il sait me mettre en valeur, lui !

« Je ne voulais pas te démolir, pas sciemment. Je ne voulais pas croire que tu m'Aimais et je pensais que personne ne pouvait m'Aimer et que tous m'abandonnaient, donc je pouvais démolir mes grandes idées. Je ne voulais pas te démolir mais démolir Amina en moi.
Amour, j'aurais dû te parler surtout, te faire confiance surtout, dépasser l'apparence et croire au merveilleux de notre lien. Ça s'est très mal passé oui alors que ça aurait pu se passer tellement mieux si je nous avais fait confiance. Pardon mon Amour. »

(elle sourit...) Qu'est-ce qu'il lui faut de plus ! Je lui ai demandé pardon !

« Enfin j'ai trouvé l'Amour, le compagnon de ma vie, mon mari, l'homme avec qui je veux finir ma vie, avec qui je me vois vieillir. Amour, savoir que je n'aurai pas ma chère liberté, que je devrais m'en rapporter à toi, que je serai en fusion avec toi, que je dois te demander ton avis... me fait sourire de bonheur. Oui de bonheur. Car oui, je veux cette fusion car elle est l'expression de l'Amour.
Elle est l'expression de ma totale confiance.
Je sais Amour que tu m'Aimes donc je sais que tu me veux du bien, donc je sais que ce qui me tient à cœur, te tiendra à cœur et que tu seras aussi impliqué que moi pour chercher la meilleure solution avec moi.
La défense de ma liberté était l'expression de ma défiance. Je l'ai enfin compris. Je suis heureuse Amour de déposer mon cœur, ma liberté, mes fardeaux à tes pieds.
Je sais Amour que tu m'Aimes donc je te donne ma totale confiance comme tu peux m'accorder la tienne. Toi et moi, Amour, ne faisons qu'un. Bin oui, il y aura des désaccords, ça va peut-être discuter dur, batailler, mais toujours avec cette idée ancrée : nous nous Aimons donc nous trouverons la meilleure solution.
Je sais Amour que je t'Aime donc je te veux du Bien, je te veux du bonheur. Le matin, je me réveillerai en me demandant ce que je ferai aujourd'hui pour te rendre heureux, pour que tu sois bien. Je ne penserai pas à ce que tu n'as pas fait pour me prouver ton Amour mais à ce que moi, je ferai pour te prouver le mien.
Je sais que de ton côté tu feras de même donc je n'aurai à me soucier que de Toi puisque tu te soucieras de moi.
Amour, ma vie est la tienne. Ta vie est la mienne. »

(elle sourit...) Quel homme pourrait résister à un tel Amour ! Comme je sais Aimer, moi !

XXXII Mercredi 28

Envie de rapidement raconter à Nadège. Dès mon arrivée, j'essayais de lui faire comprendre l'essentiel :
- Vous ne devinerez jamais ?
- Tu as vendu un livre ?
- Si j'écris une pièce de théâtre sur toi, je te promets de la replacer celle-là ! Hier après-midi, Amina est revenue ! Officiellement pour me faire plaisir. Mais il a suffi de trois minutes pour retomber dans les disputes ! Et ce matin, elle est repartie sans que l'on se soit reparlé.
- Tu ne sais pas t'y prendre avec les femmes ! Tu aurais dû la baiser à peine arrivée, et tu aurais vu, vous auriez pris votre pied !

Aucune note. Je me sentais terriblement irritable. Et il ne se décidait pas à partir bétonner. Il me fallut rentrer sans une minute d'intimité…

Comme souvent, dans la forêt, m'est passée une idée sur le moment considérée fabuleuse : on ne peut pas balancer la vérité en face à ce monde. Le système est trop bien huilé pour permettre à un révolutionnaire pacifique de mon genre de pouvoir exposer ses analyses au plus grand nombre. J'ai fait l'erreur d'avancer non masqué ! Seul un pseudo peut me permettre d'exister dans la littérature. Confucius remarquait déjà « *Si l'honnêteté règne dans le pays, un homme peut être audacieux dans ses actes et dans ses paroles mais si l'honnêteté n'existe plus, on sera audacieux dans les actes mais prudent dans les paroles* » La publication de livres, de chroniques doit être assimilée à la parole de son époque. De mon cher Sénèque tellement négligé durant ces deux dernières années, je me souvenais de propos concordants et dans sa quatorzième lettre à Lucilius j'ai depuis relu « *le sage ne provoquera jamais la colère des puissants. Il rusera avec elle, comme le marin avec l'ouragan.* » Je dois prendre un nouveau pseudo !

XXXIII Jeudi 29

J'attends Nadège dans un profond blues. Très mal dormi : deux femmes et pas une pour la nuit ! Où vais-je avec elles ? Ce n'est pas en s'engageant dans deux impasses qu'on trouve une issue ! Le "travail" avec Kader fut monotone, triste, encore plus fastidieux que la veille ! Certes, quelques notes… il faut bien… J'attends son arrivée avec impatience, pas seulement celle de l'Amour : qu'elle évacue d'un sourire, d'un geste, toutes mes sombres pensées. Mais je redoute qu'aujourd'hui soit différent des autres jours.

Nadège n'est qu'une face d'un grand dé sur lequel figure également Amina ? Ce grand dé avec lequel je lutte sans espoir de les y arracher ?
Si je devais en sauver une ?
Malgré l'attirance physique évidente, vive, viscérale, des êtres peuvent s'être mis en situation de ne pas pouvoir vivre avec leur Amour. Trop emprisonnées, ligotées, Nadège et Amina, pour vivre réellement l'Amour…

Amina ne sortira jamais de son conditionnement musulman. Nadège ne sortira jamais des griffes de ses bourreaux. Certes Nadège lutte, en état de révolte, refuse viscéralement ce qui lui arrive alors qu'Amina s'est identifiée avec sa religion, essaye simplement de "transiger" avec ses "règles", vivre avec moi malgré tout…

J'ai dès l'enfance rejeté ma propre prison, celle du fils d'un jeune français envoyé ès soldat du rétablissement de l'ordre en Algérie et revenu traumatisé, rejouant sa guerre dans sa cellule familiale en nous maintenant dans l'insécurité de ses mois à traverser les maquis. Dès cette enfance, dès ma compréhension des mécanismes d'oppression, j'ai bataillé contre cet asservissement puis à la mort du bourreau décidé de vivre loin de "ces malades", cherchant "la liberté" puis finalement la tranquillité. La tranquillité comme la préconisait déjà Confucius. Une forme de stoïcisme selon Sénèque ou Epictète. J'ai souhaité cette tranquillité également pour être disponible à la vie, à l'Amour.
Et elles ont grandi derrière des barreaux, trop jeunes pour posséder la force de les briser. Et après il était trop tard ? On a voulu leur faire aimer leur prison. C'est merveilleux d'être musulmane, tu as la chance de m'avoir rencontré, princesse...
Nadège explore toutes les issues imaginables tandis qu'Amina, dès qu'elle sort la tête de l'eau, dès que nous vivons quelques jours sans tension, il suffit d'un mail, un appel téléphonique ou une simple pensée pour qu'elle rebascule, en prétendant se sentir déphasée avec sa religion, ses principes, ses valeurs… tout ce qu'elle ne peut pourtant pas vivre, qu'elle a fui…
Malgré cela, je n'ai jamais pu, et ne pourrai donc jamais, lui demander de choisir entre eux et moi.
Seule une révolte profonde, une rupture totale d'avec sa famille pourrait la libérer, lui permettre de

vivre l'Amour comme elle le souhaite souvent, avec sa majuscule. Mais en même temps, sa mère, ses frères, ses sœurs et les autres, je ne peux pas exiger qu'elle choisisse entre eux et moi. Une impasse. J'ai souhaité la mort de mon père, le bourreau, certes également la victime de son passé mais incapable de s'en libérer. Je n'ai jamais souhaité la mort de sa mère, de ses frères et sœurs, pas même de sa Kagera !

Amina et Nadège parlent d'Amour, ont besoin d'Amour. Je suis leur illusion d'Amour. En partant vivre loin du bruit et des futilités, me suis-je rendu invisible aux femmes épargnées par la vie, me suis-je placé en situation de rencontrer uniquement des femmes en lutte pour l'Amour ? Ou est-ce plus profond ? Un signe imperceptible nous permet de nous reconnaître ? Nous cherchons l'Amour car nous savons que c'est la seule manière de sauver la vie ? Alors que "les autres" entrent dans un couple par attirance physique et y vieillissent, certes souvent s'y déchirent car vivre à deux semble toujours dégénérer en reproches et rancœurs…
Pour elles l'Amour représente la bouée de sauvetage, elles s'y agrippent sans jamais parvenir à y monter. Je suis une bouée de sauvetage… Nadège arrive. Trois heures merveilleuses.
Est-ce la subconsciente certitude de vivre des heures grappillées contre l'impossible qui nous place dans une telle disponibilité au Bonheur ? Comme avec Amina durant les premières semaines. Croire que c'est possible… Nous faisons abstraction de la réalité qui nous rejoindra forcément, inévitablement… Mais peut-être avons-nous besoin de parfois vivre ainsi ?...

XXXIV Le problème de Nadège, selon Kader

À mon arrivée, Nadège n'était pas encore rentrée de la boulangerie. Immédiatement Kader se lança :
- Tu pourrais m'envier mec, je sais. Je balance une merde et c'est un best-seller alors que tes livres personne ne les achète. J'ai une femme superbe avec qui je m'entends super bien, un amour béton, alors que tu te demandes pourquoi tu es encore avec ton Amina… pourtant… tu as sûrement la solution à notre gros problème. Y'a qu'un truc qui fonctionne entre toi et Amina, le sexe, alors qu'en plus Amina n'est pas vraiment normale de ce côté-là, et c'est ce qui ne marche pas avec Nadège. [je ne voyais pas où il pouvait arriver...] T'as découvert comment fusionner, comme tu dis, avec elle, alors qu'elle est excitée, comme tu dis… (- excisée – c'est ce que j'ai dit) et moi, avec Nadège, elle fait tout ce que je veux mais je ne m'en sors pas. Je prends mon pied mais pas elle, alors à force ça me bloque. Une vraie planche ! Que je la prenne par devant ou par derrière, c'est la même chose pour elle. Elle m'a raconté qu'elle avait été violée à 10 ans et que c'est une réaction normale des filles qui ont subi ça. Elle le croit ! J'ai eu beau lui apprendre que toutes les filles sont violées entre 8 et 12 ans, non seulement elle ne me croit pas mais elle m'a fait la gueule quand je lui ai raconté qu'Anaïs était une vraie bombe sexuelle après. Un viol, c'est pas pire que d'être charcutée, c'est quoi le truc pour qu'elle soit vraiment dans le jeu ? Comment tu as fait ?
- J'ai connu une femme également violée enfant, Mayline, et elle m'avait prévenu, c'était une planche. Si tu cherches une bombe sexuelle, tu n'as qu'une solution…
- Je me doutais bien que tu avais la réponse !
- C'est de trouver une autre femme ! Si tu veux, y a Amina qui va bientôt être disponible !
- Attends, je trouve une femme quand je veux, où je veux, c'est pas le problème. Mais Nadège, jamais ! C'est le top et y'a pas mieux !
- Donc, il faut que tu acceptes la situation. On croit que la vie est simple mais quand on gratte un peu, quand on souhaite atteindre le bien-être, on découvre le noyau noir… Nous avons tous nos blessures… Tu en as sûrement.
- Moi ? Aucune ! Je suis le mec le plus équilibré de la terre.

Je n'ai pas jugé nécessaire de lui expliquer la manière dont il projetait sur moi l'image du père absent et sur Marcel celle du grand-père. Peut-on occulter ses blessures profondes comme Amina le prétendait dans un de ses mails de mai, un texte qui me repassait partiellement en tête, son optimisme à toute épreuve…

Kader continuait :

- Tu comprends, j'ai besoin qu'une femme bouge, remue, que ce soit un combat, qu'elle ait des orgasmes. Mais rien. Absolument rien.

- Tu sais Kader, Amina a voulu me transformer en musulman, elle a échoué. J'ai voulu changer Amina, j'ai échoué. Si tu souhaites faire de Nadège une bombe sexuelle, tu échoueras !

- Rien ne me résiste ! Quand je veux quelque chose, je le prends ! Tu as bien vu, je voulais Nadège, je l'ai eue.

- L'amour c'est accepter l'autre comme il est. Ce n'est pas prendre mais accueillir avec joie ce que l'on te donne. Quand je te concède avoir voulu changer Amina, c'était simplement essayer de modérer sa volonté de me transformer ! J'ai accepté qu'elle soit musulmane, excisée, dépensière quand c'était avec son argent mais je lui ai demandé de m'accepter comme je suis, athée, intellectuel précaire, surtout précaire, pauvre même, plutôt stoïcien même si je n'ai pas lu une ligne de Sénèque depuis notre cohabitation sous un même toit.

- Mais tu sais comment mettre dans le mouvement une femme qui a des problèmes sexuels ! C'est sur ça que je te demande de m'aider ! Tu te rends compte, quand je suis en elle, c'est comme si elle dormait. J'ai presque l'impression de baiser une morte. Pour elle ce serait quand même mieux aussi !

- De la même manière, Amina prétend que c'est pour moi qu'elle veut me convertir, que ce serait mieux pour moi...

- Mais ça n'a rien à voir !

- Tu peux essayer de croire que c'est possible. Mais j'ai l'impression que tu t'es engagée avec une femme uniquement parce que tu la désirais mais qu'elle ne correspond pas à ce que tu cherchais. Un peu comme moi ! Finalement, on a des points communs ! Toi comme moi on aurait dû les baiser quelques semaines et savoir partir...

- Y'a pas mieux que Nadège ! Tous les potes en étaient dingues !

Elle est arrivée. J'ai pensé "la femme que je connais, personne ne l'a connue avant." J'ai eu envie de lui en parler. J'ai immédiatement réfléchi à la manière d'aborder le sujet, ne voulant surtout pas prendre le risque d'une maladresse qui la bloquerait également avec moi...

Rentré, je recherchais ce « mail de mai 2010. »

C'était le 20, à 11 heures 23

Amour,

Je suis une incorrigible optimiste, je souris déjà, le cœur est moins gros, les pensées plus sereines. Ma capacité à sourire et ma carapace me sont d'un grand secours, Amour.

Ça me permet d'aller de l'avant. Ma devise : ne pas noircir mon cœur. Mon cœur doit rester sain et propre. Je ne veux pas de haine, de mauvaises pensées, envers qui que ce soit, quoi que ce soit. Je veux rester naïve toute ma vie, garder mon cœur d'enfant.

Ne t'attaque pas à ça, Amour. C'est l'enseignement de mon père : aucun être n'est mauvais. Oui personne n'est mauvais. Simplement, on juge par rapport à nous, à nos visions et si ça ne colle pas, on dit que l'autre est mauvais.

Je t'Aime Amour, du plus profond de mon cœur. Pour moi, c'est l'essentiel, Amour. Je suis heureuse de notre Amour. C'est tout ce qui compte. Je ne peux, je ne veux détester personne, Amour. Je ne l'ai jamais fait. Je ne vais pas commencer maintenant. Je tiens à l'intégrité de mon cœur. Je ne veux pas de haine dans ma vie, Amour.

Ce que je veux Amour, c'est une vie pleine d'amour, c'est une vie naïve, simple, remplie par des êtres que j'aime et qui m'aiment. J'ai envie de consoler des inconnus qui me semblent malheureux, Amour. J'ai envie de distribuer le sourire, la joie, le bonheur. Tout est prétexte à rendre la vie belle.

Elle est belle la vie, chaque seconde est précieuse. Pas la peine de la gaspiller en douleurs ou regrets. On est blessé par la vie mais on est encore victorieux sur elle car on vit. Eh oui, on vit. Le seul malheur est la mort, Amour. Tant qu'il y a la vie, y a l'espoir, y a le bonheur.
Je veux être un roc du bonheur, Amour. Icare s'est brulé les ailes en voulant atteindre le Soleil. Le bonheur me brulera peut-être les ailes mais je ne renoncerai pas, même avec l'annonce du vih.
Je "crains" seulement Dieu... et la mort. Pas pour moi, pour ceux que j'aime.

Pour le vih, ma plus grande crainte n'est pas que je l'ai mais que tu l'aies, toi. Si toi tu l'as pas, même si je l'ai (la pensée m'en est venue hier), je serai heureuse.
Je ne dis pas que ce serait pas un malheur mais quoi Amour, pour l'instant je l'ai pas, je vais pas me rendre malade à l'avance ? À quoi ça sert ? Même si je l'ai, à quoi ça servirait que je haïsse celui qui me l'aura transmis ? À quoi ça sert la haine ? À quoi servent les regrets ? À quoi sert la culpabilité ? À quoi sert la douleur ?
Je ne dis pas que la douleur n'est pas là mais à quoi sert-il de la laisser bouffer le bonheur ?
Mes douleurs sont multiples, si j'y réfléchis, je n'y survivrai pas. Je préfère vivre le bonheur. Réfléchir à ce que je peux faire à l'avenir pour que tout se passe mieux. J'y réussirai pas ou à moitié ou au quart mais d'autres rêves prendront le relais... jusqu'à la mort.

Ma petite sœur ainsi que ma cousine viennent aujourd'hui. Je suis contente.

Je t'Aime.

Ton Amour.

Je me surprenais à simplement penser « à force de te masquer la laideur des autres, tu as engrangé des tonnes d'horreurs dans ton cœur, pauvre Amina ; ce n'est pas en se cachant la réalité qu'on peut avancer dans la direction de l'harmonie... » Une phrase s'est mise à tourner dans ma tête « *Elle est belle la vie, chaque seconde est précieuse.* » Où l'ai-je déjà lue ? Certes dans ce mail... mais non, ailleurs... Carlo ! Je me connectais immédiatement à l'adresse d'Amina sous yahoo, celle qu'elle avait fermée d'un geste théâtral fin juin 2010, pour bien me montrer que sa vie changeait totalement... Celle que j'avais réussi à récupérer en août, quand elle m'avait donné les réponses à ses questions secrètes qui permettaient de la réactiver... Elle avait effectivement tout détruit de ses échanges avec ce Carlo... Mais il demeurait dans la liste des contacts... je lui avais alors écrit :

Sujet : Amina

carlo,
peux-tu me renvoyer les mails que je t'ai écrits depuis notre belle rencontre de décembre ?
Amina

Il s'était rapidement exécuté, j'avais ainsi découvert la grande lettre d'Amour d'Amina de 848 mots...

« ...et voici, Carlo le fait.

Elle est belle la vie, chaque seconde est précieuse !
Elle est belle la vie parce que elle est pleine de surprises !!! »

Oui, elle est triste la vie, parce que cette putain m'écrivait son Amour avec les mots de son amant. Mais cette découverte n'avait plus d'importance. Dérisoire. Simplement dérisoire. Risible. Elle pouvait masquer ses monstruosités, les recouvrir de pelletés d'insouciances, essayer de croire en son âme d'enfant, celle de la petite fille qui déifiait son père au point de ne pas pouvoir l'imaginer mortel. Elle dénichera toujours des "amis" pour croire en son baratin. Je l'ai crue. Que cherche-t-elle ? Tout simplement à apaiser cette douleur de la disparition du père, encore vingt ans plus tard. Même si le suicide du mien fut un soulagement, l'immense espoir d'enfin vivre ma vie, je peux la comprendre. Elle sait pourtant que ça l'empêche de vraiment vivre. Mais son orgueil la retiendra toujours de pousser la porte d'un psychiatre. Nous en avons parlé. Elle observa même que j'étais le premier à comprendre qu'elle portait encore cette douleur. Elle m'a juré d'être guérie, que mon amour l'avait guérie... mais ce n'était qu'une illusion. J'ai consacré des années pour en sortir, des blessures de l'enfance, elle a repoussé repoussé repoussé la confrontation, sûrement avec parfois l'espoir que le temps arrangerait tout, parfois le fatalisme qu'elle porterait jusqu'au dernier jour cette douleur. Et que finalement, c'était bien ainsi ! Mais nous avons dérivé trop loin dans les relations conflictuelles pour que notre couple puisse devenir ce que nous avions rêvé qu'il soit...

XXXV L'identité

Combien de visages a-t-elle ? Je crois déjà connaître la vraie Nadège parce qu'elle se donne à moi comme je l'ai toujours connue, resplendissante. Mais est-elle réellement ainsi ? N'a-t-elle que deux identités ? Celle qu'elle pouvait présenter sur son lieu de travail et celle que je lui connais ?
Kader en connaît une troisième.

C'est début 2011, oui, pas avant, quand elle a "enfin" obtenu un poste de vacataire, que je me suis aperçu qu'Amina ne m'avait jusqu'alors montré que son visage d'extérieur. De la même manière, elle m'avait confié que Kagera et Karina la considéraient comme la femme la plus zen qui soit, ignoraient tout de ses angoisses, ses inquiétudes...
Comme la Chantal de l'*Identité*, cette femme gère deux visages. Mais contrairement au personnage de Kundera, contrairement à la majorité des gens, à l'extérieur elle exhibe une face joyeuse, enjouée, compassionnelle si l'occasion se présente ; elle s'étonne ainsi de ressentir de l'animosité chez certains collègues. *« Je ne comprends pas pourquoi ils ne m'aiment pas. Je suis pourtant toujours très disponible, aimable, gentille, souriante. Si, ils sont racistes. »* Elle ne peut concevoir que son entrain puisse apparaître exagéré, faux, déplacé et manipulateur.
Je sais maintenant que ce visage est faux. Alors que je l'avais connu depuis notre rencontre. Seule la colère lui avait parfois donné un autre visage, un troisième visage. Car celui que je croyais réel n'était qu'un simulacre social et j'avais été englobé dans ce simulacre. Son vrai visage est triste.
« - Comment veux-tu que je sois heureuse ? Je dois partager mon fils avec son père, je dois travailler, me lever tôt, partir dans le froid. Je dois vivre dans un pays de merde où il fait froid les trois quarts de l'année. Je dois supporter une cantine où l'on sert du cochon, où des collègues amènent du vin et de la bière sur notre table...
- Ils te préparent un repas de remplacement, tu ne peux pas te plaindre de la cantine. Et aucun de tes collègues ne t'oblige à boire un verre d'alcool.
- Mais il y a l'odeur. Et ce n'est qu'un détail ! S'il n'y avait que cela, je ne me plaindrais pas ! Je vis loin de ma mère, je ne vois pas grandir les enfants de mes frères et sœurs...
- Mais tu as enfin l'amour que tu cherchais.
- Si tu m'aimais vraiment tu serais musulman et on partirait vivre à Djibouti.
- Tu étais française en France quand je t'ai connue...
- Mais il n'était pas prévu que j'y reste. Tu sais très bien que j'y suis venue uniquement pour me séparer de Bertrand, pour y passer le concours. Tu sais très bien que mon but était d'obtenir un poste à Djibouti le plus rapidement possible. C'est pour toi que je reste en France. J'ai modifié mes plans pour toi.

- En fait, tu n'aimes pas la France. Tu as essayé de profiter de ses largesses, d'obtenir un diplôme français parce qu'il se monnaye à prix d'or au lycée français de Djibouti où notre éducation nationale se croit obligée d'entretenir une équipe d'expatriés pour les enfants de ses militaires. Tu as triché avec le système. Tu t'es faite française pour être considérée expatriée dans ton propre pays !

- J'aime la France. Je suis contente d'être française, d'avoir un passeport français. Mais ce n'est pas un pays où l'on peut vivre. J'ai toujours prévu d'y passer juillet et août, quand à Djibouti il fait vraiment trop chaud. Tu sais bien que c'est pour ça qu'avec Bertrand on a fait construire ce chalet. Mais tu ne comprends pas que je me sacrifie pour toi. Et je suis fatiguée, épuisée. Et tu ne veux rien me donner en contrepartie. Les gens de ce pays sont fous, ils ne font que courir. Il faut toujours courir dans ce pays !

- Surtout quand on veut permettre aux gens de Djibouti de n'avoir qu'à se rendre une fois par mois à la banque pour récupérer l'argent et vivre tranquille.

- Si tu veux ! Ma mère nous a élevés. Elle a fait sa part de travail. Elle a bien mérité le peu que je lui envoie.

- Si elle ne nourrissait pas vingt personnes avec cet argent, tu lui enverrais cinq cents euros par an plutôt que par mois et elle vivrait décemment avec ce complément à sa "modeste retraite de veuve".

- Tu ne comprendras jamais rien à mon pays ! »

Que puis-je faire pour elle, je m'étais alors une énième fois demandé. Rien ! Car rien ne peut lutter contre sa réelle tristesse, la nostalgie de "son" pays et la douleur toujours vivace de la mort de son père. Derrière son enthousiasme, c'est un gouffre sombre et hanté. Je ne peux que la distraire et je n'ai pas envie de consacrer des années à remplir un tonneau percé. Elle a besoin de jubiler, comme Carlo lui en donna l'occasion, pour s'oublier. Mais cette femme ne veut pas guérir ! Elle se complaît dans son petit malheur. Donc forcément Dieu existe pour la récompenser ! J'ai cru que l'amour la sauverait mais ce n'était qu'une autre distraction, qui ne pouvait pas durer.

XXXVI Marcel

Marcel lui raconta « le pays », comme il me l'avait narré à mon arrivée, et passait ainsi également chaque jour. D'abord il l'aida à démarrer la bétonnière...

- Marcel, je l'adore. J'aurais aimé avoir un grand-père comme lui ! Alors, si je peux lui offrir quelques bons souvenirs mieux qu'à la télé, qu'il fixe les seins et l'entrejambe de Nadège ne me dérange absolument pas. Mais je l'ai prévenu « tu peux regarder tant que tu veux mais interdit de toucher, sinon je t'éclate la cervelle. » Il est adorable le vieux. Il m'a répondu en souriant « Regarder, pas toucher ! À mon âge, ça me va ! » Et on s'est topé dans la main, comme deux vieux potes.

- Tu ne le tutoies quand même pas ?

- Tu me vois dire « vous ? » Y'a qu'aux flics qu'on dit « vous. » Un jour, je lui ferai un super cadeau au vieux...

Le 29 mars, dès son arrivée, retenant difficilement ses larmes, Nadège me confia :

- J'étais tranquillement installée dans la chaise longue, à lire, il est apparu avec le vieux, je leur ai naturellement souri mais je n'ai pas eu le temps de saluer Marcel, il s'est baissé vers moi, je croyais qu'il allait me confier un mot à l'oreille mais il m'a posé une main de chaque côté des hanches et je ne sais pas comment il a fait, il m'a retournée comme une crêpe, m'a posée à genoux, remonté la mini jupe et il s'est mis à me caresser, sans la moindre tendresse, et il m'a appuyé sur le dos, j'ai bien compris qu'il s'agissait de tout montrer au vieux... D'une voix suppliante je marmonnais

« arrête. » Il a retiré ses mains. Je croyais que c'était fini. Il m'en a posé une sur la bouche, à m'en briser la mâchoire et à peine m'avait-il lâché qu'aussitôt il s'emparait de mes fesses. Je n'ai pas compris immédiatement ses intentions. Il les écartait. Il m'a sodomisée. J'ai cru qu'il allait m'obliger à entreprendre une fellation au vieux, je ne le voyais pas mais l'imaginais nous observer avec un mélange de dégoût et d'excitation. Kader lui a joyeusement crié « tu vois, regarder mais pas toucher » et Marcel a répondu « je vous laisse. » Tellement j'avais peur, je pleurais sans bouger ni parler et il s'est tranquillement vidé, sans la moindre attention à ma douleur. Il a osé résumer d'un simple « c'est bien de donner du plaisir à un vieux, tu peux lui montrer tout ce qu'il a envie de voir mais il sait qu'il ne doit pas toucher. » Alors, tout ce que j'avais gardé en moi depuis des semaines a explosé « tu ne vois même pas que tu l'as insulté en m'insultant devant lui, tu ne comprends pas qu'il ne reviendra plus, tu ne comprends donc personne, tu ne penses qu'à utiliser les gens... » J'ai crié pendant au moins cinq minutes et lui, pas un mot, il me fixait en souriant... il me fait peur... il m'a froidement répondu « si tu n'étais pas ma femme, là, je te balance une claque que tu ne t'en relèverais pas. C'est la dernière fois que tu me parles comme ça. S'il y a une prochaine fois, tu n'auras pas le temps de dépasser deux phrases. »

Nous avons essayé d'envisager toutes les réactions possibles. Si elle ne rentrait pas, il la chercherait, passerait forcément ici. Je pouvais certes la cacher dans la chambre d'amis mais il était capable de débouler en fureur « je suis certain qu'elle est là ! » Dans le grenier ? Non, elle ne voulait pas ici. Elle ne voulait pas prendre le risque qu'il puisse l'y découvrir. Et si les gendarmes enquêtaient, il me serait difficile de nier. Dans les bois, la grotte ? Une grotte presque inaccessible, qui nécessite de se glisser dans un boyau où je passe tout juste sur une vingtaine de mètres. Elle pourrait y vivre. Je lui apporterais de la nourriture. Mais combien de temps cette fuite tiendrait ? Et elle avait peur pour sa mère. J'étais persuadé qu'après une telle scène il comprendrait qu'elle avait "fugué" et signalerait sa disparition sans s'en prendre à sa mère. « non, ça ne marchera pas... tu ne le connais pas ! tu ne sais pas comment ce genre de personne peut réagir dans cette situation. Je t'avoue que moi non plus... mais je vais trouver une solution... maintenant c'est la guerre... je t'aime Stéphane... je ne laisserai personne se mettre entre notre amour... on va y arriver... » Et nous l'avons fait, l'Amour. Puis elle est repartie...

Le lendemain, Marcel m'a simplement confié « c'est un malade, ce parisien. » Naturellement, il ne pouvait imaginer que je savais... J'ai simplement abondé dans son sens « il m'a embauché pour écrire le roman de sa vie mais je vous avoue qu'il ne me plaît pas vraiment ; je suis bien payé, c'est l'unique avantage mais j'essaie de terminer le plus rapidement possible pour ne plus devoir le rencontrer chaque jour... »

XXXVII 30 mars

Immédiatement, je lui ai demandé :
- Il s'est encore passé quelque chose de terrible ?
Elle s'est serrée encore plus fort contre moi...
- Stéphane, je ne m'en sortirai jamais... oui je crois qu'il faut préparer cette grotte... tu veux bien y porter des couvertures et des boîtes de conserves...
- J'irai faire des courses, dès ton départ...
- Je ne suis pas difficile... juste pour tenir... et demain... je sais bien qu'elle sera là, qu'on ne pourra se voir qu'à la gariotte... tu me la montreras, d'accord ?
- D'accord mon amour... on va s'en sortir.
- Mais il faudra que l'on reste au moins une semaine sans se voir. Je suis certaine qu'il va te

surveiller... qu'il va faire descendre ses potes... Tu veux bien me préparer de quoi tenir une bonne quinzaine ?...

XXXVIII Kader disparu

Mardi 3 avril, 18 heures, au téléphone. Soit environ une heure après une ultime tendresse « donne... je veux te garder dans ma bouche durant tout le trajet... je ne suis pas certaine que l'on se verra demain... je pense fuir dans la grotte cette nuit... »

- Kader a disparu !
- C'est fantastique !
- Pas forcément ! Je ne sais pas ce qui se passe. La voiture est là. La bétonnière tournait encore, je l'ai débranchée. Et je l'appelle depuis une heure.
- Tu crois qu'il cuve ses bières dans un coin ?
- Il n'a même pas fini son pack !
- 24 ?
- 6.

La voix de Nadège marquait une inquiétude que je ne lui connaissais pas.
- Tu crois que le mieux serait que je passe ?
- Je n'osais pas te le demander. Stéphane, j'ai peur.
- J'arrive.

- Déjà !
Elle pensait peut-être que j'allais venir à pied alors que la nuit tombait !
- Alors ?
- Toujours rien !
J'ai avancé d'un pas, elle s'est naturellement légèrement reculée, j'ai refermé la porte, tourné la clef. Et je me suis serré contre elle. Elle a souri. Elle ne semblait pas vraiment inquiète, plutôt apeurée. C'est maintenant que j'opère cette distinction, c'est toujours plus facile, quand on sait...
- Oh !
J'avais soulevé sa jambe gauche, l'écartant ainsi légèrement... et pénétrée. L'avantage d'un simple survêtement !
- Oh ! Tu m'as prise par surprise ! Je ne t'ai pas vu venir.
Elle ne semblait vraiment pas inquiète : son vagin me prenait comme il en avait désormais l'habitude.

- Et s'il revient ?
- Il me réveillera endormi dans le canapé ! Tu ne crois pas que c'est une opportunité inespérée ?
- C'est compliqué... (et elle me susurra) cet amour, cet amour que je ressens pour toi est le plus fort, le plus beau, le plus tendre... je donnerais tout pour vivre avec toi... j'aurais dû partir, m'enfuir, faire croire en un suicide... comme c'est compliqué...
- Oui, c'est compliqué... (et je lui susurrais) je t'aime Nadège...

Nous n'avons pas dormi de la nuit. Ça ne m'est jamais arrivé avec Amina. Peut-être a-t-elle connu ça, avec son Carlo, même si elle a prétendu le contraire. L'adultère est un stimulant ? Plusieurs fois Nadège s'est levée, elle me croyait assoupi mais je lui susurrais « *tu as entendu un bruit ?* » Elle revenait se serrer contre moi « *j'ai cru... mais non...* » Quand le jour s'est levé... sur une étrange idée, chantait Jean-Louis Aubert au temps de *Téléphone*, si mes souvenirs sont exacts... Une étrange idée... enfin logique... *"ce serait plus facile si on ne le revoyait jamais."* Mais il a bien fallu le chercher. Introuvable.

XXXIX L'horreur

- C'est bizarre, on dirait qu'il a jeté l'une de ses chaussures dans la bétonnière, regarde, Stéph...

Je me suis approché... et il a suffi d'une seconde... Juste le temps de me retourner pour vomir...

- Nadège... Ne regarde pas... Un os...

Elle a regardé... et en se retournant, c'est sur moi qu'elle a vomi.

Elle s'est serrée contre moi « Stéphane, Stéphane... » Nous nous vomissions dessus sans pouvoir nous lâcher. Elle parlait, je ne comprenais aucun de ses mots...

XXXX Un accident bête et stupide

- Contrairement aux bétonnières des particuliers, la 350 litres, professionnelle, est stable. Son bras fut entraîné par une pale... Et après il était trop tard, le plus souvent le bras est déchiré car l'homme sent qu'il doit le sacrifier, surtout ne pas se laisser happer.
- Il avait l'habitude de prendre une poignée de béton alors que son joujou tournait, son joujou comme il l'appelait... À chaque fois, je lui répétais qu'il était fou, qu'un jour il se ferait déchirer la main...
- Il l'utilisait depuis longtemps, cette bétonnière ?
- Ils ont acheté la maison fin février et il a commencé ses travaux début mars.
- C'est vous qui lui avez appris à l'utiliser ?
- Je ne touche pas à ce genre de machine ! C'est le voisin, monsieur Hanin, qui lui conseillait pourtant également de ne jamais mettre la main dans la machine quand elle tournait. On avait beau lui répéter de prendre le béton dans la main pour vérifier s'il collait bien, uniquement après en avoir vidé un peu dans la brouette...
- Oui, c'est plus sage... En vingt ans de service, je n'ai jamais vu un tel désastre, je me demande comment ils vont s'y prendre pour séparer un peu de chair du béton.

Je me suis remis à vomir, presque rien, il ne restait plus rien, juste la douleur d'une impression que les boyaux vont sortir. Le dialogue avec l'inspecteur Delattre s'est ainsi arrêté.

XXXXI Avion

Comme prévu, Amina est partie le 7. Après une énorme dispute où une nouvelle fois je lui ai rappelé que je n'en pouvais plus. J'appris ainsi qu'elle avait payé son billet cinq cents euros plus cher "de ma faute", pour éviter une crise, ne pas reprendre « Egyptair », la compagnie sur laquelle elle avait connu... « oui, je me souviens de ton mail du 9 février, envoyé dix minutes après celui où tu m'écrivais "mon Amour, tu me manques" et débutant par "Bonjour Carlo, tu te souviens de moi, Amina d'Egyptair ? Moi je ne t'ai pas oublié..." » Elle décida d'appeler un taxi, je sortais et soudain elle criait, "Stéphane" puis "Amour", je ne répondais pas, elle me cherchait... me trouvait finalement, assis près des arbres, sur des tuiles, derrière un muret... *« Je ne pouvais pas partir avec cette scène entre nous, je t'aime mais je suis obligée d'y aller... »* et la chair est faible... comme en septembre 2009, elle a voyagé avec un peu de moi en elle... ainsi, je l'ai "naturellement" emmenée à la gare de Cahors...

Amina « là-bas », Kader mort, un boulevard d'Amour s'ouvrait...

Le 21 avril, irai-je vraiment la rechercher ?

Nous rejouerons le 14 avril 2010 ? Je la baiserai et lui balancerai « c'était la dernière fois » ? Non, avec Nadège, ce sera un tel bonheur que l'idée de la toucher me dégoûtera tellement... Elle m'attendra, m'appellera... je ne répondrai pas, elle s'inquiétera... Qu'est-ce qui lui ferait le plus mal ? Un SMS « en souvenir du 14 avril 2010 je préfère me suicider que de venir te chercher une nouvelle fois à Cahors, putain d'Addis » ? Me rendre à la gare puis prétendre que nous partons à Bordeaux chez sa saleté de Kagera et m'arrêter sur une route déserte, prétexter un problème pour m'arrêter, lui demander de descendre et repartir en criant « si tu avais avoué en 2010 plutôt qu'inventer une histoire de submergée un soir, voilà ce que j'aurais fait, sale truie... »

Qu'est-ce que notre couple ? Sous son oreiller, elle avait laissé « *voyage au bout de la nuit* », qu'elle relisait ces derniers jours. En feuilletant je tombais sur une phrase soulignée « *Dans une histoire pareille, il n'y a rien à faire, il n'y a qu'à foutre le camp.* » Quand l'a-t-elle soulignée ? Lors de sa première lecture au moment de sa licence ? Ensuite ? Ces jours-ci ?

Des notes dans la marge semblent provenir de ses études « absurdité de la guerre », « image horrible de la mort », « absurdité de la dernière réplique du colonel »…

Certitude immédiate : elle a placé là cet exemplaire pour que je l'ouvre et y découvre l'état de notre couple dans sa tête : « *l'amour, c'est l'infini à la portée des caniches* » ; « *le tout, c'est qu'on s'explique dans la vie. À deux on y arrive mieux que tout seul* » ; « *Les chats trop menacés par le feu finissent tout de même par aller se jeter dans l'eau* » ; « *Je croyais à son corps, je ne croyais pas à son esprit.* » Et surtout, j'étais sidéré par « *La vérité de ce monde, c'est la mort. Il faut choisir, mourir ou mentir. Je n'ai jamais pu me tuer moi.* » C'est sa vie ! Pas simplement après le "nécessaire deuil" mais depuis vingt ans ! Je réouvrais le fichier Amina-theatre-realiste.txt pour l'y noter. Oui, elle pourrait murmurer du Céline pour expliquer sa vie. Quatre pages plus loin, elle avait souligné « *Nous sommes, par nature, si futiles, que seules les distractions peuvent nous empêcher vraiment de mourir.* » J'y considérais un nécessaire rapprochement avec les pensées de Pascal. Puis sur la même page « *Il faut se résigner à se connaître chaque jour un peu mieux, du moment où le courage vous manque d'en finir avec vos propres pleurnicheries une fois pour toutes.* » Je m'arrêtais là, page 204, de ma recherche de son "message." Stoppé net par une pensée "j'aurais aimé en parler avec toi en 2008, maintenant c'est inutile." Oui, en 2008, j'avais cru en cette harmonie tant recherchée, où l'on se dit tout, sans forcément viser à convaincre l'autre, juste pour échanger, découvrir l'être aimé.

« *Les chats trop menacés par le feu finissent tout de même par aller se jeter dans l'eau.* » Elle s'est d'abord sentie trop menacée par les hommes musulmans et s'est jetée sur le bon blanc de passage, incapable de nouer la moindre relation en France et effectuant son service militaire « en coopération » dans l'espoir d'y rencontrer une femme... Elle avait certes visé plus haut, un don juan qui a fini par lui présenter « sa fiancée venue lui rendre visite », un premier « avec qui il ne s'est rien passé », simple flirt plus tard contredit par « - J'ai pris une fois la pilule du lendemain, avec le militaire avant Bertrand - Je croyais qu'il ne s'était rien passé - Il ne s'est rien passé... il ne m'a jamais pénétrée, je ne voulais pas avant le mariage, mais il lui arrivait d'éjaculer au bord de mon vagin - Le plus souvent c'était dans ta bouche ? - Je t'ai dit que tu es le premier à qui je laisse faire ça - Dans ta main, ton anus, entre tes seins, alors ? - Oh je ne sais plus, pourquoi je te raconte toujours mon passé, ça me retombe toujours dessus - Le problème c'est que chaque version est différente... » Elle s'est sentie trop menacée dans son mariage donc s'est jetée sur un collègue. Elle s'est sentie trop menacée par notre amour, donc s'est jetée dans les marécages d'Addis-Abeba. Elle s'est sentie trop menacée par les souillures d'Addis-Abeba, donc s'est rejetée dans notre couple...

Finalement, malgré ce sentiment d'aquabonisme, je lui notais ces phrases dans un mail.
J'y ajoutais « *On est puceau de l'horreur comme de la volupté.* » (page 14) J'avais décidé de le relire. J'aurais préféré retrouver mon exemplaire, avec mes gribouillages mais pas le courage de retourner les cartons à la cave.

Réponse : « Mon Amour,
J'ai déjà lu ces phrases quelque part mais je n'arrive pas à me souvenir.
Elles ne sont donc pas de toi, même si je pense que tu t'adresses à moi.
Quelle est ton intention ?
Ton Amour »

« Mon Amour,
Naturellement, j'ai lu les passages récemment soulignés du livre que tu as laissé sous ton oreiller. Quelle était ton intention en soulignant ces phrases pour que je les découvre alors que tu séjournes dans une ville que tu apprécies tellement, alors qu'en passant devant le "centre Fidel" peut-être cette fois un petit pincement jaillit quelque part ? Mais où ?
Ton Amour »

« Mon Amour,
Arrête avec tes procès d'intention. J'ai lu ce livre de Céline au moins cinq fois et je ne crois pas avoir souligné d'autres passages la semaine dernière.
S'il te plaît, arrête de me torturer. Tu sais bien que je suis ici pour voir mon fils et je t'appelle chaque soir. À tout à l'heure. Malgré ton petit jeu, tu me manques.
Ton Amour »

En relisant « *Voyage au bout de la nuit* », je me chargeais de réponses plus ou moins utiles pour expliquer ma dérive, notre union bancale. Je m'étais si longtemps contenté d'un « j'aime nos différences, je crois qu'un homme et une femme peuvent s'aimer sans être d'accord sur tout, ce sont ces différences et notre impossibilité de répondre à la question "pourquoi je t'aime ?" qui font la force de notre couple. Quand on commence à savoir pourquoi on aime quelqu'un, c'est qu'on ne l'aime plus vraiment, car ces choses s'étioleront rapidement. L'amour, c'est un mystère continu...»
Céline "me répondait" : « *Philosopher n'est qu'une autre façon d'avoir peur et ne porte guère qu'aux lâches simulacres.* » Je m'arrêtais sur « *À force d'être poussé comme ça dans la nuit, on doit finir tout de même par aboutir quelque part.* » Le matin, j'étais de nouveau "naturellement" passé chez Nadège, je pouvais penser "chez Nadège" mais de nouveau tout était fermé.

Après « *Voyage au bout de la nuit* », je me suis relu, versant « *le roman de la sagesse et du show-biz.* » Quelle horreur ! Tout ce que j'ai accepté, j'en avais pourtant parlé dans ce roman, ces dérives qui nous conduisent droit dans le mur avec des années lacérées dans la besace ! J'ai tout écrit de ce qu'il faut refuser et j'ai tout accepté. Maudite Amina qui m'a fait oublier jusqu'à mes meilleures lignes. Oui, j'avais "à cette époque" tout compris ! J'avais "tout compris" non à l'amour mais à ce qui empêche l'Amour ! J'ai honte de m'être oublié, renié. Pourtant chaque soir je lance Skype et Amina me raconte sa journée. Elle me montre qu'elle dort bien dans une pièce peu confortable louée par son ancienne cuisinière, désormais au service de son ex-mari... Elle y passe simplement prendre sa douche chaque jour, chez lui... mais durant son absence, quand il travaille...

Elle me remarque « peu loquace », croit qu'il s'agit d'une conséquence de "la mort de mon ami." Et ajoute immanquablement « c'est horrible ce qui lui est arrivé. » Elle demande même des nouvelles de Nadège. C'était vrai, je n'en ai pas. « Peut-être est-elle retournée là-haut » je conclus. Je ne comprends pas pourquoi elle aurait agi ainsi mais cette seule hypothèse me semble plausible. Pourquoi ne m'a-t-elle pas prévenu ? Là, je n'ai aucune réponse. À part le « elle ne serait quand même pas partie rejoindre ce fils de Carlo ? »

XXXXIII Fin de partie

Le "corps" de Kader sera incinéré. Sa mère voudrait un enterrement, une tombe. Mais j'apprenais qu'ils étaient mariés et souhaitaient l'incinération, ne voulaient surtout pas se retrouver dans un cimetière où après quelques décennies des employés municipaux font le ménage car personne n'entretient la concession. Je me souvenais forcément leur avoir parlé de ce sujet, après ma découverte d'écriteaux « *Face au défi du temps et de ses outrages, cette sépulture se détériore ou semble laissée à l'abandon. Une procédure de reprise est engagée. Si vous souhaitez la préserver, veuillez vous présenter à la mairie pour la démarche à suivre.* » Même sur de magnifiques tombeaux dans le cimetière de Cahors derrière les remparts.
C'est le maire qui m'en informa le mardi. Il avait délivré le permis d'incinérer. Il avait vu Nadège la veille, « *pas en forme.* » Elle était donc présente !

Je tombais des nues au sujet de leur mariage, prononcé à Toulouse le 10 mars 2012, avec pour témoins madame et monsieur Hanin. Marcel me le confirmait. *Les jeunes* leur avaient demandé de garder ce secret...
Je suppose qu'une petite enveloppe l'avait scellé.

L'incinération se déroulait à Cahors.

Le 11, au matin, Nadège décrochait enfin. Nous sommes partis ensemble. Je l'ai prise en passant. Rendez-vous au crématorium à 14 heures.
- Tu sais que je suis venu chaque jour et que je t'ai appelé des centaines de fois.
- Oui.
- Alors ?
- S'il te plaît, nous parlerons plus tard. Je vais très mal.

Je posais ma main droite sur sa jambe gauche. Elle souriait tristement, me l'a prise seulement trois fois à l'aller mais huit au retour, oui je les comptais, pour la porter à ses lèvres et l'embrasser tendrement. Je la sentais au bord des larmes.

Nous étions cinq. Nadège, la mère de Kader, une tante, une cousine. J'étais donc l'unique homme. Monsieur Hanin ne l'avait pas revu depuis son exhibition. Il m'avait déclaré la veille au soir « ma femme voudrait qu'on y aille mais ce n'est pas notre place. »

- Nadège, tu sais pourtant que tu peux tout me dire.
Elle s'est serrée contre moi et m'a susurré « je t'aime. » Mais arrivés au Pech :
- Non Stéphane, un autre jour... c'est difficile... je viendrai te voir, je te le promets... (et elle m'a susurré) Quoi qu'il arrive, n'oublie jamais que je t'aime, vraiment, comme je n'ai jamais aimé.

Je n'ai pas dormi. Maintenant, je me demande comment je n'ai pas deviné qu'elle était "câblée"...

Le lendemain, elle n'est pas venue et ses volets étaient fermés quand je suis passé vers 17 heures. Le vendredi 13, vers midi, idem...

Après une nuit sans sommeil puis un rapide passage au marché de Montaigu, j'appelais la mère de Kader.

- ...Kader m'avait donné votre numéro, me précisant que je pouvais tout vous dire, vous faire confiance. Il avait même ajouté « *si un jour il m'arrive quelque chose, tu dois lui demander son avis.* »
- Sa confiance me touche, et la votre. Il m'avait également dit qu'il vous considérait comme un homme de confiance, quand il est revenu, le 20. Je ne l'ai plus revu, comme c'est terrible. Pourquoi la vie me prend mes enfants l'un après l'autre. Qu'ai-je fait de mal ?
- J'ai une question : avez-vous des nouvelles d'un certain Pablo ? (après quelques secondes de silence, j'ajoutais) Kader considérait que l'on pouvait tout se dire.
- Vous savez même cela... Kader m'a raconté qu'il ressentait des mauvaises ondes. Les jeunes sont venus me voir, il est introuvable. C'est la dernière volonté de Kader, ils se demandent comment ce rital a pu deviner. Ils croient qu'il a pactisé avec Satan, qu'il a des pouvoirs pour envoyer le mauvais esprit. Je leur ai dit que ça ne servait plus à rien mais ils sont persuadés qu'il a les pouvoirs du mauvais esprit et qu'il faut l'éliminer, sinon la cité va brûler. Qu'en pensez-vous ?
- Je ne crois pas en Dieu, donc je ne crois pas en Satan mais je crois que certains êtres sont maléfiques. Je crois que tout les problèmes viennent du père de Pablo, c'est lui le vrai coupable, son fils n'est que son instrument.
- Vous croyez ?
- Je vous rappellerai...

J'en savais assez ! C'était clair dans ma tête : Nadège a prévenu Pablo du contrat sur sa tête et il est descendu liquider « Kindle Publishing Man. » L'ordure !

Il est là, avec elle, derrière les volets fermés. Ils prennent leur pied !

Facile de voir sans être vu de la butte du "Pech Roquebert". Le téléphone raccroché, j'y ai presque couru (dans la limite de mes moyens), y restant jusqu'à la tombée de la nuit. Rien, pas un signe de vie.

XXXXV La fronde du dimanche 15 avril 2012

Que pouvait penser Nadège en retraversant la forêt le 3 avril avec mon sperme dans la bouche alors qu'elle savait que son amant préféré en profitait pour liquider son mari ?

Encore une nuit sans sommeil. Et c'est durant ces heures où j'attendais le jour que l'idée m'est venue de confectionner une fronde, pour balancer régulièrement des cailloux contre les volets. Il est évident que de tels bruits intrigueraient et forceraient tout occupant à réagir...

Je pensais « Amina m'en voudra sûrement » mais le seul cuir trouvé fut celui des pneus du vélo de son fils. En cas de guerre, la confection des armes est essentielle, on sacrifie même les statues pour fondre des canons...

10 heures 20 : oui, cette maison est occupée... Et mon zoom optique de 30 me permet d'obtenir le cliché de l'italien durant les trois secondes où le volet s'ouvre. Un pressentiment : s'ils se savent épiés, ils vont s'enfuir.

En plus de l'appareil photo, j'avais emporté une bouteille d'eau, les deux opinels, la serpe, la bombe lacrymogène, mon portable et la carte de l'inspecteur Delattre, qui me l'avait laissée sûrement plus par habitude que pour le « si vous vous souvenez de quelque chose. » Son numéro fut basculé sur un serveur (sûrement pas en Inde, la délocalisation de ces centraux téléphoniques ne manquerait pas d'indigner nos vaillants journalistes).

Il me promit le passage d'une patrouille. Et me laissa sa ligne directe. Que je rappelais une heure plus tard, le taxi venu, déjà reparti. Dès son arrivée, le Pablo s'était précipité avec deux valises, enfournées dans le coffre. Il était retourné dans la maison et tenait Nadège par la main en ressortant. Il prit néanmoins le temps de refermer à clé tandis qu'elle restait plantée à ses côtés, le regard vide, dans un état déplorable, les traits tirés. 154 photos. Merveille de la photo numérique !

- Ils se sont sûrement aperçus que je les surveillais, ils viennent de s'enfuir en taxi.

Je lui communiquais le numéro. Ils furent arrêtés à l'entrée d'autoroute de Castelsarrasin. Ils partaient pour l'aéroport de Toulouse-Blagnac, avaient réservé une heure plus tôt deux billets pour Casablanca.

XXXXVI Ma version officielle

L'homme libre réécrit l'Histoire, toujours. L'inspecteur Delattre m'écoutait plus qu'il questionnait :
- Je ne pouvais pas croire qu'un mec comme Kader se laisse happer comme une crêpe dans une bétonnière. Je l'ai vu cent fois prendre une poignée de béton sans même une égratignure. Je suis passé le matin, il était en pleine forme. Nous avons bu une bière.

Et c'est en racontant que le scénario de cette journée m'est vraiment revenu. J'enchaînais comme je le découvrais dans ma tête. Tout s'éclairait. Après coup. Mais je n'allais quand même pas gâcher cette occasion de briller !

- C'est vendredi que je me suis rappelé. Si je vous avais téléphoné pour vous signaler que ce jour-là, je m'étais endormi dans le canapé après avoir bu une bière chez Kader et retraversé la forêt, vous auriez sûrement considéré que je vous dérangeais pour pas grand-chose, vous n'auriez pas cru devoir surveiller cette maison.
- Peut-être, mais visiblement j'aurais eu tort ! On sait dans notre métier que le plus souvent les enquêtes se résolvent ou non grâce à la prise en compte des bons ou des mauvais détails... Je vous écoute.
- Mercredi, ce fut l'incinération. Nadège m'a semblé étrange. Nous y sommes allés ensemble. Au retour, alors que je lui proposais de rester avec elle un moment, elle s'est presque sauvée de la voiture. Jeudi, je suis passé pour prendre de ses nouvelles, tout était fermé mais leur, enfin, sa voiture était là, elle y est toujours.... Et c'est hier que je me suis souvenu de l'état dans lequel une bière m'avait mis... Mais quelque chose ne fonctionnait pas : je ne vois pas Nadège et ses peut-être même pas cinquante kilos basculer Kader dans une bétonnière... Kader et Nadège sont mariés depuis peu et pour résumer, il l'a chipée à un mec que je n'ai jamais vu, un certain Pablo, avec qui il semble y avoir eu des remous là-haut... J'ai téléphoné à la mère de Kader pour prendre de ses nouvelles mais également pour lui demander si elle en avait de Nadège. Je l'ai questionnée sur ce Pablo... et il lui sembla qu'il n'était plus dans la cité depuis plusieurs jours. Tout devenait plausible : si une bière sûrement droguée m'a mis KO pour quelques heures, Kader fut littéralement assommé avec trois... Le pack n'en contenait plus que deux le lendemain matin... et de là à penser que Nadège soit toujours restée liée avec Pablo, qu'elle se soit mariée avec Kader pour l'argent, un mariage dont personne ici sauf madame et monsieur Hanin ne connaissait l'existence, et qu'ils aient décidé de rapidement supprimer Kader, voilà tout ce qui m'a traversé la tête d'apprenti enquêteur !
- Plausible. Un ministre avait suggéré de présenter les cas les plus épineux à des romanciers. Votre manière d'aborder les scénarios pourrait souvent nous aider. Mais les budgets manquent... donc quand nous pouvons obtenir des aides bénévoles nous les acceptons ! En tout cas, la fille est partie immédiatement aux examens, elle semblait complètement droguée et quand elle a repris ses esprits, elle était ravie d'être arrêtée... Savez-vous ce que sont devenues les deux bières ?

- Aucune idée.

- Entre le moment où vous avez découvert le... disons corps et notre arrivée, auraient-elles pu être subtilisées ?

- Je n'ai vu personne et Nadège semblait trop perturbée pour penser à cela... mais on ne sait jamais... je crois que c'est une bonne actrice...

L'inspecteur avait sorti son Smartphone et se concentrait sur son écran...

- Encore un détail qui nous aurait permis de chercher un coupable plus rapidement : les deux bières fermées se trouvent bien à côté de la bétonnière sur mes clichés. Il ne faut jamais perdre de vue qu'un crime est toujours possible et s'arrêter sur chaque indice, même quand l'horreur d'une scène ne peut pas laisser insensible.

XXXXVII La version de Nadège

- La fille a tout déballé, elle nous a semblé sincère. Lui reste muré dans son silence, veut voir un avocat.

- Ça correspond à ce que j'ai imaginé ?

- Ce n'est peut-être pas surprenant mais elle nie toute responsabilité alors que vous penchiez plutôt pour sa complicité. Selon elle, Pablo a débarqué dans le Lot le 28, il les aurait surveillés jusqu'au 30, et le matin, quand Kader est parti à Montauban au Bricodépôt, il a surgi devant elle. Il l'a convaincue que si elle ne le cachait pas, sa mère serait assassinée par un de ses amis. Après une scène qu'elle décrit terrible, il s'est trouvé un endroit dans le grenier où il aurait vécu jusqu'au 3 avril. Elle l'aurait peu vu les 30 et 31 mars comme les 1er, 2 et 3 avril. Kader se serait simplement absenté quelques minutes le 2 pour se rendre chez monsieur Hanin, qu'il n'a pas vu. Le sieur Pablo en aurait profité pour descendre à la cave, elle ignore ce qu'il y a fait. En tout cas ils auraient failli se rencontrer, Kader ayant vu la porte du grenier ouverte mais Nadège a prétendu y être montée et qu'il faudrait un jour nettoyer les toiles d'araignées. Elle connaissait sa peur de ces petites bêtes donc considère avoir réussi à éviter cette rencontre mais qu'il aurait peut-être mieux valu qu'elle n'intervienne pas.

- Vous croyez vraiment que ce n'est pas elle, le cerveau de cette affaire ?

- Pour l'instant, je vous résume sa déposition. Je pense justement que si certains points vous semblent impossibles, vous me les signalerez. Le 3, en rentrant de marcher, en fin d'après-midi, elle aurait trouvé Pablo tranquillement installé dans le canapé. Elle se serait exclamée qu'il était fou, que Kader allait les tuer s'il les voyait. « Je sais, le premier qui tue l'autre gagne la beauté du 9-3. Donc j'ai gagné ! » Il lui expliqua avoir discrètement ouvert le dernier pack de bières pour y ajouter quelques gouttes de somnifères. Kader en aurait bu une le matin avec vous puis deux après le repas avant de commercer à faire du béton. C'est à ce moment là que Nadège serait partie marcher pour rentrer vers 17 heures 30. Il lui expliqua ce qu'elle devait faire, appeler l'écrivain, je crois que c'est vous, le garder pour la soirée par tout moyen à sa convenance, et que ce soit vous qui découvriez le corps. Vous avez donc passé la nuit avec elle...

- Oui.

- Je comprends que vivant en couple, vous avez préféré déclarer que vous aviez dormi dans le canapé... Je pense que ça ne s'ébruitera pas...

- Mon couple est en très mauvais état... ce qui explique sûrement cela... Donc au-dessus de nous, il y avait ce Pablo ! C'est pour cela qu'elle s'est levée plusieurs fois, me pensant endormi ! Elle souhaitait le rejoindre au grenier !

- Vous êtes persuadé de sa culpabilité mais effectivement, ça nous a semblé bizarre qu'un homme décide que sa compagne doive vous retenir par tout moyen à sa convenance.

- Elle vous a sûrement expliqué que le père de Pablo a couché avec celle qui est encore ma compagne officielle... La putain d'Addis-Abeba dans ma bouche.

- Et lui également.

- Lui également !

- Je n'aurais peut-être pas dû...

- Allez-y... ce n'est plus qu'une question de degré dans sa trahison. Je savais tout à deux, c'est donc logique qu'il y en ait eu au moins trois !

- Ce Pablo s'est rendu une semaine à Addis-Abeba fin mars 2010. Et le dimanche matin, alors que son père était parti saluer une certaine Sophie, il est descendu et elle se promenait avec juste un boubou, une petite tenue africaine. Il a bien vu qu'elle ne portait rien en dessous, alors il lui a joué le coup du mec très triste, elle l'a pris dans ses bras pour le consoler et ils se sont retrouvés sur le canapé où il l'a pénétrée. Ce serait pour se venger de son père qui aurait dépucelé Nadège quand elle avait dix ans... Mais nous pensons que ça n'a rien à voir avec le fait qu'il ait souhaité qu'elle passe la nuit avec vous. Il semble qu'il voulait simplement qu'une tierce personne découvre le corps. Désolé pour le coup que je viens de vous asséner.

Après un silence :

- Nadège savait et ne m'en a donc jamais parlé ! Alors qu'elle m'a raconté Carlo et Amina.

- D'après ses déclarations, elle l'aurait appris récemment, durant ces quelques jours après l'assassinat, je crois que nous pouvons parler d'assassinat de Kader, où Pablo l'a retenue prisonnière en la droguant.

- Merci de ces informations. Un remake de la trahison numéro 1. J'ai un mail urgent à écrire !

XXXXVIII Le mail à Amina

Tu seras sûrement mécontente d'apprendre qu'il t'était inutile de partir à Addis-Abeba en espérant y rencontrer ton amant C., car tu aurais pu en trouver un près d'ici : son fils séjourna chez nos voisins.

XXXXIX La réponse d'Amina

Ce n'est que le soir qu'arriva sa réponse. Je n'avais pas connecté skype, ne le connecterais plus.

Que cherches- tu par ces provocations ?

L Dernier mail à Amina

Je ne cherche plus rien. Fin juin 2010, tu as juré sur la tête de ton père que je savais tout, pour que nous vivions ensemble. Fin juin 2010, tu as juré sur le Coran que je savais tout, pour que nous vivions ensemble. Et j'ignorais ta demande en mariage de 848 mots du 3 avril ainsi que ta délicieuse nuit du 6. Tout s'était déroulé en quelques jours début mars ! Mais ayant découvert cela, naturellement je savais tout. Sauf que tu étais disponible, ouverte, consolatrice. Pablo désormais derrière les barreaux, y est passé comme sûrement bien d'autres à Paris, Bordeaux, Addis-Abeba, Avignon...

Pour une putain, un mec en plus ce n'est sûrement rien d'important. Tu pourrais sûrement justifier le "tu sais tout", je savais ce que tu étais... Mais il est préférable que tu ne reviennes pas en France. Je ne veux plus te voir, tu me dégoûtes. Fais ce que tu sais faire de mieux et il te reprendra.

Amour,
J'en ai assez de tes insultes. Tu m'as assez insultée sur ce qui s'est passé avant juillet 2010. J'ai eu mes raisons de faire ce que j'ai fait. Maintenant, à cause de toi, ma vie est en France, mon travail est en France. Depuis notre décision de vivre ensemble, je me comporte comme ta femme, douce et fidèle, bien que nous ne soyons pas encore mariés. J'espère que tu viendras me chercher à la gare comme prévu, tout simplement. Je t'aime. J'ai tiré un trait sur le passé. Il faudrait que tu sois capable de le faire également plutôt que de chercher à m'attaquer sur des détails.
J'allais très mal, mon Amour. Certains en ont profité. J'ai été la victime de ces choses désagréables que j'ai préféré immédiatement oublier. Je ne veux plus y penser. Je t'aime et rien d'autre n'a d'importance.
Ton Amour

LII Nadège et Amina

Amina n'était déjà plus rien. Qu'elle se soit laissée mettre par un jeune homme ayant compris sa grande capacité de consolation n'est finalement qu'une péripétie. Elle m'expliquerait qu'elle ne voulait pas, que c'est lui... Forcément... Sa mère déjà se fâchait quand adolescente elle se collait contre les hommes lors d'un simple "bonjour". Elle la prévenait qu'ils en profiteraient rapidement, penseraient que c'était une invite à plus d'initiatives. Malheur au prochain qui va croire en ses belles phrases. Les êtres les plus malsains sont souvent ceux qui veulent apparaître les plus sympas. Mais j'ai également cru en Nadège. J'ai cru en son histoire plausible.
Tout ce que me donna Nadège durant ces dix-neuf jours n'était que pitié envers un humilié et quête d'un père de remplacement. L'amour, l'amour, l'amour, je n'ai que ce mot en tête et pourtant ce fut toujours autre chose. En épitaphe, le plus logique serait de me commander un « il a cherché l'amour et il n'a trouvé que des histoires. » Bien que j'aimerais quand même faire graver « dans cette position, c'est la fellation qu'il préférait. » Mais cette épitaphe risque d'être censurée !

LIII Affaire Amazon

Certes en mars il m'a payé pour six mois. « Je ne vais quand même pas te faire un chèque de presque rien chaque mois ! Tu me dis combien ça fait le total, et on est tranquille. » Finalement ce fut pour six mois. Comme je le regrette aujourd'hui ! Mais il est mort et je suis donc contractuellement dégagé de la nécessité de rendre un manuscrit à qui que ce soit. Quant à son contrat avec Amazon... je ne suis pas noté... mais il devrait pouvoir constituer une bonne porte d'entrée...
Le 16 avril, j'ai donc réécris à Monsieur Xavier Garambois, patron d'Amazon France.

Réécris oui. Car comme d'autres sûrement, j'avais précédemment, en vain, essayé d'attirer son attention. J'avais pourtant des arguments...

« Le chantre de l'auto-édition, créateur en l'an 2000 du portail http://www.auto-edition.com
Je me sens nettement plus proche de votre approche que de celle d'Antoine Gallimard !

Vous recherchez "l'Amanda Hocking français", j'ai écrit, mi-2011, que je le serai peut-être ! Auteur-éditeur depuis 1991, professionnel depuis 2004, 14 livres en papier avant le virage numérique.
Le guide de l'auto-édition numérique en France entre parfois dans votre top 100.

Peut-être un roman autobiographique et *Réponses à monsieur Frédéric Beigbeder au sujet du Livre Numérique* connaissent un succès d'estime qui pourrait se transformer en "grande vague" avec un soutien médiatique... ou le votre...

Je ne passe pas par votre plateforme d'autopublication (je l'ai "naturellement" testée avec deux ebooks) mais par l'edistributeur immateriel.fr dont les prestations me conviennent. Financièrement, pour vous, c'est équivalent ! Et pour moi, je considère qu'immateriel mérite sa marge ! Je soutiens le travail de Xavier Cazin.

Romancier, dramaturge, auteur de chansons, essayiste... Faute de contact direct, je n'ai pu vous informer de la "promotion élections présidentielles" à 0.99€ sur mes essais politiques (http://www.commentaire.info). Je pense qu'il aurait été possible de générer de nombreuses ventes avec plus d'informations. Je suis à votre disposition pour d'autres opportunités... et des actions concertées... »

Lettre sans réponse. Cette fois, je me pensais en "bonne situation."

« Nous ne sommes liés par aucun document. Mais j'ai signé le 22 février 2012 un contrat avec Kader Terns, par lequel je m'engageais à lui écrire son autobiographie avant mars 2013, le texte que vous attendez donc, pour lequel vous avez signé avec lui un contrat d'exclusivité le 10 janvier 2012.

J'ignore les modalités exactes de votre accord. Kader Terns m'a simplement signalé votre versement d'un à-valoir de 150 000 euros.

Suite à son décès, l'engagement avec Kader Terns est désormais caduc.

Naturellement, face à l'imprévisible des événements qui viennent de se dérouler dans mon village où il avait acquis une propriété, je me permets de m'adresser à vous, afin que nous trouvions ensemble, si vous le souhaitez, la meilleure solution... Je pense d'ailleurs que ce texte sur Kader, même s'il perd une partie de son caractère autobiographique, suscitera un grand intérêt... »

Je lui replaçais quelques phrases de la première lettre...

LIV Le livre tibétain de la vie et de la mort

Amina, je lui avais conseillé, ce « *livre tibétain de la vie et de la mort* », mais sans parvenir moi-même à le relire, même en l'ouvrant à de multiples endroits. C'était en 2010. J'avais envie de le relire mais il m'en manquait la force. Je sentais qu'il m'aiderait mais ce fut impossible. Elle l'a emporté un dimanche devant le feu et le soir le reposait dans la bibliothèque.
« - Ça ne m'intéresse pas.
- Pourquoi ?
- Ce n'est pas intéressant ! »
Je n'avais pas insisté, pensant que ça remettait en cause ses "convictions musulmanes."
Ce matin, alors qu'il prend la poussière au même endroit depuis des mois, dans le rayon du bas, il s'est imposé à mon regard, je l'ai pris, j'ai souri, en pensant « aujourd'hui que mes châteaux de sable se sont effondrés, je peux revenir vers toi. »

« *Même une expérience négative peut devenir une source de grande bénédiction et d'accomplissement.* »
Page 115.

Amina ne fut qu'une expérience négative. D'elle je retiendrai le tajine (j'aurais plutôt appelé ce plat "la tajine" mais il se révèle masculin) qui me permet enfin d'apprécier les légumes, et la fin de cette certitude que les différences se complètent, permettent, dans l'amour, un véritable échange, un approfondissement des choses… C'est peut-être pour cela que malgré tout j'ai laissé faire, je l'ai laissée faire, lui accordant le temps d'évoluer, de comprendre notre liberté occidentale ; oui, elle cherchait la liberté en fuyant Djibouti avec son militaire devenu prof... mais elle n'a trouvé que la liberté de coucher avec ceux qu'elle veut consoler ou séduire ; j'ai toujours été persuadé qu'aucune conception divergente ne pouvait briser l'amour véritable. Il est vrai que je ne m'étais jamais intéressé aux religions. J'ignorais que musulmans, juifs, témoins de Jéhovah et sûrement d'autres exigent de leurs croyants qu'ils épousent une personne de leur communauté ou la convertissent… Je m'étais toujours ressenti d'une grande famille humaine libérée des croyances ancestrales par l'éducation et du communisme par l'échec économique… J'éprouvais ainsi une grande compassion (le mot est peut-être exagéré) pour les chinois, iraniens, afghans, un peu comme "nous" pensions aux femmes et aux hommes derrière le rideau de fer. Elle m'aura donc éclairé la réalité de la vie sur terre au début du troisième millénaire. Je vivais dans un rêve. Je crois qu'elle aurait aimé y vivre également. Au point que je lui ai plusieurs fois, quand les conversations existaient encore entre nous, exposé la manière dont je la voyais :

« - Tu te forces à croire en l'existence d'un Dieu, à une vie après la mort, car c'est trop douloureux pour toi de te dire qu'à trente-cinq ans ton père a disparu pour toujours, qu'il n'existe plus rien de lui et qu'il n'existera jamais plus rien de lui. Tu vas avoir trente-cinq ans, Amina, ne gâche pas ta vie à cause de cette blessure de la mort de ton père. Je sais que ce fut une douleur terrible, je sais que tu as cru en mourir de chagrin et de désespoir. Mais si tu décides de vivre heureuse, nous allons réussir.

- Dieu existe, je le ressens, je sens un lien entre lui et moi.

- Même si Dieu existait, rien ne t'oblige à devoir me convertir.

- Si tu lisais les paroles du prophète tu comprendrais…

- Entre toi et moi, il existait également un lien, et tu l'as détruit pour te permettre de faire ce que tu as fait là-bas. La possibilité de ressentir un lien est dans la nature humaine. Je ne suis pas un Dieu et pourtant tu peux ressentir un lien avec moi, tu n'es pas un Dieu et je peux ressentir un lien avec toi.

- Il y a en nous un peu de Dieu. Il nous a créés à son image. C'est pour cela que nous pouvons ressentir, c'est pour cela que l'on se ressentait. Si tu acceptais de devenir musulman, je crois que je te ressentirais de nouveau. J'ai besoin de me sentir vraiment ta femme, donc que tu sois musulman. »

Pourtant, la force de me quitter, elle ne la trouve pas.

LV Amazon désillusion

20 avril 2012

Appel d'un collaborateur de Monsieur Xavier Garambois...
Immédiatement je regrettais d'avoir communiqué mon numéro de téléphone, en pensant « une conversation, ça ne laisse aucune trace », et d'une moue témoignais aux anges sûrement installés à mes côtés, mon regret ne pas avoir réinstallé le matériel d'enregistrement des communications dans ce bureau...

« Il n'existe aucun contrat entre la société Amazon et monsieur Kader Terns. »

« - Pourquoi aurait-il inventé cette histoire ?
- Peut-être pour que vous lui écriviez un texte de meilleure qualité que celui ayant réussi à s'imposer en tête des ventes de notre plateforme !

(...)

- Mais est-ce qu'un texte mi autobiographique mi regard d'un écrivain, moi, sur Kader Terns, vous intéresse ?
- Tous les textes nous intéressent, vous savez, monsieur Ternoise, et nous suivons avec intérêt votre travail, même si nous ne pouvons pas le soutenir plus que d'autres... »

J'apprenais qu'ils n'avaient pas l'intention de signer de contrats d'exclusivité avec des auteurs en France... Mon rêve d'un lancement exceptionnel s'envolait...

Il aurait donc inventé toute cette histoire pour se rehausser dans l'estime de Nadège et « blanchir dans leur couple » 150 000 euros ! Et moi, je n'étais qu'un subalterne de sa supercherie. Bien payé mais pris pour un con !

Il avait payé 10 000 euros pour le cul de Nadège. Il pouvait en sortir 40 000 pour refermer le piège.

LVI Suis-je suspect ?

Qu'a réellement raconté Nadège ? L'inspecteur continue à passer, à parler "amicalement."
Suis-je le dernier suspect ?
Pourquoi aurait-elle caché notre relation ? La grotte ?
Qu'a-t-elle à y gagner ? Mon estime ?
Elle croit réellement pouvoir réécrire l'histoire ?

Je suis dans l'affaire. Le mobile du meurtre, je pourrais l'avoir. Tout en prétendant perdre énormément, six fois 2400 euros plus 10 000 envolés, plus 5% d'un livre attendu... Dérisoire face à l'argent de la veuve. Nous aurions joué un jeu dangereux ? Nadège appelle Pablo pour qu'il liquide (ou plutôt bétonne) Kader ; l'assassin emprisonné, condamné, elle rejoint son écrivain préféré...

Pourquoi aurait-elle caché notre relation ? Pour ne pas me plonger dans cette histoire ?
Terrible cerveau, va ! Tu espères encore qu'elle t'Aime !

LVII La grande décision

Je tire un trait sur tout cela. Je le répète une bonne cinquantaine de fois, devant le miroir de cette salle de bains. Du Souchon me vient, me permet de stopper ce tantra. « *D'vant l'miroir d'une salle de bains...* » Toto a largement dépassé trente ans...
Je tire un trait sur tout cela. Ça se passe sûrement toujours ainsi dans un village quand une femme superbe débarque avec le besoin de tromper son compagnon. Forcément elle remarque l'homme dont le couple agonise, surtout si pour raisons "professionnelles" il passe chaque jour. Même s'il ne peut, physiquement, compter que sur ses « magnifiques yeux bleus verts », ce qui s'avérerait bien insignifiant en d'autres circonstances. Bien sûr, durant quelques jours, c'est la certitude du grand Amour, l'idéalisation, la cristallisation chère à Stendhal.
Quant à l'Amina... aujourd'hui encore je pense que l'explication la plus cohérente m'est venue ce jour-là... Certes, elle s'était déjà régulièrement invitée dans ma tête mais là, face au besoin de clarifier ma vie, je l'énonçais.

Quand elle est repartie à Addis-Abeba en septembre 2009, ce fut pour moi également la meilleure des solutions possibles ! Ne pouvant la combattre, j'avais accepté son interdiction de vivre avec un non musulman.
Si elle restait en France, c'était pour y vivre dans "leur chalet" où je me rendrais régulièrement... puisqu'elle en était certaine dès avril : elle avait totalement raté le concours d'instit.
Et même pour un tel plaisir sexuel, sensuel, j'en avais marre de "leur chalet."

J'avais intériorisé, accepté son raisonnement, son blocage : on ne peut pas vivre ensemble. J'espaçais le plus possible mes visites, certes à cause de ces kilomètres mais également en espérant qu'un manque terrible de moi la déciderait à franchir le pas. Ce ne fut jamais suffisant…

Donc, ce manque de moi, j'ai cru qu'il pourrait survenir dans un programme qui finalement me convenait : j'y vais pour mon fils et je travaillerai à fond les cours, il accepte de me payer la formation approfondie, et je reviendrai en décembre pour passer les fêtes avec toi et en avril également, pour l'examen mais également quelques semaines pour toi. Oui, nous coucherions dans le même lit sûrement autant de jours que si elle vivait en France. Et tout est possible : je peux lui manquer au point qu'elle accepte de s'installer ici, qu'elle revienne en décembre en me déclarant ne plus pouvoir vivre sans moi…

Mais ce ne fut pas le cas ! Donc dès janvier 2010 notre séparation me semblait inéluctable, au plus tard en septembre, après des vacances de plaisir… les vacances de la dernière chance… j'ai ainsi programmé pour son retour d'avril un déplacement d'une semaine chez ma mère… durant les jours où elle devrait « réviser à fond. » Elle garderait la maison, s'occuperait des bêtes… avec son "sens de la famille", elle approuva…

Puis il y eut son « *si tu savais ce que j'ai fait, tu ne serais pas ainsi.* » Depuis son arrivée à la gare de Cahors, l'Amour était de nouveau totalement là, une osmose d'apparence totale, ayant évacué nos échanges par mails parfois froids et "bizarres." Ces « *choses désagréables* » qu'elle devait me raconter… elle les avoua, elle prétendit les avouer, en commençant ainsi dans la salle de bains, je sais maintenant qu'il s'agissait du "service minimum" pour placer des préservatifs entre nous car elle n'en avait pas exigés du monsieur « *on s'est laissé submerger un soir mais je n'y suis pas retournée.* » C'était un ami, simplement un ami, celui qu'elle avait rencontré en décembre 2009 à l'aéroport du Caire…

Ce 14 avril 2010, c'était également trois jours avant ma remontée dans le nord, sûrement la dernière occasion de revoir ma mère… et j'ai eu envie de cette femme ayant tressé ses cheveux "à l'africaine", comme je les préfère, cette beauté au sourire envoûtant, même avec préservatifs. J'avais une envie sexuelle d'elle. J'ai retenu ma colère, je l'ai baisée, je me suis contenté de son explication. Je pouvais pardonner un « submergée un soir. » Elle m'a avoué le maximum du pardonnable.

Ensuite, elle a su m'embobiner avec ses mails d'Amour, ses belles promesses, et même ses stripteases devant webcam, sa masturbation, quand elle y est retournée un mois "comme prévu". Tant de photos depuis si souvent au centre de nos disputes. « Que Djibouti découvre ce que tu fais en France, comment tu gagnes ton argent, ce que tu es… »

Elle a souhaité que l'on vive ensemble et j'ai accepté de ne plus acheter de cochon, simplement finir celui dans le congélateur. L'alcool, nous n'en avions pas parlé… car selon certains musulmans on peut en boire, bien qu'elle considère cela "haram" mais ce n'était pas le plus important. Elle m'a donné son anus, endroit totalement "haram" mais elle voulait me montrer que ce n'était pas que des mots le « *je suis totalement à toi pour la vie, je m'engage avec toi pour la vie, je sais que tu es mon Amour, que notre Amour est la plus belle chose qui me soit arrivée dans ma vie, que je ne vais plus gâcher ma vie…* » Tout n'était que des mots, une sincérité de l'instant qui serait vite balayée. Oui, elle allait atteindre les trente-cinq ans, l'âge de la mort de son père, décédé en Éthiopie où militaire il s'était enfui avec sa famille durant leur guerre, en Éthiopie où elle avait brisé son couple d'avec son mari en prenant un amant, en Éthiopie où elle m'avait trahi.

Je tire un trait sur tout cela. Je le répète de nouveau. Si j'étais parti en Éthiopie comme elle me le demanda en 2009, j'y serais mort. Cette certitude est en moi.

Je relis des mails. J'y vois désormais ce que j'occultais alors, ses références à Dieu…

14 juin 2010 à 11 heures 24

Subject: yi oulï

Yi oulï,

Voilà un mot que je n'avais jamais employé pour personne d'autre car il ne s'est imposé que pour toi.

Yi oulï, mot crié par une mère quand elle perd son enfant, mot exprimant le plus sacré d'attachement. Yi oulï, expression que j'ai l'impression avoir été créée pour toi, pour exprimer ce que j'éprouve pour toi.

Amour, j'ai envie que nous vivions notre Amour dans la plus grande communion, je voudrais que nous vivions la plus sacrée des unions, je voudrais que nous nous aimions toute notre vie, bénis de Dieu.

Je n'ai pas peur du ridicule avec toi, je n'ai pas peur de te dire que je t'Aime tellement que je te veux le Bien, le Bien d'une vie bénie, d'une vie d'Amour, d'une vie avec Dieu, d'une vie de bien, dans la vertu, dans le bonheur.

Yi oulï, je sais, j'ai fait beaucoup de mal, je me suis lamentablement trompée sur la force de notre Amour, mais l'Amour a su s'imposer. Cet Amour que je crois en lien avec Allah.

Amour, je rêve qu'un jour nous prions tous les deux ensemble, toi et moi, unis dans nos prières, unis dans la vertu, unis dans l'Amour.

Je sais, je n'ai pas été vertueuse, mais Amour, tu le sais, je le suis au fond. Je tremble en t'écrivant ça. De froid ? J'ai un pull... peut-être ; mais c'est l'intérieur qui tremble. Le ventre qui tremble, le cœur qui tremble. Je n'ai pas été vertueuse, je ne suis pas restée sur ma voie. Je me déteste et j'aurais compris que tu me détestes.
Mais j'ai compris que tu m'Aimes.

Yi oulï, je retrouve mon idéal de vertu, mon idéal de grand Amour, mon idéal de vérité, je le retrouve grâce à toi. Ce matin, j'ai pensé que tu es un homme pur. Amour, je serai aussi pure, belle et pure, magnifique dans notre Amour. Je porterai haut l'étendard de notre Amour, je le défendrai et je ferai tout pour le vivre à fond, le vivre dans la vérité, le vivre dans l'Amour.

Amour, aie confiance en moi. Je me retrouve, enfin. J'ai le sourire en pensant qu'enfin je serai Amina, Amina que mon père aimait. Amina, l'idéaliste.
L'idéal, Amour. J'en étais malade de devoir l'abandonner. L'idéal de l'Amour.

Amour, nous sommes aimés d'Allah. Ne ricane pas, ça me ferait mal. Allah est là et nous aime. Allah m'a aidé à réaliser que ce n'était pas Amina à Addis, Allah a permis que je puisse être avec toi. Allah est là. Amour, en retrouvant notre Amour, j'ai envie de retrouver ma foi, de partager ma foi avec toi. J'ai envie de faire mes prières, de les faire avec toi. J'ai envie de comprendre ma religion, de la partager avec toi. Amour, je t'Aime. J'ai envie de t'apprendre ma langue. J'ai envie de te faire connaître mon pays. J'ai envie de te présenter ma famille. Amour, j'ai envie d'aimer ta maman, de m'entendre avec ta sœur. J'ai envie que tu partages avec moi Sénèque, j'ai envie de te rejoindre dans ta vie, dans tes rêves.

Amour, faire un véritable mariage, être dans une véritable union. Toi et moi, Amour. Toi et moi, pour la vie. Ici et dans l'au-delà. Non, je n'aurais pas d'autres amours après ta mort. Comment vivre des amours artificiels après avoir connu l'Amour Absolu ?
Amour, véritablement Amour Absolu.
Je t'Aime Amour.
Yi Oulï, pour la vie, toujours, avec la bénédiction d'Allah.

450

Je t'Aime Amour, tu viens, je t'attends.

Ta Femme.

[...Maintenant, je te déteste Amina. Tu es le mensonge, l'hypocrisie, la mesquinerie. Ta vertu n'est qu'un maquillage. Cette lettre pue le simulacre, comme celle de la demande en mariage à ton amimour... Elle te permettait de recouvrir d'un vide lyrisme tes trahisons, ton incapacité à exprimer la réalité de ton cœur. Tu as triché et tu t'es prise les pieds dans tes tentatives de récupérer ces mensonges en avouant le minimum pardonnable. Pour essayer de berner Carlo, Bertrand, Philippe comme moi, tu as utilisé la même technique : croyez-moi car je suis musulmane mais nous t'avons observée et tu n'es qu'une tricheuse. Tu triches avec ta vie, donc tu triches avec l'amour. Nous avons tous traversé des périodes de plus ou moins petits mensonges mais la différence entre toi et moi, c'est que jamais je ne me suis prévalu de vouloir montrer la grande voie divine... Deux choix seulement restaient à une femme digne n'ayant pu éviter "la nuit" en septembre 2009 : déposer plainte pour viol contre l'homme toujours officiellement son mari ou me quitter ; elle a choisi le mensonge. Ce jour-là, elle s'est enduite d'une indélébile peinture.]

Le 23 juin à 4 heures 55

Amour,

Amour. Voilà, tu sais tout. Je n'ai pas envie de me justifier, c'est injustifiable. Voilà.

Je t'Aime. Crois en moi. Même si c'est difficile, même si tu n'y crois plus, parce que notre Amour est là, parce que notre lien est magique, parce que je suis au fond celle que tu as Aimé, celle en qui tu as cru, parce que notre bonheur est possible.

Mon Amour, ne me rejette pas, prends ma main, je serai digne de toi. Mon Amour, toi et moi pour la vie. Je t'Aime tant mon Amour. Oui je t'Aime mieux, je t'Aime sans parasite, je t'Aime d'un Amour Absolu maintenant. Comme en 2008. Cet Amour Absolu que je me suis acharnée à détruire en moi. Il est là, de nouveau, plus magique car pur de tout parasite. Je t'ai dit que je retrouve ma dignité, c'est vrai.

J'ai l'impression de retrouver celle que ce connard de P. a souillée. Je ne suis pas sortie indemne de cette histoire, je me retrouve maintenant.

Tu es ma lumière maintenant, mon soleil. Je t'Aime Amour.

Tu sais tout maintenant. Si tu veux, construisons l'avenir. Je suis belle Amour, belle de l'intérieur. C'est vrai. Crois en cette beauté mon Amour, crois en moi.

Nous serons heureux mon Amour. Nous serons magnifiques. Nous vivrons dans notre rêve.

Amour, regarde avec moi notre rêve, regarde avec moi l'avenir. Crois en moi, Amour. Crois en nous.

Amour, ma vie, mon âme, ma plus belle part de moi, je te donne ma vie. Je t'Aime yi oulï, je t'Aime. Souris-moi Amour, et engageons-nous dans le bonheur.

Amour, je te donne ma vie. Je suis à toi, pour la vie. Je peux faire ce sermon parce que je te fais confiance.

À l'image de ce jour qui se lève sur une nouvelle journée après cette nuit de pleurs, je voudrais que notre Amour se lève sur un avenir radieux après cette année de malheur et ce passé de malheur. Oui ce passé. Tout mon passé.

Je fais la paix avec mon père, je suis prête à être heureuse avec un autre homme. T'aimer n'est pas le trahir, je sais. Amour, pardon pour mon manque de confiance. Pardon pour ma lâcheté, pardon mon AMour.

Yinti, ma vie, mon tout. Nous serons heureux ensemble si tu me pardonnes. Je serai ta Femme, ton Amour, ton tout. J'emploierai ma vie à t'Aimer, à te rendre heureux, à te rendre fier de moi. Mon Amour, notre enfant à nous témoignera de notre Amour.

Je t'Aime mon Amour. Ne me quitte pas, donne-moi une chance, la chance de pouvoir être moi enfin. La chance de pouvoir vivre l'Amour Absolu. La chance de vivre dignement et sereinement. La chance de vieillir avec toi. La chance d'être heureuse avec toi.

Je t'Aime mon Amour.

Ton Amour

Cette nuit-là, elle avait finalement avoué l'autre, "le mari" avant l'étalon italien, quasiment dès son arrivée à Addis en septembre 2009, sans qu'elle ait voulu se chercher l'excuse de son évanouissement après son intoxication au monoxyde de carbone.

Relecture bien différente des précédentes : cette femme ne m'est vraiment plus rien. Oui, nous avions presque trouvé le point d'équilibre avec mon accord de prétendre à sa famille être musulman mais sa mère a souhaité un mariage "traditionnel", ma signature de papiers de conversion pour les envoyer à Djibouti où ils nous marieraient, nous marieraient s'entend religieusement, notre présence n'étant même pas indispensable...

LVIII Retour Amina

Elle est rentrée en taxi. Sans un mot, elle est partie se coucher. Après un rapide passage dans la salle de bains, elle est allée se coucher dans notre chambre ! Quand je l'ai vue, la pensée "elle vient reprendre ses affaires, va dormir dans le canapé ou la chambre de son fils" s'imposa. Mais elle est entrée dans notre chambre ! J'ai vidé la bouteille de Cointreau. Il n'en restait qu'un fond. Et je suis retourné devant l'ordinateur, j'ai repris son premier grand mail, du 24 juillet 2008, intitulé « Je t'en prie, sous le sceau de la confidence. »

« Bonjour Stéphane,

J'ai un peu visité les sites et lu ton concept de sérénamour et je m'y retrouve globalement.

C'est donc le sérénamour que je cherche depuis tant d'années ! Il suffisait juste que quelqu'un y mette un mot. Que je cherche, façon de parler car je ne cherche pas vraiment, je pense avoir trouvé mon âme sœur, seulement, je ne peux pas vivre le sérénamour avec lui.

Te raconter ma malheureuse rencontre ?

Oui j'en ai envie. J'ai vraiment envie de discuter de l'Amour avec toi. J'ai l'impression que tu peux me comprendre.

Un jour, mon regard a croisé celui d'un homme, un inconnu. Je l'ai trouvé... rien... Juste mon regard était attiré. Il fallait que je le regarde et que je lui trouve des défauts. Trop élégant, trop d'assurance, il rit trop fort... Non, vraiment pas mon genre... Mais pourtant, je le regarde. Me regarde-t-il lui ? Je ne sais pas, je ne crois pas que cela m'intéresse. Mon cœur ne bat pas plus que d'habitude, je ne suis pas particulièrement émue mais quelque chose me pousse vers lui. Je suis calme, sereine, je ne pense à rien de particulier... On finit de manger le petit-déjeuner, il faut aller à notre formation. Je me lève de table, il quitte la table d'en face qu'il occupait avec sa belle-sœur, on échange quelques mots à trois, sur la future formation, sur sa femme que j'ai déjà rencontrée à Djibouti, mon pays, sur Koweït, ville de notre stage, sur mon mari que sa belle-sœur a rencontré lors des corrections du bac aux émirats...

On échange, on s'étonne du circuit fermé des profs expatriés et du hasard des rencontres, on rit. Mais je sais que depuis cette minute, mon cœur est attaché à lui. Prise de conscience de cet Amour... mais quoi ? pourquoi ? comment ? Je suis mariée, j'ai un fils. Il est marié, il a deux enfants. Et puis nous habitons si loin l'un de l'autre... et lui ?

Pourquoi cette envie de pleurer ? Cette envie de mourir ? Mais je l'aime, je me répète en boucle, je l'aime. Cette certitude qui s'empare de moi, cette envie folle d'être dans ses bras, juste dans ses bras, y passer la nuit et puis oublier... oublier quoi ? ton fils ? ton mari ? sa famille ? Je ne sais pas au fait, tout ce que je sais, c'est que je l'aime... Je sors juste de ma chambre, je vais dans le hall en espérant juste qu'il vienne et qu'on se retrouve là... et nous avons passé la nuit ensemble. L'attirance irrésistible, ces 4 jours, l'amour impossible entre nous, sa famille, la mienne, l'impossibilité tout simplement. C'est l'heure de partir, je lui donne un baiser, un simple et chaste baiser qui me chavire, je suis déjà dans le taxi. Il se penche, me dit merci pour ce baiser, je murmure : un autre et je reprends ses lèvres. Il faut partir, tout est fini...

Décrire mon état ? Les jambes qui se dérobent, le cœur qui chavire, le ventre traversé d'éclairs, les yeux embués et...

Après, on a repris contact, on s'est aimés de loin, on s'est déchirés, c'était beau, c'était moche. Cela a duré plus de deux ans. Je me sépare de mon mari, lui reste avec sa femme pour ses enfants et a préféré couper tout contact avec moi. On a refait l'amour, juste une fois. C'était la plénitude. Il me manque, je me demande s'il ne vaut pas mieux mourir que de vivre une vie vide d'amour car je sais maintenant que j'aimerai si médiocrement un autre.

Mais je ne l'appelle pas. Je le laisse à sa vie car comme tu dis : je préfère l'attendre que d'être sa maîtresse mais il ne veut même pas que je l'attende, il ne veut pas être mon ami, il veut juste que je l'oublie. Je lui ai expliqué que cela n'est pas possible mais il croit que je dois et peux l'oublier. Arracher dans le vif dit-il, vivre son destin... c'est sa femme son destin, ses enfants, moi je ne suis rien... rien que l'amour mais l'amour n'est pas la priorité dit-il. Pour moi, si. C'est la seule raison qui vaut la peine d'être vécue : vivre simplement son amour, dans la sérénité, dans la joie... Je me sépare de mon mari parce que je sais qu'on ne peut vivre lui et moi dans la séranamour, on peut vivre dans une tendresse teintée d'indifférence mais certes pas dans la sérénamour. Alors, je divorce, à l'amiable, dans la sérénité.

Tu veux que je te raconte mon quotidien mais mon quotidien c'est juste un combat contre la tristesse. Continuer à aller de l'avant, sourire, rire, vivre, pour mon fils. J'ai un devoir envers lui, celui de lui offrir ma tendresse, mon sourire, ma présence... Celui de ne pas le priver de son enfance, celui d'être là pour lui, celui de remplir mon rôle de mère. Je n'ai pas le droit de me laisser aller, je vis donc pour lui et avec le sourire. Je me suis inscrite à ce site de rencontres pour ne pas me refermer complètement sur moi-même, pour ne pas fermer toutes les portes... Il y a beaucoup d'hommes, tu vas pas sombrer à cause d'un seul, si peu courageux : c'est ce que j'essaie de me dire... Cela marche-t-il ? Juste quand je suis très en colère contre lui. Sinon, je sais que c'est lui que j'aime et je trouve si triste de devoir l'oublier... Pourquoi devoir ? On pouvait pas sauvegarder cet Amour, même de loin, juste parce qu'il est là ? Pourquoi m'imposer cette souffrance ? Il l'a fait... Ça va faire 6 mois maintenant que je n'ai aucune nouvelle de lui.

Voilà je t'ai raconté ma petite histoire. Aurais-je été plus heureuse de ne pas l'avoir rencontré ? Je suis tentée de le penser parfois mais alors je pense à la même phrase que tu as citée : "j'ai souffert souvent, je me suis trompé quelquefois, mais j'ai aimé. C'est moi qui ai vécu, et non pas un être factice créé par mon orgueil et mon ennui".

Et toi, raconte-moi aussi, ton quotidien, tes expériences d'amours ou d'Amour etc.

À bientôt

Amina »

Après ce mail, elle passa de la troisième à la cinquième position dans ma liste des "femmes possibles." Mayline restait "naturellement" en tête, elle m'avait simplement mis "en pause", trop accaparée par sa procédure de divorce, la cohabitation dans la maison qu'ils devaient vendre...

Pourtant, c'est avec elle que la première rencontre fut parfaite, douce. J'arrivais avec une heure de retard à la gare de Brive mais elle m'y attendait encore, souriante et nous quittâmes la ville pour sa campagne, sans la moindre remontrance, avec des gestes tendres. Parler, marcher, s'embrasser, se caresser, envie de faire l'amour... Ce que l'on fit à l'hôtel la semaine suivante.

« C'est merveilleux, je t'aime, tu m'as sauvé la vie... je peux te parler de ce Philippe en souriant, il ne compte plus du tout pour moi, j'étais stupide... » Plusieurs fois, durant le premier mois, je lui demandais "Me trahiras-tu également ?" À chaque fois elle m'apporta la réponse espérée...

Finalement, vers minuit, elle dormait. Ou simulait très bien. Elle devait néanmoins s'être effondrée de fatigue. Je me suis masturbé en pensant à Fanny. C'est toujours à elle que "je m'adresse" dans les situations les plus pénibles. Fanny plus Cointreau, le meilleur cocktail pour trouver le sommeil ! À mon réveil, il faisait jour. Je me suis reproché de ne pas m'être couché dans le canapé. Mais le ronronnement du frigo m'est insupportable...

LIX L'incroyable... ou presque

Le plus incroyable, sûrement, dans tout cela, c'est que nous ayons de nouveau eu des relations sexuelles. La nuit suivante, après une journée de silence, où chacun dans son coin grignota pour éviter un repas en commun, je me suis couché. J'ai fermé la porte. Croyais-je vraiment que cela la stopperait ? Elle est venue un quart d'heure plus tard. Elle a posé son pied contre ma jambe. Je ne me suis pas poussé. Elle m'a fait une fellation. Ce qui n'était plus arrivé depuis des mois sans demande. Je me suis endormi ensuite, ne voulant surtout pas penser, encore moins parler. Le matin, elle était nue contre moi et elle prit l'initiative, m'attira en elle.
Certes, elle a attendu en vain un « je t'aime » mais ne m'en fit aucun reproche. Je me laissais faire, sans parler. Elle me croyait triste de cette nouvelle découverte. Je n'avais aucune envie de la questionner, sur quoique ce soit. Nadège occupait toutes mes pensées : elle m'a également manipulé ; j'enrageais ; depuis le premier jour où j'adorais penser « je n'attends rien d'elle, juste du plaisir. » C'était déjà faux : j'attendais qu'elle me donne la force de quitter cette Amina.
Elle s'est levée, douchée et elle est partie travailler à 10 heures 15. Ses cours débutaient à 9 heures, le lundi. Je me suis levé en pensant trouver un mot sur la table. Je le redoutais. Il n'y en avait pas. Le soir elle est restée dans sa chambrette. Mais le mardi à 17 heures 20 elle arrivait. Je ne me suis pas retourné... Elle semble être immédiatement descendue au congélateur, chercher un poulet. Quand il fut prêt, j'étais toujours rivé devant l'ordinateur. Elle m'a appelé. Sans exagération, juste un timide « c'est prêt. » Elle m'avait acheté une tropézienne.

Je luttais. Je ne voulais pas me laisser de nouveau entraîner. Elle essayait d'être tendre, sans ostentation. Je pensais : je l'ai prise pour ce qu'elle n'était pas mais au moment de la laisser pour ce qu'elle est, tout mon être s'est attaché à son corps. J'ai aimé ce qu'elle aurait pu être, donc son corps réel et son esprit dégagé des conditionnements. Ai-je cru pouvoir la sortir de son terrible endoctrinement ? Oui, sûrement. Parfois j'y ai cru « si nous avons un enfant, elle changera » mais le même genre de pensées devait trotter dans sa tête « si nous avons un enfant, il se convertira. » Elle a voulu me changer, j'ai voulu la changer, nous avons échoué.

Une nouvelle fois, je repassais en accéléré des échanges :
- J'accepte que tu sois musulmane, alors accepte que je sois comme je suis, sans vouloir me changer.
- C'est pour ton bien que je veux que tu sois musulman. Tu verras, tu te sentiras nettement mieux. Ce que tu ne veux pas comprendre c'est que je suis musulmane donc je n'ai pas le droit de vivre avec toi.
- Tu vis avec moi et tout irait bien si tu te consacrais à notre couple.
Je comprenais sa position. Mais je ne voyais aucune issue. Sauf qu'elle prenne conscience que rien ne l'obligeait à suivre ces principes. Elle était venue vivre avec moi sans que je lui fasse miroiter une conversion... Toujours les mêmes pensées…

Je réalisais ce jour-là n'avoir jamais confié à personne « je l'aime », ni à l'écrit, ni à l'oral. « Il y a des choses très fortes entre nous », oui. Prétendre à quelqu'un, lui écrire « je t'aime » est une chose mais ne jamais confier « je l'aime » à ses proches témoigne sûrement d'un profond problème. Puis tout a recommencé, ses efforts se sont espacés, étiolés, les disputes réapparurent. Je croyais ne plus en avoir la force. Et pourtant tout a recommencé...

LX Fin d'un couple atypique

Elle rentrait d'une semaine à Bordeaux, fin juillet-début août, chez sa grande copine Kagera. Elle voulait que son fils connaisse très bien ses enfants, qu'il devait considérer comme ses cousines. Après des mois de vie de couple décomposée par sa chambrette de Prayssac, ces grandes vacances ne nous permettaient pas de véritables retrouvailles mais son fils revenait avec nous, ce qui annonçait une année où je devrais le conduire au foot, à la piscine, être à leur service... Là, il était reparti un mois "au chalet" avec son père.

- Il y a des couples qui vivent comme ça durant des années, parce qu'ils ont un problème, et nous on a un problème et je ne me sens pas obligée de faire l'amour si je n'en ai pas envie.

Elle devait, en ce mois d'août, repartir une semaine, en Avignon, chez son grand ami homosexuel Pascal, son prof préféré à Djibouti, alors aimé « en secret ».

« Maintenant qu'elle apprécie la sodomie, elle va lui proposer... ? » Ma confiance en elle en était au point qu'une telle question me traversa l'esprit.

Une nouvelle organisation se mettait en place : nous nous verrions peu durant les périodes scolaires où son fils nous servirait de réducteur des scènes et durant les vacances, quand son fils séjournerait avec son père, elle partirait fréquemment chez "des amis." Nous n'en avions "naturellement" pas discuté. C'était ainsi. Elle agissait donc avec moi comme avec le Bertrand, qui se mettait parfois en colère quand elle lui annonçait un matin son départ pour quinze jours chez Kagera. « Je n'ai jamais vu l'utilité de lui en parler avant puisque j'avais envie d'y aller. Je n'allais quand même pas lui demander l'autorisation. » C'est ce qu'elle me raconta en 2008. Je lui avais précisé que ce n'était pas conception du couple... et elle m'expliqua avoir toujours décidé et les autres devaient suivre ou tant pis pour eux. Nous avions réabordé ce point en juin 2010 et elle fut d'accord : partout où elle irait ce serait avec moi, nous formerions un couple fusionnel. Nous ne formerions plus jamais un couple fusionnel. À force de retourner tout cela dans ma tête, j'ai fini par hurler :

- Tu changes de comportement ou tu pars !
- Je n'ai pas à changer de comportement.
- Tu m'avais promis de ne jamais aller ailleurs sans moi.
- Tu ne veux aller nulle part, avec tes bêtes, ta peur du soleil, ta peau plus fragile que celle d'un bébé. De toute manière, tu n'aimes pas mes amis.
- Tu m'avais promis de ne jamais retourner dans un restaurant avec un homme, même Pascal tu avais ajouté.
- Tu es vraiment jaloux.
- J'ai des raisons d'écouter mes cauchemars.
- Tu as eu des cauchemars ?
- Comme si tu ne le savais pas ! Quand je me lève à trois heures du matin, que je vais dans la salle de bains, que je vais dans le salon durant une heure, que fais- tu ?
- J'essaye de me rendormir car tu as tout fait pour me réveiller.
- Tu changes de comportement, tu es vraiment dans notre couple, tu te comportes amoureusement, tu me montres de l'amour...

- Comment veux-tu que je te montre de l'amour alors que ça ne va pas entre nous, qu'il y a un problème.
- Alors tu pars ! Dégage !
- Très bien.

C'était le 7 août 2012. Elle est partie le 19. Notre mariage fut programmé au 20 août 2011 mais retardé car sa chère Kagera jura ne pas pouvoir y assister, pour cause de vacances réservées !... Kagera pour qui Patrick s'est converti : jamais elle n'a accepté que « son amie » vive dans le haram, comme elles prophétisent.

Ai-je simplement couru après cette semaine d'octobre 2008 où nous avons passé de « merveilleuses vacances faites de complicités et frénétiques unions » ? Elle a brisé le possible, le merveilleux, avec son exigence. Aimer, je l'ai toujours conçu comme accepter l'autre, même dans ses défauts. Elle a voulu me métamorphoser en mouton. En la regardant partir, j'ai souri en pensant « Il ne faut jamais accepter de devenir un mouton. Encore plus avec une femme musulmane. » Et j'ai repensé à septembre 2009 où du même endroit je l'avais observée, cette fois-là partant avec Kagera, et un bras d'honneur a fusé, ponctué d'un simple *« bon débarras. »*

LXI Pablo

Pablo s'est suicidé.
Son père déclare sur sa page facebook (seul message en français, ce qui explique sûrement son absence d'échos) : « *La justice française refusait de l'écouter. À cause erreur judicaire mon fils est suicidé. Je consacrerai toute énergie, toute fortune et temps, à faire condamner cet état indigne d'une nation Europe unie. Durant mes années au service de union européenne, j'ai essayé porter en Afrique nos valeurs et c'est France trahit tout ce en quoi j'ai croire, justice, présomption innocence. Une femme, vulgaire prostituée, elle également derrière les barreaux, a fait croire fils coupable pour s'innocenter et justice suivi elle cette version. La France a déjà condamnée par union européenne. Je crois s'agit nouveau affaire très grave où nationalité mon fils contre lui.* »
Je me suis retenu de balancer en commentaire : « ta gueule connard, tes principes je les connais et ton fils, la justice l'a écouté, l'a même placé devant les preuves irréfutables de son ADN dans une bétonnière... » Mais non, je ne dois pas me disperser, je dois continuer d'écrire. Son fils est mort de l'application de ses idées, d'absence de tout scrupule face aux désirs. Il voulait le cul de la fille et le fric du mec, il a liquidé le mec.

Maintenant qu'il séjourne en France, Amina va se précipiter le consoler ? Elle lui trouvait des airs de Cantona mais c'est au DSK par terre qu'il ressemble, ce vieux. Malgré ce témoignage sur sa page facebook, rien, pas une ligne dans les médias. Aucun correspondant de l'AFP du côté d'Agen ? Les fins limiers de la *Dépêche du Midi* croulent sous les dossiers ?

LXII submergée et réalité

Carlo en détention préventive pour « viol aggravé » sur mineure, je n'ai pas pu m'empêcher de l'écrire à Amina. Lui ajoutant « tu étais très fière d'avoir été submergée. Tu n'étais donc qu'un cas ordinaire de petite victime qui écarte les jambes après l'absorption d'une petite pilule. Il t'avait fait un de ces effets ! Après, certes, tu y es retournée très consentante. Finalement, il n'y a que celui que tu m'avais caché qui t'a baisée avec juste un peu de cinéma. Ton ancien mari avait déjà su profiter de ta convalescence après ton malaise au monoxyde de carbone. Tu as rêvé de grands amants pour me tromper et tu n'as trouvé que des mâles alléchés par la partie non musulmane de ton anatomie. Tu me dégoûtes. Tu n'es qu'une tricheuse qui retournera auprès de son ancien zozo par sécurité financière. Mais avant, note sur meetic que tu as l'irrité consolateur, tu trouveras sûrement des clients. »

Finalement, elle a récolté ce que sa mère lui promettait en se collant constamment aux hommes, "amicalement". Quand tu veux trop séduire il faut parfois donner de ton corps même si le plaisir reste limité.

LXIII La lettre de Pablo

Pablo a laissé une lettre à son père, qu'il ignorait sûrement avant de réagir.
Elle peut être considérée comme un aveu. Une lettre qui va placer ce Carlo devant ses actes...

Je ne l'ai pas lue... mais toujours les confidences de l'inspecteur :

- ...Les femmes doivent être utilisées pour ce qu'elles sont mais il faut leur en dire le moins possible. J'ai été élevé avec ce genre de déclarations et tu dois être satisfait d'avoir toujours réussi à profiter d'elles sans rien leur donner finalement. Je paye pour tout ce que tu as consommé. Mais laquelle as-tu rendue heureuse ? Ce ne fut jamais ton but. Même pour ma pauvre mère qui a fini par mourir de chagrin à cause de tes maîtresses. Et elle ne savait pas tout. Oui, les femmes ne comprennent rien, trahissent systématiquement. Ton Amina s'est même jetée dans mes bras dès que tu l'as laissée une heure dans l'appartement. Tu trouverais sûrement que j'ai eu raison d'en profiter. Les hommes doivent prendre leur plaisir dès qu'ils le peuvent en utilisant tes petites fioles si nécessaire. Quand j'avais dix ans, je te regardais par la serrure ajouter quelques gouttes dans le verre de jus d'orange que tu portais ensuite à Nadège. Tu aimais la violer en douceur et tu m'en as donné les restes. Je sais, tu n'as jamais violé personne, même mes cousines, elles furent toutes consentantes. Comme je suis consentant pour en finir. Tout simplement car je n'en peux plus de vivre dans un monde où je suis ton fils.

En l'inspecteur un « tous coupables » s'est allumé ? Nul n'est totalement innocent : il suffit de trouver le motif de condamnation pour chacun. Il a « *naturellement et sans pression* » questionné Amina, qui lui aurait simplement précisé « *je n'ai rien à vous apprendre, je n'ai vu qu'une fois le fils et avec le père nous n'avons plus le moindre contact depuis mai 2010. Tous les échanges que vous pourriez retrouver entre une adresse mail à laquelle je n'ai plus accès et celle de Carlo, il s'agit d'une usurpation d'identité par mon ancien compagnon qui a ainsi obtenu les échanges que j'avais eus avec Carlo quand nous avons vécu une grande mais brève histoire d'amour en février, mars et avril 2010.* » J'ai eu l'ironie d'ajouter : « je suppose qu'elle a conclu par un 'vous savez tout'. » Ce fut le cas. Je notais la présence de février dans leur amimourage.

LXIV Nadège plaidera l'innocence

Oui, Pablo était venu la rejoindre, oui elle le cachait dans le grenier car il s'était imposé. Elle le voyait le moins possible. Oui, elle s'est absentée durant l'après-midi...

Nadège plaidera l'innocence mais sa demande de liberté conditionnelle a été refusée.

J'ai quarante-quatre ans et je suis seul. Alors que le 27 octobre 1990 fut sûrement le plus beau, le plus tendre, de mes anniversaires. J'avais vingt-deux ans et nous nous aimions, nous projetions dans un avenir radieux... "Nous étions jeunes et insouciants..." Je ne t'ai pas oubliée... Il me semble même que tout cela se passait hier, qu'Amina est bien plus éloignée que toi dans mes souvenirs. J'ai quarante-quatre ans et je suis seul. Nous nous étions séparés pour si peu, presque rien, vu d'aujourd'hui. En sachant tout ce que j'ai accepté durant ces quatre années...

Mais finalement, qui a compris mon besoin littéraire ? Qui comprend cette quête d'une œuvre quand je pourrais facilement "faire comme les autres", obtenir un travail historiquement inutile mais correctement rémunéré. Un écrivain est condamné à la solitude ? Pas un écrivain pantin qui paye des coups aux journalistes pour se faire remarquer mais un écrivain indépendant.
Suis-je écrivain ? Je ne m'en sors pas avec cette histoire de Kader ! Pourtant, là, je peux foncer, tout reprendre, l'essentiel est passé. Que Nadège soit ou non condamnée n'y changera pas grand chose...

LXVI Publier ?

Je ne sais plus. Suis-je l'écrivain ou l'acteur de cette affaire ?
Puis-je publier ?
Pourquoi publier ? Parce que j'ai besoin de vendre des livres et qu'il s'agit du seul "roman" en mesure d'être rapidement terminé.
Pour oublier cette histoire. Deux femmes ont eu besoin d'un homme à un moment donné et je correspondais au profil. Elles m'ont utilisé, j'y ai pris du plaisir. Mais j'ai eu tort de croire que le baratin entourant ces relations engageait à quoi que ce soit. Il s'agissait juste de rendre possible l'instant. Amina m'a toujours su athée. Je ne lui ai jamais caché ma difficulté à comprendre que des adultes puissent "réellement" et idéalement croire en un Dieu. Mais jamais je ne lui ai demandé de cesser d'y croire. Je sais qu'il est insupportable de s'accepter mortel. Je le refuse, j'en suis indigné. Je comprends donc qu'on puisse se persuader que l'immortalité souhaitée est une réalité, que notre corps n'est que l'habit donné pour cette vie et qu'ensuite tout le monde vivra le nirvana des âmes et retrouvera le père mort à trente-cinq ans. J'ai accepté cette histoire avec Amina. J'ai cru en notre intelligence, notre capacité à préférer le bonheur. Jusqu'en avril 2010. Oui il me faut bien rendre hommage à mes cauchemars : ils m'avaient informé de tout, dès septembre 2009.

En observant cette histoire au prisme de ces cauchemars, je dois en conclure qu'Amina est réellement retournée à Addis-Abeba "pour son fils", entraînée par le Bertrand encore son mari, qui lui déclara sa décision irrévocable de repartir avec leur fils, qu'elle pouvait rester en France ou venir avec eux mais que leur fils vivrait avec lui durant l'année scolaire 2009-2010. Elle a cru ne pas avoir le choix. Alors qu'elle pouvait demander le divorce immédiatement, ce qui aurait bloqué en France leur enfant. Mais il la tenait par "son agent." Auquel même mariée elle pensait ne pas pouvoir toucher sans son accord, surtout pour en envoyer à sa mère...
Et je suis persuadé qu'elle n'a jamais voulu coucher avec lui : il a su profiter de l'opportunité de son état second suite à son intoxication au monoxyde de carbone quasiment non soignée bien qu'elle perdit connaissance. Je ne pense pas qu'il soit allé jusqu'à provoquer cet accident, il a simplement immédiatement compris qu'il pouvait jouer sur sa naïveté, sa bonté pour pleurer sur ses propres malheurs alors qu'elle planait. Mais elle n'a pas pu l'accuser de viol, comme elle n'a pas pu m'avouer cette faute, avec la certitude que j'exigerais son retour en France, en sachant qu'elle me comprendrait et devrait se séparer de son fils. Et tout s'est enchaîné. Avec le résultat de son test Vih, elle se sentait très mal et s'est laissée séduire par ce beau parleur de Carlo... il cherchait une

femme jeune et jolie, il a d'abord essayé une blonde... elle l'avait observé... il fut éconduit et s'est rabattu sur la négresse... ce fut l'une de leurs petites tensions de début d'aventure... Toutes ces perturbations que l'on s'est envoyées de septembre à décembre ont totalement gâché nos retrouvailles fin 2009 et une nouvelle fois tout s'est enchaîné... encore plus loin... jusqu'au jour où elle s'est aperçue qu'enfin cette année scolaire s'achevait et qu'elle m'aimait vraiment... et elle est arrivée le 14 avril 2010 en ayant "tout oublié" mais le risque du Vih existait et oui, s'il n'y avait eu qu'elle, elle s'en foutait mais elle ne voulait pas risquer de me contaminer... Donc elle devait se confesser... ce fut le moins possible... elle a voulu me consoler... elle a même occulté cette interdiction de vivre avec un non musulman, cette interdiction de la sodomie... mais tout ce qu'elle avait fait, je l'avais ressenti et quand elle me jurait « tu sais tout », même sur son père, même sur le Coran, je ressentais que non, ça ne correspondait pas aux sensations en moi.

Pourquoi et comment un tel lien a pu exister, une telle transmission émotionnelle ? Ça restera un mystère. Un tel lien est possible entre des humains. Ceux qui ne l'ont jamais vécu ne peuvent le comprendre. C'était ça, l'union physique et spirituelle que je cherchais. J'étais persuadé que c'était possible, pas à ce point mais possible, alors je l'ai cherché, je l'ai trouvé. Si Nadège l'avait voulu, nous l'aurions probablement également connu. Ce que nous avons vécu en dix-neuf jours me l'a laissé entrevoir. Suis-je arrivé, après deux décennies de difficultés avec mon corps, souvent victime de ses émotions, à atteindre une capacité de fusion ?

Je sais maintenant qu'il n'y a plus rien avec Amina. La corde qui fut trop tendue s'est brisée. Et elle me semble disparue, dans un passé intemporel. Elle ne me semble pas plus proche que Betty, cet amour "presque secret" de mes quatorze ans. Un passé intemporel ? J'ai cherché sur Internet cette expression présente dans ma tête depuis plusieurs jours mais personne n'en parle. Le passé intemporel : on nous fait croire qu'il faut dater nos souvenirs. Betty 1982-1984. Angélique 1989-1991. Amina 2008-2012. Mais non : le passé n'a pas de date, comme je n'ai pas d'âge ! Les onze années de différence avec Amina comme les vingt-trois avec Nadège n'ont jamais existé quand nous étions ensemble. Le temps n'existe pas. Je peux même avoir l'impression d'avoir connu Amina plus âgée que Betty ! La pensée éveillée, c'est comme le rêve : nous passons d'une époque à l'autre sans transition, sans barrières temporelles ni physiques. Penser à Betty, c'est l'impression que notre non-histoire est plus récente que cette dérive avec Amina. Non, je ne suis pas fou. De la même manière que j'ai découvert avec elle la possibilité d'une fusion transmission des émotions, je viens de découvrir avec son départ l'intemporalité du passé. La vie n'est pas limitée de la manière dont on nous l'a inculquée. Nous devons découvrir nos capacités. J'ignore si tout le monde possède les mêmes. J'ignore si je suis arrivé au bout du voyage. Mais je sais que certaines choses humaines ne peuvent se vivre seul. L'être humain a besoin d'une fusion pour éveiller certaines capacités. Il doit en exister d'autres. La vie ne mérite pas d'être perdue en combats inutiles. Je sais bien que de consacrer du temps à Malvy, Baylet, Cahuzac ou Filippetti c'est m'intéresser aux ombres de la caverne de Platon. Ces gens-là ont choisi, accepté, de n'être que des ombres. Elles peuvent effectivement susciter l'enthousiasme d'électeurs qui les prennent pour la réalité.

Publier pour demander : connaissez-vous l'intemporalité du passé, connaissez-vous l'union physique et spirituelle jusqu'à la transmission des émotions ?

LXVII L'enfant de Nadège

Des dates restent incrustées même après les avoir "désidéalisées."

1er décembre 2012 : Nadège a accouché d'un garçon. L'inspecteur me l'apprit de manière anodine. Ou alors, quel exceptionnel acteur ! Il n'eut pas l'air d'observer mes réactions. Pourtant, après quelques minutes (bon acteur sûrement !) il me glissa :

- Vous vous demandez si votre nuit pourrait coïncider avec la conception ?...
- Je viens de compter ! Début avril, plus neuf mois, ça entraînait à début janvier. Elle était donc déjà enceinte d'un mois !
- Peut-être pas... la grossesse c'est plutôt trente-sept semaines que neuf mois !
- Ce n'est pas la même chose ?
- neuf mois c'est trente-neuf semaines !
- Il ne manquerait plus que cela ! Je suppose que vous avez compté.
- Le 4 avril, c'est pas tout à fait trente-cinq semaines avant le 1er décembre... et l'enfant ne semble pas être un prématuré...
- Ouf !

Mais si le 4 avril ce n'est pas tout à fait trente-cinq semaines, en reculant de dix-neuf jours on tombe pile sur les trente-sept semaines observait immédiatement mon esprit alors que j'essayais de ne rien en montrer...

Donc elle ne prenait plus la pilule et a souhaité que je puisse être le père de cet enfant !
Elle savait pourtant qu'officiellement il serait celui de son mari !

Trente-sept semaines jour pour jour après notre dimanche en gariotte !
Il semble maintenant évident qu'elle n'a eu aucune relation avec ce Pablo à cette période... si l'enfant est bien né trente-sept semaines après sa conception. Mais s'il s'agit d'un prématuré...

Puis-je continuer d'écrire avant de savoir ? Puis-je publier ?
Qu'y avait-il dans sa tête quand elle m'aimait bien mieux qu'Amina ? Cherchait-elle le moyen de sortir des griffes de ses bourreaux. Étions-nous les êtres purs qui se sont reconnus mais ne peuvent se voir qu'en secret ? Ce fut tellement difficile de me débarrasser d'Amina, pourtant minable, mesquine et insignifiante petite manipulatrice, qu'il me faut comprendre ses difficultés face à ces monstres sans scrupule ?

Vais-je tomber dans l'idéalisation de Nadège, victime du trio des salauds depuis ses dix ans ?

- Était-elle vraiment votre amante ? J'attends cette question. Elle ne vient pas. Ma réponse est prête :
- Oui, elle le fut durant dix-neuf jours. Elle savait que le mec avec qui Amina m'avait cocufié était le père de Pablo, un certain Carlo qui la viola quand elle avait dix ans. Comme vous le savez désormais. Cette histoire nous a rapprochés et ce qui devait sûrement arriver arriva.

LXVIII La lettre de Nadège

Sa lettre a suivi une procédure « normale », elle fut donc lue avec attention... elle le savait... C'était donc à moi de comprendre les éventuels messages masqués.

Stéphane,

Je te remercie.

J'étais la prisonnière, quotidiennement droguée, et sans ton intervention, je serais aujourd'hui sûrement toujours dans cet état, quelque part en Afrique.

Si j'avais fui quand nous sommes allés à l'incinération, il aurait tué ma mère. Un de ses amis avait l'ordre de le faire s'il lui arrivait quelque chose. Quand les gendarmes nous ont arrêtés, j'ai immédiatement hurlé « protégez ma mère, un de ses amis va la tuer s'il apprend notre arrestation. » Je ne pouvais en articuler plus, j'étais complètement droguée mais ça, c'est sorti. Il a prétendu : « ne l'écoutez pas, elle se drogue, c'est une junkie. » Heureusement les gendarmes l'ont protégée.

Excuse-moi pour cette dernière rencontre : je ne pouvais rien te confier, j'avais deux portables allumés sur moi. Si je les éteignais il m'avait prévenu que je le paierais. C'est la dernière fois que l'on s'est vu, Stéphane. Je sais combien tu as respecté ma douleur.

Ce n'est donc pas par manque de confiance si je ne t'en ai pas dit plus. J'étais piégée. J'aurais sûrement dû t'écrire durant le trajet mais j'étais tellement droguée…

Je sais les cycles de la vie et j'ai espoir qu'après la reconnaissance de ma totale innocence, une belle période débutera au soleil. Je ne vivrai plus jamais dans la grisaille.

J'ai envie que mon enfant, né le 1er décembre et prénommé Romain, grandisse loin de ces barreaux et connaisse la vérité. La vérité je la lui dirai mais je voudrais qu'il grandisse protégé de la folie de ce monde.

Je pense que tu comprendras. J'ignore ce que tu as pu penser de moi. Si tu as pu me croire coupable. J'ignore tout de ce qui se dit sur moi.

Embrasse Amina, je pense que toute cette histoire l'a également remuée mais que vous restez dans votre grande harmonie.
Nadège

Romain !

Je me souvenais alors immédiatement d'avoir raconté à Nadège :
- Elle voulait que nous ayons un enfant… J'étais d'accord… Nous n'en parlons plus depuis quelques mois… Mais même pour le prénom, aucun terrain d'entente ne fut possible ! Hamed, Ali, Moussa, Mohamed, je devais choisir entre l'un de ces quatre prénoms, et Sarah pour une fille, le prénom de sa mère francisé… mais étymologiquement « princesse »… ce qui déclencha une terrible crise quand j'ai su qu'il l'appelait ainsi…
- Oui, devant elle. Pour nous c'était « la dinde musulmane. » Et toi, quel prénom tu aurais souhaité ?
- Pour une fille Romane, pour un garçon, je ne sais pas… mais assurément pas un prénom musulman…

Ce n'est donc pas un hasard si son (oh cette envie de penser notre…) fils se prénomme Romain !

Le cycle… il s'agit forcément du cycle menstruel et donc personne d'autre ne l'a pénétrée durant ses jours d'ovulation ?
Quant à sa question sur Amina, elle sait bien qu'harmonie ne pouvait qualifier notre couple mais elle ignore forcément notre séparation…

LXIX Lettre à Nadège

Nadège,

C'est compliqué, la vie, souvent. On croit, on espère, on attend, on espère l'harmonie et rien, on se retrouve seul avec ses pensées qui voient le mal partout à force de subir des revers. Amina et moi, l'harmonie n'était qu'une façade. Seuls les intimes connaissaient notre naufrage. C'est fini depuis août.

Je me souviens très bien de ce voyage à Cahors où tu semblais très perturbée, je l'étais également il est vrai, mes mains ont souvent tremblé, ce fut difficile. Je comprenais que ce soit encore plus difficile pour toi. Mais jamais je n'aurais imaginé que tu puisses ainsi être surveillée. Je t'avoue ne pas avoir imaginé cela. Je t'avoue que la présence de cet individu à tes côtés m'a semblé très suspecte.

J'espère simplement que la vérité sera rapidement connue. Parfois, je ne sais plus que penser, tellement cette histoire est incroyable. Mais il faut que tu aies confiance, en notre justice.

Romain est un beau prénom. J'ignore si tu le sais mais le Quercy fut une terre romaine, Cahors s'appelait alors Divona. J'espère que tu pourras bientôt lui montrer ces sentiers que tu aimes tant, ces pigeonniers, ces vieilles pierres, ces gariottes.

Courage et n'hésite pas à avoir confiance en la vérité. Si tu es en totale sincérité, la vérité finira par être connue. Par tout le monde.

Stéphane

LXX Aubervilliers

Samedi 15 décembre 2012. Aubervilliers. « *Trois jeunes hommes d'origine italienne, d'une vingtaine d'années, assassinés dans leur cité. Ils se trouvaient à bord d'une Mercedes noire de location, arrêtée devant l'entrée K et sont décédés sur le coup après avoir été touchés par des projectiles probablement tirés par une Kalachnikov et un pistolet de gros calibre, selon une source proche de l'enquête. Trois motos furent aperçues sur les lieux. Les investigations ont été confiées à la brigade criminelle de la police judiciaire.* »

Durant presque une heure, une chanson berça le quartier. La police, en attente des différents spécialistes, laissa tourner le lecteur CD des victimes, bloqué avec "à fond" le titre d'une chanteuse locale, Lor, "*une usine à rêve.*"

Une usine à rêve

Marlène Marylin
Et toutes leurs frangines
Toujours des filles fragiles
Des décennies qu'elles défilent
Dans un grand jeu
Où des mégalos se prennent pour Dieu

Et toi aujourd'hui
Toi qui as grandi
Avec pour tout modèle
Des actrices des top-models
Tu sais qu't'es belle
Tu veux d'la vie plus que du réel

Une usine à rêves
C'est plaire ou crève
Une usine à rêves
Où quand on te dit « pense »
C'est pense aux apparences

Tu vois des gamines
Dev'nir héroïnes
Elles n'ont rien d'plus que toi
Les médias en sont fadas
Tu comprends pas
Pourquoi les producteurs t'répondent pas

Alors tu déprimes
Descente en abîme
Maintenant tu dis oui
Quand on te dit « c'est ainsi »
Tu les laisses faire
Tu veux tant voir le soleil sur terre

Une usine à rêves
C'est plaire ou crève
Une usine à rêves
Où quand on te dit « pense »
C'est pense aux apparences

Comment ces jeunes avaient récupéré cet album ? Je redécouvrais alors que Lor vivait également dans ce 9-3. J'avais le souvenir de "région parisienne" mais n'ai jamais prêté vraiment attention aux noms des villes. Lor est l'une des six interprètes de l'album "*vivre autrement (après les ruines)*" que j'ai réussi à produire et qui fut un bide retentissant !

Mercredi 19 décembre 2012. Aubervilliers. « *Quatre jeunes hommes d'origine maghrébine, d'une vingtaine d'années, assassinés. Une voiture a bloqué leur Clio au feu rouge, tandis que les occupants d'un second véhicule ouvraient le feu. Les deux voitures utilisées par les agresseurs ont été retrouvées brûlées sur la commune de Neuilly, Parc des Coteaux d'Avron, à une quinzaine de kilomètres des lieux du drame. Les premiers éléments de l'enquête permettent d'imaginer qu'il y aurait un lien avec le crime de samedi dernier où trois jeunes, cette fois d'origine italienne, avaient été abattus dans des conditions proches. Le ministre de l'Intérieur Manuel Valls, rapidement sur place, a dénoncé "un crime de trop, inacceptable". La guerre des gangs, sur fond de trafic de drogue, semble entrer dans une phase de violence comme n'en avait plus connu le département depuis une décennie.* »

Vendredi 21 décembre. Prison de Fresnes.
« *Violence en prison également. Un homme d'une soixantaine d'années, incarcéré pour viols aggravés sur mineures, a été assassiné durant sa promenade, à coups de pics à glace. Aucune hypothèse ne semble pouvoir être écartée, de la simple bagarre ayant dégénéré à la nature des faits reprochés en passant par le racket sur un homme fortuné dont l'identité n'a pas été révélée.* »
Une dépêche anodine. Mais j'appris qu'il s'agissait du sieur Carlo. Aucune peine. Pas même l'envie de signaler cette conclusion à Amina.
La guerre entre ritals et beurs étaient bien déclarée.

LXXI Lettre de Nadège

Stéphane,

Merci pour ta réponse. Je regrette de ne pas t'avoir écrit plus tôt. J'ai de nombreuses fois hésité. Mais tellement de problèmes me sont tombés dessus... Je n'ai rien voulu de tout cela...
Heureusement, j'ai enfin l'impression d'apercevoir la lumière.
Mon avocat pense que cette fois une demande de remise en liberté devrait être acceptée. L'idéal serait que je puisse obtenir un certificat d'hébergement d'une personne de la région. Pour Romain et moi.
Tu seras peut-être surpris que je me permette de te demander ce service.
Je comprendrais naturellement que des raisons t'en empêchent.
Mais j'ose t'adresser ces formulaires.

J'aimerais de nouveau pouvoir marcher dans ces sentiers, lire tranquillement, appuyée contre un chêne comme je le faisais les après-midis de beau temps, m'installer dans la gariotte quand il pleut...

Comme les choses simples et naturelles sont belles, me remplissent d'espoir.

Je n'ai jamais cessé d'avoir confiance.

J'en ai l'eau à la bouche rien qu'au souvenir de tout ce que j'ai découvert dans ce Quercy. J'aime ce village. Si c'est possible, j'aimerais y revivre.

Mon avocat me laisse espérer... j'ai la folie de le croire.

J'espère que tu vas bien et qu'un jour je lirai ton nouveau roman. Tu sais que j'ai beaucoup aimé « ils ne sont pas intervenus. »

Bien amicalement et avec tous mes remerciements,

Nadège.

Je répondais immédiatement :

Nadège,

C'est avec grand plaisir que je viens de remplir ces formulaires. Même si les documents administratifs me saoulent toujours. Je te remercie d'avoir pensé que votre présence pourrait égayer ma solitude !

Je ne m'y connais absolument pas en "liberté conditionnelle" mais n'hésite pas si je peux te permettre d'accélérer certaines procédures, soit par ma visite soit par des écrits.

J'ai reçu ta lettre du facteur ce midi. Je me précipiterai jusqu'à la poste pour la déposer avant la dernière levée. Une journée de gagnée, pour toi, qui en as passées bien trop derrière ces barreaux, je me dis que c'est beaucoup. Imagine-moi courir avec une enveloppe en main...

J'espère qu'ici tu retrouveras le sourire...

Bien amicalement,

Stéphane

LXXII 25 décembre 2012 : le pire est toujours possible

« *Profitant sûrement d'un certain relâchement dans l'attention générale, quatre hommes ont réussi à s'introduire discrètement dans la maison d'arrêt d'Agen... *»

Ce matin-là, Nadège était la seule mère dans "la pouponnière."
Ils ont ligoté la gardienne dans le couloir.

La gardienne, selon sa déposition, se souvient de l'ensemble des paroles prononcées.

« "- Tu vas crever sorcière" (elle semble avoir pris un enfant dans ses bras) Donne ça (l'un des meurtriers semble lui avoir arraché cet enfant). (Je ne peux pas distinguer les quatre voix, seules les paroles se sont incrustées en moi). "Rendez-moi mon enfant" a crié plusieurs fois Nadège puis elle a poussé un cri atroce, je n'ai pas compris sur l'instant mais l'enfant fut alors égorgé. Ils ont bâillonnée Nadège. "Comme ça tu pourras plus gueuler, sorcière" (d'elle je n'ai plus alors entendu que des cris étouffés) "Tu vas crever pareil, sorcière... avant tu payer... on va s'offrir du plaisir, on a tous rêvé ton cul... faut pas tu crèves avec ce rital dernier, tu appartiens au maître... (ils l'ont violée, j'ignore si les quatre l'ont violée, je l'entendais juste essayer de se défendre et ne pouvais rien faire, l'un d'eux est venu regarder trois fois dans le couloir... quand il n'y a plus eu aucun gémissement, j'ai senti l'odeur de paille qui brûlait... « yeah beau boulot, chef s'ra fier nous » a prononcé l'un des assassins… « yeah » semble avoir été leur cri général. Ça a duré 22 minutes entre le temps où j'ai été attachée, où j'ai fixé mon regard sur la pendule, 8 heures 06 et quand ils sont partis, à 8 heures 28 et je n'avais pas réussi à atteindre la porte quand Pascal est entré à 9 heures 12... »

Ils avaient emporté de la paille, qu'ils lui ont enfournée dans le vagin et l'anus, ils ont imbibé le tout d'alcool à brûler et craqué une allumette... Comme pour les voitures, les corps se brûlent pour ne laisser aucune trace ADN. L'ADN des quatre "suspects" permit néanmoins leur arrestation sous quatre jours. Avec l'aide des caméras de surveillance de la prison et de la gare d'Agen.

Nadège est morte égorgée mais son corps était ouvert "de partout." Et c'est avec son sang, de sa main droite, qu'avant d'expirer elle a tracé un cœur, un S, un T et une barre verticale. Il ne fait aucun doute pour les policiers, ni pour moi, qu'il s'agissait du début d'un E.
Dans sa cellule, une lettre attendait le passage "du facteur." J'ai pu la lire. Mais elle reste "au dossier."

Je suis désormais persuadé qu'elle a immédiatement compris qu'ils venaient les tuer, elle et l'enfant.
Elle a sauvé son fils en se saisissant d'un autre que sa mère souhaitait abandonner. Qui pourrait le lui reprocher ?

LXXIII Ce monde

Je vis dans ce monde. Je vis dans ce pays civilisé appelé France. Je suis né en 1968. J'ai connu la hantise de 1984. Il se passerait quelque chose. Sûrement la guerre avec l'URSS. J'aurais 16 ans. Je serais rapidement mobilisable. C'est ce qui se racontait, chez des gens qui n'avaient jamais lu Georges Orwell. J'ai connu la « guerre froide. » Le « un jour ils nous enverront une bombe atomique et on sera tous morts. » J'ai connu la chute du mur de Berlin mais je m'intéressais surtout à Angélique, pensée éternelle. J'ai connu la prédiction de « la fin des conflits. » J'ai refusé le service militaire, plutôt P4 que pigeon, j'ai refusé de moisir trente-sept ans et demi (c'aurait été au moins quarante) dans un bureau. J'ai refusé la tunique du pion d'un grand groupe, de Vivendi à Lagardère en passant par Gallimard, Sony ou le baron Ernest-Antoine, j'ai refusé de quémander un strapontin chez les installés... Je suis du Lot mais d'aucun de leurs clans.
J'ai voulu vivre à la campagne, y vivre tranquillement. Et je me réveille dans un monde où des croyances religieuses interdisent à une femme d'aimer l'homme qu'elle aime, où des kalachnikovs et de gros calibres se dégainent comme des appareils photos.
Je sais bien que derrière les apparences, ce territoire est gangrené de tous les côtés. Que dans cette grande démocratie le président de la commission des finances de 2010 à 2012 peut logiquement s'installer au ministère du budget socialiste, chargé de lutter enfin efficacement contre la fraude fiscale tout en transférant son argent, discrètement sorti de l'hexagone, d'un paradis fiscal à un autre, et dans ce pays la ministre de la Culture peut rester sous contrat avec le principal groupe d'édition, des associations peuvent recevoir des subventions du Conseil Général du Tarn-et-Garonne et les dépenser en achats de publicités dans la *Dépêche du Midi*, groupe également propriétaire d'une agence de voyage... Vive la ministre du Tourisme ! Martin Malvy mourra peut-être considéré.
Je sais bien que je ne trouverai ailleurs aucun endroit où vivre la vie comme je la vivais presque. Cet idéal que j'ai cru possible de partager avec Amina. Mais elle souhaitait autre chose. Elle n'a finalement jamais apprécié « *ce bled* ». Rapidement, elle m'annonça avoir simplement accepté de venir « *temporairement* » dans ce trou mais qu'un jour il faudrait que l'on parte à Djibouti, c'était

son pays, il y faisait beau, on s'achèterait une villa sur les collines, avec l'irrigation, un magnifique verger de manguiers, bananiers… bien mieux qu'ici… Qu'à trente degrés ma peau explose ? Elle s'habituerait et « les riches » peuvent se payer l'air conditionné…

Je suis né dans ce pays, j'ai choisi de vivre dans ce Quercy. J'ignorais qu'il s'agissait d'une terre de clans, un seul média un seul parti, ou presque…

Je ne sais plus. Nadège, je te revois vomir sur moi. Je me revois vomir sur toi. Je vomis sur ce monde. La révolution ? Qui la mérite ? Ne sommes-nous pas simples lambeaux agenouillés devant des millionnaires imbus de leur position, sûrement conscients (rarement) qu'elle ne repose sur rien de concret, donc encore plus obstinés à essayer de la préserver en écrasant, en manipulant, les "inférieurs"…

LXXIV Des informations

Nadège a refusé la décision du "conseil des ministres" où Farid, le cousin, avait succédé au chef. Elle devait l'épouser. Ce qui permettrait à l'argent et à la femme de rester dans la famille.

Un avocat avait transmis une demande de mariage argumentée, qui devait se dérouler en prison. En spécifiant qu'il s'agissait d'une tradition familiale obligatoire. Qu'il avait été désigné par le Conseil de Famille comme celui devant la recueillir après la perte de son mari dans d'affreuses circonstances.
Le mariage devait se dérouler le plus rapidement possible.

Nadège avait fait répondre qu'elle ne voulait absolument rien garder de l'argent de Kader, que tout reviendrait à sa famille, qu'elle demandait une annulation de leur mariage. Qu'elle s'était mariée sous la menace. Que dès sa sortie de prison elle quitterait la France où elle ne pouvait plus vivre. Qu'en aucune façon elle se remarierait un jour.

LXXV La gardienne

La gardienne "a souhaité" me parler. Ce fut en présence de policiers qui ont consigné l'ensemble de notre échange. Il s'agissait de confronter un suspect à un témoin ? Elle était devenue la confidente de Nadège, persuadée que cette longue épreuve allait bientôt se terminer, qu'alors elle sortirait innocentée et qu'enfin la vraie vie débuterait, avec le père de son enfant.
« Donc, ce n'est ni Kader ni Pablo, je lui demandais. Elle m'a toujours répondu d'un simple et magnifique sourire. »

- Êtes-vous le père de cet enfant ? Est intervenu un policier que je n'avais jamais rencontré.
- Dans ses lettres, Nadège le croyait, voulait m'en persuader. C'est effectivement possible, car nous avons eu des relations sexuelles. Mais elle vivait avec Kader et l'autre, l'italien, est également venu la rejoindre. Dans sa première lettre, que vous connaissez sûrement par cœur également, elle utilise le mot "cycle" qui pourrait signifier qu'elle a observé son cycle et n'aurait eu qu'avec moi des relations durant son ovulation. Qu'elles étaient ses relations avec Kader, je n'en sais rien. Puis-je demander un test ADN ?
- Dans ces circonstances je pense qu'il sera accordé. Mais si la grand-mère de l'enfant, auquel il est confié, le refuse, il vous faudra prendre un avocat et recourir à une procédure parfois longue.

La gardienne nous a apporté une réponse au sujet du cycle :
- Il l'avait sodomisée devant un vieux voisin et dès ce jour il n'était plus entré dans son vagin, qu'elle prétendait irrité.
Hypothèse crédible.

Nadège fut incinérée. Un lieu tenu secret, "dans la plus stricte intimité." J'ai souhaité y assister. Ma demande fut transmise à sa mère. Qui refusa.

Elle a de même, huit jours plus tard, refusé cette demande de tests ADN.

"C'est un fou, un affabulateur, il pense que le petit va hériter d'une somme colossale, il n'y a que cela qui l'intéresse. Comme l'autre, Farid."

L'inspecteur Delattre était désolé. Il m'indiqua l'unique voie possible : prendre un avocat et suivre la procédure légale. L'avocat de Farid avait effectivement déposé une demande d'adoption mais les quatre assassins avaient avoué, l'avaient désigné commanditaire du crime, avant de totalement se rétracter.

- Si je lui écris une lettre, accepterez-vous de la lui transmettre ?

Il a hésité. Ou mimé l'hésitation.

- Sa copie sera naturellement versée au dossier.

- Naturellement.

Je l'ai écrite rapidement, sur le coin d'une table, à la main. Le soir, en relisant le brouillon, je regrettais de nombreux passages.

Madame,

Pour l'instant, je ne suis certain que d'une chose : depuis sa naissance, Nadège a tout fait pour me persuader que je suis le père de Romain.

Comme vous le savez, Nadège est morte en pensant à moi, en traçant de son sang un cœur et en écrivant le début de mon prénom.

Durant sa détention, elle m'a écrit trois lettres. Deux que j'ai reçues et une que j'ai pu lire, en attente d'envoi, versée à son dossier.

Le prénom de Romain n'est pas un hasard. Elle savait que mon prénom préféré pour un enfant était Romane. Nous n'avions jamais parlé d'un prénom masculin.

Dans sa première lettre, elle me déclara, de manière imagée (elle savait qu'elle serait lue), son absence totale de doute sur le nom du père, "le cycle." Je vous avoue avoir eu des difficultés à la croire.

Du 16 mars au 3 avril, Nadège et moi avons été "amants", le terme est très laid pour la manière dont nous avons vécu ces 19 jours. Elle vivait avec Kader, moi avec Amina. Comme vous le savez sûrement, Kader avait réussi à la piéger. Et mon couple n'existait plus vraiment.

Quand j'ai appris l'histoire avec l'italien, j'ai d'abord cru qu'elle avait triché avec moi. Puis il y eut ses lettres.

Comme vous le savez sûrement, c'est chez moi qu'elle souhaitait se rendre si sa demande de liberté conditionnelle était enfin acceptée.

Je comprends vos réticences à accepter ce test ADN. Je le sais pourtant nécessaire.

Nadège aurait-elle "imaginé" tout cela pour s'accrocher à la possibilité que le père de Romain soit celui avec qui elle souhaitait vivre ? Je sais bien que tout est possible. Durant nos 19 jours d'Amour, elle prononça souvent "il faut qu'on trouve la solution pour vivre ensemble." Que vous dire de plus ? Ne vous inquiétez pas, vous serez toujours la grand-mère de Romain... Nous parlions parfois de vous. J'ai l'impression d'un peu vous connaître. Malheureusement Nadège n'a pas eu le temps de vous parler de moi.

Je crois qu'elle m'a aimé comme elle n'avait jamais aimé. Et c'est une douleur immense de ne rien avoir pu faire, de ne pas avoir compris avant. Pourquoi ne m'a-t-elle pas écrit avant ? Je n'en sais rien. Que vous dire de plus ?

Stéphane

Les tests ADN furent imposés par la justice. J'ai l'impression d'avoir été (de nouveau) manipulé, dans le but d'observer mes réactions, les confronter aux éléments connus. Toujours cette hypothèse que Nadège et moi ayons joué un jeu dangereux ?

LXXVI Juste des histoires où l'on essaye

- Ne me le prenez pas, supplia Sabine, sa grand-mère, en ajoutant, au bord des larmes : il est tout ce qu'il me reste au monde.
J'en avais pourtant le droit mais ne me sentais pas la force ni la capacité de m'occuper d'un enfant. Fut-il le mien. J'ai eu beau tout tourner dans ma tête, aucune solution n'y germait. Emmener cet enfant ou le laisser, dans les deux cas ma vie s'annonçait "impossible." Je lui proposais de m'accompagner, dans le Lot. Lui précisant que la maison est grande, m'engageant à lui laisser "une aile", une chambre, un bureau, et concluant sur notre capacité à s'arranger pour la cuisine, lui concédant même ne jamais m'être occupé d'enfants. Depuis les "événements" elle posait en congés maladie.

Elle accepta cette « *unique solution... Je comprends que vous souhaitiez assumer votre rôle de père.* » Romain fut très perturbé par ce nouveau décor. Enfin, je le croyais en constatant que dès qu'on le pensait endormi et quittait la pièce, il se réveillait en hurlant. Finalement Sabine me concéda l'avoir toujours connu ainsi, dormant même à ses côtés, "comprenant" qu'il s'agissait d'un « traumatisme de ce jour-là ». Nous nous sommes donc "assoupis" plusieurs fois sur le lit près de lui... Que nos corps se soient touchés était donc sûrement inévitable et "la chair est faible", elle a ressenti mon érection. Quand je m'en suis aperçu, il était trop tard... Elle a simplement murmuré « qu'est-ce qu'il nous arrive... » ma réponse fut sûrement appropriée « ah, toi également ! » et après « c'est moins visible mais aussi fort » ce fut rapide...

J'ignore ce que notre couple peut donner. Elle également.
Nous ne cherchons pas à nous cacher que nous ne correspondons absolument pas au profil que nous aurions recherché sur un site de rencontres.

La vie nous a placés l'un à côté de l'autre. Aucun "je t'aime" ni de "mon amour", nous continuons à nous appeler par nos prénoms. Aucune effusion durant la journée mais pourtant pas une seule nuit, même les jours de règles, nous ne nous endormons sans union.

- J'aime faire l'amour avec toi. Je me sens bien. Quelque chose passe entre nous, tout simplement. Je me sens bien également au quotidien, Romain sait nous empêcher de penser à autre chose mais la manière dont tu vis, entre les bêtes, tes livres, ton ordinateur, ton appareil photo et tes balades, tout cela me convient. C'est simple mais reposant. Il s'est installé une tendresse, un respect, entre nous. C'est surprenant car la première fois que je t'ai vu, je ne pouvais pas croire que ma fille se soit entichée de toi ! Mais derrière tes airs "bizarres" tu es quelqu'un de bien. Le plus souvent, c'est le contraire. Je ne sais pas si ça durera ainsi, si ça se transformera en amour. J'ai presque 48 ans et je ne crois plus en rien. L'assassinat de ma fille, je l'ai vécu comme si l'on m'avait mutilée, je me suis accrochée à Romain. Sans lui, je me serais sûrement suicidée. C'était trop douloureux. Quand j'ai compris qu'il n'y avait pas d'autre solution, j'ai accepté de venir avec toi tout en redoutant une guerre devant le berceau ou les larmes du souvenir de ma fille. Et aujourd'hui, je suis bien dans tes bras... même si je ne peux m'empêcher de parfois penser que tu la retrouves en moi...
- Comme tu peux la retrouver en moi... tu sais qu'elle m'a aimé... bien plus que je le pensais

même… Je me sens bien quand nos corps s'unissent, tout simplement… Je sais comme toi qu'entre nous il ne serait rien passé dans une vie normale… mais qu'est-ce qu'une vie normale ?

Et le jour où elle m'a demandé « *qu'est-ce qui te ferait plaisir ?* », une idée m'est passée… peut-être un phantasme… Et depuis, presque chaque matin, elle me "réveille" ainsi. Je pense qu'il n'y a aucun lien avec Nadège repartant avec un peu de moi le 3 avril 2012. Un vieux phantasme qu'aucune femme n'avait voulu ou pu réaliser. Certes, aucune ne l'avait connu. Aucune ne m'avait posé une question pouvant susciter cette réponse.

Cette histoire durera plus longtemps que les autres ? Pour la première fois je vis avec une femme plus âgée que moi… et c'est vrai, je ne ressens aucune différence d'âge… et tout dans notre union semble harmonieux, d'une harmonie naturelle alors qu'elle nécessitait un combat avec Amina, suivi d'heures de rancunes de s'être ainsi donnée… Le jour "naturellement" ses traits sont moins lisses… oui j'y observe parfois Nadège vieillie même si, heureusement, « *elle avait les yeux de son père.* » C'est cela, l'amour ? Juste cela ? Aucun Amour béton, juste des histoires où l'on essaye de vivre du mieux possible pour permettre à l'harmonie "naturelle" de s'installer ? Chaque soir je lis de nouveau quelques pages de Sénèque. C'est bon signe. En souriant, je m'identifie à Lucilius et reçois avec plaisir de mon ami « *si tu pratiques la philosophie, cela va bien. C'est elle en effet, qui donne la vraie santé.* » Je te l'accorde « *on a plus de peine à rester fidèle aux résolutions qu'on a prises qu'à les prendre conformes à la vertu.* »

LXXVII La gariotte

- On ne peut pas laisser Nadège dans une urne funéraire à Aubervilliers ! Elle aimait cet endroit, je crois que ses cendres doivent s'y répandre. Ce n'est pas ton avis ?
Je me sentais surpris. Surtout je prenais conscience d'avoir au maximum bloqué toutes pensées sur ce qu'elle avait enduré et le devenu de son corps tant apprécié. Je subissais un frémissement général. Finalement une idée me traversait :
- Je crois… qu'elle aurait préféré l'idée de finir sur le plateau, dans la gariotte.

Nous décidâmes d'essayer d'acheter le terrain, pour le transformer en mausolée.
Les services fiscaux du cadastre nous fournirent le nom du propriétaire. Heureusement, il ne s'agissait pas, comme je l'avais redouté, de l'agriculteur ayant à plusieurs reprises accroché le mur de la maison en passant avec des outils trop larges ; la mairie refuse d'interdire la ruelle au matériel agricole.
Nous lui expliquâmes tout simplement notre intention. Il fut ému. Et accepta. « Mais juste un coin ! » Il possédait là environ dix hectares. Finalement il nous céda à partir du chemin et jusqu'au muret en pierres sèches. 512 mètres carrés. Trois mille euros. Soit bien plus que la valeur du terrain en friche mais quand même pas au prix du terrain constructible. Auxquels il fallut naturellement ajouter les "frais de notaires" et 1308,44 euros de frais d'arpentage et de division parcellaire.

LXXVIII L'anniversaire

Après son exigence en six mots « il faut que tu deviennes musulman », jamais je n'ai éprouvé l'envie de faire plaisir à Amina. Elle nous avait placés sous un couperet. Et avant, je n'en ai pas eu l'occasion. Je lui achetais des cadeaux uniquement pour éviter ses colères, toujours en traînant les pieds et en pensant cela totalement inutile, dérisoire face à son souhait de me transformer.
Jamais une femme avant elle n'avait souhaité ainsi me métamorphoser. Certes m'habiller mieux, me coiffer correctement, me raser…
J'ai donc "été surpris" par l'envie d'offrir à Sabine un véritable anniversaire. Des fleurs le matin sur

la table… je m'étais levé la nuit pour en couper dans le jardin, le midi la boulangère nous amena des tropéziennes puisque comme moi elle les adore et ensuite je l'emmenais à Cahors pour une balade à trois sur le Lot, la rivière. Un truc de touristes, certes. Mais une petite chose que je n'avais jamais connue. Et je l'ai invitée au restaurant… pas pour ce que l'on pourrait y manger, je n'ai jamais compris cet attrait pour de la mauvaise cuisine alors qu'on peut en réaliser de la bonne chez soi mais juste parce qu'elle m'avait parlé de cette époque pas si lointaine où chaque samedi elle "sortait"… Quant au cadeau, je manquais certes d'entraînement pour être original mais le kindle rempli de ma centaine d'ebooks lui fit bien plus plaisir que le même objet certes vide "à l'autre."
J'avais hésité. Quelque part c'est ce kindle qui fut à l'origine de la disparition de Nadège avec le triomphe de Kader… mais oui « il nous faut vivre sans en vouloir aux objets innocents de la manière dont on les a utilisés. » Cette phrase, en lui exposant mes réticences dans ce choix, je l'ai considérée de bonne qualité, lui demandant même de la saisir pour s'entraîner à la prise de notes…

Ce soir-là pour la première fois nous nous sommes embrassés en dehors des instants d'union, et même en pleine lumière. Romain fut "bizarrement" un ange.

Elle me confia ensuite l'un de ses projets :
- J'y pense depuis un moment… j'avais 47 ans, j'en ai 48… le docteur est bien gentil de me reconduire en arrêts maladie mais ça ne durera pas… Je ne sais pas si je finirai mes jours avec toi… Mais si tu es d'accord pour penser que peut-être nous resterons ensemble au moins quelques années, j'envisage de vendre mon appartement là-haut car je n'aurai jamais la force d'y retourner, exit mon cher travail et je n'ai pas l'envie d'en chercher un autre. Avec cette vente, je peux largement tenir sans travailler jusqu'à la retraite, et il me restera même un petit capital pour le jour où je devrai trouver un appartement si l'on se sépare. Ou cet argent reviendra à Romain ! Nous vivons de peu et ce peu me suffit. Il ne m'aurait pas suffi à 30 ans mais je comprends ton choix de vie, ta volonté de dépenser le moins possible pour tenir avec les faibles revenus de tes livres. Donc voilà, si tu penses que la vie qu'on connaît depuis trois mois peut durer, si tu ne vois pas un truc que j'aurais oublié, je vais définitivement fermer la page du 9-3.

Pour ma part, je lui avouais avoir essayé de réaliser "un gros coup" : retrouver les cinq cents billets de cent euros que Kader doit bien avoir cachés par ici. Mais après avoir creusé partout où la terre semblait avoir été remuée, avoir retiré des dizaines de pierres de sa rénovation, rien. Absolument rien. Cette maison devrait bientôt être vendue et nous avons "logiquement" décidé de placer sur un compte bloqué au nom de Romain tout ce qui lui reviendrait.

Nous sommes presque "une forme de couple" même si Sabine conserve le statut d'hébergée à titre gratuit. Quant à la nature exacte de mes sentiments, je l'ignore. On croit qu'il faut des choses exceptionnelles pour vivre ensemble. Amina eut besoin d'une grande mise en scène pour franchir le cap mais un amour sans quiétude sombre rapidement. Alors qu'il faut surtout une volonté commune. Ce qui peut expliquer que les femmes et hommes n'étaient pas plus malheureux quand les parents les unissaient plutôt que de laisser des détails comme la longueur des cheveux ou la couleur des yeux orienter leur vie. Suis-je sorti de mon voyage au bout de la nuit ? Puis-je enfin me consacrer à la Révolution, numérique ?

25 années... d'une vie...

Dérisoire tentative de vivre...

De laisser une trace...
        mais surtout de vivre pleinement les secondes

Faire les choses, essayer... avancer...

471

Il n'est même pas besoin d'exhiber quelques textes inutiles auto-édités pour dénigrer l'auto-édition, pratique accusée de mettre sur le marché les pires médiocrités agrémentées des fautes les plus élémentaires d'orthographe ou grammaire, parfois même avec un style d'élève en difficulté du CM1.

Il s'avère néanmoins sûrement exact que les livres vraiment auto-édités dans une démarche professionnelle (mon exclusion de "l'auto-édition réelle" des auteurs qui ne respectent pas un minimum la littérature a toujours dérangé les prétendues belles âmes du secteur pour qui « tout est littérature ») contiennent en moyenne plus de fautes que les livres des éditeurs "traditionnels".
Il ne s'agit pas forcément d'une question de qualité des auteurs mais de moyens. Même le passage par les correcteurs et correctrices professionnels ne permet pas de présenter des œuvres sans erreurs, qu'avant on appelait d'imprimerie. Mais depuis que l'imprimeur reprend un document PDF pour lancer l'impression, les éditeurs qui utilisent encore cet argument semblent miser sur la méconnaissance du grand public.
Monsieur Antoine Gallimard n'a pourtant pas de leçons de qualité à nous donner : la communauté des pirates du livre numérique s'était amusée à corriger l'ebook d'Alexi Jenni, *l'art français de la guerre*, prix Goncourt 2011. Après l'hypothèse de l'utilisation du document PDF imprimeur, mouliné par un logiciel de reconnaissance graphique pour fabriquer la version numérique, des lecteurs de la version papier ont informé le web que ces coquilles se trouvaient également dans leur épais bouquin.

La faculté de corriger rapidement sur l'ensemble du circuit de distribution un ebook constitue un avantage dont la portée ne semble guère avoir été analysée. Dans cette optique, j'ai décidé de récompenser les lectrices et lecteurs qui ne se contentent pas d'une moue de déception face aux erreurs mais les communiquent, en leur offrant un livre de leur choix du catalogue, trois formats disponibles (epub, pdf, amazon). Seule restriction, pour une question de taille des fichiers et vitesse de connexion à Internet d'un écrivain vivant à la campagne, ne pourront être envoyés que des ebooks dont la taille n'excédera pas cinq mégas, ce qui exclut les livres de photos (sauf ceux dont le PDF reste juste en dessous de la limite possible).

Naturellement, il ne vous faut pas réclamer ce livre ni envoyer les fautes constatées (réelles ! et non les choix comme mettre au pluriel un terme habituellement invariable ou reprendre une lettre d'un personnage dont les fautes d'orthographe constituent justement une caractéristique, ou même une libre violation des temps conseillés de conjugaison !) sur la plateforme d'achat mais à la page contact de www.ecrivain.pro en spécifiant votre date et heure d'achat, le nom du site d'achat, et le livre de votre choix, qui vous sera envoyé par mail après vérification des informations transmises.
Pour éviter "les difficultés" du genre envoi d'une erreur rectifiée depuis longtemps, je pense préférable de vous demander d'envoyer les erreurs sous huit jours après l'achat du livre numérique. Pour les envois après ce "délai" seules les fautes qui n'auraient pas encore été corrigées seront validées.

Fautes réelles découvertes (sous huit jours après l'achat) : un livre numérique offert, l'engagement qualité de l'auto-édition.

Cette offre s'étend à l'ensemble de mon catalogue.

25 années d'édition... versant romans

Je suis né en 1968...

http://www.ecrivain.pro essaye d'être complet, avec un "blog" (je préfère l'expression "une partie des chroniques"). Mais il ne peut naturellement pas copier coller l'ensemble des textes présentés ailleurs.

http://www.romancier.net   http://www.dramaturge.net

http://www.essayiste.net   http://www.lotois.fr

Les noms de ces sites me semblent explicites… Le graphisme reste rudimentaire. Tant de choses à faire…

http://www.salondulivre.net le prix littéraire a lancé sa treizième édition. Une réussite d'indépendance. Mais peu visible…

Site officiel : http://www.ecrivain.pro

En mars 2016, le catalogue de Stéphane Ternoise dépasse la barre naguère inimaginable de la centaine. Il est constitué de romans, pièces de théâtre, recueils de textes de chansons, essais mais également de photos, qu'elles soient d'art (notion vague) ou documentaires (présentation de lieux, Cahors, Cajarc, Montcuq, Beauregard, Golfech…), publications pour lesquelles l'investissement en papier est impossible, sauf à recourir à l'impression à la demande. Il en est ainsi...

Dépôt légal à la publication au format ebook du 21 mars 2016.

Imprimé par CreateSpace, An Amazon.com Company pour le compte de l'auteur-éditeur indépendant.
http://www.livrepapier.com

ISBN 978-2-36541-718-1
EAN 9782365417181
Six Romans de Stéphane Ternoise.
© Jean-Luc PETIT - BP 17 - 46800 Montcuq-en-Quercy-Blanc